dagobertur in te

υτών.

m resolvitur
te fequentur
ἡ γνῶσις ἰσχύς πόλις ἐστί
magnum imperium de
οσιτή τοῖς πᾶσι.

αντες ἴσοι εἰσί.

ῶσιν.

εἶ ὥστε νέμεσθαι ταύτην δύνασθαι.

לפניו כנביא מול ההדר

לפניו כשיפה בים

archia

אנוכי לפניו

qui sunt custodes mysteriorum

quis

lli qui sunt sagi dubitatores

undi sunt creati

quo mundi sunt deleti

Andreas Wilhelm · Projekt: Babylon

Andreas Wilhelm

Projekt:
BABYLON

Roman

LIMES

Verlagsgruppe Random House FSC-DEU-0100
Das für dieses Buch verwendete FSC-zertifizierte Papier *EOS*
liefert Salzer, St. Pölten.

2. Auflage
© der Originalausgabe 2005 by Limes Verlag, München,
in der Verlagsgruppe Random House GmbH
Dieses Werk wurde vermittelt durch die
Literarische Agentur Thomas Schlück GmbH, Garbsen.
Satz: Uhl + Massopust, Aalen
Druck und Bindung: GGP Media GmbH, Pößneck
Printed in Germany
ISBN-10: 3-8090-2489-9
ISBN-13: 978-3-8090-2489-7

www.limes-verlag.de

Für Martina, meine Königin

Derjenige ist wahnsinnig, der ein Geheimnis in jedweder anderen Art niederschreibt als in einer, die es vor den Gewöhnlichen verbirgt und selbst den Gelehrten und ernsthaften Studenten nur mit Mühe sinnhaftig werden lässt.

Epistel über die Nichtigkeit der Magie,
ROGER BACON, CA. 1214–1294

Kapitel 1

10. April, gebirgige Weide im südfranzösischen Languedoc

Der Schäfer erwachte plötzlich mit Herzrasen. Etwas hatte ihn aus dem Schlaf gerissen wie ein Paukenschlag, vielleicht ein Geräusch, vielleicht auch eine Vorahnung oder etwas, was er geträumt hatte.

Er richtete sich auf und blickte sich nervös um. Seine Tiere grasten in kleinen Gruppen um ihn herum und unter den Bäumen und Sträuchern. Kaum einer aus dem Dorf kam jemals so weit herauf, aber Jacques scherte sich nicht um das Gerede der anderen. Er wusste, wo es noch saftige, friedliche Flecken für die Schafe gab, und diese dankten es ihm. Aber sie waren unruhiger als sonst. Sein Blick wanderte zum Himmel, und da sah er es. Wie eine dunkle Wand schoben sich mächtige Regenwolken aus dem Osten über den Berg. Ungewöhnlich schnell. Deswegen war er aufgewacht. Ein herannahendes Gewitter spürte er ebenso wie seine Herde.

Er stand auf, schulterte seine Ledertasche und begann, die Tiere zusammenzutreiben. Der Nachteil dieses hoch gelegenen Plätzchens war, dass man sich auf das Wetter verlassen musste, denn die nächste Hütte mit notdürftigem Pferch lag einige Kilometer weiter unten im Schutz des Waldes.

Der Schäfer sah verärgert zum Himmel empor, als schon die ersten Regentropfen fielen, obwohl die Wolkenfront noch nicht da war. Dies würde kein bloßer Schauer sondern ein Sturm werden.

10. April, Palais de Molière nahe Paris

Nur wenige Gäste sahen nach draußen, als auf der Rasenfläche vor dem Palais ein Hubschrauber landete. Zwei Sicherheitsleute standen an der Freitreppe vor dem Eingang und beobachteten die Landung. Einer der beiden erhielt Instruktionen über seinen Kopfhörer, bestätigte diese durch ein verstecktes Mikrofon und machte dann eine Geste nach hinten. Auf dieses Zeichen hin kamen zwei Bedienstete aus der Villa und liefen mit gebückter Haltung auf den Hubschrauber zu, dessen Rotorblätter gerade zum Stillstand kamen. Die Männer öffneten die Seitentür, und aus dem Inneren stiegen eine Frau und ein Mann, beide etwa Mitte dreißig, elegant aber zurückhaltend gekleidet, und bedeuteten den Bediensteten, beiseite zu treten. Hinter ihnen trat eine imposante Erscheinung ins Freie. In einen dunkelgrauen Dreiteiler gekleidet, mit weißem Halstuch, weißen Gamaschen und einem schwarzen Mantel mit Überwurf machte der hoch gewachsene Mann einen fast antiquierten Eindruck. Seine Kleidung war von höchster Qualität und der Ausdruck auf dem mit einem weißen Vollbart umrahmten Gesicht von einer überlegenen Seriosität. Seine jüngeren Begleiter folgten ihm, als er gemessenen Schrittes auf das herrschaftliche Gebäude zuging.

Der Präsident gab wie jedes Jahr im Palais de Molière seinen Frühjahrsempfang. Als Mann des Volkes wollte er nicht aus einem Elfenbeinturm der Politik regieren, sondern stets im direkten Kontakt mit den Machern seines Landes, den Größen aus Wirtschaft, Medien und Kultur bleiben. Die meisten Gäste kannten einander nicht persönlich, sondern überwiegend nur aus der Presse. So war es für die Geladenen ein aufregendes Sehen und Gesehenwerden, und nur wenige hatten ein zweites Mal die Ehre.

Als der weißbärtige Herr und seine Begleitung durch das Foyer schritten, machte ihnen die Gesellschaft unwillkürlich

Platz, einige Gespräche verstummten, ein paar Gäste nickten den Neuankömmlingen grüßend zu. Die drei begaben sich in eine ruhige Ecke, wo man durch eine mannshohe Scheibenfront in die Gärten des Palais sehen konnte, während ein Kellner ihnen Getränke auf einem Tablett anbot.

Draußen dämmerte es bereits, obwohl es noch nicht spät war. Aber der Himmel war wolkenverhangen. Es würde bald regnen.

»Was für ein Zeitpunkt«, sagte der jüngere Mann. »Aber sicher ist es nicht.«

»Nichts ist jemals sicher«, antwortete der ältere, »aber nie sahen wir mehr Zeichen.«

»Steffen, man verlangt nach Euch.« Die Frau trat einen Schritt zur Seite. »Wir ziehen uns inzwischen zurück.«

Präsident Michaut hatte sich freundlich aus dem Gespräch mit zwei Wirtschaftsberatern befreien können, als er den Grafen und seine beiden Begleiter eintreten sah. Ohne den Eindruck von allzu großer Hast erwecken zu wollen, griff er sich noch ein Glas Port, bevor er zu seinem Gast hinüberging.

»Monsieur le Comte, es freut mich außerordentlich, dass Sie es so schnell noch möglich machen konnten!«

»Die Freude ist ganz meinerseits, Monsieur le Président! Doch was für einen Moment in der Zeit haben Sie gewählt…«

»In der Tat, eine bunte Gesellschaft wie diese heute ist vielleicht nicht der beste Rahmen für unsere Gespräche, doch handelt es sich um Dinge von besonderer Dringlichkeit. Oder meinten Sie das Wetter?«

»Beides – und nichts davon.« Der Mann, den der Präsident als Graf bezeichnete, betrachtete seinen Gesprächspartner mit einem feinsinnigen Lächeln. Einem Außenstehenden musste es vorkommen, als stünde der Präsident einem weisen Riesen gegenüber, dem er wie einem überragenden Mentor Respekt zollte. Vielleicht war es so, doch niemand außer ihm kannte den Grafen oder die Art ihrer Verbindung.

Der Wind hatte nun deutlich aufgefrischt. In kalten Böen fegte er heran, brachte immer dickere Regentropfen mit sich und den Geruch nach nasser Erde. Es drohte ein schweres Gewitter zu werden. Mit immer größerer Eile trieb der Schäfer seine nervös blökenden Tiere zusammen. Ein Blick zum Himmel verriet ihm, dass nicht mehr viel Zeit blieb. Hinter der Gebirgskuppe war es nun vollständig dunkel geworden. Ein tiefes Donnergrollen drang herüber.

»Mist!«, fluchte der Schäfer, als ihm klar wurde, dass das Unwetter mit einer solchen Geschwindigkeit über die Berge fegte, dass er ihm unmöglich entrinnen konnte. »Schnell, kommt schnell!« Er trieb die Schafe an, darauf bedacht, sie zumindest gesammelt als Herde zurück auf den Pfad zu bringen, den sie kannten und dem sie alleine folgen konnten.

Als stünde der Weltuntergang bevor, wurde aus den vereinzelten Tropfen, die der Wind vor sich her trieb, innerhalb weniger Augenblicke ein heftiger Platzregen. Im selben Maße, wie der Regen die Sicht in einem grauen Schleier verschwimmen ließ, schienen jetzt die Gewitterwolken die letzten Reste des Lichts zu nehmen.

Gerade wollte der Schäfer zu einem erneuten Fluch ansetzen, als ihn ein Blitz jäh zusammenzucken ließ, unmittelbar gefolgt von einem ohrenbetäubenden Donner direkt über ihm. Die Schafe blökten verängstigt, einige sprangen panisch übereinander, andere drängten sich gegenseitig beiseite. Eine Hand voll rannte den Hang hinauf, und der Schäfer setzte ihnen ohne zu zögern nach.

Es war kein Leichtes, die wild gewordenen Tiere im strömenden Regen nicht aus den Augen zu verlieren. Er folgte ihnen über den immer steiniger werdenden Boden, an Ginsterbüschen und Gräsern vorbei. Der sintflutartige Regen verwandelte den Boden schnell in eine glitschige Rutschbahn. Mehr als einmal stürzte er und musste sich zwischen Schlamm und scharfkantigem Geröll abfangen. Der Untergrund wurde zunehmend uneben und stieg immer steiler bergan. Wie Gämsen mussten die verstörten Schafe hier entlanggehetzt sein. Eines der Tiere sah er vor sich am Berghang hinter einem Felsen verschwinden, vielleicht waren die anderen schon längst den Hang hinabgestürzt.

Verbissen kletterte der Schäfer hinterher. Er dachte nicht daran, dass er den Rest der Herde zurückgelassen hatte oder dass er selbst abstürzen könnte. Für ihn zählten nur die ausgerissenen Tiere, denen er mit ebenso viel Sorge wie Wut folgte. Bald musste er auf allen vieren seinen Weg finden, um den stetig steiler werdenden Felshang überhaupt bezwingen zu können. Zwischen den Gesteinsbrocken, von denen er hoffte, dass sie sein Gewicht halten würden, rannen ganze Bäche Regenwasser hinab.

Seine Hände waren aufgedunsen, rot und eiskalt, als er sich mit letzter Kraft einen Sims hochzog. Erschöpft verweilte er einen Augenblick, schnaubte einmal durch die Nase und fuhr sich mit dem Ärmel über das Gesicht, wie um den ständigen Regen fortzuwischen. Er blickte zurück und erschrak, als er sah, welche Höhe er erklommen und wie weit er die Weiden und die Baumgrenze hinter sich gelassen hatte. Er hatte eine Passage überwunden, für die schon unter normalen Umständen ein Seil nötig gewesen wäre – und das bei diesem Regen. Welcher Teufel hatte ihn nur geritten? Doch nun saß er hier, zitternd, bis auf die Haut durchnässt und erschöpft. Wahrscheinlich würde er sich eine Lungenentzündung zuziehen, und niemand konnte ihm sagen, wann das Gewitter vorbei sein würde, noch, wie um alles auf der Welt er den Weg wieder zurückklettern könnte.

Ein Blöken ließ ihn herumfahren, und da entdeckte er es. Nur wenige Meter von ihm entfernt befand sich ein geräumiger Höhleneingang. Die guten Tiere! Sie waren ihrem Instinkt gefolgt, hatten diesen Unterschlupf gefunden und mussten hineingeflüchtet sein. Mit neuer Kraft raffte er sich auf, kletterte das letzte Stück und betrat den Eingang der Höhle.

»Verzeihung, was sagten Sie?«

»Ich fragte, ob Sie meine Rede während des EU-Gipfels im Fernsehen verfolgt haben.«

»Ich bitte um Entschuldigung, Monsieur le Président, ich war für einen Augenblick abgelenkt. Wenn man in Ihre wundervollen Gärten blickt, sieht man so vieles...«

Der Präsident sah nun auch hinaus. Der Regen lief von außen in golden glitzernden Streifen an den Fensterscheiben hinab. In ihnen spiegelten sich die Lüster und Kerzenflammen der Säle, während die dahinter liegenden Gartenanlagen nun im Dunkel lagen.

»...aber ja, ich habe Ihre Rede verfolgt«, fuhr der Weißbärtige fort. »Ich bewundere Ihre Offenheit. Sagen Sie mir, wie sie von den anderen aufgenommen wurde.«

»Ich möchte Ihnen nicht zu nahe treten, aber ich habe den Eindruck, dass Sie mit den Gedanken woanders sind. Wir können uns gern zu einem späteren Zeitpunkt unterhalten, Monsieur le Comte.«

»In der Tat, das bin ich. Ich danke Ihnen für Ihr Verständnis. Tatsächlich würde ich mich gerne etwas später zu Ihnen gesellen, wenn es Ihnen recht ist.«

»Selbstverständlich, ich werde mich unterdessen um die anderen Gäste kümmern. Scheuen Sie sich nicht, zum rechten Augenblick einfach auf sich aufmerksam zu machen.«

»Das werde ich. Nochmals vielen Dank, Monsieur le Président.«

Kaum hatte der Präsident sich von ihm entfernt, erschienen die beiden Begleiter wieder, und die drei traten wie in stillem Einverständnis vor die Fenster und sahen in den regnerischen Abend hinaus.

Der Schäfer entzündete sein Feuerzeug und suchte den Boden des Höhleneingangs nach Brennbarem ab. Schließlich gelang es ihm, ein Bündel dürrer Zweige als notdürftige Fackel in

Brand zu setzen. Im Schein der Flammen entdeckte er eines seiner Tiere. Es kauerte in einer Nische der Wand und blickte verängstigt in das Licht. Mit besänftigenden Worten ging er auf das Schaf zu und streckte seine Hand aus. Es scheute vor ihm zurück, doch der Schäfer hatte reichlich Erfahrung und wusste, wie er das Tier beruhigen konnte. Langsam trat er auf die Nische zu und sprach dabei weiter auf das Tier ein. Mit vorsichtigen Bewegungen holte er aus seiner Jackentasche ein Bündel aufgeweichter Kräuter hervor. Die Pflanzen linderten bei den Schafen Magenverstimmungen und verbesserten die Verdauung; sie fraßen sie gierig, wo immer sie sie fanden, doch da es hier oben auf den Weiden diese Heilkräuter nicht gab, hatte er immer welche dabei. Wie erwartet, begann das Schaf interessiert zu schnuppern, und der Schäfer konnte sich ihm weiter nähern. Bald hatte er das Tier erreicht, so dass es die Kräuter fressen und an seiner Hand riechen konnte. Eine ganze Weile stand er so da und ließ den Blick neugierig umherschweifen. Die Höhle war hier wenig mehr als mannshoch, doch dem Hall der Geräusche nach zu urteilen musste sie sich noch ein gutes Stück in den Berg hineinziehen. Vielleicht wurde sie dort auch geräumiger. Er hatte wenig Interesse, sie auszukundschaften. Sicher, es gab hier keine wilden Tiere, Bären oder Wölfe, die er zu fürchten hätte, doch allein mit einer Fackel ausgerüstet überkam ihn bei der Vorstellung einer Expedition in die Tiefe der Dunkelheit ein unbehagliches Gefühl.

Der Boden der Höhle war sehr eben, nur ein wenig Geröll, das sich im Laufe von Hunderten, vielleicht Tausenden von Jahren von der Decke gelöst hatte, lag umher. Der Schäfer beugte sich hinunter: Es sah aus, als sei der Untergrund einst absichtlich geglättet und gereinigt worden. Auch die Wände: Sie waren viel zu glatt, um natürlichen Ursprungs zu sein. Als er die Wand musterte, schrak er plötzlich zurück. Keine Armlänge entfernt war der Fels mit allerlei Malereien bedeckt! Er war also tatsächlich nicht der erste Mensch, der diesen Unterschlupf gefunden hatte. Ob es Zeichnungen der Urmenschen waren, wie man sie ja schon an anderen Stellen in Frankreich gefunden hatte, Lascaux oder Chauvet? Er hatte einige Male davon in der Zeitung gelesen, und es hatte ihn besonders interessiert, weil er sich immer gewünscht hatte, er würde auch einmal so eine Entdeckung machen und berühmt werden. Nicht weit von hier, irgendwo bei Perpignan, soweit er sich erinnerte, hatten sie sogar mal einen Mann aus der Steinzeit gefunden. Er machte einen Schritt zur Seite und erhellte ein weiteres Stück der Wand. Wie die Felszeichnungen von Lascaux sah das jedenfalls nicht aus. Es waren keine Bilder von Pferden oder Hirschen, und es gab auch keine Abdrücke von Händen oder Punktmuster. Das waren Schriftzeichen! Allerdings waren es Symbole und Buchstaben einer Sprache, die er nicht kannte. Nein, das sind keine alten Malereien, überlegte er enttäuscht. Vielleicht hatten sich mal ein paar Touristen hierher verirrt und die Wände angemalt? Auch andere Stellen waren verziert. Er schritt die Höhlenwand entlang und staunte, wie viel Mühe man sich hier gemacht hatte. Je weiter er ging, umso dichter wurden die Zeichnungen, die Höhle war von oben bis unten davon übersät! Es gab aufwendig verzierte Schriftzüge, kurze Wortbilder, zum Teil waren aber auch lange Texte dabei. Es musste eine ganze Reisegruppe hier gewesen sein, nicht nur, weil es so unsagbar viele Malereien waren, sondern auch, weil es sehr unterschiedliche Schriftzeichen waren, so als hätten die Touristen verschiedene Sprachen gesprochen.

Mit einem Mal flackerten die Flammen der behelfsmäßigen Fackel und erloschen. Der Schäfer stand in völliger Dunkelheit. Ärgerlich kramte er nach seinem Feuerzeug, als er einen bläulichen Schein wahrnahm. Zunächst wunderte er sich, woher denn jetzt schon Mondlicht kommen könne, da es doch gerade erst zu dämmern begonnen hatte und der Himmel zudem noch wolkenverhangen sein müsste. Doch dann wurde ihm bewusst, dass der Schein nicht vom Höhleneingang, sondern aus dem Inneren kam. Und während sich seine Augen an die Dunkelheit gewöhnten, machte er mehr Einzelheiten aus. Der Gang weitete sich und führte um eine Ecke, hinter der der Schein am stärksten war.

Die Neugier siegte über seine Bedenken, und der Schäfer wagte sich tiefer in die Höhle hinein, wie magisch angezogen vom schimmernden blauen Licht.

Die Festlichkeiten im Palais de Molière erreichten ihren Höhepunkt, als das Büfett eröffnet wurde. Die anwesenden Gäste vergaßen für wenige Augenblicke ihre gute Erziehung und häuften sich mit spitzen Fingern ihre Teller voll. Obwohl sie sich bemühten, sich dem Anlass und ihrer eigenen eleganten Kleidung gemäß zu verhalten, gelang es nur den wenigsten, sich halbwegs würdevoll aus der Affäre zu ziehen. Die einen bekleckerten sich mit Sauce, anderen fiel eine Gabel oder ein Messer zu Boden, wieder andere gaben ihre Teller zurück, als hätte darauf ein unappetitliches Gemetzel stattgefunden. Nicht so die drei Gestalten am Fenster. Reglos standen sie da und blickten hinaus in die Gärten, mit einem eigenartigen Leuchten in den Augen. Die Spekulationen der Gäste über die sonderbaren Fremden waren nun jedoch ihrem Interesse an Krabbensalat und Kaviarhäppchen gewichen.

Niemand außer seinen Begleitern hörte deshalb auch, wie der Graf mit ungewohnt erregter Stimme sagte: »Es ist so weit.«

Ein gellender Schrei hallte durch die Höhle. Augenblicke später hetzte der Schäfer ins Freie. Seine Augen waren weit aufgerissen, seine Hände umklammerten seinen Kopf, rasend raufte er sich die Haare, zerkratzte sich die Kopfhaut mit den Fingernägeln, so dass ihm Blut die Schläfe hinablief. Und dann stürzte er den steilen Geröllhang hinab, versuchte, sich an den

Steinen und Felsen festzuhalten, erwischte hin und wieder mal einen Felsbrocken, der seinen Sturz für kurze Zeit bremste, sich dann jedoch löste und mit dem Schäfer weiter in die Tiefe polterte, bis er in einer Lawine aus Matsch, Steinen und Blut schließlich flacheres Gelände erreichte. Seine Kleidung war zerschunden, er blutete aus zahlreichen Wunden, ein Arm war gebrochen, Rippensplitter bohrten sich in seine Lunge, aus einer Platzwunde am Kopf strömte Blut über sein Gesicht. Doch er blieb keinen Augenblick liegen. Heulend und schreiend richtete er sich auf, wankte einen Moment und stolperte dann in manischer Umnachtung in den Wald.

KAPITEL 2

21. April, Museum für Völkerkunde, Hamburg

Peter Lavell saß in seinem Arbeitszimmer und korrigierte die Aufstellung der Exponate, die für die kommende Sonderausstellung »5000 Jahre Schrift« ausgewählt worden waren. Der Professor ergänzte gerade eine Vitrinenszene um einige ägyptische Tafeln, die er mit Sicherheit im Fundus wusste und die die Besonderheiten der Hieroglyphen deutlich machten, wenn sie aus Gründen der Optik und der Symmetrie zum Teil seitenverkehrt oder in ungewöhnlicher Reihenfolge angebracht wurden. Die Katalognummern kannte er natürlich nicht, aber er kritzelte einen Vermerk und eine kleine, ziemlich präzise Skizze auf das Blatt, als es an der Tür klopfte.

Carsten Thommas trat ein, ein Mann Anfang dreißig, der erst seit zwei Jahren in Hamburg war, aber die Aufsätze und Vorlesungen Professor Lavells seit seiner Studienzeit verfolgte. Nach dem Studium in Marburg und einigen Jahren Feldforschung in Äthiopien und der Türkei war er an die Universität Hamburg gekommen, um dem Professor möglichst nahe zu sein. Aus demselben Grund hatte er sich auch um eine Stelle im wissenschaftlichen Beirat des Museums beworben. Er bewunderte Professor Lavell um sein Gesamtwissen, den Überblick, seinen Sinn für Zusammenhänge, die die Spezialisten der einzelnen Fachrichtungen selten aufzeigen konnten, und hatte sich mit dessen etwas zurückhaltender aber bisweilen zynischer Art abgefunden, die auch in den Vorlesungen und noch viel häufiger in Diskussionen – öffentlich wie privat – hervorkam. Ein Wesenszug, der Lavell nicht überall beliebt machte und der die Kritik der wissenschaftlichen Kollegen an seinen oftmals gewagten Thesen geradezu herausforderte. Aber der aufstrebende Historiker und Anthropologe hatte schon oft erlebt, dass der gebürtige Engländer Lavell, den auch die schärfste Kritik nicht aus der Ruhe zu bringen vermochte, am Ende Recht behalten sollte. Wenn auch einige Vermutungen zunächst kühn oder bestenfalls unwahrscheinlich schienen, waren die Zusammenhänge zum Teil, aus einem anderen Blickwinkel betrachtet, doch so offenbar, dass ihre Anfeindung allein aus dem Rechtfertigungsdrang derer resultierte, die dieselben Schlüsse nicht schon früher gezogen hatten.

Professor Lavell war ein hoch gewachsener Mann Ende fünfzig, stets tadellos gekleidet, rasiert und maniküirt. Seine Bewegungen wirkten bedächtig, doch wer ihn genauer betrachtete, stellte fest, dass seine Gesichtszüge von einem scharfen Verstand zeugten. Seine Augen schienen ständig zu beobachten, fast glaubte man, das leise Surren einer Fotolinse zu hören, die sich immer wieder auf neue Entfernungen und Lichtverhältnisse einstellte. In seinen Augenwinkeln bildeten sich dann feine Fältchen, und eine gehobene Augenbraue oder ein leichtes Schmunzeln zeigten, dass Lavells Geist wach und an der Arbeit war.

»Guten Morgen, Carsten. Wie war London?«

Carsten trat mit einem Stapel Papier, einigen Akten und ungeöffneten Briefen näher und setzte sich auf den alten, mit orangefarbenem Stoff bezogenen Holzstuhl. Er stand immer bereit für Gäste und war nie mit Papieren oder Ordnern bedeckt wie in anderen Büros des Museums. Aber Peter Lavells Büro setzte ohnehin Maßstäbe an Ordnung. Lediglich der alte Besucherstuhl des Professors wirkte deplatziert und hatte wundersamerweise noch immer nicht seinen Weg zum Sperrmüll gefunden. Doch selbst wenn er manchmal bedrohlich knarrte, schien er noch recht stabil zu sein, und irgendwie passte er mit seinem Retro-Charme zu seinem Eigentümer, dem technische Neuerungen vor allem suspekt waren.

»Morgen, Peter. London war ganz in Ordnung. Wichtige Leute, Schnittchen, das Übliche. Die Vorlesung von Dr. Arnherst war sehr interessant. Ich habe die Unterlagen mitgebracht.«

»Arnherst, das war doch die Geologin aus Mexiko.« Peter lehnte sich zurück und setzte seine goldrandige Lesebrille ab. »Ich bin wirklich gespannt, wie sie den lieben Kollegen das tatsächliche Alter der Fundamente im Tlacolula-Tal beigebracht hat.« Er lächelte beim Gedanken daran, dass gewisse Herren mit ihren viel zu hastig veröffentlichten *National-Geographic*-Artikeln ziemlich dumm dagestanden haben mussten.

»Schonend war es jedenfalls nicht. Sie hat alle Geschütze aufgefahren. Ihre Analysen sind hieb- und stichfest.«

»Ich hoffe, sie stößt sich ihre Hörner nicht zu früh ab. Ihre Arbeit ist tadellos und ihr Engagement bewundernswert.«

Carsten durchsuchte seine Unterlagen und zog einiges hervor. »Ja, wäre schade, wenn sie in Teufels Küche geriete.«

»Das wird sie sicherlich. Aber wenn sie gestärkt herauskommt, dann hat es sich für sie gelohnt, nicht wahr?«

»Hier sind die Folien und die Rede ihrer Vorlesung. Außerdem habe ich noch zwei Briefe und einen Artikel, der Sie besonders interessieren dürfte.«

Peter Lavell nahm die Papiere entgegen und überflog sie. »Was für einen Artikel?«

»Aus der neuen Ausgabe der *Colloquium medii aevi*.«

»Klingt wie eine studentische Gazette. Sollte ich die kennen?«

»Es ist eine online erscheinende Zeitschrift mit wissenschaftlichen Rezensionen und Aufsätzen. Ihr Bekannter, Dr. Paulson, schreibt darin über den Einfluss der keltischen Bräuche auf die Missionare und die Kirche im frühen England.«

Peter Lavell setzte seine Brille auf und studierte den Ausdruck eine kurze Weile. »Dieser Spezialist hat sich noch nicht einmal die Mühe gemacht, es umzuformulieren.«

»Dann kommen mir die Absätze nicht von ungefähr bekannt vor, was?«

Peter legte die Papiere beiseite und begann, sich eine Pfeife zu stopfen. »Ja, er hat sie wortwörtlich abgeschrieben. Ich muss das wohl nicht alles lesen, ich gehe davon aus, dass er weder mein Buch noch meinen Namen erwähnt, hm?«

»Kein Wort über Sie. Und bestimmt wird er sich damit auch zurückhalten, wenn die ersten Lobeshymnen auf seine kompetente Recherche geschwungen werden.«

»Ja, das vermute ich auch.«

»Was werden Sie dagegen unternehmen?«

»Vielleicht treffe ich ihn einmal, dann spreche ich ihn darauf an. Immerhin ist er zwangsläufig auf meiner Seite, etwas, was sich bisher nicht von vielen sagen ließ.«

»Und die *Colloquium medii aevi*?«

»Ihre Begeisterung für neue Medien in allen Ehren, Carsten, aber Sie überbewerten die Bedeutung eines Aufsatzes aus dem Internet.« Er lehnte sich zurück, um die Pfeife zu entzünden.

»Aber es ist hochaktuell...«

»Ist es deshalb auch *relevant*? Wir haben diese Diskussion schon einmal geführt. Die Geschwindigkeit und das unkontrollierte Wuchern führen zu einem Overkill an Information. Eine solch globale Informationstransparenz mag revolutionär sein, aber nützt sie mir? Ist sie demokratisch oder anarchisch? Ich muss doch Experten identifizieren können, damit sich der Wahrheitsgehalt und die Relevanz von Informationen einschätzen lassen. Im Internet kann bald kein Mensch mehr unterscheiden, was eine originäre Neuigkeit ist oder bloß zum hundertsten Mal kopiert und verfälscht wurde.«

»Aber es gibt doch Expertenforen und seriöse Onlinemagazine, wissenschaftliche Publikationen und Diskussionsrunden. Sie sollten sich wirklich näher damit beschäftigen.«

Peter nahm einen tiefen Zug aus seiner Pfeife und ließ den Rauch gemächlich an seiner Nase vorbeigleiten, als zöge er es ernsthaft in Erwägung, sich mit dem Internet auseinander zu setzen. Carsten wusste jedoch, wie illusorisch das war. Der Professor schrieb seine Texte noch immer mit einer textverarbeitenden Schreibmaschine statt mit einem Computer, da er sich nicht an die Bedienung der Maus gewöhnen konnte. Ihn zu einem sogar darüber hinaus gehenden Einsatz eines Rechners zu bewegen, war aussichtsloser, als einem Regenwurm das Jonglieren beizubringen.

»Bevor ich lerne, das Internet zu nutzen, warte ich, bis das Internet lernt, mir das bereitzustellen, was mir wirklich Nutzen bringt. Das kann sich nur um ein paar Jahre handeln.«

Carsten stand schmunzelnd auf. Eine solche Antwort hatte er erwartet. »Nun, Hauptsache«, sagte er auf dem Weg zur Tür, »Sie verlieren nicht den Anschluss.«

»Wir erforschen fünftausend Jahre Historie und mindestens weitere fünfundzwanzigtausend Jahre Prähistorie. Eine Terra inkognita so groß und voller Rätsel; ein paar Jahre unseres Lebens können da schwerlich ins Gewicht fallen, nicht wahr?«

»Ich hoffe, dass Sie Recht behalten, Peter. Ich muss los. Sehen wir uns im Amadeus zum Mittagessen? Um eins?«

»Ja, warum nicht.« Peter machte eine Geste mit der Hand. »Wenn mich bis dahin die Geschichte nicht eingeholt hat.«

Als Carsten gegangen war, öffnete Peter seine Briefe. Einer war per Overnight-Kurier aus der Schweiz gekommen. Absender waren die Vereinten Nationen. Einem kurzen Anschreiben war eine NDA, eine Verschwiegenheitserklärung, beigelegt. Mit dem unterzeichneten Schriftstück solle er sich am Flughafen Fuhlsbüttel ein Ticket abholen. Abflugzeit: 13.45 Uhr, Ziel: Genf.

KAPITEL 3

21. April, Rua dos Remédios, Lissabon

Der Kellner brachte erneut zwei Kaffee, und während er die Marmorplatte des wackligen Tischchens abwischte, betrachtete er die beiden Herren verstohlen von der Seite. Es war nicht ungewöhnlich, lange Zeit nichts anderes als ein oder zwei *bicas* zu bestellen, es gab Studenten, die den ganzen Nachmittag bei einem einzigen Mineralwasser saßen. Aber diese beiden Herren passten nicht ins Bild, nicht hier, in der Alfama. Der eine war Ausländer, rauchte Kette, und sein Portugiesisch war leidlich. Der andere schien viel zu wohlhabend, um in diesem Café zu sitzen. Der Ausländer redete energisch und mit Händen und Füßen auf den anderen ein. Der Kellner bückte sich, um mit einem gefalteten Bierdeckel einen der schmiedeeisernen Füße des Tisches zu fixieren. Dabei hoffte er, weitere Gesprächsfetzen aufschnappen zu können, aber die beiden Männer schwiegen, bis er sich wieder anderen Gästen zuwenden musste.

»Senhor Macieira-Borges, es scheint, dass ich Sie nicht vom Erfolg des Unternehmens überzeugen kann.«

Der Angesprochene, ein stämmiger Portugiese mittleren Alters in einem etwas unmodernen aber maßgeschneiderten Dreiteiler, rückte einen Manschettenknopf zurecht und ergriff mit seinen speckigen Fingern den winzigen Henkel der Espressotasse. Es sah aus, als versuche jemand mit Hilfe zweier Bockwürste einen Briefkastenschlüssel zu bedienen, aber es funktionierte.

»Ich kann mir nicht vorstellen, dass Sie das tatsächlich überrascht«, sagte er und pustete leicht auf seinen Kaffee, um ihn ein wenig abzukühlen.

»Wenn ich, wie vorgeschlagen, einen oder zwei Botaniker oder Chemiker Ihrer Firma der Expedition anschließe, ist Ihr Investitionsrisiko doch gleich null.«

»So wie auch Ihres, nicht wahr, Senhor Nevreux?« Der Portugiese nippte an seinem Kaffee und sah den Franzosen dabei über den Tassenrand hinweg an.

»Natürlich, wenn Sie so wollen. Eine Hand wäscht die andere!« Patrick Nevreux verspürte zum ersten Mal in diesem Gespräch wieder so etwas wie ein Fünkchen Hoffnung und drückte wie zur Bekräftigung seine Filterlose aus.

»Ja, so sagt man: Eine Hand wäscht die andere... genau...« Der Geschäftsmann setzte seine Tasse behutsam ab. Er schien mit seinen Gedanken weit weg zu sein. »Nun gut«, hob er dann an, »ich will ehrlich mit Ihnen sein. Es geht nicht um Geld. Beträge, wie Sie sie nennen, geben wir monatlich für das Design neuer Tablettenpackungen aus. Packungen, die Ihnen der Arzt oder Apotheker in die Hand drückt, die Sie aufmachen und in den Müll werfen. Vom Jahresgehalt meines Laborleiters in Brasília könnten Sie zehn Expeditionen finanzieren. Es geht nicht um Geld, ganz und gar nicht.« Er machte eine dramatische Pause und leerte derweil seine Tasse. Patrick Nevreux zündete sich eine neue Zigarette an und ging im Kopf bereits resigniert die Liste der anderen Geschäftsmänner durch, die er in Lissabon noch treffen wollte, als der Portugiese fortfuhr: »Bedenken Sie, dass die Stadt, die Sie suchen – unabhängig davon, was ich persönlich glaube – für den Rest der Welt ein Märchen ist. Meine Firma ist nicht deswegen das größte Pharmaunternehmen Südamerikas und eines der innovativsten in Europa, weil wir Märchen hinterherjagen würden. Wir sind hochmodern und schnell, aber deswegen sind wir auch unter ständiger, genauer Beobachtung durch unsere Konkurrenz. Ich kann es mir unmöglich leisten, mich in ein Projekt wie das Ihrige zu involvieren. Das kleinste Gerücht darüber – und das ließe sich nicht vermeiden, glauben

Sie mir –, das kleinste Gerücht würde unsere Seriosität erschüttern.«

»Ich verstehe...« Patrick blies leicht entnervt eine Rauchwolke nach oben.

»Noch dazu sind Sie ja nicht gerade ein angesehener Forscher, wenn ich das mal so sagen darf. Wir haben Sie eingehend überprüft. Mit Ihren Methoden gehen Sie bestenfalls als ein Indiana Jones durch. Ein Dr. Jones für Arme, möchte ich hinzufügen, nach Ihrem Eklat mit der ESA. Bringen Sie mir etwas, das die Existenz der Stadt belegt, dann bin ich der Erste, der sich auf Ihre Seite stellt. Aber so...« Er machte eine entschuldigende Geste und stand auf. »Ich habe nun einen Termin. Eines muss ich Ihnen allerdings zugestehen: Sich mit mir in der Alfama zu treffen, das hat Stil, macht einen vertraut und rührselig. Ich wünsche Ihnen viel Glück, Senhor Nevreux, vielleicht sehen wir uns wieder.«

Nachdem der Unternehmer gegangen war, hielt es Patrick nicht viel länger im Café aus. Es stimmte, Macieira-Borges war ein harter Verhandlungspartner. Unverschämt, aber leider im Recht. Patrick nahm sich vor, auf den Portugiesen zurückzukommen, wenn er tatsächlich einmal irgendetwas Handfesteres als seinen persönlichen Enthusiasmus vorzuweisen hatte.

Er bezahlte und machte sich auf den Weg durch die Gassen der Innenstadt zur nächsten Bushaltestelle. Er fuhr zur Wohnung, die er sich für ein paar Monate gemietet hatte, um hier in Portugal Sponsoren für eine Expedition in Südamerika zu finden. Wenn man sich schon keine Reise nach Brasilien leisten konnte, was lag da näher, als die portugiesischen oder brasilianischen Unternehmer in Lissabon zu treffen? Er wollte bewusst zunächst keine anderen Europäer oder Amerikaner ansprechen, da er hoffte, dass man Portugiesen und Brasilianer durch ihre Verbundenheit mit dem Land leichter für ein Projekt im Regenwald begeistern und gewinnen konnte. Ob das stimmte, war natürlich fraglich. Es gab einige amerikanische Konzerne, die investitionsfreudiger waren und die über eine ebenso gute technische wie soziale Infrastruktur in Brasilien verfügten. Doch der Gedanke an Mineralölkonzerne oder andere Multis aus den Staaten missfiel ihm aus Prinzip. Vielleicht war es auch Idealismus. Eine Pharmafirma war freilich nicht viel besser, aber immerhin war sie so gut wie einheimisch, und irgendwie hatte er sich mehr von Lusomédic versprochen.

Nachdem er den Briefkasten geleert hatte, ließ er sich in seiner Wohnung auf die Couch sinken. Von hier hatte er einen wunderbaren Blick auf ein Industrieviertel und ein halbes Dutzend Baukräne. Es war nicht die beste Gegend, und auch das Apartment war winzig und abgewohnt. Dass der alte Gasboiler im Badezimmer noch funktionierte, grenzte fast an ein Wunder und ließ Patrick jedes Mal wieder schaudern. Aber das Ding hatte so lange gehalten, weshalb sollte es in den paar Wochen in die Luft fliegen, die er hier verbrachte?

Es war erstaunlich, wie viel Post er täglich bekam. Immerhin wohnte er hier nur vorübergehend. Kaum einer kannte diese Adresse. Aber meistens waren es ohnehin nur Flyer, Prospekte oder andere Wurfsendungen. Ein Brief war diesmal allerdings dabei, der seine Aufmerksamkeit erregte. Er war offensichtlich per Express zugestellt worden; erstaunlich, dass er den Empfang nicht hatte bestätigen müssen. Auf dem Umschlag prangte das Symbol der Vereinten Nationen, ein Absender war allerdings nicht angegeben. Der Brief enthielt ein kurzes Anschreiben und Instruktionen, laut denen er sich persönlich ein Flugticket in einem Büro in der Stadt abholen sollte. Er würde sich beeilen müssen: Der Flug nach Genf ging noch an diesem Abend.

KAPITEL 4

22. April, Hôtel du Lac, Genf

Peter Lavell hatte gerade seine zweite Tasse Tee geleert, als ein Ober an seinen Tisch trat und ihn darauf aufmerksam machte, dass soeben ein Fahrer eingetroffen sei und draußen auf ihn warte.

Der Professor sah auf seine Uhr und bewunderte das Timing der Organisatoren. Er hatte am Tag zuvor in großer Eile einen kleinen Koffer gepackt und war der mysteriösen aber anscheinend hochoffiziellen Einladung gefolgt. Am Flughafen in Genf hatte man ihn ausgerufen und ihm an der Information einen Umschlag überreicht. Wieder hatte er nur ein kurzes Anschreiben gefunden. Daneben aber auch eine Reservierung für ein Hotelzimmer in einem der besten Häuser der Stadt samt Magnetkarte, die Vorbestellung in einem Restaurant mit Blick auf den Genfer See sowie eine Theaterkarte. Alle Kosten würden übernommen, hieß es in der beigefügten Notiz, die auch die Bitte enthielt, um 8.30 Uhr abreisebereit im Hotel zu sein.

Peter ließ die Überreste des vorzüglichen Frühstücks zurück und begab sich nach draußen.

»Herr Professor Peter Lavell?« Ein vornehm gekleideter Mann mit weißen Handschuhen kam auf ihn zu.

»Oui, c'est moi.«

»Sie können Deutsch sprechen, Monsieur. Bitte folgen Sie mir, ich fahre Sie zum UN-Gebäude. Wenn Sie mir Ihren Koffer geben möchten?« Er führte den Professor zu einem schwarzen Mercedes mit verdunkelten Scheiben.

Genf war eine wunderbar grüne Stadt. Ihre Lage am See

und umringt von den Bergen sorgte für eine ganz besondere Atmosphäre: gemütlich und nobel zugleich. Peter hatte am Abend auf den Theaterbesuch verzichtet, war zwei Stunden am Seeufer entlangspaziert und hatte die Schwäne und die Yachten bewundert. Man kam sich ein wenig eingeschlossen und abgeschieden vor, fast wie im Urlaub. Aber dann wiederum waren alle wichtigen Nationen und internationalen Organisationen von der UNESCO über die WHO bis zur UN hier vertreten, die Stadt war vielerorts geprägt von überaus gepflegten Rasenflächen und blauspiegelnden, verglasten Hochhäusern mit Fahnenmasten, Überwachungskameras und Sicherheitspersonal.

Die Fahrt dauerte nicht lange und endete vor einem eindrucksvollen Bürogebäude, ebenso modern und verspiegelt wie scheinbar alles, was hier in den letzten zehn oder zwanzig Jahren gebaut worden war. Der Fahrer stoppte den Wagen direkt vor dem Eingang, übergab Peter seinen Koffer und führte ihn durch die Drehtüren in den Turm. Das Auto wurde unterdessen von einem ähnlich gekleideten Mann weggefahren.

Sie betraten eine hohe, fast leere Halle, die in dunklem, poliertem Stein gehalten war. Der Fahrer wies sich am Empfang aus und erhielt einen Ausweis, den er dem Professor überreichte.

»Klemmen Sie sich den bitte an Ihre Brusttasche.« Er deutete auf einen Torbogen, neben dem zwei Sicherheitsbeamte standen. Es war offenbar eine Art Metalldetektor wie am Flughafen. »Gehen Sie dann bitte durch die Schleuse und nehmen Sie den Fahrstuhl vier. Er bringt Sie in den dreiundzwanzigsten Stock, wo man Sie erwartet. Einen schönen Tag noch, Herr Professor Lavell.«

»Ja, danke, Ihnen auch.« Mit skeptischem Seitenblick schritt Peter durch den Detektor und an den stämmigen Wachmännern vorbei. Die Tür des Fahrstuhls mit der Nummer vier war bereits geöffnet. Peter suchte die Knöpfe, aber der Aufzug schloss sich bereits und setzte sich so rasant in Bewegung, dass er die Beschleunigung unangenehm im Magen fühlte. Nur wenige Augenblicke später bremste der Fahrstuhl sanft ab, die Tür glitt auf, und eine junge Frau bat ihn, ihr zu folgen. Sie gingen durch einen mit einem weichen, dunkelblauen Teppich bedeckten breiten Flur, gesäumt von modernen Gemälden und einigen durch Halogenstrahler beleuchtete Sockel mit vielfältigen Kunstobjekten. Schließlich gelangten sie in eine Art Foyer, in dem sich eine Gruppe schwarzer Ledersessel und ein Tisch aus Glas und Chrom befanden.

»Bitte warten Sie hier einen Augenblick, möchten Sie etwas trinken, Monsieur?«

Er lehnte dankend ab und setzte sich. Das Ambiente wirkte höchst seriös und professionell. Dennoch fragte er sich seit Stunden immer wieder, worauf das alles hinauslaufen würde. Er hatte schon überlegt, ob seine Vorlesungsreihe oder sein Buch jemandem mit gewichtiger Befugnis, einer höheren Macht, sauer aufgestoßen sein konnte. Nicht, dass ihn das von seiner Meinung oder seiner Arbeit abgehalten hätte oder beunruhigen würde. Aber eigentlich war das Echo seit einem halben Jahr eher bescheiden, und sonderlich provokant waren die letzten Aufsätze auch nicht gewesen. Vielleicht wollte man ihn auch für Lesungen, Diskussionen oder Interviews buchen? Indes bezweifelte er, dass ein Papiertiger der Vereinten Nationen den Gehalt geschweige denn die Tragweite seiner Arbeit verstand oder zu schätzen wusste. In jedem Fall war er der Umgebung angemessen gekleidet. Er trug einen sehr schlichten, anthrazitfarbenen Anzug, den er sich in Italien hatte schneidern lassen, dazu ein Stehkragenhemd im selben Ton und schwarze Schuhe. Krawatten vertrug er nicht, er glaubte immer gleich ersticken zu müssen, und außerdem wirkten sie zu bürokratisch. Die Leute sollten ihm ins Gesicht sehen und nicht auf seinen Schlips.

An der anderen Seite des Tisches saß ein Mann, der den Professor unverblümt beobachtete. Peter schätzte ihn auf Mitte dreißig. Seine Bemühungen, sich herauszuputzen, waren entweder peinlich oder absichtlich fehlgeschlagen. Nicht sehr, aber bemerkbar. Der Dreitagebart war etwas zu lang und wirkte raubeinig, der Schlips war angesteckt, nicht geknotet, und die Schuhe waren zwar geputzt, aber stark abgelaufen. Sein Gesicht war freundlich und sonnengebräunt. Man spürte einen Hauch von Respektlosigkeit in seiner Haltung, nicht zuletzt daran, dass er in offensichtlich bewusster Ermangelung eines Aschenbechers trotzdem rauchte und in den Kübel einer Zimmerpalme aschte.

»Monsieur le Professeur Lavell, Monsieur Nevreux, wenn Sie eintreten möchten.« Eine Tür hatte sich geöffnet, und die junge Frau, die bereits am Fahrstuhl gewartet hatte, winkte die beiden herbei. »Madame de Rosney erwartet Sie, bitte sehr.« Sie führte sie durch eine Art Sekretariat und öffnete ihnen eine weitere Tür am anderen Ende des Raums.

Sie betraten ein großzügiges Büro mit breiter Fensterfront. Den Raum beherrschten ein gewaltiger Mahagonischreibtisch und ein Fahnenständer mit den beiden Flaggen der Vereinten Nationen und Europas. Hinter dem Schreibtisch war eine eindrucksvolle Satellitenkarte Europas angebracht. Eine streng aussehende Frau Ende vierzig mit grauen Haaren, einer modernen Kurzhaarfrisur und einem dunkelblauen Hosenanzug war gerade aufgestanden. Als die beiden Männer herantraten, streckte sie ihnen über den Tisch eine Hand entgegen.

»Es freut mich, dass Sie beide kommen konnten. Bitte setzen Sie sich.« Sie nahm selbst auch wieder Platz und lehnte sich auf ihre Unterarme. Der Schreibtisch war leer bis auf zwei nebeneinander liegende Mappen, die mit einem Band und einer Plombe versiegelt waren. »Zunächst einmal möchte ich mich für die hastigen und für Sie sicherlich äußerst geheimnisvoll erscheinenden Umstände entschuldigen. Ich werde gleich etwas Licht in die Angelegenheit bringen. Darf ich mich vorstellen: Mein Name ist Elaine de Rosney, ich arbeite, wie Sie festgestellt haben, für die Vereinten Nationen. Ich bin Leiterin einer Stabsabteilung und zuständig für Sonderprojekte des Bereichs Altertumsforschung und europäische Kulturgeschichte.« Sie öffnete eine Schublade des Schreibtisches und reichte dem Franzosen einen Aschenbecher. »Sie wissen, dass das Rauchen in diesem Gebäude verboten ist.« Es war keine Frage, sondern eine Feststellung.

»Vielen Dank, dass Sie darauf Rücksicht nehmen«, antwortete der Mann, hielt seine Zigarette in die Höhe und nahm den Aschenbecher entgegen.

»Sie kennen sich beide nicht persönlich, deswegen möchte ich Sie einander kurz vorstellen. Professor Peter Lavell ist Engländer, wohnhaft in Deutschland, Professor für Geschichte mit besonderen Kenntnissen in Mythologie und Anthropologie. Er ist zurzeit im wissenschaftlichen Beirat des Völkerkundemuseums Hamburg tätig sowie als Gastdozent an der Universität der Hansestadt. Er ist Autor zahlreicher wissenschaftlicher Artikel und Aufsätze, veröffentlichte zuletzt ein Buch zum Thema *Langfristige globale Entwicklungskausalität* und ist letztes Jahr mit einer Vorlesungsreihe mit dem Titel ›Der Siegeszug der Vernunft – Aberglaube und Rationalität im Wandel der Jahrtausende‹ an internationalen Universitäten, auf Kongressen und Fachtagungen aufgefallen.«

Mit einem leichten Nicken deutete Peter seine Zustimmung an. Seine Vorlesungen als »auffallend« zu bezeichnen, war dabei sehr diplomatisch ausgedrückt. In Wahrheit hatte er mancherorts eine regelrechte Lawine von Diskussionen und Kritik losgetreten.

»Man sagt ihm einen scharfen Verstand nach und die Fähigkeit, langfristige, fachübergreifende geschichtliche Zusammenhänge zu erkennen. Er scheut nicht davor zurück, Dinge auch in scheinbar abwegige und kontroverse Beziehung zu setzen, was sich häufig als korrekt erwiesen hat.«

Peter zweifelte, ob diese Art der Beurteilung notwendig war. Es mochte zwar stimmen, was sie sagte, aber er fragte sich, was die Frau damit bezweckte. Weder wollte er auf irgendeinem Markt angeboten werden, noch hatte er vor, mit dem jungen Kettenraucher in ein besonders enges Verhältnis zu treten. Immerhin würde sie ihn hoffentlich genauso detailliert vorstellen.

Patrick beugte sich zur Seite und streckte die Hand aus.

»Freut mich, Sie kennen zu lernen, Herr Professor.«

»Patrick Nevreux ist Franzose«, fuhr die Frau fort, »gelernter Ingenieur. In den letzten Jahren war er zunehmend erfolgreich in der Feldforschung tätig. Mit Fördergeldern der EU und der ESA hat er Sonden und Forschungsroboter entwickelt. Diese setzte er auch in privaten Projekten ein und erkundete so bisher unzugängliche Schächte in Palenque. Außerdem entdeckte er in den Katakomben unter Rom eine frühchristliche Kapelle mit alten Bibelfragmenten.«

Peter sah zu Patrick hinüber, der zufrieden nickte, während er zuhörte. Der Professor hatte von den Entdeckungen selbstverständlich gelesen. Nun saß er neben dem Mann, der sie verantwortete, wenn auch seine Methoden zweifelhaft waren.

»Aufgrund des, ich zitiere ›eigenmächtigen und zweckentfremdeten Einsatzes‹ der ihm zur Verfügung gestellten Gelder und Technologie ist seine Unterstützung eingestellt worden«, fuhr die Frau fort. »Neben seinem außerordentlichen technischen Verständnis und seinem archäologischen Gespür sind seine Flexibilität und sein Ehrgeiz geschätzt. Deshalb gelingt es ihm, stets neue Investoren für seine Projekte zu finden. Zurzeit plant er ein solches in Brasilien.«

»In der Nähe der bolivianischen Grenze, um genau zu sein. Möchten Sie sich beteiligen?«

»Nein, vielen Dank, Monsieur.« Elaine de Rosny stand auf

und deutete auf einen Punkt auf der Karte hinter ihr. »Aber nun zu dem Grund Ihrer Anwesenheit hier. Es geht um ein Projekt in Südfrankreich, für das wir Sie beide gewinnen möchten. Es ist allerdings von wissenschaftlicher Brisanz und unterliegt daher absoluter Geheimhaltung, was Sie anhand der NDA, die Sie beide unterzeichnet haben, bereits sicher vermutet haben. Meine Aufgabe ist es, Ihnen heute so viele Informationen zu geben, wie ich darf, um Sie für eine Mitarbeit zu gewinnen.« Sie deutete auf die beiden Mappen, die vor ihr lagen. »Sollten Sie nicht schon unverzüglich absagen, werden Sie am Ende unseres Gesprächs diese Unterlagen mitnehmen, in denen Sie eine präzise Zusammenfassung aller für Sie relevanten Umstände und Konditionen sowie einen Vertrag finden. Ihnen bleiben dann drei Tage, sich für eine Zusammenarbeit zu entschließen, bevor das Angebot verfällt.«

Patrick machte eine Handbewegung, als wolle er etwas einwenden, und Elaine de Rosny sah ihn fragend an.

»Könnten Sie vielleicht einen Kaffee organisieren?«, fragte er, nur einen Augenblick zu früh, denn gerade schob die Mitarbeiterin aus dem Sekretariat einen Servierwagen mit Kaffee, Tee und Mineralwasser herein.

»Hatte ich ›Ungeduld‹ in meiner Ausführung über Sie vergessen?«, sagte die Projektleiterin mit ironischem Unterton.

»Ich weiß nicht«, gab Patrick lächelnd zurück, »ich habe nicht zugehört. Trotzdem vielen Dank.«

»Ihre besonderen Fähigkeiten werden für die Erforschung eines Fundes benötigt«, erklärte sie nun an beide gewandt. »Zum Teil wurden bereits Vorarbeiten geleistet, alle bisherigen Erkenntnisse erhalten Sie in Form eines ausführlichen Berichts. Für die weiteren Untersuchungen und Recherchen vor Ort steht Ihnen jegliche angemessene Technologie und ein umfangreiches Budget zur Verfügung. Sie werden für das Unternehmen hauptverantwortlich und weitestgehend weisungsbefugt über eventuelle Hilfskräfte sein. Projektstart ist in sieben

Tagen, wir gehen von einer Laufzeit von mindestens zwei Monaten aus, sind aber derzeit nicht daran gebunden. Für Ihre Mitarbeit erhalten Sie selbstverständlich eine angemessene Vergütung, die in diesen Unterlagen im Detail ausgeführt ist. Natürlich hat die vertrauliche Natur des Projekts auch Auswirkungen auf Sie und Ihre Arbeit. Ihre Verschwiegenheit wird zeitlich und inhaltlich ausgedehnt und per Vertragsstrafe garantiert werden müssen. Während der Arbeit wird niemand Ihren Aufenthaltsort kennen, alle Arbeitsergebnisse müssen unverzüglich gemeldet werden und bleiben vorläufig Eigentum der UN.«

»Mit anderen Worten, wissenschaftliches Renommee für uns ist nicht zu erwarten«, stellte Peter fest.

»Wir wären die Männer im Hintergrund, Söldner«, stimmte Patrick zu.

»Söldner, Monsieur Nevreux, würde ich es nicht nennen. Aber es geht in erster Linie für Sie um Geld, das stimmt. Vielleicht dauert es Jahre, bis die Ergebnisse mit Ihren Namen veröffentlicht werden, vielleicht geschieht das auch überhaupt nicht. Seien Sie jedoch versichert, dass wir hier über Beträge sprechen, die Ihnen nicht gleichgültig sind. Kosten spielen in diesem Projekt keine Rolle.«

»Keine Rolle?«, fragte Patrick.

»Das sagte ich.«

Peter schenkte sich eine Tasse Tee ein. Langsam fügten sich die Einladung nach Genf und das Gebaren der Projektleiterin in ein gemeinsames Bild. »Bei allem Respekt vor der Macht des Kommerzes, Madame de Rosney, aber für seriöse Wissenschaftler kann das gewiss nicht der einzige Anreiz sein.«

»Nein, Sie haben Recht, Herr Professor. Ich kann mich in Ihre Lage versetzen, und es tut mir aufrichtig Leid, Ihnen nur Geld anbieten zu können. Andererseits haben wir Sie nicht zufällig ausgewählt. Das Projekt betrifft Ihr ganz persönliches Interessengebiet, es drängt sich fast schon auf. Wenn Sie auch keine Ergebnisse veröffentlichen dürfen, so werden Sie der Fund und seine Implikationen an einem Nerv treffen, der Sie mehr als reizen wird.«

»Da bin ich aber gespannt.« Peter hob eine Augenbraue, setzte den Tee an und betrachtete die Frau erwartungsvoll.

»Ich kann Ihnen keine Details sagen, nur so viel: Es geht um einen Fund, den wir weder einordnen noch datieren können, der aber allem Anschein nach unser Verständnis über das Wissen und die Technologie unserer Vorfahren revolutionieren wird. Und wenn ich Technologie sage, meine ich weder Faustkeile noch Zahnräder, sondern Technologie.«

Peter nickte leicht überrascht. Elaine de Rosney schien zwar einen Hang zum Dramatischen zu haben, aber wenn auch nur annähernd stimmte, was sie sagte, dann würde es ihn in der Tat brennend interessieren.

»Ist das auch der Grund für die Geheimniskrämerei?«, wollte nun Patrick wissen, während er sich eingehend damit beschäftigte, sein leeres Zuckertütchen zusammenzurollen.

»Sie haben von mir erfahren, was ich Ihnen sagen konnte. Ergebnisse, wie wir sie erwarten, dürften nicht verfrüht und unkanalisiert an die Öffentlichkeit gelangen. Es gibt dafür nicht nur soziologische sondern auch politische Gründe. Das muss Ihnen als Aussage leider reichen.«

»Also gut, die Mappen bekommen wir mit auf den Heimweg, richtig?« Patrick wirkte plötzlich ungeduldig, als habe er das Für und Wider des Angebotes bereits abgewogen.

»Richtig.«

»Um es abzukürzen: Es nützt nichts, Ihnen weitere Fragen zu stellen, was?«

»Alles Weitere müssen Sie den Unterlagen entnehmen. Oder haben Sie noch Fragen, Herr Professor Lavell?«

Er schüttelte den Kopf. »Nein, es sei denn, Sie könnten über die Art der Technologie, von der Sie sprechen, spezifischer werden.«

»Das kann ich leider nicht. Nicht nur, weil es geheim wäre, sondern schon allein deswegen, weil wir nicht in der Lage waren, sie zu untersuchen.« Sie stand auf und überreichte den Männern die Mappen. »Ich hoffe, dass ich Sie beide an Bord begrüßen darf. Denken Sie an die Frist von drei Tagen.«

Sie nahmen die Mappen entgegen. Auf dem Deckel prangte eine schwarze Aufschrift: *Projekt: Babylon.*

Kapitel 5

29. April, Béziers-Agde-Vias-Flughafen, Béziers

Eine Schar von aufgeregten, sommerlich gekleideten Touristen flutete in die Halle des Flughafens. Sie hatten während des Anfluges bereits die Landschaft bewundert, die Wälder und Flüsse, die hügeligen Plantagen und Weinberge und den wolkenlosen Himmel. Sie hatten versucht, das Meer zu erspähen, und jeder schwelgte in einer von Urlaubskatalogen und kitschigen Postkarten genährten Vorfreude auf das Mittelmeer, Käse, Rotwein und hoffentlich Satellitenempfang im Hotelzimmer.

Peter Lavell trug einen Anzug. Die Anweisungen für seine Anreise waren deutlich und strikt gewesen. Mit seinem Koffer stand er im großzügigen, zentralen Patio des Flughafens und sah sich suchend um. Er machte sich noch immer Gedanken, ob er das Richtige tat. Niemand an der Universität und am Museum wusste, wo er war. Er hatte sich für »mindestens zwei Monate« abgemeldet, jeder musste sich fragen, ob er sich auf eine Weltreise begeben würde oder ob er plane, auszuwandern. Dem Geld, das ihm die UN bot, hatte er es zu verdanken, dass er trotz einer solchen Auszeit nach Projektende tatsächlich eine Weltreise unternehmen könnte, wahrscheinlich sogar mehrere. Aber es war in der Tat nicht das Geld, sondern der Gegenstand der Untersuchung, der ihn reizte, wie Elaine de Rosney bereits vermutet hatte. Er konnte sich kaum vorstellen, was für eine Entdeckung so mysteriös sein könnte und eine derartige Verschwiegenheit verlangte. Aber ein Funke war in ihm entflammt worden, eine fast jugendliche Neugierde, der er schließlich nachgegeben hatte. In den letzten Jahren hatte er sich der Arbeit am Schreibtisch gewidmet, hatte jene ungelösten Rätsel und Puzzleteile aufgegriffen, die andere aufgeworfen und ad acta gelegt hatten. Er hatte sie untersucht, gewendet und erfolgreich kombiniert. Aller unqualifizierten Kritik, die ihm hierzu entgegenschlug, konnte er gelassen entgegensehen. Doch es nagte an ihm, dass all seine Erkenntnisse nie auf seinen originären Entdeckungen basierten, und er sich dadurch stets unnötig angreifbar machte durch die Neider, denen er die Show stahl. Als Theoretiker im fortgeschrittenen Alter bekam man nicht oft die Chance, selbst ins Feld zu gehen und etwas Neues zu entdecken. Er wollte sich nicht länger dem Vorwurf ausgesetzt sehen, dass er mit seiner Arbeit lediglich Nutznießer fremder Vorarbeiten war. Dies war vielleicht seine letzte Möglichkeit, einen neuen Pfad zu beschreiten. Bücher konnten warten, und die Scherbenhaufen der kulturhistorischen Forschungen anderer Leute konnte er auch mit achtzig noch bearbeiten.

Er entdeckte einen förmlich gekleideten Mann, der ein Schild mit der Aufschrift »Prof. Peter Lavell, UN Genève« demonstrativ vor sich hielt. Neben ihm stand, rauchend und ebenfalls in einen Anzug gekleidet, der französische Ingenieur Patrick Nevreux. Er hatte den Job also auch angenommen. Peter ging auf die beiden zu und begrüßte sie.

»Hallo Peter, ich darf Sie jetzt doch Peter nennen, wo wir beide ›an Bord‹ sind, oder?« Patrick betonte »an Bord« so überspitzt, dass er sich offenkundig über ihre Auftraggeberin lustig machte.

Peter musste lächeln. »Kein Problem, Patrick. Wir werden ja wohl eine Weile miteinander auskommen müssen, nicht wahr?«

»Das wird uns in dieser Gegend nicht schwer fallen, glauben Sie mir! Wissen Sie, was das ist?« Patrick zog ein Taschenbuch hervor. »Ein Führer der Châteaux des Corbières.«

»Sie sind Rotweinliebhaber?«

»Was hatten Sie erwartet? Das Leben macht nicht Halt vor

Klischees. Ich habe Sie doch auch Tee trinken sehen. *Very british.* Möchten Sie eine Zigarette?« Er zündete sich selbst eine neue an.

»Ich störe Ihre Unterhaltung nur ungern«, warf der Mann ein, der das Namensschild des Professors inzwischen in einer Aktenmappe verstaut hatte. »Aber ich muss Sie noch einmal darauf aufmerksam machen, dass das Rauchen hier verboten ist.«

Als hätte er den Hinweis auf das Rauchverbot gar nicht gehört, sagte Nevreux: »Ach ja, Peter, das ist Marc, ein Mitverschwörer, den uns unsere Freundin Elaine geschickt hat.«

Der Mann, den Patrick vorgestellt hatte, fand dies offensichtlich nicht sehr amüsant. Ohne eine Miene zu verziehen, machte er eine Handbewegung zum Ausgang hin. »Folgen Sie mir zum Wagen.«

Er brachte sie zu einem weißen Landrover mit einer dunkelgrünen Aufschrift auf der Tür: *GNES – Garde Nationale d'Environnement et de la Santé – Direction Languedoc-Roussillon*. Sie machten es sich im Fond bequem und waren bereits nach wenigen Minuten auf der Hauptstraße Richtung Südwesten unterwegs.

Marc reichte zwei Namensschilder nach hinten. »Stecken Sie sich diese bitte an. Die geheime Natur des Projekts macht es erforderlich, dass Sie Ihre Untersuchung verdeckt durchführen. Der Fundort liegt in unmittelbarer Nähe des Ortes St.-Pierre-Du-Bois. Dort wird man von Ihrer Anwesenheit und Ihren Untersuchungen erfahren. Sie treten deswegen offiziell als Spezialisten auf, gerufen von der Umwelt- und Gesundheitswache. Sie erkunden die Hintergründe einer drohenden Tollwutepidemie und lassen deshalb ein bestimmtes Gebiet weiträumig hermetisch absperren. St.-Pierre-Du-Bois ist ein Luftkurort mit Mineralquellen. Er blüht seit einigen Jahren durch den Tourismus auf und ist auf ihn angewiesen. Wir haben einen Termin mit dem Bürgermeister.« Marc reichte zwei Mappen hinter sich. »Studieren Sie während der Fahrt die Unterlagen. Sie finden Angaben über die Region, die Stadt und die wichtigsten Personen. Didier Fauvel ist ein ehrgeiziger Mann, Ende vierzig, cholerisch, zum zweiten Mal geschieden. Wir halten uns nicht lange mit ihm auf. Eine Tollwutepidemie ist ein großes Problem für ihn. Wenn Sie sie unter Kontrolle bringen, ist er Ihr Freund. Wenn Sie damit nicht bis zum Beginn der Sommerferien fertig werden, ist er Ihr Feind.«

»Wieso gerade Tollwut?«, fragte Peter. »Klingt etwas unglaubwürdig, oder?«

»Die Idee ist gar nicht so dumm«, überlegte Patrick. »Es ist verständlich und gefährlich genug für die Leute hier, aber nicht so sehr, dass es die Presse aus Paris anlocken würde. Aber ich frage mich, was wir über Tollwut erzählen können.« Er zündete sich eine weitere Zigarette an. »Ich weiß ja nicht, wie es Ihnen geht, Peter, aber ich habe weder Biologie noch Veterinärmedizin studiert.«

»Didier Fauvel versteht von Tollwut genauso wenig wie Sie«, erklärte der Fahrer. »Für alle Fälle finden Sie in den Mappen vorbereitete Erklärungen, Untersuchungsergebnisse, Berichte, Fotos und Analysen, die Sie nach und nach vorbringen können. Außerdem ausführliche Unterlagen über die Natur dieser Region, über Tollwut im Allgemeinen und im Speziellen. Das reicht aus, um die Ortsansässigen zu überzeugen.«

»Elaine denkt an alles«, meinte Patrick mit ehrlichem Erstaunen. Er aschte aus dem Fenster. »Beeindruckend.«

»Bedrohlich«, gab Peter zurück.

Marc ignorierte die Bemerkungen. »Wenn Sie Ihre Kippe aus dem Fenster werfen, kostet Sie das fünfhundert Euro.«

»Monsieur Fauvel, dies sind die Herren Nevreux und Professor Lavell. Meine Herren, Bürgermeister Fauvel.«

Der Bürgermeister kam hinter seinem Schreibtisch hervor und schüttelte den beiden geschäftig die Hände. Seine Kleinwüchsigkeit machte er mit einem dicken Bauch und Schweinsaugen wett, die unruhig und stechend aus seinem roten Gesicht hervorblitzten.

»Es freut mich, dass Sie sich die Zeit nehmen, hereinzuschauen. Sie müssen von den Geschehnissen ebenso überrascht sein wie ich. Doch bevor wir unsere Sorgen teilen …« Er trat an einen Beistelltisch und deutete auf eine Flasche. »Möchten Sie einen Cognac?«

»Vielen Dank, Monsieur le Maire«, ergriff Patrick das Wort, »aber wir haben noch viele arbeitsreiche Stunden vor uns, und ich fürchte, Ihr zweifellos hervorragender Cognac verträgt sich schlecht mit wissenschaftlicher Analyse.«

»Sie haben bestimmt Recht«, erwiderte Didier Fauvel und verschanzte sich wieder hinter seinem Schreibtisch. »Es freut mich, dass Sie so schnell und gewissenhaft ans Werk gehen. Ich würde mich freuen, wenn Sie mich regelmäßig über den Fortgang der Untersuchungen auf dem Laufenden hielten. Wie Sie sich denken können, liegt mir außerordentlich viel am Wohl der Stadt und seiner Bürger und Besucher.«

»Professor Lavell und ich werden Sie selbstverständlich informieren. Bestimmt werden wir Sie auch das eine oder andere Mal um Rat ersuchen, wenn wir Fragen zur Umgebung haben oder an anderer Stelle nicht weiterkommen. Ich hoffe, wir belästigen Sie nicht zu sehr.«

»Aber keineswegs. Ich habe einige Termine abgesagt, um Zeit für die Beobachtung der Untersuchungen zu haben. Das Tollwut-Problem hat für mich höchste Priorität. Wenn Sie also irgendetwas benötigen, scheuen Sie sich nicht, jederzeit vorbeizukommen.« Er machte eine großmütige Geste. »Jederzeit. Meine Sekretärin hat Anweisung, Sie vorzulassen. Das Gleiche gilt im Übrigen für Ihre Ranger. Meine Polizei unterstützt sie gerne.«

»Vielen Dank. Im Augenblick werden wir uns ein Bild von der Lage machen und gegebenenfalls zu einem späteren Zeitpunkt auf Ihre großzügige Unterstützung zurückkommen.«

In Peters Augen hatte Patrick etwas zu dick aufgetragen. Es wunderte ihn zwar, dass der Franzose überhaupt eine so formelle Unterhaltung führen konnte, aber vielleicht hätte er den Mann nicht derart beweihräuchern müssen. Dem Bürgermeister schienen die Worte jedoch gut zu gefallen. Er lächelte feinsinnig, so gut es seine Gesichtszüge zuließen, was ihm allerdings einen unfreiwillig durchtriebenen Ausdruck verlieh. Dann stand er wieder auf und reichte seine speckige Hand.

»Ich freue mich auf eine wunderbare Zusammenarbeit. Ich werde Sie nicht länger aufhalten und wünsche Ihnen viel Erfolg.« Diese abrupte Beendigung des Gesprächs kam den anderen nicht ungelegen. Es gab nichts, was sie dem Mann noch zu sagen hatten, der Höflichkeit war Genüge getan. Er begleitete sie ein Stück weit durch sein Büro und blieb neben dem Beistelltisch stehen. »Ich erwarte dann Ihren ersten Bericht nächste Woche.«

»Sie können sich auf uns verlassen«, gab Patrick zurück und sah gerade noch Didier Fauvels Hand zum Tischchen wandern, als sich hinter ihnen die Bürotür schloss.

»Sie sind ihm ja ganz schön um den Bart gegangen«, sagte Peter, als sie wieder im Wagen saßen.

»Sie meinen, ich habe ihn eingeseift?« Patrick lachte und zündete sich eine Zigarette an.

»Was halten Sie von ihm?«

»Ich kenne Typen wie ihn zuhauf. Man sollte sie nicht unterschätzen. Aber *no risk, no fun*, sagt man das nicht so auf Englisch?«

»So in etwa. Marc, wo geht es jetzt hin?«

Sie stiegen wieder in den Wagen und fuhren los. Auf einer Nebenstraße brachte Marc sie aus dem Ort hinaus.

»Ich fahre Sie jetzt zur Stätte. Dort führe ich Sie kurz herum und liefere Sie danach im Hotel ab.«

»Zur *Stätte*?« Patrick machte sich mit einer übertrieben ehrfürchtigen Grimasse über den Fahrer lustig. »Müssen wir dort noch einen Initiationsritus über uns ergehen lassen, bevor wir den heiligen Boden betreten?«

»Lassen Sie doch den Mann«, beschwichtigte Peter, aber der Fahrer hatte es entweder nicht verstanden oder war für diese Art von Humor unempfänglich. Er blieb stumm und fuhr sie in eine immer abgelegener wirkende Gegend. Sie waren seit dem Ortsausgang an keinem Gebäude oder Gehöft mehr vorbeigekommen, und schon bald umgab sie ein dichter Wald. Die Straße wurde zunehmend schlechter, eine Randbefestigung gab es schon lange nicht mehr, Schlaglöcher häuften sich. Schließlich versperrte ein zwei Meter hohes Metallgatter die Straße. Links und rechts davon führte ein ebenso hoher und stabil aussehender Zaun in den Wald. Die Absperrung war offensichtlich erst kürzlich errichtet worden und wirkte seltsam fremd in dieser Abgeschiedenheit. Diesen Eindruck verstärkte auch ein Stahlcontainer jenseits des Zauns, in den Fenster und eine Tür eingebaut waren. Aus ihm trat ein Mann in weiß-grüner Uniform, der das Gatter öffnete, um den Landrover hindurchzulassen. Die Straße endete nun vollends und mündete in einen mit Kieseln bestreuten Waldweg, der einige schlammige Stellen aufwies. Als Marc ohne Kommentar weiterfuhr, beobachtete Peter, wie der Uniformierte das Gatter hinter ihnen schloss und sich in sein stählernes Wärterhäuschen zurückzog. Er hob die Augenbrauen und sah zu Patrick hinüber, dessen Miene ebenfalls so aussah, als hätte er mindestens eine Frage auf der Zunge.

Der Wagen erreichte nach kurzer holpriger Fahrt eine Lichtung. Frische Baumstümpfe zeugten davon, dass sie erst vor kurzem angelegt worden war. Um den Rand der Lichtung gruppierten sich sechs weitere Stahlcontainer wie jener am Gatter. Menschen waren keine zu sehen.

»Normalerweise kommt man noch näher heran«, erklärte Marc und stieg aus, »aber wir hatten bis letzte Nacht eine Menge Regen und ganze Ströme aus Schlamm. Deswegen kommen wir auch mit diesem Wagen heute nicht durch. Wir müssen laufen. Bitte ziehen Sie dazu diese Schuhe an.« Er reichte den beiden je ein Paar knöchelhoher, fester Schuhe mit ausgeprägtem Profil. Sie sahen sich kurz an, zuckten dann mit den Schultern und wechselten ihr Schuhwerk.

»Was ist das denn hier?« Patrick deutete auf die Container und ging zu einem hinüber.

»Das ist das Lager der Ranger, die Sie unterstützen. Sie patrouillieren in Schichten Tag und Nacht am Zaun, um das Projekt vor unerwünschten Gästen zu schützen. Für Ortsansässige, die sich hierhin verirren sollten, machen sie den Eindruck, als würden sie ein Sperrgebiet nach tollwütigen Tieren absuchen.«

Patrick spähte in ein Fenster und kam zurück. »Elaine hat sich wirklich Mühe gegeben!«

Marc setzte sich in Bewegung und bedeutete den beiden, ihm zu folgen. »Kosten spielen bei diesem Projekt keine Rolle.«

»Das hab ich doch schon mal gehört«, flüsterte Patrick Peter zu. »Sie glauben nicht, wie mich das freut.«

»Mich macht es eher nervös. Erstaunlich, nicht wahr?«, gab Peter zurück.

Sie wanderten durch das Gehölz, das die Regenfälle mancherorts tatsächlich in undurchdringbarem Zustand zurückgelassen hatten, und kamen an ein paar Rangern vorbei, die mit Äxten und Sägen einen entwurzelten Baum entfernten, der jede Weiterfahrt spätestens hier verhindert hätte. Die Männer sahen kurz auf, nickten den drei Ankömmlingen grüßend zu und setzten ihre Arbeit fort. Marc führte sie weiter, bis sie an den Waldrand kamen. Vor ihnen eröffnete sich der Blick auf eine hügelige, fast gebirgige Landschaft, die von Tälern und Flüssen durchzogen war. Keine Telefon- oder Strommasten, kein menschliches Bauwerk durchbrach die Idylle. Es war eine grandiose Szenerie, wie sie jeden Reiseführer hätte zieren können, doch Marc ließ ihnen keine Zeit für schwelgende Gedanken. Sie folgten ihm einen immer steiler und beschwerlicher werdenden Felshang hinauf. Gerade als Peter sich wunderte, wie sie sicheren Tritts den inzwischen zur Klettertour gewordenen Steilhang erklimmen sollten, bemerkte er ein Stahlseil, das mit Sicherungshaken in der felsigen Wand befestigt war. Es glänzte ebenso neu und sauber wie die Container im Lager. Mit Hilfe des Seils und der rutschfesten Wanderschuhe konnte man Schritt für Schritt gut hinaufgehen. Peter kam trotzdem ins Schwitzen und erreichte mit einigem Abstand als Letzter einen hoch gelegenen Felsabsatz.

»*Projekt Babylon* spielt mit Sicherheit auf die Höhe des Turms von Babel an!« Er stemmte die Arme in die Hüften und schnappte nach Luft. Seine Souveränität hatte kleine Risse davongetragen.

Patrick grinste leicht und bot ihm seine bereits entzündete Zigarette an. »Möchten Sie?«

»Ich kann mich gerade noch zusammenreißen.«

»Ich würde auch Ihnen raten, drinnen das Rauchen einzustellen«, warf Marc nun ein. »Es geht hier weiter.«

Er ging auf dem Felsvorsprung entlang und verschwand hinter einer Biegung der Wand. Als Peter und Patrick ihm folgten, kamen sie an eine tiefe Einbuchtung in der Felswand, offensichtlich der Eingang zu einer Höhle. Er wurde jedoch von einer etwa zwei mal zwei Meter messenden Stahltür versperrt. Sie war mit massiven Bolzen im Eingang befestigt und ließ seitlich und darunter genügend Raum für einige Kabel, die ins Innere führten. Die Kabel waren an zwei leise brummende Generatoren angeschlossen, die zusammen mit einigen Fässern neben dem Tor standen.

»Eine Höhle? Sie haben uns doch wohl nicht wegen ein paar Faustkeilen gerufen«, sagte Patrick.

Marc machte sich an der Stahltür zu schaffen, entriegelte sie und zog sie auf. Sie traten in den steinernen Gang. Wie Gedärm führten die Kabel auf dem Boden und mit Klammern befestigt an der Wand entlang. Marc betätigte einen provisorischen Schalter, und eine Vielzahl von Scheinwerfern, zum Teil an den Wänden, zum Teil auf Stativen, flammte auf und durchflutete die Höhle mit gleißender Helligkeit.

»Wow«, entfuhr es Patrick. Er ging ein paar schnelle Schritte voran und betrachtete die Wand. »Nach Steinzeit sieht das aber nicht aus. Sehen Sie sich das an, Peter!«

Die Wände waren über und über mit Schriftzeichen, Symbolen und Zeichnungen bedeckt. Es waren offensichtlich aber keine steinzeitlichen Malereien, sie mussten neueren Ursprungs sein.

Patrick fuhr mit den Fingern über die Wand, ohne sie zu berühren. »Hier steht etwas auf Latein, dort drüben sind griechische Schriftzeichen! Sehen Sie sich diese Illustrationen an, sieht nach siebtem oder achtem Jahrhundert aus.«

Peter stand in der Mitte des Gangs, drehte sich um sich selbst und ließ seinen Blick über die Wände schweifen. »Wunderbare Arbeit … hier sind auch hebräische Symbole und ein Text, vielleicht biblisch.«

»Oh, hier hat es jemand zu gut gemeint«, rief Patrick und deutete auf einen tiefer gelegenen Teil der Wand.

»Wie meinen Sie das?«

»Da hat einer vielleicht aus einem Lexikon abgeschrieben, aber mittelalterlich ist das hier jedenfalls nicht.«

Peter kam heran. »Lassen Sie mal sehen.«

»Ich glaube nicht, dass im Mittelalter jemand die sumerische Keilschrift gekannt hat.«

Peter betrachtete die Wand eingehend. »Nein, das können wir wohl ausschließen. Und noch viel weniger hätte jemand diese Glyphen hier gekannt.« Er zeigte an eine andere Stelle.

»Das sind Mayas!«

»Projekt Babylon...«

»Die babylonische Sprachverwirrung, ja.« Marc, der sich bisher zurückgehalten hatte, meldete sich zu Wort. »Wir haben in unseren ersten Untersuchungen dreiundfünfzig verschiedene Sprachen hier ausmachen können. Nur etwa zwei Dutzend konnten wir eindeutig identifizieren, übersetzt haben wir noch nichts davon.«

»Nun gut«, sagte Peter, während er seine Brille aufsetzte, um sich einige der Zeichen aus nächster Nähe anzusehen. »Das mag ja ein sprachwissenschaftliches Puzzlestück sein, aber in Genf klang es, als müsse man uns erschießen, wenn wir das hier nicht geheim halten. Noch kann ich diese Dramatik nicht ganz nachvollziehen.«

»Wir hoffen, dass die Schriftzeichen einen Schlüssel zum eigentlichen Rätsel enthalten. Das Projekt wurde danach benannt, aber in der Tat sind sie fast nebensächlich, wenn Sie das hier gesehen haben...« Marc ging voran.

»Nun machen Sie's aber spannend, was, Peter?«

Sie folgten dem Mann einen Gang entlang, der sich am rückwärtigen, dunklen Ende der Höhle um eine Ecke wand. Dort blieben sie abrupt stehen. Bis hierher drang nur noch so wenig des Scheinwerferlichts, dass sie deutlich ein bläuliches Schimmern sehen konnten, das auf eine merkwürdige Weise den ansonsten düsteren Gang vor ihnen erhellte.

Marc ging ein paar Schritte voraus. »Kommen Sie hierher zu mir, aber gehen Sie keinen Schritt weiter.« Er deutete auf die Steine zu seinen Füßen.

Nun erkannten sie, dass der Boden hier über die gesamte Breite des Gangs sorgfältig eingemeißelte Verzierungen enthielt. Eine Anzahl archaisch wirkender Symbole war zu Gruppen und Mustern angeordnet. In der Mitte prangte ein zyklopisches Zeichen aus konzentrischen Kreisen mit Unterbrechungen, die zur Mitte hinführten. Das Ganze wirkte wie ein übergroßes Wappen oder Siegel.

Peter beugte sich nach unten und fuhr einige Gravuren mit den Fingern nach. »Was bedeutet das hier?«

»Und was leuchtet hier so?«, fragte Patrick.

»Auf beides gibt es bisher keine Antwort«, erklärte Marc. »Wenn Sie nun bitte einmal zusehen würden, was passiert.« Die Forscher beobachteten, wie er einen weiteren Lichtschalter an der Wand betätigte und ein aufflammender Scheinwerfer an der Decke den Gang vor ihnen bestrahlte.

»Unfassbar!«, entfuhr es Peter.

In fünfhundert Watt Licht getaucht, entblößte der Fels die feinsten Risse und Unebenheiten, doch kurz hinter den Symbolen auf dem Fußboden hörte alles Licht so plötzlich auf, als beginne hier eine mattschwarz gefärbte Masse. Der Gang, der eben noch weiterzuführen schien, war nun gefüllt mit tiefer Schwärze. Es ließen sich weder Struktur noch Beschaffenheit erkennen. Jegliches Licht schien hier verschluckt zu werden, so dass keine noch so geringe Reflexion zum Betrachter zurückkam.

»Was zum Teufel ist das?!«, rief Patrick atemlos.

Marc trat dichter heran. Er streckte seinen Arm aus, der daraufhin bis zum Ellenbogen in der Schwärze verschwand. Es sah aus, als sei er schlichtweg abgetrennt. Dann zog er den Arm unversehrt zurück.

»Wir haben nicht die leiseste Ahnung«, gab er zu.

»Kann man hindurchgehen? Sind Sie schon mal drin gewesen?«, wollte Patrick wissen. Er schritt über das Symbol und trat so dicht heran, dass ihn nur noch wenige Zentimeter von der Dunkelheit trennten. Er untersuchte das Phänomen mit den Fingerspitzen und zog sie erschrocken wieder zurück.

»Mein Gott, ist das ekelig! Man hat das Gefühl, blind zu sein. Man sieht einfach nichts!«

»Nein, wir sind nicht drin gewesen, und ich würde Ihnen raten, es auch nicht auszuprobieren. Es ist viel zu gefährlich, Menschenexperimente durchzuführen, ohne den Durchgang und seine Bedeutung vollständig untersucht zu haben.«

»Ihre Bestimmtheit lässt mich vermuten, dass es konkrete Gründe für diese Vorsicht gibt.«

»Das ist richtig, Herr Professor Lavell. Sie werden heute Abend alle Unterlagen zur Verfügung haben, um den Vorfall nachzulesen.«

»Vorfall?«

»Ist der Durchgang schon in irgendeiner Form untersucht worden?«

»Auch diese Informationen haben Sie heute Abend vollständig vorliegen. Wir haben bisher nur wenige gesicherte Erkenntnisse. Die Höhle ist erst vor knapp drei Wochen entdeckt worden.« Marc sah auf seine Uhr. »Ihr Arbeitstag beginnt morgen früh. Ich werde Ihnen jetzt noch Ihre Unterkünfte zeigen.«

Beim Verlassen der Höhle erläuterte Marc die Stromversorgung mittels der Generatoren und händigte ihnen zwei Sicherheitsschlüssel für die Stahltür im Eingangsbereich aus. Auf dem Weg zurück ins Camp der Ranger und auf der Fahrt nach St.-Pierre-Du-Bois sprach Marc wenig und verwies lediglich auf ein paar organisatorische Details. So müssten sich die beiden Forscher nicht weiter um die Ranger kümmern, da diese ihre Anweisungen direkt bekämen. Marc selbst würde das Projekt verlassen und noch am selben Abend nach Paris fliegen. Peter und Patrick würden alle Unterlagen, Ausrüstungen, Adressen und Geldmittel im Hotel erhalten. Es gäbe bereits eine Vorbestellung von wissenschaftlichen Geräten, die am nächsten Morgen um neun ins Camp geliefert würden.

Peter und Patrick hörten kaum zu, denn in Gedanken waren beide in der Höhle geblieben, und sie stellten auch keine Fragen, da Marc ihnen keine Antworten geben würde. Vielleicht wusste er vieles auch nicht. Da er das Projekt wieder verließ, war er möglicherweise gar nicht vollständig eingeweiht.

Am Ende einer mit weißem Kies bestreuten und von Zypressen gesäumten Auffahrt hielten sie vor dem Hôtel de la Grange, einem dreistöckigen Gebäude aus alten Granitblöcken und dunkelbraunem Gebälk, an dem prächtige orangefarbene und violette Bougainvilleasträucher emporrankten. Im Stil eines noblen Gutshofes passte sich der Gebäudekomplex ins Landschaftsbild ein und war den parkenden Autos nach zu schließen ganz offensichtlich eine exklusive Adresse.

Nach einem kurzen Gespräch an der Rezeption händigte Marc den beiden je zwei Sicherheitsschlüssel für ihre Zimmer und einen Autoschlüssel aus. »Der Landrover gehört nicht mir, sondern steht Ihnen für das Projekt zur Verfügung. Nun zu den Räumen.« Er führte sie in den dritten Stock. »Jeder von Ihnen hat selbstverständlich sein eigenes Zimmer, zusätzlich haben wir für Sie ein Büro vorbereitet. Bitte sehr.« Er zeigte auf eine Tür, die Peter daraufhin öffnete.

Sie betraten einen mit Jalousien halb abgedunkelten Raum, fast doppelt so groß wie das Büro ihrer Auftraggeberin in Genf. Neben einer Sitzecke fanden sich ein Konferenztisch mit sechs Ledersesseln, mehrere Schreibtische mit Flachbildschirmen, Computer, Laserdrucker, Telefone, ein Faxgerät sowie andere technische Spielereien, die nicht sofort zu identifizieren waren.

Marc deutete auf einen mit Fachbüchern und Ordnern gefüllten Schrank und einen Safe. »Sie finden dort eine große Auswahl an hilfreichen Dokumentationen. Alle konkret projektbezogenen Unterlagen liegen im Safe.« Er überreichte Peter einen Schlüssel und einen verschlossenen Umschlag. »Dies sind der Schlüssel und die Kombination. Wie Sie sehen, ist der Raum ansonsten mit dem Nötigsten ausgerüstet. Wenn Sie zusätzliche Hardware, Software oder andere Unterstützung benötigen, dann melden Sie sich einfach jederzeit in Genf.«

Das Abendessen im Restaurant des Hotels war vorzüglich gewesen. Nun saßen sie noch beim abschließenden Käse, den Patrick bestellt hatte. Nachdem Marc gegangen war, hatten sie den Safe geöffnet und den Inhalt studiert. Es waren größtenteils Instruktionen sowie Protokolle der bisherigen Untersuchungen und die Befunde. Ein Dokument beschrieb den Fund der Höhle. Ein Schäfer hatte sie zufällig entdeckt und dabei einen geistigen Schock davongetragen, nachdem er offensichtlich den »Durchgang« im hinteren Teil der Höhle durchschritten hatte. In der Folge seines Schocks hatte er sich schwere Verletzungen zugezogen und war in ein Krankenhaus eingeliefert worden. Er hatte sich dort kurzzeitig erholt und von seiner Entdeckung berichten können, war danach jedoch wieder in einen Zustand der Umnachtung gefallen, der noch immer andauere. Die ersten Untersuchungen der Schriftzeichen in der Höhle konnte man bestenfalls als grob bezeichnen. Jemand hatte die unterschiedlichen Schriften gezählt und versucht, einige davon zu identifizieren. Übersetzungsversuche gab es keine, wohl aber einige Spekulationen über die möglicherweise okkulte Natur einiger Symbole. Den Durchgang hatte man vermessen, die eingemeißelten Symbole auf dem Boden fotografiert. Die merkwürdige Beschaffenheit des Inneren des Durchgangs wurde beschrieben, ließ sich aber laut Bericht nicht ohne weiteres untersuchen oder messen, da die Schwärze jede Form von Strahlung zu verschlucken schien.

Viel mehr gaben die Papiere nicht her, alle Fragen waren noch offen, und viele waren noch gar nicht gestellt worden.

Sie hatten während des Essens wenig gesprochen. Neben unwichtigen Bemerkungen über das Wetter, das Land und die Qualität der Speisen, hatten sie sich im Wesentlichen ihre eigenen Gedanken gemacht und versucht, die Erlebnisse des Tages zu ordnen. Jeder sann darüber nach, was er denken sollte und was wohl der andere dachte. Es war kein unangenehmes Schweigen; es war eine produktive Reflexion, wobei jeder den anderen beobachtete und allmählich vertrauter mit seinem Gegenüber wurde. Auch durch den guten Rotwein, den Patrick ausgesucht hatte und den sie beide genossen, kamen sie sich näher, und als der Kellner einen abschließenden Espresso brachte, Patrick seine Zigarettenpackung hervorholte und Peter sich eine Pfeife stopfte, ergriff der Franzose das Wort.

»Haben Sie eine Idee?«

»Nein. Sie?«

»Die Gegenfrage ist wohl die Strafe dafür, dass ich das Gespräch angefangen habe, was?«

»Wenn Sie so wollen.«

»Ich wollte zunächst auf einen Ihrer sarkastischen Kommentare warten, um Ihre Laune einzuschätzen.«

»Entgegen meiner sonst üblichen Art wollte ich mich diesmal ausnahmsweise so lange zurückhalten, bis ich weiß, wovon ich spreche.«

Patrick lachte auf. »Dann sind Sie also tatsächlich genauso ahnungslos wie ich? Sie haben keine Vermutung?«

»Im Augenblick liegt es nahe, das Ganze für einen höchst aufwendigen Schwindel zu halten.« Peter entzündete seine Pfeife.

»Aber wer hätte Interesse daran?«

»Das ist genau der Knackpunkt. Was meinen Sie? Sie sind ja oft genug im Feld gewesen. Halten Sie die Höhle für echt?«

»Ja, unbedingt. Etwas wie den schwarzen Durchgang oder dieses Leuchten habe ich noch nie gesehen. Ich glaube auch, dass es äußerst spannend sein dürfte, die Inschriften zu entziffern.« Patrick begegnete Peters skeptischem Blick. »Sie glauben, die Inschriften sind gefälscht?«

»Ich halte sie für genauso fragwürdig wie das Engagement unserer Freundin in Genf.«

»Nun machen Sie doch nicht gleich alles schlecht, Peter!«

»Sie haben mich nach meiner Meinung gefragt.«

»Stimmt... aber wissen Sie was? Bis wir sicher sind, sollten wir die Unterbringung und die vorzügliche Verpflegung genießen.«

»Vielleicht haben Sie Recht. Warten wir's einfach ab.«

Kapitel 6

30. April, Waldcamp, Nähe St.-Pierre-Du-Bois

Als die beiden Forscher um neun Uhr morgens das Waldcamp erreichten, war die angekündigte Lieferung bereits angekommen. Große Kartons und hölzerne Kisten waren auf der Lichtung gestapelt, ein Ranger kam direkt auf Peter zu und überreichte ihm einen Lieferschein.

»Die Lieferung ist vollständig, Monsieur. Lassen Sie mich wissen, wohin Sie die einzelnen Geräte transportiert haben möchten. Ich kümmere mich darum.«

Patrick amüsierte sich über den eilfertigen Tonfall. »Wie heißen Sie?«, fragte er.

»André Guillaume, Monsieur.«

»Guten Morgen, André. Mein Name ist Patrick. Wieso holen Sie sich nicht erst mal in Ruhe einen Kaffee und sagen mir, wo wir Sie finden können, wenn wir die Papiere durchgelesen haben.«

Der Ranger wirkte einen Augenblick verwirrt und deutete dann auf eine der Container-Hütten. »Sie finden mich dort drüben.«

Peter lehnte am Wagen und studierte den Lieferschein. Dann reichte er ihn an Patrick weiter. »Die Hälfte dieser Dinge sagen mir nichts. Sehr technisch. Können Sie etwas damit anfangen?«

»Hm... nicht mit allem... hier sind ein paar Rechner, ein SatCom-Koffer, ein transportables Elektronenmikroskop...«

»Was ist das denn?«

»Ein Elektronenmikroskop?«

»Nein, davor, der Koffer.«

»Oh, der SatCom-Koffer. Das ist so etwas wie ein überdimensionales Funkgerät. Damit können Sie Daten per Satellit empfangen und versenden. Haben Sie bestimmt schon mal bei James Bond gesehen.« Patrick grinste.

»Aha, gut, dass wir das haben«, meinte Peter trocken. »Was ist noch dabei?«

»Ein Echolot, ein paar Weißnichtwas und ein... meine Güte! Die haben doch nicht wirklich einen Pioneer II geschickt! Das Basismodul mit Erweiterungen!«

»Wenn Sie mir verraten, was das ist...«

»Das ist eine Robotersonde.«

»So etwas, was Sie in Palenque verwendet haben?«

»Etwa hundertmal so teuer. Es ist eine Weiterentwicklung des Pioneer-Roboters, der für die Untersuchung der hochverseuchten Bereiche von Tschernobyl eingesetzt wurde. Überträgt Bilder in Stereovision, gewährleistet also dreidimensionales Sehen, und kartographiert seine Umgebung. Wurde zuerst von der NASA für die Pathfinder-Mission auf dem Mars entwickelt.«

»*Geld spielt bei diesem Projekt keine Rolle!* Für eine ebensolche Überheblichkeit wurde der Turmbau zu Babel bestraft.«

»Peter! Ist das aus Ihren Vorlesungen? *Aberglaube im Laufe der Jahrtausende?*«

»Nein, aus der Bibel.«

»Ach.« Patrick machte ein überraschtes Gesicht. »Sollte ich noch mal nachlesen. Die Stelle mit den Robotersonden hatte ich übersehen.«

»Bevor wir uns in hochqualifizierten theologischen Diskussionen verstricken, schlage ich vor, dass wir dem eifrigen Mann von vorhin den Gefallen tun und uns entscheiden, was wir von dem Kram gebrauchen können.«

Patrick grinste. »Einverstanden. Gehen wir die Liste noch mal durch. Übrigens, der Mann heißt André.«

Sie betraten die Höhle allein. Aus den Geräten hatten sie zunächst keine sinnvolle Auswahl treffen können und daher angewiesen, das meiste ungeöffnet zu verstauen. Sie hatten sich einen Koffer mit Kleinigkeiten zusammengesucht, Skalpelle, Pinsel, Vergrößerungsgläser, Maßbänder, Taschenlampen, Kameras und Notizblöcke. Schließlich hatten sie sich doch noch für das Echolot entschieden. Da sie alles allein transportieren konnten, wurden sie nicht von Rangern begleitet.

Es war ein sonniger Tag, der Boden war wieder befahrbar, und so kamen sie mit dem Wagen fast bis zum Steilhang. Die letzte Wegstrecke hatten sie bald darauf ebenfalls gemeistert, und endlich konnten sie die Stahltür öffnen. Patrick startete einen Generator und schaltete das Licht an.

Trotz aller Skepsis staunten sie angesichts der unzähligen alten Inschriften, die in blassen Farben aber voller Sorgfalt erstellt waren, erneut. Peter fragte sich, wie viele Menschen dieses Werk vollbracht haben mochten. Wie lange sie wohl daran gearbeitet hatten? Selbst die Decke war verziert, es gab kaum ein Fleckchen, das nicht gefüllt war mit wunderbaren Zeichen, Buchstaben oder Mustern. Selbst wenn all dies eine Fälschung war, so war es doch ein großartiges Kunstwerk, gestand er sich ein, ein Kunstwerk, das jeden Museums-Kurator um den Verstand gebracht hätte. Egal, wann diese Malereien entstanden waren, sie repräsentierten doch alle Zeitalter der menschlichen Geschichte, die Vielfalt ihrer Kulturen über die Jahrtausende hinweg. Vor diesem Hintergrund wurde man sich der Geringfügigkeit eines einzelnen Menschenlebens gewahr, vielleicht sogar der ganzen Kultur, der man selbst angehörte. Es war bedrückend und erhebend zugleich.

»Ich werde den Durchgang untersuchen. Schauen Sie sich die Schriften an?«

Peter nickte, aber Patrick sah schon gar nicht mehr hin. Der Franzose verlegte gerade ein langes Kabel durch die Höhle und wollte sich offensichtlich am Echolot zu schaffen machen. Also untersuchte Peter die Wände. Dabei fiel ihm auf, dass es nicht nur unterschiedliche Schriften gab, sondern dass die Maler auch unterschiedlich sorgfältig gewesen waren. Einige Inschriften waren fast unleserlich und verwackelt, andere mit äußerster Akribie angebracht worden. Es gab neben Schwarz nur zwei andere Farben, einen dunkelbraunen und einen rötlichen Ton, manchmal blass, manchmal intensiver. Es schienen natürliche Farben, Erdfarben und Kohle zu sein, wie sie Höhlenmenschen auch benutzt hatten. Nur, dass Höhlenmenschen weder lateinisch noch hebräisch geschrieben hatten. Peter begann, die Höhle und die Wände zu kartographieren. In regelmäßigen Abständen schlug er kleine Heringe in den Boden nahe der Wand und spannte dann eine Schnur. Die so unterteilten Abschnitte begann er systematisch abzufotografieren, und zugleich machte er sich Notizen in seinem Buch.

HOC SIT EXE
MPLUM DISC
IPULIS C.R.C.

Er stockte, als er auf die Zeichnung einer stilisierten Rose stieß. Sie war mit schwarzen Linien vorgezeichnet und mit roter Farbe ausgemalt worden. Einem äußeren Kranz aus acht Blütenblättern folgte ein innerer aus fünf kleineren Blättern. Im Zentrum der Blüte befand sich ein Herz, und in dessen Mitte ein lateinisches Kreuz. Unter der Zeichnung stand eine Zeile in lateinischer Schrift und Sprache. Die Art und Weise, wie sie mittig unter der Zeichnung angebracht war, schien darauf hinzudeuten, dass beides zusammengehörte.

Peter trat näher an die Zeichnung heran und untersuchte die Überschneidung eines Buchstabens mit einem Strich, der zu einer anderen Inschrift gehörte, als er Patrick aus dem hinteren Teil der Höhle fluchen hörte. Er ging zu ihm hinüber. Patrick kniete vor dem Echolot und verglich irgendwelche Einstellungen mit einem Heftchen, das aufgeschlagen vor ihm auf dem Boden lag.

»Kommen Sie mit dem Gerät nicht zurecht?«

»Schlagen Sie mir bloß nicht vor, den Kundendienst anzurufen!«, entfuhr es Patrick schlecht gelaunt.

»Was ist denn los?«

»Bei der ganzen Kohle, die man in Genf springen lässt, hätte man wenigstens darauf achten sollen, Geräte zu schicken, die auch funktionieren. Sehen Sie diese Anzeige?« Patrick deutete auf eine Zeile rot leuchtender Ziffern an dem Kasten, der vor ihm stand. »Es zeigt die Entfernung an, in der die Strahlen reflektiert werden. Sehen Sie her.« Er richtete ein kleines Handgerät, das entfernt an ein Mikrofon erinnerte, auf die Wand.

»Eins Punkt fünf?«, las Peter. »Meter?«

»Ja, das ist die Entfernung in Metern, bis auf halbe Meter genau.«

»Sie meinen, das müsste präziser sein?«

»Nein, mit diesem Echolot kann man Tiefen oder Entfernungen von mehreren Kilometern messen. Eine Genauigkeit von fünfzig Zentimetern ist dabei verdammt gut. Aber sehen Sie mal, was passiert, wenn ich es auf den Durchgang richte.« Die Anzeige änderte sich in: E 99999.0.

»Sieht nicht gut aus«, gab Peter zu. »Der Gang ist wohl kaum einhundert Kilometer tief, nicht wahr?«

»Nein, wohl kaum. Das E steht außerdem für Error, und das heißt, dass das Ding eine Fehlfunktion hat.«

»Wenn Sie es sagen. Andererseits... meinem bescheidenen Verständnis von Technik nach basiert dieses Gerät doch auf dem Empfang von reflektierten Strahlen. Wenn diese Schwärze nun Strahlen verschluckt, wie es in den Papieren stand, dann wäre natürlich klar, weshalb es kein Echo empfängt.«

»Strahlen verschluckt? Glauben Sie das etwa?«

»Ich bin kein Physiker. Ich kann weder beweisen, dass es das gibt, noch, dass es das nicht gibt.«

»Ich bin auch kein Physiker, Peter, aber wenn es ein derart effizientes strahlenabsorbierendes Medium gäbe, dann wäre es der absolute Durchbruch für die Stealth-Technologie.«

»Sie meinen die Flugzeuge.«

»Zum Beispiel, ja. Die Amerikaner setzen zwar strahlenschluckende Verkleidungen ein, aber dass die Dinger auf dem Radar unsichtbar sind, liegt auch daran, dass sie keine Rundungen sondern ausschließlich Kanten und glatte Flächen haben.«

»Damit Radarstrahlen in möglichst wenige Richtungen reflektiert werden?«

»Peter! Sie erstaunen mich!« Patrick lachte.

»Ich hab's mir zusammengereimt. Zufällig richtig.«

»Jedenfalls ist dieser Kasten nicht zu gebrauchen.« Patrick ging an die Schwelle heran und streckte seinen Arm in die Schwärze.

»Was machen Sie da?!« Peter tat einen hastigen Schritt nach vorn und ergriff Patrick an der Schulter.

»Ich will mal gucken«, gab der zurück und beugte sich ruckartig nach vorne, so dass sein Kopf im Dunklen verschwand.

»Nicht!« Peter riss den Franzosen augenblicklich zurück. Der stolperte rückwärts, brach zusammen und landete hart mit dem Gesäß auf dem Boden. Peter kniete sich neben ihn und lehnte ihn mit dem Rücken an die Wand. Patricks Blick war starr, sein Atem ging in heftigen, kurzen Stößen. Er schien keine Kontrolle über seinen Körper zu haben.

»Patrick! Kommen Sie zu sich!« Er rüttelte den Mann an der Schulter. »Was ist mit Ihnen?!« Peter wurde sich bewusst, dass er im Notfall von hier aus niemanden benachrichtigen konnte, er hatte kein Funkgerät, kein Handy. Und dies schien ein Notfall zu sein.

Ein blendender Blitz zuckte durch seinen Kopf, glasklar und schneidend. Es war mehr als Licht, es bestand in Wirklichkeit aus Tausenden, Millionen und Milliarden von Bildern und Szenen. Er sah Menschen, Städte, Wälder, Berge, Wüsten, Meere, in rasender Abfolge, so vielfarbig und schillernd, dass es nur noch hell und gleißend war. Und es war auch kein Blitz, denn es war zwar schnell, so schnell, dass es alles in einem einzigen Augenblick komprimierte, aber dennoch schien eine Ewigkeit zu vergehen.

Den Blitz begleitete ein ohrenbetäubender Lärm, ein Donnern, ein Brausen, wie von hundert Orchestern gleichzeitig. Es waren alle Geräusche eines Jahres zugleich, vom Weinen eines Säuglings, über den Todesschrei eines Kämpfers, das Heulen des Windes, das Tosen der Brandung bis zum Schrei eines Adlers und dem Lied einer Nachtigall.

Zeichenfolgen, Symbole, Buchstaben und Zahlen rasten vorbei, auf vielerlei Untergründen, in Büchern, auf Pergamenten, auf goldenen Wänden und tönernen Tafeln, alles viel zu schnell, um erfasst zu werden, und doch so eindringlich, dass es seinen Schädel zu sprengen drohte.

Und plötzlich war es vorbei. Die abrupte Stille legte sich um ihn wie ein dickes, schwarzes Federkissen. Eingehüllt in Taubheit und absolute Dunkelheit begann er zu schweben. Orientierungslos und unfähig, sich zu rühren, hing er im Nichts. Die Schwärze umgab ihn wie zähflüssiger Teer, und langsam gab er sich der Schwere hin und schlief ein.

Patrick sackte in sich zusammen, seine Augen fielen zu, sein Atem beruhigte sich. Peter ergriff seine Hand und versuchte, den Puls zu finden. Der Franzose machte plötzlich den Eindruck totaler, ja bedrohlicher Entspannung. Peter konnte nicht einschätzen, ob er ins Koma gefallen oder lediglich bewusstlos geworden war. Vielleicht war es auch ein Herzanfall, aber er hatte weder die medizinischen Kenntnisse geschweige denn die Geräte, um es festzustellen. Er fand keine Alternative: Er konnte Patrick nicht einfach hier lassen. Er musste ihn wecken, entweder um ihn mit zum Wagen zu nehmen oder um ihm mitzuteilen, dass er Hilfe holen würde. Er wünschte sich einen Eimer kalten Gebirgswassers, verwarf den Gedanken aber sofort. Abgesehen von der zweifelhaften Unternehmung, hier oben Wasser zu finden, war es zu riskant, Patrick einem solchen Schock auszusetzen. So griff er nach Patricks linker Hand, spreizte dessen kleinen Finger ab und drückte eine Stelle knapp unterhalb des Nagelbettes mit seinem eigenen Fingernagel ein: eine Hand voll Akupressurpunkte hatte er sich während seiner Chinastudien merken können. Dieser sollte Bewusstlose aus ihrer Ohnmacht erwecken. Ausprobiert hatte er es aber noch nicht.

Tatsächlich begann Patrick, sich zu bewegen. Erstaunt hob Peter eine Augenbraue, offensichtlich funktionierte diese Methode sogar, wenn man selber nicht dran glaubt. Patrick schlug die Lider auf, schwer und zittrig.

»Patrick! Ich bin es, Peter. Wie geht es Ihnen? Können Sie sprechen?«

»Was … ist passiert?« Patrick hatte Mühe, die Worte zu artikulieren.

»Sie haben einen Schock. Sie sitzen in einer Höhle in Frankreich auf dem Boden.«

»Das weiß ich doch. Was ist mir passiert?« Langsam kehrten ein paar Lebensgeister in Patrick zurück. Er griff sich an den Kopf und umfasste ihn mit beiden Händen.

»Sie haben Ihren Kopf in den Durchgang gesteckt. Ich habe Sie zurückgerissen. Haben Sie Schmerzen? Können Sie aufstehen?«

»Ich weiß nicht. Ich glaube, ich bin einigermaßen okay.«

»Stehen Sie langsam auf. Wir sollten draußen ein wenig Luft schnappen. Wenn es geht, sollten Sie versuchen, mit meiner Hilfe den Abstieg zu schaffen. Sie müssen in ärztliche Behandlung.«

Patrick stand langsam auf und ging mit wackeligen Schritten zum Höhleneingang, wo er sich an die Felswand lehnte. Seine zittrigen Finger holten die Zigarettenpackung aus seiner hinteren Hosentasche und pulten schließlich am Papier der zerknautschten Öffnung.

»Ich halte das für keine gute Idee«, wandte Peter ein.

»Ich schon.« Patrick zündete die Filterlose an, doch er hatte kaum einen Zug getan, als es ihm jäh die Kehle zuschnürte. Er hustete und würgte und spuckte dabei die Zigarette auf den Boden. Speichel lief ihm im Mund zusammen, sein Magen verkrampfte sich zu einem Klumpen. Bebend suchte er Halt an der Felswand, beugte sich zur Seite und erbrach sich mit schmerzhafter Heftigkeit auf den Boden und über seine Schuhe.

»Scheiße«, brummte er nach einer Weile. Und als er sich wieder beruhigt hatte, sagte er: »Also, bringen Sie mich runter.«

Quälend langsam gelang ihnen der Abstieg. Peter ging voran, so dass er den anderen abfangen konnte, wenn dieser den Halt verlieren sollte. Aber der Franzose hielt sich eisern am

Sicherungsseil fest und schien jeden Fuß mit äußerster Sorgfalt aufzusetzen. Er musste sich arg zusammenreißen, um gegen die immer wieder aufkommende Übelkeit und den dröhnenden Kopfschmerz anzukämpfen. So war es weniger Behutsamkeit, als einfach seine Unfähigkeit, sich überhaupt schneller fortzubewegen.

Peter fuhr sie ins Hotel. Als der Arzt kam, den Peter bestellt hatte, war Patrick bereits wieder tief eingeschlafen. Peter schilderte Patricks Symptome so gut er konnte, angeblich ohne den genauen Auslöser des Anfalls zu kennen. Doch Puls und Blutdruck waren in Ordnung, Fieber war nicht feststellbar. Der Arzt riet Peter, den Kranken, der sich offensichtlich in einem schweren Erschöpfungszustand befand, zunächst schlafen zu lassen. Da es keine physische Einwirkung gegeben hatte, deuteten die Kopfschmerzen auf eine psychische Störung hin, einen Migräne- oder Epilepsieanfall. Um etwas Schwerwiegendes wie einen Schlaganfall oder gar einen Hirntumor auszuschließen, wollte der Arzt am nächsten Tag wiederkommen, um den Zustand des Kranken zu überprüfen und gegebenenfalls eine Verlegung nach Montpellier zu veranlassen.

Kapitel 7

30. April, Herrenhaus bei Morges, Schweiz

Neben dem Tintenfass aus Messing lag eine mit einer goldenen Spitze bestückte Gänsefeder auf einer kleinen hölzernen Ablage. Neben der ledernen Schreibunterlage ruhte der Arm eines Mannes in einem dunklen Jackett. Den weißen Hemdsärmel zierte ein kostbarer Manschettenknopf, auf dem Mittelfinger steckte ein schwerer rotgoldener Siegelring. Der Schreibtisch war krude aber mächtig, eine Antiquität, die vor einigen Jahrhunderten in einem Schloss gestanden haben mochte. Davor standen ein Mann und eine Frau, beide deutlich jünger als der Beringte.

»Wie schätzt ihr es ein, meine Freunde?«, fragte der Herr hinter dem Schreibtisch.

»Es ist die beste Gelegenheit seit langer Zeit. Ihr solltet weniger misstrauisch sein, Steffen«, antwortete die Frau.

»Ich denke ebenso wie Johanna«, warf der jüngere Mann ein. »Wir sollten nicht frühzeitig abbrechen.«

»Es ist in der Tat noch sehr früh«, stimmte der Herr zu, stand auf und strich sich über seinen weißen Bart, während er auf den Genfer See blickte. »Es sind mehr Menschen involviert als jemals zuvor. Die Gefahr ist somit auch größer als jemals zuvor.«

»Es sind aber auch gelehrtere Leute als jemals zuvor«, sagte Johanna.

»Sicher, sie werden immer gelehrter, aber sind sie auch intelligenter, weiser geworden?«

»Wenn wir sie auf den richtigen Weg bringen, können wir es herausfinden«, sagte der jüngere Mann. »Und uns bleibt noch genügend Zeit, abzubrechen.«

»Die ersten Schritte waren nicht sehr ermutigend. Und ihr wisst, wie es ist: Mit fortschreitender Zeit wird es immer schwieriger, alles ungeschehen zu machen. Ich hoffe, du behältst Recht, Joseph.« Steffen trat vom Fenster zurück. »Aber einverstanden. Damit ist die Entscheidung klar. Vielleicht bringen schon die nächsten Tage Gewissheit.«

2. Mai, Hôtel de la Grange, St.-Pierre-Du-Bois

»Es freut mich zu sehen, dass Ihr Appetit keinen Schaden genommen hat.« Peter war mit seinem Fisch bereits fertig, aber Patrick hatte sich eine zweite Hauptspeise bestellt und trank dazu auch bereits die zweite Flasche Rotwein. Einen schweren Domaine de Villemajou, der, wie er erklärte, angeblich wunderbar zu seinem deftigen Braten passte.

»Hat denn sonst etwas Schaden genommen?«, fragte er belustigt.

»Das müssen Sie mir sagen, es sieht jedenfalls nicht danach aus.«

»Abgesehen vom Hunger fühle ich mich wirklich gut erholt. Ist aber auch kein Wunder, wenn Sie mich zwei Tage am Stück schlafen lassen.«

»Sie hatten es tatsächlich nötig. Der Arzt konnte nichts weiter feststellen außer einer hochgradigen körperlichen und geistigen Erschöpfung.«

»Ich kann mir immer noch nicht erklären, wie Sie mich geweckt haben. Sie haben einen *Akupressurpunkt* benutzt?!? Wenn ich schon nicht an solchen Hokuspokus glaube, wie kommen Sie denn dazu?«

»Ein Versuch, aus der Not geboren. Ich hatte keine andere Wahl.«

»Wahrscheinlich hat es einfach nur verdammt wehgetan. Vielleicht bin ich deswegen aufgewacht.«

»Seien Sie nicht so undankbar, immerhin hat es funktioniert, und es stand nicht gut um Sie. Können Sie mir erklären, was Ihnen passiert ist?«

»Nein, wirklich nicht. Was den Unfall angeht, ist in meinem Schädel noch ein einziges Chaos.«

»Haben Sie denn irgendeine Erinnerung an den Vorfall? Was haben Sie gespürt?«

»Ich kann es nicht sagen, beim besten Willen. Wenn ich versuche, darüber nachzudenken, schweifen meine Gedanken ab, ich werde verwirrt und bekomme Kopfschmerzen. Ich hoffe, dass sich das in den nächsten Tagen legt. Sicher ist jedenfalls, dass wir diesen schwarzen Fleck meiden müssen!«

»Der Entdecker der Höhle ist ja angeblich noch immer umnachtet.«

»Das kann ich mir gut vorstellen. Ich würde gerne mal mit ihm sprechen und herausbekommen, was ihm genau passiert ist.« Er nahm einen Schluck Wein. »Wie haben Sie denn Ihre Zeit verbracht? Ist etwas passiert? Sind Sie vorangekommen?«

»Ich bin noch zweimal in der Höhle gewesen und habe die Inschriften studiert. Sie überdecken einander stellenweise, sind also nacheinander angebracht worden, vielleicht mit vielen Jahren Abstand. Mit einer präziseren Analyse könnte man vielleicht feststellen, wie viel Zeit zwischen den einzelnen Inschriften liegt.«

»Konnten Sie die Texte entziffern?«

»Ein paar lateinische Zeilen, ja. Sie scheinen aber in keinem sinnvollen Zusammenhang miteinander zu stehen.« Peter holte ein Notizbuch hervor, das er sich zugelegt hatte, um spontane Ideen, Fragen oder Erkenntnisse festzuhalten. »›*Memento, homo, quia pulvis es, et in pulverem reverteris*‹«, las er vor.

»Aha«, meinte Patrick.

»›Erinnere dich, Mensch, dass du aus Staub bist, und dich in Staub zurückwandeln wirst.‹ Ist christlichen Ursprungs, die

Worte Gottes zu Adam nach dem Sündenfall. Dann habe ich noch gefunden: ›*Indocti discant et ament meminisse periti*‹, was so viel heißt wie ›*Die Ungelehrten sollen es studieren, und die Gelehrten sollen es lieben, sich zu erinnern.*‹ Das hatte jemand in die Wand gekratzt.«

»Das Letzte bezieht sich vielleicht auf die anderen Inschriften in der Höhle?«, sagte Patrick.

»Ja, das könnte sein. Möchten Sie noch einen Nachtisch?«

»Nein, danke. Nur noch eine rauchen und dann einen Kaffee.« Er legte seine Serviette auf den Tisch, lehnte sich zurück und zündete sich eine Zigarette an. Peter nahm die Gelegenheit wahr, um seinerseits eine Pfeife zu stopfen.

»Ich bin dafür, dass wir uns aus Genf einen Sprachwissenschaftler bestellen, dann kommen wir hier wesentlich besser voran.«

»Wollen Sie sagen, Sie sind mit Ihrem Latein am Ende?« Patrick lachte über seinen eigenen Witz, aber Peter ließ sich nicht davon ablenken.

»Ich habe noch etwas anderes gefunden«, fuhr der Engländer fort. »Eine Zeichnung.« Er schob Patrick das Notizbuch über den Tisch und deutete auf eine Bleistiftzeichnung.

»Eine Blume? Und was bedeutet die Inschrift?«

»›*Hoc sit exemplum discipulis*‹ heißt ›*Dies ist ein Beispiel den Lehrlingen*‹, oder ›*meinen Lehrlingen*‹. Die Buchstaben C.R.C. sind vielleicht die Initialen des Verfassers.«

»Der Verfasser ist der Meinung, etwas – vielleicht die Höhle – sei ein gutes Vorbild, für seine Lehrlinge?!«

»Vielleicht...« Peter hatte seine Pfeife nun entzündet und hob lächelnd eine Augenbraue. »Wir werden es ja herausfinden. Die Blume ist nämlich eine Rose. Eine ganz besondere Rose, und ich weiß auch, wer sie gezeichnet hat.«

»Sie machen Scherze!«

»Beileibe nicht.«

»Und? Von wem ist sie?«

»Lassen Sie sich überraschen, ich habe bereits telefonisch ein Treffen organisiert. Wir müssen nach Paris fliegen. Fühlen Sie sich dazu in der Lage?«

»Sicher.« Patrick klopfte sich auf den Bauch. »Für mein Wohlbefinden ist erst mal gesorgt. Wann geht's los?«

»Wir fahren heute Nachmittag nach Béziers und nehmen von dort aus einen Flieger. Das Treffen ist bereits heute Abend. Rückreise ist morgen früh.«

»Sie haben schon alles organisiert, Peter?«

»Die Genfer ›Babylon Stiftung‹ macht's möglich«, scherzte Peter und erfreute sich am überraschten und anerkennenden Ausdruck auf Patricks Gesicht.

»Alle Achtung! Ich schlage vor, dass wir die Zeit nutzen, um ein Fax an Elaine aufzusetzen.«

»Welchen Inhalts?«

»Ich möchte von ihr den genauen Aufenthaltsort des Schäfers erfahren.«

»Einverstanden. Dann sollten wir bei der Gelegenheit gleich einen Linguisten oder besser einen Fachmann für Sprachen des Altertums bestellen.«

»Glauben Sie, Elaine kann jemand auftreiben, der Keilschrift, Hieroglyphen und Maya-Glyphen lesen kann? Vielleicht auch noch ein bisschen Hebräisch und Griechisch, wenn wir schon dabei sind?«

»Immerhin reichte ja auch eine Person, die weiß, wo sie die jeweiligen Übersetzungen auftreiben kann. Aber lassen Sie uns ruhig die Grenzen von Madame Kosten-spielen-keine-Rolle ausloten, nicht wahr?«

»Peter, Sie werden mir immer sympathischer.«

2. Mai, Brasserie La Tipia, rue de Rome, Paris

»Herr Professor Lavell! Es freut mich, Sie wiederzusehen!« Ein Geschäftsmann Mitte fünfzig mit Krawatte und Anzug war an ihren Tisch getreten. Peter stand auf und reichte ihm die Hand.

»Darf ich vorstellen: Patrick Nevreux, Ingenieur und Archäologe, wir arbeiten zusammen. Dies ist Sebastian Hoquet, Bankier und erster Ansprechpartner für unser Anliegen.«

Sebastian setzte sich und bestellte mit einem Wink einen Kaffee. Dann wandte er sich Peter zu und lächelte ihn an.

»Wir haben uns so lange nicht gesehen, Herr Professor. Ich habe Ihre Veröffentlichungen mit Begeisterung verfolgt. Eine Schande, dass das Echo Ihnen und Ihren Forschungen nicht gerecht wird.«

»Ich schätze, es ist nur eine Sache des Zeitpunkts. Es geht ja nichts verloren.«

»Und nun arbeiten Sie schon wieder an etwas Neuem? Was ist der Grund für Ihre Eile?«

»Wir haben eine Zeichnung gefunden und möchten wissen, in welchem Zusammenhang sie mit der Loge steht.«

Sebastian lachte auf. »Sie wissen doch, dass ich im Zusammenhang mit unserer Loge an mein Schweigegelübde gebunden bin?«

»Das weiß ich wohl. Aber es ist doch einen Versuch wert, nicht wahr?«

»Ja, sicherlich. Um was für eine Zeichnung handelt es sich denn, und wo haben Sie sie gefunden?«

Peter überreichte dem Mann eine Kopie der Rose mitsamt der Inschrift. Der sah sich das Papier nur kurz an, da entglitt ihm für einen kurzen Moment die Kontrolle über seine Gesichtszüge. Es war nur ein flüchtiger Augenblick, dann hatte er seine Fassung wiedererlangt.

»Wo haben Sie das her, Herr Professor?«

»Es kommt Ihnen bekannt vor?«
»Sie müssen mir sagen, wo Sie diese Grafik kopiert haben!«
»Ich würde Ihnen gerne helfen, Monsieur Hoquet, aber ich fürchte, wir müssen uns in der Mitte des Weges treffen. Ich arbeite an einem Projekt mit höchster Geheimhaltung. Nichts darf nach außen dringen. Sagen Sie mir doch, was der Grund für Ihre Aufregung ist.«
Der Bankier schien sich etwas zu entspannen, hielt das Blatt aber weiter fest. »Ich bin seit vier Jahren nicht mehr Großmeister. Den jetzigen Kurs der Loge bestimmt nun Renée Colladon. Der Großmeister legt fest, was gesagt werden darf und was nicht. Er ist für das Bild in der Öffentlichkeit verantwortlich. Wir müssen ein Treffen mit Renée vereinbaren…« Er hielt einen Augenblick inne und dachte nach. Dann stand er plötzlich auf. »Ich muss ein paar Telefonate erledigen. Haben Sie heute Abend noch Zeit? Wäre es Ihnen recht, wenn ich Sie im Hotel anrufe und dort abhole?«
»Das ist kein Problem. Wir sind im *Meridien*. Hinterlassen Sie eine Nachricht für uns. Und bitte lassen Sie das Blatt hier.«
Als der Mann das Restaurant verlassen hatte, war es an Patrick, Fragen zu stellen.
»Der hatte es ja ganz schön eilig. Woher kennen Sie ihn, und von welcher Loge haben Sie gesprochen?«
»Ich habe ihn im Zuge früherer Recherchen kennen gelernt. Damals war er Großmeister der ›*Bruderschaft der Wahren Erben von Kreuz und Rose*‹, einer einflussreichen Freimaurerloge. Ihr Emblem ähnelt dem aus der Höhle auffallend. Er wird uns sagen können, wie es in die Höhle kommt und was die Inschrift bedeutet.«
»Was haben Sie mit solchen Sekten zu tun, Peter? Das hätte ich Ihnen nicht zugetraut…«
»Keine Sekte. Es sind Freimaurer, oder sagen Sie meinetwegen eine Geheimgesellschaft, aber es ist keine religiöse Vereinigung. Sie verfolgen harmlose soziale Ziele wie Brüderlich-

keit, Verständnis und so weiter. Eines ihrer zentralen Statuten schreibt sogar die Unterlassung von jeglichen Diskussionen über Religion oder Politik während ihrer Treffen vor.«

»Das heißt noch lange nicht, dass sie keine Sekte sind. Freimaurer sind doch die mit den Schürzen und Zylindern, die sich in dunklen Kellern beim Kerzenschein die Hände reichen.«

»Ihr profundes Halbwissen entzückt mich. Ich gebe zu, dass viele ihrer Symboliken, Riten und Traditionen religiös wirken. Tatsächlich hat das alles einen äußerst interessanten kulturhistorischen Ursprung, und zwar im 18. Jahrhundert.«

»Na gut, wenn Sie es sagen, Herr Professor. Solange Sie mir nicht mit New Age oder anderem Okkultismus anfangen!«

Peter seufzte. »Das eine hat zwar nichts mit dem anderen zu tun, aber ich weiß, was Sie meinen. Nein, keine Sorge. Okkultismus ist mit ziemlicher Sicherheit das Letzte, wofür ich empfänglich bin.«

Sebastian Hoquet holte sie um 23 Uhr am Hotel ab. Sie stiegen in seinen Wagen und fuhren über den Autobahnring hinaus in die Vororte von Paris.

»Es war nicht einfach, ein Treffen zu organisieren«, erklärte er. »Heute Abend ist eigentlich eine reguläre Zusammenkunft im Tempel. Aber der Großmeister ist zugegen. Leider ist es nicht möglich, einfach draußen zu warten. Wir werden also gemeinsam der Begrüßungszeremonie beiwohnen und uns dann mit ihm zusammen zurückziehen.«

»Wenn wir dort komische Sachen singen oder essen müssen«, warf Patrick ein, »dann wüsste ich das gerne vorher, um mich rechtzeitig auszuklinken.«

»Sie brauchen keine Bedenken zu haben, Monsieur.« Sebastian wies auf eine Schachtel auf dem Rücksitz. »Da drin finden Sie schwarze Kapuzen und Schürzen. Die werden wir alle tragen. Sie folgen mir und tun das, was ich mache oder was ich Ihnen sage. Ansonsten schweigen Sie einfach.«

»Schwarze Kapuzen und Schürzen! Ich habe es geahnt. Haben Sie das schon mal gemacht, Peter?«

»Ich habe davon gehört.«

»Ah. Sehr beruhigend...« Patrick klang nicht überzeugt. Er packte die Schürzen aus und begutachtete sie. Sie waren aus sehr dünnem weißem Lammleder gefertigt und wurden offenbar um die Hüfte gebunden, um den Schoß zu bedecken. Er schüttelte den Kopf.

Sie kamen in ein ruhiges Viertel. Hinter den Bäumen der Allee und den alten Mauern verbargen sich noble Villen. Sebastian hielt vor einem großen schmiedeeisernen Tor, direkt neben einem kleinen Pfosten mit Lautsprecher. Er ließ das Fenster herunter und sprach einige unverständliche Worte in die Anlage. Kurz darauf glitt das Tor beiseite, und der Wagen fuhr hinein. Die Auffahrt war breit, mit Kopfsteinpflaster ausgelegt und unbeleuchtet. Das gesamte Grundstück lag im Dunklen und wurde nur von den Autoscheinwerfern bruchstückhaft erhellt. Kurz hinter dem Tor lenkte Sebastian den Wagen in eine Art Parkbucht. Er zog zwei schwarze Tücher aus dem Handschuhfach, stieg aus und verhängte die Nummernschilder. Dann fuhren sie weiter. Die gewundene und mit hohen Rhododendronbüschen gesäumte Zufahrt führte sie hinter einer Biegung auf eine weite Fläche, die von einer imposanten Villa überragt wurde. Auf dem Platz davor parkten bereits rund zwei Dutzend Autos, alle mit verhüllten Nummernschildern.

»Ist das hier ein Treffen der Anonymen Alkoholiker?«, fragte Patrick.

Mit einem merklich verärgerten Gesichtsausdruck drehte sich Sebastian zu ihm um.

»Ich hoffe, Sie können Ihre Zunge ab sofort im Zaum halten, Monsieur. Die Treffen der Loge sind immer anonym. Kein Mitglied kennt die Identität der anderen. Auf diese Weise legen wir unsere Befangenheiten und Eitelkeiten ab und konzentrieren uns auf unsere Worte und Taten.«

»Ah! Oh!«
»Ich muss Sie jetzt bitten, die Kapuzen aufzusetzen und sich eine Schürze umzubinden.«
»Wenn alle anonym sind, woher kennen Sie den Namen Ihres Großgurus?« Patrick machte nicht den Eindruck, als wolle er sich das Wort verbieten lassen, aber Sebastian hatte offensichtlich entschieden, nicht weiter auf ihn einzugehen.
»Wir benutzen selbstverständlich nicht unsere wahren Namen«, antwortete er.
»Na klar, hätte ich auch selber draufkommen können.«
»Patrick, ich bitte Sie«, beschwichtigte Peter. »Wir brauchen dieses Treffen.«
»Ist schon gut. Ich hoffe nur, es fotografiert mich keiner in diesem Aufzug.« Er sah Peter durch die Sehschlitze der Kapuze an. Seine Stimme klang etwas gedämpft. »Was für eine Schlagzeile: *Patrick Nevreux der Fetischist und seine geheimen sexuellen Obsessionen.*«
Sebastian führte sie zum Eingang, wo ihnen geöffnet wurde. Der Mann war ebenfalls mit Kapuze und Schürze bekleidet. Dass es ein Mann war, konnte man zumindest aufgrund seiner Statur annehmen. Er sprach Sebastian in einer fremden Sprache an, woraufhin Sebastian ihm lange und umständlich die Hand schüttelte, auf seine Begleiter deutete und in derselben unverständlichen Weise antwortete. Sie wurden eingelassen und gingen durch einige mit Kerzen beleuchtete Flure in einen größeren leeren Raum, wo schon andere Vermummte standen. Sie unterschieden sich wenig voneinander, bis auf die Tatsache, dass die Schürzen zum Teil mit Stickereien versehen, andere hingegen schlicht waren.
»Was war das für eine Sprache?«, flüsterte Patrick seinem Kollegen ins Ohr.
»Ich würde vermuten, dass es Hebräisch war«, zischte Peter zurück.
»Hebräisch?!? Sind die nicht ganz dicht?«

»Ich erkläre es Ihnen später, Patrick.«
Sie mussten nicht lange warten. Peter hatte die Anwesenden, die sich zum Teil halblaut auf Französisch unterhielten, gezählt und war zu dem Schluss gekommen, dass ihre Anzahl in etwa der der parkenden Autos entsprach, als eine Bewegung durch die Wartenden ging. Am Ende des Raums schwangen die Flügel einer schweren Holztür unter leisem Knarren auf, und es wurde deutlich, dass nun der Eintritt in die eigentlichen Logenräume und die Begrüßungszeremonie kurz bevorstanden.

Nacheinander und mit würdevollem Schritt traten sie in einen fremdartigen, sehr hohen, steinernen Raum, den man fast als Halle bezeichnen konnte. Zwei mächtige Säulen säumten den Eingang und bildeten gleichsam ein Portal. Die Säule zu ihrer Linken schien aus weißem Marmor gefertigt und war bis in etwa drei Meter Höhe mit Bronze beschlagen, die mit hebräischen Schriftzeichen bedeckt war. Die rechte Säule bestand aus einem schwarzen Gestein und war spiegelbildlich zur anderen Säule mit Messing verziert. Sie war mit Hieroglyphen und einer ibisköpfigen Gottheit bemalt. Den steinernen Boden bedeckte ein großflächiges, zweifarbiges Mosaik. Es schien eine Art Emblem zu sein. Eine im Kreis angebrachte hebräische Inschrift umgab die Darstellung eines Zirkels, eines Winkelmaßes und eines Steinquaders mit darauf liegender Maurerkelle. Die Logenmitglieder stellten sich im Halbkreis am Rande des Mosaiks auf, während Sebastian seinen Begleitern bedeutete, hinter ihm in einer zweiten Reihe zu bleiben und sich ruhig zu verhalten. Nun hoben die Mitglieder zu einem tiefen, eintönigen Summen an, das nach einer Weile zu größerer Lautstärke anschwoll und schließlich abrupt abbrach. Stille legte sich über die Anwesenden, und kurz darauf war das leise Geräusch einer sich öffnenden Tür zu hören. Am jenseitigen, im Dunklen liegenden Ende der Halle trat ein Vermummter mit einer Altarkerze durch eine unauffällige Tür in den Raum. Wie die anderen trug er Kapuze und Schürze, zudem zierte ihn eine Kette mit einer metallisch glänzenden Brustplatte, in der sich die Flamme spiegelte.

Sebastian beugte sich ein wenig nach hinten und gab Peter und Patrick zu verstehen, dass es sich hierbei um eine wichtige Person handle, ganz offenbar den Großmeister.

Der Mann trat auf ein Stehpult zu und entzündete dort einen siebenarmigen Leuchter. Nun wurde sichtbar, dass hinter dem Stehpult ein freistehender, steinerner Bogen stand. Im Schlussstein des Bogens prangte ein goldener Davidstern.

Der Großmeister hob seine Arme, woraufhin die anderen erneut zu ihrem Summton ansetzten. Als er abgeklungen war, traten zwei weitere Vermummte durch die Tür in die Halle. In ihrer Mitte führten sie eine dritte Person mit sich. Diese war jedoch völlig anders gekleidet und wirkte wie ein Gefangener. Ein einfaches helles Leinenhemd und eine ebenso einfache Hose bedeckten seinen ansonsten anscheinend nackten Körper. Die bloßen Füße steckten in primitiven Schlappen, seine Augen waren mit einem schwarzen Tuch verbunden, um den Hals hing ihm ein kurzes Seil mit Henkersknoten. In völliger Stille führten die beiden den Mann in die Mitte des Mosaikkreises, drehten ihn dort einige Male und verharrten schließlich, als er dem Großmeister wieder direkt gegenüberstand. Nun löste sich jemand aus dem Halbkreis der Anwesenden und ging zum Pult. Der Großmeister trat daraufhin beiseite und verließ die Halle durch die noch offen stehende Tür.

Sebastian fasste Peter an der Schulter und machte ein Zeichen mit der Hand. Er deutete auf die kleine Tür, damit sie dem Großmeister folgten, und hielt dann den Finger an die Lippen. Schweigend verließen sie die Versammlung und betraten schließlich einen schmalen Gang.

»Was haben die mit dem Typen vor?«, drängte Patrick.

»Das ist nur ein Initiationsritus«, antwortete Peter gedämpft.

»Na, hoffentlich haben Sie Recht!«

Der Gang führte sie an unzähligen Türen und Abzweigungen vorbei und in eine Art geräumiges Büro, das sehr altertümlich wirkte. Der Großmeister saß hinter dem Tisch in einem Polsterstuhl mit übermäßig hoher Lehne und erwartete sie bereits.

»Setzen Sie sich, bitte.« Es war die Stimme einer Frau. »Ich bin Renée Colladon. Es freut mich, Sie kennen zu lernen, Herr Professor Lavell, und auch Sie, Monsieur Nevreux. Bruder Sebastian hat Sie verbotenerweise als Lehrlinge in den Tempel gebracht, doch er tat dies mit meiner ausdrücklichen Zustimmung, denn Suchende sind Sie dennoch. Sie suchen Antworten.«

»Wir bedanken uns für Ihre Bereitschaft, sich mit uns zu treffen«, sagte Peter. »Weshalb durften wir den Tempel an einem Tag wie diesem betreten?«

»Es sollte Ihnen deutlich machen, wie viel sich Ihren Blicken täglich entzieht, wie weit Sie jederzeit von der Wahrheit entfernt sein können.«

»Es zeigt auch«, sagte Patrick, »wie viele andere Menschen täglich weit von der Wahrheit entfernt sind.«

Renée sah Patrick einen eisigen Augenblick schweigend an, und Peter befürchtete, dass die Frau jeden Moment aus der Haut fahren könnte, doch dem war nicht so. Ihr Tonfall schien bestenfalls leicht erregt, aber nicht verärgert.

»Es fällt Ihnen leicht, so zu sprechen, und es fällt mir leicht, es zu akzeptieren, denn Sie suchen. So wie wir alle das Licht erstreben. Sie haben es Ihrer besonderen Beziehung zu uns zu verdanken, dass Sie jetzt hier sein können, doch muss ich Sie warnen. Viele Antworten sind nicht für raue Steine bestimmt, wie wir die Nicht-Eingeweihten nennen. Als Außenstehende wird Ihnen die Innere Hütte – das letzte Geheimnis – immer verborgen bleiben, wenn Ihre Frage darauf abzielt.«

»Mich würde interessieren«, sagte Patrick, »warum Sie sich auf Hebräisch unterhalten. Wenn es Hebräisch ist.«

Renée beugte sich weiter vor, den Blick noch immer auf Patrick geheftet. »Ich sehe, dass Sie nicht im Mindesten mit unserer Geschichte vertraut sind.«

»Nein, ich habe mich noch nie für die Freimaurerei interessiert. Und ich habe auch noch nie so ein Schürzchen getragen.«

»Wir Freimaurer sind auf der Suche und im ständigen Bestreben, uns selbst sittlich zu veredeln, wie wir auch einen rohen Stein bearbeiten, um aus ihm ein prunkvolles Gebäude zu Ehren des Allmächtigen zu errichten. Die Maurer waren seit altersher die ungesalbten Eingeweihten. Wir haben Dome und Kathedralen errichtet, die Pyramiden der Pharaonen und den Tempel zu Jerusalem. Unser größtes Bauwerk Ihm zu Ehren jedoch erzürnte Ihn, und er strafte die Menschheit dafür. Sie wissen, wovon ich spreche?«

Patrick schüttelte den Kopf.

»Es war der Turmbau zu Babel«, fuhr die Frau fort. »Und Gott verwirrte die Menschen, und keiner verstand mehr die Sprache des anderen. Es war die babylonische Sprachverwirrung.«

»Und deswegen sprecht ihr jetzt Hebräisch?«

»Hebräisch ist die Sprache Gottes, und in ihr liegt die Kraft, Dinge zu erschaffen. Indem Adam in der Sprache Gottes den Dingen Namen gab, wurden sie wahr. In den wahren Namen der Dinge wohnt somit ihre ureigene schöpferische Kraft. Mit Hilfe der Kabbala gelingt es uns, dieser Wahrheit der Dinge auf die Spur zu kommen, und wir können unsere Gespräche mit Gott in der Ursprache wieder aufnehmen. Natürlich bleibt es ein ständiges Ringen nach unerreichbarer Vollkommenheit.«

»Was ist die Kabbala?«, fragte Patrick.

»Lassen Sie uns jetzt nicht zu sehr in Details gehen«, mischte sich Peter ein. »Tatsächlich haben wir andere Fragen.«

Renée lachte kurz auf. »Ihre Zielstrebigkeit ist bekannt,

Professor Lavell. Gerne würde ich die Diskussion mit Ihnen vertiefen, Monsieur Nevreux, aber ich spüre, dass ich Sie zu einem anderen Zeitpunkt wiedersehen werde, wenn Sie Ihre wahren Fragen stellen. Der Professor hat Recht, heute sind Sie aus einem anderen Grund hier. Sie haben eine Zeichnung entdeckt, und diese verlangt nach einer Antwort.«

»In der Tat.« Peter reichte die Kopie über den Tisch. »Von wem stammt diese Zeichnung, und was bedeutet sie?«

Renée nahm das Blatt entgegen und betrachtete es eingehend. Durch ihre Kapuze war es nicht möglich, ihren Gesichtsausdruck zu erkennen, aber für einen Moment herrschte angespanntes Schweigen.

»Es ist eine Rose«, sagte der Großmeister schließlich.

»Ja«, sagte Peter.

»Haben Sie die Zeichnung aus einem Buch?«

»Nein, wie kommen Sie darauf?«

»Der lateinische Spruch bezieht sich auf etwas, womöglich auf einen Text oder ein Buch, aus dem er stammt. Woher ist die Zeichnung?«

»Ich darf es nicht sagen. Wir müssen zunächst ihre Bedeutung ermessen. Es handelt sich um ein geheimes Forschungsprojekt, wie ich Monsieur Hoquet bereits mitteilte.«

»Was für eine tiefere Bedeutung sollte in einer Rose liegen?«

»Vielleicht dieselbe Bedeutung, die im Emblem Ihrer Loge liegt. Ist es nicht auch eine mit Kreuz und Herz versehene Rose? Wenn ich mich recht erinnere, stimmt sogar die Anzahl der Blütenblätter mit der Ihren überein…«

Renée lehnte sich zurück und schob das Blatt scheinbar desinteressiert über den Tisch zurück. »Die Ähnlichkeit mag verblüffend sein, aber vielleicht ist sie rein zufällig? Ich wüsste nicht, welche Beziehung es geben sollte.« Sie machte eine Handbewegung. »Vielleicht, wenn ich wüsste, woher diese Rose stammt, aber so…«

»›Dies ist ein Beispiel meinen Lehrlingen‹… Was sagen

Ihnen die Buchstaben C.R.C. am Ende des Spruchs?«, fragte Peter.

»Ich maße mir nicht an, darüber zu spekulieren, Herr Professor.«

»Interessanterweise war Bruder Sebastian hier«, Patrick deutete auf den vermummten Bankier, »der Meinung, dass wir uns ganz dringend deswegen mit Ihnen treffen sollten.« Die Frau reagierte nicht, bis auf eine Bewegung, die vielleicht ein Schulterzucken andeutete.

»Ich glaube, wir haben alles erfahren, was es zu wissen gibt«, lenkte Peter ein. »Ich möchte nicht unhöflich erscheinen, wir bedanken uns vielmals für dieses außerordentliche Treffen, doch unser Flug geht sehr früh. Wir sollten uns nun zurück ins Hotel begeben.«

»Die Freude war ganz meinerseits, Messieurs, und es tut mir außerordentlich Leid, Ihnen nicht helfen zu können. Wir sollten natürlich in Verbindung bleiben, für den Fall, dass Sie sich in der Lage sehen, Näheres über den Fundort erzählen zu dürfen.«

»Das sehe ich auch so«, verabschiedete sich Peter und deutete Patrick an, dass sie nun ohne weitere Fragen gehen sollten. »Vielleicht fällt Ihnen ja auch noch etwas ein.«

»Bruder Sebastian wird Sie hinausführen«, sagte der Großmeister. »Ich wünsche Ihnen eine gute Rückfahrt.«

Sie wechselten kaum ein Wort, während Sebastian sie durch die dunklen Vororte fuhr, durch finstere Alleen und vorbei an gespenstischen alten Häusern sowie spärlich beleuchteten Wohnblocks, die ihnen auf der Herfahrt weit weniger trostlos vorgekommen waren.

»Sie müssen entschuldigen«, sagte Sebastian, als er sie am Hotel absetzte, »dass der Abend nicht so erfolgreich verlaufen ist.«

»Ich bitte Sie!«, erwiderte Peter. »Für mich war es äußerst

aufschlussreich. Vielen Dank, dass Sie es möglich gemacht haben.«

Als sie allein waren, gingen sie in die Bar des Hotels und setzten sich abseits von anderen Gästen in eine Sitzecke. Peter stopfte sich seine Pfeife.

»Was halten Sie von der Frau, Patrick?«

»Sie redet verworrenes Zeug, aber sie weiß etwas.«

»Ja, das denke ich auch. Ich bin mir sogar ziemlich sicher. Aber es hatte überhaupt keinen Zweck, länger dazubleiben. Sie wird sich noch mal bei uns melden, aus diesem Grund habe ich Sebastian unsere Faxnummer gegeben.«

»Was macht Sie so sicher? Meiner Meinung nach hatte die Frau eindeutig einen leichten Schaden. Und was soll Kabbala sein?«

»Was mich so sicher macht… nun, ich kenne Sebastian sehr gut, er hat sich verraten. Die Zeichnung ist auf alle Fälle von äußerster Bedeutung für die Bruderschaft. Das kann er beurteilen, da er als Großmeister jahrelang die wichtigsten Angelegenheiten der Loge betreut und geleitet hat. Nun kann er sich nicht über den neuen Großmeister hinwegsetzen, deswegen darf er nicht selber sprechen. Aber allein die Tatsache, dass man uns in den Tempel gelassen hat, zeigt die Wichtigkeit, die uns der Großmeister beimisst. Und das nur aufgrund der Erzählung Sebastians. Nun möchte sie um Informationen feilschen. Ich vermute, das Geheimnis betrifft den Kern der Loge selbst, daher das große Interesse und ihre Verstocktheit.«

»Und jetzt wollen Sie warten, dass ihr doch noch etwas ›einfällt‹?«

»Ja. Wenn sie recherchiert, wird unsere Faxnummer sie nach Genf führen, da uns ja alles von dort weitergeleitet wird. Aber dort wird sie auf Granit stoßen, da können wir uns auf Elaine verlassen. Es wird ihr also gar nichts anderes übrig bleiben, als sich noch mal zu melden.«

»Ob es etwas mit der Sprachverwirrung zu tun hat, von der sie erzählt hat?«

»Wie meinen Sie das?« Peter blies den Pfeifenrauch gemächlich zur Decke und sah Patrick von der Seite an.

»Na ja, einerseits finden wir eine merkwürdige multilinguale Höhle, und das Projekt heißt sogar ›Babylon Projekt‹. Andererseits faselt die geheimnisvolle Hebräerin ebenfalls etwas von Sprachverwirrung. Wir zeigen ihr eine Zeichnung aus der Höhle, und plötzlich wird sie ganz nervös. Sind die Sprachen der Zusammenhang?«

»Also, die Höhle hat mit Sicherheit nichts mit der babylonischen Sprachverwirrung zu tun, wenn es das ist, was Sie meinen. Die Sage um den Turmbau zu Babel, worauf sich ja auch Renée in der Abstammung ihrer Freimaurerloge beruft, ist eine Legende, die wahrscheinlich die alten Zikkurats der sumerischen Stadt Ur zum Vorbild hat. Das Reich der Sumerer ging schließlich unter, und das Gebiet wurde in den folgenden Jahrhunderten Schmelztiegel von Wüstenvölkern, Kriegern und Nomaden, alle mit völlig unterschiedlichen Sprachen. Das alles in dem Zeitraum zwei- bis dreitausend vor Christus. Das Vorhandensein von Latein in der Höhle spricht aber dafür, dass diese mindestens zweitausend Jahre jünger ist. Einen direkten Zusammenhang kann es also nicht geben.«

Patrick zündete sich eine Zigarette an. »Das ist mir schon klar. Die Höhle hat bestimmt nichts mit Babylon zu tun, aber die Loge vielleicht auch nicht. Was ich sagen will, ist: Vielleicht hat man die Babylon-Legende später hinzugedichtet, weil sie schön ins Bild passte, und in Wirklichkeit geht es um diese Höhle.« Patrick eiferte sich zusehends. »Vielleicht war C.R.C. der Gründer der Loge und hat die Höhle seinerzeit selber bemalt. Vielleicht wollte er seinen Jüngern oder Lehrlingen oder wem auch immer ein besonderes Geheimnis hinterlassen, und die verschwörerische Renée hält sich für eine Nachfolgerin. Leider hat man vergessen, wo die Höhle lag, und so wurde aus der Höhle der Schriften der Turmbau zu Babel. Passt ja auch besser zu Maurern.«

»Ja, das klingt durchaus plausibel. Ich habe keine Scheu vor ungewöhnlichen Zusammenhängen, aber eine Abstammungsgeschichte, die sich auf eine fünftausend Jahre alte Legende beruft, sollte man mindestens für fragwürdig, wenn nicht wahnwitzig halten.« Er benutzte ein kleines Stahlutensil, um die Glut seiner Pfeife nachzustopfen. »Wenn wir wüssten, wie alt die Malereien sind, könnten wir Ihre Theorie besser abwägen.«

»Und wir müssten die Texte kennen«, fügte Patrick hinzu. »Wenn es um ein Geheimnis geht, steht das ja vielleicht in den Texten.«

»Ja, es wird immer wichtiger, dass wir jemand dazubekommen, der uns beim Übersetzen helfen kann.«

KAPITEL 8

5. Mai, Büro des Bürgermeisters, St.-Pierre-Du-Bois

Der Morgen war kühl, ein feiner Nebel hatte die Straßen über Nacht benetzt, draußen roch es nach Pinien und Erde, doch im Büro von Didier Fauvel hing trotz der geöffneten Fenster eine schwere Luft aus Bohnerwachs, staubigen Ledersesseln und Eichenholzmöbeln.

»Es freut mich, dass Sie meiner Einladung folgen konnten«, sagte der Bürgermeister. »Bitte, setzen Sie sich doch. Sie müssen sehr beschäftigt sein, ich möchte Sie deswegen auch nicht lange aufhalten. Aber vielleicht können Sie mir etwas über den Fortschritt Ihrer Untersuchungen sagen. Ich selbst bin natürlich kein Fachmann auf diesem Gebiet, deswegen habe ich Monsieur Fernand Levasseur eingeladen.« Er deutete auf einen grobschlächtigen Mann mit Vollbart, der ausdruckslos auf einem Stuhl neben dem Schreibtisch saß. Unter seinen hochgekrempelten Hemdsärmeln kamen kräftige, behaarte Arme zum Vorschein, wie sie einem Holzfäller alle Ehre gemacht hätten. »Er ist studierter Biologe und unser Umweltbeauftragter der Region um St.-Pierre-Du-Bois. Ich habe ihn gebeten, sich in den nächsten Tagen und Wochen ein wenig Zeit zu nehmen, so dass er Ihnen mit seinen Ortskenntnissen zur Verfügung stehen kann.«

Peter und Patrick tauschten einen flüchtigen unsicheren Blick, bevor der Professor ein Lächeln über sein Gesicht huschen ließ und sich dem Mann zuwandte. »Professor Peter Lavell, sehr erfreut. Darf ich meinen Kollegen vorstellen, Ingenieur Patrick Nevreux.«

Der Biologe nickte.

»Wie geht es denn nun voran?«, drängte der Bürgermeister und ließ sich gemächlich in seinen Schreibtischsessel sinken.

»Nun, Monsieur le Maire«, hob Patrick an, »zunächst einmal müssen wir Ihnen danken, dass Sie sich die Zeit nehmen, sich unsere sicherlich furchtbar trockenen Analysen ansehen zu wollen.«

Didier Fauvel grinste und winkte mit seinen speckigen Fingern ab.

Patrick öffnete eine Mappe mit Dokumenten; es war eine Auswahl aus der Sammlung von Papieren, die ihnen bereits zu Beginn des Projekts vorbereitet worden waren. Darunter befanden sich auch einige nichts sagende Fotografien von Waldabschnitten, Absperrungen und Markierungspfosten. »Wir möchten Sie ungern hiermit langweilen«, fuhr Patrick fort, blätterte flüchtig in den Unterlagen und klappte die Mappe danach wieder zu. »Um es auf den Punkt zu bringen: Wir kommen nur schleppend voran.«

»Wie bitte?!« Die Wangen des Bürgermeisters schimmerten rot, als er sich abrupt nach vorne beugte.

»So unangenehm es ist: Im Sinne eines professionellen Vorgehens müssen wir Sie jetzt schon darauf aufmerksam machen, dass der von uns zuvor anvisierte zeitliche Rahmen nicht zu halten sein wird.«

»Was wollen Sie damit sagen?« Fauvels Augen verengten sich und fixierten Patrick bedrohlich.

»Es ist besser, Sie frühzeitig zu informieren, jetzt, wo wir darauf noch reagieren können, bevor es zu spät ist…« Patrick machte eine Pause, und Peter fragte sich, was sein Kollege mit diesem Sermon beabsichtigte. Sie hatten im Vorfeld darüber gesprochen, wie sie dem leicht erregbaren Mann gegenübertreten wollten, und hatten sich darauf geeinigt, dass Patrick das Gespräch übernehmen sollte. Entgegen dem impertinenten Eindruck, den er manchmal machte, hatte er ganz offensichtlich eine beachtenswerte Übung darin, vertrackte Verhandlungsgespräche zu führen. Eine Fähigkeit, die Peter aufgrund seiner zurückhaltenden oder bestenfalls überheblichen Art nicht besaß. Peter ließ sich entweder Dinge erklären, oder er erklärte sie. Kompromisse, Schmeicheleien oder gar dreiste Lügen waren so wenig sein Gebiet, wie es Patrick lag, Anweisungen zu befolgen oder Autoritäten zu respektieren – wenn es ihm nicht von persönlichem Nutzen war.

»Wir wissen jetzt, dass wir das Problem leider nicht bis Ende dieser Woche lösen können«, sagte Patrick. »Wir tun unser Möglichstes, aber wir benötigen Ihre Hilfe.«

Ein süffisantes Lächeln zog sich über das Gesicht des Bürgermeisters. »Was kann ich für Sie tun, Messieurs?«

Ein gekonnter Schachzug, befand Peter. Natürlich hatte es nie eine Abmachung gegeben, die ein Ende des Projekts in dieser Woche vorgesehen hätte, aber auf diese Weise hatte Patrick aus der Tatsache, dass es eigentlich gar keine Ergebnisse zu präsentieren gab, sogar noch Gewinn geschlagen. Er hatte ihre Akzeptanz bei diesem Mann erhöht, der sich nun heimlich im Vorteil wähnte.

»Um die Herkunft und den Verlauf der Epidemie bewerten zu können, benötigen wir Wetterdaten dieser Region. Haben Sie Möglichkeiten, diese zu bekommen?«

»Selbstverständlich, das sollte kein Problem sein.«

»Wunderbar, Monsieur le Maire. Wir sind Ihnen zu tiefstem Dank verpflichtet. Wir benötigen Daten über Niederschlagsmenge, Windrichtung und -geschwindigkeit, Temperaturen von Regen, Schatten und Sonne, Luftdruckverhältnisse und Stickstoff- sowie Ozonwerte, stundenweise über den Zeitraum der letzten sechs Monate aufgezeichnet. Ich habe Ihnen hier eine Aufstellung in Form eines tabellarischen Fragebogens vorbereitet. Sie glauben gar nicht, wie wertvoll das für uns sein wird. Vielen Dank, dass Sie sich darum kümmern!«

Peter lächelte in sich hinein. Der Mann würde wahrscheinlich Wochen damit zubringen, wutentbrannt irgendwelche entnervten Aushilfskräfte diverser Wetterstationen dazu anzutreiben, völlig sinnlose Daten zu extrahieren oder zu rekonstruieren, die es wahrscheinlich noch nicht einmal in dieser Genauigkeit gab.

»Darf ich fragen, wozu genau Sie diese Daten benötigen?«, meldete sich der bullige Fernand zu Wort. Peter zuckte innerlich zusammen. Vielleicht war Patrick etwas zu weit gegangen. Aber dieser zögerte keinen Augenblick, als er antwortete: »Selbstverständlich, Monsieur. Indem wir diese Daten analysieren, können wir ableitend Aussagen über die nahe Zukunft und die bestmögliche Vorgehensweise zur Eindämmung der Seuche treffen. Wir setzen dazu neueste Datamining-Software aus Kalifornien ein, die die chaotischen Werte der Wetterdaten, die präzisen geologischen Messwerte der Region sowie die statistischen Daten der Tierpopulationen in einem Artifical-Life-System berechnet. Es ist eine völlig neue Technologie, die wir hier in einem Pilotprojekt einsetzen und testen, um Preisverhandlungen führen zu können.« Patrick setzte eine verschwörerische Miene auf. »Eigentlich sind diese Informationen streng geheim, aber unter Kollegen durfte ich Ihnen sicherlich so viel sagen. Es geht dabei um Millionenbeträge zu Gunsten der WHO.«

Der Biologe hob fragend die Augenbrauen und wechselte einen Blick mit dem Bürgermeister. Doch dieser zuckte mit den Schultern und lächelte Patrick anerkennend dümmlich zu. Fernand Levasseurs Miene nahm daraufhin wieder den alten, nichts sagenden Ausdruck an.

»Patrick«, mischte sich Peter nun ein, angesteckt durch dessen Fabulieren und im Bestreben, den Termin zu einem schnellen Ende zu bringen, »wir müssen los. Unser Termin.«

»Oh, tatsächlich«, nahm Patrick den Ball auf, »unsere Konferenzschaltung um halb zehn... Es tut mir furchtbar Leid, aber wir müssen uns beeilen. Monsieur le Maire, Monsieur

Levasseur, es war mir eine Freude. Und nochmals vielen Dank für Ihre Unterstützung!«

»Ich würde mich gerne im Laufe der Woche mit Ihnen treffen«, sagte der Biologe, »und mir Ihre Untersuchungsergebnisse genauer ansehen.«

»Natürlich.« Patrick zögerte. »Lassen Sie uns dann einfach rechtzeitig einen Termin vereinbaren.«

»Mir passt es jederzeit. Wie wäre es Freitag?«

»Freitag? Ja, Freitag… warum nicht. Um neun Uhr in unserem Hotel?«

»Einverstanden.«

»Verdammt«, sagte Patrick, als sie auf dem Rückweg ins Hotel waren. »Jetzt haben wir diesen Typ am Hals.«

»Ich bin beeindruckt, wie Sie den Bürgermeister abgefertigt haben. Aber wie wollen wir uns auf Freitag vorbereiten?«

»Ich weiß es nicht, ich hoffe, mir fällt noch etwas Gutes ein. Ich habe ja während der Autofahrt Zeit nachzudenken.«

»Sind Sie sicher, dass Sie heute in das Sanatorium fahren wollen?«

»Je schneller, je besser. Carcassonne ist nicht weit, und vielleicht finde ich etwas heraus, das uns weiterbringt. Ich habe auch immer noch ein ziemlich mieses Gefühl im Schädel, wissen Sie. Seit dem Vorfall habe ich nicht mehr richtig geschlafen. Das ist also reines Eigeninteresse.«

»Ja, sicher, ich verstehe. Hoffentlich kommen Sie weiter.«

»Ist Ihnen heute Morgen, kurz bevor wir losgingen, aufgefallen, dass wir ein Fax bekommen haben?« Patrick holte ein gefaltetes Papier hervor.

»Ein Fax? Nein. Von wem könnte das auch sein? Niemand kennt unseren Aufenthaltsort. Oder ist es etwa aus Genf?«

»Ich weiß es auch nicht. Ein wenig merkwürdig ist es schon. Hören Sie:

›*Sehr geehrte Herren,*
Sie stießen auf einen Kreis, und es kann Kreise ziehen, was Sie erforschen, doch achten Sie darauf. Das Zentrum für Mann und Frau betritt der Kreis, nicht die Rose. Achten Sie darauf, dass Ihre Forschung keine Kreise zieht, bis nicht der Kreis auf Sie stößt.
Ehrerbietig, St. G.‹«

Peter überlegte. »Seltsam. Steht eine Absendernummer auf dem Fax?«

»Natürlich. Ich werde herausbekommen, von wo es geschickt wurde, der Vorwahl nach zu schließen aus der Schweiz. Aber nach Elaine klingt es nicht.«

»Nein, in der Tat. Vielleicht gibt es einen Maulwurf bei der UN?«

»Gut möglich. Aber der Absender scheint zu wissen, dass wir Nachforschungen über die Rose betrieben haben. Vielleicht bezieht er sich sogar auf unseren Besuch in Paris. Elaine weiß davon aber gar nichts. Vielleicht kommt das Fax direkt aus den Händen dieser Freimaurer. Oder Sebastian hat die Nummer weitergegeben…«

»Es hat einen merkwürdigen, konstruierten, künstlichen Klang, wie ein Gedicht… oder ein Rätsel… Ich möchte mir den Text gerne genauer ansehen. Lassen Sie mir das Papier hier?«

»Natürlich.« Patrick reichte Peter das Fax. Sie bogen in die Hoteleinfahrt ein und parkten direkt neben dem Eingang. »Fahren Sie gleich wieder zur Höhle, oder kommen Sie noch mit hoch?«, fragte Patrick beim Aussteigen.

»Ich komme noch mal mit hoch«, sagte Peter, »vielleicht fahre ich erst nach dem Mittagessen ins Camp. Wenn Sie wollen, können Sie auch gerne den Landrover mitnehmen, dann bleibe ich den ganzen Tag hier.«

»Danke, aber vielleicht brauchen Sie den Geländewagen

heute doch noch. Ich nehme mir einen Leihwagen vom Hotel.«

Im Foyer trat ein Bediensteter auf sie zu. »Messieurs, gerade ist eine Dame eingetroffen, die Sie suchte. Sie frühstückt im Salon Vert und wartet auf Sie. Soll ich Sie zu ihr führen?«

Peter sah Patrick erstaunt an. »Ob Elaine uns einen Überraschungsbesuch abstattet?«

»Zuzutrauen wäre es ihr. Was, wenn es Frau Großguru ist, die mit der Loge?«

»Renée Colladon? Nein, das glaube ich nicht. Sie kann nicht wissen, wo wir sind, und wenn doch, so hätte sie sich angemeldet.«

»Nach dem Fax wäre ich nicht mehr so sicher, dass keiner weiß, wo wir sind.«

Der Bedienstete stand noch immer vor ihnen und sah mit einem so unbeteiligten Gesichtsausdruck an ihnen vorbei, dass man ihm förmlich die Anstrengung ansah, so zu tun, als würde er nicht zuhören.

»Wollen Sie noch schnell mitkommen, gucken, wer es ist?«, fragte Peter.

»Um ehrlich zu sein, nein. Wenn Sie einverstanden sind, verziehe ich mich jetzt unauffällig.«

»Gut. Fahren Sie vorsichtig und viel Erfolg.« Anschließend wandte sich der Professor an den Hoteldiener: »Führen Sie mich bitte zu ihr.«

Der Salon Vert hatte seinen Namen durch die vollständig verglaste Front, die den Blick auf das üppige Grün des Gartens freigab. Die Morgensonne schien durch die Bäume und einen großen Bambusstrauch, der neben einem Teich gepflanzt worden war. Das Licht fiel in warmen, zitternden Streifen in den Raum, der in gelben und grünen Pastelltönen gehalten war. Rattanmöbel und Sets aus Bast strahlten einen fast britischen Stil aus. Ein wenig zwanziger Jahre, ein wenig subtropisch.

Um diese Uhrzeit waren nur noch wenige Gäste mit dem Frühstück beschäftigt. Zwei einzelne Herren lasen Zeitung, ein älteres Ehepaar aß noch, und an einem Tisch neben der zur Hälfte geöffneten Verandatür saß eine junge Frau bei einer Tasse Kaffee.

»Das ist die Dame, Monsieur le Professeur.« Der Angestellte zog sich zurück.

Die Frau sah auf, als Peter auf sie zutrat. »Peter Lavell, guten Morgen«, stellte er sich vor. »Man sagte mir, Sie suchten mich.«

»Sie und Ihren Kollegen Patrick Nevreux, ja.« Sie reichte ihm die Hand. »Mein Name ist Stefanie Krüger. Bitte, setzen Sie sich doch.«

Peter nahm Platz und betrachtete die Frau eingehend. Sie mochte Anfang dreißig sein, war ausgesprochen gut aussehend, sportlich-leger gekleidet und hatte ihr offenes blondes Haar auf einer Seite hinter die Ohren geklemmt. Um zu verhindern, dass ihr die Haare auf der anderen Seite ins Gesicht fielen, hielt sie den Kopf ein wenig schief. Für einen Augenblick hätte man sie für eine Touristin halten können, aber ihre Augen strahlten eine Konzentration aus, wie man sie bei einem Geschäftsmann vermutet hätte. Neben ihr auf dem Stuhl lagen eine Notebook-Tasche und ein Handy. *Eine Reporterin!*, schoss es Peter durch den Kopf.

»Ich bin froh, dass ich Sie heute Morgen noch treffe.« Sie holte eine Mappe hervor, die Peter bekannt vorkam. Sie trug den schwarzen Schriftzug *Projekt Babylon*. »Mehr als der Name dieses Hotels ist diesen kryptischen Papieren natürlich nicht zu entnehmen gewesen. Aber früher oder später musste ich Sie hier antreffen. Zur Not hätte ich den ganzen Tag auf Sie gewartet.«

Sie machte eine Pause, doch Peter erwiderte nichts.

»Ach so«, sagte sie, »vielleicht hat man mich nicht angekündigt. Ich stelle mich also am besten erst mal vor. Meinen

Namen kennen Sie ja. Ich arbeite als freie Wissenschaftlerin, zuletzt für das British Museum in London. Ich bin Linguistin mit dem Spezialgebiet Klassik und Altertum. Ich bin von Elaine de Rosney im Namen der UN nach Genf eingeladen worden, mit dem Angebot, an diesem Projekt mitzuarbeiten.«

Peter hob eine Augenbraue. Hatte Elaine tatsächlich so schnell eine Sprachwissenschaftlerin gefunden?

»Das war vor zwei Tagen, und nun bin ich hier. Das Ganze ist ja sehr geheimnisvoll. Ich bin gespannt, um was es geht.«

Peter zögerte. »Mit welchen Sprachen sind Sie vertraut?«

»Ich bin im Ausland aufgewachsen und an internationalen Schulen gewesen. Ich spreche verhandlungssicher Deutsch, Englisch, Französisch und Spanisch. Außerdem Italienisch, Portugiesisch – die romanischen Sprachen ähneln sich ja alle. Griechisch und Türkisch ebenfalls.«

»Was ist mit dem Altertum?«

»Ich erforsche die Entwicklungsgeschichte der Sprache und der Schrift. Dazu gehört das Entziffern und Analysieren der Strukturen. Bei einigen Schriften muss man die Sprache selbst auch kennen, wie zum Beispiel, wenn man Hieroglyphen entziffern möchte. Andere Schriften sind so strukturiert, dass man sie in ein vereinbartes Äquivalent in lateinischer Schrift übertragen kann, ohne es selbst lesen zu können. Die Übersetzung nimmt dann jemand anderes vor.«

»Welche Sprachen des Altertums können Sie denn selber übersetzen?«

»Leider nur Latein, Altgriechisch, Hebräisch und Ägyptisch. Ein bisschen Etruskisch, so weit es geht, ebenfalls. Nur die Klassiker eben.«

»*Nur* die Klassiker?!«, entfuhr es Peter.

»Ich habe allerdings Quellen, um die meisten anderen Sprachen ebenfalls übersetzen zu lassen«, setzte Stefanie schnell hinzu.

»Verstehen Sie mich nicht falsch: Ich bin überaus beeindruckt! Sie scheinen ein Sprachgenie zu sein.«

»Sehen Sie, ich vergleiche es immer mit Musik. Wenn Sie wirklich musikalisch sind, und Musik Ihr Beruf, Ihr Leben ist, dann verstehen Sie die Sprache der Noten, dann können Sie gleichermaßen Jazz wie Pop verstehen und spielen. Es ist alles dieselbe Welt. Die Muster und Strukturen wiederholen sich.«

»Was bedeutet ›*hoc sit exemplum discipulis*‹?«

»›*Hoc*‹ heißt ›dies‹, ›*sit*‹ ist Konjunktiv, ›*hoc sit*‹, ›dies sei‹, ›*exemplum*‹, ›ein Beispiel‹, ›*discipulis*‹ bedeutet ›*Lehrling*‹, im biblischen Sinne auch ›*Jünger*‹: ›*Dies sei ein Beispiel für meine Jünger.*‹ Warum fragen Sie das, soll es ein Test sein?«

»Ja«, sagte Peter und lächelte. »Ich muss wissen, ob Sie tatsächlich eine Wissenschaftlerin sind – oder eine Journalistin. Im ersten Fall heiße ich Sie herzlich willkommen an Bord. Im zweiten Fall müsste ich Sie leider erschießen.«

»Dann hoffe ich, dass ich Sie überzeugen konnte. Wo ist denn Ihr Kollege, Monsieur Nevreux?«

»Patrick ist in der Nähe von Carcassonne. Sie werden ihn heute Abend kennen lernen. Hat man Ihnen schon Ihr Zimmer gezeigt?«

»Ja.« Sie deutete auf das Notebook neben sich. »Ich habe nur den Rechner mit runtergenommen, um mir die Zeit zu vertreiben. Ich wusste ja nicht, wie lange ich auf Sie warten würde.«

»Dann begleiten Sie mich doch an unseren und Ihren neuen Arbeitsplatz. Ich werde Ihnen unterwegs alles erzählen.«

»Sehr gerne, klingt wie ein guter Auftakt. Umso mehr, als Sie offensichtlich nicht mehr vorhaben, mich zu erschießen.« Sie lachte Peter an und steckte sich die Haare wieder hinter das Ohr.

»In der Tat.« Peter stand auf und zog ihren Stuhl beiseite, als sie sich erhob. »Es wäre ja auch eine Schande gewesen.«

»Es geht um diese Höhle«, erklärte Peter, als sie im Landrover auf dem Weg ins Camp waren. »Ein Schäfer hat sie gefunden und ist irgendwie verrückt geworden, er liegt jetzt in einem Sanatorium. Ihn besucht Patrick heute. Die Höhle ist über und über mit Schriftzeichen und ganzen Texten übersät. Das Interessante ist, dass es sich dabei um ein unwahrscheinliches Potpourri handelt; Latein, Sumerisch, Griechisch, Ägyptisch, sogar Maya-Glyphen und völlig unbekannte Sprachen. Deswegen heißt das Projekt Babylon.«

»Die Sprachverwirrung.«

»Ja. Wir haben die Malereien analysiert. Sie sind etwa aus dem dreizehnten Jahrhundert. Mittelalter, eine Zeit also, in der man von Sumerisch nichts wusste, geschweige denn von den Maya. Die Welt war damals immerhin noch eine Scheibe, von der man kurz hinter Afrika hinunterfiel.«

»Aber das ist doch völlig unmöglich!«

»Natürlich. Heute wissen wir, dass die Schwerkraft dies verhindert.«

»Ich bezog mich auf das Alter der Malereien.«

»War bloß ein Witz. In der Tat, das Alter der Malereien ist höchst zweifelhaft. Aber wir vernachlässigen diesen Aspekt zunächst, weil wir uns aus der Entzifferung der Texte eine Aufklärung über die Höhle als solche erhoffen. Ein paar Malereien sind im Laufe der Jahre auch nachträglich angebracht worden, meistens aber sehr schlampig oder sogar unleserlich. Und diese ganzen unbekannten Schriften. Es gibt eine Menge zu tun.«

»Was macht das Ganze denn so unsagbar geheim?«

»Der UN geht es eigentlich gar nicht um die Schriften, auch wenn sie uns noch so spannend vorkommen. Es geht um einen tiefer gelegenen Teil der Höhle. Dort befindet sich ein Gang mit sehr merkwürdigen, vielleicht elektromagnetischen Eigenschaften. Wir wissen es noch nicht genau. Deswegen ist Patrick im Projekt. Er ist ein sehr guter Feldforscher und Techniker.«

»Diese elektromagnetischen Eigenschaften – was bewirken…?« Sie hielt inne, als sie die Männer bemerkte, die in dem Camp herumliefen.

»Diese Männer hier arbeiten für die UN und sichern für uns das Gelände«, sagte Peter, als sie gerade das Tor passiert hatten und durch das Camp fuhren. »Sind Sie eigentlich auch unter dem Deckmantel der Tollwutseuche hier?«

»Ja«, sie schmunzelte, »angeblich bin ich eine Verhaltensforscherin. Das haben die sich wohl ausgedacht, weil ich ganz gut in Biologie bin.«

»In Biologie… das ist interessant.«

»Na ja, ich hatte immer ein Faible dafür. Auf der Uni habe ich es nebenher studiert, weil ich irgendwie immer dachte, dass es vielleicht mal nützlich für meine Pferdezucht sein könnte.«

»Sie haben eine Pferdezucht?«

»Nein, aber man kann ja nie wissen, oder?«

»Ihre Kenntnisse könnten jetzt vielleicht trotzdem äußerst nützlich sein, wissen Sie das? Der Bürgermeister hat uns nämlich gerade einen Adlatus ans Bein gebunden, ein Biologe, der mit uns fachsimpeln möchte, wie es denn mit unserer Untersuchung zur Tollwut vorangeht.«

»Na, ich hoffe, er lässt sich eine Weile mit heißer Luft abspeisen, ein Fachmann bin ich ja auch nicht. Aber Sie wollten gerade etwas über den Gang in der Höhle erzählen.«

»Richtig, der Durchgang – so nennen wir ihn. Es ist wirklich merkwürdig: In der Dunkelheit scheint es ein normaler Gang zu sein. Nun, normal ist übertrieben; auf irgendeine unerklärliche Weise leuchtet die Luft dort bläulich. Doch immerhin scheint es ein passierbarer Gang zu sein. Sobald man aber den Gang mit Scheinwerfern erleuchtet, wird er pechschwarz. Nicht das Gestein, sondern die Luft selbst wird schwarz und undurchdringbar. Es ist, als ob er keine Form von Strahlung oder Energie hindurchließe. Wenn man hineinguckt, sieht man eine absolute

Schwärze. Man kann sie nicht ausleuchten, auch mit dem Echolot lässt sich keine Tiefe orten. Es ist, als ob keine Reflexion von Licht oder anderen Wellen aus dem Gang zurückkommt. Wir haben mit einem Pioneer-Roboter experimentiert, der an einem Stromkabel hindurchgeführt wurde. Sobald er über die Schwelle war, reagierte er nicht mehr und verbrauchte auch keinen Strom mehr. Wir mussten ihn am Kabel wieder rausziehen.«

»Und sind Sie mal hineingegangen?«

»Nein, das ist das größte Problem. Den Berichten zufolge ist der Schäfer wohl deswegen wahnsinnig geworden, weil er es tat. Patrick hat es leichtsinnigerweise getestet und selber den Kopf hineingesteckt. Es war nur der Bruchteil einer Sekunde, ich habe ihn zurückgerissen. Aber er hat einen Schock bekommen, ich dachte, es wäre ein Schlaganfall. Er war danach völlig erledigt, hat zwei Tage am Stück geschlafen und die Erinnerung an den Vorfall verloren. Deswegen sucht er gerade den Schäfer im Sanatorium auf. Er hofft, irgendetwas bei ihm herauszufinden.«

»Der Arme. Das tut mir Leid. Reingehen sollte man also nicht.«

»Nein, auf keinen Fall. Hier steigen wir aus.« Peter führte Stefanie das letzte Wegstück den Hang hinauf und bis zur Höhle. »Bisher hören Sie sich das alles einfach an, als sei es völlig selbstverständlich, was ich erzähle.«

»Ich habe nicht gesagt, dass ich Ihnen glaube.«

»Das ist gut. Ich hätte es auch nicht geglaubt.«

Sie hatten den obersten Absatz des Hangs und den Höhleneingang erreicht.

»Ist das die Höhle?«, fragte sie.

»Ja, das ist sie.«

»Dann nichts wie hinein. Ich bin äußerst gespannt.«

Patrick ärgerte sich, dass er nicht den Landrover genommen hatte. Jetzt musste er mit einem Wagen vorlieb nehmen, der so wenig PS hatte, dass er froh war, wenn es mal ein kurzes Stück bergab ging. An Überholen war gar nicht zu denken.

Wenigstens war es eine schöne Strecke, und er hatte es nicht sehr eilig. Eigentlich, so überlegte er, hatte er sogar alle Zeit der Welt. Häufig säumten Platanen mit ihren großen, hellen Blättern und den gefleckten Stämmen die Straße. Wie lange gab es diese Alleen wohl schon? Bei der Fahrt durch ein beschauliches Dorf entschloss er sich, seiner inneren Stimme zu gehorchen, machte spontan Halt und setzte sich in ein Café. Tische und Stühle standen draußen, im Halbschatten einiger Weiden. Bei einem warmen Croissant mit Butter lehnte er sich zurück und genoss die friedliche Ruhe. Aus dem Geäst der Bäume drang das beständige Zirpen der Zikaden, von jenseits eines kleinen Mäuerchens klang das Plätschern von Wasser herauf, ein kleiner Flusslauf, wie er zu Hunderten in dieser Gegend zu finden war. Wenige Meter entfernt, im staubigen Sand neben der Dorfstraße, stand ein halbes Dutzend älterer Männer und spielte *Boules*. Es ging leise, fast bedächtig vonstatten. Nur das leise, dumpfe Aufschlagen der Kugeln war zu hören, ab und zu begleitet von einem metallischen Klacken oder einem erstaunten Ausruf.

Es schien Patrick ein zeitloser Schnappschuss zu sein. Man hätte dieses Bild in jedes Jahrhundert transportieren können; so oder so ähnlich hatte es hier wohl immer ausgesehen. Diese Männer kümmerten sich nicht um irgendwelche Bürogebäude in Genf, um die Europäische Weltraumorganisation, um Palenque, Lissabon oder eine merkwürdige Sekte in Paris. Sie lebten in ihrer eigenen Welt, die vor eintausend Jahren die von Rittern und Burgen und vor zweitausend Jahren die von Römern und Kelten gewesen war. Doch auch davon schien niemand Notiz zu nehmen, geschweige denn vom wohl faszinierendsten Rätsel wenige Kilometer entfernt. Diese Menschen schienen ihre Vergangenheit nicht auszugraben und zu ehren, man möchte fast meinen, sie lebten auf einer eigenen, parallelen Zeitspur. Patrick stellte sich vor, was passieren würde, wenn ein Ritter in voller Rüstung plötzlich hier auftauchte. Wahrscheinlich würde er so gut ins Bild passen, dass weder die Dorfbewohner noch er selbst irritiert wären. Schließlich machte er sich wieder auf den Weg nach Carcassonne. Im Auto dachte er über seine Pause nach. Er wunderte sich über sich selbst. Er war nie romantisch oder philosophisch veranlagt gewesen. Und trotzdem hatte ihn das Bedürfnis nach Ruhe überkommen. Oder vielleicht war *Frieden* das bessere Wort. Innerer Frieden. Er sah viele Dinge aus einer neuen Perspektive, in größerem Zusammenhang. Plötzlich schrumpften Zeitalter und Kontinente zusammen, das emsige Bestreben eines einzelnen Menschen schien demgegenüber bedeutungslos. War es so, dass man den Sinn des Lebens vielleicht niemals im Erreichen hehrer Ziele suchen sollte, sondern im eigenen Frieden mit der Welt?

Was für ein Schwachsinn!, fluchte Patrick innerlich. *Als ob mir jemand ins Gehirn geschissen hat!* Seit dem Vorfall in der Höhle hatte er bisweilen sehr merkwürdige Anwandlungen, fand er. Es wurde höchste Zeit, dass er das Sanatorium und den Schäfer fand, um zu verstehen, was da mit ihm vorging. Vielleicht war es ja nur der Anfang, und er wurde ebenfalls langsam verrückt.

Es war nicht leicht, das Sanatorium zu finden. Es lag außerhalb von Carcassonne, angeblich wenige Kilometer, dennoch brauchte er noch fast eine halbe Stunde, bis er es erreicht hatte. Der Weg war nicht ausgeschildert, und die meisten Passanten hatten noch nie davon gehört. Eine alte Bäuerin kannte es schließlich, doch der Weg, den sie ihm beschrieb, führte quer durch einen Weingarten über einen holprigen Feldweg, der bestenfalls für Traktoren geeignet war.

Endlich schälte sich das Gebäude aus einem Dickicht von Kiefern und Efeu heraus. Es stand auf einem Hügel und hatte wohl ehemals das umgebende Tal überblickt, doch die ungepflegten Gartenanlagen hatten inzwischen die Sicht so gut wie zugewuchert. Das Sanatorium war in einer alten, zweistöckigen Villa untergebracht, erbaut 1882, wie eine mit blaugrauen Flechten bewachsene Stuckarbeit über dem Eingang verriet. Wenn das Äußere auch verwahrlost aussah, so war es im Inneren doch überraschend sauber. Patrick betrat eine mit zweifarbigen Kacheln ausgelegte Halle, von der aus zwei Gänge abzweigten. Den Raum beherrschten ein Kronleuchter mit langen, dürren Armen, auf denen nackte Glühbirnen saßen, und eine steinerne Treppe. Auch sie war gekachelt und beiderseits mit einem schmucklosen Geländer aus Messing versehen. Ein Geruch nach scharfem, ammoniakhaltigem Putzmittel hing in der Luft. Direkt zu seiner Rechten bemerkte Patrick eine Art Pförtnerhäuschen oder Rezeption. Es war brusthoch mit dunklen Holzpaneelen verkleidet, dann ging es in eine Glasscheibe über, aus der eine halbrunde Öffnung als Durchreiche herausgearbeitet war. Dahinter saß ein ernst blickender Mann mit Hemd und Schlips und beugte sich interessiert vor, als er Patrick eintreten sah.

»Ich suche Mr. Jacques Henrot, ich bin ein Verwandter von ihm.«

Der Mann beugte sich über ein großes Heft, das vor ihm lag. Es enthielt nicht viele Einträge, aber er machte einen sehr gewissenhaften Eindruck, als er mit dem Finger einige Spalten nachfuhr, bis er den Namen gefunden hatte.

»Sie können nicht mit ihm sprechen, Monsieur.«

»Wie bitte?! Was soll das heißen, ich kann nicht mit ihm sprechen? Ich bin extra aus Paris angereist. Mein Privatsekretär hat meinen Besuch bereits vor ein paar Tagen angekündigt. Jetzt sagen Sie mir nicht, Sie wüssten nichts davon!«

Der Mann hinter der Scheibe ließ sich von Patrick nicht beeindrucken. »Sie können ihn natürlich besuchen, aber Sie können nicht mit ihm sprechen. Hat man Ihnen das nicht gesagt? Er *spricht* nicht. Vor zwei Wochen war auch schon jemand hier. Hat nur Gestammel aus ihm herausbekommen.«

»Es war jemand hier? Wer?«

»Ich hatte das Gesicht schon mal im Fernsehen gesehen. Irgendein Politiker, glaube ich.«

»Was wollte er? War er ein Verwandter?«

»Ich habe keine Ahnung, Monsieur. Und es geht mich auch nichts an.«

»Na gut. Wo finde ich Monsieur Henrot?«

»Zimmer siebenundzwanzig, im zweiten Stock, die Treppe hinauf und den rechten Gang entlang.«

Die Flure im oberen Stockwerk waren mit altertümlichen, gelblichen Mustern tapeziert, der Boden mit braunem Linoleum bedeckt, Wandlampen tauchten das Ganze in ein trübes, ungesundes Licht. Eine Frau mit weißer Schürze und einer weißen Haube trat aus einer Tür auf den Gang. Sie schien Patricks unsicheren Blick zu bemerken und kam auf ihn zu.

»Was suchen Sie, Monsieur?«

»Zimmer siebenundzwanzig, Jacques Henrot.«

»Folgen Sie mir. Sind Sie ein Verwandter? Sie werden vielleicht einen Schreck bekommen, wenn Sie ihn wiedersehen, er ist in bedauernswertem Zustand.« Sie öffnete eine Tür und ließ Patrick eintreten. Der Raum war ebenso düster wie es der Flur gewesen war. Der linke Teil war mit einem Vorhang abgetrennt, der an einem dünnen Gestänge befestigt war. An der Stirnseite des Zimmers befand sich ein kleines, vergittertes Fenster, durch das man direkt in die rostigen Schatten der Kiefern sah. An der rechten Wand standen ein hölzerner Beistelltisch und ein Bett. Darauf deutete die Frau.

»Da liegt er.« Sie sah auf ihre Uhr. »Ich denke, Sie haben nicht vor, lange zu bleiben? In einer halben Stunde muss er seine Medizin bekommen.«

»Ich bin aus Paris angereist, ich werde so lange bleiben, wie ich kann. Was für Medizin, sagen Sie?«

»Es sind nur ein paar Tabletten. Vielleicht können Sie auch dabeibleiben, wenn Sie möchten.« Sie verließ den Raum.

Patrick war allein. Allein in diesem verdammten Zimmer, umgeben von Verfall und Krankheit. Er fühlte sich unglaublich fehl am Platz. Für einen Augenblick hatte er das Gefühl, er müsse nur die Augen öffnen und würde irgendwo anders wieder aufwachen. Es war wie in einer fremden Welt. Eigentlich arbeitete er an einem wissenschaftlichen Projekt für die Vereinten Nationen, und nun stand er hier, in einem unbekannten, verwahrlosten Sanatorium, irgendwo auf dem Land, wo die Zeit stehen geblieben war, im Zimmer eines Schäfers, der den Verstand verloren hatte …

Patrick fiel ein, dass er sich nicht danach erkundigt hatte, wie sich der Zustand des Schäfers äußerte. War er noch immer wahnsinnig? War er aggressiv? War er gefährlich? Ein ungutes Gefühl kroch in ihm hoch und steckte bald wie eine warzige Kröte in seinem Hals. Zögerlich trat er an das Bett und warf einen Blick hinein.

Erschrocken wich er einen Schritt zurück.

Mit aufgerissenen Augen starrten ihn die verzerrten Züge eines irrsinnigen Mannes an. Er lag zusammengerollt auf der Seite, wirre, weiße Haare umgaben seinen Kopf wie nasses Stroh, die Wangen waren eingefallen, der Mund in einem Lächeln eingefroren, die Augäpfel schienen ein wenig herauszuquellen, so dass man den roten unteren Rand sehen konnte. So erschreckend der Anblick war, so wenig konnte sich Patrick ihm entziehen. Er bemerkte, dass ihn der Mann gar nicht ansah. Seine Augen bewegten sich zwar, aber der Schäfer schien seine Umgebung nicht wahrzunehmen. Es war, als hätte man einem Schlafenden die Lider geöffnet.

»Monsieur Henrot?« Patrick kam sich dumm vor, den völlig abwesenden Mann anzusprechen. »Jacques? Können Sie mich verstehen?«

Der Schäfer zeigte keinerlei Reaktion. Patrick hatte Berichte von Menschen gelesen, die jahrelang im Koma gelegen und doch jedes Wort verstanden hatten, das gesprochen worden war. Bis irgendein Ereignis sie ganz plötzlich aufweckte. Vielleicht war es bei dem Schäfer ja auch so. Vielleicht konnte er alles verstehen, und man musste nur den Auslöser finden. Aber was sollte er ausprobieren? Sollte er jetzt allen Ernstes hier wie mit einer Wand sprechen? Andererseits, dieser Mann, oder das, was von ihm übrig war, stellte Patricks einzige Verbindung zum Inneren der Höhle dar. Nur dieser Mann konnte ihm weiterhelfen. Nun, da er eigens hierher gefahren war, sollte er wenigstens das Beste daraus machen und nichts unversucht lassen.

»Jacques, Sie müssen mir zuhören. Verstehen Sie mich? Geben Sie mir ein Zeichen, wenn Sie mich verstehen können!«

Noch immer rührte sich der Mann nicht, nur seine Augen glitten weiter durch das Nichts.

»Sie hatten einen Unfall, Jacques, erinnern Sie sich? Sie müssen sich erinnern! Sie haben eine Höhle entdeckt. Die Höhle, Jacques, erinnern Sie sich?«

Der Schäfer machte eine Bewegung, zuckte ein wenig und zog die Beine weiter an sich.

»Ja! Haben Sie das verstanden? Ist es das? Die Höhle?« Patrick ging dicht an das Bett. Der Mann glotzte geisterhaft aus seinen glasigen Augen, er schien völlig starr und gleichzeitig höchst angespannt, als könne er jederzeit ganz plötzlich schreiend aus dem Bett springen. Mit zitternden Fingern streckte Patrick seine Hand nach ihm aus. Er fühlte eine tiefe Abscheu, ihn zu berühren, aber ebenso das überwältigende Bedürfnis, ihn wachzurütteln. »Sie haben eine Höhle entdeckt, Jacques, wissen Sie es noch?« Patricks Finger trennten nur noch wenige Zentimeter von der Schulter des Mannes. Mit leiserer aber eindringlicher Stimme redete er weiter auf den Mann ein. »Eine Höhle... mit Malereien... Schriften...« Sanft legte er eine Hand auf das Laken.

»Das hat keinen Zweck!«
Wie von einer Tarantel gestochen, fuhr Patrick zusammen und riss seine Hand zurück. Ein lautes Rasseln hinter ihm ertönte, als der Vorhang beiseite gezogen wurde. Dahinter war ein weiteres Bett zu sehen, in dem sich ein alter Mann aufgesetzt hatte. Er hatte keine Haare mehr, eine faltige, ledrige Haut und kaum noch Zähne. Er sah mit einem schiefen Grinsen zu Patrick hinüber. »Der hört Ihnen nicht zu.«
Patrick rang einen Augenblick nach Fassung. »Das... woher wissen Sie das so genau?«
»Junger Mann! Wollen Sie sagen, ich weiß nicht Bescheid! Ich weiß Bescheid, natürlich weiß ich es. Der hört Ihnen nicht zu. Hat keinen Platz im Schädel zum Zuhören.«
»Was meinen Sie damit?«
»Den werden Sie hier nicht finden. Ich weiß Bescheid. Ist immer so. Die sind auf der Suche, so ist es. Sieht aus, als ob sie leer sind, aber sie sind voll, das ist es.« Der Alte stand auf und kam im Schlafanzug herübergehumpelt.
Patrick wurde es unbehaglich. Er dachte daran, dass die Krankenschwester, oder wer immer es gewesen war, möglichst bald kommen sollte. Aber die halbe Stunde war noch nicht um. »Wen meinen Sie? Sind hier noch mehr Leute wie er?«
»So wie er, nein. Aber ja. Schon so wie er. Aber jeder ist anders. Junger Mann. Das verstehen Sie doch, oder? Ich weiß Bescheid, so lange bin ich schon hier.«
»Und alle haben eine Höhle entdeckt?«
»Höhle. Nein, keine Höhle. Vielleicht aber auch eine Höhle. Wenn Sie Höhlen wollen. Jeder hat eine eigene Höhle. Etwas füllt sie, wirft sie raus. So ist das. Sie sind nicht mehr im Schädel, weil er voll ist. Sie finden die nicht in ihren Schädeln. Sie sind weg, suchen, das ist es, was sie tun.«
»Sie suchen? Was meinen Sie damit?«
»Na, suchen, junger Mann. Schon mal verlaufen? So ist das, ich weiß Bescheid. Die suchen. Sich selbst. Und dann, wenn sie

wollen, einen Weg zurück. Aber wer will das schon? Ich sage, hat keinen Zweck zu reden. Ist nicht da drin.«

Patrick kam sich merkwürdig vor, mit einem schwachsinnigen Alten zu diskutieren, aber er hatte seinen Ehrgeiz geweckt. »Er hat mich aber gehört! Eben hat er sich bewegt, als ich ›Höhle‹ gesagt habe.«

Der Alte schlurfte zum Fenster, krallte sich an den Gitterstäben fest und drückte sein Gesicht in eine Lücke. »Ja, bewegt sich nicht viel, aber manchmal. Das ist gut, vielleicht auch nicht. Ist auf dem Weg zurück, vielleicht auch nicht. So ist das immer. Vielleicht, vielleicht. Vielleicht ist es besser zurückzukommen, vielleicht nicht. Vielleicht bin ich hier, vielleicht nicht?«

»Natürlich sind Sie hier.«

Der Mann drehte sich um und entblößte seine Zahnstümpfe. »Vielleicht träumen Sie mich? Ich weiß Bescheid, aber wissen Sie Bescheid? Vielleicht träume ich Sie.« Er gab ein kleines irrsinniges Lachen von sich, das augenblicklich in ein trockenes Husten überging.

Patrick wandte sich ab. Der Alte beunruhigte ihn zutiefst. Obwohl es nur leeres Gefasel war, traf es auf merkwürdige Weise einen Nerv. Er betrachtete den Schäfer. Wenn er nur sprechen könnte!

»Jaja, das tut er.«

Patrick zuckte zusammen. Der Alte stand plötzlich dicht neben ihm und sah dem Schäfer ins Gesicht. »Spricht viel. Sagt aber nichts.«

»Er spricht? Was sagt er denn?«

»Sagt nichts, sagt gar nichts. Das ist so.«

»Na schön, welche *Worte* gibt er denn von sich?«

»Ich weiß Bescheid.«

»Ja, Sie wissen Bescheid! Also sagen Sie mir doch, was Sie für Worte gehört haben!«

»Vielleicht auch nicht.«

»Was?!? Haben Sie nun etwas gehört, oder nicht?«
»Worte, warte! Confisus, Konfuzius! Welchen Sinn haben Worte? Wer weiß Bescheid? Ist es so, oder nicht?«
Patrick wollte den Greis am liebsten schütteln. »Mein Gott, Mann, reißen Sie sich mal zusammen, das ist wichtig! Was hat er gesagt?!?«
Der Alte hatte sein Grinsen plötzlich eingestellt. Wieder ging er zum Fenster und drückte sein Gesicht gegen das Gitter. »Ich weiß Bescheid, ich weiß Bescheid. Vielleicht, vielleicht…«
»*Mist*«, fluchte Patrick. Aus dem Schwachkopf war nichts herauszubekommen. Aber immerhin gab es ihm Hoffnung zu hören, dass der Schäfer dann und wann vor sich hin brabbelte. Er musste ihn wieder zum Reden bringen.
In diesem Augenblick öffnete sich die Tür, und die Frau mit der Schürze kam herein. Als sie den Alten am Fenster sah, ging sie schnell auf ihn zu. »Hugo! Wachen Sie auf!«
Der Alte sah die Frau an, und sein Gesicht verzog sich zu einem elendig aussehenden Lächeln. Widerstandslos ließ er sich von ihr zu seinem Bett führen. Sie setzte sich auf seine Bettkante und zog die Gardine vor, während er sich hinlegte. Wenige Augenblicke später kam sie wieder hinter dem Vorhang hervor.
»Ich hoffe, er hat Sie nicht belästigt. Er schläft jetzt wieder.«
»Nein, ist schon in Ordnung. Was haben Sie mit ihm gemacht? Haben Sie ihm auch Tabletten gegeben?«
»Ja, die beiden brauchen sie in regelmäßigen Abständen, weil sie immer wieder zu sich kommen. So, und nun ist Jacques dran.« Sie schüttete zwei Kapseln aus einem braunen Fläschchen auf ihre Hand.
»Darf ich sie ihm geben?«, fragte Patrick.
»Wie bitte?«
»Ich möchte sie ihm gerne geben, ist das in Ordnung?«
»Nun… ja, wenn Sie unbedingt möchten…« Unsicher reichte ihm die Frau die Tabletten.

»Vielen Dank. Wissen Sie, es ist das Einzige, was ich für ihn tun kann. Wir haben uns sehr nahe gestanden...« Patrick nahm die Kapseln entgegen und tat so, als lege er sie dem Schäfer in den Mund. Dabei ließ er sie unauffällig in seiner Handfläche verschwinden, so ähnlich, wie er es machte, wenn er seinen Zigarettentrick vorführte.

Die Frau beobachtete den Vorgang, schien jedoch nichts zu bemerken. Mit einem zufriedenen Lächeln auf den Lippen verließ sie den Raum.

Wieder war Patrick allein. Allein mit einem schwachsinnigen Greis und dem offensichtlich nicht gesünderen Schäfer. Ob er tatsächlich zu sich kommen würde, jetzt, wo er keine Tabletten bekommen hatte?

»Jacques, hören Sie mich? Sie müssen aufwachen!«

Der Schäfer zuckte nur wieder, wie er es zuvor auch getan hatte. Es war aber nicht deutlich, ob es eine Reaktion auf Patricks Stimme war. Er blieb auf der Seite liegen, zusammengerollt wie ein Embryo.

»Monsieur Henrot. Hören Sie, Sie müssen von der Höhle erzählen. Was haben Sie entdeckt? Jacques, die Höhle.«

Keine Reaktion.

»Gut. Vielleicht hat der Alte Recht. Vielleicht sind Sie nicht da drin. Vielleicht können Sie mich aber trotzdem hören, wo auch immer Sie sind. Wir haben Ihre Höhle auch gefunden. Eine wunderbare Höhle, voller Schriften und Malereien. Erinnern Sie sich daran? Wir erforschen sie gerade. Wir haben einige der Inschriften schon entziffert. Haben Sie die auch gelesen? Haben Sie vielleicht die Rose gesehen? Vielleicht erinnern Sie sich ja daran. Mit einem lateinischen Spruch. Hoc sit exemplum irgendwas.«

»Ne sis confusus...« Die krächzende Stimme ließ Patrick förmlich zusammenfahren.

»Was?!? Was war das? Haben Sie etwas gesagt? Jacques!«

»Ne sis confusus... illis...« Die Worte kamen nur undeutlich hervor. Der Schäfer bewegte plötzlich den Kopf von einer Seite auf die andere, als ob seine Augen den Raum durchsuchten.

»Was sagen Sie da? Jacques? Nesis confises? Was heißt das?« Patrick tastete hektisch seine Taschen ab, ob er etwas zum Schreiben bei sich trug. »Nesis confises idis?« Während er noch nach einem Stift suchte, versuchte er, sich die Worte einzuprägen. »Sagen Sie es noch mal! Nesis…?«

Die dürren Hände des Kranken krallten sich plötzlich um Patricks Jacke und zogen ihn zum Bett herab. Die irren Augen fixierten ihn in einer bedrohlichen und zornigen Weise.

»Ne… sis… confisus…« Die Worte kamen eindringlich und stoßweise. Patrick wiederholte sie halblaut, während der Schäfer weitersprach: »illis…, qui te… adiuvare student!« Die Stimme des Schäfers wurde fester und lauter. »*Ne sis confisus illis, qui te adiuvare student!!*« Der Schäfer kreischte nun laut. »*NE SIS CONFISUS…*« Patrick riss sich los und taumelte zurück. Er musste sofort etwas zum Schreiben finden. Er stürmte aus dem Zimmer und hetzte den Gang zurück, die Treppe hinab, entriss dem Mann im Empfangshäuschen seinen Stift und griff nach ein paar losen Blättern, die dieser vor sich liegen hatte. Mit dem Protest des Mannes im Ohr rannte er den Weg wieder zurück und hoffte darauf, dass niemand das Geschrei des Schäfers gemerkt und ihn inzwischen mit irgendwelchen Drogen ruhig gestellt hatte. Als er das Zimmer betrat, war dort alles wieder ruhig. Patrick rang nach Atem und schrieb auf, was er noch in Erinnerung hatte. Was waren das für Worte? Sie klangen ein wenig wie altertümliches Französisch, was aber wohl eher an der Aussprache des Schäfers lag. Ansonsten ergeben sie überhaupt keinen Sinn. Vielleicht waren es ja erfundene Worte. Aber der Mann wiederholte sie so präzise, als ob sie etwas bedeuteten. Jetzt lag er wieder in seinem seltsam eingefrorenen Zustand da, die Augen aufgerissen, die Beine angewinkelt. *Ne sis confisus illis, qui te ad-*

iuvare student... Er hatte begonnen zu sprechen, als er ihn auf die Rose und die Inschrift angesprochen hatte, *hoc sit exemplum...* Latein! Konnte es sein, dass der Schäfer Latein sprach? Es war völlig absurd. Wie konnte ein umnachteter Schäfer von einem Tag auf den anderen lateinisch sprechen? Es war wohl ausgeschlossen, dass er das beim Schafehüten gelernt hatte. Und doch...

Patrick ärgerte sich, dass er kein Latein verstand. Trotz seiner Arbeit hatte er es nicht ein einziges Mal vermisst, und nun benötigte er es ausgerechnet für ein Gespräch mit einem Schäfer! Wie konnte er ihn nur wieder zum Sprechen bringen? Im Geiste ging er seine Literaturkenntnisse und sein Studium durch. Welche Lateinbrocken kannte er? *Veni, vidi, vici*, ich kam, sah und siegte, oder *alea iacta est*, der Würfel ist gefallen...? Damit ließ sich ausgesprochen schlecht ein Gespräch führen...

Ach, zum Henker, es hört mich ja keiner, dachte Patrick und setzte sich wieder auf die Bettkante des Mannes.

»Ave«, sagte er und musste in Gedanken über diese seltsame Ironie den Kopf schütteln. Den Gruß hatte er zuletzt im Zusammenhang mit Julius Cäsar gehört, der vor zweitausend Jahren unter anderem ganz Frankreich erobert und besetzt hatte.

Der Schäfer schien daran jedoch keinen Anstoß zu nehmen und bewegte sich wieder. Seine Augen durchsuchten den Raum, obwohl Patrick direkt vor ihm saß. »Ne sis confisus illis, qui te adiuvare student!«, betonte er noch mal, und Patrick verglich die Worte mit seiner Aufzeichnung. »Ne sis confisus illis, qui te adiuvare student«, las er vor, und der Schäfer wiederholte die Worte.

»Ja, ja, das weiß ich jetzt. Können Sie auch etwas anderes sagen? Hoc sit exemplum! Wenn ich nur wüsste, wie es weiterging... Hören Sie? Hoc sit exemplum... veni, vidi, vici...«

Die Augen des Schäfers hatten Patrick gefunden und hefteten sich wieder auf ihn. Seine Stimme war jedoch nicht mehr so fest wie zuvor, als er sprach: »Ne intraveris…«

Patrick notierte sich, was er hörte, und wiederholte es. Aber der Schäfer sprach immer leiser, und Patrick musste sein Ohr dichter an dessen Mund halten. »Ne intra… eris… et cogno… sce… scientiam.«

»Lauter, sprechen Sie lauter!« Hastig kritzelte Patrick seine Notizen.

»Ne intra… eris… cogno… scientia…« Die Worte waren schon kaum noch verständlich.

»Ne intraveris cogno scientiam? Jacques! Noch einmal! Veni, vidi, vici, hören Sie?« Die Augen des Schäfers ließen von ihm ab und starrten wieder ins Leere.

Verflucht! Patrick kämpfte gegen den Drang an, den Unglücklichen wachzuschütteln. Jetzt war er wieder weg. Ganz so, als sei er plötzlich erschöpft, oder als hätte er das Wichtigste gesagt. Nun, vielleicht hatte er es ja. Patrick hoffte, dass Peter ihm beim Entschlüsseln der Worte helfen konnte. Einmal wollte er es noch versuchen.

»Ave. Jacques! Ave!«

Der Mann bewegte sich ein wenig, wie ein Schläfer, der nicht geweckt werden wollte. Patrick fasste ihn an der Schulter und rüttelte ihn sanft. »Ave, Jacques… sind Sie noch da? Hören Sie mich noch? Wo sind Sie? Quo vadis?« Der Gedanke war Patrick plötzlich gekommen. *Quo vadis*, wohin gehst du. »Quo vadis?!«, wiederholte er eindringlich und sprach es noch ein drittes Mal ganz nah und direkt in das Ohr des Schäfers.

Die Antwort kam in langsamen Stücken und leise wie aus weiter Ferne: »In… me… ma… nebo… dum… me… reppe… rero…«

Die Tür des Raums flog auf. Dort standen der Mann vom Empfang und zwei massiv gebaute Krankenschwestern, von denen es jede Einzelne leicht mit Patrick hätte aufnehmen können.

»Monsieur, wir müssen Sie bitten, Ihren Besuch unverzüglich zu beenden.«

Widerwillig folgte Patrick der Aufforderung. Aus dem Schäfer hätte er wohl sowieso nichts mehr herausbekommen. Als er durch die Tür und am Pförtner vorbeiging, streckte dieser seine Hand aus: »Meinen Stift, wenn ich bitten darf.«

Da er am Nachmittag nicht zur Höhle fahren wollte, beschäftigte sich Patrick mit den Computern ihres Büros im Hotel und traf Peter erst zum Abendessen. Der Professor saß mit einer blonden Frau an einem Tisch.

»Patrick Nevreux, das ist Stefanie Krüger«, stellte der Professor vor. »Sie ist uns von Genf als Sprachwissenschaftlerin zugeteilt worden.«

Patrick wechselte einen flüchtigen Blick mit Peter, aber dieser reagierte nicht auf die stumme Frage. Also begrüßte er die Frau nur kurz, setzte sich und bestellte dann. Er beobachtete sie unauffällig und versuchte sie einzuschätzen. Dem Aussehen nach zu urteilen war sie keine harte körperliche Arbeit gewohnt und würde sich auch nicht dreckig machen wollen. Sie sah verdammt gut aus. In seiner ganz persönlichen Erfahrung war solches Aussehen häufig gepaart mit einem dümmlichen Verstand oder Hochnäsigkeit. Doch im Laufe des folgenden Gesprächs bestätigte sich keines seiner Vorurteile. Aber wie sagte man: Was zu gut war, um wahr zu sein, war meistens auch nicht wahr. Vermutlich hatte sie etwas zu verbergen.

Sie redeten über dies und das, ihre Arbeit am British Museum und Patricks Expedition nach Mittelamerika. Erst nachdem die erste Flasche Corbière auf dem Tisch stand, lockerte sich die Stimmung allmählich, und Peter brachte die Sprache auf das Projekt.

»Durch Stefanie haben wir gute Fortschritte gemacht. Wir konnten ein paar mehr Texte entziffern und haben noch etwas anderes Interessantes herausgefunden. Sie müssen sich unbedingt gleich die Aufzeichnungen ansehen.«

»Gibt's denn auch etwas Neues über den Durchgang?«

»Leider noch nicht«, antwortete Stefanie, »aber ich habe schon eine Ahnung. Sie ist noch vage, aber ich will gleich nach dem Essen mit der Recherche anfangen.«

»Und wie war der Besuch im Sanatorium?«, fragte Peter. »Haben Sie den Schäfer gefunden?«

»Ja, habe ich.« Patrick goss sich erneut Wein ein. »Es war nicht angenehm, das kann ich Ihnen sagen. Sah aus wie ein Zombie und war völlig abwesend. Wenn man den Typ als Warnschild vor dem Eingang der Höhle aufbauen würde, bräuchte man weder zwei Dutzend Ranger noch Stahltore.«

»War es denn *so* schlimm?«, meinte Stefanie.

»Schlimm war, dass er noch lebte.«

»Ich bitte Sie!«

»Nein, es ist mein voller Ernst. Sie sind nicht dabei gewesen, sonst würden Sie dasselbe sagen. Er war kaum mehr als eine zerschundene, ausgedörrte Hülle, und sein Geist war nicht in besserem Zustand.«

»War er denn richtiggehend umnachtet?«, fragte Peter.

»Er hat ein paar Brocken gefaselt, die Notizen habe ich oben. Ich weiß nicht, ob es stimmt, ich hatte das Gefühl, es war Latein. Aber das war nicht nur umnachtet, das war hochgradig irrsinnig. Das Resultat elektrischer Zuckungen im Hirn oder so. Mir hat es jedenfalls gereicht!«

»Wie furchtbar«, sagte Stefanie mit sarkastischem Unterton. »Gut, dass Sie kein Krankenpfleger geworden sind, was?«

»Sie sind wohl eine ganz Harte!« Patricks Augenbrauen zogen sich zusammen. »Ich habe den Kopf da reingesteckt, und irgendein Mist ist mir dabei auch passiert. Ich habe keine Lust, so zu enden wie der Typ!«

»Es tut mir Leid, Patrick, daran hatte ich nicht gedacht. Peter hat mir davon erzählt.«

Patrick antwortete nicht und studierte mit mürrischem Blick die Speisekarte.

»Okay, Patrick?« Stefanie fasste ihn am Arm, doch dieser ignorierte die Geste und rief stattdessen einen Ober herbei. »Vergessen Sie's. Bestellen wir noch einen Nachtisch, und dann an die Arbeit.«

»Was für eine Ausrüstung!«, staunte Stefanie, als sie zum ersten Mal die Bürosuite betrat. »Haben wir mit diesen Rechnern auch einen Online-Zugang?«

»Ich weiß es nicht«, sagte Peter. »Haben wir?«

»Eine Internet-Anbindung? Wir haben es noch nicht ausprobiert«, erklärte Patrick. »Aber gehen Sie mal davon aus.«

»Gut. Das wird mir bei den Recherchen sehr nützlich sein.« Sie setzte sich an den Konferenztisch und breitete ihre Notizzettel aus. Sie enthielten Abschriften der Texte aus der Höhle, Skizzen und Symbole. Ihre beiden Kollegen setzten sich dazu. Patrick zündete eine Zigarette an und lehnte sich zurück.

»Ja, es würde mich tatsächlich stören, wenn Sie rauchen«, sagte Stefanie. »Danke, dass Sie gefragt haben.«

Patrick setzte zu einer Antwort an, doch als er Peters eindringlichem Blick begegnete, verzog er den Mund und drückte seine Zigarette mürrisch aus.

»Die Menge der Texte in der Höhle ist ja schier überwältigend«, fing Stefanie an, »ich habe mir heute nur die Texte angesehen und abgeschrieben, deren Sprachen ich selbst einigermaßen zügig übersetzen kann. Dabei ist uns aber schon etwas aufgefallen. Wie Sie beide ja schon festgestellt hatten, gibt es zwei verschiedene Arten von Texten. Die einen sind akribisch ausgeführt und passen sich zum Teil sogar kunstvoll den Formen des Untergrundes an, und sie scheinen sich an keiner

Stelle zu überschneiden. Vielleicht wurden sie alle zur selben Zeit angebracht. Hierbei handelt es sich in der Regel um längere Texte. Wir haben diese die ›Urtexte‹ genannt. Die anderen Inschriften sind häufig fast unleserlich, wirken dahingeschmiert, wie eine Art mittelalterliches Graffiti. Mit einigen Ausnahmen sind das meiste kurze Texte, wenige Zeilen, nur ein paar Sätze oder Wörter. Diese Texte sind zu einem späteren Zeitpunkt angebracht worden, was auch daran zu sehen ist, dass sie die Urtexte häufig überdecken.«

»Die Zeichnung der Rose«, überlegte Patrick, »mit dem Spruch darunter…«

»…ist ein Graffiti-Text«, ergänzte Stefanie.

»Und was schließen Sie daraus? Dass irgendein Dilettant ein paar hundert Jahre später die Höhle gefunden und sie voll gekritzelt hat?«

»Wer weiß? Nach einem Tag können wir natürlich nicht sicher sein, ob diese Klassifizierung in zwei Text-Kategorien wirklich für alle Inschriften gültig ist. Und was das bedeutet, steht sowieso auf einem anderen Blatt, aber es ist zumindest ein Anhaltspunkt.«

»Stefanie hat beim ersten Entziffern möglicherweise weitere Hinweise gefunden, die die Texte voneinander unterscheiden«, sagte Peter. »Anscheinend wurde ein ganzer Teil nicht nur später und unsauberer angebracht, der inhaltliche Zusammenhang ist auch ein anderer.«

Patrick spielte mit seinem Feuerzeug. »Dann schießen Sie mal los.«

»Also«, begann Stefanie erneut, »bei den Urtexten handelt es sich, soweit ich das bisher sagen kann, um klassische Texte, also Teile bekannter Werke. Da sind eine Menge Passagen der Bibel zu finden, aber auch Ausschnitte aus klassischen lateinischen oder griechischen Werken. Bei den hebräischen Texten handelt es sich um Teile der Thora, den Büchern Moses. Wenn meine Theorie stimmt, werden wir feststellen, dass die

Texte in Keilschrift aus dem sumerischen Gilgamesch-Epos stammen.«

»Was genau besagt denn Ihre Theorie?«

»Die Texte sind nicht alle direkt religiöser Natur, aber aus irgendeinem Grund haben sie alle Schöpfungsgeschichten oder Fragen nach dem Ursprung oder der Vergangenheit der Menschen zum Thema. Wer auch immer die Inschriften hinterlassen hat, konnte oder wollte keine eigenen Texte formulieren, sondern nahm bewusst Bezug auf bereits vorhandene Quellen.«

»Das könnte ein Zeichen für mangelnde Kreativität oder Analphabetismus sein«, meinte Patrick.

»Sie meinen, jemand hat einfach irgendwas abgeschrieben?«, fragte Peter.

»Das halte ich für unwahrscheinlich«, entgegnete Stefanie. »Wer auch immer die Höhle ausgemalt hat, war sich sehr wohl der Inhalte der Texte bewusst. Die Umbrüche und Gruppierungen sind durchweg logisch und korrekt. Es war sicherlich kein Akt blinden Abschreibens.«

»Warum zitiert dann jemand die Weltliteratur?« Patrick tastete wieder nach seiner Zigarettenschachtel, zögerte, legte sie dann aber lediglich vor sich auf den Tisch.

»Vielleicht um auf etwas hinzuweisen?« Peter überlegte laut. »Etwas, das alle Texte gemeinsam haben, oder etwas, das sie alle unterscheidet?«

»Dass es einen tiefer liegenden Sinn geben muss«, warf Stefanie ein, »darauf scheint ja auch der Spruch unter der Rose hinzuweisen: ›*Dies sei ein Beispiel, denen, die mir folgen.*‹ Es gibt wohl irgendetwas aus den Texten zu lernen.«

»Schön und gut. Die ›Urtexte‹ sind also Schöpfungsgeschichten. Und was haben die anderen, die ›Graffiti-Sprüche‹, gemeinsam?« Patrick fand die Bezeichnung äußerst seltsam und betonte sie dementsprechend. »Etwa, dass es *keine* Schöpfungsgeschichten sind?«

»Seien Sie doch nicht so biestig«, sagte Peter. »Wir sind doch auch erst am Anfang.«

»Sie können sich gerne eine anstecken, wenn es Sie beruhigt«, sagte Stefanie. »Aber machen Sie zumindest so lange ein Fenster auf.«

»Na also.« Patrick stand auf, öffnete eines der Fenster und setzte sich rauchend auf die breite Fensterbank.

Stefanie fuhr derweil fort: »Während die Urtexte ordentlich sind und religiös oder geschichtlich bedeutsam erscheinen, haben die Graffiti-Texte allesamt einen anderen Tenor. Sie scheinen zwar zum Teil dahingeschmiert, aber sie sind nicht weniger weise.« Stefanie schob einige Blätter vor und deutete auf die Zeilen:

נצבתי לפניו כנביא מול ההר
נמסתי לפניו כטיפה בים
אילם אנוכי לפניו

»Das ist hebräisch«, erklärte sie, »sieht religiös aus, klingt auch wie ein Pijut, ist es aber nicht.«

»Was wäre denn ein Pijut?«, fragte Patrick vom Fenstersims.

»Ein Pijut ist eine jüdische Dichtung, wie man sie in der Synagoge verwendet.

›*Nitsavti lefanaw ke navi lifne ha har,*
namassti lefanaw ke-tippa ba-jam,
ilem anochi lefanaw.‹

Das heißt übersetzt:

›*Ich trat vor ihn wie ein Prophet vor den Berg,*
ich ging in ihm auf wie ein Tropfen im Meer,
ein Stummer bin ich vor ihm.‹«

»Ein biblisches Zitat ist es nicht«, überlegte Peter.
»Richtig«, sagte Stefanie. »Aber es ist gebildet. Andere Graffiti-Texte stammen sogar aus der Bibel, wie zum Beispiel das ›*memento, homo, quia pulvis es, et in pulverem reverteris*‹, das Sie gefunden haben; ›*erinnere dich, Mensch, dass du aus Staub bist, und dich zu Staub zurückwandeln wirst*‹.« Stefanie deutete auf weitere Abschriften aus der Höhle. »Hier ist noch ein gutes Beispiel. Da findet sich zunächst als Urtext eine Passage aus Platons *Timaios*, ein Teil, der die Schöpfung der Welt betrachtet. Ein echter Klassiker sozusagen, allerdings auf Latein, statt auf Altgriechisch:

›*Haec igitur aeterni dei prospicientia iuxta nativum et umquam futurum deum levem eum et aequiremum indeclivemque et a medietate undique versum aequalem exque perfectis universisque totum perfectumque progenuit.*‹

So geht es noch ein paar Absätze weiter. Aus dem Stegreif übersetzt lautet das in etwa:

›*Dieser ganze Gedanke des ewig seienden Gottes, über den zukünftig seienden Gott gedacht, ließ ihn zu einem glatten und ebenmäßigen, überallhin von der Mitte aus gleichen und ganzen und vollendeten Körper aus vollendeten Körpern werden.*
Eine Seele aber in seine Mitte setzend durch das Ganze spannte er, und auch von außen den Körper umhüllte er mit ihr.
Und einen im Kreis einen Kreis drehenden Himmel, den einen einzigen, einsamen stellte er hin, durch Tugend in sich selbst vermögend, sich zu befruchten, und keines anderen bedürftig, bekannt und befreundet zur Genüge mit sich selbst; durch alles dieses glückselig als einen Gott zeugte er ihn.‹

Ein berühmter Text, etwa zweieinhalbtausend Jahre alt. Die Kugel als vollendeter Körper, dem die Erde und die Planetenlaufbahnen entsprechen.«

»Knapp tausend Jahre später wurde man für solche ketzerischen Gedanken auf dem Scheiterhaufen verbrannt«, sagte Peter.

»Ja«, sagte Stefanie. »Sehr eindrucksvoll. Und mit Liebe zum Detail an die Höhlenwand aufgebracht. Und dann kommt einer daher und schmiert einen Graffiti-Text darüber, der nicht weniger intelligent ist. Einer der längsten Graffiti-Texte:

›*Ex quo omnia mihi contemplanti praeclara cetera et mirabilia videbantur.*
Erant autem eae stellae, quas numquam ex hoc loco vidimus et eae magnitudines omnium, quas esse numquam suspicati sumus, ex quibus erat ea minima quae ultima a caelo citima terris luce lucebat aliena; stellarum autem globi terrae magnitudinem facile vincebant.
Iam vero ipsa terra ita mihi parva visa est, ut me imperii nostri, quo quasi punctum eius attingimus, paeniterent.‹

Das ist ein Teil aus Ciceros *De re publica*, wenn ich mich richtig erinnere, aus dem Traum Sicipios, etwa fünfhundert Jahre später:

›*Von dort aus schien mir, wie ich es betrachtete, alles Übrige herrlich und wunderbar.*
Es gab dort aber Sterne, die wir niemals von diesem Ort aus gesehen haben, und Größenverhältnisse bei ihnen allen, von denen wir keine Ahnung gehabt haben, von ihnen war der kleinste, der als Letzter vom Himmel als Nächster der Erde in fremdem Licht leuchtete; die Kugeln der Sterne aber übertrafen die Größe der Erde mit Leichtigkeit.

Ja, die Erde selbst erschien mir so klein, dass es mich unseres Reiches, mit dem wir nur gleichsam einen Punkt von ihr berühren, schämte.‹«

»Was ist denn nun Ihre Theorie?«, wollte Patrick wissen.
»Dass die Graffiti-Schreiber Intellektuelle waren?«
»Ja, das kann man jedenfalls schon mal annehmen. Die Graffiti-Texte wurden später angebracht, zum Teil scheinen sie wie Antworten auf die Urtexte. Sie sind gebildet, aber sie vermitteln alle eine besondere Art Ehrfurcht. Ehrfurcht vor der Winzigkeit des Menschen im kosmischen Gefüge, Ehrfurcht vor Wissen und den großen Geheimnissen der Welt.«
»Wir wissen noch nicht, wer diese ganzen Texte anbrachte«, sagte Peter, »nur scheint es, als hätten die Verfasser der Graffiti-Texte andere Beweggründe gehabt.«
»Ja, besonders deutlich macht es dieser hier:

›*Arcana publicata vilescunt; et gratiam prophanata amittunt. Ergo: ne margaritas obijce porcis, seu asino substerne rosas.*‹

Ich weiß nicht, ob das ein historisches Zitat ist, es heißt:

›Veröffentlichte Geheimnisse werden billig; und das Entheiligte verliert alle Anmut. Also: Wirf nicht Perlen vor die Säue, noch streue dem Esel Rosen.‹

Das stand übrigens neben der Zeichnung mit der Rose, allerdings in einer etwas altertümlichen Schrift, so dass wir es erst heute entziffert haben.«
»Ich kenne es...«, überlegte Peter. »Ich komme nur gerade nicht darauf, woher...«
»Irgendwie habe ich das Gefühl, als redeten hier alle um den heißen Brei herum«, sagte Patrick, schloss das Fenster und setzte sich wieder zu den anderen an den Tisch. »Als ob man

zu spät in ein Gespräch platzt und als Einziger nicht weiß, worum es geht. Oder wenn alle lachen, und man hat den Witz nicht gehört.«
»Ich kann Ihnen nicht folgen«, sagte Peter.
»Ich schon«, warf Stefanie ein. »Ich weiß, was Sie meinen: Man bekommt das Gefühl, dass es irgendein unbekanntes Thema gibt, aus dessen Anlass all diese Texte und Kommentare verfasst wurden. Die Schreiber hatten alle dasselbe im Hinterkopf. Nur, was war dieses Thema, dieses geheime Wissen? Hier ist ein Text, der in ebendiese Kerbe schlägt.« Sie zeigte den Forschern ein weiteres Papier.

*Ει' ἰσοτης ἐστί δικαιοσύνη καί ἡ γνῶσις ἰσχύς
πόλις ἐστί αγαθή ἐν ᾗ ἅπασα ἡ γνῶσις προστή τοῖς πᾶσι.
Ταύτῃ ἕκαστος ισχυρος και ἅπαντες ἴσοι εἰσί.
Ισχυρότερος μέντοι ὁ εὑρών γνῶσιν.
Τοῦτον δέ οὕτω σοφόν εἶναι δεῖ ὦστε νέμεσθαι
ταύτην δύνασθαι.*

»Das ist Altgriechisch«, erklärte Stefanie, »den Ursprung konnte ich spontan nicht ermitteln. Es scheint auch nicht ganz fehlerfrei zu sein, aber ich habe es grob übersetzen können:

› *Wenn Gleichheit Gerechtigkeit ist, und Wissen Macht, dann ist die Welt gut, wenn die Gänze allen Wissens für alle zugänglich ist.*
Jeder darin ist mächtig, und alle sind gleich.
Der Mächtigste aber ist der, der Wissen findet.
*Er muss weise sein, so dass er es mit anderen teilen kann.‹«

»Klingt erstaunlich modern. Nach Wissensmanagement«, sagte Peter.
Stefanie nickte. »Noch interessanter ist, was jemand als Ergänzung an den letzten Satz angefügt hat:

και οὕτω σοφόν ὥστε ἀποκρύπτειν αυτών.

›...und er muss weise genug sein, es zu verheimlichen.‹«
»Na fein«, sagte Patrick und schüttelte den Kopf, »jetzt haben wir eine ganze Menge Hebräisch und Latein und Griechisch gehört, und mir brummt der Schädel. Ich kann in dem Ganzen noch keinen roten Faden sehen.«

»Vielleicht ist es einfach noch zu früh«, gab Peter zu. »Aber immerhin identifizieren wir jetzt die Puzzleteile. Wenn wir sie auch noch nicht zusammensetzen können.«

»Mindestens genauso bemerkenswert wie die alten Inschriften«, sagte Patrick, »finde ich das Interesse der Leute, die heute leben. Das Verhalten der Großmeisterin und dann dieses merkwürdige Fax, das...« Er stockte, als sein Blick am Fax-Gerät hängen blieb. Weiteres Papier war inzwischen aus dem Gerät gekommen und lag im Auffangkorb. »Was ist das?« Er stand auf, griff die Papiere und überflog sie. »Das gibt's doch nicht!«

»Was ist es?«

Patrick brachte die zwei Faxe zum Tisch und legte sie nebeneinander. »Wo wir gerade von Frau Groß-Guru sprachen: Ihre Voraussage hat sich gerade bestätigt, Peter. Sie schreibt, dass sie sich tatsächlich noch mal mit uns treffen will.« Dann deutete er auf das andere Papier. »Und nun sehen Sie sich dieses hier an:

›Sehr geehrte Herren,
uns ist zur Kenntnis gelangt, dass Sie Nachforschungen in einer Angelegenheit betreiben, in der wir Ihnen notwendige Informationen geben möchten. Möglicherweise haben Sie diese bereits berücksichtigt, doch würden Sie in diesem Fall sicherlich erfreut sein, den Stand Ihrer Forschung bestätigt zu wissen.
Daher möchten wir Sie zu einem informativen Treffen ein-

laden. Der verschwiegenen Natur Ihrer Angelegenheit kommen wir gerne entgegen, seien Sie sich unserer Diskretion versichert.‹

Mit freundlichen Grüßen und so weiter, *Samuel zu Weimar.* Da ist auch gleich eine Anfahrtsskizze dabei.«

»Samuel zu Weimar?« Peter schmunzelte. »Klingt wie ein schlechtes Pseudonym, nicht wahr?«

»Stimmt«, sagte Stefanie. »Soll wohl Deutsch wirken. Wer ist das, und woher kennt dieser Mensch unsere Fax-Nummer?«

»Ich vermute, dass Ihr Bekannter in Paris nicht ganz so vertrauenswürdig war, wie Sie gehofft haben, was, Peter?«

»In der Tat, so sieht es aus.«

»Sehen Sie sich den Briefkopf an!«, staunte Stefanie und wies auf eine Vignette. Sie stellte eine Rose dar, in deren Zentrum ein Kreuz sowie die Buchstaben M. L. zu erkennen waren. Über der Rose züngelten drei Flammen. Darunter stand ein Schriftzug. »›*Mission des Lichts – In nomine Patris et Filii et Spiritus Sankti*‹«, las sie vor, »*Im Namen des Vaters, des Sohnes, und des Heiligen Geistes.*«

»Amen.«

»Sie sind ein Lästermaul, Patrick.«

Er grinste und ging wieder zum Fenster, um eine weitere Zigarette zu rauchen. »Fassen wir mal zusammen«, sagte er nach dem ersten Zug. »Einerseits erforschen wir eine Höhle. Technisch kommen wir im Augenblick nicht weiter, aber wir sind immerhin dabei, die alten Texte zu entziffern. Leider geben sie uns bisher keinen Hinweis auf den Sinn und Zweck des Ganzen. Gleichzeitig haben verschiedene Leute inzwischen Wind von unseren Recherchen bekommen. Da gibt es die Großmeisterin eines Freimaurerordens. Sie scheint die Zeichnung der Rose mit irgendetwas in Verbindung zu bringen, wollte uns aber erst nichts sagen. Jetzt möchte sie sich wieder mit uns treffen. Dann haben wir ein Fax von einem mysteriösen St. G., der uns irgendwie vor den Auswirkungen unserer Forschungen warnen will, und wir haben ein Fax von einem Samuel von Weimar, der behauptet, dass er Infos für uns hat. Habe ich etwas vergessen?«

»Neben den Texten in der Höhle«, warf Stefanie ein, »sollten wir auch weiter Recherchen über die Symbole am Durchgang selbst betreiben. Das scheint fast noch wichtiger.«

»Das stimmt«, sagte Peter. »Über die Symbole, die Kreise und den Durchgang wissen wir noch gar nichts. Zunächst hatten wir ja gedacht, dass uns die Texte im vorderen Teil der Höhle helfen würden, aber so sieht es im Augenblick nicht aus. Stefanie, Sie hatten eine Idee, sagten Sie ...?«

»Wirklich nur sehr vage. Aber ich werde mich jetzt darauf konzentrieren. Einen oder zwei Tage an diesen Rechnern und Internetzugang brauche ich. Dann kann ich mehr darüber sagen.«

»Und Patrick, Sie sollten nun tatsächlich versuchen, die Absender der Faxe herauszufinden«

»Ja, das habe ich auch vor.«

»Und eines noch«, sagte Stefanie.

»Ja?«

»Sie wollten uns Ihre Notizen vom Besuch im Sanatorium zeigen.«

Patrick zögerte. »Ich glaube ehrlich gesagt nicht, dass man damit etwas anfangen kann.«

»Vielleicht ja schon«, sagte Peter. »Zeigen Sie sie.«

Patrick holte ein paar zusammengefaltete Zettel hervor. »Ich habe das so aufgeschrieben, wie ich es verstanden habe. Ist vielleicht völliger Unsinn:

› *Ne sis confisus illis, qui te adiuvare student*
ne intraveris cogno scientiam
in me ma nebo dum me reppe rero.‹«

Stefanie zog die Augenbrauen hoch. »Das ist Latein! Den Anfang kann man gut verstehen: ›*Vertraue nicht denen, die dir helfen wollen.‹* Können Sie den Teil in der Mitte noch mal wiederholen?«

Patrick las die Zeile erneut vor.

»Der Anfang heißt ›*tritt nicht ein*‹, dann müsste es aber in der Folge ›*cognosce scientiam*‹ heißen. Kann das sein? Hat er vielleicht ›*cognosce*‹ gesagt?«

»Kann schon sein, es war immerhin nur dahingenuschelt.«

»Dann hieße es ›*erkenne das Wissen*‹. Wenn es aber so undeutlich war, könnte er dann auch ›*et cognosce scientiam*‹ gesagt haben?«

»Ich denke schon. Ist das wichtig?«

»Nun, es würde das Gegenteil bedeuten. Entweder er wollte ausdrücken, man solle nicht eintreten und *stattdessen* das Wissen erfahren, oder er wollte sagen, man solle nicht eintreten und *somit nicht* das Wissen erfahren.«

»Es stellt sich auch die Frage, *wo rein* man nicht eintreten soll«, sagte Peter.

»Na prima«, sagte Patrick. »Das erinnert mich an den anderen Bekloppten im Sanatorium. Vielleicht ist es so, vielleicht nicht, hat der immer gesagt.«

»Wahrscheinlich meinte er die Höhle«, überlegte Peter.

»Vielleicht«, sagte Stefanie. »Schließlich ist es irgendwie eine Höhle des Wissens… wie war der letzte Satz noch?«

»Ich habe nur Bruchstücke verstanden: ›*In me ma nebo dum me reppe rero.*‹ Ergibt das Sinn?«

»Ja, sehr deutlich sogar. ›*In me manebo dum me repperero*‹ heißt es und bedeutet: ›Ich bleibe in mir, bis ich mich wiedergefunden haben werde.‹ Ganz schön philosophisch, Ihr Schäfer.«

»Klingt wie einer der Graffiti-Sätze«, sagte Peter. »Finden Sie nicht? Mal abgesehen davon, dass dieser einfache Mann merkwürdigerweise plötzlich die Sprache der Gelehrten spricht, formuliert er auch noch höchst gebildete Gedanken.«

»Ja, das Erlebnis in der Höhle muss ihn nachhaltig beein-

flusst haben... Und Sie sind sicher, dass Sie nicht auch plötzlich Latein verstehen, Patrick?«
»Ich finde das nicht witzig, Stefanie!«
»Es war auch völlig ernst gemeint, Patrick. Haben Sie irgendwelche Veränderungen an sich beobachtet? Irgendetwas in Ihrem Denken oder Ihrem Verständnis?«
»Nein!«
»Nun gut«, lenkte Peter ein. »Lassen wir das Thema. Vielleicht sollten Sie es aber im Hinterkopf behalten und sich selbst in den nächsten Tagen aufmerksam beobachten. Interessant finde ich allerdings, dass er vor Leuten warnt, die helfen wollen. Was sollen wir davon halten?«
Patrick zündete sich eine neue Zigarette an. »Nun, wir behalten es am besten einfach ebenfalls im Hinterkopf.«

KAPITEL 9

5. Mai, Palais de Molière nahe Paris

Präsident Michaut hatte sich förmlich gekleidet, obwohl er dem Grafen versichert hatte, dass es sich um ein privates Treffen handeln würde. Der Graf respektierte alle notwendige Diskretion, dennoch war immer etwas Besonderes in seinem Auftreten, etwas Weltentrücktes und zugleich Souveränes. Präsident Michaut fühlte sich ihm gegenüber stets ein wenig unwohl. Es waren keine schlechten Gefühle, weder Neid noch Misstrauen oder Angst. Es war wie ein unerklärlicher Respekt, eine Bewunderung, aber noch mehr als das. In seiner Gegenwart fühlte er sich so sicher, wie er sich als Kind auf den Schultern seines Vaters gefühlt hatte. Ja, wenn er ehrlich war, fühlte er sich ihm in gewisser Weise unterlegen, wenn auch nicht minderwertig. Stattdessen empfand er für den Grafen eine ehrliche Bewunderung und Ehrfurcht. Mitunter fühlte er sich fast demütig. Ein Gefühl, das ihn so schleichend und mit einer solchen Natürlichkeit überkam, dass er sich zusammennehmen und sich erinnern musste, dass er immerhin der Präsident von Frankreich war. Wäre er sentimental oder esoterisch veranlagt, so würde er es fast als eine religiöse Liebe bezeichnen. Etwas Ähnliches muss es gewesen sein, das die Jünger für ihren Messias empfunden hatten. In diesem Sinne war der Graf für den Präsidenten ein ganz persönlicher Heilsbringer. Und schon allein deswegen fühlte er sich in dessen Anwesenheit im Anzug besser als in seiner privaten, legereren Kleidung.

»Guten Abend, Monsieur le Comte, ich freue mich, Sie wiederzusehen.«

»Guten Abend, Monsieur le Président. Wie immer ist es eine Ehre für mich.«

Präsident Michaut deutete auf einen Sessel. »Setzen Sie sich doch bitte. Kann ich Ihnen etwas zu trinken anbieten?«

»Ich würde mich über einen trockenen Weißwein freuen«, antwortete der Graf, indem er sich niederließ. »Selbstverständlich nur, wenn es Ihnen nicht zu viele Umstände bereitet.«

»Keineswegs. Erlauben Sie, dass ich Sie einen Augenblick allein lasse.« Der Präsident verließ den Raum und begab sich in die Küche der Residenz. Mit Ausnahme des notwendigen Sicherheitspersonals und der Fahrer war niemand auf dem Grundstück anwesend. So blieb zwar die Verschwiegenheit des Treffens gewahrt, allerdings bedeutete dies auch, dass es keine Bedienung gab. Präsident Michaut war bodenständig genug, daraus kein Problem zu machen. Eine Weißweinflasche konnte er auch alleine finden und entkorken. Er überlegte, ob es nicht der Auflockerung der Stimmung zuträglich wäre, wenn er die Flasche einfach mit in den Salon brächte, sie dort vor den Augen des Grafen öffnete und ausschenkte. Er entschied sich jedoch dagegen und bereitete einen Serviertisch mit Gläsern und einem Kühlhalter mit Eiswasser vor. Als er in den Salon zurückkehrte, schien es, als habe sich der Graf nicht um Haaresbreite bewegt, so ruhig saß er noch immer da, die ineinander geschobenen Hände auf dem Schoß ruhend und den Blick in die Flammen des Kaminfeuers gerichtet.

Präsident Michaut reichte dem Grafen ein Glas und setzte sich dann ebenfalls.

»Ich danke Ihnen für Ihre Mühe«, sagte der Graf und hob das Glas.

»Seien Sie sich meiner Zuneigung versichert, Monsieur le Comte. Auf Ihr Wohl.«

»Und das Ihrige.«

»Wie Sie sich denken können, beruht meine Einladung dennoch nicht auf reiner Zuneigung.«

»Für derlei Streben bleibt den Mächtigen dieser Welt selten Zeit.«

»Wie immer kann ich mich auf Ihr Verständnis verlassen … und ich hoffe, dies auch weiterhin zu können.« Der Präsident stand auf und stellte sich neben den Kamin, wo er sich am Sims festhielt. »Ich benötige Ihre Hilfe.«

Der Graf blickte auf und nickte. Es war nicht festzustellen, ob er dies aus Zustimmung tat, aus Höflichkeit, oder weil er dies erwartet hatte. »Welche Art von Hilfe erhoffen Sie sich von mir?«

»Ich weiß, dass Sie kein politischer Mensch sind, Monsieur le Comte, dennoch benötige ich einen politischen Rat.«

»Wie könnte das, was mich in Ihren Augen unpolitisch macht, mich für einen politischen Rat qualifizieren?«

»Wenn ich Sie als unpolitisch bezeichne, wollte ich damit nicht Ihr Wissen um politische Zusammenhänge ausschließen. Es ist vielmehr Ihre offensichtliche Entsagung politischer Geschäfte oder Ihr fehlendes Engagement für eine politische Richtung oder Sache, die mich zu dieser Einschätzung führt. Ich möchte Sie damit keinesfalls kritisieren, bitte verstehen Sie mich nicht falsch.«

»Ich fühle mich nicht kritisiert. Und Sie haben sicherlich Recht, ich bin kein politischer Mensch. Doch um der Sache gerecht zu werden, sollten wir in Betracht ziehen, ob nicht erfolgreiches politisches Wirken unbemerkt bleiben muss, und ob fehlendes Engagement für eine Richtung oder Sache nicht eine Kritik an ebenselbiger impliziert.«

Der Präsident konnte sich ein Lächeln nicht verkneifen. »Ebendies ist es, was ich so sehr an Ihnen schätze, Monsieur le Comte. Und es ist dieser Scharfsinn, den ich benötige. Wenn ich um einen politischen Rat bat, so habe ich mich vielleicht auch falsch ausgedrückt. In der Tat benötige ich einen Rat für meine Arbeit, in dieser Hinsicht ist er politischer Natur. Gleichwohl ist allein Ihr analytischer Verstand vonnöten, mir weiterzuhelfen.«

»Worum geht es?«

»Wie Sie wissen, ist meine Position in der Partei sehr sicher und bis auf die Kritik der linken Opposition – die sich allerdings im üblicherweise zu erwartenden Rahmen bewegt – unangefochten. Meine Arbeit ist erfolgreich, und die Medien sind weitestgehend auf meiner Seite, die Bevölkerung ebenfalls. Auch die nächste Amtsperiode ist mir sicher, die Wahlen könnten ausgehend von den letzten Prognosen fast schon als pro forma bezeichnet werden. Natürlich kann und werde ich mich nicht darauf verlassen, aber die allgemeine Lage gibt zumindest keinen unmittelbaren Grund zur Besorgnis.«

»Dennoch ...«, begann der Graf und wartete darauf, dass der Präsident den Satz zu Ende führte.

»Dennoch gibt es seit einigen Tagen plötzlich sehr starken Widerstand in der Industrie, und ich kann mir weder erklären, wie dieser zustande kommt, noch bin ich mir sicher, wie ich dem entgegentreten sollte oder kann.«

»Was analysieren Ihre politischen Berater?«

»Ihre Theorien sind vielfältig. So vielfältig, dass ich wage, sie als ratlos zu bezeichnen. Bestenfalls vermuten sie ein industrielles Ränkespiel mit internationalen Partnern, möglicherweise anderen Staaten.«

Der Graf schenkte sich ein wenig Wein nach. Ein rotgoldener Siegelring blitzte im Schein der Flammen auf. »Ihnen missfällt dieses Szenario?«, fragte er den Präsidenten.

»Es scheint mir etwas zu weit hergeholt, um so unvermittelt hereinzubrechen. Hätte es internationale Ausmaße, müsste ich zudem ganz neue Stellen einbinden und Verbindungen wirksam machen, was sich wiederum nur mit ausreichend eindeutigen Hinweisen verantworten ließe.«

»Wie äußert sich der Widerstand, von dem Sie sprechen?«

»Seit Jahren habe ich immer sehr gute Kontakte zur Industrie. Die Macher und Entscheider unserer Wirtschaft sind der

Motor der Maschine dieses Landes, die Politik ist lediglich das Öl. Ich erzähle Ihnen nichts Neues.«

»Nein.« Der Graf sah in die Flammen. »Wir haben alles durchgemacht. Religion, Philosophie, Politik, Soziologie, und es sind Ideologien geblieben. Nur das Geld und dessen Wirtschaft haben sich immer wieder als endgültig wirksam erwiesen.«

»Die Banque Parisienne hat ihre Verträge mit der Partei gekündigt«, fuhr der Präsident nun fort. »Gleichzeitig hat die Banque Atlantique Direct, die seit Jahren um eine Zusammenarbeit mit der Partei buhlt, ihr Interesse eingestellt. Dann gibt es ENF, den zweitgrößten Stromanbieter im Land. Er wendet sich plötzlich von unseren Staatsanleihen ab und hat mich buchstäblich von der Veranstaltung nächste Woche ausgeladen. Dasselbe ist passiert mit der Ferrofranc-Gruppe, ein Konglomerat der drei größten erzverarbeitenden Konzerne dieses Landes, mit TVF Média und mit Télédigit International. Das alles in nur vier Tagen.«

»Das ist bemerkenswert.«

Nun schenkte sich auch der Präsident ein weiteres Glas ein, blieb aber stehen. »Ich wäre weniger verunsichert, wenn es nicht aus heiterem Himmel käme. Einer dieser offensichtlichen Unstimmigkeiten auf den Grund zu gehen, würde schon einiges an Recherche, Arbeit und vor allen Dingen Zeit kosten. Doch in dieser Fülle!«

»Sind bereits Schritte unternommen worden?«

»Ich habe alle Informationen über die jetzigen und geplanten Aktivitäten der Firmen analysieren lassen. Der Geheimdienst wurde noch nicht eingebunden, wir haben uns zunächst der öffentlichen Quellen bedient. Allzu viel können die Aktiengesellschaften durch das allgemeine Augenmerk der Medien und der Investoren nicht geheim halten. Wir haben auch unsere Insiderkontakte genutzt, um alles über Pläne bevorstehender Fusionen oder Geschäfte ähnlicher Tragweite zu erfahren. So etwas könnte zumindest das Verhalten erklären.«

»Und?«

»Nichts.«

»Was schließen Sie daraus?«

»Entweder es gibt keine zugrunde liegenden Pläne oder Entscheidungen, oder sie kommen von höchster Stelle.«

»An was für eine Stelle denken Sie dabei?«

Der Präsident zögerte einen Augenblick. »Vielleicht gibt es etwas Geheimes innerhalb der Firmen, das weder die Investoren noch die Medien noch unsere Kontakte erfahren haben. So geheim, dass sogar das Vorhandensein des Geheimnisses unbekannt geblieben ist. Wenn man es genau bedenkt, ist das aber mehr als unwahrscheinlich, nein, wahrscheinlich sogar ausgeschlossen. Dann kann es sich nur um plötzliche und durchschlagende Entscheidungen handeln…«, Präsident Michaut trank einen Schluck und beendete den Satz halblaut, »wie sie vielleicht durch einen mächtigen Gesellschafter erzwungen werden könnten.«

Der Graf nickte kaum merklich. »Welche Konsequenzen erwarten Sie?«

»Für das Land oder die Partei?«

»Oder für sich selbst.«

»Das Land kann und wird keine Einnahmen verlieren, notfalls wird es auf Steuern umgelegt. Das Land hat auch schon viele Parteien überlebt. Eine nationale Katastrophe wird es wohl kaum geben. Der Partei allerdings wird es weniger gut bekommen, wenn sie unerfreuliche Konsequenzen aus dem Verlust der Zusammenarbeit mit der Industrie ziehen muss.«

»Könnte man Sie verantwortlich machen? Würde man Sie wiederwählen?«

»Nun, die Opposition wird es zwar an meiner Person festmachen und dies den Medien und der Bevölkerung auch so darstellen. Eine Wiederwahl wird so natürlich etwas schwieriger. Aber unmöglich ist sie damit noch lange nicht.«

»Das ist beruhigend. Überlegen Sie, was passieren könnte,

würden Ihnen weitere Industrieunternehmen dieserart den Rücken kehren.«

Präsident Michaut antwortete nicht gleich. Dann setzte er sich in den Sessel und betrachtete den Grafen. Ein Lächeln huschte über sein Gesicht.

»Wissen Sie was, mein verehrter Monsieur le Comte? Ohne es zu ahnen, haben Sie mir heute Abend eine unschätzbare Hilfe erwiesen.«

Nun lächelte auch der Graf. »Ist das so?«

»Ich weiß nun, was ich tun werde. Ich bin froh, dass Sie heute meiner Einladung gefolgt sind. Ich hoffe, dass ich Ihnen eines Tages einen ebensolchen Dienst erweisen kann.«

»Die Freude ist ganz meinerseits, Monsieur le Président. Allerdings möchte ich ausdrücklich und dringend darauf hinweisen, dass ich keine Vorstellung davon habe, wofür und wie Sie mir danken möchten.«

»Wie Sie meinen, dann lassen Sie mich wenigstens auf Sie anstoßen. Auf Ihr Wohl!«

»Auf das Ihrige. *Non nobis, Domine, sed nomini Tuo da gloriam.*«

Kapitel 10

7. Mai, Flug Béziers – Paris

»Was halten Sie von ihr, Patrick?« Die Stewardess hatte gerade Getränke verteilt und bemühte sich nun, in der kurzen verbleibenden Zeit, bis die Anschnallzeichen für den Landeanflug wieder aufleuchten würden, mit gewollter Ruhe und Freundlichkeit ein Maximum an Service zu bieten, leider ohne ihre tatsächliche Hektik völlig verbergen zu können.

»Von der Stewardess?« Patrick grinste.

»Nein, von Stefanie. Mir scheint, dass Sie nicht begeistert von ihrer Mitarbeit sind. Sie waren ja fast erleichtert, als sie unbedingt im Hotel an den Rechnern bleiben wollte.«

»Ihre Arbeit ist gut. Ich habe nichts gegen sie.«

»Hören Sie auf, Patrick. Ist es Neid?«

Patrick winkte ab. »Unsinn, nein! Sie arbeitet gut. Manchmal ist sie mir etwas zu herablassend, wissen Sie? Eine Klugscheißerin.« Er sah aus dem Fenster.

Peter schwenkte seinen Plastikbecher mit langsamen Bewegungen und ließ so die Eiswürfel im Kreis taumeln. »Ich frage mich gerade«, sagte er und betrachtete Patrick von der Seite, »wie viel Kälte so ein kleiner Eiswürfel abgeben kann, um den ganzen Becher zu kühlen…«

»Der Eiswürfel gibt gar keine Kälte ab.«

»Ach nein?« Peter lächelte.

»Der Eiswürfel schmilzt, da seine Umgebung wärmer als null Grad ist. Für diese Zustandsänderung benötigt er aber Energie. Deswegen holt er sich die Wärmeenergie seiner Umgebung. Es ist nicht das Eis, das Kälte abgibt, sondern die Flüssigkeit, die Wärme abgibt.«

»Na sehen Sie, Herr Ingenieur, das Klugscheißen macht Ihnen doch selber Spaß. Na los, sagen Sie schon, was Sie an Stefanie stört.«

»Nichts, wenn ich es doch sage! Ich muss ihr ja nicht gleich um den Hals fallen. Ehrlich gesagt, mache ich mir im Augenblick über ganz andere Dinge Gedanken.«

»Die Loge?«

»Ja. Ich weiß nicht, ob es so eine gute Idee ist, sich noch mal mit diesen Leuten zu treffen, sie sind mir wirklich unheimlich.«

Patrick sah zum Professor hinüber. »Sie scheint das nicht weiter zu berühren. Was wissen Sie noch alles über die Freimaurer?«

»Ich habe es Ihnen schon gesagt, ich hatte Sebastian während meiner Recherchen vor einigen Jahren kennen gelernt. Die haben ihre Rituale und Zeremonien, das muss einen nicht bekümmern.«

»Und diese Kabbala? Was hat es damit auf sich?«

»Die Kabbala entstammt dem jüdischen Mystizismus. Es geht darum, die wahre, ursprüngliche Thora wiederzufinden, die Wahrheiten und Weisheiten Gottes.«

»Eine Geheimlehre?«

»Fast die gesamte Magie des Mittelalters, oder das, was man so nannte, war von kabbalistischem Gedankengut durchzogen. Inzwischen gibt es so viele Bücher darüber, hauptsächlich aus der esoterischen Ecke, dass man es schwerlich eine Geheimlehre nennen kann.«

»Wie kommt es, dass Sie sich so gut damit auskennen? Sie scheinen auch mehr zu wissen, als es den Anschein hat, Herr Professor.«

»*Der Siegeszug der Vernunft – Aberglaube und Rationalität im Wandel der Jahrtausende*, erinnern Sie sich? Meine Vorlesungsreihe.«

»Also gut, erzählen Sie mehr davon. Was ist die Thora, und wie will man die Weisheiten Gottes darin wiederfinden?«

»›Thora‹ ist das hebräische Wort für ›Lehre‹, damit ist der Pentateuch gemeint, die fünf Bücher Moses. Der gesamte Text ist auf eine Rolle geschrieben, in hebräischen Buchstaben. Die religiösen hebräischen Texte werden und wurden stets buchstabengetreu kopiert, so dass zum Beispiel alle hebräischen Bibeln weltweit, egal wie alt, immer absolut identisch sind. Nun gibt es verschiedene kabbalistische Methoden, die Thora zu lesen, sozusagen zu entschlüsseln, um geheime, dahinter liegende Botschaften zu finden.«

»Renée Großmeister war ja auch der Meinung, dass Hebräisch die Sprache Gottes sei.«

»Ja, die Suche nach der vollkommenen Sprache, die im Spätmittelalter und der Renaissance wahre Paradiesblüten getrieben hat, und die Kabbala hängen zusammen.«

»Und? Hat man schon versteckte Botschaften in der Thora gefunden?« Patrick war hellhörig geworden.

»Die Kabbalisten sind der festen Überzeugung, dass ja.«

»Haben Sie eine Ahnung, was das für Methoden sind, mit denen da gearbeitet wird?«

»Es gibt verschiedene Systeme, mit denen Buchstaben umgestellt und Anagramme gebildet werden. Zudem hat jeder Buchstabe einen Zahlenwert. So kann man aus Wörtern Summen bilden. Diese Zahlen vergleicht und verrechnet man dann mit den Zahlenwerten anderer Wörter. Ach, es gibt unzählige Arten und Kombinationen. Besorgen Sie sich doch mal ein Buch, wenn es Sie so interessiert.«

Ein Gong tönte durch das Flugzeug, gefolgt von einer Durchsage, dass man sich in Vorbereitung auf den Landeanflug anschnallen, die Tische hochklappen und die Rückenlehnen senkrecht stellen möge.

»Oder warum fragen Sie Renée Colladon nicht selbst?«

Patrick lachte. »Das sollte ich wirklich tun. Meinen Sie, sie wird uns etwas darüber erzählen?«

»Ich glaube, sie wird uns noch etwas ganz anderes erzählen.

Sie hat uns schließlich eingeladen, um uns entgegenzukommen, ist es nicht so?«

»Ich bin gespannt, Peter, ich bin wirklich gespannt.«

»Renée scheint einen Hang fürs Theatralische zu haben.« Patrick betrachtete das mittlere Portal der Kathedrale, auf dem eine dramatische Darstellung des Jüngsten Gerichts prangte, in der Jesus als Weltenrichter die Seelen wahlweise zur Seligkeit oder zu Höllenqualen verdammte, beides für die Ewigkeit. *Hier wird also die Spreu vom Weizen getrennt*, überlegte er. *»Das war's, Feierabend, ihr habt eure Chance gehabt, ihr Verlierer.«* Kein *»Hey, wisst ihr was, Jungs, ich hab's mir überlegt, ich vergebe euch trotzdem«. Nach Jahrtausenden noch nachtragend, der Alte Herr.*

»Haben Sie eine Vorstellung davon, wie oft ich schon in Paris gewesen bin«, sagte Peter, »und nun müssen wir erst zu einem geheimen Treffen eingeladen werden, um einmal nach Notre Dame zu kommen.«

»Na, dann lohnt sich der Besuch für Sie ja auf alle Fälle.«

Sie waren nicht zu früh. Neben einer der gewaltigen Säulen im Eingangsbereich stand eine Frau und kam mit ausgestreckter Hand auf die beiden zu, als sie sie erblickten.

»Monsieur Nevreux, Professor Lavell, ich bin Renée Colladon.« Die Frau schien mittleren Alters zu sein. Sie trug eine dunkelrote Kombination aus Rock, Bluse und Jackett und wirkte sehr geschäftsmäßig. Unter dem Arm hielt sie eine schwarze Ledermappe.

»Sehr erfreut, Sie wiederzutreffen«, begrüßte Peter sie.

»Ihre Stimme kommt mir in der Tat bekannt vor«, sagte Patrick. »Heute ganz ohne Kapuze?«

Die Frau lächelte. »Vielleicht schaffe ich es noch, dass Sie sich etwas weniger lustig machen.«

»Ich hoffe, Sie nehmen es nicht übel«, warf Peter ein, aber Patrick ließ sich nicht beirren.

»Beeindrucken Sie mich«, forderte er die Frau heraus.

»Das werde ich nicht tun, Monsieur Nevreux. Und wissen Sie auch, warum? Weil ich nicht den missionarischen Eifer habe, Ihnen die Augen zu öffnen, solange Sie sie verschließen.« Sie wandte sich langsam zum Gehen, und während sie wie beiläufig durch den seitlichen Gang des Mittelschiffes schlenderten, fuhr sie fort: »Aber Sie suchen, und ich werde Ihnen Antworten geben. Deswegen treffen Sie mich heute ohne Verhüllung. Ich möchte Ihnen meine Aufrichtigkeit demonstrieren, und mein Vertrauen in Sie. Sehen Sie dieses Fenster? Was für prachtvolle Details die Sonne enthüllt? *Fiat lux*, es werde Licht! Wie kann ich Ihnen helfen, Messieurs?«

»Sie haben die Zeichnung gesehen«, sagte Peter. »Was können Sie uns über die Rose sagen?«

»Monsieur le Professeur, Sie verschwenden wirklich kein überflüssiges Wort. Aber lassen Sie uns noch nicht über die Rose sprechen. Am Ende werde ich es sein, die nach der Rose fragt, daher nutzen Sie die Chance, die Fragen zu stellen, die Ihnen wirklich am Herzen liegen. Monsieur Nevreux, Sie schienen mir bei unserem letzten Treffen ebenso unverblümt wie unbedarft...«

»Gut, wenn Sie wollen, dann erzählen Sie mir mehr über den Mumpitz in der Loge, die Kleidung, den Saal, den Gefangenen. Und haben Sie schon göttliche Weisheiten in der Thora gefunden?«

»Patrick, ich bitte Sie!«

»Es ist schon gut, Professor, ich habe diese Fragen erwartet, und ich bin bereit, sie zu beantworten; zumindest so gut ich sie einem Außenstehenden in wenigen Worten beantworten kann. Professor, sagen Sie uns, welches dem heutigen Stand der Wissenschaft nach die Wiege der Menschheit ist. Ist es nicht Afrika?«

»In gewissem Sinne und mit Einschränkungen, ja.«

»Ihre Zurückhaltung ist nicht vonnöten, Monsieur le Professeur, Sie sprechen nicht vor einem Anwalt.« Renée lachte. »Aber es ist nur richtig, dass Sie mir zustimmen. Nicht nur die Wiege der Menschheit liegt hier. Hier nahm alle Schöpfung und alle Vernunft ihren Anfang. Hier war das Paradies. Hier wurde noch die Sprache Gottes gesprochen, und hier taten wir auch die ersten baumeisterlichen Schritte. Die Ägypter bauten die Pyramiden, und Noah konnte sich und sein Gefolge retten, als Gott ihn warnte und die große Flut alles verschlang.«

»Die Sintflut fand also in Nordostafrika statt?« Patrick versuchte, seinen Tonfall nicht allzu sarkastisch klingen zu lassen.

»Monsieur Nevreux, ich bitte Sie!« Renée Colladon schüttelte den Kopf. »Natürlich nicht. Die Sintflut war weder ein globales Ereignis, noch fand sie in Ägypten statt. Die moderne Forschung bestätigt dies auch. Inzwischen ist nachgewiesen, dass der Wasserstand des Schwarzen Meeres ehemals hundert Meter tiefer lag, und dass es das Land zwischen Euphrat und Tigris war, das vollständig überschwemmt wurde.« Sie blickte zu Peter, wie um sich die historischen Daten bestätigen zu lassen, doch dieser hielt sich für die Dauer des Vortrags zurück. Sie fuhr fort: »Die Sintflut fand im Nahen Osten statt; bis hier war auch die Zivilisation vorgedrungen, und von hier stammen die Berichte über die Sintflut.«

Sie hatten inzwischen das Querschiff erreicht und erlangten hier erstmals einen guten Eindruck von der gewaltigen Höhe der Kathedrale. Um zu verhindern, dass andere Touristen ihrem Gespräch folgten, setzten sie ihren gemächlichen Gang bald fort.

»Noahs Sohn, Sem, entstammten die semitischen Stämme, darunter auch die Akkader, die das Zweistromland eroberten und die Sprache und Schrift der Sumerer bereicherten. So gebar die sumerische Stadt Ur schließlich den Stammvater Israels: Abraham.«

»Warum erzählen Sie uns das alles?«, fragte Patrick.

»Um Ihnen die Verbindungen aufzuzeigen. Es waren stets die von der Sprache Gottes durchdrungenen Semiten, die die Geschicke der Welt bestimmten. Babylon nannten die Griechen später die sumerische Stadt Bab-Ilum, wo die Semiten den Turm der Türme bauten, um Gott näher zu kommen.« Sie machte eine Pause. »Sie wurden furchtbar dafür bestraft... Wie Sie wissen, bauten die aus Abraham geborenen Israeliten den Tempel von Jerusalem – und wie oft bauten sie ihn erneut auf!«

»Sie wollen darauf hinaus, dass es eine Beziehung zwischen der Sprache Gottes gibt und den großen Bauten des Altertums?« Es war eher eine Feststellung als eine Frage, die Patrick halblaut äußerte.

»Richtig!« Renée Colladon wandte sich ihm lächelnd zu. »Wirklich, Monsieur, darauf wollte ich hinaus. Dies ist der heilige Ursprung der Tradition der Freimaurer. Wenn Sie sich an den Besuch im Tempel erinnern mögen?«

»Tempel?«

»Die große Halle unserer Loge, in der die Begrüßung stattfand.«

»Ach so, ja, ich erinnere mich.«

»Ihnen werden zwei Säulen aufgefallen sein. Sie stehen dort in Anlehnung an die beiden Säulen, die nach der Sintflut gefunden wurden. Sie enthielten die Geheimnisse des Wissens, die schließlich über Noah verbreitet wurden, der nach Westen, nach Ägypten, zog und dessen semitische Nachkommenschaft das Wissen auch im Osten, in Sumer und dem späteren Babylonien verbreitete.«

Sie wandte sich Peter zu, der gerade auffällig die Augen verdreht und Luft eingesaugt hatte. »Monsieur le Professeur, Sie werden keinen historischen Bericht hierüber kennen, denn dieses ist Wissen, das in unserer Tradition seit Jahrtausenden gehütet wird. Die eine Säule verkörpert den ägyptischen Gott Thot, den Herrn der Schrift, der Sprachen und des geheimen

Wissens. Die andere Säule ehrt Henoch, den Prophet Elohims, der vor der Großen Flut lebte. Auch er lehrte den Umgang mit der Feder und verbreitete das Wissen. Es sind zwei Aspekte derselben Macht, die hinter den Worten der Thora verborgen liegt.«

»Womit wir bei der Thora wären«, sagte Patrick. »Haben Sie schon geheimes Wissen darin gefunden?«

»Seit Jahrtausenden wird die Heilige Schrift gelesen, und es wäre ein großer Zufall, wenn es in meiner Lebenszeit geschehen würde, dass sich der Menschheit ihre gesamte Weisheit offenbarte. Möglicherweise, nein, *höchstwahrscheinlich* können Menschen niemals die Gänze der Wahren Thora überblicken, denn das würde bedeuten, dass wir uns Gottes Weisheit genähert hätten, was uns in diesem körperlichen Leben aber nicht zugestanden ist. Aber kleine Wunder geschehen jeden Tag, und jeder, der die Thora liest, findet seine eigene Wahrheit.«

»Peter, Sie sagen gar nichts«, sagte Patrick, »was halten Sie von der ganzen Sache?«

»Ich denke darüber nach«, antwortete der Professor, der scheinbar lediglich die Architektur bewunderte und nur wie beiläufig zuhörte, »wie oft ich solche Plattitüden schon gehört habe, und ich warte ab, ob wir noch etwas weniger nebulöse Antworten bekommen werden.«

»Zugegeben, Madame«, sagte Patrick, »mir scheint es auch, als würden Sie sich ein wenig herausreden.«

»Das ist nicht der Fall, und ich habe keineswegs das Bedürfnis, mich zu rechtfertigen.« Sie war vor der Absperrung stehen geblieben und betrachtete den Chor. Als sich mehrere Touristen davor versammelten, ging sie einige Schritte weiter und senkte ihre Stimme. »Es tut mir Leid, wenn es Ihnen so vorkommen mag. Aber sehen Sie, die Kabbala ist mehr als bloße Worte und Erklärungen. Sie ist auch mehr als Gematria oder Temurah, die Suche nach der Wahren Thora. Es geht hier um eine Lebensweise.« Sie öffnete ihre Ledermappe und brachte einige Papiere hervor sowie ein dünnes Büchlein. »Ich habe Ihnen dies mitgebracht, damit Sie sich ein wenig intensiver mit dem Freimaurertum und der Kabbala beschäftigen können.« Patrick nahm die Unterlagen verwundert entgegen.

»Lesen Sie es, und wenn Sie tiefer eingedrungen sind, möchte ich mich gerne ausführlich und etwas intimer mit Ihnen unterhalten. Rufen Sie mich jederzeit an.« Sie überreichte ihnen eine Visitenkarte mit der Aufschrift *Claire Renée Colladon* und einer Telefonnummer.

»Das ist ja alles furchtbar nett«, lenkte Patrick ein, »aber uns liegt wesentlich mehr daran, etwas über den Ursprung der Zeichnung zu erfahren und deren Zusammenhang mit Ihrer Loge, wie hieß sie noch, die Brüder von Rose und Kreuz?«

»Der Name unserer Loge ist: *Bruderschaft der Wahren Erben von Kreuz und Rose*. Und soweit ich mich entsinne, wies ich das letzte Mal bereits darauf hin, dass ich Ihnen diesbezüglich erst weiterhelfen kann, wenn Sie mir mitteilen, wo Sie die Zeichnung gefunden haben!«

Nun meldete sich Peter zu Wort. »Madame Colladon, bei allem Respekt, aber wir haben nicht den weiten Weg nach Paris gemacht, um uns heute einen Vortrag über das Freimaurertum und die Arche Noah anzuhören. Das wissen Sie so gut wie wir. Ich möchte gerne behaupten, dass alleine dieser Besuch in Notre Dame den Aufwand rechtfertigt, aber noch lieber würde ich mit einigen Ergebnissen aus diesem Treffen gehen.«

»Professor, ich sehe, Ihr Ruf als hartnäckiger Investigateur bestätigt sich, auch wenn Sie die Wahrheit niemals vollständig erhellen konnten.« Ihr Tonfall klang verärgert. »Aber ich weiß tatsächlich nicht, wie ich Ihnen weiterhelfen kann.«

»Ihnen ist die Rose wichtig, ist es nicht so?«

»Ich habe das nie behauptet...«

»Und es ist Ihnen wichtig, woher die Rose kommt, ist es nicht so?«

»Monsieur...«
»Und am allerwichtigsten ist Ihnen das mögliche Umfeld, in dem wir die Rose fanden. Wie, wer, wann, wo – ist es nicht so?«

Renée Colladon schwieg für einen Augenblick, während ihr steinerner Gesichtsausdruck keinen Aufschluss darüber zuließ, was in ihr vorging. »Also gut, Messieurs«, sagte sie schließlich, »offensichtlich haben Sie eine vorgefasste Meinung von mir und der Loge, und es schmerzt mich wirklich, denn ich sehe dies als echten Verlust. Ich hätte Ihnen gerne geholfen, aber ich beabsichtige nicht, mich auf diesem Niveau mit Ihnen und Ihren Dogmen auseinander zu setzen.«

Sie wandte sich zum Gehen, drehte sich jedoch noch einmal um. »Viel Erfolg, Monsieur le Professeur, und auch Ihnen, Monsieur Nevreux. Ich hoffe für Sie, dass Sie das Licht finden.«

Peter versuchte nicht, sie aufzuhalten, sondern sah ihr nach, bis sie hinter Säulen und anderen Touristen verschwunden war.

»Ob das so schlau war, Peter?«

»Sie glauben gar nicht, wie sehr mir diese Person auf die Nerven geht!«

Patrick grinste. »Eine Frau ganz ohne missionarischen Eifer... Es ist nicht lange her, da waren Sie noch der Meinung, dass sie uns alles erzählen würde, was wir wissen wollen.«

»Ich *weiß*, dass sie uns etwas verheimlicht. Aber lieber ginge ich vierzig Jahre in die Wüste, als es aus ihr herauszuquetschen. Soll sie sich doch ihre heiligen Säulen sonst wohin stecken.«

»Peter, ich bin entsetzt!« Patrick lachte. »So kenne ich Sie gar nicht. Ich vermute, wir sollten jetzt erst mal etwas trinken gehen!«

»Entschuldigen Sie meinen Ausfall vorhin«, sagte Peter, nachdem er seinen Tee abgesetzt hatte. »Ich hoffe, dass ich unsere

Nachforschungen auf diesem Gebiet jetzt nicht nachhaltig unterbrochen habe.«

»Sagen wir es mal so: *Eine* Brücke haben Sie meisterlich abgerissen, die Trompeten von Jericho hätten es nicht besser gekonnt.«

Peter musste grinsen. »Die haben außerdem keine Brücken, sondern Stadtmauern zum Einsturz gebracht.«

»Ist doch egal. Worauf es ankommt, ist, dass wir noch etwa zweitausend andere Inschriften haben.«

»Ja, darauf baue ich auch. Und darauf, was Stefanie über die Inschrift vor dem Durchgang herausbekommt.«

»Und dann wären da noch Samuel zu Weimar und seine Mission des Lichts. Wollen wir die Gelegenheit nutzen, jetzt wo wir schon hier oben sind, oder haben Sie für heute genug?«

»Daran habe ich auch schon gedacht. In der Tat ist mein Bedarf an pseudo-historischem, esoterischem Geschwafel einigermaßen gedeckt. Andererseits möchte ich auch nicht jeden zweiten Tag nach Paris fliegen...«

»Dann sind wir uns also einig?«

»Na gut, meinetwegen. Auf zu Samuel. Aber lassen Sie mich zumindest den Tee austrinken.«

Sie waren nicht darauf gefasst, an der genannten Adresse ein modernes Bürogebäude mit verspiegelten Fenstern und Designersesseln im Foyer zu finden. Etwas unbehaglich erkundigte sich Peter nach dem Mann, den sie zu treffen hofften, und erwartete fast schon ein lächelndes Abwinken. Doch der Rezeptionist fragte lediglich, wen er melden solle, führte ein kurzes Telefongespräch und erläuterte dann den Weg, während er den Summer für das Drehkreuz betätigte.

Sie erreichten schließlich die Geschäftsräume von Helix BioTech International im vierten Stock. Sie wollten sich gerade bei der Empfangsdame melden, als ein Herr in Anzug und Krawatte zielstrebig auf sie zukam. Er sah wie ein souveräner

Geschäftsmann aus, tadellos und smart. Sein Lächeln mochte nicht echt sein, aber es wirkte professionell. *Hat einen teuren Zahnarzt und hält sich gerne in der Sonne auf*, dachte Peter. *Außerdem nicht verheiratet oder möchte nicht, dass man es sieht.*

»Es freut mich, dass Sie gekommen sind, meine Herren. Bitte«, er wies in sein Büro, »kommen Sie herein und setzen Sie sich.«

Sie nahmen Platz.

»Kann ich Ihnen etwas zu trinken anbieten? Tee, Kaffee oder etwas Frisches?«

»Nein, danke.«

»In Ordnung, aber sagen Sie bitte Bescheid, sobald es Ihnen an etwas fehlt.« Er setzte sich. »Es ist ein äußerst glücklicher Umstand, dass Sie gerade heute gekommen sind, denn den Rest der Woche war ich unterwegs.«

»Gestatten Sie eine Frage«, begann Patrick, »ist diese Firma hier in irgendeiner Form mit den Helix Industries verbunden?«

»Helix Industries?«, fragte Peter mit einem Blick zur Seite, dem der Name nicht so geläufig war wie seinem Kollegen.

»Helix Industries«, erläuterte der Geschäftsmann lächelnd, »ist der drittgrößte Pharma- und Kosmetikkonzern der Welt. Ja, dieses Büro hier ist, wenn Sie so wollen, die Keimzelle.«

»Haben Sie uns dieses Telefax geschickt?«, erkundigte sich Peter und reichte dem Mann das Papier.

»Es ist von mir. Sie kommen schnell zur Sache, Herr Professor Lavell.«

»Diese ›Mission des Lichts‹«, fragte Patrick, »was hat sie mit Helix Industries zu tun?«

»Eine nahe liegende Frage. Die Antwort hingegen ist nicht so eindeutig. Die Verbindung der ›Mission des Lichts‹ mit den Helix Industries liegt in meiner Person. Aber mehr müssen Sie im Augenblick nicht darüber wissen.«

»Kann es sein, dass wir uns schon einmal begegnet sind?«, fragte Patrick.

»Die Welt ist klein, Monsieur Nevreux. Ich hätte mir auch nicht vorstellen können, dass Sie sich durch Namen blenden lassen.«

»Dann sind Sie gar nicht Samuel zu Weimar?«, fragte nun Peter.

»Namen definieren sich dadurch, dass sie verwendet werden. Da ich hier so genannt werde, und Sie mich so gefunden haben, muss es wohl mein Name sein. Oder *ein* Name? Lassen Sie es mich wissen, wenn Sie etwas herausgefunden haben.« Er lächelte verschmitzt.

Peter sah zur Seite und versuchte, Patricks Gesichtsausdruck zu ergründen, aber dieser schien sich gerade seine eigenen Gedanken zu machen.

»Was ist die ›Mission des Lichts‹, und welche Ziele verfolgt sie?«, fragte er schließlich.

»Die ›Mission des Lichts‹«, erklärte der Geschäftsmann, »ist eine virtuelle Gemeinschaft. Der Name soll deutlich machen, dass wir eine Mission, eine Aufgabe haben. Diese besteht darin, Erkenntnis zu finden. Das Licht. Ein metaphorischer Ausdruck.«

»Welche Erkenntnis streben Sie an? Im wissenschaftlichen oder technischen Sinne ist dies wohl nicht zu verstehen, worauf der christliche Segen Ihres Briefkopfes hindeutet.«

»Das eine muss das andere nicht ausschließen, wie Sie, Herr Professor, besser wissen sollten als jeder andere, oder nicht? ›*Glaube, Aberglaube und Magie sind für Außenstehende mitunter austauschbare Begriffe. Um ihr Wesen und ihre Geschichte wissenschaftlich zu ergründen, ist es daher unerlässlich, sich intimer mit ihnen auseinander zu setzen, als es die üblichen wissenschaftlichen Methoden fordern.*‹«

»Sie zitieren mein Buch, um mich zu beeindrucken.«

»Wenn es Sie beeindruckt…«

»Aber Sie haben meine Frage noch nicht beantwortet.«

»Nein. Und das werde ich auch nicht tun. Alle Fragen treffen eines Tages auf ihre Antworten; in manchen Fällen auch umgekehrt. Aber nun genug der Rätselspielchen. Warum Sie wirklich hier sind, das ist mein Fax. Und das haben Sie erhalten, weil Sie sich mit den Kabbalisten von Ararat unterhalten haben.«

»Den Kabbalisten von Ararat?«

»Ararat. Der Berg, auf dem Noah gelandet ist«, erklärte der Geschäftsmann.

»Sie sprechen von der Loge?«

»Ja, natürlich. Tut mir Leid, war vielleicht ein schlechter Scherz von mir. Aber deswegen habe ich Sie ja eingeladen: um Sie darüber aufzuklären.« Er stand auf und schlenderte zu seinem Bücherregal. »Sie hatten ein Treffen mit der Bruderschaft der Wahren Erben von Kreuz und Rose. Dort haben Sie viel gesehen, was Uneingeweihte normalerweise nicht zu Gesicht bekommen, und man hat Ihnen eine ganze Menge über die Abstammung der Freimaurer erzählt, vermute ich. Wahrscheinlich auch, dass sie die Arche Noah, die Pyramiden und den Tempel von Jerusalem errichtet haben.«

»Und den Turm von Babylon«, fügte Patrick hinzu.

»Ja, richtig. Und bei allem wird Ihnen aufgefallen sein, dass die Loge, obwohl sie ›Kreuz und Rose‹ im Namen trägt und ein ebensolches Emblem, Ihnen nicht erklären wollte, was an der Zeichnung, die Sie Renée präsentiert haben, so interessant war.«

»Sie wissen von der Zeichnung?«

»Natürlich. Ich kenne ja auch Ihre Faxnummer.« Er zog ein kleines schwarzes Buch aus dem Regal. »Nun? Renée ist stur geblieben, richtig?«

»Worauf wollen Sie hinaus?«

»Worauf ich hinausmöchte, ist, dass die Großmeisterin leider selber nicht so viel über Kreuz und Rose sagen kann, wie sie gerne würde. Sie ist nämlich auf der völlig falschen Fährte. Denn was Sie suchen, ist dies hier.«

Mit einem Knall ließ er das schwarze Buch vor sie auf den Tisch fallen, so dass sie den Deckel deutlich sehen konnten. Es war in goldenen Linien das Bild einer Rose zu sehen, in ihrem Zentrum ein Herz und in dessen Zentrum ein Kreuz. Der Titel des Buches stand in Versalien darüber: BIBEL.

»Dies ist eine Ausgabe der Lutherbibel von 1920«, erklärte Samuel. »Und was das Symbol angeht, so handelt es sich um das Wappen Martin Luthers. Seit dem siebzehnten Jahrhundert kursieren verschiedene Versionen davon, aber die Zeichnung, die Sie gefunden haben, dürfte dem Original ziemlich nahe kommen.«

»*Good gracious!*«, entfuhr es Peter.

Samuel zu Weimar, oder der Mann, der sich so nannte, setzte sich wieder.

»Möglicherweise verärgert es Sie, dass Sie nicht eher auf eine so offensichtliche Lösung gekommen sind. Veröffentlichte Geheimnisse werden billig. Aber ich kann Sie beruhigen. Ganz so einfach ist es natürlich nicht.«

»Kann es ja wohl auch kaum sein«, sagte Patrick, »sonst hätte Renée Colladon nicht so ein Mysterium um das Symbol gemacht.«

»Könnte ich jetzt doch etwas zu trinken haben«, fragte Peter. »Etwas Alkoholisches mit Eis wäre mir recht.«

»Ich hoffe, ich kränke Sie nicht, wenn ich Ihnen lediglich Bourbon anbieten kann und keinen vernünftigen Scotch«, sagte Samuel, während er aufstand und an einem Beistelltisch einen Drink einschenkte. Dann öffnete er eine Schranktür, hinter der sich ein kleiner Kühlschrank verbarg, und brachte Eiswürfel hervor. »Sie auch einen?«, fragte er an Patrick gewandt.

»Warum nicht.«

»Es geht nicht um das Kreuz oder die Rose«, sagte Samuel,

als er wieder saß. »Es geht um Martin Luther. Um Martin Luther und die Kabbala. Sie ist die Verbindung zwischen mir und Renée; wenn es denn überhaupt eine gibt.«

»Martin Luther hatte auch leichte mystische Anwandlungen«, überlegte Peter, »aber er wurde bekannt als Reformator der Kirche und Übersetzer der Bibel. Was hat er mit der Kabbala zu tun?«

»Es ist bezeichnend, Herr Professor Lavell, dass Sie in den ganzen Jahren Ihrer Recherchen auf nicht mehr als das gestoßen sind. Denn hier verbirgt sich ein weit größeres Geheimnis, als Sie ahnen können.«

»Etwas lässt mich zweifeln, dass Sie es uns gleich offenbaren werden«, sagte Patrick und zündete sich eine Zigarette an.

»Die ›Mission des Lichts‹ ist nicht allwissend, wenngleich es natürlich unser endgültiges Ziel ist, uns durch die Ergebnisse unserer Arbeit selbst überflüssig zu machen. Doch noch sind wir nicht so weit, und viele Geheimnisse sind auch uns noch verschlossen. Einiges kann ich Ihnen aber schon sagen, und deswegen habe ich Sie eingeladen.« Er stand auf, während er weitersprach. »Luther war ein schlauer Kopf, 1483 geboren, studierte mit achtzehn bereits in Erfurt, wurde Eremitenmönch, studierte dann noch mal Theologie und promovierte mit neunundzwanzig zum Doktor und Professor der Heiligen Schriften. Beachtlich, nicht wahr? Ein großer Geist, der durch eine besondere Zielstrebigkeit und Willenskraft befördert wurde.«

»So viel steht allerdings noch in jedem Lexikon«, sagte Peter.

»Richtig. Was dort nicht steht, ist, dass diese ›mystischen Anwandlungen‹ oder ›Einflüsse‹ heute gleichsam nur noch das schwache Glühen eines verlöschenden Funkens sind, verglichen mit dem okkulten Feuersturm, der ehemals die Figur Martin Luthers wie das Leuchtfeuer Alexandrias strahlen ließ.

Er war nicht nur *beeinflusst*, und er hatte auch keine *Anwandlungen*. Die Mystik erfüllte ihn und sein Leben bis ins Mark.«

»Ich darf behaupten, dass ich gespannt bin, wie Sie das jetzt belegen wollen«, sagte Peter.

»Überlegen Sie selbst. Das fünfzehnte Jahrhundert war intellektuell besonders interessant und anregend. Wissenschaft und Forscherdrang erreichten einen Höhepunkt. Die Mauren wurden endgültig aus Spanien und Portugal vertrieben, das byzantinische Reich kam zu einem Ende, nachdem Konstantinopel gefallen war. Die fremdländischen Gelehrten wurden durch Gruppen wie die Medici gefördert, das Wissen, das sie zugänglich machten, geradezu aufgesogen. In Italien entwickelte sich eine neue künstlerische Kultur, die Renaissance. Die Perspektive in der Malerei wurde erstmals mathematisch beschrieben, und Gutenberg erfand den Buchdruck. Der Hundertjährige Krieg zwischen England und Frankreich fand ein Ende, eine Ruhepause der Besinnung, Neuorientierung und der Entdeckungen trat ein. Nennt man es nicht auch das Jahrhundert der Entdeckungen?« Während er sprach, ging er auf und ab und gestikulierte mit einer Inbrunst, als sei er selbst dabei gewesen. »Es war das Ende des Mittelalters und der Beginn einer neuen Zeit. Aber die Fortschritte waren nicht allesamt rein wissenschaftlich. Vieles wurde noch als teuflisch oder göttlich angesehen. Natürlich, das Schwarzpulver und die Waffen wurden verbessert, aber bedenken Sie, dass es Jeanne d'Arc war, die die Wende im Hundertjährigen Krieg herbeiführte. Durch ihre göttlichen Visionen geleitet, gefeiert und schließlich als Hexe verbrannt. In Spanien wurde gleichzeitig Tomás de Torquemada zum Großinquisitor berufen und sorgte dafür, dass die spanische Inquisition zum Inbegriff von Folter und Schrecken wurde.« Der Geschäftsmann schien kaum mehr zu bremsen zu sein. »Heinrich der Seefahrer öffnete seine Navigatorenschule in Sagres mit Regeln strengster

Geheimhaltung. Wie wir heute wissen, war aber *Navigator* nicht nur im seemännischen Sinne zu verstehen, denn der Infante war Großmeister des Templerordens. Das Meer war Sinnbild der Unwissenheit und der menschlichen Beschränktheit, aber auch der grenzenlosen Zukunft. Die Navigatoren waren die Steuermänner im Chaos der Dunkelheit, Anführer und zugleich Pilgerer nach Wissen und Weisheit. Christobal Colón, besser bekannt als Christof Kolumbus, betrat die Neue Welt und nahm sie in Besitz im Namen der Könige von Spanien, aber auch im Namen des Templerordens, unter deren Flagge, dem roten Tatzenkreuz, seine Schiffe fuhren.«

»Der Templerorden war aber bis zum vierzehnten Jahrhundert recht nachhaltig verfolgt und vernichtet worden.«

»Ja, aber in Portugal und Spanien überlebte er unter dem Namen ›Christusorden‹.«

»Und was hat das Ganze mit Luther zu tun?«, fragte Patrick.

»Es geht darum: In dieser Zeit wurde mehr Wissen erarbeitet und zugänglich als in den Jahrhunderten zuvor. Gleichzeitig wurde Wissen auch gefährlich, wie die Inquisition und der ländliche Aberglaube und Hexenwahn zeigten. Wissen und Forschung gingen Hand in Hand mit Mystizismus, und keine Forschung wurde ohne ein höheres Ziel dieser Art betrieben. Heinrich der Seefahrer wollte seine Navigatoren die Welt erobern lassen – nicht des Geldes wegen, sondern der Erkenntnis und der Verbreitung seines Glaubens wegen. Gutenberg druckte die ersten Bücher – ebenfalls nicht des Geldes wegen; er druckte dreihundertmal in prachtvollster Manier das Wort Gottes, die Bibel. Und nun ist da Martin Luther. Er wächst Ende des Jahrhunderts auf, studiert und hat Zugang zu all diesem Wissen. Er liest heilige und unheilige Schriften und zieht seine Schlüsse. Fast wird er zum Ketzer, als er sich auf die Seite der zweihundert Jahre zuvor durch die Kirche ausgerotteten Katharer stellt. Er ist der Überzeugung, dass das Göttliche im

Menschen liegt. Dass wir uns nicht durch Taten beweisen oder durch Sühne von Schulden freikaufen müssen oder können. Dass Jesus bereits für unsere Sünden gestorben ist, und dass der Glaube in Gott und dessen Gnade den höchsten Stellenwert hat.« Er nahm die Bibel vom Tisch. Während er sprach, blätterte er abwesend darin und stellte sie schließlich wieder zurück. »Luther ging den Dingen auf den Grund. Er studierte die heiligen Texte nicht nur, er analysierte sie auch. Und er stellte fest, dass es noch mehr gab als die Bibel. Er ging bis zum Ursprung, und hinter den Büchern des Neuen Testamentes fand er die Bücher Moses, und in ihrem hebräischen Original den Weg zu einem tieferen Verständnis der Zusammenhänge.«

»Die Wahre Thora?«

»Oder die Ewige Thora, die Weisheiten Gottes, ja. Luther kannte die Methoden der Kabbala und widmete sein Leben dem Studium der Bücher Moses.«

»Die Bücher Moses gehören zum Alten Testament. Aber Luther wurde bekannt als Reformator, der Begründer der protestantischen Bewegung, und es ist doch gerade das Neue Testament, das die Grundlage der protestantischen Kirche bildet.«

»Sie haben völlig Recht«, erklärte Samuel. »Denn Luther hat es gewusst, die Dinge einzufädeln. Er hat nichts dem Zufall überlassen. Seinen unglücklichen Vorkämpfer Jan Hus hatte man noch 1415 in Konstanz verbrannt. Aber Luther wusste genau, dass er für Ketzerei weder in Deutschland noch in Rom auf den Scheiterhaufen kommen würde, wenn er sich geschickt anstellte. So konnte er die katholische Kirche herausfordern, im Wissen, dass seine scharfsinnigen Thesen beachtet werden würden. Wohl wissend auch, dass ihm in einem theologischen Disput niemand das Wasser reichen konnte. Heute würde man sagen, er ist ein PR-Genie gewesen. Er konnte sich exzellent in Szene setzen und als *enfant terrible* der christlichen Welt Werbung für sich und seine Sache machen.«

»Man ist aber im Allgemeinen der Ansicht, dass Luthers Herausforderung – und letztlich Spaltung – der katholischen Kirche völlig unbeabsichtigt war. Und welchen Zweck hätte es auch haben können? Wäre er verborgener Mystiker oder Okkultist gewesen, wäre doch die öffentliche Aufmerksamkeit wohl mehr als hinderlich gewesen.«

»Auf den ersten Blick scheint das so zu sein. Aber Luther hatte etwas anderes vor. Mit seinem radikalen Gedankengut trat er etwas los, das im Folgenden genährt werden musste. Seine Kritik an der katholischen Kirche kam ja auch nicht von ungefähr, und sie traf den Nerv der Zeit. Dies diente ihm als Nährboden für seinen letzten großen Coup: Er übersetzte die Bibel in die Sprache des Volkes. Genial. Schach!«

»Wenn ich ehrlich bin«, sagte Patrick, »kann ich Ihnen noch nicht so ganz folgen… *Schach?*«

»Wenn Sie beim Schachspiel in Schach geraten, dann konzentrieren Sie Ihre Aufmerksamkeit auf Ihren König. Sie haben gar keine andere Möglichkeit, als ihn in Sicherheit zu bringen oder den Störenfried auszuschalten. Luther tat das Gleiche. Er hatte die Aufmerksamkeit der Öffentlichkeit in einem ausgeklügelten Ränkespiel völlig auf sich konzentriert. Indem er die Bibel übersetzte, tat er einen scheinbar konsequenten Schritt in diesem Spiel, und die Lutherbibel wurde zum zentralen Fokus des ›Reformators‹ Luther. Aber in Wirklichkeit erreichte die Lutherbibel einen ganz anderen Zweck.« Samuel holte ein übergroßes, in metallene Deckel geschlagenes Buch hervor. Als er es vor ihnen öffnete, stellte sich heraus, dass sein Inneres kostbare, hebräisch beschriftete Pergamente enthielt, die in transparente Kunststofffolien eingeschlossen waren.

»Er erreichte, dass die Aufmerksamkeit von den Urschriften abgelenkt wurde!«

Peter und Patrick beugten sich vor, um die Papiere zu begutachten. Sie erinnerten an die Texte von Qumran oder ähnliche Dokumente aus biblischer Zeit.

»Überlegen Sie«, fuhr Samuel fort, »der Buchdruck war erfunden worden, mehr und mehr wurde publiziert, es wäre nur eine Frage der Zeit gewesen, bis sich Kopien des Alten Testaments auch auf Hebräisch in hunderttausendfachen Kopien verbreitet hätten. Indem es aber nun neben der lateinischen Bibel eine Bibel des Volkes gab, war klar, dass die Aufmerksamkeit auf das Hebräische immer stärker abnehmen würde. Luther hatte die Thora jahrzehntelang erforscht, und er sorgte dafür, dass seine Erkenntnisse nicht zu leicht in die falschen Hände geraten würden. Ihm ist es zu verdanken, dass die Kabbala noch lange Zeit später nur den Eingeweihten, den ernsthaften Studenten, zugänglich war und die Thora ihre heiligen Geheimnisse weiterhin hüten konnte.«

Er machte eine Pause.

»Also, wenn ich Sie richtig verstehe«, sagte Patrick, »sind Sie der Meinung, Martin Luther war *der* Kabbalist schlechthin.«

»Ja, absolut.«

»Und die ›Mission des Lichts‹ nutzt die Kabbala ebenfalls, um ihm nachzueifern?«

»Wir nutzen die Kabbala, ja. So wie auch die Bruderschaft der ›Wahren Erben von Kreuz und Rose‹ und viele andere Gemeinschaften. Aber nicht alle sind auf Luthers Spuren.«

»Scheinbar ja Renée Colladon auch nicht, oder? Wie kann das sein?«

»Ihre Loge ist nicht sehr alt, was auch immer man Ihnen erzählt haben mag. Es war ehemals eine ganz einfache Freimaurerloge, wie es unzählige von ihnen gibt. Ihr Gründer bediente sich bei der Gründung und Namensgebung allerlei mystischer Anlehnungen. Diese scheint Renée nun zu erforschen; mit nicht viel Erfolg, wie man sieht.«

»Was mich interessiert«, sagte Peter nun, »ist Folgendes: Nehmen wir an, alles, was Sie sagen, entspräche den Tatsachen. Dann haben Sie uns nun die wahre, geheime Geschichte

Martin Luthers eröffnet, wie sie kaum einer kennt. Was sollte uns – oder auch Sie selbst – davon abhalten, dies der Welt mitzuteilen? Wie können Sie ein so umwälzendes Geheimnis einfach ausplaudern, das die Fundamente der Kirche untergräbt?«

»Ich ahne, was jetzt kommt«, sagte Patrick und fuhr in gespielt dramatischem Tonfall fort: »*Wir werden dieses Gebäude nie wieder lebend verlassen!*«

»Die sichersten Geheimnisse verbergen sich zwischen zwei Wahrheiten. So auch bei Luther. Sein Leben und sein Werk sind so bekannt und durchleuchtet, dass es unmöglich scheint, etwas darin zu verbergen. Und in der Tat ist alles, was über ihn bekannt ist, wahr. Nur, dass es nicht *alles* ist. Nein, ich werde Sie weder erschießen noch zur Geheimhaltung nötigen. Was Sie heute gehört haben, können Sie keinesfalls veröffentlichen. Niemand würde Ihnen glauben.«

»Und wieso sollten *wir* Ihnen glauben?«

»Es wird Sie vielleicht verwundern, aber es ist mir zunächst gleichgültig. Es war mir aber wichtig, die Bruderschaft der ›Wahren Erben von Kreuz und Rose‹ zu entmystifizieren. Wenn man es genau betrachtet, haben so viele Rätsel einen ganz profanen Ursprung. In diesem Fall war es das Wappen Martin Luthers. Dass Luther selbst darüber hinaus ein Geheimnis ist, steht auf einem ganz anderen Blatt, ebenso wie Ihre Forschungen.«

»Was wissen Sie über unsere Forschungen?«

»Sie arbeiten für ein militärisches Projekt mit höchster Geheimhaltungsstufe, dem Stil nach könnte es von den Amerikanern sein. Richtig?«

»Leider nein.«

»Nun, wie Sie meinen. Ich vermute jedenfalls, dass Sie etwas gefunden haben, das in Verbindung mit dem Wappen Martin Luthers steht. Und nun können Sie sich denken, dass mein Treffen mit Ihnen natürlich nicht völlig uneigennützig war. Noch einen Drink?«

Sie lehnten ab.

»Ich meine es aufrichtig mit Ihnen. Ich habe Ihnen eine ganze Menge erzählt und Sie hinter die Kulissen blicken lassen. Ich werde ehrlich sein und Ihnen noch mehr erzählen: Natürlich waren weder die Ideen des Gründers der Loge völlig aus der Luft gegriffen, noch ist die ›Mission des Lichts‹ ein Wohltätigkeitsverein. Es ist bekannt, dass Luther seinerzeit einige sehr bedeutende Entdeckungen in der Thora machte und zu Erkenntnissen gelangte – theologischer, geschichtlicher und wissenschaftlicher Art –, die bis heute nicht gefunden oder nachvollzogen werden konnten. Es gibt einige sehr deutliche Hinweise, dass Luther während seines Asyls auf der Wartburg weit mehr tat, als nur das Neue Testament ins Deutsche zu übersetzen. Seine gesammelten Unterlagen, Notizbücher und Werke ließ er damals aus der Burg schaffen und an einem sicheren Ort verbergen. Diese Lutherarchive sind es, die wir eines Tages zu finden hoffen, denn niemand ist den Weg der Thora so weit gegangen wie er. Und ich vermute, dass Sie entsprechende Hinweise entdeckt haben.«

Ein kurzes Schweigen trat ein.

»*Lutherarchive?*«, fragte Peter. Es klang mehr als skeptisch. Ein amüsiertes Grinsen zog sich über sein Gesicht.

»Wir könnten uns gegenseitig helfen. Sie zeigen mir, was Sie gefunden haben, und ich helfe Ihnen, die Spuren und Hinweise zu verstehen.«

»Bedaure«, sagte Peter, »aber es dürfte Ihnen klar sein, dass wir Sie nicht an der Forschung beteiligen können.«

»Wo es doch ein militärisches Geheimprojekt ist«, fügte Patrick hinzu.

»Sie verstehen mich falsch. Ich bitte Sie nicht, ich mache Ihnen ein Angebot. Sie werden schnell merken, dass Sie bei Ihrer Recherche auf zu viele unverständliche Zeichen und Hinweise stoßen, die Sie ohne meine Mithilfe niemals entschlüsseln und einordnen können. Viele Anhaltspunkte werden Sie gar nicht als solche erkennen.« Er stand auf. »Aber ich habe es nicht eilig. Vielleicht möchten Sie die Sache einfach eine Weile überdenken.«

Peter und Patrick erhoben sich ebenfalls. Sie hatten genug gehört, um sich eine Meinung bilden zu können.

»Ich danke Ihnen für Ihren Besuch«, sagte Samuel, als er ihnen die Hand gab. Dann überreichte er ihnen eine Visitenkarte. »Am besten, Sie schreiben mir eine E-Mail, wenn Sie mich erreichen möchten. Ich freue mich und bin mir sicher, dass ich schon in der nächsten Zeit wieder von Ihnen hören werde.«

Kapitel 11

8. Mai, Hôtel de la Grange, St.-Pierre-Du-Bois

Sie saßen noch am gemeinsamen Frühstückstisch im Salon Vert und warteten auf Fernand Levasseur, der sich für heute um neun Uhr angemeldet hatte. Da sie nicht vorhatten, ihm ihre zum Büroraum umgebaute Suite zu zeigen, wollten sie ihn hier abfangen.

»Worüber denken Sie nach, Peter?«, fragte Stefanie. »Sie sind so schweigsam heute Morgen.«

»Wir kommen mit unseren Nachforschungen nicht vom Fleck. Und nun werden wir auch noch von diesen Geschichten aufgehalten.«

»Geschichten?«

»Die Tollwut. Keiner von uns ist qualifiziert, und jetzt treffen wir jemanden, der sich wahrscheinlich besser auskennt, und versuchen uns herauszureden. Ich befürchte, es ist ein Spiel, das wir nur verlieren können.«

»Seien Sie nicht so pessimistisch, Peter.« Patrick zündete sich eine Zigarette an. »Heute sind wir drei gegen einen. Haben Sie sich das Material, das man uns vorbereitet hatte, noch mal angesehen?«

»Ehrlich gesagt, nein.«

Patrick deutete auf eine Mappe. »Dann lassen Sie am besten mich und Stefanie reden. Wir haben genug, um ihn eine Weile zu beschäftigen. Wie auch immer der Bürgermeister ihn genannt hat: Letztendlich ist er bloß ein Förster.«

»Ich hoffe, Sie unterschätzen ihn nicht. Da ist er schon.« Peter wies mit dem Kopf zum Eingang des Salons. Patrick stand auf und begrüßte den breitschultrigen Mann mit Handschlag.

»Guten Morgen, Monsieur Levasseur. Professor Lavell kennen Sie bereits, darf ich Ihnen Stefanie Krüger vorstellen? Sie ist Biologin und uns zur Unterstützung aus London geschickt worden.«

»Guten Morgen.«

»Setzen Sie sich zu uns. Möchten Sie einen Kaffee oder Tee?«

Er setzte sich. »Danke, nein. Ich möchte mit Ihnen über Ihre Untersuchungen sprechen.«

»Natürlich. Haben Sie uns schon meteorologische Messdaten mitgebracht?«

»Nein. Bürgermeister Fauvel hat Ihre Anfrage weitergegeben und wird sich direkt mit Ihnen in Verbindung setzen. Wie weit sind Sie mit Ihren Analysen?«

Patrick holte die Mappe hervor. »Wie Sie sicher bereits festgestellt haben, ist das Gebiet weiträumig abgesperrt worden. Wir untersuchen anhand von Stichproben an Kleintieren die Verbreitung der Seuche. Es sieht nicht gut aus. Wir haben vergiftete Fuchsköder überall an strategischen Orten in der Zone verteilt.« Patrick zog eine topographische Karte des Gebiets hervor, die mit allerlei kryptischen Linien, Buchstaben und Zahlen übersät war und einen eindrucksvollen UN-Stempel in der linken unteren Ecke auswies. »Aber das behebt natürlich nur die Symptome.«

Der Förster beachtete die Karte nur beiläufig. »Sie sind der Meinung, dass Füchse die Tollwut verbreiten?«

»Ja, leider.« Patrick holte ein paar sehr scharfe, großformatige Hochglanzfotos aus der Mappe, auf denen verendete Füchse zu sehen waren, ausgezehrt und abstoßend. »Eine der wenigen Aussagen, die wir schon mit Bestimmtheit machen können. Es ist ja auch nicht ungewöhnlich für die Tollwut.«

»Haben Sie schon herausgefunden, wo die Tiere hergekommen sind? Wie Sie wissen, gibt es in diesem Gebiet keine Füchse.«

Peter hob unmerklich eine Augenbraue und beobachtete Patricks Gesicht. Doch dieser schien nicht beunruhigt. Stattdessen holte er einen Bericht hervor. »Sie haben völlig Recht, Monsieur Levasseur. Aber grundsätzlich sind Füchse hier durchaus endemisch. Nur, dass sie seit den zwanziger Jahren ausgestorben waren. Wie Sie diesen Unterlagen entnehmen können, wurden hier vor acht Jahren mehrere Fuchspaare ausgewildert, um das biologische Gleichgewicht wieder herzustellen.«

»Ich kenne die Unterlagen und auch das Auswilderungsprojekt.«

»Natürlich.« Patrick nahm die Papiere wieder an sich. »Nun hat sich das biologische Gleichgewicht auf andere Weise gerächt.«

»Die Unterlagen sind von mir gefälscht worden.«

Patrick erstarrte und sah den Mann sprachlos an.

Fernand Levasseur beugte sich vor. »Es hat nie ein Auswilderungsprojekt gegeben.«

Peter fühlte, wie sich Ärger in ihm regte. Dies war es, worauf er sich nicht hatte einlassen wollen.

»Sie haben Bürgermeister Fauvel kennen gelernt«, fuhr der Förster nun fort. »Er will die Wälder um St.-Pierre-Du-Bois so weit wie möglich für den Tourismus erschließen. Aus diesem Grund habe ich vor acht Jahren ein angebliches Auswilderungsprojekt inszeniert, um dabei ein Naturreservat zu schaffen und es seinem Zugriff zu entziehen.«

Peter sah, wie Patrick eindringliche Blicke mit Stefanie austauschte.

»Und somit bleibt es dabei. Es gab hier keine Füchse, und es gibt hier noch immer keine. Und deswegen gibt es auch keine Tollwut. Sie haben sich bei der Vorbereitung mit Ihrem Material leider vergriffen.«

»So gut ich Ihre Beweggründe auch nachvollziehen kann, Monsieur Levasseur«, erklärte nun Stefanie, »ich muss Ihnen

sagen, dass ich Ihr Vorgehen für höchst verwerflich halte!«
Der Förster wollte etwas einwerfen, aber sie sprach unbeirrt weiter. »Nichtsdestotrotz hat dies nichts mit unseren Funden zu tun. Vielleicht sind die Füchse nicht ausgewildert worden. Na und? Vielleicht sind sie aus dem Zentralmassiv gekommen oder über die Pyrenäen aus Spanien. Sie sind jedenfalls hier, und wie sie hierher kommen und wohin sie gehen, das versuchen wir gerade erst herauszufinden.«

»Madame Krüger«, sagte der Mann, »ich möchte Ihnen nicht gerne widersprechen, aber ich kenne im Umkreis von fünfzig Kilometern jeden Grashalm.« Er lachte wohlwollend auf, versah sie aber mit einem strengen Blick. »Glauben Sie mir, wenn ich Ihnen sage, dass es hier keine Füchse gibt.« Nun wandte er sich an alle drei. »Sie ersparen sich viel Ärger, wenn Sie offenbaren, was Sie hierher geführt hat, und was Sie oben am *Vue d'Archiviste* untersuchen.«

»*Vue d'Archiviste*?«, fragte Peter. »Archivars Blick? Was ist denn das?«

»Es ist der Name des Berges, den Sie abgesperrt haben.« Der Förster deutete auf die Mappe. »Das steht wohl nicht in Ihren Unterlagen? So nennen wir ihn im Volksmund. Und nun sagen Sie mir, welches Spiel Sie spielen!«

»Ich finde es ausgesprochen unverschämt«, konterte Stefanie, »wie Sie uns derart offen der Lüge bezichtigen. Fühlen Sie sich gekränkt, weil wir etwas über Ihr ›Reich‹ wissen, das Sie selber nicht aufgedeckt haben? Wenn Sie Kooperation oder Informationen von uns wünschen, dann sollten Sie sich um einen anderen Tonfall bemühen!«

Patrick musste ihr innerlich Anerkennung zollen. Sie spielte ihre Rolle ausgezeichnet und wusste, wie sie das Beste aus der Situation machen konnte. Außerdem, so fiel ihm auf, sah sie wirklich verdammt gut aus, umso mehr, wenn sie sich echauffierte.

Der Förster stand unvermittelt auf und stützte sich mit beiden Händen auf den Tisch, um sich zu ihnen herunterzubeugen. Seine Stimme war gedämpft aber nachdrücklich.

»Madame, Messieurs. Ich entschuldige mich für meinen Tonfall und meine Wortwahl. Aber ich nehme meine Forderung nicht zurück: Ich möchte wissen, was Sie hier treiben, und ich werde es herausbekommen! Guten Tag.«

»Ich fürchte, wir haben uns einen Feind gemacht«, sagte Peter, als der Mann gegangen und sie auf dem Weg in ihr Büro waren.

»Hm… ja, er scheint ziemlich entschlossen«, stimmte Patrick ihm zu.

»Hoffen wir, dass er sich nicht zu irgendwelchen Handlungen hinreißen lässt, die er vielleicht bereuen müsste.«

»Das glaube ich nicht«, sagte Patrick. »Immerhin könnten wir ihn jetzt als Urkundenfälscher ebenso bloßstellen. Und dann ist er sein Naturreservat los.«

»Man muss sich fragen, warum er so dumm war, uns auf diese Weise seine Schwäche offen zu legen.«

»Ich denke«, sagte Stefanie, »es war keine Dummheit sondern Berechnung. Er wollte uns zu verstehen geben, dass er seine Interessen gewahrt wissen will, aber dass diese sich nicht zwangsläufig mit denen des Bürgermeisters decken. In gewisser Weise war es auch ein Angebot von ihm.«

»Vielleicht können wir uns das noch zu Nutze machen.«

Stefanie schloss die Tür der Suite auf. »Vergessen wir für einen Augenblick den Förster. Nachdem Sie beide mich vorhin den fragwürdigen Offenbarungen Ihrer Parisreise, der Geschichten um die Abstammung der Freimaurer und Herrn von Weimars Suche nach den Lutherarchiven ausgesetzt haben, möchte ich Ihnen jetzt auch etwas zeigen.«

Sie führte sie an den Tisch, auf dem sie verschiedene Papiere ausgebreitet hatte. Es waren Zeichnungen, Ausdrucke und Zahlenreihen. Sie deutete auf die einzelnen Teile, während sie erklärte.

»Hier sehen Sie eine präzise Skizze der Symbole auf dem Fußboden vor dem Durchgang. Die kleineren Zeichen sind in vier Gruppen so um die großen Ringe in der Mitte angeordnet, dass alles zusammen fast ein großes Quadrat bildet. Es sind zwölf unterschiedliche Symbole, von denen sich jedes dreimal wiederholt. Insgesamt sind es also sechsunddreißig mehrfach dargestellte Zeichen.«

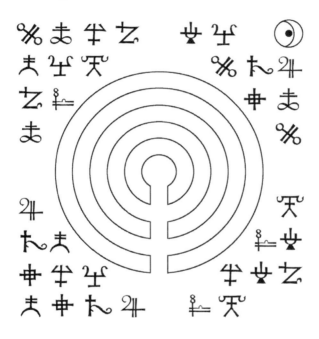

»Was ist das für ein Zeichen oben rechts?«, fragte Patrick.

»Das siebenunddreißigste fällt deutlich heraus, nicht wahr? Es taucht nur einmal auf«, erklärte Stefanie, »und außerdem stört es die Symmetrie der Anordnung. Vielleicht ist es eine Art Schlüssel, ich habe keine Ahnung.«

»Was meinen Sie mit *Schlüssel*?«, fragte Peter. »Glauben Sie, die Symbole enthalten eine verschlüsselte Nachricht?«

»Möglicherweise, ja. Bei den Zeichen handelt es sich aller

Wahrscheinlichkeit nach nicht um einen Text. Es sind zu wenig verschiedene Symbole, um für bestimmte Buchstaben oder Silben zu stehen. Damit ließe sich kein Text verfassen. Oder nur ein sehr kurzer. Die Tatsache, dass jedes Symbol genau dreimal vorkommt, legt außerdem den Schluss nahe, dass die Anordnung konstruiert wurde.«

»Die einzelnen Zeichen«, fragte Patrick, »konnten Sie sie schon deuten? Sie sehen irgendwie mystisch aus, mittelalterlich.«

»Es sind alchimistische Symbole, nicht wahr?«, sagte Peter. Stefanie sah ihn einen Augenblick erstaunt an. »Ja, Sie haben vollkommen Recht.« Dann deutete sie auf ein paar Ausdrucke lateinischer Texte, die ähnliche Zeichen enthielten. »Das ist ein besonders interessanter Aspekt. Alle diese Zeichen wurden in verschiedenen alchimistischen Werken verwendet. Allerdings erst ab dem sechzehnten Jahrhundert!«

»Die Malereien im vorderen Teil der Höhle waren etwa aus dem dreizehnten Jahrhundert«, sagte Patrick. »Entweder ist der Fußboden vor dem Durchgang also gar nicht so alt wie der Rest der Höhle, sondern wurde erst dreihundert Jahre später bearbeitet, oder die Alchimisten haben in ihren Werken auf ein viel älteres Wissen zurückgegriffen. Sie haben möglicherweise Symbole benutzt, die sie gar nicht selber erfunden, sondern die sie irgendwo aufgeschnappt hatten – vielleicht sogar in dieser Höhle...«

»Ja, es könnte gut sein, dass die Zeichen überhaupt nichts mit denen der Alchimisten zu tun haben, sondern rein zufällig dieselben sind.«

»Es mag ja nur ein schwacher Anhaltspunkt sein«, sagte Peter, »aber was bedeuten sie denn bei den Alchimisten? Haben Sie Erklärungen für die Zeichen gefunden?«

Stefanie nickte. »Das hier ist das Symbol für Schwefel, dies hier das für Blei.«

»Wenn es alles chemische Elemente sind«, überlegte Patrick,

»dann sind vielleicht ihre Ordnungszahlen im Periodensystem der Elemente ein mathematischer Code. Oder vielleicht ihre chemische Formel.«

»Na, das klingt aber ein wenig nach Science-Fiction«, sagte Peter, »finden Sie nicht?«

»So abwegig finde ich die Idee nicht«, sagte Stefanie, »wir haben ja überhaupt keine Ahnung, womit wir es hier zu tun haben. Die Leute, die die Höhle im vorderen Teil beschriftet haben, verfügten auch über unmöglich scheinendes Wissen. Und wer weiß, welches Phänomen – oder welche Technologie – hinter dem merkwürdigen Durchgang steckt? Aber Ihre Idee wird leider trotzdem nicht funktionieren. Chemische Elemente sind die Ausnahme, wenn wir davon ausgehen, dass die Zeichen tatsächlich dieselben Dinge bezeichnen, die die Alchimisten damit beschrieben. Dieses Zeichen hier steht für Essig, das hier für Lauge. Beides scheint mir äußerst wenig wissenschaftlich, zumindest gibt es keine Formel oder Ordnungszahl dafür. Dafür ist hier ein Zeichen, das verwendet wurde, um den Vorgang der Sublimation zu beschreiben. Das ist, wenn ein Stoff aus dem festen …«

»… direkt in den gasförmigen Zustand wechselt, danke schön«, beendete Patrick den Satz.

»Also, *ich* wusste das nicht«, gestand Peter und versuchte damit, Patricks bissige Bemerkung zu entschärfen.

»Vielleicht ist es ja auch alles nur ein Muster, eine Dekoration«, überlegte Stefanie.

»Nein, das denke ich nicht«, sagte Peter. »Wer würde eine derart aufwendige Dekoration in den Fußboden einer Höhle meißeln, wo sie keiner sieht? Außerdem ist es dafür nicht regelmäßig genug. Ägyptische Hieroglyphen sind wesentlich sorgfältiger angeordnet – die wirken tatsächlich wie Schmuck. Und doch sind es Texte. Nein, ich glaube auch, dass diese Zeichen eine Bedeutung haben. Aber ein Code …?«

»Sie sind in vier einzelnen Gruppen angeordnet«, sagte Patrick. »Vielleicht gibt es Gemeinsamkeiten zwischen den Gruppen oder Abweichungen?«

Peter deutete auf das Papier. »Mir fällt irgendwie immer dieses eine Zeichen auf, das aussieht wie eine Mischung aus einer Zwei und einer Vier, und dann das hier, das aussieht wie ein Z.«

»Das eine kennzeichnet Stahl, das andere Kalk«, erklärte Stefanie.

»Bei den *Alchimisten*«, fügte Patrick hinzu. »Wir wissen nicht, was sie *hier* bedeuten.«

»Natürlich.«

»Was sind das für Zahlenreihen, die Sie da drüben ausgedruckt haben?«, fragte Peter.

»Ach das.« Stefanie zog die Papiere herbei. »Ich habe versucht, jedem Symbol einen Zahlenwert zu geben, um ein paar Numbercruncher drüberlaufen zu lassen.«

»Wer hätte das gedacht!«, sagte Patrick ehrlich erstaunt. »Womit sind Sie denn rangegangen?«

»Ich habe *CryptWarrior* und *Word of Chaos* benutzt.«

»Ich kann die US-Version von *Word of Chaos* mit dem 128-Bit-Schlüssel besorgen. Vielleicht kommen wir damit schneller voran?«

»Moment, Moment«, unterbrach Peter. »Reden Sie von Dechiffrierungssoftware?«

»Ja«, erklärte Patrick, »*Word of Chaos* ist ein sehr mächtiges Tool. Der 128-Bit-Schlüssel ist schwer zu bekommen, er fällt nämlich unter ein US-Exportverbot für militärische Güter. Das Programm macht sich fraktale Algorithmen zu Nutze. Man braucht aber auch eine ordentliche Rechnerleistung dafür. Oder sehr viel Zeit.«

»Na gut, das reicht schon«, sagte Peter und verdrehte die Augen. »Entschuldigen Sie, dass ich gefragt habe.«

»Patrick hat aber Recht«, sagte Stefanie. »Worum es geht, ist Folgendes: Um in unserem Fall voranzukommen, müssen wir erst mal nach Mustern, Regeln oder anderen Anhaltspunkten suchen. Diese Software, von der wir sprechen, ist dafür geeignet, solche Muster aufzuspüren.«

»Von was für Mustern sprechen Sie?«

»Sie meint keine grafischen Muster«, erklärte Patrick, »sondern Auffälligkeiten, Wiederkehrendes, na ja, Muster eben. Dinge, die man berechnen kann. Wenn man zum Beispiel allen Zeichen eine Zahl von eins bis zwölf zuordnete, und man fände heraus, dass die Symbole hier auf dem Boden so angeordnet sind, dass stets die Summe der Quersummen von zwei Symbolen der Quersumme des dritten Symbols entspricht, dann wäre das ein Muster.«

Peter sah ihn verständnislos an.

»Auch Sprachen haben Muster«, ergänzte Stefanie nun. »Zum Beispiel kann man anhand der Wortlängen und der Verteilung der Vokale in einem Text jede Sprache einem bestimmten Sprachstamm zuordnen, auch wenn man die Sprache selbst zunächst nicht verstehen kann. Andersherum kann man auf diese Weise im Übrigen auch einzelne Symbole einer unbekannten Sprache als Vokale identifizieren.«

»Hm... und haben Sie denn schon irgendetwas entdeckt?«

»Leider nein.«

»Vielleicht ist es auch ein völlig falsches Vorgehen«, überlegte Peter. »Vielleicht sind es ja nicht die Zeichen, die den Ausschlag geben, sondern die Anzahl der Linien, mit denen sie gezeichnet sind, oder das Maß ihrer Abstände untereinander, wer weiß?«

»Wissen Sie, was mir auffällt?«, sagte Patrick plötzlich.

»Na?«

»Die offensichtliche Lücke unten rechts entspricht genau der Lücke oben rechts, nur, dass sich dort das merkwürdige Symbol mit dem Halbmond befindet. Wenn man das aber außer Acht lässt, dann haben sowohl die ersten beiden als auch die letzten beiden Reihen je sechs Zeichen. Wie viele Zeichen waren es noch gleich insgesamt? Sechsunddreißig?«

»Ohne den Halbmond, ja. Richtig.«

»Dann kann man alle Zeichen in einem ordentlichen Quadrat mit sechs Reihen mit je sechs Zeichen aufmalen!«

»Na und?«, sagte Peter.

Patrick nahm einen Stift und skizzierte hastig etwas. »Wenn wir ein Quadrat haben, können wir noch eine Menge zusätzlicher Berechnungen anstellen. Quersummen über Reihen und Spalten beispielsweise.« Er verglich seine Zeichnung mit den Zahlen auf Stefanies Ausdruck und erklärte dabei weiter. Er war in seinem Element. »Da wir keinen Anhaltspunkt haben, müssen wir dem Problem heuristisch auf den Grund gehen.«

»Heuristisch«, übersetzte Stefanie, »bedeutet, dass man einen Teil des Lösungswegs testweise voraussetzt und probiert, ob man zu einem Endergebnis kommt, das zu dem Problem passt. Man zäumt das Pferd gewissermaßen von hinten auf. Einige mathematische Probleme lassen sich am besten lösen, indem man ein Endergebnis voraussetzt und von dort an rückwärts rechnet und versucht, so die Aufgabenstellung zu rekonstruieren.«

»*Das* wiederum war mir bekannt«, sagte Peter.

»Heuristisch vorzugehen«, fuhr Patrick fort, »bedeutet für uns beispielsweise, dass wir jetzt einfach mal voraussetzen, dass es sich hier um einen numerischen Code handelt, den wir mathematisch auflösen müssen. Das stimmt ja vielleicht gar nicht, aber wir probieren jetzt eine Weile herum, ob wir mathematisch zu einem brauchbaren Ergebnis oder zu einem offensichtlichen Muster kommen.«

»Einverstanden, warum nicht.«

Patrick schaltete die Rechner ein, und Stefanie, die wusste, worauf er hinauswollte, startete die notwendigen Programme, während Patrick weitersprach. »Wenn sich hier ein mathematischer Code verbirgt, haben wir genau genommen zwei Probleme zugleich. Wir wissen nicht, welche Formel wir verwenden müssen, aber dabei kann uns der Rechner helfen. Und zusätzlich wissen wir nicht, welche Zahlen wir benutzen sollen. Ist das Symbol für Stahl zum Beispiel eine Drei? Oder eine Siebenundzwanzig?«

»Vielleicht eine Vierundzwanzig«, warf Peter ein, »sieht ja ein bisschen so aus.«

»Ja, warum nicht? Oder eine Zweihunderteinundvierzig? Vielleicht steht das Symbol auch für eine irrationale Zahl, Pi zum Beispiel oder Wurzel aus Zwei«, sagte Patrick. »Fakt ist: Wir wissen es einfach nicht. So kann natürlich auch der stärkste Rechner ewig herumrechnen. Aber mit ein bisschen Glück bekommen wir es ja heraus. Meine nächste heuristische Annahme ist, dass die Zeichen absichtlich in einem Quadrat angeordnet werden sollen; dass das einen Hinweis auf ihre Werte liefert.«

Patrick schien sich mit der Software gut auszukennen, denn nun tippte er verschiedene Befehle in den Rechner, und kurz darauf erschien ein sechs mal sechs Felder umfassendes Quadrat. In den einzelnen Kästchen änderten sich nun rasend schnell immer größer werdende Zahlen, bis die Anzeige nach einer Weile plötzlich einfror. Rote Linien blitzten auf und verbanden jeweils die waagerechten und senkrechten Felder miteinander. Zum Abschluss legten sich zwei diagonale Linien quer über das gesamte Bild.

»Volltreffer!«, rief Patrick aus. »Es ist sogar ein magisches Quadrat!«

»Das Programm hat errechnet«, erklärte Stefanie dem etwas unsicher zuschauenden Peter, »welche Zahlen die zwölf verschiedenen Zeichen symbolisieren könnten. Wenn man es so macht, wie der Rechner hier vorschlägt«, sie deutete auf den Bildschirm, »dann erkennt man, dass die Summe der Felder in jeder Reihe exakt dieselbe ist, egal, ob man eine waagerechte Reihe, eine senkrechte oder eine diagonale nimmt. Es kommt immer dieselbe Summe heraus. So eine Anordnung nennt man magisches Quadrat.«

»Ein magisches Quadrat«, sagte Peter, »ein passender Name. Und mir kommt es auch reichlich weit hergezaubert vor, was Sie beide da vorführen. Wir finden hier eine bunte Mischung merkwürdiger Symbole, und in null Komma nichts ordnen wir sie zu einem Quadrat und rechnen aus, dass unsere Anordnung ein magisches Quadrat ergibt, wenn man das Zeichen für... was war das noch gleich? Stahl? Wenn man das Zeichen für Stahl mit der Zahl 1,876121 gleichsetzt, ein anderes mit 25400,1777 und so weiter.«

»Wieso kommt Ihnen das so unwahrscheinlich vor?«, fragte Stefanie. »Meinen Sie, das Ganze ist ein Zufall?«

»Ich habe keine Ahnung, ich kann es nicht beurteilen. Wie viele mögliche Kombinationen gibt es denn? Was, wenn wir die Zeichen anders angeordnet hätten? Oder wenn der Computer noch eine Weile länger gerechnet hätte?«

»Magische Quadrate sind extrem selten«, erklärte Patrick. »Stellen Sie sich ein Quadrat mit nur neun statt sechsunddreißig Zahlen vor. Also drei Reihen mit drei Zahlen. Nun ordnen Sie darin die Zahlen von eins bis neun so an, dass sich ein magisches Quadrat ergibt. Hier ist die Lösung«, er kritzelte etwas auf ein Blatt und reichte es Peter.

2	7	6
9	5	1
4	3	8

»Alle Summen ergeben fünfzehn. Ist eine tolle Knobelaufgabe. Ich habe mir das auswendig gemerkt, um meine Nerven zu schonen. Aber nun probieren Sie dasselbe einmal mit unserem Raster von sechs mal sechs und der Einschränkung, dass Sie zwölf verschiedene Zahlen verwenden dürfen, jede exakt dreimal. Ich kann Ihnen nicht sagen, wie viele verschiedene Lösungen es für dieses mathematische Problem gibt, aber ich bin mir ziemlich sicher, dass es verdammt wenige sind. Wenn das hier ein Zufall ist, dann können Sie mich nächstes Jahr auf den Knien nach Santiago de Compostela rutschen sehen.«

Peter musste bei diesem Gedanken schmunzeln. »Also gut. Lassen Sie uns dem heiligen Jakob das nicht antun. Nehmen wir an, die alchimistischen Zeichen stehen also für diese Zahlen. Was nun?«

Patrick machte sich wieder am Rechner zu schaffen. »Wenn wir alle Zahlen hintereinander hängen, haben wir jetzt quasi den mathematischen Code in seiner Rohform. *Word of Chaos* wird diese Zahlen durch seine Algorithmen jagen und regelrecht weich kauen. Das Programm protokolliert dabei sein Vorgehen und gibt Warnhinweise aus, wenn es auffällige Muster entdeckt.«

»Und was für Muster erwarten Sie? Irgendwelche Quersummen?«, fragte Peter.

»Ich habe keine Vorstellung davon, Peter. Aber deswegen mache ich es auch nicht selber.« Patrick grinste. »Wir lassen die Maschine jetzt ein wenig qualmen, und heute Abend sehen wir nach, was sie ausgebrütet hat. Allerdings...«, er stockte.

»Was ist?«

»Wir benötigen noch eine Zahl. Irgendetwas, einen Schlüssel, eine Prüfsumme oder so.«

»Wieso? Wie kommen Sie denn darauf? Sie müssen mich entschuldigen, aber seit etwa zwanzig Minuten zweifle ich an meiner naturwissenschaftlichen Schulbildung.«

»Na ja, diese Software bietet immerhin die Option, einen Schlüssel anzugeben. Und es gehört ja eigentlich auch zum Prinzip des Chiffrierens, dass der Empfänger der Nachricht einen Schlüssel hat. Etwas, mit dem er die Lösung augenblicklich rekonstruieren kann, ohne herumprobieren zu müssen. Meistens wird eine Information darüber, welcher Schlüssel nötig ist, zusammen mit der chiffrierten Nachricht übermittelt. Diese spezielle Software nutzt außerdem fraktale Berechnungsformeln. Auch diese speist man häufig mit einem Initialwert, wie mit einem Samen, einer Spore. Und zu guter Letzt«, er deutete auf die Zeichnung der Symbole, »ist da dieses Zeichen oben rechts, das mir keine Ruhe lässt. Mein Instinkt sagt mir, dass es etwas bedeuten soll, und dass es möglicherweise der Schlüssel ist, wie auch Stefanie schon vermutet hat. Ich glaube ja nicht an viel, aber an meinen Instinkt glaube ich.«

»Sie machen mir im Augenblick eher den Eindruck, als ob Ihr Instinkt mit Ihnen durchbrennt.«

»Ich weiß auch nicht«, sagte Patrick. »Aber mir kommt es alles absolut logisch vor. Die Ideen scheinen mir so *richtig*, als ob sie nicht neu wären, sondern ich mich nur daran erinnern würde... wenn Sie verstehen, wie ich das meine.«

Peter hob eine Augenbraue und sah ihn eine Weile an. Dann betrachtete er das Symbol näher. »Es sieht aus wie ein Mond mit einer Kugel drin oder so. Alchimistisch ist es nicht, oder haben Sie eine Erklärung gefunden, Stefanie?«

»Nein. Nicht bei den Alchimisten.«

»Ein astronomisches Zeichen ist es auch nicht«, sagte Patrick. »Zumindest keines, das ich kenne.«

»Astronomisch?« Peter überlegte. »Doch, irgendwie schon, warten Sie mal. Es sind zwei überlagerte Zeichen. Die Sichel ist das Zeichen für den Mond, und der große Kreis mit der Kugel oder dem Punkt in der Mitte ist das Zeichen für die Sonne.«

»Sonne und Mond übereinander? Das ist doch...«

»...eine Sonnenfinsternis«, vollendete Peter den Satz, von seiner eigenen Entdeckung überrascht.

»Natürlich! Wunderbar!«, rief Patrick aus. »Das Datum einer Sonnenfinsternis als numerischer Schlüssel für den Code. Das wäre geradezu genial und absolut logisch. Dann stellt sich nur die große Frage, *welche* Sonnenfinsternis gemeint ist.«

»Wenn wir *heuristisch* davon ausgehen«, sagte Peter, »dass

der Durchgang und dieser Code genauso wie der Rest der Höhle aus dem dreizehnten Jahrhundert sind, dann wäre es am logischsten, nach einer Sonnenfinsternis zu suchen, die etwa im dreizehnten Jahrhundert in dieser Gegend stattfand.«

»Guter Vorschlag«, sagte Patrick, »aber wie kriegen wir das heraus?«

»Das ist nicht so schwer«, meldete sich nun Stefanie. »Ich werde über das Internet eine Recherche beauftragen. Es gibt ein paar Menschen da draußen, die so was sehr präzise berechnen können. Ist ja gerade mal achthundert Jahre her.«

»Wie lange wird das dauern?«, fragte Peter.

»Je nachdem, wann unsere Anfrage bearbeitet wird, vielleicht einen Tag, höchstens zwei. Ich glaube, so lange können wir uns noch gedulden, oder?«

»Klar. Darauf eine Zigarette!«, meinte Patrick und begab sich zum Fenster. »Was sagen Sie nun, Peter? Vorhin waren Sie noch so kummervoll, aber nun sind wir geradezu mit Siebenmeilenstiefeln vorangekommen, oder?«

Peter lehnte sich zurück, während sich Stefanie an einem anderen Rechner zu schaffen machte und eine Internetverbindung herstellte. »Ich muss zugeben, dass mir der Fortschritt sehr gefällt – wenn ich auch nur die Hälfte davon nachvollziehen kann. Vielleicht wäre es jetzt an der Zeit, einen vorläufigen Bericht an unsere Auftraggeberin in Genf zu verfassen?«

Patrick grinste. »Tun Sie, was Sie nicht lassen können. Nehmen Sie sich aber nicht zu viel Zeit. Für heute Nachmittag habe ich etwas vor, was wir uns nicht entgehen lassen sollten.« Er holte einen gefalteten Zettel aus der Tasche. »Dieses Flugblatt befand sich unter den Papieren, die uns die Großmeisterin gestern in der Kathedrale gegeben hat. Es ist die Ankündigung und Einladung für ein Symposium heute Nachmittag in Cannes. Das Thema lautet: ›Permutatio XVI‹. Es ist eine geschlossene Veranstaltung ausschließlich für geladene Gäste.«

»Ich weiß nicht, was ich damit anfangen soll«, sagte Peter.

»Dann warten Sie, bis ich den Rest vorlese:

Im Mittelpunkt unserer sechzehnten Zusammenkunft steht die Kabbala. Redner und Abgesandte aller großen Schulen der Mystik sind bereits registriert. Wie immer gilt das eherne Gesetz: Das Symposium dient dem Austausch. Der Boden der Permutatio ist heilig. Wir sind gemeinsam offen, tolerant und undogmatisch. Wir missionieren nicht. Wir fehden nicht.«

»Was wollen Sie denn *da*?!«, fragte Peter.

»Ich denke immer noch an die Rose«, sagte Patrick. »Egal, ob uns Renée etwas von der Arche Noah erzählt hat und ob uns der Herr von und zu Weimar mit Luther voll gequatscht hat; fest steht doch, dass scheinbar jeder etwas zu der Rose zu sagen hat. Diese ganzen Leute, die sich mit Mystik und Kabbala und solchem Kram beschäftigen, die sind doch das ideale Publikum für unsere Recherche. Im Grunde hatte Herr Weimar ja Recht: Vieles, was wir entdecken, erkennen wir vielleicht gar nicht als wichtigen Hinweis, weil wir einige Zusammenhänge gar nicht kennen, die aber im dreizehnten Jahrhundert durchaus präsent waren. Zumindest bei den Mystikern. Und dass diese Höhle etwas Mystisches hat, das werden Sie wohl auch zugeben müssen.«

»Ja, das lässt sich nicht abstreiten …«

»Dann halten Sie beide nichts von der Erklärung, die Rose sei das Wappen Luthers?«, fragte Stefanie.

»Vielleicht gibt es tatsächlich einen losen Zusammenhang«, schränkte Peter ein. »Luther wurde zwar erst viel später geboren, erst zwei- oder dreihundert Jahre, nachdem diese Höhlenwände bemalt wurden. Aber sein Wappen könnte natürlich seinen Ursprung in dieser Höhle haben. Nur wüsste ich nicht, wie uns das weiterhelfen sollte. Er hat die Höhle sicher nicht gebaut, und die ominösen Lutherarchive werden wir hier bestimmt auch nicht finden...«

»Es sei denn«, unterbrach Stefanie, »er hätte herausgefunden, wie man den Durchgang passiert!«

Peter und Patrick sahen sie erstaunt an.

Sie fuhr fort: »Sagten Sie nicht, Luther hätte angeblich wichtige Entdeckungen gemacht? Vielleicht war eine davon dieser Durchgang und wie man ihn passiert. Dann könnte es durchaus sein, dass er seine Aufzeichnungen hinter den Durchgang in Sicherheit gebracht hat.«

»Stefanie hat Recht«, sagte Patrick. »Die Lutherarchive könnten durchaus hier sein. Wenn es sie denn gibt.«

»Nun, das würde aber noch immer nicht das Geheimnis des Durchgangs erklären«, sagte Peter. »Dann hätte er ihn sich vielleicht zu Nutze gemacht. Aber da seine dubiosen Aufzeichnungen dahinter lägen, würden sie uns nicht einmal weiterhelfen. Wir sind wieder da angekommen, wo wir gestartet sind. Das Rätsel des Durchgangs müssen wir alleine lösen.«

»Dann lassen Sie uns heute nach Cannes fahren und ein paar dieser Leute nach der Rose befragen«, sagte Patrick. »Ich schlage vor, wir nehmen auch eine Zeichnung des großen Symbols in der Mitte mit.«

»Sie meinen die konzentrischen Ringe?«, fragte Stefanie. »Das sieht mir aber nun wirklich wie ein bloßer Schmuck aus. Wie ein einfaches Labyrinth-Motiv oder so.«

»Es ist wirklich sehr regelmäßig konstruiert«, überlegte Peter. »Das sind klassische Labyrinthe auch. Aber hier führt ein gerader Weg ins Zentrum und je zwei weitere Wege um das Zentrum herum. In klassischen Labyrinthen gibt es immer nur einen einzigen Weg, durch den man die vollständige Fläche durchläuft, bis man im Zentrum ankommt. Das ist etwas ganz anderes.«

»Seit wann gibt es da nur einen einzigen Weg?«, fragte Patrick. »In Labyrinthen soll man sich doch verlaufen.«

»Was Sie meinen, sind *Irrgärten*«, erklärte Peter. »Ein Labyrinth ist ein viel älteres Symbol. Eine Konzentrationsaufgabe, die den geistigen Weg vom Äußeren zum Inneren darstellt. Aber wenn man sich dieses Zeichen hier genau ansieht, scheint es weder ein Irrgarten noch ein Labyrinth zu sein. Es sieht eher aus wie drei umeinander gelegte Ringe oder Schalen.«

»Sieht ein bisschen aus wie eine Antenne, von der kreisförmige Wellen ausgehen, oder?«

»Ihre Fantasie möchte ich haben, Patrick«, sagte Peter. »Aber es stimmt schon; es wirkt irgendwie fast technisch. Kreise, Spiralen und Labyrinthe sind archaische Symbole, und in meinen Studien habe ich sehr viele davon gesehen und beschrieben. Dieses Zeichen hier ist aber eindeutig anders. Es kann nicht schaden, wenn wir es ein paar Leuten zeigen. Sollte es jemand erkennen, könnte uns das einen wichtigen Hinweis auf seinen Ursprung geben.«

»Dann sind Sie also einverstanden mit Cannes?«, fragte Patrick.

»Ja, lassen Sie uns zum Symposium der Mystiker fahren. Hoffen wir nur, dass sich alle an ihre ›ehernen Gesetze‹ halten und tatsächlich nicht missionieren.«

8. Mai, Büro des Bürgermeisters, St.-Pierre-Du-Bois

Didier Fauvels dicke Finger zitterten unmerklich, als er sich einen Cognac einschenkte. Er zog den Beistelltisch auf den kleinen Rollen hinter sich her und ließ sich dann in seinen Schreibtischsessel sinken. Er leerte das Glas fast bis zur Neige, lehnte sich zurück und ließ die Ereignisse Revue passieren.

Der Besuch war nicht lang gewesen, aber unangekündigt und äußerst unangenehm. Er hatte noch kurz mit Fernand Levasseur gesprochen, bevor dieser die Forscher im Hotel aufsuchen wollte. Dann hatte er sich die Zeitung genommen und auf dem Weg zum Schreibtisch gesehen, wie ein dunkler Mercedes vorgefahren war…

Dem Wagen entstiegen Fahrer und Beifahrer, beide ernsthaft, breitschultrig und in teure Anzüge gekleidet. Der Beifahrer trat an den Fond und öffnete einem Mann mit sportlichem Sakko und einer modischen Brille. Dieser schritt zielstrebig auf das Haus zu, während ihm die anderen beiden folgten. Daran, wie einer der Begleiter einen unsichtbaren Gurt unter seinem Jackett zurechtschob, erkannte Didier Fauvel, dass sie bewaffnet waren.

Er hatte sich kaum hingesetzt, als auch schon seine Sekretärin das Büro betrat.

»Sie haben Besuch, Monsieur le Maire«, brachte sie gerade noch heraus, als sie von einem der beiden Bodyguards beiseite geschoben wurde, der den Fahrgast aus dem Mercedes vorbeiließ. Aus der Nähe betrachtet, wirkte er smart und gebildet. Er trat an den Schreibtisch heran, während seine Begleiter an der Tür stehen blieben.

»Guten Morgen, Monsieur Fauvel.«

»Guten Morgen, Monsieur…?« Er ließ den Satz absichtlich als Frage enden, doch der Mann ging nicht darauf ein.

»Ich komme aus Paris.« Er reichte dem Bürgermeister eine Visitenkarte. »Sie kennen diese Karte?«

O ja, und wie er sie kannte. Er hatte gehofft, dass dies niemals geschehen würde, dass man ihn vergessen würde, ja er hatte es selbst fast vergessen. Aber nun schlug das Schicksal zu. Unerbittlich und höchstwahrscheinlich äußerst schmerzhaft.

»Ja, ich kenne sie.«

»Schön. Dann fasse ich mich kurz. Einige sehr einflussreiche Herren in Paris sind äußerst gereizter Stimmung über bestimmte Nachforschungen, die gewisse Personen in Ihrer Umgebung anstellen.«

»Wie meinen Sie das?« Einen Augenblick lang war er ehrlich verwirrt.

»Ein Franzose und ein Engländer. Sie stochern bisher im Nebel mit irgendwelchen Untersuchungen, die sie anstellen, aber sie erregen damit das falsche Maß an Aufmerksamkeit bei den falschen Leuten. Verstehen Sie, was ich Ihnen sage?«

»Ja, das heißt, irgendwie...«

»Sorgen Sie dafür, dass die beiden ihre Nachforschungen einstellen, was auch immer sie hier gerade tun.«

»Sie untersuchen einige Fälle von Tollwut...«

»Paris ist es egal, *was* sie untersuchen. Und wenn es die Keuschheit der Jungfrau Maria ist. Es wird von Ihnen erwartet, dass Sie dem Treiben Einhalt gebieten. Die Untersuchungen sind sofort zu beenden.«

»Beenden? Aber wie... die sind von den UN, ich habe keine Befugnis, denen etwas vorzuschreiben.«

»Sie sollen niemandem etwas vorschreiben. Sie sollen einfach dafür sorgen, dass die beiden nicht weiterarbeiten. Ist das so schwierig zu verstehen?«

»Aber... ich kann die beiden doch nicht einfach verschwinden lassen! Oder...? Oder ist es das? Wollen Sie etwa, dass ich die beiden umbringen lasse, oder wie stellen Sie sich das vor?!«

Der Mann beugte sich gefährlich nahe zu Didier Fauvel herunter. »Lieber Monsieur Fauvel. Ihr fetter Arsch ruht auf einem Schleudersitz, wie Sie selber wissen. Und die Finger, die den Auslöser betätigen, brauchen nur einmal nervös zu *zucken*. Sie werden sich jetzt nachhaltig um Ihr kleines Problem kümmern, oder Sie haben bald gar keine Probleme mehr. Habe ich mich klar ausgedrückt?«

»Ja, sehr klar.«

»Gut.«

Ohne weitere Worte hatte sich der Mann umgedreht und mit seinen Begleitern das Büro verlassen. Zurück blieb nur die Visitenkarte.

Didier schauderte es beim Gedanken an die Szene. Bei all ihrer Trägheit hatten die schwergewichtigen Mächte in Paris zu allem Überfluss auch das sprichwörtlich gute Gedächtnis von Elefanten. Er schenkte sein Glas nach und versuchte jene Ereignisse des Sommers 1968 zu verdrängen, die, aufgeschreckt durch die jähe Begegnung mit der Vergangenheit, nun beharrlich in ihm emporquollen. Die an die Oberfläche drangen, emporgewürgt, ausgespuckt und gesühnt werden wollten.

»Monsieur le Maire?«

Die Stimme seiner Sekretärin schreckte ihn aus den Gedanken.

»Was gibt es?!«, herrschte er sie an.

»Monsieur Levasseur möchte Sie kurz sprechen… Soll ich ihm sagen, dass Sie…?«

»Nein, schon gut.« Er winkte ab, froh über eine Ablenkung, wenn seine Stimmung dadurch auch nicht besser wurde. »Lassen Sie ihn herein.«

Mit dem Fuß schob er den Beistelltisch ein Stück außer Reichweite. Sein Glas konnte er gerade noch so hinter einen Stapel Akten stellen, dass es für den Besucher nicht sichtbar war, als der Förster auch schon vor ihm stand.

»Wie war Ihr Besuch bei den UN-Leuten?«

»Nicht sehr aufschlussreich, wie ich aber leider schon vermutet hatte.«

»Weshalb das? Hat man Ihnen denn nicht geholfen?« Es konnte sich als nützlich erweisen, wenn die Forscher nicht kooperativ waren. Vielleicht konnte man ihnen daraus einen Strick drehen.

»Doch, ganz im Gegenteil. Sie waren durchaus hilfsbereit und haben mir ihre bisherigen Ergebnisse gezeigt. Ich muss zugeben, dass ich anfangs misstrauisch war, es ist aber leider tatsächlich so, wie sie sagen. Sie benötigen diese ganzen Wetterdaten. Sie werden sie tatsächlich aus Carcassonne anfordern müssen.«

Der Bürgermeister verzog den Mund. Anstatt einen guten

Vorwand zu bekommen, die beiden Männer loswerden zu können, sollte er sich nun sogar noch weiter um ihre Angelegenheiten kümmern.

»Trauen Sie den beiden denn zu, dass sie die Seuche damit in den Griff bekommen?«

»Es sind übrigens inzwischen drei Forscher: Sie haben Unterstützung von einer Biologin bekommen.«

»Ach... das ist ja interessant. Und man hat mich nicht davon unterrichtet?«

»Offensichtlich nicht, Monsieur le Maire, aber ich bin sicher, dass Sie sie kennen lernen werden.«

»So. Nun gut. Und glauben Sie, dass die drei das Problem lösen können?«

»Ja, unbedingt. Sie sind hervorragend ausgerüstet. Auf dem neuesten Stand der Technik.«

»Hm... gut, einverstanden. Ich werde mich um die Wetterdaten kümmern. Vielen Dank für Ihre Einschätzung.« Er wandte sich scheinbar geschäftig einem Stapel Papier zu. »Wenn Sie mich nun entschuldigen möchten...«

»Natürlich. Einen schönen Tag noch, Monsieur le Maire.« Der Förster verließ das Büro, zufrieden, dass er die notwendige Zeit herausgeschlagen hatte, die er benötigte, um das undurchsichtige Geheimnis der Forscher zu lüften, die nun wirklich alles andere taten, als sich mit Tollwut zu beschäftigen.

Kapitel 12

8. Mai, Büro des französischen Präsidenten, Paris

Präsident Michaut legte die Unterlagen beiseite, lehnte sich zurück und massierte seine Schläfen. Er dachte nach. Seine Leute hatten gute Arbeit geleistet. Ohne die Hintergründe zu erahnen, hatten sie ihm alle Informationen zusammengetragen, die er benötigte. Die Analyse und der Schluss waren nicht mehr schwer gewesen. Aber gerade das ließ ihn noch zweifeln. Es konnte nicht so einfach sein. Oder doch?

Es gab nur eine einzige Person, der er von seiner Entdeckung erzählen und die ihm Sicherheit geben konnte: der Graf.

Er nahm den Hörer und wählte die Null. Es meldete sich sein Sekretär.

»Besorgen Sie mir eine saubere Leitung nach draußen, und zwar nicht eine von den offiziellen«, wies der Präsident ihn an und legte auf. Er hätte auch direkt an seinem Gerät eine abhörsichere Verbindung wählen können, doch die wurden im Hause aufgezeichnet. Wenige Augenblicke später klingelte es.

»Die Leitung ist frei, Monsieur le Président.« Es folgten ein leises Klicken und dann ein Freizeichen.

Der Präsident wählte eine Nummer in der Schweiz. Als nach einer Weile abgenommen wurde, meldete er sich: »Hier ist Emmanuel, ich möchte mit dem Grafen sprechen.«

Üblicherweise gab er nicht seinen Vornamen an, aber auf diese Weise hoffte er, die Vertraulichkeit zu unterstreichen. Es dauerte nicht lange, bis die unverwechselbar sonore Stimme des alten Mannes ertönte.

»Allô?«

»Monsieur le Comte, hier ist Emmanuel Michaut, entschuldigen Sie, dass ich Sie derart unvermittelt anrufe.«

»Monsieur le Président, es ist mir eine Ehre! Was kann ich für Sie tun?«

»Infolge unseres letzten Gesprächs habe ich einige Erkundigungen eingeholt und eine möglicherweise interessante Entdeckung gemacht, die ich mit Ihnen teilen möchte.«

»Das ist sehr freundlich von Ihnen. Ich hoffe, Sie erwarten von mir keine fachliche Beurteilung Ihrer Entdeckung?«

»Nun, möglicherweise können Sie mir einfach spontan Ihre Meinung dazu sagen. Und mir damit vielleicht eine Art richtungsweisendes Gefühl geben, wenn Sie so wollen.«

»Ihr Vertrauen ehrt mich, und ich bin sehr gespannt auf Ihre Entdeckung. Ich kann Ihnen aber natürlich nicht versprechen, dass ich etwas Konstruktives dazu beitragen kann.«

»Nun, es geht um Folgendes: Ich berichtete Ihnen von meinen sehr guten Verbindungen zur Industrie und dass sich einige Unternehmen von mir abgewandt haben.«

»Ja.«

»Nach unserem Gespräch hatte sich mein Gefühl verstärkt, dass es sich hierbei nicht um Zufälle handeln konnte. Dafür waren die Verhalten zu absonderlich und abrupt. Es konnten auch keine geheimen Akquisitions- oder Fusionspläne oder dergleichen sein. Das hätten wir schnell erfahren. Ich kam zu der Überzeugung, dass es bewusste und plötzliche Entscheidungen waren, von höchster Ebene gefällt. Von Personen mit ausreichender Macht.«

»Sie meinen die Geschäftsführer?«

»Nicht ausschließlich. Auch andere möglicherweise mehrheitlich an den Unternehmen beteiligte stille Teilhaber, Aufsichtsräte oder dergleichen.«

»Ich verstehe.«

»Ich habe mir also die Management-Strukturen, Kapital- und Besitzverhältnisse der entsprechenden Firmen und Konzerne besorgen lassen und analysiert. Und nun zu meiner Entdeckung: Es gibt eine Gemeinsamkeit.«

»Wer hätte das gedacht!« Wirklich überrascht klang die Stimme des Grafen nicht.

»Es war nicht gleich offensichtlich. Die beiden Banken beispielsweise gehören der Miralbi an, deren größter Konkurrent übrigens die britische Halifax-Gruppe ist. Der Aufsichtsrat wird mehr oder weniger kontrolliert von Yves Laroche, dem Vater von Jean-Baptiste, Sie wissen, wer das ist?«

»Sie sprechen von Jean-Baptiste Laroche, Ihrem Gegenkandidat der Parti Fondamental Nationaliste?«

»Ebendieser. Und als Nächstes stellte sich heraus, dass sein Bruder geschäftsführender Gesellschafter der ENF ist, dem Stromanbieter, der sich von mir abgewendet hat. Er hält einundfünfzig Prozent der Anteile, und wissen Sie, wem die anderen neunundvierzig Prozent gehören?«

»Ich bin gespannt.«

»Sie gehören der Ferrofranc-Gruppe.«

»Mit der Sie ebenfalls Probleme haben.«

»So ist es.« Der Präsident blätterte durch die Unterlagen auf seinem Tisch. »Und so geht es weiter. Ich möchte Sie nicht mit Details langweilen. Es stellt sich jedenfalls in allen Fällen heraus, dass in irgendeiner Form die Familie Laroche stets so weit beteiligt ist, dass sie ausreichend Macht ausüben könnte.«

»Höchst bemerkenswert. Das trifft auch auf die anderen Firmen zu, von denen Sie erzählten?«

»Ja. TVF Média und Télédigit International gehören zum selben Medienkonzern, der wiederum einen Onkel Jean-Baptistes im Aufsichtsrat sitzen hat.«

»Was schließen Sie aus dieser Entdeckung?«

»Nun, es sollte keine Überraschung sein, dass Jean-Baptiste Laroche mit seiner Partei die nächste Wahl gerne gewinnen möchte. Beunruhigend ist allerdings, dass er die Macht zu haben scheint, seine gesamten familiären Verbindungen in ein politisches Ränkespiel zu verwickeln.«

»Sie vermuten, dass eine einzelne Person Industriekonzerne und Banken zu solch drastischen Schritten veranlassen kann? Immerhin scheint es für die Betroffenen um den Verzicht auf Staatsanleihen und andere Vergünstigungen zu gehen...«

»...um im Gegenzug ein Familienmitglied als französischen Präsidenten einsetzen zu können.«

»Bei allem Respekt, Monsieur le Président... erlauben Sie, dass ich meine Meinung hierzu äußere?«

»Aber natürlich, deswegen habe ich Sie angerufen. Was denken Sie?«

»Ich bin kein Franzose und mit Ihrem Staatssystem nicht so vertraut, aber es fällt mir schwer, mir vorzustellen, dass allein Ihre Position als Präsident ein so großes Opfer wert ist.«

»Wie meinen Sie das?«

»Nun, mit ausreichend Fantasie könnte man sich ja die Umstände, die Sie schildern, als einen von langer Hand vorbereiteten Putschversuch vorstellen. Wenn dieser allerdings erfolglos bleibt, werden andere Unternehmen und Verbände die Lücke füllen, die die nun in Ungnade gefallenen hinterlassen, um als neue Partner die Staatsgunst zu erlangen.«

»Sie meinen, es ist unwahrscheinlich, dass so viele industrielle Schwergewichte auf Abstand zur Regierung gehen, auf das Risiko hin, ihre Position nachhaltig zu beschädigen.«

»Ja.«

»Sie haben vielleicht Recht...« Er zögerte einen Augenblick, dann schlug er mit der Hand auf den Tisch. »Aber dennoch ist es so. Es kommt einem fast wie bei der Mafia vor!«

»Wenn Sie tatsächlich in einer solchen Lage gefangen sind, könnte es sich als hilfreich erweisen, wenn Sie Ihre Vermutung konkret überprüfen, Monsieur le Président.«

Der Präsident drehte sich mitsamt seinem Stuhl so, dass er aus dem Fenster blickte. »Wie das?«

»Wenn es sich so verhält, wie Sie vermuten, dann wird ersichtlich, dass sich die Familie Laroche sehr sicher ist, mit dem, was sie plant.«

»Ja, anscheinend.«

»Woran könnte das liegen?«

»Vielleicht sind besondere Umstände eingetreten, die wir noch nicht kennen, die das Vorgehen der Familie Laroche zu diesem Zeitpunkt besonders Erfolg versprechend macht.«

»Gut… und nun testen Sie sich selbst. Sie sind Wähler. Würden Sie Jean-Baptiste Laroche und die PNF wählen? Oder anders: Trauen Sie dem Mann zu, die Wahl zu gewinnen?«

»Nein, keineswegs. Der Mann strahlt keine Kompetenz aus. Er mag charismatisch sein, ist aber arrogant und egozentrisch.«

»Dann muss man sich wirklich fragen, weshalb ein solches Vertrauen in seinen Erfolg gesetzt wird. Ein Selbstbewusstsein, das er, wie Sie sagen, auch persönlich zur Schau trägt. Warum konfrontieren Sie ihn nicht einfach. Wenn er wirklich so sicher ist, dann wird er Ihnen persönlich vielleicht den einen oder anderen Anhaltspunkt geben.«

»Sie meinen, ich sollte mich mit ihm treffen?«

»Sicher.«

»Das ist grotesk. Dieser Mann meidet es sogar, in der Öffentlichkeit meinen Namen auszusprechen. Er würde sich niemals auf ein Treffen einlassen.«

»Vielleicht sind Sie auf der falschen Spur«, gab der Graf zurück. »Vielleicht aber auch nicht.«

Der Präsident schwieg einen Augenblick lang. »Sie haben Recht, einen Versuch ist es wert, schätze ich… Monsieur le Comte, ich muss mich wieder einmal bei Ihnen bedanken.«

»Danken Sie mir nicht, ich habe Ihnen lediglich zugehört.«

»Wie sooft, ja. Vielen Dank trotzdem, es war mir eine Freude.«

»Ebenso wie mir, Monsieur le Président.«

8. Mai, Royal Casino Hotel, Cannes

»Schade, dass Stefanie nicht mitkommen wollte.«

»Sie verwundern mich, Patrick. Gestern haben Sie sie noch als Klugscheißerin bezeichnet, und heute vermissen Sie sie schon.« Peter lachte. »Oder hätten Sie sie gerne als Zeugin dabei gehabt, wenn Sie in Ihrer unverwechselbar charmanten Art gleich einen ganzen Saal voller Mystiker lächerlich machen wollen?«

»Ich will Sie noch mehr verwundern: Ich habe nichts dergleichen vor.«

»Nichts für ungut, aber ich kann mir nur schwerlich vorstellen, wie Sie sich in dieser Löwengrube zusammenreißen wollen.«

»Ich darf Sie daran erinnern, dass Sie es waren, der in Notre Dame die Beherrschung verloren hat.«

»Da haben Sie allerdings Recht.« Peter musste erneut schmunzeln. »Meinen Sie, das ist symptomatisch? Vielleicht werde ich zum Judas an der mystischen Historie, die ich erforscht habe? Und Sie werden vom Saulus zum Paulus, dem felsenfesten Begründer eines neuen religiösen Verständnisses?«

Nun lachte auch Patrick. »Wohl kaum!«

»Na, dann haben Sie wohl einen anderen Narren an Frau Krüger gefressen.«

»Mir sind lediglich die intellektuellen Fähigkeiten von Frau Krüger bewusst geworden, Herr Professor.«

»Und ihre körperlichen Reize zu Kopfe gestiegen?«

»Das ist keine Schande, sondern zeugt von Geschmack. Aber erstaunlich, dass Sie diese Reize ebenfalls bemerkt haben, Peter«, scherzte Patrick.

»Ich bin vielleicht älter als Sie, aber deswegen bin ich noch lange nicht blind«, gab Peter zurück. »Im Gegensatz zu Ihnen habe ich als seriöser Wissenschaftler meine Frühlingsgefühle jedoch unter Kontrolle.«

»Ja«, Patrick lachte, »das wird es sein!«

Sie hatten ihren Weg einem Schild im Foyer folgend gefunden und kamen nun in einen Bereich, der offensichtlich für Konferenzen aller Art abgesperrt werden konnte. Am Eingang stand ein förmlich gekleideter Herr, dem die eintreffenden Gäste Papiere überreichten.

»Ihre Einladungen bitte«, forderte er sie auf, als sie ihm gegenübertraten.

Patrick überreichte ihm den Handzettel mit der Ankündigung des Symposiums.

»Es tut mir Leid, aber Sie benötigen Ihre schriftliche Einladung. Haben Sie den Brief dabei?«

»Wir haben keine Einladungen mehr erhalten«, erklärte Patrick, »wir haben erst sehr kurzfristig von diesem Termin erfahren…«

Der Mann schien wenig beeindruckt. Er senkte seinen Blick in eine vor ihm liegende Liste. »Das werde ich überprüfen. Ihre Namen bitte?«

»Monsieur, ich sagte doch, wir haben gerade heute erst von diesem Symposium erfahren…«

»Ihre Namen?«

Peter schob sich vor. »Ich bin Professor Peter Lavell, Wissenschaftler und Sachbuchautor. Ich halte zurzeit Vorlesungsreihen an internationalen Fakultäten zum Thema Mystizismus. Ich bin den Veranstaltern mit Sicherheit wohl bekannt, und ich glaube nicht, dass sie auf mich verzichten möchten.«

Der Mann schien ihm nicht zuzuhören. »Ohne eine Einladung kann ich Sie… oh, ich sehe gerade. Sie sind Professor Lavell und Monsieur Nevreux?« Er sah auf.

»Ja.«

»Sie stehen tatsächlich auf der Gästeliste.« Er trat beiseite und winkte sie durch. »Willkommen zur *Permutatio*!«

Peter runzelte die Stirn, als sie hindurchgingen, aber noch bevor er etwas sagen konnte, drückte ihnen eine junge Frau je eine Art Programmheft in die Hand. »Willkommen und eine erfahrungsreiche Zeit, Brüder.« Dann wandte sie sich bereits anderen Gästen zu.

»Wir stehen auf der *Gästeliste*?!« Patrick sah sich erstaunt um. »Wir scheinen einen Gönner zu haben. Und ich kann mir auch schon vorstellen, wer das ist...«

»Ja, ich auch«, sagte Peter und deutete auf das Programmheft. »In einer halben Stunde beginnt eine Podiumsdiskussion. Und mit dabei ist Claire Renée Colladon.«

»Vielleicht versucht sie ja hier ebenfalls, ihre Arche-Noah-Story zu verkaufen.«

»Interessanterweise steht hier nichts von der Bruderschaft der ›Wahren Erben von Kreuz und Rose‹. Stattdessen wird sie hier aufgeführt als ›*Grandmaître du Ordre RC*‹...« Peter zögerte und fasste sich dann an den Kopf. »Moment mal, das gibt's doch nicht! Warum bin ich Esel nicht früher darauf gekommen?!«

»Nun?«

»Jetzt weiß ich auch, woher ich den einen Spruch in der Höhle kenne!«

»Welchen Spruch?«

»*Arcana publicata vilescunt*... erinnern Sie sich? *Veröffentlichte Geheimnisse werden billig, und das Entheiligte verliert alle Anmut.*«

»Ähm... ja, kann sein. Sie kennen das Zitat?«

»Ja, es kam mir gleich bekannt vor, ich konnte mich aber nicht mehr an den Zusammenhang erinnern.« Mit schnellen Schritten ging er voran und suchte die Gänge und Räume mit seinen Blicken ab. »Dabei ist es so offensichtlich. Kommen Sie, wir müssen Renée suchen!«

»Haben Sie eigentlich vor, mich auch einzuweihen?«, fragte Patrick, der dem Professor etwas gemächlicher folgte und eine weitere Zigarette aus der zerknitterten Packung klopfte.

»Da ist sie!«, rief Peter aus und blieb in einer Tür stehen.

Einige Leute standen in kleinen Gruppen beisammen und unterhielten sich. Als Patrick hinzukam und neben Peter in den Raum blickte, löste sich eine der Gruppen auf, und nur noch Renée Colladon blieb stehen und winkte die beiden zu sich.

»Ich freue mich, dass Sie der Einladung gefolgt sind, Messieurs. Insbesondere Sie, Monsieur le Professeur. Ich hätte nicht erwartet, Sie wiederzusehen.«

»Nun, da wir hier sind«, sagte Peter, »wird es Sie nicht verwundern, wenn wir uns unter völlig anderen Voraussetzungen gegenübertreten.«

»Ich verstehe nicht, wie Sie das meinen.«

»Als wir uns in Paris trafen, hatten wir mehr Fragen als Sie. Aber nun sind die Karten neu verteilt, und es gibt kein Geheimnis mehr, das Sie mit uns tauschen können.«

»Monsieur Lavell, das klingt ja, als wären wir auf einem arabischen Teppichbazar und feilschten.« Sie lächelte. »Wenn Sie nichts von mir wissen möchten, weshalb kommen Sie dann zu mir?«

»Ich habe etwas, das Sie haben möchten. Und ich möchte wissen, was Sie dafür bieten.«

Sie lachte auf. »Was könnten Sie haben, das ich haben wollte?«

»Ich weiß, wo sich das Haus des Heiligen Geistes befindet.«

Patrick sah erstaunt herüber, aber die Großmeisterin erstarrte.

»Was reden Sie da!«, entfuhr es ihr nach einer Weile tonlos. »Machen Sie sich nicht lächerlich!« An der Zurückhaltung in ihrer Stimme war zu erkennen, dass sie sich keineswegs sicher fühlte.

»Ich werde Ihnen eine Geschichte erzählen«, hob Peter an, »und dann sagen Sie mir, wer sich von uns beiden lächerlich gemacht hat.«

»Treiben Sie keinen Spott mit mir«, warnte Renée und verengte die Augen zu Schlitzen.

»Mitte des fünfzehnten Jahrhunderts«, begann Peter, »lebte ein Mann aus hohem teutonischem Geschlecht, der bereits im Alter von fünf Jahren in einem Konvent in allen humanitären Wissenschaften ausgebildet wurde. Mit fünfzehn reiste er ins Heilige Land. Als er in Damaskus von einem geheimen Kreis weiser Männer hörte, machte er sich auf den Weg und kam nach Damcar. Dort wurde er bereits erwartet und im Folgenden jahrelang in den geheimsten magischen Künsten ausgebildet.«

Während Peter sprach, betrachtete Renée ihn mit versteinerter Miene.

»Nach seinem Studium reiste er über Ägypten nach Fez und erlernte das Beschwören von Elementargeistern. Nach seiner Ausbildung machte sich der junge Mann auf den Weg zurück, erst nach Spanien und dann nach Deutschland. Lange Jahre philosophierte er als Einsiedler und entschloss sich dann, sein Wissen weiterzugeben und Gutes zu tun. Er errichtete das Haus des Heiligen Geistes, heilte und scharte immer mehr Anhänger um sich, die auszogen, um seine Weisheiten in Europa zu verbreiten. Der Mann hieß Christian Rosenkreuz, auch bekannt unter den Initialen C. R. C.«

Renée sagte kein Wort.

»Es geht noch weiter: Der Mann starb irgendwann in biblischem Alter und wurde an einem geheimen Ort begraben. Hundertfünfzig Jahre später fand man diesen Ort, eine Höhle, beleuchtet durch die ›Sonne der Magi‹, mit magischen Symbolen beschriftet, und eine völlig unversehrte Leiche.«

Patrick beobachtete seinen Kollegen mit zunehmendem Erstaunen, während dieser fortfuhr.

»Mitte des siebzehnten Jahrhunderts kam die ganze Geschichte richtig in Mode, als eine Schrift, die *Fama Fraternitatis*, veröffentlicht wurde. Jeder, der sich den so genannten Rosenkreuzern anschließen wollte, sollte dies durch eigene Taten und Veröffentlichungen kundtun. Noch heute gibt es einige Geheimgesellschaften und Orden, die sich auf die Rosenkreuzer berufen. Und so hält es auch die Bruderschaft der ›Wahren Erben von Kreuz und Rose‹, ist es nicht so? Vordergründig geben Sie vor, eine einfache Freimaurerloge zu sein, aber in Wirklichkeit betrachten Sie sich als wahre Nachfolger der mystischen Rosenkreuzer. Sogar Ihren Namen haben Sie den Initialen des heiligen Gründers angepasst, nicht wahr, Claire Renée Colladon?«

Sie holte tief Luft, doch Peter ließ sie nicht zu Wort kommen.

»Sie möchten gerne wissen, woher wir die Zeichnung der Rose haben und den Spruch ›*Dies sei ein Beispiel für meine Jünger*‹, richtig? Sie vermuten, dass wir auf der Spur des Christian Rosenkreuz sind. Nun, vielleicht sind wir das. Stellen Sie sich vor: Wir haben möglicherweise eine Höhle gefunden, voller Inschriften, teilweise unleserlich, mit einem unerklärlichen Leuchten, und an der Wand befindet sich die Malerei einer Rose, die Signatur C.R.C. und der lateinische Spruch: ›*Arcana publicata vilescunt...*‹«

»›*... et gratiam profanata amittunt*‹«, vollendete Renée Colladon monoton. »›*Also: Wirf nicht Perlen vor die Säue, noch streue dem Esel Rosen.*‹ Es ist nicht das Haus des Heiligen Geistes, sondern das Grab des Christian Rosenkreuz!«

Peter schwieg, und eine Weile sagte niemand ein Wort.

»Wenn es stimmte, was Sie erzählen«, begann Renée schließlich unentschlossen, »könnten Sie sich dann überhaupt vorstellen, was das bedeutet?! Genauso gut könnten Sie behaupten, die wahre *Tabula Smaragdina*, oder die Gesetzestafeln Moses gefunden zu haben... Nein! Sie lügen. Es wäre zu ungeheuerlich!«

»Nun, möglicherweise habe ich mir das alles auch nur ausgedacht«, lenkte Peter ein. »Ein paar Geschichtsbücher und okkulte Enzyklopädien wälzen und wissen, was auf dem Deckblatt der *Chymischen Hochzeit des Christian Rosen-*

kreuz steht, ist noch keine Kunst, nicht wahr? Aber es besteht die Möglichkeit, dass ich die Wahrheit sage und so nahe dran bin, wie Sie es noch nie waren. Ich muss natürlich nicht mit Ihnen darüber reden... Es gibt noch andere Leute, die an dieser Offenbarung interessiert sein könnten. Immerhin gibt es da welche, die noch der Meinung sind, Herz und Rose seien bloß das Wappen Martin Luthers.«

Sie winkte verärgert ab. »Hat Ihnen Samuel das erzählt? Dieser Dilettant ist noch immer auf dem Kreuzzug, die Archive Luthers zu finden. Dabei lebte Luther erst nach Christian Rosenkreuz. Luther wollte zeit seines Lebens gerne Rosenkreuzer sein oder zumindest von ihnen beachtet werden. Daher sein Wappen, daher seine Veröffentlichungen, aber für einen Ruf als erfolgreicher Schüler und Mystiker hat es nie gereicht. Samuels Ideen sind einfach lächerlich!«

»Hoffen wir, dass er Sie nicht gehört hat, Madame«, sagte Patrick, »wo Sie doch hier nicht missionieren dürfen.«

»Nichts liegt mir ferner, Monsieur Nevreux, wirklich.« Sie wandte sich wieder an Peter. »Gut, Sie haben meine Aufmerksamkeit, leider muss ich jetzt aufs Podium. Also sagen Sie, was Sie von mir wollen. Und glauben Sie ja nicht, dass Sie mich loswerden, bevor ich Beweise gesehen habe!«

»Ich habe lediglich zwei Fragen: Was können Sie mir über das sagenhafte Leuchten im Grab sagen?«

»Das Leuchten? Nicht viel. Der Legende nach ist das Grab in der Tat beleuchtet durch die ›*Sonne der Magi*‹. Viele Jünger sind aber der Meinung, dass es sich bei der Beschreibung nicht um ein echtes Leuchten handelt, sondern dass über dem Grab lediglich das Symbol angebracht ist. Das Grab wäre dann nur im übertragenen Sinne beleuchtet.«

»Diese ›*Sonne der Magi*‹«, sagte Peter und holte die Zeichnung der konzentrischen Kreise in der Höhle hervor, »ist es dieses Symbol?«

Renée winkte sofort ab, betrachtete die Zeichnung allerdings noch eine Weile. »Nein, nein, die ›*Sonne der Magi*‹ ist ein Pentagramm. Das hier habe ich noch nie gesehen... aber... was ist es? Wo haben Sie das schon wieder her?«

»Sie haben dieses Symbol noch nie gesehen?«

»Leider nein, und glauben Sie mir, ich würde es Ihnen wirklich sagen, nach allem, was vielleicht auf dem Spiel steht. War das schon Ihre zweite Frage?«

»Ja, in der Tat.« Peter war etwas ratlos.

»Ich muss los«, sagte Renée, »kommen Sie unbedingt mit hinein und hören Sie sich die Diskussion an. Vielleicht fallen Ihnen ja auch noch mehr Fragen ein. Ich werde Sie nachher gleich wieder aufsuchen. Sie entschuldigen mich?«

»Bitte sehr.«

Als Renée gegangen war, ergriff Patrick das Wort.

»Jetzt verraten Sie mir bitte, was das gerade sollte.«

»Wir haben sie am Haken«, antwortete Peter. »Sie wird uns alles erzählen, was wir wissen wollen.«

»Haben Sie sich die Rosenkreuzer-Geschichte gerade erst einfallen lassen?«

»Ich habe sie nicht *erfunden*, ich bin nur jetzt erst auf den Zusammenhang gekommen. Und wie es scheint, habe ich sozusagen mit der Faust aufs Auge getroffen.« Er lächelte.

»Das nächste Mal, wenn Sie einen solchen Geistesblitz haben, weihen Sie mich bitte vorher ein.«

»Natürlich, tut mir Leid, es ging ein bisschen schnell, fürchte ich.«

Patrick nickte. »Aber Sie glauben doch nicht wirklich, dass wir das Grab von Christian Rosenkreuz gefunden haben?«

»Nun ja, unsere Höhle passt erstaunlich gut auf die Rosenkreuzer-Legende, oder?«

»Also glauben Sie nun an das Grab oder nicht?«

»Natürlich nicht!« Peter lachte. »Wir haben ja selbst schon festgestellt, dass die Höhle aus dem dreizehnten Jahrhundert ist. Da gab es noch keine Rosenkreuzer – wenn es sie überhaupt jemals gegeben hat. Aber das müssen wir ja Renée nicht auf die Nase binden.«

Patrick hob anerkennend die Augenbrauen. »Sie überraschen mich, Peter!«

»Es mag ja im Übrigen durchaus alles so geschehen sein: Christian Rosenkreuz im fünfzehnten Jahrhundert und Martin Luther, der ihm nacheifern wollte. Möglicherweise hat einer von beiden unsere Höhle entdeckt. Und weil die Rosenkreuzer die Zusammenarbeit aller Wissenschaftler über Nationalitäten, Gesinnungen und Fakultäten hinweg proklamierten, schrieb derjenige an die Wand: ›*Dies sei ein Beispiel meinen Jüngern.*‹«

»Das klingt plausibel«, sagte Patrick. »Aber leider wissen wir dann noch immer nicht, welchen Ursprung die Höhle hat.«

»So ist es. Das Symbol der Kreise ist jetzt unser einziger Anhaltspunkt, und bis wir die Inschrift entschlüsselt haben, sollten wir alles aus Renée herauskitzeln, was sie weiß.«

»Sie glauben, dass sie uns immer noch etwas verheimlicht?«

»Sicherlich! Sie lebt und arbeitet wie in einer anderen Welt, von der ich durch meine Recherchen wie in Platons Höhlengleichnis quasi nur die Schatten an der Wand gesehen habe. Sie weiß noch eine ganze Menge, aber sie ist viel zu intelligent, um uns jetzt schon alles zu offenbaren.«

»Erlauben Sie, dass ich Ihnen helfe?«

Patrick und Peter fuhren herum, als plötzlich ein junger Mann hinter ihnen stand. Er mochte höchstens Anfang dreißig sein, war in einen modischen und sicherlich teuren Dreiteiler gekleidet und trug ein offenes, weltmännisches Lächeln zur Schau. Er hatte kurzes, zu Stacheln gegeltes dunkles Haar, Lachfalten in den Augenwinkeln und wirkte wie aus einer Casting-Mappe für jung-dynamische Schauspieler.

»Mein Name ist Ash Modai. Entschuldigen Sie, wenn ich mich Ihnen etwas unverfroren aufdränge. Aber ich wurde Zeuge Ihrer letzten Worte, in denen Sie von einer anderen Welt sprachen. Daher möchte ich mich anbieten, Sie hier ein wenig bekannt zu machen.«

»Das ist sehr freundlich«, begann Peter, »Monsieur ...«

»Nennen Sie mich einfach Ash.«

»... Ash. Wirklich freundlich von Ihnen. Aber wie kommen Sie darauf, dass wir uns über dieses Symposium unterhalten haben?«

»Man sieht Ihnen deutlich an, dass Sie nicht hierher gehören. Da irre ich mich doch nicht, oder?«

»Kommt ganz darauf an, was Sie damit meinen«, schränkte Patrick ein.

»Sie gehören nicht hierher, weil Sie nicht an Abrakadabra glauben, nicht an kabbalistische Buchstabenspiele oder die Wahre Thora.« Ash setzte eine Art verschwörerisches Lächeln auf und beugte sich beim Sprechen ein wenig vor, als ginge es um eine Besprechung auf dem Football-Feld. »Weil Sie keinen Respekt haben vor dem Ewigen Juden, dem Grafen von Saint Germain, weil Sie den Prophezeiungen des Nostradamus ebenso wenig Glauben schenken wie den Tränen der Schwarzen Madonna. Sie haben noch nie etwas vom Homunculus gehört und kennen weder die Namen der Erzengel noch die der Fürsten der Dämonenlegionen. Höchstwahrscheinlich denken Sie, Paracelsus war ein Arzt und Hugues de Payens ein Kreuzritter. Habe ich Recht?«

Peter zögerte, aber Patrick antwortete für beide: »Ja, da haben Sie verdammt Recht. Haben Sie damit ein Problem?«

Ash lachte auf. »Aber nein! Keineswegs! Auf dem Symposium wird nicht missioniert. So will es das Gesetz von jeher. Jeder der heute hier Anwesenden hat seine eigene Wahrheit dabei. Und die eigene Wahrheit ist natürlich üblicherweise gleichzeitig Gegenstand der Ablehnung und Verachtung durch die anderen. Durch unseren gegenseitigen Respekt sind wir auf dem Symposium alle gleich.« Er machte eine unschuldige

Geste. »Nur man selbst ist natürlich stets gleicher als die anderen.« Er lachte erneut.

»Und woran glauben Sie?«

»Ich darf es Ihnen nicht sagen, und es tut auch nichts zur Sache, Monsieur...«

»Patrick Nevreux. Und dies ist mein Kollege Professor Peter Lavell.«

Der smarte Ash verharrte einen Augenblick. »Professor Lavell, etwa *der* Professor Lavell?«

»Mir ist nicht bekannt, dass ich einen Namensvetter hätte«, sagte Peter.

»Sie kennen sich?«, fragte Patrick.

»Nein, nicht persönlich. Aber Ihr ›Wirken‹ hat in unseren Gewässern durchaus seine Kreise gezogen. Einige von uns sind dabei gut weggekommen, andere weniger gut.«

»Fragt sich, zu welchen Sie gehören«, sagte Peter.

»Ich hege keine persönlichen Ressentiments, Herr Professor«, sagte Ash mit einem Lächeln. »Aber andererseits, was zählen persönliche Meinungen, wenn so große Dinge im Spiel sind wie Glauben oder die Suche nach der Wahrheit?«

»Verraten Sie mir, worum es geht?«, verlangte Patrick, indem er sich an beide wandte.

»Es geht um meine zurückliegenden Studien«, erklärte Peter. »Für mein letztes Buch und letztlich auch für meine jetzigen Vorlesungen. Ich habe viel recherchiert, viel gelesen und mit vielen Leuten gesprochen...«

»Und viel geschrieben«, warf Ash ein.

»Und das nimmt man Ihnen heute noch übel?«, fragte Patrick.

»Ach, genug der alten Geschichten, was?« Ash winkte ab. »Erlauben Sie, dass ich Sie ein wenig herumführe – gerne auch inkognito.«

»Nun, warum nicht.«

»Wunderbar. Dann folgen Sie mir einfach unauffällig.«

Ash führte sie durch einige Gänge und Korridore, zum Teil mit wenig ansprechenden aber strapazierfähigen Teppichen ausgelegt, andere mit Holzparkett und wieder andere mit Steinfußboden. Der für das Symposium vorgesehene Bereich war weit verzweigt und so wenig homogen eingerichtet, dass man das Gefühl bekam, unbemerkt durch mehrere aneinander angrenzende Gebäude zu gehen. Sie kamen an einigen Räumen vorbei, deren Türen offen standen und in denen offenbar kleine Ausstellungen oder lose Gesprächsrunden stattfanden. Ash spähte ab und zu unauffällig zur Seite.

»Diese Veranstaltung, *Permutatio*, findet nur sehr unregelmäßig etwa alle zehn Jahre statt«, erklärte er. »Wie Sie sich vorstellen können, und wie Sie ja auch aus eigener Erfahrung wissen, Herr Professor, sind sich die verschiedenen Schulen der Mystik nicht gerade wohlgesonnen. Einige sehen sich als Essener oder Bewahrer des Urchristentums, andere als Satanisten und Schüler Aleister Crowleys, wieder andere möchten das keltische Druidentum wiederbeleben und tanzen zu Beltane nackt im Wald. So grundverschieden wir uns sind, so sehr hassen und bekämpfen wir uns. Ist Ihnen schon aufgefallen, dass die fanatischsten und blutigsten Kriege stets im Zeichen des Glaubens geführt werden? Das war bei den Kreuzzügen nicht anders als heute in Nordirland oder im Nahen und Mittleren Osten. Genauso haben Hitler und Stalin religiöse Verzückungen heraufbeschworen, um ihre Völker in den Krieg zu schicken.«

Ash blieb wie zufällig neben einer Säule stehen und lehnte sich an.

»Wenn man unsere Geschichten weit genug zurückverfolgt, stößt man interessanterweise häufig auf ursprüngliche Gemeinsamkeiten. Einige davon haben Sie verfolgt, Herr Professor Lavell. Manchmal liegen diese in der Renaissance, manchmal im Mittelalter, häufig in christlicher Zeit und manchmal noch weiter in der Vergangenheit. Es stellt sich heraus, dass es eine begrenzte Anzahl geschichtlicher Rätsel und Fragen unseres Ursprungs gibt, mit denen wir uns alle gleichermaßen beschäftigen. Daher ist dieses Symposium eingerichtet worden. Wir werfen unsere Differenzen über Bord und tauschen uns gegenseitig aus – ganz unverfänglich und wissenschaftlich, nur in jenen gemeinsamen Punkten. Die Idee dazu kam vom Graf von Saint Germain. Er berief die ersten Treffen ein. Später hat er diese Aufgabe abgegeben und ist immer seltener gekommen. Wenn ich es recht bedenke, ist er nun schon das vierte Mal nicht dabei.«

»Vermutlich ist er inzwischen nach über hundertfünfzig Jahren gestorben«, sagte Patrick mit zynischem Unterton. »Oder nicht?«

»Da wäre ich mir nicht so sicher. Immerhin soll er bereits damals die hundertfünfzig weit überschritten gehabt haben.« Ash lachte auf. »Aber ich möchte Ihnen nicht zu viel zumuten. Zurück zu meiner Führung: Wie Sie wissen, steht diese *Permutatio* im Stern der Kabbala. Das heißt aber nicht, dass nicht auch andere Dinge hier besprochen werden.« Er wies mit dem Kopf in einen benachbarten Raum. »Sehen Sie den Herrn dort drüben, den mit der Zigarre?«

In einer Gruppe von Leuten fiel ein untersetzter Mann auf, der trotz seines hohen Alters eine stolze, aufrechte Haltung einnahm. Auf seiner Brust prangten allerlei Orden und Auszeichnungen. Seine Zigarre hielt er mit südländischer Gelassenheit.

»Das ist João-Fernandes de Sousa«, erklärte Ash mit gedämpfter Stimme. »Er ist Portugiese und Großmeister des Templerordens. Er ist in der Lage, die gesamte Charta der Großmeister seines Ordens bis zur Gründung in Jerusalem 1118 aufzuzählen. Wenn Sie ihn fragen, wird er es Ihnen auch historisch belegen können. Und sehen Sie die dicke Frau, mit der er sich unterhält? Das ist Ellen Blavatsky, eine Amerikanerin; niemand weiß, wie sie wirklich heißt. Sie hält sich für die wiedergeborene Madame Blavatsky, die 1875 die Theosophische Gesellschaft gründete.«

Ash setzte sich wieder in Bewegung und führte sie in einen anderen Raum. Hier standen Glasvitrinen, die jeweils von zwei bewaffneten Sicherheitsleuten flankiert wurden. In den Vitrinen waren aufgeschlagene Bücher oder Pergamentseiten zu sehen.

»Die Dokumente hier kommen aus aller Herren Länder und Kulturen. Sie stehen nicht zum Kauf, sondern sollen Gespräche in Gang bringen. Haben Sie so etwas schon einmal gesehen?« Ash ging mit ihnen zwischen den Schaukästen hindurch. »Dies sind die Briefe des Paulus an die Korinther und die Galater, neben dem umstrittenen Jakobus-Evangelium. Hier liegen zwei noch ungeöffnete Qumran-Rollen, und hier nebenan wird eine Seite des berüchtigten *Necronomicon* des Abdul Alhazred ausgestellt. Hier sind Original-Aufzeichnungen des Nostradamus, hier die verschlüsselten Dokumente, die in Rennes-le-Château gefunden wurden, und das dort drüben ist das noch immer nicht entschlüsselte Voynich-Manuskript.«

»Unfassbar«, sagte Peter, setzte seine Brille auf und ging näher an eine Vitrine heran. »Das scheint echt zu sein.«

»Natürlich sind die Dokumente echt. Der Tradition nach hat jeder Eingeladene die Verpflichtung, aber auch das innere Bedürfnis, etwas mitzubringen, um es mit den anderen zu teilen. Es werden dabei keine Kosten und Mühen gescheut. Was mich natürlich zu der Frage führt, wie Sie zu einer Einladung gekommen sind, Messieurs.«

»Wir standen auf der Gästeliste«, antwortete Patrick.

»Natürlich standen Sie auf der Gästeliste. Jeder der hier Anwesenden steht auf der Gästeliste. Andernfalls wären Sie niemals hineingekommen, sondern würden denken, dies wäre eine geschlossene Gesellschaft, die sich mit dem Rezitieren antiker Lyrik den Abend vertreibt.«

»Jedenfalls haben wir keine Einladung bekommen.«
»Erlauben Sie mir, Ihnen zu widersprechen. Ich sehe das ganz anders, Monsieur Nevreux. Ohne Einladung hätten Sie niemals etwas von diesem Treffen erfahren. Ich bin außerordentlich gespannt zu erfahren, was Sie zum Austausch mitgebracht haben.«

»Wir haben tatsächlich etwas dabei«, erklärte Peter, der sich von den Vitrinen abgewandt hatte, und holte die Zeichnung des Symbols der Kreise aus der Höhle hervor. »Wir sind auf der Suche hiernach.«

»Der ›Kreis von Montségur‹!«, rief Ash überrascht aus, und einen Augenblick lang entglitten ihm seine Gesichtszüge und offenbarten blanke, fast zornige Erregung. »Sie sind dem Kreis auf der Spur...« Er kniff die Augen zusammen. »Wo haben Sie das her?«

»Das tut augenblicklich nichts zur Sache«, sagte Peter. »Wir müssen einiges über dieses Zeichen erfahren und suchen jemand, der uns dazu etwas sagen kann.«

Ash machte einen Schritt zurück. »Stecken Sie das bloß sofort wieder ein, Monsieur le Professeur!«, sagte er mit gepresster Stimme und mit Blick auf die herumstehenden Wachmänner.

Peter tat unwillkürlich, wie ihm geheißen, sah den Mann aber eindringlich an. »Was ist denn los?«

»Mit dem Kreis machen Sie sich hier blitzartig so unbeliebt, wie überhaupt nur möglich. Sie mögen sich jetzt auf neutralem Boden befinden, aber der endet unmittelbar hinter dem Ausgang, daher sollten Sie äußerst vorsichtig sein!«

»Verraten Sie uns, was es damit auf sich hat?«, fragte Patrick.

»Sind Sie tatsächlich so unbedarft, wie Sie tun? Der Kreis ist älter und mächtiger als wir alle hier und unser gesamtes Wissen zusammen. Niemand spricht über den Kreis, denn jeder hat bereits seine schlechten Erfahrungen damit gemacht. Und nun lassen Sie uns *bitte* das Thema wechseln!«

»Erstaunlicherweise schien Renée Colladon das Symbol überhaupt nicht zu kennen.«

»Sie haben es ihr gezeigt?« Ash verdrehte die Augen. »In Drei Teufels Namen! Warum haben Sie es nicht gleich an die Kirchentür genagelt?! Sie werden die Hunde von Tindalos auf Ihren Fersen haben, Professor!«

»Wie bitte?«, entfuhr es Patrick.

»Eine literarische Metapher«, erklärte Peter. »Lovecrafts Vision der Bluthunde der Hölle, die ihre Opfer über Jahrtausende hinweg durch Zeit und Raum bis in die Ewigkeit verfolgen, bis sie sie gestellt haben.«

Patrick wollte eine scharfe, lästerliche Bemerkung machen, aber etwas ließ ihn stocken. Eine Furcht einflößende Mischung aus Raserei und Angst blitzte in Ashs Augen auf. Er mochte nicht ganz richtig im Kopf sein, aber was er sagte, meinte er zweifellos todernst.

»Ich breche jetzt den Kodex der Neutralität«, fuhr Ash fort, »aber so viel kann ich Ihnen verraten: Renée Colladon ist harmlos. Und sie ist auch naiv. Sie ist noch nicht lange genug dabei, um zu wissen, wie die Karten verteilt sind. Hier sind größere Mächte am Werk als Christian Rosenkreuz. Mächte, von denen Sie überhaupt keine Vorstellung haben. Dies ist eine völlig andere Liga. Und ich kann Ihnen nur raten, die Finger aus dem Spiel zu lassen. ›Wenn Sie lange genug in den Abgrund blicken, dann blickt der Abgrund zurück in Sie!‹«

»Und was empfehlen Sie uns jetzt zu tun?«, fragte Peter.

»Geben Sie mir die Zeichnung und sagen Sie mir, wo Sie sie gefunden haben. Dann werde ich mich der Sache annehmen, und für Sie ist sie erledigt.«

Nun trat Peter einen Schritt zurück. »Auf gar keinen Fall! Erst, wenn wir ein paar Antworten bekommen haben.«

»Ich warne Sie, Monsieur le Professeur! Sie legen sich mit der Hand von Belial an, unterschätzen Sie das nicht!«

»Die Hand von Belial?«, fragte Patrick. »Was ist das nun schon wieder?«

Ashs Augen funkelten. »Ich!«, zischte er. »Ich bin die Hand von Belial, und Sie würden es bedauern, Näheres herauszufinden, das schwöre ich Ihnen!«

»Ich verstehe zwar nicht, warum Sie sich so aufregen«, sagte Peter betont ruhig, »aber Sie bekommen von uns nichts.«

»Gut.« Ash schien seine Souveränität schlagartig wiedergefunden zu haben. Er nickte den beiden lächelnd zu. »Schade, dass es so enden muss, Messieurs. Ich muss mich von Ihnen verabschieden, einen schönen Abend noch.« Er wartete nicht auf eine Antwort, sondern drehte sich um und verließ zügig den Raum.

»Ups«, meinte Patrick nach einigen schweigsamen Augenblicken. »Was ist denn in den gefahren?«

»Dieser ›Kreis von Montségur‹ hat ihn offenbar schockiert. Aber was war es? Angst oder Gier?«

»Er schien mir nicht der Mann zu sein, dem leicht Angst einzujagen wäre. Wenn er sich trotzdem vor etwas fürchtet, dann muss er einen verdammt guten Grund haben. Das macht mich ehrlich gesagt etwas nervös...« Er zündete sich eine Zigarette an. »Und wenn es Gier war, nicht weniger... auf Fanatiker, die Drohungen aussprechen, kann ich verzichten.«

»Ich muss zugeben, dass mir auch etwas unwohl geworden ist. Sollten wir versehentlich in ein Wespennest gestochen haben?«

»Das Symposium scheint keine gute Idee von mir gewesen zu sein... Vielleicht wäre es jetzt ein guter Zeitpunkt, noch unauffällig zu verschwinden, bevor der Flurfunk wirksam wird.«

»Einverstanden. Wie sagt man gleich? ›*Manners make the man*‹ ... aber hier scheint eine französische Verabschiedung angebracht.«

»Die Jahre in Deutschland haben Ihrem britischen Wesen offenbar nichts anhaben können.« Patrick grinste.

»Ich kann nur hoffen, dass das ein Kompliment sein sollte«, gab Peter zurück, und sie machten sich auf den Weg zum Ausgang.

8. Mai, Herrenhaus bei Morges, Schweiz

»Nun, Joseph, wie ist deine Meinung?« Der Mann, der gesprochen hatte, richtete seinen Blick auf die großzügige Fensterfront, welche die Sicht auf den Genfer See freigab. Auch bei klarster Sicht war das gegenüberliegende Ufer von hier aus nicht auszumachen. Aber nun brach die Dämmerung herein, und Nebelschwaden zogen sich über dem Wasser zusammen, so dass der See einem Fluss zu gleichen schien. Schwäne waren zu sehen und ein paar kleinere Boote. Sein Gesprächspartner sah ebenfalls hinaus. Er nahm noch einen Schluck Wein aus einem kelchartigen Gefäß, bevor er antwortete.

»Ihr hattet Recht, Steffen, die Lage spitzt sich zu. Die Zeit wird knapp, und noch immer wissen wir nicht, ob es sich zum Guten wenden wird.«

»Johanna rät uns, dass wir Vertrauen haben sollen. Die Forscher sind guten Herzens und nicht von Aberglaube oder Machthunger erfüllt – beides sind Eigenschaften, die wir schon zu oft angetroffen haben. Aber gleichzeitig...« Der ältere der beiden Männer strich über seinen Bart. »Gleichzeitig erregen sie mir deutlich zu viel Aufmerksamkeit.«

»Vielleicht sollten wir sie eindringlicher zur Auflösung hinführen?«, meinte der Jüngere.

»Aber sie müssen lernen, Joseph. Wir müssen ihre Fähigkeit zur Einsicht ständig aufs Neue prüfen.«

»Zwei Männer stehen am Ufer eines Flusses, den sie überqueren wollen. Einer der beiden beobachtet eine Weile und entscheidet dann: ›Die Strömung ist zu stark‹. Der andere Mann fragt ihn: ›Woher weißt du das?‹, und der Erste sagt: ›Sieh die rollenden Steine im Flussbett!‹, und der andere versteht. Ist die Einsicht des zweiten Mannes weniger wert, weil ihm geholfen wurde? Nein, ist sie nicht. Einsicht ist immer gleich wertvoll, egal, wie sie erlangt wurde.«

»Du hast Recht, Joseph. Dennoch möchte ich wissen, ob sie alleine zur Einsicht finden.«

»Worauf Ihr hinauswollt, ist Weisheit, Steffen. Wie wir schon so oft diskutiert haben: Es ist die Weisheit, die Ihr prüfen wollt. Wenn Informationen eigenständig kombiniert und zu Einsicht werden, ist dies Weisheit. Ohne ausreichende Informationen ist dies aber nicht möglich. Wenn wir die Menschen gerecht beurteilen wollen, müssen wir ihnen stets dieselbe Grundlage schaffen.«

Der bärtige Mann wandte seinen Blick vom See ab und lächelte. »Du wirst immer ein Humanist bleiben! Ich erwarte aber mehr von ihnen als das. Alles Wissen ist immer vorhanden, heute sogar zugänglicher als jemals zuvor. Man muss es sich erarbeiten und darf es sich nicht servieren lassen.«

»Es ist aber auch wesentlich mehr Wissen als jemals zuvor, und einiges versickert im immer undurchdringlicheren Nebel der Geschichte und dem sich darüber legenden Schleier aus Vergessen und Fehlinterpretationen. Ihr müsst gestehen, dass es immer schwieriger wird, alles zu wissen, und dass die Wahrheiten immer vielfältiger werden.«

»Es gibt nur eine Wahrheit.«

»Wahrheit liegt im Auge des Betrachters, Steffen.«

»Nein, die Wahrheit zeichnet sich dadurch aus, dass sie allgemeingültig und singulär ist.«

»Singulär? Gab es zuerst das Huhn, oder gab es zuerst das Ei? Oder besser noch: Sagt mir, welches die wahrste Religion ist.«

Der alte Mann schüttelte lachend den Kopf. »Joseph, ich konnte deiner Dialektik noch nie etwas entgegenhalten. Auch wenn es bloße Taschenspielertricks sind.«

»Heiligt nicht der Zweck manches Mittel? Wenn Ihr mir zustimmt, dass es heute nicht leichter ist, die richtigen Schlüsse zu ziehen als vor Hunderten von Jahren, dann habe ich dies gerne mit Taschenspielertricks erreicht.«

»Also gut. Nehmen wir an, es ist so: Dann sage mir, was wir deiner Meinung nach tun sollten.«

»Lasst sie uns noch eine Weile weiter unterstützen. Sie sind kurz davor, alle Karten in der Hand zu halten, und dann werden wir sehen, wie sie sie ausspielen. Natürlich können wir das nur wagen, wenn wir uns des Risikos bewusst sind. Im Zweifelsfall werden wir vehement eingreifen müssen, um unsere Interessen für die Zukunft zu wahren.«

Der alte Mann sah wieder auf den See hinaus. »Ein Wagnis… aber vielleicht ist dies tatsächlich die richtige Zeit dafür.«

KAPITEL 13

9. Mai, Hôtel de la Grange, St.-Pierre-Du-Bois

Didier Fauvel hatte sich die Worte den ganzen gestrigen Tag zurechtgelegt. Oder vielmehr hatte er es versucht, doch seine Gedanken waren immer wieder abgeschweift. Er verfluchte sich und seine unbedachte Jugend. Wenn sich nach all diesen Jahren die Vergangenheit wie ein Dämon mit lederhäutigen Flügeln emporschwingen konnte, um über ihm zu thronen und ihn zu befehligen, wie konnte er dann jemals vor ihr in Sicherheit sein? Wie würde er jemals wieder ruhig einschlafen können, ohne fürchten zu müssen, am nächsten Tag im Zuchthaus aufzuwachen? Wie rächte sich alles Übel am Ende, egal, wie lange es scheinbar ungesühnt geblieben war! Hatte der Teufel ihm all die Jahre nur gnädigen Aufschub gewährt, und war dies nun Gottes Gerechtigkeit? Oder war es anders herum?

Er hatte ihr Gesicht nie vergessen. Wenn er die Augen schloss und seine Gedanken treiben ließ, dann tauchte sie aus dem Dunkel auf. Er hatte sich an den Anblick gewöhnt, und der Cognac gab ihm die Kraft und den Glauben an sich selbst und daran, dass die Geister der Vergangenheit ihm nichts anhaben konnten. Doch letzte Nacht war sie wieder da gewesen, ständig um ihn herum, wohin er auch geblickt hatte. Ihr unschuldiges, junges Gesicht, mit der kleinen Nase und der zarten Haut. Die Mundwinkel nach unten gezogen, die Wangen feucht von Tränen, und die geröteten Augen, die sich entsetzt weiteten, als sie erkannte, dass sie nach der Entwürdigung und den Schmerzen sterben musste, ihr Mund, der sich zu einem lautlosen Schrei öffnete...

Mehrmals hatte er sich letzte Nacht übergeben, bis nur noch Krämpfe seinen Körper geschüttelt hatten. In einen Morgenmantel gekleidet, im Ledersessel seines Arbeitszimmers versunken, hatte er dem Morgengrauen lethargisch entgegengesehen. Es gab nichts, was er gegen die Vergangenheit tun konnte. Absolut nichts würde irgendetwas ändern. Sie war lebendig in ihm. Sie würde ihn sein Leben lang anklagen. Er konnte einzig verhindern, dass darüber hinaus noch andere Umstände sein Leben schwer machten. Und deswegen musste er seine weltliche Schuld an diejenigen abbezahlen, die ihn dazu aufriefen. Es war das Einzige, was er tun konnte.

Der Bürgermeister betrat das Hotel und erkundigte sich an der Rezeption nach den Forschern. Er erfuhr, dass sie neben drei Einzelzimmern auch eine Suite belegten, die ihnen als Büro diente.

»Finden Sie heraus, ob sie da sind«, wies er die Frau an der Rezeption an. »Ich möchte sie umgehend sehen.«

Die Frau überprüfte einen Computermonitor. »Sie sind noch nicht beim Frühstück gewesen. Möchten Sie, dass ich Sie mit einem der Zimmer verbinde, Monsieur le Maire?«

»Ich bitte darum! Am besten mit diesem Franzosen.«

Die Empfangsdame reichte ihm einen Telefonhörer, durch den er bereits das Klingeln am anderen Ende der Leitung hören konnte. Kurz darauf meldete sich eine Stimme: »Nevreux.«

»Guten Morgen, Monsieur Nevreux. Bürgermeister Fauvel hier. Ich muss Sie dringend sprechen.«

»Mich allein? Worum geht es?«

»Sie alle drei. Ich muss mich leider mit Ihnen über Ihre weitere Arbeit unterhalten.«

»Gibt es ein Problem?«

»Ich bin im Foyer, ich komme zu Ihnen hoch.«

»Nein! Wir kommen herunter. Wir treffen Sie im Salon Vert.«

»Gut.« Er legte auf.

»Guten Morgen, Monsieur le Maire«, grüßte Peter den Bürgermeister. »Darf ich vorstellen: Stefanie Krüger.«

Sie gaben sich kurz die Hände, doch der dicke Mann machte sich nicht die Mühe, dabei zu lächeln. »Sie werden das Hotel bis zum Ende der Woche verlassen müssen.«

»Aber warum denn?«, fragte Peter.

»Ich erwarte wichtigen politischen Besuch aus Paris. Das Hotel muss hierfür vollkommen zur Verfügung stehen.«

»Aber es ist noch nicht einmal ausgebucht! Sind Sie sicher, dass Sie die Herrschaften hier nicht unterbringen können?«

»Glauben Sie etwa, ich hätte das nicht bedacht?!« Fauvels Gesichtsausdruck erstickte jeden Widerspruch im Keim.

»Können Sie uns Ausweichquartiere besorgen?«, wollte Peter wissen.

»Nein.«

»Ohne Unterkunft und Büroräume können wir unsere Untersuchungen nicht fortsetzen!«

»Ich bin mir dessen bewusst, Monsieur le Professeur. Und ehrlich gesagt, macht das überhaupt nichts. Monsieur Levasseur hat die Situation alleine völlig unter Kontrolle.«

»Wollen Sie damit sagen, dass Sie uns rausschmeißen?!«, fragte Patrick.

»Es ist mir gleichgültig, wie Sie es nennen wollen, Monsieur Nevreux. Tatsache ist, dass Sie bis Ende der Woche das Hotel geräumt haben müssen.«

»Das ist doch eine Frechheit!«, entfuhr es Peter, aber der Bürgermeister ignorierte ihn, drehte sich um und verließ sie.

»So ein widerlicher Fettsack!!«, fluchte Patrick. »Das haben wir mit Sicherheit diesem Förster zu verdanken.«

»Der machte mir eigentlich nicht den Eindruck, als würde er derart drastische Mittel einsetzen«, wandte Stefanie ein, »schließlich wollte er doch herausbekommen, was wir hier tun.«

»Ich glaube auch nicht, dass der Förster etwas damit zu tun

hat«, sagte Peter. »Welcher Hafer den Bürgermeister sticht, ist mir allerdings ein Rätsel … Ich finde, wir sollten das dringend mit Elaine besprechen.«

»Dann lassen Sie uns ins Büro gehen und sie anrufen«, sagte Stefanie. »Und danach wird es Sie sicherlich auch interessieren, was ich gestern herausfinden konnte!«

»Einverstanden«, sagte Patrick. »Mir ist im Augenblick sowieso der Appetit auf Frühstück vergangen.«

»Kein Problem, Herr Professor Lavell.« Die Stimme klang genauso streng aus dem Hörer, wie er ihre Auftraggeberin in Genf in Erinnerung hatte. »Ich werde mich um alles kümmern. Machen Sie einfach Ihre Arbeit weiter. Ihr erster Zwischenbericht gestern war sehr vielversprechend. Ich hoffe, bald wieder von Ihnen zu hören.« Damit war das Gespräch abrupt beendet.

Sie saßen um ihren Konferenztisch und sahen sich an. Patrick hatte sich eine Zigarette angesteckt, und Stefanie hatte ihm wortlos einen Aschenbecher hinübergeschoben. Trotz Fauvels Auftritt schien sie guter Laune zu sein.

»Wie war es in Cannes?«, fragte sie schließlich.

»Gemessen an der Dauer unseres Besuchs war es vor allem ein wahnwitziger Aufwand«, sagte Peter. »Wir haben Renée Colladon wiedergetroffen und ihr auf den Kopf zugesagt, dass ihr Freimaurerorden lediglich vertuschen soll, dass sie in Wirklichkeit den Lehren und Rätseln der mystischen Rosenkreuzer folgen. Wir haben sie glauben lassen, dass wir womöglich das Grab des Christian Rosenkreuz gefunden haben, worauf sie sich auch gleich anbot, uns weitere Fragen zu beantworten. Aber leider ist es dazu nicht mehr gekommen.«

»Wir hatten nämlich kurz darauf ein sehr unfreundliches Gespräch«, fügte Patrick hinzu, »wonach wir es vorgezogen haben, uns schnellstmöglich zu entfernen.«

»Ist das wahr?«, fragte Stefanie. »Sind Sie bedroht worden?«

»Da war ein merkwürdiger Typ«, erklärte Patrick, »der reichlich ungehalten wurde, als wir ihm das Symbol mit den Kreisen gezeigt haben. Er kannte es, nannte es ›*Kreis von Montségur*‹, und wurde ziemlich fanatisch, als wir ihm nicht sagen wollten, wo wir es herhaben. Er gehörte wohl zu irgendeiner komischen Sekte. Hand von irgendwas.«

»Belial«, sagte Peter. »›Hand von Belial‹. Belial ist ein hebräischer Dämonenname. Im Mittelalter eines der vielen Pseudonyme für den Teufel, Satan.«

»Ach du Scheiße«, erwiderte Patrick. »Ich sag's ja: Fanatiker.«

»Aber das ist doch immerhin etwas«, sagte Stefanie. »Wir haben einen Namen: ›*Kreis von Montségur*‹. Wissen Sie, was das bedeutet?«

»Ich habe noch nie davon gehört«, erklärte Peter. »Allerdings ist Montségur der Name einer Burgruine hier im Languedoc.«

»Hier in der Nähe?«

»Na ja, dürfte nicht so weit weg von hier sein, hundert, vielleicht hundertfünfzig Kilometer.«

»Wieso kennen Sie sich so gut in Südfrankreich aus?«

Peter winkte ab. »Das ist bloß geschichtliches Allgemeinwissen. Montségur spielte eine wichtige Rolle im Mittelalter. Es war die letzte große Festung der Katharer und wurde während der Albigenserkreuzzüge eingenommen.«

»Ihre Geschichtskenntnisse in allen Ehren, Professor«, sagte Patrick, »aber können Sie uns die Story so erzählen, dass auch dumme Ingenieure sie verstehen?«

»Tut mir Leid... natürlich. Und wenn ich es recht betrachte, ist es sogar außerordentlich sinnvoll...« Er hielt einen Moment inne. »Ja genau... was für ein Hort neuer Perspektiven und Zusammenhänge! Möglicherweise sind wir hier gerade auf die Goldader gestoßen...«

»Nun machen Sie es nicht so spannend!«, rief Stefanie.

»Also gut.« Peter erhob sich und stellte sich vor den Tisch, als würde er in einem Lehrsaal auf dem Podium stehen. »Versetzen Sie sich in das zwölfte und dreizehnte Jahrhundert. Die Zeit der Kreuzzüge. Menschen versammeln sich und ziehen gegen die Mauren, die Sarazenen, gegen Jerusalem und das Morgenland. Die Kreuzzüge sind mehr oder minder erfolgreich, immer wieder wendet sich das Blatt, die Länder sind in Aufruhr. Nicht nur durch die Kriege, sondern auch durch Intrigen, sich ständig neu verteilende Machtverhältnisse, politische und religiöse Verwirrungen und die Menschen und Gruppierungen, die aus allem ihren Profit schlagen. So ist der Templerorden zu solchem Reichtum gelangt, dass er Könige beleiht, und zu solcher Macht, dass die Kirche ihn zunehmend fürchtet.

Das Gebiet des Languedoc war zu dieser Zeit eine sehr ungewöhnliche Region. Modern, weltoffen, wohlhabend und geprägt von Freidenkertum. Es war eine Art Mischung aus New York City und Woodstock, wenn man so will.«

»Jetzt sagen Sie nicht, dass Sie in Woodstock dabei waren!« Patrick lachte.

»Wie bitte?«

»Ach nichts, kleiner Scherz. Reden Sie weiter.«

Peter fuhr fort: »Das Languedoc war sehr reich – Toulouse war damals die drittreichste Stadt Europas – und sehr fortschrittlich. Wirtschaftlich, technisch wie auch geisteswissenschaftlich. Es war eine Keimzelle und ein Nährboden für neues Gedankengut. Verschiedene Wanderprediger, Sekten oder Glaubensgemeinschaften fassten hier Fuß. Eine besonders einflussreiche Glaubensbewegung bildeten die Katharer. Sie hatten einige Einstellungen und Ansichten, die der katholischen Kirche stark gegen den Strich gingen, wie man so sagt. Sie erlangten aber immer mehr Einfluss. Man vermutet, dass sie auch von den Templern unterstützt wurden. Schließlich waren ganze Städte praktisch in der Hand der Katharer. Unter anderem Albi, weswegen sie auch gemeinhin Albigenser genannt wurden – wobei die Abgrenzungen der einzelnen Gruppierungen fließend waren.«

»Und der Albigenserkreuzzug?«

»Ihr Gedankengut und ihr Einfluss bedrohten die Integrität Frankreichs und der Kirche. Nun, zumindest in den Augen der Obrigkeit. Es war nur eine Frage der Zeit, bis die Kirche den geeigneten Vorwand gefunden hatte. Papst Innozenz III. rief schließlich zum Kreuzzug gegen die Albigenser auf und wollte sie vollständig vernichtet haben. Das Abschlachten war grauenhaft, rigoros, geradezu manisch. Man sagte später, das größte Verdienst der Inquisition sei die Vernichtung der Katharer gewesen. 1209 wurde die gesamte Stadt Béziers dem Erdboden gleichgemacht, über zwanzigtausend Frauen, Männer und Kinder wurden wahllos ermordet, unter dem berüchtigt gewordenen Motto: ›Tötet sie alle – Gott wird die Seinen schon erkennen.‹« Er machte eine Pause und atmete tief durch, bevor er weitersprach. »Im ganzen Land wurden die Katharer verfolgt und umgebracht. Die Burg Montségur war eine ihrer letzten wichtigen Bastionen. Eine große Anzahl von *Parfaits*, den Anführern der Katharer, verschanzte sich dort, zusammen mit ihren Gemeinschaftsmitgliedern. Montségur war hoch auf einem einsamen Berg gelegen, schier uneinnehmbar. Die Burg wurde ein halbes Jahr lang belagert, bis die Katharer aufgaben. Die über zweihundert Männer, Frauen und Kinder ergaben sich und wurden allesamt am Fuß der Burg verbrannt. Das war 1244.«

Es trat ein Augenblick der Stille ein.

»Mitte des dreizehnten Jahrhunderts«, überlegte Patrick laut, »neues Gedankengut, neue wissenschaftliche, philosophische, religiöse Erkenntnisse und eine Höhle voller Schriftzeichen...«

»Ja«, sagte Peter, »man könnte sich durchaus vorstellen, dass die Katharer die Höhle geschaffen und hier etwas hinterlassen haben, es möglicherweise in Sicherheit bringen wollten...«

»Ja«, fügte Stefanie hinzu, »und das war im Sommer des Jahres 1239.«

Peter und Patrick sahen sie erstaunt an.

»Ich habe die Berechnungsergebnisse aus dem Internet erhalten«, erklärte sie. »Am dritten Juni 1239 fand eine totale Sonnenfinsternis statt, die im Languedoc sichtbar war. Das ist möglicherweise das Datum, mit dem die Symbole auf dem Höhlenboden verschlüsselt sind.«

»Unfassbar!«, staunte Peter. »Sollte sich nun alles zusammenfügen?«

»03061239 ist das Datum?«, fragte Patrick. »Haben Sie es schon ausprobiert?«

»Nein, ich hatte die E-Mail gerade erst bekommen, als wir nach unten gingen.«

»Dann los! Lassen Sie uns den Rechner damit füttern!«

Sie schalteten den Computer an, starteten Programme und nahmen verschiedene Eingaben vor. Währenddessen saß Peter neben ihnen auf einem Stuhl und beobachtete gebannt, wie sich Zahlenreihen änderten, vervollständigten, verschwanden, wieder auftauchten, und wie sich langsam Buchstabenmuster entwickelten. Die Situation schien ihm eine fast vollkommene Metapher für ihre eigene Lage, ja für den menschlichen Geist überhaupt zu sein. Alle Informationen waren stets da. Sie mussten nur zusammengetragen werden. Und dann fehlte manchmal nur noch ein winziger Auslöser, ein Name, eine Zahl, und aus der Schwärze schälte sich allmählich ein Muster hervor: die Lösung, die Erkenntnis.

»Es ist Latein!«, rief Stefanie plötzlich aus.

Auf dem Bildschirm waren jetzt Buchstabenkombinationen zu sehen, die sich nach und nach ergänzten und ganze Wörter bildeten. Schließlich beendete das Computerprogramm seine Arbeit und hinterließ einen Text auf dem Bildschirm:

haecsuntscientiaearchiaquaepatentilli
squisuntcustodesmysteriorumhicestregi
ussanguisquemintelleguntilliquisuntsa
xidubitatoreshaecestvisquamundisuntcr
eatihocestpericulumquomundisuntdeleti

Sie starrten den Bildschirm sekundenlang schweigend an. Keiner schien es fassen zu können, dass sich aus den Symbolen und ihren Rechenspielchen tatsächlich eine sinnvoll scheinende Buchstabenkette herauskristallisiert hatte.

»Können Sie das übersetzen, Stefanie?«, fragte Peter schließlich.

»Ja. Es ist sehr merkwürdig. Es heißt:

›*Haec sunt scientiae archia*
quae patent illis, qui sunt custodes mysteriorum
hic est regius sanguis,
quem intellegunt illi, qui sunt saxi dubitatores
haec est vis, qua mundi sunt creati
hoc est periculum, quo mundi sunt deleti.‹

Dies sind die Archive des Wissens,
denen zugänglich, die Bewahrer der Mysterien sind.
Dies ist das königliche Blut,
denen verständlich, die Zweifler des Felsens sind.
Dies ist die Kraft, durch die Welten erschaffen wurden.
Dies ist die Gefahr, durch die Welten vernichtet wurden.«

»*Archive des Wissens*«, wiederholte Patrick, »das habe ich doch schon mal gehört... Höhle des Wissens, Lutherarchive...«

»In der Tat«, sagte Peter, »unsere Vermutung scheint also zu stimmen. Hier wurde Wissen archiviert. Und wie nannte noch der Förster den Berg? *Vue d'Archiviste*, Archivars Blick. Unglaublich, wie sich der Sinn durch die Jahrhunderte bewahrt hat. Sollten hier die Archive des Wissens der Katharer liegen?«

»Aber wie kommen wir hinein?«, fragte Patrick. »Wir müssen den Durchgang passieren.«

»›*Denen zugänglich, die Bewahrer der Mysterien sind...*‹«, las Peter, »das ist natürlich kein sonderlich hilfreicher Hinweis. Wenn wir das Mysterium kennen würden, wüssten wir natürlich, wie man hineinkommt. Das ist, als ob man sagt: ›Von dem zu öffnen, der den Schlüssel hat.‹ Aber wo oder was ist der Schlüssel...?«

»Vielleicht ist es anders gemeint«, sagte Stefanie. »Vielleicht bezieht es sich nicht auf das Mysterium dieser Höhle, sondern allgemein auf Personen, die Geheimnisse hüten.«

»Aber wer hütet Geheimnisse?«, überlegte Patrick. »Alchimisten? Eingeweihte in die Religion der Katharer? Priester? Und reicht es dann allein, ein Priester zu sein, und schon kommt man ungeschoren hindurch? Wäre mir wirklich zu gefährlich, das auszuprobieren! Also, ich weiß nicht...«

»Königliches Blut«, unterbrach ihn Peter. »Was fällt Ihnen dazu ein? ›*Dies ist das königliche Blut...*‹ das kann doch nur sinnbildlich gemeint sein, oder?«

»Ja«, sagte Patrick. »Vielleicht etwas, wofür ein König einen blutigen Tod gestorben ist. Etwas, wofür er sein Leben geopfert hat.«

»Oder etwas, das errungen wurde, indem oder zu dessen Zweck ein König getötet wurde«, sagte Peter. »Blutgeld.«

»So dramatisch?« Patrick dachte nach. »Es könnte auch einfach nur eine Erbschaft gemeint sein.«

»Eine Erbschaft?«

»Ja, sicher. Wie sich königliches Blut durch Generationen zieht und die Erbfolge bestimmt, so könnte dies hier das Erbe eines Königs sein. Seine wahre Hinterlassenschaft, die als so wichtig angesehen wurde, dass sie mit seinem Blut verglichen wurde.«

»Guter Punkt!«, sagte Peter. »Eine Hinterlassenschaft, die allerdings revolutionär ist. Etwas, das nur der versteht, der es wagt, ›*den Fels zu bezweifeln*‹. Und der Fels könnte dabei als Sinnbild für etwas Etabliertes, Unerschütterliches stehen…« Seine Augen blitzten plötzlich auf. »Wissen Sie, was mir dabei spontan einfällt? Petrus.«

»Petrus? Welcher Petrus?«, fragte Patrick.

»*Der* Petrus, der aus der Bibel. Er hieß eigentlich Simon, aber Jesus nannte ihn *Pétros*, das griechische Wort für Fels, und sagte, er solle der Fels sein, auf den er seine Kirche bauen wolle… und was war im dreizehnten Jahrhundert unerschütterlicher als die katholische Kirche und der christliche Glauben?«

»Sie meinen, mit dem Fels könnte also die Kirche gemeint sein?«

»Ja, warum nicht«, antwortete Peter.

»Dann könnte das also heißen: ›*Hier liegt eine königliche Hinterlassenschaft verborgen, die nur diejenigen verstehen können, die nicht den Lehren der Kirche folgen.*‹« Patrick zündete sich eine neue Zigarette an. »Und wie war das noch, Peter? Sie sagten, die Katharer hatten tatsächlich Ansichten, die der Kirche nicht passten?«

»Ja, genau.« Peter nickte. »Das Wort *Ketzer* leitet sich sogar von den Katharern ab. Die Katharer glaubten an ein streng dualistisches Weltbild; das Gute und das Böse, Geist und Materie. Sie glaubten, dass nicht Gott sondern der Teufel die Welt geschaffen hat. Dass das Böse dafür verantwortlich ist, dass alles an eine Materie gebunden und unfrei ist. Dass alle Menschen ein göttliches Wesen in sich selbst besitzen, das aber auf der Welt gefangen ist. Sie akzeptierten weder die Anbetung eines Kreuzes noch die heiligen Sakramente, weil diese in ihren Augen weltlich, materiell, also somit satanisch sind. Auch die Taufe mit Wasser lehnten sie ab und praktizierten die Taufe stattdessen per Handauflegen. Denn Johannes der Täufer soll über Jesus gesagt haben: ›Ich habe euch mit Wasser getauft, er aber wird euch mit heiligem Geist taufen.‹«

»Das passt ja alles wunderbar zusammen. Dann haben die

Katharer hier eine Hinterlassenschaft für ihresgleichen deponiert.«

»Und was machen Sie aus den letzten beiden Sätzen?«, fragte Stefanie.

»Schwer zu sagen«, gab Peter zu. »Von welcher Macht könnte die Rede sein, die Welten erschuf oder Welten vernichtete?«

»Sie sagten gerade, dass die Katharer der Meinung waren, dass die Schöpfung das Werk des Teufels war«, meldete sich abermals Patrick. »Andererseits wäre Zerstörung, die Loslösung von Materie, dann etwas Göttliches. Also, ich würde den Text dann so übersetzen:

Dies sind die Archive der Katharer,
denen zugänglich, die ihre Geheimnisse kennen.
Dies ist ihre königliche Hinterlassenschaft,
denen verständlich, die der Kirche widersprechen.
Dies ist die Kraft des Teufels.
Dies ist die Gefahr Gottes.

Nennen Sie es ›frei nach Nevreux‹.«

»Also, ich weiß nicht«, sagte Peter und schüttelte den Kopf. »Eine teuflische Macht? Gott eine Gefahr?«

»Nein«, stimmte Stefanie zu, »das kann ich auch nicht glauben… Wie gut kennen Sie sich mit den Katharern und der Geschichte um Montségur aus, Peter?«

»Oberflächlich. Ich weiß nur so viel, wie ich vor einigen Jahren recherchierte. Gut möglich, dass ich das ein oder andere nicht beachtet hatte. Ich werde das jetzt aber auf jeden Fall nachholen. Möglich, dass es noch mehr Zusammenhänge gibt.« Peter stand wieder auf und prüfte den Bestand an vorhandenen Büchern, ob es zufällig passende Nachschlagewerke gab. »Vielleicht gibt es auch etwas über die Verbindung der Katharer und der Templer herauszufinden.«

»Wie kommen Sie denn jetzt auf die Templer? Meinen Sie den Templerorden?«

»Ja, genau den. Die Templer sind später auch von der Inquisition verfolgt und der Ketzerei beschuldigt worden. Man sagte ihnen unheilige Praktiken und Götzenanbetung nach. Angeblich verehrten sie Baphomet, eine teuflische Gestalt. Und es gibt diese Gerüchte, dass sie die Katharer unterstützt haben. Ich kann es nicht erklären, aber ich habe das Gefühl, dass es da einen engen Zusammenhang gibt, und vielleicht hat unsere Höhle etwas damit zu tun...«

»Wer weiß«, überlegte Patrick. »Aber dann versuchen Sie bei der Gelegenheit am besten auch, den Begriff ›*Kreis von Montségur*‹ zu prüfen. Diesem Typ in Cannes war das ja wohl bekannt. Möchten Sie im Netz nachsehen?«

»Im Netz?«

»Im Internet. Möchten Sie im Internet recherchieren?«

»Also wissen Sie...«, begann Peter und wollte sich gerade die Worte zurechtlegen, mit denen er seine Einstellung zum Internet beschreiben würde, entschied sich dann aber anders. »Warum nicht. Ich kenne mich allerdings noch nicht aus; Sie werden mir also zeigen müssen, wie man damit umgeht.«

»Kein Problem«, sagte Stefanie, »ich helfe Ihnen gerne.«

»Das kann ich auch machen«, mischte sich Patrick mit mürrischem Seitenblick auf die Wissenschaftlerin ein.

»Das ist wirklich sehr freundlich.« Peter lachte. »So viel Hilfsbereitschaft! Ich möchte aber gerne die weibliche Unterstützung vorziehen. *Ladies first*. Ich hoffe, Sie haben nichts dagegen, Patrick?«

»Es ist wirklich rein beruflich«, fügte Stefanie wie zur Beruhigung hinzu und lächelte den Franzosen schalkhaft an.

»Sehr lustig«, knurrte Patrick und wandte sich ab.

»Haben Sie wirklich noch gar keine Erfahrung mit dem Internet?«, fragte Stefanie, während sie sich mit Peter vor den Computer setzte.

»Ich kann einen gewissen Argwohn nicht verhehlen.«

»Nun, dann will ich gerne versuchen, Sie eines Besseren zu

belehren. Glauben Sie mir, es ist ganz einfach. Und keine Sorge: Man kann das Internet auch nicht versehentlich kaputtmachen...«

»Ich störe Sie ja ungern in Ihrer Zweisamkeit«, rief auf einmal Patrick vom anderen Ende des Raums, »aber das hier sollten Sie sich ansehen.« Er zeigte ein Papier. »Ein Fax. Von unserem mysteriösen St. G.:

›*Sehr geehrte Wissenschaftler,*
Ihre Nachforschungen tragen erste Früchte. Sie haben das Zeichen von Montségur und die Archive des Wissens gefunden. Und noch mehr haben Sie gefunden. Einiges, das Sie nicht beachteten, und einiges, das Sie nicht suchten. Nun gilt es zu bewerten, zu trennen und zusammenzufügen.
Alles Wissen ist immer vorhanden. Es muss zusammengetragen und richtig kombiniert werden. Derjenige ist wahnsinnig, der ein Geheimnis aufschreibt, ohne es vor den Unwissenden zu schützen. Und so braucht es als Schlüssel vielleicht den einen oder anderen Hinweis.
Beachten Sie den Heiligen Gral und den Kreis, den mein erster Brief beschrieb. Fügen Sie zusammen. Ihnen bleibt nicht viel Zeit.
In Vertrauen, St. G.‹«

»Höchst erstaunlich!«, sagte Peter nach einer Weile.

»Er weiß genau, was hier vor sich geht.« Patrick staunte.

»Warum ›er‹?!«, meinte Stefanie. »Es könnte genauso gut eine Frau geschrieben haben.«

»Ja, natürlich«, lenkte Patrick ein. »Aber finden Sie das nicht auch außerordentlich merkwürdig, dass diese Person so gut über unsere Recherchen Bescheid weiß?«

»Nun, nach dem, was Sie mir von Cannes erzählt haben, könnte es sich ja inzwischen durchaus herumgesprochen haben, dass wir das Zeichen gefunden haben.«

»Aber hier ist von den ›Archiven des Wissens‹ die Rede, eine Bezeichnung, die wir gerade erst entschlüsselt haben.«

»Das mag ja sein«, sagte Stefanie, »aber vielleicht wissen andere Menschen erheblich mehr über den ›Kreis von Montségur‹ als wir. Die brauchten möglicherweise nicht erst mittelalterliche Inschriften zu entschlüsseln, um zu wissen, dass das Symbol und die Archive zusammengehören.«

»Und ist Ihnen die Anrede aufgefallen? ›Wissenschaftler‹ werden wir genannt. Im ersten Brief stand da noch ›Herren‹. Als ob bekannt wäre, dass wir nun eine Frau im Team haben.«

»Also, ich glaube, Sie interpretieren zu viel in den Text hinein«, sagte Peter. »Wie sollte das jemand wissen?«

»Vielleicht genauso, wie jemand unsere Faxnummer kennen kann, was meinen Sie wohl?!«

»Ich weiß nicht...«, sagte Peter. »Was ich allerdings viel interessanter finde, ist der Schreibstil. Einfach und leicht verständlich, was man vom ersten Brief nicht gerade sagen konnte. Außerdem steht hier, wir sollen den ersten Brief beachten, dort sei ein Kreis beschrieben. Und das sei ein ›Hinweis‹, so wie ich das hier lese. Könnte es sein, dass im ersten Brief eine Nachricht versteckt war? Merkwürdig genug war er ja.«

»Hm... möglich«, gab Patrick zu. »Ich werde mir den Brief noch mal ansehen. Vielleicht fällt mir ja was auf. Und sonst...« Er las den Text erneut. »Der ›Heilige Gral‹ ... was ist wohl damit gemeint? Sind wir jetzt bei Alice im Wunderland?«

»Der Heilige Gral hat nichts mit Alice im Wunderland zu tun«, korrigierte Peter mit einem kritischen Blick.

»Das ist mir schon klar, Professor. Aber es hat mindestens genauso viel mit Geschichte zu tun.«

»Ich dachte, Sie nehmen das nicht immer so ernst«, konterte Peter. »Waren Sie nicht auch auf der Suche nach Eldorado?«

»Eldorado hat es gegeben! Aber der ›Heilige Gral‹ ist etwas für Indiana Jones.«

»Wie Sie meinen …«

»Oder sind Sie da anderer Meinung? Haben Sie jetzt etwa auch wieder eine Geschichtsstunde parat?«

»Nun seien Sie doch nicht so biestig«, versuchte Stefanie zu beschwichtigen.

»Es ist schon gut«, sagte Peter. »Er hat völlig Recht. Sicherlich ist das der Stoff, aus dem Legenden sind… Andererseits gibt es eine ganze Menge sehr interessanter geschichtlicher oder zumindest pseudohistorischer Hinweise. Und wenn ich darüber nachdenke… In der Tat! Eine gewisse Verbindung gibt es da sogar, und nun sind wir darauf gestoßen und ausdrücklich aufgefordert worden, das zu untersuchen.«

»Wie meinen Sie das? Was für eine Verbindung?«

»Der ›Heilige Gral‹ ist Teil der Artus-Legende, wie Sie vielleicht wissen. Aber wussten Sie auch, dass sie französischen Ursprungs ist? Wolfram von Eschenbach beschrieb in seinem *Parzival*, dass der ›Heilige Gral‹ auf der abgeschiedenen Burg Munsalvaesche aufbewahrt wurde. Das ist nichts anderes als ein anderer Name für die Burg Montségur.«

»Peter! Sie sind doch immer wieder für eine Überraschung gut.«

»Danke sehr.«

Das Telefon klingelte. Peter sah die anderen einen Augenblick ratlos an. Diese zuckten jedoch nur mit den Schultern, und schließlich nahm er ab.

»Lavell.«

»Elaine de Rosney. Guten Morgen, Herr Professor.«

»Guten Morgen…«

»Ich rufe an, um Ihnen mitzuteilen, dass Sie Ihre Arbeit unbehelligt fortführen können. Ich habe dafür gesorgt, dass Bürgermeister Fauvel Sie nicht des Hotels verweisen kann.«

»Oh, das ist großartig. Wie…«

»… wenn es weitere Schwierigkeiten geben sollte, setzen Sie sich bitte sofort mit mir in Verbindung.«

»Ja, natürlich, wir...«

»...ich wünsche Ihnen noch viel Erfolg. Bis bald.«

Ein Klicken beendete das Gespräch.

»Eine redselige Dame«, konstatierte Peter.

»Elaine?«

»Ja, sie hat irgendetwas arrangiert, so dass uns Monsieur Fauvel hier nicht mehr hinauswerfen kann. Wir sollen uns melden, wenn es trotzdem wieder Probleme gibt.«

»Na denn...« Patrick zuckte die Achseln. »Wollen Sie sich jetzt ins Netz begeben? Ich werde mir derweil das erste komische Fax noch einmal vornehmen. Außerdem *muss* es einfach möglich sein, festzustellen, wer der Absender ist. Ich habe da noch eine Idee...«

KAPITEL 14

9. Mai, Rue des Anges, Paris

Er hatte es nicht anders erwartet. Als sie mit der abgedunkelten Limousine vorfuhren, wartete dort bereits eine Gruppe Journalisten. Bevor er ausstieg, griff Jean-Baptiste Laroche in die Innentasche seines Jacketts, holte ein Lederetui hervor und klappte es auf. Darin lag, sorgfältig in der Mitte gefaltet, ein einzelner Zettel. Er enthielt nur wenige Zeilen Text. Auf der linken Seite stand:

Dagobertus in te
rex es
si exsurrexeris,
te sequentur
et magnum imperium delebis.

Es waren die Worte, die der Schäfer ihm im Wahn seiner Umnachtung prophezeit hatte. Die Übersetzung lautete:

Dagobert ist in dir,
Du bist ein König.
Wenn du dich erhebst,
Wird man dir folgen
Und du vernichtest ein großes Reich.

Zufrieden lächelte er in sich hinein. Dafür hatte es sich gelohnt, das Languedoc jahrelang auf der Suche nach merkwürdigen Vorfällen zu beobachten. Nur ein lokales Blatt hatte vom angeblichen Unfall des Schäfers berichtet, aber Laroche war dem nachgegangen, hatte ihn besucht und Recht behalten. Er verstand zwar nicht wie, aber der Schäfer schien Zugang zu höherem Wissen erlangt zu haben, und wie Frankreich schon Jeanne d'Arc gefolgt war, würde es auch dem neuen König folgen.

Als er schließlich aus dem Wagen schlüpfte und sich aufrichtete, empfing ihn zwar kein Blitzlichtgewitter, aber ein Schwall von Fragen prasselte auf ihn ein, wie Glückwünsche auf einen Profifußballer nach einem gewonnenen Länderspiel. Natürlich hatte er nicht vor, auch nur eine Einzige davon zu beantworten, aber er genoss die Aufmerksamkeit und tat sein Bestes, um das Interesse der Reporter an ihm aufrechtzuerhalten.

»Was ist der Grund für dieses Treffen?«

»Wollen Sie Koalitionsgespräche führen?«

»Wie ist Ihre persönliche Beziehung zu Präsident Michaut?«

Er blieb am Wagen stehen und schaute lächelnd in die Runde. Dann holte er tief Luft und vermittelte mit seiner Mimik den Eindruck, als wolle er sich jetzt ausführlich vor der Menge äußern. Er erreichte damit, dass die Fragen abebbten und ihn die Journalisten einen Augenblick erwartungsvoll anstarrten.

»Vielen Dank für Ihre Fragen, mein Pressesprecher ist gerne bereit, Ihnen Auskunft zu erteilen. Entschuldigen Sie mich.« Er zwängte sich durch die Menschen, die sein Sekretär bereits bemüht war, auseinander zu drängen. Ungehaltene Töne wurden jetzt in der Menge laut, aber Jean-Baptiste ignorierte sie und betrat das Foyer des Gebäudes, von dem die sensationshungrige Meute durch zwei Wachmänner fern gehalten wurde.

»Sind Sie sicher, dass Sie meine Hilfe nicht benötigen?«, fragte der Sekretär.

»Ja, vielen Dank. Ich denke nicht, dass das Gespräch länger als eine Stunde dauert. Aber wenn doch, können Sie ja hochkommen und mich auslösen.«

Sie gingen zum Empfang, und Jean-Baptiste Laroche wurde kurze Zeit später durch die Sicherheitsschleuse gelassen. Man begleitete ihn in den sechsten Stock und führte ihn bis in das Empfangszimmer des Präsidenten.

»Es dauert noch einen Augenblick«, sagte die Vorzimmerdame. »Bitte setzen Sie sich. Möchten Sie in der Zwischenzeit etwas trinken?«

Er sah sich um und ließ sich in der Ledergarnitur nieder. »Ja, gerne«, antwortete er. »Ein Glas Champagner.«

Die Dame sah ihn einen winzigen Moment mit großen Augen an, hatte ihre Fassung aber sofort wiedergefunden. Sie führte ein kurzes Telefonat und widmete sich dann wieder ihrer Arbeit.

Er konnte nicht sagen, welcher Teufel ihn geritten hatte; eigentlich mochte er gar keinen Champagner, aber er hatte plötzlich das Bedürfnis gehabt, seinem Hochgefühl auf diese Weise Ausdruck zu verleihen. Er konnte noch nicht einmal genau sagen, warum er sich so gut fühlte. Er hatte keine Agenda für dieses Treffen bekommen, aber er ahnte schon, warum Michaut sich mit ihm treffen wollte. Er konnte nicht nachvollziehen, warum sich der Mann diese Blöße gab.

Eine junge Dame kam herein und brachte ein Glas Champagner auf einem Tablett. Laroche nahm es entgegen, nippte daran und ließ es dann stehen. Es gefiel ihm nicht, dass Michaut ihn warten ließ. Aber er konnte sich gut vorstellen, dass der Präsident gerade in der letzten Zeit alle Hände voll zu tun hatte. Sein Widersacher lächelte spitz. Dieser Gedanke erheiterte ihn nun wieder.

Schließlich öffnete sich eine Tür, und Präsident Michaut trat ein. Er ging auf Laroche zu und reichte ihm die Hand.

»Es freut mich, dass Sie kommen konnten, treten Sie doch bitte ein.« Er führte den Gegenkandidaten in das Büro, schloss die Tür und nahm hinter seinem Schreibtisch Platz.

»Ich hoffe, Sie sind von der Presse nicht allzu sehr belästigt

worden«, sagte der Präsident mit einer Geste zum Fenster hin.
»Wir haben uns bemüht, dieses Treffen nicht an die große Glocke zu hängen. Aber Sie wissen ja, wie es ist...«

»Es war kein Problem, Monsieur Michaut.« Er vermied absichtlich die förmliche Anrede. »Haben Sie denn irgendetwas verlauten lassen, das ich wissen sollte?«

»Wie den Grund dieses Treffens?«

»Zum Beispiel.«

»Nein. Haben Sie den Journalisten unten denn etwas gesagt?«

»Nein.«

»Gut.«

Ein Augenblick Stille trat ein. Laroche beobachtete die Gesichtszüge des Präsidenten. Er sah alt aus heute. Er war ein wichtiger Mann im Land, mit vielen Befugnissen. Doch in seinen Augen stand jetzt die Einsicht geschrieben, dass seine ganze Position letztlich auf der Macht der Beziehungen und Kontakte aufbaute. Und langsam löste sich dieser Boden unter seinen Füßen auf, die schützenden Wände rückten beiseite, helfende Hände wurden zurückgezogen. Michaut befand sich im freien Fall, und er wusste es. Aber er wusste nicht, warum. Und nun hatte er seinen Gegenspieler herbeizitiert. Wahrscheinlich rang er seit Tagen damit, einzuschätzen, ob sein Kontrahent, den er bisher nie ernst nehmen musste, zur letzten Hoffnung oder zum Erzfeind geworden war.

»Warum ich Sie heute hergebeten habe...«, begann der Präsident nun.

Er geht direkt drauflos, alle Achtung! Das hatte Laroche nicht erwartet.

»...ist eine ganz persönliche Frage. Es ist mir etwas unangenehm, um ehrlich zu sein, und ich muss mich darauf verlassen können, dass Sie dieses Gespräch vertraulich behandeln.«

»Sie erwähnten die Vertraulichkeit bereits bei Ihrer Einladung«, antwortete Laroche. »Andererseits befinden wir uns immerhin in Ihren Büroräumen. Wie diskret kann das Gespräch da schon sein?«

»Ich versichere Ihnen, dass dieser Raum nicht überwacht oder abgehört wird.«

»Gut...« Er zögerte. Worauf wollte Michaut hinaus?

»Kann ich also offen mit Ihnen sprechen?«

»Stellen Sie erst einmal Ihre Frage.«

»Sie haben Recht. Sie können immer noch entscheiden, ob Sie antworten möchten.« Präsident Michaut lehnte sich zurück, zog eine Schublade auf, brachte eine Zigarettenpackung hervor, holte eine Zigarette heraus und zündete sie sich an. Mit einer Geste bot er die Packung seinem Gegenüber an, doch dieser lehnte ab. Die scheinbare Selbstgefälligkeit, mit der der Präsident nun rauchte, missfiel dem jungen Politiker, aber vielleicht war es auch lediglich ein Zeichen seiner Nervosität.

»Wissen Sie«, sagte Michaut nun, »das Erstaunliche ist, dass man sich gegenseitig zwar als Politiker kennt. Aber obwohl wir beide auf so engem Gebiet arbeiten, dass wir schon fast *zusammenarbeiten* könnten, wissen wir voneinander tatsächlich nicht wesentlich mehr, als jeder andere aus dem Fernsehen, meinen Sie nicht auch? Gut, ich habe sicherlich ein paar mehr Akten über Sie als unsere Journalisten, und Sie werden auch Ihre internen Unterlagen über mich haben. Aber so ganz im Ernst: Ich kenne Sie nicht halb so gut, wie ich gerne würde.«

»Und Ihre Frage?«

»Ich frage mich – und das meine ich allen Ernstes –, welche Ziele Sie mit Ihrer Partei verfolgen. Verstehen Sie mich nicht falsch; ich meine nicht Ihre Kampagnen, das was über Sie bekannt ist und was Sie öffentlich vertreten. Sie beziehen eine Position und treten für das patriotische Selbstverständnis Frankreichs ein«, er machte eine vage Handbewegung. »Das ist alles ganz spannend, quasi als Kontrastprogramm. Und in

Maßen sogar gut für meine Politik. Was mich aber interessiert, ist Ihr Hintergrund. Wie denken Sie wirklich, welches ist Ihr ureigenes Interesse hinter der Position, die Sie vertreten?«

Laroche zögerte. Michaut war schwer einzuschätzen, und er war nicht dumm. Das war einer der Gründe, warum er so erfolgreich war. Wollte er wirklich wissen, wonach er fragte?

»Was erwarten Sie von mir?«, sagte Jean-Baptiste. »Dass ich mich Ihnen entblöße?«

Der Präsident hob beschwichtigend die Hände. »Keineswegs. Aber sehen Sie: Ich weiß, wonach Sie streben, und ich beobachte Ihren zunehmenden Erfolg. Wie ich eingangs sagte, kenne ich Sie viel zu wenig, aber ich wage zu behaupten, dass Sie nicht lediglich eine politische Gesinnung vertreten. Ich habe das Gefühl, dass Sie etwas anderes antreibt, etwas, das über die bloßen Belange einer Partei hinausgeht. Und das würde ich gerne besser verstehen.«

»Was lässt Sie glauben, dass Sie es verstehen würden?«

»Dann habe ich Recht?«

»Ich habe Ihnen nicht zugestimmt. Ich habe Ihnen lediglich nicht widersprochen.«

»Nun kommen Sie schon, erzählen Sie mir, was in Ihnen steckt.«

»Bei allem Respekt, Monsieur Michaut, wenn Sie mich schon auffordern, so offen zu sein, dann darf ich sicherlich erfahren, was Sie mit diesem Verhör bezwecken! Versuchen Sie, meine Wege zu studieren? Folgen Sie dem Rat unserer Altvorderen, und wollen Sie Ihren Feind besser kennen lernen als Ihren Freund? Oder wollen Sie sich gar mit dem Gegner verbünden, den Sie nicht besiegen können?«

»Weshalb ständig so feindselig? Wir sind doch hier nicht auf dem Schlachtfeld.«

»Nein? Sind wir das nicht?«

»Ich bitte Sie, Monsieur Laroche!« Der Präsident lachte. »Wir mögen uns ja dort draußen wie Kampfhähne gegenüberstehen, aber menschlich können wir uns durchaus respektieren.«

»Und das wollen Sie ausgerechnet dadurch erreichen, dass ich Ihnen meine politische Motivation erläutere?«

»Nein, nicht Ihre politische, sondern Ihre menschliche. Sehen Sie mich an. Ich komme aus einem reichen Elternhaus. Ich bin lange Jahre im Ausland aufgewachsen und habe andere Länder und Kulturen kennen gelernt. Und ich habe ihnen nachgetrauert, wenn ich sie verlassen musste. Die Welt war für mich immer größer und spannender als Frankreich allein. Für mich war seit damals ein vereintes Europa eine fast heilige Vision. Die Grenzen zwischen Ländern und Kulturen verschwimmen zu lassen, zusammenzuarbeiten, voneinander zu lernen. Meine politische Arbeit beruht so zum Teil auf einigen ganz persönlichen Träumen und Wünschen. Auch wenn ein wirklich vereintes Europa in meiner Amtszeit nicht zu realisieren ist, weisen aber all die kleinen Dinge meiner Politik einen Weg in die Richtung meiner Interessen. Und in diesem Licht wird vielleicht vieles verständlich. Selbst wenn man meiner politischen Arbeit nicht zustimmt, kann man mich trotzdem als Mensch respektieren, der ein nachvollziehbares Ziel vor Augen hat und diesem auch konsequent und mehr oder minder erfolgreich nachgeht.«

Jean-Baptiste Laroche sagte nichts.

»Ihre Partei«, fuhr Michaut fort, »die PNF, sieht in dem Gedanken des vereinten Europa eine Bedrohung. Sie sind keineswegs rückschrittlich, aber Sie scheinen rückwärts gewandt. Wie kommt das?«

»*Rückwärts gewandt* ist gut ausgedrückt…« Laroche sah einen Augenblick zur Decke. »Es interessiert Sie also, was es ist, das mich antreibt…« Er stand plötzlich auf und stützte sich mit den Händen auf den Schreibtisch des Präsidenten. »Gut. Dann will ich Ihnen von *meinem* Frankreich erzählen. Und lassen Sie mich dabei rückwärts gewandt sein.« Er begann, im Büro umherzulaufen. »Sie, mein lieber Monsieur

Michaut, möchten Europa verbünden, möchten von der Macht Europas profitieren, sich den Weltmächten und den Weltmärkten entgegenstellen können. ›Einigkeit macht stark‹ ist Ihr Motto. Aber Sie verkennen dabei, dass Sie den Nerv der Zeit mit Füßen treten. Weshalb gibt es denn immer wieder Spannungen im Balkan, in der ehemaligen Sowjetunion oder im Nahen Osten? Nicht, weil die Menschen Einigung wünschen, sondern im Gegenteil, weil sie Angst davor haben, ihre nationale Identität zu verlieren.«

Präsident Michaut lehnte sich zurück, faltete die Hände und legte sein Kinn darauf. Er schien andächtig zu lauschen, während Laroche durch den Raum schritt und gestikulierte.

»Schauen Sie sich unser Frankreich an: Arbeitslosigkeit, Ausländerprobleme, wir verpassen den technischen Anschluss. Auf dem Weltmarkt haben wir kaum mehr eine Bedeutung, und wenn wir gerade mal ›gegen‹ etwas sind, ignoriert man uns, politisch findet selbst die Schweiz mehr Beachtung.«

Der Präsident holte Luft und wollte etwas erwidern, doch Laroche hob die Hand. »Ich weiß, es ist überspitzt. Aber nun wenden Sie den Blick weiter zurück: Was haben die Nazis mit uns gemacht? Überrollt haben sie uns. Gut, dass es Amerikaner gab, die uns in der Normandie helfen konnten, nicht wahr? Und es war doch vorher auch nicht anders! Denken Sie an den Ersten Weltkrieg, oder den Hundertjährigen Krieg! Zehntausend Tote allein bei einer einzigen Schlacht bei Azincourt – und das bei einem Kampf ohne Massenvernichtungswaffen. Die Engländer haben damals die Blüte Frankreichs mächtig aufgerieben. Eine ganze Generation Adliger und Ritter wurde an einem Tag abgeschlachtet. Was ist aus dem stolzen, mächtigen Frankreich geworden? Was ist aus dem Reich Karls des Großen geworden? Was aus den Merowingern vor ihm? Was für eine Macht hatte das Reich der Franken damals – was für eine göttliche Macht. Wir waren nach dem Fall Roms das politische und geistige Zentrum des

Abendlandes, viele hundert Jahre lang. Und nun kommen wir dazu, was mein *Interesse* ist. Sie haben Recht; es geht mir um mehr als eine politische Arbeit am nationalen Selbstverständnis Frankreichs. Ich möchte dieses Land nicht in einem Schmelztiegel der Nationen und Gesinnungen zu einem bedeutungslosen Brei verkochen lassen. Ich möchte Frankreich zu seinen Wurzeln zurückführen und ihm seinen gottgegebenen Platz wieder einräumen.«

Jean-Baptiste Laroche hatte sich in Rage geredet. Er machte den Eindruck eines Wanderpredigers. Er war dogmatisch, fundamentalistisch, ohne Frage, aber er war auch ein Charismatiker, und er *überzeugte* durch eine ganz besondere Begeisterung – eine Art von ehrlicher, *inniger* Begeisterung.

»Das ist es, was die Menschen in diesem Land spüren. Wir waren einmal das auserwählte Volk. Es geht hier nicht um Arbeitslosigkeit allein, es geht um eine vergangene Größe, um den Verlust der Gnade Gottes.«

»Verlust der Gnade Gottes? Ich wusste nicht, dass Sie ein so gläubiger Mensch sind, Monsieur Laroche.«

»Sie verkennen die Lage, Monsieur Michaut. Alleine schon die Tatsache, dass Millionen von Franzosen diesen Verlust spüren, macht die Frage irrelevant, ob ich selber gläubig bin oder nicht. Aber unabhängig davon: Ja, ich bin gläubig, und zwar viel intensiver und auf eine ganz andere Art, als Sie es sich vorstellen können.«

»Heißt das, dass Ihre Partei ein Vehikel für einen Feldzug des Glaubens ist?«

»Sie haben nach meinem ureigenen Interesse gefragt, und ich bezweifelte, dass Sie es verstehen würden. Nun sind wir so weit: Ja. Sie haben verdammt Recht. Es geht darum, Frankreich einen Messias zu bringen, wenn Sie es so nennen möchten, einen wahren Erben des königlichen Blutes, um dem Land die Gnade Gottes und sein Vorrecht auf die Herrschaft wiederzubringen.«

Der Präsident atmete langsam und tief ein. Das Gespräch hatte eine unerwartete Wendung genommen. Jean-Baptiste Laroche war zu intelligent; er konnte sich ihn einfach nicht als religiösen Fanatiker vorstellen, der auch noch von der Industrie unterstützt wurde. Zugegeben, die »Industrie« waren Verwandte, aber gerade deswegen konnten es nicht allein seine verklärten frommen Predigten über die Gnade Gottes sein, die seinen Erfolg ausmachten. Irgendetwas tiefer Liegendes unterstützte den Mann, etwas gab ihm Recht, machte ihn glaubwürdig.

»Und dieser Messias«, begann der Präsident zögerlich, »das sind Sie?«

»Ja.« Jean-Baptiste Laroche baute sich vor dem Schreibtisch auf. Seine Champagnerlaune war zurückgekehrt. »Ja, ich bin der Messias. Jene, die mich unterstützen, wissen es, und es gibt nichts, was Sie dagegen tun könnten. Und wenn Sie mich umbringen, dann schaffen Sie einen neuen Märtyrer, Ihr ganz persönliches Armageddon. Denn ich bin der Erbe des königlichen Blutes!«

9. Mai, Wald bei St.-Pierre-Du-Bois

Fernand Levasseur parkte seinen Wagen am Ende des Schotterweges, der von der alten Forsthütte im *Vallée des Cerfs* den Berg hinaufführte. Von hier aus war es ein Marsch von etwa einer halben Stunde, bis er vermutlich den hinteren Teil der Absperrung erreichen würde, die die Forscher um den Berggipfel errichtet hatten. Der Förster wusste nicht genau, wo sich der Zaun befinden würde und ob es dort überhaupt einen gab, aber er kannte das Gebiet auf der Rückseite des Berges sehr gut. Es gab dort nur eine steile Wand. Sie erübrigte wahrscheinlich das Aufstellen eines Zauns – und viele Möglichkeiten, wo man ihn entlangführen konnte, gab es sowieso nicht, dafür aber eine Gelegenheit, den Felshang auf andere Art zu bezwingen. Er hoffte darauf, dass er auf diese Weise in das abgesperrte Gebiet eindringen und dem Rätsel der Forscher auf die Spur kommen konnte.

Er hatte dunkelgrüne Forstkleidung angezogen, so dass er sich unauffällig im Wald bewegen konnte. Ein Gewehr hatte er ebenfalls geschultert, um notfalls den Eindruck eines einfältigen Jägers zu erwecken. Er konnte die Forscher und ihr Unternehmen schlecht einschätzen, hatte aber das Camp der Ranger und die Anzahl der dort beschäftigten Männer gesehen. Er vermutete, dass diese von den Forschern inzwischen gewarnt worden waren, dass er sich möglicherweise Einlass verschaffen würde. Es mochte gut sein, dass die Ranger die Absperrung nun strenger überwachten, daher wollte er keine Aufmerksamkeit erregen.

War der Wald anfangs noch mühelos zu durchdringen, ließ sich der Weg nach einer Weile immer schwerer bewältigen. Die Bäume standen zwar nicht mehr so dicht, aber dafür versperrten zunehmend große Felsen den Weg. Das Unterholz war unwegsam und bildete zusammen mit den Gesteinsbrocken und dem Geröll gefährliche Wälle, fast schon eine Art natürliche Barrikaden. Gleichzeitig wurde der Untergrund immer steiler. Der Förster wusste, dass er bald die Baumgrenze erreicht hatte. Es dauerte länger als erwartet, bis er schließlich an die Felswand kam. Wie er gehofft hatte, war nirgendwo ein Zaun zu sehen, und es war an dieser Stelle ja auch scheinbar nicht notwendig. Die Wand machte einen soliden und unbezwingbaren Eindruck – zumindest ohne die richtige Ausrüstung.

Er hielt sich rechts und schritt den Fels entlang. Er hatte sich im Wald etwas zu weit links gehalten und war deshalb an der falschen Stelle herausgekommen. Nun suchte er eine ganz besondere Felsspalte.

Dieses Gebiet am Fuß des *Vue d'Archiviste* war ihm wohl vertraut. Vor einigen Jahren hatte er mehrere Wochen im Sommer damit verbracht, den Berg zu erkunden. In diesem Teil des Languedoc gab es kaum Berge, die sich nicht auf die eine oder andere Art besteigen ließen. In der Regel gab es entweder einen relativ leichten Aufstieg an einer sanft ansteigenden Seite, den man auch als Wanderer mit ein wenig Ausdauer und Kondition wagen konnte. Oder aber es gab Zugänge von einem anderen Berggipfel über die Kämme hinweg. Der *Vue d'Archiviste* war eine Ausnahme. Er stand ziemlich isoliert, so dass es keine andere Möglichkeit gab, ihn zu erreichen. Man musste sich ihm von unten nähern und die Spitze direkt besteigen. Fernand Levasseur war kein Bergsteiger oder Sportler, deswegen hatte er lange Zeit damit verbracht, einen Weg zur Spitze zu finden, ohne sich mit Steigeisen und Seil an die Steilwand wagen zu müssen. Er wusste, dass man auf der anderen Seite des Berges durch den Wald ziemlich weit nach oben gelangen konnte. Auch dort stieß man irgendwann an eine Felswand, doch die machte einen relativ harmlosen Eindruck, wenn man sich darauf vorbereitete. Nachdem er diesen Weg gefunden hatte, war es immer sein Ziel gewesen, dort einmal einen Aufstieg zu unternehmen. Aber irgendwie war er nie dazu gekommen. Besonders nicht, nachdem Fauvel Bürgermeister geworden war und es dauernd Auseinandersetzungen zwischen der Umweltbehörde und dem Bauamt gab.

Es dauerte nicht lang, da fand er die Felsspalte wieder. Genau genommen war es mehr als eine Felsspalte. Aber das sah man erst, wenn man sich die ersten paar Meter hindurchgezwängt hatte. Dann weitete sich der Spalt, so dass man bequem darin stehen konnte. Vor Jahrhunderten oder noch längerer Zeit musste der Berg an dieser Stelle auseinander gebrochen sein. Vielleicht war er auch im Laufe der Zeit immer weiter auseinander gedriftet. Tonnen von Geröll waren in den Spalt gefallen, Sträucher wuchsen hier. Er war diesem Weg noch nicht weit gefolgt, aber den Rand der Spalte säumten viele Absätze; mit ein wenig Vorsicht konnte man hier ziemlich weit nach oben gelangen. Außerdem waren viele Aushöhlungen entstanden – entweder durch eingebrochene Höhlen oder auch einfach durch Regenwasser und Gesteinsschutt, der sich gelöst hatte. Der Spalt zog sich viel weiter durch den Fels als ein bloßer Riss im Berg.

Der Förster folgte dem versteckten Hohlweg und arbeitete sich langsam, aber ohne große Mühe, stetig höher. Einige Male lösten sich kleinere Steine unter ihm, aber großenteils war der Untergrund stabil. Wenn er abgerutscht wäre, hätte er vielleicht zwischen den Steinbrocken stecken bleiben oder Geröll mitreißen und sich alle möglichen Knochen brechen können. Aber er hatte für gutes Schuhwerk gesorgt und tastete mit Händen und Füßen alles ab. Der Spalt führte ihn nach etwa einer weiteren halben Stunde auf eine Felsterrasse. Er trat vorsichtig an den Rand und blickte in die Tiefe, um sich zu orientieren. Er konnte kaum glauben, dass er offensichtlich mehrere hundert Meter überwunden hatte. Der Wald war völlig zurückgewichen. Von einer Absperrung, einem Zaun oder von den Rangern war nichts zu sehen. Er befand sich aber immer noch auf der rückwärtigen Seite des Berges, derjenigen, die nicht erklimmbar schien und die deswegen anscheinend unbeachtet geblieben war.

Er sah sich auf der Terrasse um und prüfte den Fels auf allen Seiten. Bis hierher war es nicht allzu schwer gewesen. Wenn er nun weiter außen am Felsen vordrang, musste er aber besonders darauf achten, dass er denselben Weg auch wieder zurückgehen konnte.

Eng an den Berg gepresst, schritt er auf einem etwa einen Meter breiten Sims weiter. Sein Blick wanderte vom Stein vor ihm immer wieder nach unten, um abzuschätzen, ob er von unten zu sehen war und ob man ihn vielleicht beobachtete. Aber er machte sich nichts vor. Jemand, den er von hier aus im Wald nicht ausmachen konnte, würde ihn mit ziemlicher Sicherheit an der Felswand gut sehen können. Er konnte nur hoffen, dass einfach niemand da war, der zufällig nach oben schaute. Und er rechnete sich gute Chancen aus, unentdeckt zu bleiben, denn schließlich erwarteten die Ranger Eindringlinge bestimmt eher am Zaun als auf dem Berg.

Als sei er künstlich angelegt, führte der Sims an der Wand entlang, bis der Förster auf der anderen Seite des Berges angelangt war. Der Blick nach unten ließ nun das hier etwas sanfter abfallende Gelände erkennen und sogar einige Wiesen zwischen den spärlich stehenden Bäumen. Dies wäre die Stelle gewesen, an der man für den leichten Aufstieg hochgekommen wäre und die er sich gemerkt hatte. Und er hatte sich nicht getäuscht: Dort wäre er niemals unbemerkt hindurchgekommen. Er konnte eine Schneise und frische Reifenspuren wie von einem schweren Geländefahrzeug erkennen. Das war also tatsächlich schon das Gebiet, auf dem sich die Forscher und die Ranger aufhielten. Angestrengt hielt er nach weiteren Einzelheiten Ausschau, als er plötzlich stockte.

Den ziemlich steilen Felshang unter ihm führte ein Seil hinauf, das professionell verankert war. Offensichtlich diente es dazu, sich daran nach oben zu arbeiten. Und es endete direkt unter ihm!

Vorsichtig beugte sich der Förster nach vorn und erkannte, dass sich wenige Meter unter ihm ein anderer Felsabsatz befand. Das Seil führte dorthin. Deutliche Spuren auf dem Boden ließen erkennen, dass dort gearbeitet worden war. Als er schließlich noch einen Ölkanister entdeckte, war seine Neugier endgültig geweckt. Er sah sich fieberhaft nach einer Abstiegsmöglichkeit um und fand bald ein paar kleine Steinvorsprünge, die ihm sicher vorkamen. Kurz darauf hatte er den Felsvorsprung unter sich erreicht, und ein zweites Mal hielt er erstaunt inne. Was von oben wie ein kleiner Vorsprung ausgesehen hatte, war eine breite Terrasse, die in den Fels hineinführte. Dicht an der Wand standen Fässer und zwei Stromgeneratoren. Von hier aus führten Kabel zu einem Höhleneingang und verschwanden darin. Der Eingang selbst war aber mit einem schweren Stahltor verschlossen.

Das Tor war solide und mit einem Sicherheitsschloss versehen. Unmöglich, hier einzudringen. Doch was verbarg sich dahinter? Hatten die Forscher Gold entdeckt? Uran? Oder unternahmen sie geheime Experimente? War dies der Eingang zu einem Labor oder einem Lager?

Er betastete das Stahltor und versuchte, durch die schmalen Spalten zu spähen, die zwischen der unregelmäßigen Wand und den Bolzen lagen, mit denen der Rahmen des Tores im Eingang verspannt war. Im Inneren war es jedoch zu dunkel, um irgendetwas auszumachen. Aber er hatte es geahnt: Mit einer Tollwutseuche hatte dies so wenig zu tun wie Louis de Funés mit Charles de Gaulle.

Er bedauerte, dass seine Nachforschung hier ein jähes Ende fand. Er war so kurz davor! Aber es hatte keinen Zweck, zu versuchen, hier einzudringen oder darauf zu warten, dass sich doch noch ein Ranger hierher verirrte. Mehr würde er jetzt nicht erfahren. Nun konnte er sich nur noch direkt an die Forscher halten, und er hatte auch schon einen Plan, wie er es anstellen würde.

9. Mai, ein Gewölbe bei Albi

Lediglich ein halbes Dutzend mannshoher Kerzenständer erleuchteten den steinernen Saal. Fast hätte man es für einen romantischen Weinkeller halten können, wenn nicht die düsteren Möbel und die drohenden Wandmalereien eine andere Sprache gesprochen hätten. Auch der Boden war verziert. Mehrere konzentrische Kreise umschlossen ein übergroßes Pentagramm. Verschiedene magische Symbole waren um den Drudenfuß gruppiert, neben Beschriftungen in einer unleserlichen, archaisch anmutenden Schrift. Das Pentagramm schien auf dem Kopf zu stehen; es war so ausgerichtet, dass es mit einer

Spitze zum unteren Ende des Saals wies, zum Eingang, während seine beiden Füße wie zwei Hörner in die Richtung der Erhöhung deuteten, auf der eine Art Thron den Raum überragte.

Der Thron war aus dunklem Holz gefertigt und mit aufwendigen Schnitzereien übersät. Der unbekannte Künstler hatte in sehr naturalistischer Weise die einzelnen Teile des Holzes in organisch anmutende Formen und animalische Gliedmaßen verwandelt. Die Stuhlbeine waren sehr dick, muskulös und behaart. Wie die Beine eines Raubtiers, eines Bären etwa, wirkten sie kraftvoll und bedrohlich. Sie endeten in Hufen, denen einer übergroßen Ziege nicht unähnlich. Auch die Armlehnen waren meisterhaft ausgearbeitet. Mit eindrucksvollen, geschnitzten Muskeln versehen, reckten sie sich nach vorn und endeten in krallenbewehrten Klauen. Am imposantesten jedoch war die hohe Rückenlehne. Sie erhob sich fast einen Meter über jeden, der auf der Sitzfläche Platz nahm. Der Künstler hatte ihr den Anschein einer nackten, bis in die kleinste Einzelheit detailgetreuen durchtrainierten Männerbrust gegeben. Durch das dunkle Holz und die scheinbar hervortretenden Adern auf den glänzenden Muskeln strahlte das Schnitzwerk eine unheimliche, unmenschliche Kraft aus, eine bedrohliche Anspannung. Erhöht wurde dieser Eindruck durch breite Schultern und einen kräftigen Hals. Die obere Hälfte der Lehne bildete einen gewaltigen Schädel, eine verzerrte Tiergestalt mit Schnauze und gebleckten Reißzähnen, die unheilvoll in den Saal starrte, gekrönt von einem Paar nach oben geschwungener Hörner.

Auf dem Schoß des monströsen Mischwesens, das der Thron darstellte, saß ein junger Mann in dunklem Anzug. Er hatte die Beine übereinander geschlagen, die Arme ruhten entspannt auf den Lehnen, sein Rücken war angelehnt. Sein Gesicht lag im Schatten unter dem nach vorn ragenden Kopf der Bestie.

Er betrachtete eine Weile die beiden Männer, die in der Mitte des großen Pentagramms standen und zu ihm aufsahen. Er schwieg, nahm ihre absolute Ergebenheit in sich auf. Sie würden nicht wagen, sich zu rühren oder einen Ton zu sagen, bevor er sie nicht ansprach. Sie waren vollkommene Diener Belials, hatten ihre Seelen schon vor Jahren dem Tier verpfändet. Sie hatten sich ihm unterworfen und waren dafür reich und mächtig geworden, zumindest für ihre bescheidenen Verhältnisse. Aber ihre Seele würden sie niemals zurückbekommen.

Er kannte sie beide. Ihre Berufe, ihre Familien, alles, was ihre weltlichen Existenzen ausmachte. Er beobachtete ihren ständigen Werdegang, kannte ihre Stärken, Schwächen und ihre Ängste. Er kannte sie; wie seine Kinder kannte er sie alle, aber er nannte sie nie bei ihren Namen. Weder bei ihren wahren noch bei irgendwelchen anderen Namen. Es war Teil ihrer Nichtigkeit vor Belial.

Nun wies er auf den linken der beiden Männer.

»Was kannst du berichten?«

»Professor Peter Lavell hat am Völkerkundemuseum in Hamburg keine Adresse hinterlassen. Er ist aber am neunundzwanzigsten April nach Béziers geflogen.«

»Gibt es seitdem ein Lebenszeichen von ihm oder einen Hinweis auf seinen Aufenthaltsort?«

»Nein, Meister.«

Der Mann im Anzug wies auf den anderen.

»Und welche Neuigkeiten bringst du?«

»Der Wagen, den die beiden Forscher in Cannes fuhren, hatte ein französisches Kennzeichen. Er war auf die *Garde Nationale d'Environnement et de la Santé* gemeldet. Und zwar auf die Region Languedoc-Roussillon.«

»Hast du dich bei der GNES über sie erkundigt?«

»Dort streitet man jede Kenntnis über die beiden ab, Meister.«

Der Mann auf dem dämonischen Thron führte eine Hand zum Kinn und stützte es auf. Dass die Forscher im Languedoc unterwegs waren, wunderte ihn nicht. Hier waren sie wohl auf den »Kreis von Montségur« gestoßen. Merkwürdig nur, was sie mit der Umweltbehörde zu schaffen hatten. Viel wahrscheinlicher war, dass es in die Irre führen sollte. Aber dabei musste es schon um eine Arbeit von ziemlicher Wichtigkeit gehen, und es deutete auf entsprechend einflussreiche Hintermänner hin.

»Hast du einen Hinweis auf seinen Aufenthaltsort gefunden?«

»Nicht direkt, allerdings gibt es im Languedoc zurzeit Aktivitäten der GNES, die man aber ebenfalls abstreitet. Möglicherweise hängt beides zusammen.«

»Was für Aktivitäten?«

»Es scheint eine Tollwutepidemie gegeben zu haben. Die GNES hat ein ganzes Areal zur Untersuchung abgesperrt.«

»Wo liegt dieses Areal?«

»Bei St.-Pierre-Du-Bois, Meister.«

Er schwieg einen Augenblick. Er hatte genug gehört. »Ihr könnt beide gehen«, wies er die Männer an, die sich nach einem tiefen Nicken umdrehten und entfernten.

Eine Weile blieb er still im Halbdunkel sitzen und lächelte in sich hinein. Was für ein Fest! Professor Peter Lavell hier im Languedoc, zum Greifen nahe, und bei ihm die Untersuchungsergebnisse über den »Kreis von Montségur«!

Es wurde Zeit, dass die Hand von Belial ihre Fänge ausstreckte.

9. Mai, Büro des Bürgermeisters, St.-Pierre-Du-Bois

Didier Fauvel kochte vor Wut. Manche Leute behaupteten, es fehle nie viel, um ihn zur Weißglut zu bringen. Aber das stimmte nicht. Im Grunde war er ein sehr geduldiger Mensch. Er versuchte immer, es allen recht zu machen und auf alle Rücksicht zu nehmen. Und dann war es auch sein verdammtes Recht, dass man auf *ihn* Rücksicht nahm! Er stellte nun wirklich keine großen Ansprüche an die Intelligenz oder Opferbereitschaft seiner Mitmenschen, aber die Leute hatten ihn zu respektieren. Bei allem, was er für sie tat, war das nicht zu viel verlangt. Aber manchmal hatte er das Gefühl, nur von Idioten umgeben zu sein!

Heute war ein solcher Tag.

Luc hatte sein Hotel verkauft. Das *Hôtel de la Grange*. Einfach verkauft!

Mal abgesehen davon, dass sich Luc keinen beschisseneren Zeitpunkt dafür hätte aussuchen können, hatte er ihn gefälligst vorher von seinen Plänen zu informieren. Er war schließlich hier der Bürgermeister!

Wie hatte er Luc unterstützt, ihm Genehmigungen besorgt und ihm mit seinen Verbindungen geholfen, am Flughafen in Béziers Werbung zu machen, einen Eintrag im Michelin zu bekommen, ganz zu schweigen von den Subventionen. Gemeinsam hatten sie den Tourismus angekurbelt und nach St.-Pierre-Du-Bois geholt. Und nun hatte Luc nichts Besseres im Sinn, als sich an eine Schlampe aus Genf zu verkaufen.

Didier Fauvel schenkte sich einen Cognac ein und stürzte ihn hinunter.

Verdammt, was hatte sie ihm geboten? Hundert Millionen Euro? Ein Kasino in Monaco? Einen Sitz im Europarat?

Er schenkte sich nach und trat ans Fenster. Als er dabei mit der Hüfte an seinem Sessel hängen blieb und sein Glas fast überschwappte, versetzte er dem Möbel einen wütenden Tritt. Doch er bereute es sofort. Ein stechender Schmerz durchfuhr seine Zehen, und mit pochendem Fuß blieb er vor dem Fenster stehen.

Merde!

Er sah kopfschüttelnd in die Abenddämmerung hinaus. Er

hatte keine Idee, wie er die Forscher jetzt einigermaßen elegant loswerden konnte. Sie richteten sich nun erst recht in ihrem neuen Privathotel häuslich ein. Es würde ihn nicht wundern, wenn nach und nach alle übrigen Gäste hinauskomplimentiert und in den nächsten Wochen ganze Horden von Wissenschaftlern auf Geheiß der GNES hier ihre Zelte aufschlagen würden!

Er fragte sich, wie oft es wohl vorkam, dass die Vereinten Nationen in Genf ein Hotel kauften, um eine Tollwut-Untersuchung in Südfrankreich zu unterstützen...

Er fragte sich auch, wie oft wichtige Industrielle in Paris ein Interesse daran hatten, dass ebendiese Untersuchungen eingestellt wurden...

Offensichtlich ging es hier um wesentlich mehr als um ein paar tote Füchse, auch wenn sein Förster mit dieser Lesart keine Probleme zu haben schien. Aber mit Levasseur hatte er sich nie gut verstanden. Fachlich mochte der Mann seine Qualitäten haben, aber er hatte keine Ahnung von Politik und von Wirtschaft. Nicht mal von Tourismus wollte er etwas wissen, im Gegenteil, er wollte ein Naturschutzgebiet errichten, wegen ein paar dämlicher Viecher und irgendwelcher seltenen Sumpfgräser oder was immer es gewesen war.

Nein, hier ging es um mehr, das roch förmlich nach einer großen Sache. Vielleicht hatte man eine Leiche gefunden, und nun war Europol im Spiel? Vielleicht einen alten geheimen Bunker mit den sterblichen Resten irgendwelcher prominenten Kriegsverbrecher? Ein Spionagefall, der nun aufgeklärt werden sollte, oder so etwas? Vielleicht hatte es auch mit Giftmüll zu tun, einem illegalen radioaktiven Endlager?

In jedem Fall musste es so Aufsehen erregend sein, dass man in Paris deswegen sehr nervös wurde.

Didier Fauvel ließ sich die Situation wieder und wieder durch den Kopf gehen. Er war nicht dumm, sonst hätte er diesen Posten nie bekommen, wäre nie dort, wo er heute angekommen war. Er wägte die Lage ab und seine Optionen. Im Grunde musste er Luc sogar dankbar sein. Erst durch den Verkauf des Hotels waren die Fronten und das Spiel offensichtlich geworden. Nun musste sich erweisen, wie gut er damit zurechtkam.

Er wusste, dass er aus Paris beobachtet wurde. Er hatte eine Schuld zu begleichen, und er würde es tun. Für Paris und für sein eigenes Seelenheil.

Er wandte sich seinem Sessel zu, setzte sich, griff zum Telefon und wählte die Nummer eines Handys.

»Hier ist Didier, hallo… ja, ich bin es… Ja, wir haben lange nicht mehr gesprochen, Paul… hör zu, ich brauche deine Hilfe… Nein, ich kann es dir am Telefon nicht sagen, ist eine größere Sache. Wir müssen uns treffen, am liebsten heute Abend noch… Nun gut, dann morgen. Um fünf. Bei dir, einverstanden. Bis dann.«

Kapitel 15

10. Mai, Hôtel de la Grange, St.-Pierre-Du-Bois

Peter war bereits um sechs aufgestanden, um sein Frühstück im Salon Vert allein einnehmen zu können. Er brauchte Zeit zum Nachdenken, was ihm in der Gegenwart von Patrick nicht immer möglich war. Der junge Ingenieur war selbstbewusst und sehr begabt. Aber er urteilte vorschnell und hart. Außerdem empfand er dessen Naivität im Umgang mit der Geschichte und seine Respektlosigkeit jeder Art von Religiosität gegenüber zeitweise als äußerst nervtötend.

Peter war es gewohnt, zu beobachten, Informationen zu sammeln, und sie – so irrelevant sie auch zu sein schienen – wie kleine glänzende Perlen in einer großen Schachtel mit Kostbarkeiten aufzubewahren. Dann und wann wagte er einen neuen Blick hinein, nahm bei Bedarf Teile heraus, untersuchte sie, wendete sie und legte sie wieder zurück. Manchmal schüttelte er die Schachtel einfach, und mit etwas Glück ordneten sich die Stücke zu sinnvollen Mustern, offenbarten ihre Zusammenhänge. Er verbrachte viel Zeit damit, Dinge testweise zu kombinieren und die Ergebnisse zu untersuchen. Aber dafür brauchte er Ruhe und niemand, der ihm dauernd dazwischenredete und Fragen über die Sinnhaftigkeit stellte.

Die Sprachwissenschaftlerin Stefanie hatte sich in den letzten Tagen gut eingelebt. Sie hatte ihre fachliche Kompetenz mehr als bestätigt, sich sogar als unentbehrliche Hilfe erwiesen. Sie war zurückhaltend, und trotzdem hatte auch sie eine enervierende Wirkung auf Peter, die er noch nicht richtig einordnen konnte.

Vielleicht lag es daran, dass sie jung war und gut aussah. Es war keinesfalls immer einfach, diesen Aspekt im professionellen Umgang mit ihr auszublenden, was Patrick wiederum offenbar gar nicht erst versuchte. Für andere Leute wäre das möglicherweise Zündstoff für Rivalitäten im Team gewesen, aber aus dem Alter war Peter hinaus. Er respektierte Stefanie fachlich. Und ihre Schönheit genoss er wie ein Kunstliebhaber einen echten Renoir genießen würde. Niemals käme er auf den Gedanken, sie mit seiner privaten Zuneigung allzu offensichtlich zu behelligen.

Aber da war noch etwas an ihr, das über Schönheit im klassischen Sinne hinausging, und das war es auch, was ihm Unbehagen bereitete. Er konnte es schlecht an einem bestimmten Wesenszug festmachen, es war vielmehr eine Summe aus Einzelheiten. Manchmal hatte er das Gefühl, als wisse sie viel mehr, als sie preisgab. Dann fühlte er sich regelrecht beobachtet, als ob er lediglich ihr Schüler wäre. Sie behauptete sich in ihrer Arbeit und in ihrem Umgang mit den beiden Männern so professionell, als habe sie ihr Leben lang nichts anderes getan. Auch schien sie sich ihrer Wirkung auf sie beide durchaus bewusst zu sein, aber ihr Verhalten war einfach *souverän*. Das war das richtige Wort. Und das war es auch, was ihre Schönheit über einen offensichtlichen weiblichen Liebreiz hinaus erhöhte. Ihre Augen strahlten eine seltsame Reife aus, als habe sie in ihrem Leben bereits so viel Glück und Elend, Schrecken und Wunder gesehen, dass sie zwangsläufig über den Dingen stand. Es waren immer nur winzige Augenblicke, aber dann fühlte er sich in ihrer Gegenwart *kleiner*. Und dann hatte er stets das unbestimmte Gefühl, dass sie dies zugelassen hatte.

Aus diesem Grund war er an diesem Morgen so früh aufgestanden. Er wollte mit sich und seinen Gedanken alleine sein, mit ihnen spielen, sie drehen, wenden und wenn möglich ordnen.

Er war der erste Gast im Salon Vert. Zwar bot man bereits ab halb sieben Frühstück an, aber es war offensichtlich, dass kaum jemand damit rechnete, dass die Urlauber vor halb acht herunterkamen. Die Tische wurden gerade erst gedeckt, und als Peter seine Bestellung aufgab, bat man ihn um einen Augenblick Geduld, da die Croissants noch im Ofen seien. So saß er eine Weile nur mit einem Kännchen Tee da und sah in den Garten hinaus.

Der letzte Tag war sehr aufschlussreich gewesen. Jeder der drei hatte viel recherchiert, und er hatte das Gefühl, dass sie gut vorangekommen waren. Sie hatten vereinbart, dass sie sich nicht gegenseitig unterbrechen, sondern sich vollständig auf die Arbeit konzentrieren würden. Abends waren sie in den Ort gefahren, um im Chez Lapin einzukehren. Es war ein gemütlicher Ausklang geworden, sie hatten kein Wort über ihre Arbeit verloren, sondern dies auf den nächsten Tag verschoben. Stattdessen hatte Patrick von seiner Expedition in Rom erzählt und wie es ihm gelungen war, illegal in die Katakomben einzudringen, um den Beweis seiner Theorie zu erbringen, dass sich direkt unter der *Via del Corso* eine frühchristliche Kapelle befand.

Überall unter Rom erforschte man die Katakomben. Alle bekannten Zugänge waren gut gesichert. Trotz aller Sicherheitsvorkehrungen der Behörden dort einzudringen, war üblicherweise nur mit ein paar guten Kontakten und finanziellen Zuwendungen zu schaffen. In den letzten Jahren hatte die Korruption in Italien die Aufmerksamkeit der Öffentlichkeit aber immer mehr auf sich gezogen, so dass es zunehmend schwieriger wurde, an die richtigen Leute heranzukommen. Patrick hatte kein Risiko eingehen wollen und sich daher *in Handarbeit Zugang verschafft*, wie er sich ausgedrückt hatte. Er hatte die Pläne der Katakomben lange studiert und sich schließlich eines Nachts unerkannt durch den Boden der Krypta der Kirche Santa Trinita dei Monti in die unterirdischen Gänge gegraben. Von dort hatte er sich mit zwei Helfern und einer umfangreichen Ausrüstung aufgemacht bis zu einem erst kürzlich entdeckten Fresko. Jeder Quadratzentimeter davon war in den letzten Jahren bereits abfotografiert und im Computer vollständig rekonstruiert worden. Aber es fehlte das Geld, um die Wandmalerei an Ort und Stelle zu restaurieren. Nun, da sie nach fast zweitausend Jahren ihrer schützenden Lehmschicht beraubt war, würde sie sich in den nächsten paar Jahren ohnehin auflösen, daher hatte er keine Skrupel, als er die Wand einriss. Dahinter lag wie erwartet ein Gang, der ihn zu der Kapelle führte, auf deren Spur er monatelang gewesen war. Es war ein wirklich Aufsehen erregender Fund, und die Bibelfragmente aus dem zweiten Jahrhundert nach Christus, die er dort fand, machten die Sensation komplett. Natürlich war der Frevel an der Krypta und dem Fresko tagelang das Gesprächsthema Nummer eins in den römischen Tageszeitungen. Es gab eine Menge Ärger in der Folge, und nur seine guten Kontakte zu verschiedenen Interessenten in der Industrie konnten Patrick aus dem Gröbsten heraushalten und ermöglichten es ihm, unbeschadet aus der Sache herauszukommen.

Peter wurde aus seinen Gedanken an die Erzählung des Franzosen gerissen, als ihm serviert wurde. Die Croissants waren so frisch, dass sie noch dampften, und er orderte ein weiteres Kännchen Tee.

Wie erstaunlich es sich manchmal fügt, überlegte er. Dass zwei Menschen, die so unterschiedlich waren wie er und Patrick, nun zusammenarbeiten und sich ergänzen mussten. Der Franzose schenkte den altertümlichen Legenden und Hinweisen prinzipiell Glauben, verfolgte sie und nahm schließlich eine Schaufel in die Hand, um an Ort und Stelle nachzusehen. Er selbst, Peter, versuchte stets, die zunächst wahre Geschichte hinter den Legenden zu durchleuchten. Er glaubte erst einmal überhaupt nichts, sondern forschte und kombinierte so lange, bis er alles seiner Geheimnisse beraubt hatte und es nichts mehr gab, nach dem sich zu graben gelohnt hätte.

So hatte er lange Zeit den Aberglauben und die verschiedenen okkulten Strömungen der westlichen Welt untersucht. Was mit ein paar wenigen Einstiegspunkten begonnen hatte, hatte sich schnell als ein wild gewuchertes Wurzelgeflecht entpuppt, in dem alles miteinander verbunden und voneinander durchdrungen war. Unzählige Religionen, Sekten, Glaubensgemeinschaften, Traditionen und Überlieferungen, alles baute aufeinander auf oder ging im Laufe der Jahrhunderte ineinander über. Mit wissenschaftlicher Distanz hatte er sich der Themen angenommen, hatte sie analysiert und alles zueinander in einen Zusammenhang gestellt. Aber die Gespräche, die er geführt und die Informationen, die er erhalten hatte, waren nicht selten sehr leidenschaftlich und bisweilen äußerst dogmatisch und unfreundlicher Natur gewesen, und je weiter er vorgedrungen war, umso mehr kam es ihm vor, als habe er die Büchse der Pandora geöffnet. Mit seinem Buch hatte er versucht, dem Treiben dieser Dämonen ein Ende zu setzen, das Thema abzuschließen. Aber er merkte in den letzten Tagen mehr denn je, dass er sich viel zu tief hineinbegeben hatte, als dass man ihn vergessen und er davon loskommen könnte. Die Worte des Satanisten Ash kamen ihm in den Sinn, als dieser Nietzsche zitiert hatte: »*Wenn Sie lange genug in den Abgrund blicken, dann blickt der Abgrund zurück in Sie!*«

Nun war er hier im Languedoc, einem ehemaligen Zentrum der Macht. Hatte er sich wirklich nichts dabei gedacht, als sie zum ersten Mal die Schriftzeichen in der Höhle gesehen hatten? Hatte er wirklich die Rose nicht erkannt, hatte er wirklich die Herkunft des lateinischen Spruchs vergessen, der, wie er sehr wohl wusste, auch den Titel der *Chymischen Hochzeit des Christian Rosenkreuz* ziert?

Er hatte es einfach nicht sehen wollen. Aber nun waren sie wieder alle um ihn versammelt. Die Freimaurer, die Rosenkreuzer, die Satanisten. Und es wurde klar: Die Ketzer des Mittelalters und die Templer hatten ihn ebenfalls wieder eingeholt. Er hatte gedacht, es sei nur ein Auftrag der UN, aber wie es jedem geschah, der sich in die Vergangenheit des mystischen Mittelalters stürzte, war er nun tatsächlich auf der Suche nach dem Heiligen Gral, und die Legenden und Mythen der Vergangenheit erhoben sich um ihn herum und drohten, wahr zu werden.

Sosehr es ihn erregte, dass sie nun neue Verbindungen entdeckten und möglicherweise einem der großen Geheimnisse der Welt auf der Spur waren, sosehr beunruhigte es ihn, dass sie so unmittelbar darin verwickelt waren. Denn der Gral war niemals einfach zu erlangen. Als Sinnbild für die Erkenntnis war der Gral zwar nur denen zugänglich, die reinen Herzens sind. Aber er war auch schon immer das hehre Ziel aller, die nach Macht dürsteten. Es war daher zu erwarten, dass der Gral nicht ohne Kampf erreicht werden konnte, und Peter, der noch eben in seinem Elfenbeinturm das Feld überblickt hatte, fand sich nun unmittelbar an der Front wieder. Und das behagte ihm überhaupt nicht.

Sie trafen sich um neun in ihrer Bürosuite. Peter war schon da, als Patrick und Stefanie eintraten. Er hatte den Arm freundschaftlich um ihre Hüfte gelegt, und Peter argwöhnte, dass sich die beiden gestern Abend vielleicht noch ein Stück näher gekommen waren.

»Guten Morgen, Peter«, grüßte der Franzose. »Wir haben Sie vermisst. Wollten Sie nicht frühstücken?«

»Ich war sehr früh wach und habe schon gegessen.«

»Wie schade«, sagte Stefanie, »die Croissants waren sogar noch warm.«

Peter lächelte freundlich, sagte aber nichts.

»Ich bin wirklich gespannt, was jetzt herauskommt«, sagte Patrick und setzte sich wieder auf seinen Platz auf die Fensterbank, um zu rauchen. »Lassen Sie uns mal auspacken, was wir gestern herausgefunden haben!«

»Ja«, sagte Stefanie, »ich fange einfach mal an.« Sie setzte sich auf einen Stuhl am Konferenztisch, nachdem sie einige Papiere herübergeholt und ausgebreitet hatte.

»Ich habe noch mehr Inschriften übersetzt. Erinnern Sie sich, wie ich die Vermutung äußerte, dass es sich hier um zwei verschiedene Arten von Texten handelte? Also, diese Vermutung scheint richtig gewesen zu sein. Die meisten der Texte habe ich nun durch, und sie fügen sich alle in dasselbe Muster. Die Urtexte, also diejenigen, die ursprünglich und mit viel Sorgfalt an die Wände der Höhle angebracht worden waren, sind allesamt entweder Schöpfungsmythen, oder sie setzen sich mit dem Thema der Schöpfung auseinander. So erzählen die Mayaglyphen Geschichten, die wir aus dem *Popul Vuh* kennen. Und wie ich vermutete, schildern die Keilschriftzeichen tatsächlich die Geschichte des Gilgamesch.« Während sie sprach, deutete sie auf die verschiedenen Abschriften auf den Papieren vor sich. »Ganz interessant dabei ist eine Kleinigkeit, die mir aufgefallen ist. Ich weiß aber nicht, ob sie irgendeine Bedeutung hat. Peter, Ihnen sind die Ähnlichkeiten in den Schöpfungsmythen vieler verschiedener Kulturen sicher bekannt, oder?«

»Ja, natürlich.«

»Wie würden Sie sie zusammenfassen?«

»Nun, ein Überwesen, das die Welt schafft, die Gestirne und die Lebewesen. Menschen, die sich auflehnen, eine Läuterung, eine Sintflut oder eine ähnliche Katastrophe. Es gibt sehr viele ständig wiederkehrende Symbole.«

»Ja, aber nicht bei allen Kulturen. Es gibt auch Ausnahmen.«

»Sicher.«

»Nun, in der Höhle gibt es keine Ausnahmen.«

»Wie meinen Sie das?«

»Es sind ausschließlich solche Mythen vertreten, die von einer Sintflut und einem Neuaufbau berichten. Das ist eine Gemeinsamkeit, die vorher noch nicht klar war.«

»Meinen Sie, das könnte eine Bedeutung haben?«, fragte Patrick.

»Möglich«, sagte Peter. »Wir hatten ja überlegt, ob die Texte durch ihre Gemeinsamkeit nicht vielleicht auf etwas Besonderes hinweisen wollen. Beim Thema Sintflut muss ich spontan an zwei Dinge denken: zum einen an Renée Colladon, die uns eine Menge über die mythologischen Ursprünge der Freimaurer erzählt hatte. Sie wies darauf hin, dass die Weisheiten der Freimaurer nach der Sintflut auf zwei Säulen gefunden und über Noah und die semitischen Stämme verbreitet wurden.«

»Sie wollten doch von dieser Arche-Noah-Geschichte nichts wissen«, sagte Patrick.

»Richtig. Aber vergessen habe ich sie deswegen nicht. Wer weiß, vielleicht kommen wir ja doch noch mal darauf zurück. Aber der zweite Punkt ist möglicherweise viel wichtiger. Ich muss nämlich an den verschlüsselten Text denken, den wir bei dem Symbol gefunden haben:

Dies ist die Kraft, durch die Welten erschaffen wurden.
Dies ist die Gefahr, durch die Welten vernichtet wurden!

Vielleicht ist das auch eine Beschreibung einer Sintflut. Vielleicht ist dies der Zusammenhang zwischen dem Symbol, dem Durchgang und den Texten an den Wänden?«

»Sie meinen, hinter dem Durchgang befindet sich die Macht, die die Sintflut ausgelöst hat?« Patrick kam an den Tisch. »Also, das müsste ja schon etwas Gewaltiges sein. Etwas, das andererseits – richtig eingesetzt – die Macht hat, zu erschaffen? Klingt wie eine Technologie, die als Fluch oder als Segen eingesetzt werden kann. Eine Waffe möglicherweise...«

»Oder *Wissen*«, warf Peter ein.

»Wie bitte?«

»Peter hat Recht«, sagte nun Stefanie. »Wir haben die Höhle doch schon als Höhle des Wissens betrachtet. Und denken Sie an die anderen Texte, die Graffititexte. Sie weisen in irgendeiner Form immer auf die Unwichtigkeit des Menschen hin. Sie sprechen von der Nichtigkeit unseres Wissens, von den wirklich großen Rätseln des Lebens.«

»Der Durchgang könnte somit etwas wie den Baum der Erkenntnis verkörpern«, sagte Peter.

»Baum der Erkenntnis?« Patrick lehnte sich zurück und verschränkte die Arme vor der Brust. »Die Geschichte aus der Bibel? Adam und Eva und so?«

»Richtig.«

»Ich hoffe, Sie nehmen es mir nicht übel, wenn ich nicht sonderlich bibelfest bin, Herr Professor, aber können Sie mir die Story noch mal kurz zusammenfassen?«

»Gott hatte Adam und Eva verboten, die Früchte eines bestimmten Baums zu essen. Der Baum der Erkenntnis. Eine Schlange erschien Eva und erklärte ihr, dass der Genuss der Früchte sie gottgleich machen würde.«

»Also haben sie beide vom Apfel abgebissen und wurden aus dem Paradies rausgeschmissen.«

»Nicht Apfel«, korrigierte Peter.

»Wie?«

»Es war kein Apfel. In der Bibel steht kein Wort von einem Apfel, sondern nur von einer *Frucht*.«

Patrick grinste breit. »Na, dann war's vielleicht eine Banane, und sie haben auch gar nicht davon gegessen, sondern damit...«

»*Patrick!*«, entfuhr es Stefanie.

Der Franzose lachte. »Ist ja schon gut, Entschuldigung!«

»Jedenfalls«, fuhr jetzt Peter unbeirrt fort, »ist ›Erkenntnis‹ dabei in zweierlei Hinsicht zu verstehen. Zum einen suggeriert ihnen die Schlange als Verkörperung der teuflischen Verführung, dass sie die Erkenntnis in Form der Weisheit Gottes erlangen würden. Andererseits gelangen die beiden danach tatsächlich zu einer Erkenntnis, wenn auch in einer ganz anderen

Form. Sie stellen nämlich fest, dass sie nackt sind, und bemühen sich um Bekleidung. Diese Erkenntnis der Nacktheit, dieses Schamgefühl, wird als Verlust des Selbstwertgefühls, als Erkennen der eigenen Verletzlichkeit und Nichtigkeit gedeutet. Eine merkwürdige Parallele zu den Graffititexten in der Höhle, die ja denselben Tenor haben.«

Patrick, der noch immer leicht schmunzelte, bemühte sich nun, einen ernsteren Ton zu finden. »Also gut, Peter, es hat mir zwar Spaß gemacht, und ich möchte die Bibelgeschichte natürlich nicht lächerlich machen. Andererseits verstehe ich nicht, wie sehr Sie sich auf einmal für Schöpfungsmythen interessieren und andererseits kritisieren, dass ich Eldorado suchen möchte. Ich wage zu behaupten, dass meine Expedition ein deutlich besseres geschichtliches Fundament hat.«

»Nun machen Sie es doch nicht an der Geschichte fest!«, sagte Peter. »Denken Sie an die übertragene Bedeutung. Der Baum der Erkenntnis auf der einen Seite, die Höhle des Wissens auf der andern. Stellen Sie sich ein Wissen vor, das das Ihre um ein Mehrfaches übersteigt, das Ihre geistigen und intellektuellen Fähigkeiten schlicht überfordert. Würden Sie einem solchen Wissen ausgesetzt werden, was könnte passieren? Aus psychologischer Sicht?«

Patrick betrachtete ihn aufmerksam.

»Ich sage es Ihnen«, fuhr Peter mit gedämpfter Stimme fort. »Wenn Sie es überhaupt verkraften könnten, würden Sie sich plötzlich unglaublich unbedeutend vorkommen. Vielleicht würden Sie auch verzweifeln, davonlaufen, oder Sie würden schlichtweg auf der Stelle wahnsinnig werden.«

Patrick lächelte plötzlich nicht mehr und schwieg.

»Ich stelle mir vor, dass im Laufe der Jahrhunderte durchaus einige Menschen die Höhle gefunden und den Durchgang passiert haben. Dort sind sie in irgendeiner Form in Berührung mit gewaltigem Wissen gekommen. Viele ertrugen es sicherlich einfach nicht, genauso wie der arme Schäfer. Nun, immerhin hat er Latein gelernt. Aber was für ein schwacher Trost! Jetzt dämmert er stumpfsinnig seinem Tod entgegen. Andere waren vielleicht etwas glücklicher. Ihnen verblieb noch so viel Verstand, dass sie beim Verlassen der Höhle die wunderbaren Urtexte mit kritischen oder höhnischen Kommentaren versehen haben, entsprechend ihres geistigen Zustands mit mehr oder weniger Sorgfalt, aber nicht mit weniger Intelligenz.«

Patrick hatte den Blick an die Decke gerichtet und sagte noch immer nichts. Etwas beschäftigte ihn.

»In der Folklore ist der Teufel als Herr der Lügen bekannt«, sagte Peter. »Aber wissen Sie, was man in okkulten Kreisen über den Teufel denkt? Dass er *niemals* lügt. Und wenn die biblische Schlange der Teufel war, dann hat er vielleicht wirklich die Wahrheit gesagt: Die verbotene Frucht verlieh Adam und Eva die göttliche Erkenntnis. Sie enthielt möglicherweise tatsächlich das gesamte Wissen des Schöpfers. Doch der Geist der Menschen war einfach nicht reif dafür, und so wurden sie von der Erkenntnis wie von einem Dampfhammer getroffen und aus der Bahn geworfen.«

»Bilder«, sagte Patrick auf einmal und sah mit großen Augen in die Runde. »Unendlich viele Bilder waren da.«

»Wovon sprechen Sie?«, fragte Stefanie.

»Ich erinnere mich jetzt. Es war eine Flut von Bildern. Wie ein Feuerwerk im Schnelldurchlauf, regelrechte Blitze, wahnsinnig grell und völlig bunt.«

»Sie meinen, als Sie den Kopf in den Durchgang gesteckt haben?«, fragte Peter.

»Ja. Es ging so unglaublich schnell, und ich konnte mich nicht bewegen. Es war so viel, dass ich das Gefühl hatte, ich hätte mich aufgelöst und befände mich in hunderttausend Spielfilmen zugleich. Landschaften und Personen tauchten auf, die ich noch nie gesehen habe, Gebäude, Schriften, Dokumente – so unglaublich viel und in einer affenartigen Geschwindigkeit! Gleichzeitig habe ich alle Geräusche gehört, die zu

den Bildern gehörten: Gerede, Schreie, Töne, Musik, alles genauso schnell, verzerrt und total laut. Es war, als ob das alles irgendwie *komprimiert* war, verstehen Sie? Es waren alle Informationen darin, aber so sehr gestaucht, dass sie sich in meinem Kopf erst hinterher einzeln auseinander gefaltet haben. Ich weiß, das klingt bescheuert, aber ich weiß nicht, wie ich es sonst beschreiben soll. Vielleicht habe ich auch deswegen danach so lange geschlafen, keine Ahnung. Jedenfalls war es heftig! Ich hatte das völlig vergessen, erst jetzt, als Sie davon erzählt haben, ist mir das Ganze nach und nach wieder eingefallen!«
Patrick stand auf, fingerte mit zitternden Fingern eine Zigarette aus seiner Packung und ging zum Fenster. »Scheiße, Mann, das war echt knapp. Wenn Sie mich nicht zurückgezogen hätten... ein paar Augenblicke länger nur... wahrscheinlich wäre mir der Schädel geplatzt oder so etwas... verdammt...«

Peter und Stefanie hatten den Franzosen während seiner Schilderung nur stumm angesehen.

»Die Höhle der Erkenntnis«, murmelte Peter. »Der Heilige Gral... Nun, gut«, sagte er dann laut. »Dann interessiert es Sie vielleicht zu erfahren, was ich über Montségur und die Templer herausgefunden habe.«

Patrick nickte nur schwach.

»Zunächst einmal muss ich meine Meinung über das Internet revidieren.« Peter deutete auf den Rechner. »Stefanie hat mir gestern gezeigt, wie man E-Mails schreibt und wie man recherchiert. Herausgekommen ist, dass ich sehr schnell eine große Menge Informationen gesammelt habe. Da ich vieles davon bereits von anderer Stelle kannte und beurteilen konnte, war es wie in einem großen Nachschlagewerk. Also: Da gibt es zum einen die Templer, deren Orden ein ganz besonderes Geheimnis umgibt. Unzählige Bücher spekulieren über seine geheimen okkulten oder politischen Ziele, andere nähern sich dem Orden historisch und versuchen, ihn neutral darzustellen. Und es gibt einige historische Daten, die gesichert sind. Es war die Zeit des ersten Kreuzzuges Anfang des zwölften Jahrhunderts. Soldaten, Söldner und Ritter aus allen Ländern Europas sammelten sich und zogen nach Osten. Ihr Ziel war Jerusalem, das sie von den Sarazenen befreien und wieder unter die Herrschaft des Christentums bringen wollten. Etwa 1119 tauchte eine Vereinigung auf, die wir später die Tempelritter oder Templer nennen. Es gab sie schon einige Jahre zuvor unter dem Namen ›*Militia Christi*‹. Es war eine Gruppe Männer, die sich die Sicherung der Straßen und der Zisternen im Heiligen Land zur Aufgabe gemacht hatte. Sie wurde von einem angesehenen Ritter aus Troyes, Hugues de Payens, angeführt. 1119 wurde den Männern von Balduin II., dem christlichen König des frisch eroberten Jerusalems, ein Flügel seines Palastes als Wohnsitz zugestanden. Da dieser an die Ruinen des ehemaligen Tempels Salomons grenzte, nannten sie sich fortan öffentlich die ›*Arme Ritterschaft Christi vom Salomonischen Tempel*‹. Sie verschrieben sich dem Schutz der Bedürftigen und der Armut. Wirklich arm ist der Orden natürlich nie gewesen. Die Templer haben im Laufe der Geschichte immer mehr Schenkungen an Geld und Grundbesitz bekommen, aber sie durften immerhin nicht persönlich darüber verfügen. Der Orden erlangte durch seine Disziplin und Schlagkraft sehr schnell Berühmtheit. Schon zehn Jahre später besaßen die Templer ausgedehnte Ländereien in ganz Europa, und ständig wurden es mehr. Hugues de Payens zog wie auf einer Werbetour durch Europa und wurde überall mit allen Ehren empfangen. Das Beste, was dem Orden passieren konnte, geschah dann 1139: eine Verfügung des Papstes Innozenz II. Sie besagte, dass die Templer keiner kirchlichen oder weltlichen Macht mehr Gehorsam zollen mussten, außer dem Papst persönlich. Dadurch wurden sie fast vollkommen unabhängig und mussten auch keinerlei politisches Einmischen fürchten. Sie wurden nahezu allmächtig. In den folgenden Jahren zog der Orden immer mehr Mitglieder an sich. Durch seine straffe Organisation, die Anzahl der in Waffen stehenden Männer und das unglaubliche Vermögen, wurde er de facto zu einer politischen Macht. Die Templer verhandelten zwischen verfeindeten Königreichen und sogar zwischen den Christen und Sarazenen. Es gab die Templer also wirklich.«

Peter machte eine Pause und griff nach einer Mineralwasserflasche und einem Glas, um sich etwas einzuschenken.

»Das meiste davon kann man schnell nachlesen«, fuhr er schließlich fort. »Was für uns aber besonders interessant sein dürfte, ist das Geheimnis, das die Templer umgibt. Wir wissen, dass der Orden immer mächtiger und damit der Kirche und den Königen unbequem wurde. Knapp zweihundert Jahre nach seiner Gründung, am dreizehnten Oktober 1307, ordnete König Philipp IV. von Frankreich die zeitgleiche Verhaftung aller Templer in Frankreich und die Beschlagnahmung ihrer Güter an.«

»Dann war die Kristallnacht der Nazis auch keine neue Idee«, warf Patrick ein.

»Also, man kann die Dimension sicherlich keinesfalls vergleichen, aber es war noch nie da gewesen. Philipp hatte sich bei den Templern hoch verschuldet, und er hatte sich die Genehmigung für seine Aktion vom Papst eingeholt, der ihm einen Gefallen schuldig war. Es war eine für damalige Zeiten logistisch eindrucksvolle Leistung. Die meisten Templer wurden überrascht und ergaben sich widerstandslos. Sie wurden der Ketzerei angeklagt, gefoltert und viele schließlich verbrannt. In Frankreich wurden sie schnell ausgerottet und der Orden offiziell verboten und aufgelöst. In anderen Ländern wurde das Verbot nur zögerlich oder gar nicht durchgesetzt. In Portugal und Spanien nannte er sich einfach in ›Christusorden‹ um und überlebte so. Das hat uns ja auch Samuel zu Weimar erzählt, erinnern Sie sich? Heinrich der Seefahrer und Kolumbus waren Ritter des Christusordens und trugen das rote Tatzenkreuz sogar bis nach Amerika.

Heute vermutet man, dass die Verhaftungsaktion nicht ganz so überraschend kam, wie man zunächst annahm. Man glaubt, dass der letzte Großmeister der Templer, Jacques de Molay, kurz zuvor noch wichtige Dokumente vernichtete und möglicherweise auch den sagenhaften Schatz der Templer verschwinden ließ, denn der wurde nie gefunden. Man nimmt an, dass er seinen Ordenshäusern eine Warnung und Instruktionen für die bevorstehende Verhaftung zukommen ließ. Was die Wissenschaftler bis heute beschäftigt, ist zum einen die Frage, wie es sein konnte, dass sich dieser einflussreiche und mächtige Orden einfach so ans Messer lieferte, ohne jede ernst zu nehmende Gegenwehr. Und zum anderen: Wie konnte es sein, dass man sie ausgerechnet der *Ketzerei* anklagen und verurteilen konnte, wo sie zwei Jahrhunderte lang als Sinnbild des christlichen Rittertums der strahlende Stern des Abendlandes gewesen waren? Man sagte ihnen plötzlich nach, sie würden das Kreuz bespucken, die heiligen Sakramente ablehnen, unheilige Praktiken vornehmen, sie seien homosexuell, würden mit Tieren verkehren, und sie würden Baphomet anbeten, einen Dämon, verkörpert durch einen abgetrennten Kopf.«

Patrick sah erstaunt herüber. Das Thema interessierte ihn, besonders, nachdem er vom Schatz der Templer gehört hatte.

»Die Templer hatten durch den intensiven Kontakt mit dem Islam und den anderen Kulturen des Morgenlandes sowie durch ihre Offenheit viel Wissen aufgesogen, das die Kirche niemals gebilligt hätte. Sie beschäftigten sich mit Heilkunde, neuen Wissenschaften und waren empfänglich für esoterische und religiöse Strömungen. Von daher kann es durchaus sein, dass die Templer einige ganz offen bibelfremde Ansichten übernahmen, die später auch von den Katharern vertreten wurden. Die Templer und die Katharer haben ja auch zusammengearbeitet, wozu ich später noch komme. Aber trotzdem ist es doch interessant, was für eine große Menge an okkulten Vorwürfen dem Orden gemacht wurde. Man muss sich fragen, ob man wirklich alles mit Irrtümern oder mit falschen Geständnissen aus der Folter der Inquisition abtun kann. Möglicherweise gab es tatsächlich etwas Besonderes an diesem Orden. Die Rätsel lauten: Was für Dokumente hat der Großmeister vernichtet? Warum gab es keine Gegenwehr? Und wo ist der Schatz abgeblieben? Die heutige Ansicht ist, dass der Erfolg und das besondere Ansehen der Templer nicht von irgendwo herkamen. Man vermutet, dass irgendetwas Ungenanntes sie auszeichnete. Ein Grund, sie zu bewundern, ihnen zu gehorchen, ihrer Sache Recht zu geben und ihnen zu vertrauen. Einer weit verbreiteten Vermutung zufolge wurden die Tempelritter als die Erben und Hüter des Heiligen Grals angesehen.« Er fing Patricks Blicke auf, der angefangen hatte zu grinsen. »Sehen Sie mich nicht so an. Es geht noch weiter. Ignorieren wir einmal den Heiligen Gral und denken wir meinetwegen an etwas anderes Heiliges, eine kostbare Reliquie, etwas, das als eine Rechtfertigung und Unterstützung von Gott höchstpersönlich ausgelegt werden könnte. Irgendetwas. Wären die Templer tatsächlich im Besitz einer solchen Reliquie gewesen, dann ließen sich ihr schneller Erfolg und ihr großes Ansehen leichter erklären. Die Menschen wären ihnen als Stellvertreter Gottes, als Streiter für das Gute, als Schwertarm des Messias gefolgt. Waren sie also möglicherweise tatsächlich im Besitz des Heiligen Grals? War das der Schatz der Templer? Vielleicht war der Schatz der Templer kein materieller Schatz, sondern eine Reliquie, ein Erbe, irgendetwas Heiliges? Im Mittelalter war das Sammeln von Reliquien sehr weit verbreitet: Erde aus dem Felsgrab, ein Fingerknochen des heiligen Bernhard, ein Splitter von Jesu Kreuz. Aber etwas so Banales hätte es wohl kaum sein können. Es hätte ein wahrer Schatz sein müssen. Jacques de Molay vernichtete vielleicht die letzten Hinweise auf die Natur dieses Schatzes. Die Templer fühlten sich möglicherweise so sehr im Recht, dass sie der Verhaftung völlig naiv entgegensahen, in der Meinung, sie seien unantastbar. Vielleicht gaben sie sich auch einfach fatalistisch und blind im Glauben an die gute Sache ihrem Schicksal hin, in der Hoffnung auf einen Tod als Märtyrer.«

»Gibt es konkrete Vermutungen, was das für ein Schatz gewesen sein könnte?«, fragte Patrick.

»Nur wenige und sehr diffuse. Einige reden wie gesagt vom Heiligen Gral, ohne näher darauf einzugehen, was das sein könnte.«

»Ich dachte, der Heilige Gral sei der Becher oder die Schale des letzten Abendmahls«, sagte Patrick.

»… worin Joseph von Arimathäa Jesu Blut auffing, als dieser am Kreuz von der Lanze des Soldaten verletzt wurde«, beendete Peter den Satz. »Ja, das ist die klassische Lesart, aber diese wird inzwischen fast ausnahmslos als Metapher ausgelegt. Heute betrachten manche den Gral als eine intellektuelle Hinterlassenschaft, wieder andere als ein Erbe in einer Blutlinie. Es scheint aber jedenfalls nicht um einen geldwerten, materiellen Schatz zu gehen. Der Reichtum der Templer war ein Symptom, aber keine Ursache für ihren Erfolg.«

»Erbe in der Blutlinie? Wie meinen Sie das?«

»Sie kennen die berühmte Inschrift ›INRI‹, die die Römer an dem Kreuz befestigten. Es war die Abkürzung für ›Jesus von Nazareth, König der Juden‹, ein Hohn der Römer, laut Bibel. Aber neueren Theorien zufolge war das möglicherweise sehr ernst gemeint: Jesus stammte vielleicht tatsächlich von einem Herrscherhaus ab, so dass seine Blutlinie extrem wichtig war, selbst ohne religiöse Interpretation. Und über das Fortbestehen von Jesu Blutlinie – heilig oder irdisch – gibt es verschiedene Versionen. Eine lautet, dass Jesu Tod inszeniert war, dass er nicht auferstand, sondern gar nicht erst starb. Der Schwamm mit Essig, der dem durstigen Gekreuzigten gereicht wurde, war keine Bosheit, sondern diente als natürliches Anästhetikum. Der lediglich betäubte Mann wurde schließlich von seinen Anhängern aus dem Felsengrab befreit, er lebte fort, zeugte mit

Maria Magdalena Kinder und sicherte so seine Blutlinie. Man vermutet sogar, dass der Begriff ›Heiliger Gral‹, der in den mittelalterlichen Dichtungen auf Altfranzösisch unerklärt bleibt, dort seinen Ursprung hat: ›San Graal‹, eine vielleicht unbeabsichtigte Verwirrung mit ›Sang Réal‹, in heutiger Schreibweise ›Sang Royal‹, was so viel heißt wie ›Königliches Blut‹. Einer anderen Interpretation zufolge soll der Apostel Jakobus in Wirklichkeit der Zwillingsbruder Jesu gewesen sein. Auf Leonardo da Vincis Abendmahl-Gemälde sähe man sogar die Ähnlichkeit der Brüder. In jedem Fall hätte aber eine Verwandtschaft zu Jesus weiter bestanden, und die Templer hätten dies verfolgt und aufgenommen. Sie wären also die tatsächlichen rechtmäßigen Erben von Jesus.«

»Dann waren aber zum Zeitpunkt der Verhaftung ... wann war das? Dreizehnhundertirgendwas? Jedenfalls waren damals aber scheinbar keine Verwandten mehr übrig, für die es sich gelohnt hätte, weiter standzuhalten, oder warum ergaben sie sich?«

»Ja, es ist ein merkwürdiges Szenario, das letztlich kaum eine Frage beantwortet.«

»Und was meinten Sie mit intellektueller Hinterlassenschaft? Dass die Templer ihr Wissen hinterlassen haben?«

»Ja, das wäre die andere Alternative. Welches geheime ›okkulte‹ Wissen sie auch immer besessen haben mögen: Vielleicht war dies ihr Schatz, und sie haben ihn in Form von Dokumenten oder Büchern oder sonst wie hinterlassen. Der Großmeister hätte das Wissen niemals vernichtet. Aber er hätte das Wissen um den Zugang vernichtet. Die Karten, die Schlüssel. Vielleicht gibt es das geheime Wissen der Templer noch heute; gut versteckt oder verschlüsselt.«

»Sie denken an die Höhle ...«

»Ja, und da kommen wir auch auf die Katharer und was die Templer mit ihnen zu tun hatten.«

»Sie sagen, sie hätten zusammengearbeitet.«

»Ja. Die Albigenserkreuzzüge begannen ja hundert Jahre vor der Zerschlagung des Templerordens. Während die Templer mehr und mehr zu einer politischen, weltlichen Macht geworden waren, hatten die Katharer, auch Albigenser genannt, die Waldenser und wie die ganzen Sekten hießen, sich des religiösen und philosophischen Gedankenguts angenommen. Es herrschte reger Austausch, intellektuell und wirtschaftlich, zwischen den Katharern und den Templern, die wie eine Art Schirmherren fungierten. Als die Verfolgungen der Katharer begannen, gewährten ihnen daher auch viele Templer Asyl, oder sie nahmen sie sogar in ihren Orden auf. Nur: Was hatten die Templer davon? Es ist durchaus möglich, dass hier noch eine andere Verbindung bestand. Und das war die Festung Montségur. Dieselbe Burg, auf der auch Wolfram von Eschenbach in seinem *Parzival* den Heiligen Gral platziert; nur nennt er sie ›*Munsalvaesche*‹. Sie erinnern sich, dass die Burg 1244 nach einer halbjährigen Belagerung eingenommen wurde? Nun, um die Kapitulation ranken sich einige Legenden. Man munkelt, dass sie auf einen bestimmten Tag aufgeschoben wurde, da zu einem besonderen Termin noch eine gewisse Festlichkeit oder Zeremonie auf der Burg stattfinden musste. Man weiß weiterhin zu berichten, dass am Abend vor der Kapitulation drei Personen aus der Burg entfliehen konnten, die angeblich den Schatz der Katharer mit sich nahmen ...«

»Sie flohen durch den Belagerungsring und schleiften dabei noch ganz unauffällig ein paar Schatzkisten hinter sich her?«, fragte Patrick. »Wie soll denn das funktionieren?«

»Die Burg liegt sehr unzugänglich auf einer steilen Klippe. Sie konnte unmöglich vollständig überwacht werden. Einer Hand voll geschickter Männer kann es durchaus gelungen sein, sich über eine Felswand abzuseilen oder so. Aber in dem anderen Punkt haben Sie Recht: Wie können drei Männer den Schatz der Katharer mitnehmen? Er müsste schon sehr klein gewesen sein.«

»Oder er war eher symbolisch«, sagte Stefanie.

»Ganz genau.« Peter nickte. »Es ging nicht um Schatzkisten, sondern um etwas anderes. Vielleicht war der Schatz nichts anderes als der göttliche Segen, der ja von den Katharern nicht durch Taufe, sondern durch persönliches Handauflegen weitergegeben wurde. Oder es war eine heilige Flamme, oder ein Buch. Oder…«, er machte eine Pause, »oder in der Tat eine Schatzkarte.«

»Sie meinen…«

»Der Schatz der Katharer und der Schatz der Templer waren möglicherweise ein und dasselbe. Der Heilige Gral, den die Templer besaßen, war Sinnbild für eine intellektuelle Hinterlassenschaft, die zeitweilig von den Katharern behütet wurde. Deswegen wurden diese von den Templern bemuttert. Vielleicht wollten die Templer mit den Katharern eine neue religiöse Basis für die Gesellschaft schaffen, während sie selbst sich der wirtschaftlichen und politischen Seiten bereits angenommen hatten. Die Katharer wurden aber 1244 bei Montségur vernichtet. Drei Männer flohen und bewahrten das Geheimnis um den Aufbewahrungsort, der schon… Wann war die Sonnenfinsternis? 1239? Der glücklicherweise schon seit fünf Jahren eine geheime Höhle war. Das Geheimnis fiel zurück an die Templer. Der Templerorden lebte in Frankreich noch sechzig Jahre länger, und dann war es an Jacques de Molay, das Geheimnis vor den Unwissenden zu verbergen.«

Peter machte eine Pause, um sich erneut etwas einzuschenken. Patrick sah ihn schweigend an und spielte das Szenario offensichtlich in seinem Kopf durch.

»Ich verstehe zwei Dinge noch nicht«, sagte er schließlich. »Zum einen die Zerschlagung der Templer. Dass sie dem Staat unbequem wurden und dass man sie deswegen loswerden wollte, kann ich mir vorstellen. Aber wenn sie noch Jahre zuvor dermaßen gut angesehen waren, wie konnten denn plötzlich so harte Vorwürfe der Inquisition gegen sie erhoben werden, ohne dass die Öffentlichkeit protestiert hätte? Ich meine, Sie haben erzählt, man hätte sie der Ketzerei, der Blasphemie und was sonst noch beschuldigt.«

»Wer hoch steigt, der kann tief fallen«, warf Stefanie ein.

»Die Verhaftungen fanden zwar in einer Nacht-und-Nebel-Aktion statt«, sagte Peter, »aber das Misstrauen hatten die Templer natürlich schon seit einiger Zeit erregt. Es hatte in der Bevölkerung viele Jahre Zeit, zu gären.«

Patrick verzog das Gesicht und wog den Gedanken ab. »Hm... ja, vielleicht, aber ich finde das dennoch ziemlich unwahrscheinlich. Irgendwas war doch an den Jungs nicht ganz koscher. Man arbeitet sich doch nicht zweihundert Jahre zu einer respektablen politischen Macht hoch und lässt sich dann so einfach einsacken.«

»Vielleicht überschätzen Sie die Templer. Sie setzen ihren Einfluss und ihre Macht mit den Individuen gleich. Möglich ist, dass in der erfolgreichen, sehr strengen militärischen Hierarchie des Ordens gerade auch seine Verletzbarkeit lag. Anweisungen konnten zwar äußerst effizient weitergegeben werden und wurden auch bedingungslos ausgeführt – also beispielsweise die Anweisung an alle Orden in Frankreich, diese oder jene Unterlagen zu vernichten oder sich bei der bevorstehenden Inquisition so oder so zu verhalten. Aber die einzelnen Brüder waren niemals in alle Details der Führungskräfte eingeweiht, so dass sie möglicherweise wie Lämmer zur Schlachtbank gingen. Während die Führungskräfte – allen voran Jacques de Molay – ihre eigenen Pläne verfolgten und Maßnahmen ergriffen, waren die einzelnen Ordensbrüder vielleicht der Überzeugung, sie seien letzten Endes unantastbar, alles geschähe im Einverständnis mit ihrem Großmeister. Ihrem Großmeister, der in Wirklichkeit längst plante, sich selbst und seinen Orden zu opfern.«

»Schön und gut«, wandte Patrick ein. »Aber warum? Warum opferte er sich und seinen Orden? Das ist doch die entscheidende Frage. Warum rief er seine Leute nicht mit denselben Anweisungen zu den Waffen? Oder forderte sie zur Flucht auf?« Er fixierte Peter eindringlich, doch dieser hob nur seine Augenbrauen und zuckte mit den Schultern. »Sie haben keine Idee? Wir reden hier so ganz nebenbei von so großen Rätseln wie vom Heiligen Gral. Da werden wir doch wohl darauf kommen, was sich der gute Jacques de Molay gedacht hat, oder?«

»Tja ...«, hob Peter an.

»Ich meine, er war doch bestimmt nicht dumm oder gewissenlos. Trotzdem verantwortete er schließlich den Tod von Tausenden seiner Ordensbrüder. Oder war er vielleicht doch ein religiöser Fanatiker?«

»Nein, das war er nicht«, erklärte Peter, »zumindest nicht nach meinen Kenntnissen. Es ist ihm auch sicherlich nicht leicht gefallen, sich und seinen Orden zu opfern. Er muss einen gewichtigen Grund gehabt haben. Ich kann mir nur vorstellen, dass er etwas schützen wollte. Er musste sichergehen, dass alle Unterlagen verschwinden und auch alles Wissen darüber, sprich alle Menschen im Orden, die etwas wissen konnten.«

»Sich die Kammerjäger in Form der Inquisition ins eigene Haus zu holen, war aber ziemlich radikal!«

»Ja, aber auch das Gründlichste, was es damals gab. Niemand arbeitete so gewissenhaft und nachhaltig. Natürlich haben trotzdem einige überlebt, nicht zuletzt auf der Iberischen Halbinsel, aber durch die Prozesse sind die Templer sehr erfolgreich diskreditiert worden. Das Wissen eines einzelnen überlebenden Templers war danach nichts mehr wert und damit ungefährlich.«

»Hm ... dann sind wir wieder am Anfang. Die Templer bewahrten den Heiligen Gral, eine intellektuelle Hinterlassenschaft«, fasste Patrick zusammen. »Wir vermuten, dass es sich dabei um die Höhle des Wissens handelt, die wir gefunden haben. Um das Geheimnis zu schützen, hat Jacques de Molay, als die Lage brenzliger wurde, vorsorglich alle Beweise vernichtet und seinen Orden bei der Gelegenheit von der Inquisition gründlich schleifen lassen...« Er trat ans Fenster und sah einen Augenblick hinaus. »Fast ein wenig zu einfach, oder? Warum sind nicht schon andere auf diese Idee gekommen? Warum wird der verschollene Schatz der Templer nicht schon längst gesucht?«

»Aber das wird er! Und zwar seit Jahrhunderten.«

»Ähnlich wie Eldorado...«, überlegte Patrick halblaut. Und nach einer Pause: »Wissen Sie, was mir außerdem Kopfzerbrechen bereitet?«

»Nun?«

»Es sind nicht die alten Inschriften, oder die Tatsache, dass wir vielleicht den Heiligen Gral als Bibliothek identifiziert haben. Sondern es ist der Durchgang in der Höhle. Wie haben die Templer das gemacht? Was für eine fortschrittliche Art von Wissen kann das nur sein, die es erlaubt, einen solchen Durchgang zu konstruieren? Das ist ja schon fast von militärischer Bedeutung – zumindest in unserer heutigen Zeit. Ich habe Ihnen doch von den Tarnkappenflugzeugen und der Stealth-Technologie erzählt. Das ist atemberaubend! Falls die Templer derartiges wissenschaftliches Know-how hatten, warum haben sie damit nicht die Weltherrschaft an sich gerissen?«

»Sie meinen also, es handelt sich um wissenschaftliches Know-how?«, fragte Peter.

»Na, was denn sonst? Nach was sieht es denn aus?«

»Nun«, begann Peter, »im Mittelalter – und es *ist* immerhin aus dem Mittelalter...« Er zögerte. Es fiel ihm offensichtlich schwer, es auszusprechen. »Nun, also im Mittelalter hätte man es mit Sicherheit als Magie bezeichnet...«

»Reden Sie doch keinen Unsinn!«

Peter hob beschwichtigend die Hände, nickte und antwortete dann langsam: »Bedenken Sie, dass den Templern tatsächlich magische, okkulte Praktiken vorgeworfen wurden. Und vielleicht erklärt das auch das besondere Interesse dieses Satanisten Ash am ›Kreis von Montségur‹...«

»Jede ausreichend fortgeschrittene Technik ist nicht unterscheidbar von Magie«, sagte Stefanie.

Patrick hob den Kopf und sah sie erstaunt an. »Sie lesen Science-Fiction?«

»Science-Fiction?«, fragte sie.

»Na ja, das war doch gerade von Arthur C. Clarke, wenn ich mich nicht irre.«

Stefanie lächelte. »Möglicherweise hat er das auch einmal gesagt, ja.«

»Wenn Sie ehrlich sind«, sagte nun Peter mit fester Stimme, »dann ist die Möglichkeit, dass es so etwas wie Magie tatsächlich gibt, mindestens ebenso unwahrscheinlich wie die Möglichkeit, dass sich die Templer mit strahlungsresorbierenden Schutzschilden ausgekannt haben!«

Patrick lachte. »Aber dann müssen Sie auch zugeben, dass die Möglichkeit, dass wir den Heiligen Gral gefunden haben, ebenso unwahrscheinlich ist wie die Möglichkeit, dass ich Eldorado finden werde.«

»Nun hören Sie doch mal mit Ihrem Goldland auf.«

»Meinetwegen. Aber dann fangen Sie mir nicht noch einmal mit Magie an!«

»Aufhören, Sie beide!«, rief Stefanie. Dann wandte sie sich an Peter. »Allerdings, gerade von Ihnen hätte ich das Stichwort ›Magie‹ am wenigsten vermutet. Wie kommen Sie darauf?«

»Halten Sie mich ruhig für verschroben«, sagte Peter, »aber wenn ich nach einer Lösung suche, weigere ich mich einfach, eine Möglichkeit nur deswegen außer Acht zu lassen, weil sie ungewöhnlich anmutet oder nicht bewiesen werden kann. Und glauben Sie mir: Ich habe lange genug die Irrwege des Aberglaubens und des Okkultismus studiert, um zu wissen, wie viele Doktrinen auf bloßer Willkür beruhen. Wie viele Wunder auf Einbildung und wie viele heilige Traditionen auf Missverständnissen. Und dennoch bleibt bei all dem ein gewisser Anteil von Unerklärlichem… Nehmen Sie die Templer.

Es wurde ihnen nachgesagt, sie würden ein Idol verehren, das den Namen Baphomet trägt. Dargestellt würde Baphomet durch den Kopf eines Bärtigen. Angeblich hatte der Kopf die Kraft, Reichtümer zu verschaffen und Bäume zum Blühen zu bringen. Dasselbe sagte man vom Heiligen Gral. Der moderne Okkultismus hat aus Baphomet einen bocksköpfigen Teufel gemacht, mit satanischen Attributen, die mit dem Baphomet aus den Inquisitionsprotokollen nichts zu tun haben. Schon haben Sie Ihre falsche Magie. Aber was war mit dem ursprünglichen Baphomet? Wer oder was war er? Einige Menschen halten den Namen Baphomet für eine Ableitung des Namens Mohammed, dem Propheten und Begründer des Islams. Andere meinen, er könnte mit dem arabischen ›abufihamet‹ zusammenhängen, das man mit ›Vater der Weisheit‹ übersetzen kann. Einige sehen in dem Kopf den Schädel Johannes' des Täufers. Wieder andere behaupten, er sähe aus wie der Kopf auf dem Turiner Grabtuch, das sich übrigens auch eine Weile im Besitz der Templer befunden haben soll. Die Geschichten um die Templer sind so unglaublich voll von Mysterien! Und gerade die Art und Weise, wie dieser Ash in Cannes auf den ›Kreis von Montségur‹ reagiert hat, lässt mich darüber nachdenken, was diese Sekte wohl hinter dem Geheimnis der Templer vermutet. Irgendetwas, das mächtiger ist als sie selbst. Vielleicht tatsächlich eine uralte Magie.«

»Was stellen Sie sich denn darunter vor, Peter?« Patrick schüttelte den Kopf. »Ein Buch mit Zaubersprüchen etwa? Oder glauben Sie, dies ist die Höhle, in der Merlin gefangen ist?!«

Peter sah den Franzosen einen Augenblick starr an. »Merlin! Ja, warum eigentlich nicht... Der Sage nach wurde er in eine Falle gelockt und für alle Ewigkeit in der Zauberhöhle eingesperrt.«

»Tut mir Leid, Peter. Erst fangen Sie mit dem Heiligen Gral an, und nun sind wir schon bei Merlin, König Artus und Camelot. Also wirklich. Bei Märchen, Feen und Zauberei hört es bei mir auf!«

Peters ernste Miene entspannte sich langsam. Er hob eine Augenbraue. »Sie haben wirklich geglaubt, ich meine das ernst?« Dann schmunzelte er.

»Bei Ihnen bin ich mir wirklich nicht mehr sicher«, antwortete Patrick zögerlich, der nun sah, dass auch Stefanie grinste.

»Also gut«, sagte Peter und winkte lächelnd ab. »Sie können sich wirklich vollkommen sicher sein. Nein, ich erwarte natürlich nicht, Magie zu finden. Aber ich will den Ursprung dessen finden, was durch die Schleier der Geschichte nur noch als Magie zu uns dringt. Ja, ich habe mich eine Menge in okkulten Kreisen getummelt, und ja, ich weiß weit mehr über diese Dinge, als mir lieb ist, und als ich Ihnen zu Beginn zugegeben habe. Aber indem wir Magie studieren, folgen wir ihrer Entwicklung, ihrer Mutation, ihrer Entstellung, rückwärts bis hin zu ihrer ursprünglichen Form. Interessanterweise gab es ausgerechnet bei den Alchimisten sogar eine Formel hierfür: ›*Ex quo aliquit fit in illud iterum resolvitur.*‹«

»›*Woraus etwas gemacht ist, zu dem wird es wieder aufgelöst*‹«, übersetzte Stefanie fast automatisch.

»Ganz genau«, sagte Peter. »Ich gebe Ihnen natürlich vollkommen Recht, Patrick, bei dem mysteriösen Durchgang handelt es sich mit Sicherheit nicht um Magie. Aber es muss auch nicht gleich etwas mit Hightech zu tun haben, wie Sie vermuten. Vielleicht ist es bloß ein Phänomen, das wir bisher noch nicht kennen. Aber jetzt habe ich die ganze Zeit über Montségur und den Schatz der Templer geredet… Was haben Sie denn herausgefunden?«

»War das denn schon alles?«

»Leider ja. Ich kann erst mal nur Informationen über Jesus, die Katharer, die Templer und den Heiligen Gral anbieten. Um etwas über den Durchgang herauszufinden, muss ich weitere

Nachforschungen über den Schatz der Templer unternehmen. Na ja, und das geht nicht so schnell, schließlich beißt man sich daran schon seit Jahrhunderten die Zähne aus.«

»Und das Symbol?«

»Noch nichts.«

»Hm...« Patrick zündete sich eine neue Zigarette an. »Schade. Nun, bei mir gibt es leider auch noch nichts Neues. Zumindest nicht, was die Herkunft der beiden Faxe betrifft. Sie wurden in einem Postamt in Morges in der Schweiz aufgegeben. Aber dort werden pro Tag mehrere Dutzend Faxe abgeschickt, und die Absender können das an herumstehenden Maschinen selber tun, ohne erkannt zu werden.«

»Na ja, wäre vielleicht auch zu einfach gewesen«, sagte Peter.

»Dafür konnte ich den ersten Brief entschlüsseln«, fuhr Patrick fort.

»Was? Tatsächlich? Er war verschlüsselt?«

Patrick holte das Papier hervor. »Erinnern Sie sich daran, was unser heimlicher Brieffreund im letzten Fax vorschlug? ›*Beachten Sie den Kreis, den mein erster Brief beschrieb.*‹ Und nun sehen Sie sich das erste Fax noch einmal an:

›*Sehr geehrte Herren,*
Sie stießen auf einen Kreis, und es kann Kreise ziehen, was Sie erforschen, doch achten Sie darauf. Das Zentrum für Mann und Frau betritt der Kreis, nicht die Rose. Achten Sie darauf, dass Ihre Forschung keine Kreise zieht, bis nicht der Kreis auf Sie stößt.
Ehrerbietig, St. G.‹

Er erwähnt in diesem Schreiben *zwei* Kreise – zum einen den ›Kreis von Montségur‹, wie wir jetzt wissen, und zum anderen den metaphorischen Kreis, den unsere Forschung angeblich zieht. Welchen der beiden Kreise also meint er in seinem zweiten Fax?« Er sah in die Runde. Peter hob nur die Augenbrauen, und Stefanie sah ihn freundlich lächelnd an. »Nun gut, ich will Sie nicht länger auf die Folter spannen. Ich habe zwei Dinge beobachtet und kombiniert: Zum einen fiel mir auf, dass der Text sehr konstruiert wirkt. Er wiederholt sich auf eine merkwürdige Weise. Also habe ich es wörtlich genommen: Der Text ›beschreibt‹ vielleicht in sich selbst einen Kreis, ist vielleicht in irgendeiner Weise kreisförmig konstruiert. Ich habe also die Anordnung der Worte und Buchstaben untersucht. Gleichzeitig ist mir aufgefallen, dass der ›Kreis von Montségur‹ ja eigentlich auch kein Kreis ist, sondern eine Gruppe von konzentrischen Ringen, die von außen zur Mitte hin wieder kleiner werden und sich in der Mitte treffen. Und siehe da: Dasselbe kann man mit dem Text machen.« Er zeigte ein Diagramm.

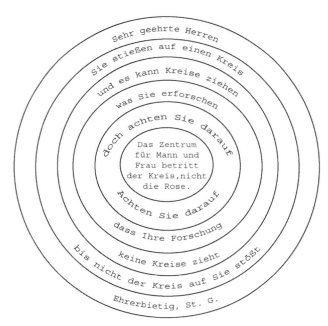

»Sehen Sie? Von außen nach innen wiederholen sich die Zeilen. Nicht wortwörtlich, aber in ihrem Kontext: ›Ehre, auf einen Kreis stoßen, Kreise ziehen, forschen, achten‹. Der Text zielt auf eine Mitte hin, ebenso wie der ›Kreis von Montségur‹ ein Zentrum hat. Die mittlere Zeile ist dieses Zentrum. Sie beginnt sogar mit diesen Worten: ›Das Zentrum‹. Nur scheint sie keinen Sinn zu ergeben, richtig? Das liegt daran, dass wir nur grob vorgegangen sind. Wir haben uns dem Zentrum zeilenweise genähert. Wissen Sie, was passiert, wenn wir die Methode präzisieren und uns dem Zentrum auf dieselbe Weise von außen nach innen *wortweise* nähern? Ich sage es Ihnen. Das Zentrum ist: ›Frau betritt‹. Und wenn Sie es buchstabenweise machen, sogar nur noch ›Frau‹.«

»Gut kombiniert, Watson!«, sagte Stefanie und lachte Patrick offen an.

»In der Tat«, sagte Peter. »Sie versetzen mich in Erstaunen. Aber sollen wir jetzt daraus schließen, dass eine Frau der Schlüssel ist? Dass eine Frau in der Lage wäre, den Durchgang zu passieren?«

»Es klingt so, nicht wahr?«, sagte Patrick. »Die Frage ist allerdings, ob eine ganz bestimmte Frau gemeint ist, eine, die vielleicht gewisse noch nicht bekannte Kriterien erfüllen muss. Oder einfach nur *irgendeine* Frau.«

»Nun, was mögliche Kriterien angeht, sagte doch der verschlüsselte Text auf dem Fußboden etwas...« Peter sah nach und las schließlich von einem Zettel vor: »...›denen zugänglich, die Bewahrer der Mysterien sind‹... na ja, das hilft uns auch noch nicht weiter, fürchte ich.«

»Nun, vielleicht schon«, warf Stefanie ein.

»Ach ja?«

»Bezeichnet man nicht Frauen als Bewahrer von Mysterien?«

»Die Frau *ist* ein Mysterium«, sagte Patrick. »Dem kann ich zustimmen!« Er lachte.

»Stefanie hat Recht!«, überlegte Peter laut. »In der mystischen Tradition ist stets die Frau die Hüterin des Geheimnisses. Ich meine nicht die modernen, patriarchalischen Gesellschaften. Denken Sie an die klassischen Märchen: Es wimmelt von Hexen, aber nicht von Zauberern. Es waren Frauen, die das Orakel von Delphi hüteten. Die drei Nornen, die drei nordischen Göttinnen des Schicksals, sind weiblich. Auch die Sphinx des klassischen Altertums war weiblich, sie war sogar das Sinnbild des Geheimnisses. Bei den meisten Naturvölkern sind die Männer für die Jagd und die Frauen für die Religion zuständig. Die Männer für Tätigkeiten, die Frauen für Weisheiten. Die Frau als Hüterin der weiblichen Geheimnisse und des Wunders des Lebens. Die Erde wird in allen Religionen als Mutter, als weiblich betrachtet. ›*Gaia*‹ als ihr Name lebte im Zuge der esoterischen New-Age-Bewegung gerade erst wieder auf. Dabei ist es wirklich nichts Neues: Muttergottheiten waren ein so integraler Bestandteil der alten Kulturen, dass das katholische Christentum nicht umhin kam, Maria als Mutter Gottes einzusetzen, um eine einfachere Identifikation zu ermöglichen und den Übergang zu erleichtern. Mit dem Urchristentum, wie es von Paulus propagiert wurde, hat der Marienkult nichts zu tun.«

»Sie wollen also sagen, in beiden Texten steht dasselbe?«, fragte Patrick.

»Ich denke schon«, antwortete Peter. »Eine Frau kann die Höhle betreten. Und ich würde vermuten: *jede* Frau.«

Es trat ein Moment der Stille ein. Sie sahen einander an, bis die Blicke der Männer nach einer Weile auf Stefanie haften blieben. Daraufhin begann sie langsam zu lächeln.

»Fragen Sie mich«, sagte sie und nickte aufmunternd.

»Sie meinen...«, begann Peter zögerlich. »Sie würden...? Wirklich? Es wäre natürlich großartig, aber sind Sie sich der Gefahr bewusst? Sie sollten eigentlich nicht... wir könnten das nicht verantworten... Nein, Sie dürfen auch gar nicht! Sie wissen überhaupt nicht, was Sie erwartet. Es wäre geradezu selbstmörderisch. Nein. Nein, auf gar keinen Fall!«

Stefanie sah zu Patrick hinüber.

»Gehen Sie in die Höhle?«, fragte er sie.

»Natürlich. Heute noch!«

Kapitel 16

10. Mai, Büro des französischen Präsidenten, Paris

Emmanuel Michaut saß an seinem Schreibtisch, die Ellenbogen aufgestützt, den Kopf in den Händen vergraben. Er war körperlich und seelisch ausgelaugt, sein Schädel pochte dumpf, sein Nacken war verspannt. Er hatte die ganze letzte Nacht nicht geschlafen. Er würde nie wieder schlafen können. Seit dem Besuch von Jean-Baptiste Laroche war nichts mehr wie früher. Es war eine neue Welt. Als hätte man plötzlich einen gigantischen Asteroiden entdeckt, der sich mit unvorstellbarer Geschwindigkeit näherte, den nichts aufhalten konnte, und der die Erde in exakt dreiundsiebzig Stunden vernichten würde. Alle Gewohnheit, alle Zukunft, alles Leben stand an einer unsichtbaren Schwelle, hinter der es dem Abgrund entgegenstürzen würde.

Michaut hatte immer an die Kraft des Einzelnen geglaubt, war überzeugt gewesen, dass alles erreichbar sei. Und das war es auch. Nichts auf der Welt geschah ohne Grund. Und wenn man ein Ziel erreichen wollte, konnte man sich nicht darauf verlassen, dass es sich so fügen würde. Man musste selbst der Grund sein.

Er glaubte an eine Kraft im Menschen, die es jedem ermöglichte, sich über die eigenen Beschränkungen und die anderen Menschen zu erheben, wenn man diese Kraft nur erkannte und zu nutzen lernte. Ein fast religiöser Ansatz, aber er war sich sicher, dass das nichts mit Göttlichkeit oder Religion zu tun hatte. Sicherlich, Religion hatte ihre Daseinsberechtigung. Sie gab jenen Menschen Halt, die mit ihren Ängsten und Zweifeln nicht alleine zurechtkamen. Die Religion versprach einen Sinn im Leben. Sie erklärte das Unerklärliche, sie half, scheinbar willkürliche Unbill des Schicksals zu ertragen, die Leere des eigenen Lebens zu füllen, die scheinbare Bedeutungslosigkeit des Einzelnen vor dem kosmischen Gefüge erträglich zu machen. Der Placeboeffekt von Religiosität war ihm offenkundig und absolut akzeptabel. Die meisten Menschen ertrugen die Vorstellung nicht, dass nach dem Tode alles vorbei sein könnte, dass es keinen anderen Sinn im Leben geben könnte, als den, den sie selbst ihm gaben. Diese Menschen brauchten einen Halt. Das war annehmbar. Die wenigsten erfolgreichen religiösen Menschen begriffen jedoch, dass ihnen durch ihren Glauben keineswegs eine göttliche Macht zur Seite stand, sondern lediglich ein Selbstvertrauen. Die Macht, alles zu erreichen, war rein menschlich.

Nach diesen Grundsätzen hatte er gelebt und jede Chance erkannt und genutzt.

Natürlich hatte es Rückschläge gegeben, aber er hatte sie zu schätzen gelernt, denn sie waren seine besten Lehrmeister gewesen. Auf diese Weise hatte er rückblickend jede Situation zu seinen Gunsten zu wenden gewusst und niemals das Vertrauen in seine Ziele verloren.

Alles, was ein Mensch erreichen konnte, keimte zu Beginn aus dem sozialen Umfeld und den besonderen Fähigkeiten des Einzelnen. Dies waren gewissermaßen die Startbedingungen, während die Träume und Wünsche das Ziel bildeten. Diese beiden Pole sowie die Ereignisse auf dem Weg vom Ursprung in die Zukunft formten zusammen ein Geflecht aus Wahrscheinlichkeiten und Möglichkeiten. Michaut hatte stets alle Möglichkeiten maximal ausgenutzt und sich auf diese Weise von einer Unwahrscheinlichkeit zur nächsten gehangelt, ja, sogar völlig neue, unabsehbare Möglichkeiten erschlossen. So gesehen hatte er als Präsident von Frankreich bereits die absolute Spitze seiner persönlichen Unwahrscheinlichkeiten erreicht und war seinem Ziel so nah, wie er es überhaupt nur sein konnte.

Und dann tauchte Jean-Baptiste Laroche auf. Und er beschwor etwas herauf, das größer war als Michaut, größer als ganz Frankreich.
Das Erbe des königlichen Blutes.
Es hatte einen vertrauten, bedrohlichen Klang, und Michaut hatte seinen Geheimdienst darauf angesetzt. Was dieser aus den tiefsten Archiven der französischen Regierung zusammengetragen hatte, war ungeheuerlich. Laroche konnte sich tatsächlich auf eine Weise zum Herrscher, zum neuen Messias emporschwingen, der er nichts entgegenzusetzen hatte. Seine Gedanken kreisten weniger um die religiösen Verflechtungen; auf diese Vorstellung mochte er sich nicht einlassen, konnte es einfach nicht. Aber ihn beschäftigte die Auswegslosigkeit dieser Bedrohung. Wie konnte er gegen Laroche vorgehen, ohne ihn zum Märtyrer zu machen?

Michaut überlegte, ob er sich wieder einmal an den Grafen wenden sollte. Die Grenzen der Freundschaft oder vielmehr des Vertrauens – denn es war irgendwie zugleich weniger und mehr als Freundschaft –, diese Grenzen mussten eines Tages erreicht sein. Er wusste nicht, wie weit er den Grafen tatsächlich einbeziehen durfte oder sollte … und hier ging es immerhin um Dinge, deren Tragweite nicht jedermann einfach so hinnehmen konnte. Wie würde der Graf auf eine solche Offenbarung reagieren? War er ein religiöser Mensch? Eine Frage, die sich Michaut noch nie gestellt hatte, doch nun gewann sie plötzlich unerwartete Relevanz. Würde der Graf diese Dinge belächeln? Entsetzt sein? Verzückt? Würde er überhaupt zuhören wollen? Objektiv bleiben können? Andererseits: Wenn überhaupt jemand in der Lage war, in dieser Frage neutral zu bleiben, dann war er es …

Er hob den Hörer ab und ließ sich eine sichere Leitung geben. Dann wählte er die Nummer.

10. Mai, Herrenhaus bei Morges, Schweiz

Am frühen Nachmittag setzte der Hubschrauber zur Landung an. Er senkte sich auf die Rasenfläche auf der Rückseite eines Herrenhauses am Genfer See. Das Grundstück fiel hier ein wenig ab und führte bis an das Ufer des Sees, wo der Rasen in eine mit schweren, schwarzen Felsbrocken befestigte Böschung überging. Auf der Terrasse warteten bereits zwei Männer, von denen der jüngere auf den Hubschrauber zuging, nachdem dieser aufgesetzt hatte und die Rotoren zum Stillstand gekommen waren. Er begrüßte den Mann, der gerade aus der Tür stieg.

»Willkommen, Monsieur le Président! Mein Name ist Joseph. Steffen erwartet Sie bereits.«

Präsident Michaut folgte dem jungen Mann. Er hatte ihn schon einmal gesehen, konnte sich aber nicht genau erinnern, wo. Dass er den Grafen »Steffen« nannte, irritierte ihn ein wenig. Es schien ihm doch allzu respektlos. Es konnte allerdings auch bedeuten, dass dieser Joseph ein besonders enger Vertrauter des Grafen war; eine ähnlich einflussreiche Person auf die eine oder andere Weise. Steffen… Ein ungewöhnlicher Name. Vielleicht Deutsch oder Niederländisch. Ihm wurde bewusst, wie wenig er über den Grafen wusste. Er war irgendwie plötzlich da gewesen: Wenige Tage nach seiner Amtsübernahme hatte sein Staatssekretär ihm den Mann vorgestellt, und sie waren sich von Anfang an merkwürdig vertraut gewesen. Seinen tatsächlichen Namen hatte entweder niemand jemals genannt, oder Michaut hatte ihn vergessen. Aus irgendeinem Grund erinnerte er sich an einen Adelstitel, daher nannte er ihn Graf, und dieser schien dem nicht zu widersprechen.

Der Mann war stets über alles informiert, und zugleich wusste er zu schweigen. Er schwieg über ihre Gespräche, aber auch über seine Herkunft. Er wurde niemals privat und war doch immer persönlich. Ein feiner, aber bedeutender Unterschied. Es war schwer zu sagen, ob der Graf ein direktes Interesse an Michaut selbst hatte oder nur an dessen Stellung als Präsident. Vielleicht hatte der Graf auch gar kein Interesse, sondern beobachtete bloß. Es schien fast so zu sein, denn er war zwar immer für den Präsidenten zu sprechen, bereit, ihm zuzuhören oder Ratschläge zu geben, aber er mischte sich niemals aus eigener Initiative ein. Und wenn doch, dann war es so geschickt, dass es nicht zu bemerken war. Michaut nahm sich vor, die Hintergründe des Mannes erforschen zu lassen.

Nachdem er Joseph gefolgt war, betrat Michaut die Villa durch eine Terrassentür und stand unmittelbar in einem großzügigen Salon. Er war mit wenigen, aber erlesenen antiken Möbeln bestückt. Ein massiver dunkler Holztisch, der einem Rittersaal entsprungen zu sein schien, stand direkt hinter der Glasfront, die auf die Terrasse und den See hinausblickte. Neben dieser Tafel stand der Graf, in edlem dunklem Anzug, wie ihn Michaut nicht anders kannte; von beeindruckender Ausstrahlung, ein wenig altertümlich, aber ohne dass man es mit den Details seiner Kleidung hätte belegen können.

»Monsieur le Président, es ist mir eine Ehre, Sie als meinen Gast begrüßen zu dürfen.«

Präsident Michaut nickte nur; er wusste nicht, wie er antworten sollte. Er war hierher gekommen, an den unwahrscheinlichsten Ort, suchte Hilfe in der unwahrscheinlichsten Situation. Konnte der Graf ihm überhaupt helfen? Würde er überhaupt zuhören?

»Es scheint Sie eine schwere Last zu bedrücken«, sagte der Graf. »Joseph wird uns Wein bringen. Wir werden uns hier an diesen Tisch setzen. Wussten Sie, dass bereits Leonardo da Vinci an diesem Tisch saß? Natürlich nicht hier«, er fuhr mit der Hand über die Oberfläche, »ich habe den Tisch in Turin erstanden. Bitte – nehmen Sie Platz. Von hier aus haben Sie einen wunderbaren Blick über den Lac Léman.« Er machte eine Pause, während Michaut sich setzte. Er spürte die Unruhe des

Präsidenten, dessen Unbehagen. »Was auch immer Sie bedrückt, schieben Sie es für einen Augenblick beiseite und beobachten Sie nur die feinen Wellen und den leichten Dunstschleier, der sich zum Abend hin verdichten wird. Ist er nicht ein wunderbarer, friedlicher See? So ist er bereits seit Tausenden von Jahren, und nichts, was wir tun, wird diesen See wesentlich ändern. Und dort hinten, was Sie gerade noch als helle Spitzen erkennen können, das ist der Montblanc. Wenn Sie genau hinsehen, merken Sie, dass Sie sowohl in die Vergangenheit als auch in die Zukunft blicken. Alles hier ruht in sich selbst, die Geschicke der Menschen ziehen vorbei. Auf ähnliche Weise, wie die Berge und der See keine Partei ergreifen, weder gut noch schlecht sind, so ist die Welt um uns herum weder gut noch schlecht. Es ist unsere Auffassung der Geschehnisse, die sie uns als gut oder schlecht erscheinen lassen. Noch die schlimmsten Erlebnisse können uns etwas lehren. Wachstum entsteht überall dort, wo sich Dinge ändern und wir darauf reagieren müssen. Wenn wir Geschehnisse in unsere Vorstellungen von gut und schlecht sortieren, und uns nur nach dem ausrichten, was wir für gut halten, wenn wir vor dem Schlechten die Augen verschließen, vor dem Schlechten flüchten, es nicht annehmen, dann entgeht uns die Hälfte der Dinge, aus denen wir große Weisheit schöpfen könnten.«

Michaut sah auf den Genfer See hinaus und war dabei den Gedanken des Grafen gefolgt. Einige der Dinge hatten einen wärmenden Klang, schienen auf einer anderen Ebene als der des Verstandes einen tieferen Sinn zu haben. Aber andererseits gab es auch Geschehnisse von solcher Tragweite, solch offensichtlicher Schlechtigkeit, dass er dem Grafen nicht vollkommen zustimmen konnte.

»Doch ich möchte Sie nicht mit den Ansichten eines alten Mannes langweilen«, fuhr dieser nun fort. »Sie haben ein dringendes Ansinnen, und Ihre Zeit ist kostbarer als die meine. Ah, der Wein!«

Joseph servierte zügig und ohne künstlichen Umstand. Michaut, der befürchtet hatte, dass der Mann nun entweder als Vertrauter des Grafen dem Gespräch beiwohnen oder – falls er ein Bediensteter oder dergleichen war – im Hintergrund bleiben würde, war erfreut, als Joseph den Raum wieder verließ.

»Sagen Sie mir, was Sie bedrückt. Hat es mit Ihrem Gegenkandidaten Jean-Baptiste Laroche zu tun?«

»In der Tat, ja, das hat es. Erinnern Sie sich, wie ich in unserem letzten Gespräch vermutete, dass irgendein Umstand eingetreten sein könnte, der einen Wahlsieg von Laroche besonders Erfolg versprechend machen könnte?«

Der Graf nickte leicht und roch an der Blume des Weines.

»Nun, und wahrhaftig gibt es da etwas«, fuhr Michaut fort. »Sagt Ihnen der Ausdruck ›Sang Réal‹ etwas?«

Der Graf antwortete nicht sofort, sah den Präsidenten nur über den Rand seines Glases hinweg an. Schweigend und einen Augenblick länger als üblich. »Was bedeutet er?«, fragte er dann.

Michaut beugte sich vor. »Es ist altertümliches Französisch. Heute würde man ›Sang Royal‹ sagen, ›königliches Blut‹. Wie wir besprochen hatten, habe ich das Gespräch mit Laroche gesucht, und wie zu erwarten war, gab er sich mir sehr selbstsicher, ja sogar siegesgewiss. Sagte, ich könne seinen Sieg niemals verhindern, ohne ihn zum Märtyrer zu machen, und dass er der Erbe des königlichen Blutes sei.«

Die Augen des Grafen blieben unergründlich.

»Genau das waren seine Worte. Merkwürdig, nicht wahr? Und wissen Sie, was ›Sang Réal‹ noch bedeutet? Hiervon leitet sich ›San Graal‹ ab, der Heilige Gral!« Michaut ergriff sein Glas und lehnte sich wieder zurück. »Ach, was erzähle ich für ein wirres Zeug. Ich weiß nicht, wo ich anfangen soll, und heraus kommt ein Durcheinander, dass Sie mich für übergeschnappt halten müssen.« Er nahm einen tiefen Schluck.

»Ganz und gar nicht, Monsieur le Président. Aber vielleicht hilft es, wenn Sie erläutern, was Monsieur Laroche gemeint haben könnte, als er davon sprach, Erbe eines königlichen Blutes zu sein.«

»Nun, als wir seine Familiengeschichte untersuchten, stellten wir fest, dass sie seit jeher eine enge Verbindung zur Genealogie hatte. Stets haben einzelne Familienmitglieder große Summen in die Erforschung ihrer Familiengeschichte und deren Erhaltung gesteckt; einige Verwandte waren sogar angesehene Spezialisten auf diesem Gebiet. Es stellte sich heraus, dass alle entsprechenden Strecken in die Vergangenheit gut erforscht und dokumentiert waren – häufig auf Bestreben und Kosten der Familie selbst, wie unsere Recherchen ergeben haben. Jean-Baptiste Laroche ist ein lebender Nachfahr der Merowinger, jenes Geschlechts, das im sechsten und siebten Jahrhundert nach Christus das Reich der Franken vereinte.«

»Das wäre eine wirklich beachtliche Familiengeschichte. Das hieße, er könnte seine Wurzeln bis ins achte Jahrhundert zurückverfolgen.« Der Graf nahm einen kleinen Schluck. »Das bedeutet«, sagte er dann, »Monsieur Laroche sieht sich als Abkömmling eines königlichen Geschlechts, als Erbe des Throns von Frankreich, und erhebt nun, nach fast fünfzehnhundert Jahren, Anspruch auf die Präsidentschaft?«

Michaut nahm nun ebenfalls einen Schluck. »Ja, so sieht es aus.«

»Nun, die Merowinger wurden von den Karolingern wenige hundert Jahre später entmachtet. Und eine Monarchie gibt es in Frankreich schon lange nicht mehr. Wie könnte er sich mit einem solchen Anspruch Gehör verschaffen, geschweige denn durchsetzen?«

»Das ist es, was mir Sorgen bereitet«, erklärte Michaut. »Eine derartige Abstammung mag außergewöhnlich, sogar Aufsehen erregend sein, aber sie ist natürlich heute keine Basis mehr für einen Rechtsanspruch. Wir leben in einer funktionierenden Demokratie, und mein Volk wählt keine Könige. Aber Laroche verfolgt ein größeres Ziel. Während er seinen Stammbaum bis zu den Merowingern verfolgt hat, so ist das Geschlecht der Merowinger seinerseits inzwischen auch gut dokumentiert. Und es gibt eine revolutionäre neue These, laut der die Merowinger von Jesus Christus abstammen!«

Michaut erwartete, dass sich nach dieser Enthüllung ein Lachen auf dem Gesicht des sonst so zurückhaltenden Grafen ausbreiten würde. Doch der sah ihn nur eine Weile schweigend an.

»Nun, ich weiß«, fuhr der Präsident daher fort, »es klingt provokant, wenn nicht haarsträubend…«

»So neu ist die These gar nicht«, unterbrach ihn der Graf mit ruhiger Stimme.

»Wie meinen Sie das? Sie wissen davon?«

»Sie machte hauptsächlich in den achtziger Jahren von sich reden. Und vor kurzem erst hat ein Amerikaner einen Thriller zu diesem Thema geschrieben. Es erstaunt mich, nun im Zusammenhang mit Jean-Baptiste Laroche erneut davon zu hören.«

»Was wissen Sie darüber?«

Der Graf lehnte sich zurück und betrachtete den See. »Es scheint in der Tat Hinweise zu geben, die die Merowinger in direkte Verbindung mit Jesus Christus bringen. Einige davon sind sicherlich fragwürdig, andere allerdings unwiderlegbar. Außerdem gibt es Belege, die bislang nicht veröffentlicht wurden und die diese Theorie deutlich untermauern könnten.«

»Dann ist es also wahr?« Michaut sah den Grafen mit geweiteten Augen an. Er hatte mit Unverständnis gerechnet, bestenfalls Zurückhaltung, aber er hatte nicht erwartet, dass der Graf auch in dieser Angelegenheit informiert war. »Ist Laroche mit Jesus verwandt?«

Nun war es an der Zeit für den Grafen, ein feines Lächeln zu zeigen. Er wirkte belustigt, dabei aber nicht überheblich, sondern verständnisvoll. »Was, wenn er es wäre?«, fragte er.

»Wenn er wirklich mit Jesus verwandt wäre, fragen Sie? Wenn in ihm tatsächlich das Blut Christi flösse?«

»Sie wirken beunruhigt und ergriffen zugleich«, bemerkte der Graf.

»Selbstverständlich bin ich beunruhigt! Stellen Sie sich die weltweite Aufregung vor: Der letzte Verwandte von Jesus Christus ist gefunden worden – das Blut des Erlösers ist unter uns. Jeder auf der Welt würde ihn ehren, die Kirchen würden ihm zu Füßen liegen. Dieser Mensch würde die Welt regieren.«

»Warum sollte er? Wenn er doch nur ein Mensch ist?«

»Wie meinen Sie das?«

»War nicht Jesus sowohl Mensch als auch Gott zugleich? Fand seine Göttlichkeit nicht Ausdruck darin, dass er die Sünden der Menschen auf sich nahm, für sie starb und am dritten Tage wieder auferstand?«

»Ich bin kein sonderlich religiöser Mensch...«, wandte der Präsident ein.

Der Graf nickte entgegenkommend. »Nun, hierin liegt jedenfalls die religiöse Bedeutung der Figur Christi. Nicht in seinem Leben, seinen Jüngern, seiner Bergpredigt – Wunder und Weisheiten dieser Art wurden vor ihm und nach ihm von Propheten auf der ganzen Welt bekannt. Und wenngleich Weihnachten als das Fest seiner Geburt weltweit am meisten Beachtung findet, so ist es doch ein ursprünglich heidnisches Fest, umgedeutet und assimiliert, wie so vieles. Tatsächlich ist Ostern das wichtigste Fest des Christentums, und das feiert Jesu Auferstehung. Allein hierin liegt die ganze Bedeutung und die göttliche Macht des Messias. Dass Jesus gleichzeitig auch Mensch war, ermöglicht es, sich mit ihm zu identifizieren, und es macht deutlich, wie Jesus die Belange, Sorgen, Zweifel und Nöte der Menschen kennen konnte. Aber auf dieser menschlichen Ebene war Jesus ein Wanderprediger, wenn Sie so wollen. Möglicherweise Angehöriger der Essenersekte – falls das einen Unterschied machen sollte. Aber diese menschliche Seite hat keine Macht, sondern das Göttliche in ihm. Was, wenn er tatsächlich einen Bruder gehabt hätte, oder einen Sohn, wie es andere Thesen behaupten? Wären diese ebenfalls zugleich Gott gewesen? Nein. Hätten sie die Menschen erlösen und von den Toten auferstehen können? Nein. Daher wäre eine Abstammung von Jesus zugegebenermaßen faszinierend, aber dennoch ohne jeden religiösen Machtanspruch.«

»Was Sie sagen, klingt nachvollziehbar«, sagte Michaut, »aber wie viele Menschen werden das ebenfalls so sehen? Wird nicht jedermann auf die Knie fallen vor ihm, der großartigsten und einzig lebenden Reliquie, wenn Sie so wollen? Wenn die katholische Kirche sogar Maria verehrt, die ja mit der so wichtigen Auferstehung und der Erlösung der Menschen, wie Sie darlegen, überhaupt nichts zu tun hat, wird sie da nicht einen heute lebenden Verwandten von Jesus ebenfalls heiligen?«

»Eher würde die Bibel neu geschrieben werden. Stellen Sie sich vor: Die Kluft zwischen den progressiven und den fundamentalistischen Kräften in der Kirche würde aufreißen, es würde die katholische Kirche erschüttern und zerreißen. Ein neues Schisma wäre die Folge. Denken Sie, sie könnte sich das erlauben? Der Katholizismus, die Kirche, der Papst und deren Geschichte sind heutzutage in der Kritik wie nie zuvor. Ein solcher Eklat wäre inakzeptabel.«

»Wieder kann ich Ihnen folgen«, sagte der Präsident, »und dennoch können mich Ihre Worte nicht beruhigen.«

»Ja, vielleicht ist es auch schwierig, die Reaktion der Menschen und der Kirche so eindeutig vorherzusehen.« Der Graf nahm einen weiteren Schluck. »Aber vielleicht kann ich Sie auf andere Weise beruhigen.«

»Bei allem Respekt, Monsieur le Comte«, sagte Michaut und schüttelte den Kopf, »ich bezweifle, dass Sie das jetzt noch können.«

»Nun, einerseits ist ja nicht endgültig geklärt, ob eine derartige These – eine Verwandtschaft der Merowinger zu Jesus – vor dem Angesicht der Weltöffentlichkeit überhaupt standhalten könnte. Ob sich überhaupt jemand ernsthaft dafür interessiert. Die Tatsache, dass diese Geschichten schon seit Hunderten von Jahren kursieren, immer wieder gedruckt und sogar verfilmt wurden und keine nachhaltige Resonanz hervorgerufen haben, spricht meines Erachtens nicht dafür. Und ebenso fraglich ist meiner laienhaften Ansicht nach, ob die Verwandtschaft des Monsieur Laroche zu den Merowingern tatsächlich gesichert ist. Ich meine, mich an einen Herrn erinnern zu können, der Ihnen in dieser Hinsicht weiterhelfen kann.«

Michaut sah den Grafen mit einer Mischung aus Skepsis und Neugier an. Er hatte nicht vor, weitere Leute in diese brisante Angelegenheit einzuweihen. Wer, um alles in der Welt, würde hier sachlich bleiben und ihm sogar helfen können?

»Sie fragen sich sicherlich, wer bei einem solch bedeutenden Sachverhalt zu Rate gezogen werden könnte. Nun, es wird Sie gewiss interessieren zu erfahren, dass die Nachfolge des Geschlechts der Merowinger über die Jahrhunderte hinweg in der Tat gewissenhaft gesichert und im Geheimen fortgeführt wurde. Dieser Teil der Geschichte stimmt also nachweislich. Verantwortlich hierfür ist ein Orden, der sich Priorat von Zion nennt. Wie es der Zufall will, operiert er heute unter anderem von der Schweiz aus. Es wäre mir möglich, Sie mit jemandem in Kontakt zu bringen, der wie niemand sonst über die gesamte Geschichte des Ordens Bescheid weiß. Es ist ein Monsieur Plantard. Ich würde vermuten, dass dieser Herr in der Lage ist, nachzuweisen, wer der heutige Nachfahr der Merowinger ist, oder vielmehr – und das ist das Einzige, das

Sie wirklich interessieren dürfte –, dass es sich dabei nicht um Monsieur Laroche handelt.

»Was macht Sie so sicher?«

»Nennen Sie es Instinkt, Monsieur le Président«, sagte der Graf und lächelte nun zum zweiten Mal.

10. Mai, Wald bei St.-Pierre-Du-Bois

Im Wald parkte ein schwarzer Lieferwagen mit dunkel getönten Scheiben. Nichts wies darauf hin, dass er erst vor wenigen Stunden hierher gefahren war. Das Geräusch des Motors war verklungen, Türen waren zugeschlagen worden, Schritte hatten sich entfernt. Eine Weile noch hatte der warme Motor in der kühlen Waldluft geknackt, dann hatten die Geräusche des Waldes den Wagen wieder umfangen.

Vogelstimmen ertönten, der Wind hatte aufgefrischt und rauschte durch die Blätter. Es bewölkte sich, die Kontraste zwischen sonnigen Flecken und Schatten auf dem Waldboden wichen dem fahlen, indirekten Licht, das nun durch die Wolkendecke drang.

Zwischen den Bäumen tauchten unvermittelt drei Gestalten auf. Sie waren in schwarze Mäntel gehüllt und bewegten sich mit solch raubtierhafter Geschmeidigkeit, dass sie kaum auszumachen waren. Es schien, als würden sie nach jedem Schritt mit den Stämmen und Büschen verschmelzen, und sie verursachten kaum ein Geräusch dabei. Rasch waren sie dem Wagen näher gekommen. Der Erste von ihnen öffnete die Hecktür, sie stiegen ein, und die Tür wurde von innen wieder geschlossen.

Im Inneren des Wagens war die Luft warm und schwer. Es roch nach feuchter Kleidung, nach Wachs und ein wenig süßlich. Eine Kerze erhellte einen kleinen Altar. Er war aus dunklem Holz gefertigt, das mit organisch anmutenden Schnitzereien versehen war. Über dem Altar hing ein auf Tuch gemaltes

Gemälde, das eine dämonische Figur darstellte. Ihr Kopf war gehörnt, das Maul mit spitzen Reißzähnen versehen. Der Torso war nackt, männlich und muskulös, ebenso wie die stark behaarten Arme und Beine. Statt Füßen besaß die Gestalt mächtige Hufe, die Funken auf dem Boden schlugen. Auf dem Altar lag eine weiße, bestickte Stoffbahn, auf der ein silberner Kelch stand. Er war mit einer dunkelroten, zähen Flüssigkeit gefüllt. Neben dem Kelch lag der feucht glänzende, gehäutete Schädel einer Katze.

Das Kerzenlicht flackerte über die Gesichter von vier Männern. Einer von ihnen hatte im Wagen gewartet. Er mochte Mitte dreißig sein und trug einen dunklen Anzug, so dass er Teil der Schatten zu sein schien. Sein Gesicht stach hervor, sein Blick war streng und funkelnd. Auf seiner Stirn prangte ein Zeichen, das mit einer roten Flüssigkeit gezeichnet worden war – offenkundig die gleiche Flüssigkeit, die sich auch in dem silbernen Kelch befand. In der Abgeschiedenheit dieser dunklen Kammer hatte er ein längst vergessenes Ritual vollzogen und dann seine Untergebenen ausgesandt, um die Umgebung zu erkunden. Nun hatte er sie zurückgerufen, und sie waren gekommen, um ihm Bericht zu erstatten.

»Sprich!«, wies er einen der Männer an.

»Die Absperrung führt mehrere Kilometer in den Wald hinein, Herr. Ich bin ihr bis zu einem Berg gefolgt, auf den die Absperrung hinaufführt. Überall entlang des Zaunes patrouillieren schwer bewaffnete Ranger. Es sind allem Anschein nach professionelle Wachleute, möglicherweise vom Militär.«

»Siehst du eine Möglichkeit, unbemerkt an ihnen vorbeizukommen?«

»Eine Hand voll von uns könnte das schaffen. Die Gefahr entdeckt zu werden ist allerdings groß, und es sind mindestens drei Dutzend Bewaffnete in diesem westlichen Teil des Gebiets.«

»Was habt ihr gesehen?«, wandte sich der Mann im Anzug nun an die beiden anderen.

»Eine halbe Stunde südlich von hier gibt es ein Lager«, erklärte einer der beiden. »Es sieht aus wie ein Armeecamp. Man erkennt Büros und Schlafstätten und so etwas wie Lagerhallen.«

»Professor Lavell?«

»Keine Spur von ihm, Herr. Das Lager liegt ein Stück weit innerhalb des Gebiets. Es führt eine Art Straße dorthin, allerdings ist sie mit einem großen Gatter versperrt. Es scheint der Haupteingang zu dem Areal zu sein. Wenn wir dies überwachen, taucht er vielleicht früher oder später dort auf.«

»Du hast dir keine Gedanken über meine Vorgehensweise zu machen!«, entgegnete der Mann im Anzug.

»Ja, Herr, verzeiht.« Er senkte den Kopf und entblößte seinen Nacken. »Belial sei mit Euch, Ash Modai.«

Ash ignorierte den Mann und wandte sich an den dritten der Späher. »Und was hast du gesehen?«

»Ich bin der Absperrung in die andere Richtung gefolgt. Auch dort sind überall Bewaffnete, und kein Hinweis auf den Professor.«

Ash Modai schwieg einen Augenblick. Er befehligte fünf Legionen der westlichen Fürstentümer der Hand von Belial. Mit ihnen wäre es möglich, das Gebiet einzunehmen. Aber er durfte kein solches Aufsehen erregen. Der Hohepriester hatte sehr deutlich gemacht, was Belial von ihm erwartete. Der Professor war dem »Kreis von Montségur« auf der Spur. Möglicherweise lag das Geheimnis hinter dieser Absperrung, aber nur der Professor konnte das bestätigen. Also mussten sie ihn finden. Und das würden sie auch. Und sie würden alles von ihm erfahren.

»Erhebe dich!«, wies er den Mann an, der noch immer mit gesenktem Haupt verharrte. »Du bleibst hier. Begib dich zum Gatter und bewache den Eingang Tag und Nacht. Wenn ich dich eines Tages frage, wirst du mir sagen können, wer dieses Tor passiert hat, wann und warum.«

»Ja, Herr.«

»Steig aus.«

Der Mann gehorchte. Ash folgte ihm.

»Lauf los, verschwende nicht noch mehr Zeit!« Dann wandte er sich an die im Wagen Verbliebenen. »Wir fahren jetzt in die Stadt und suchen den Professor dort. Zieht euch inzwischen um.« Er schloss die Hecktür, ging um den Wagen und setzte sich ans Steuer. Er sah in den Rückspiegel und wischte sich die Stirn mit einem Tuch sauber. Dann fuhr er los nach St.-Pierre-Du-Bois.

10. Mai, Hôtel de la Grange, St.-Pierre-Du-Bois

»Gehen wir die Details also noch einmal durch«, sagte Peter. »Da der Durchgang keinerlei Strahlung durchlässt, ist es sinnlos, Ihnen ein Handy oder ein Funkgerät mitzugeben. Stattdessen werden Patrick und ich Sie mit einem Seil sichern. Sie strecken zuerst Ihren Kopf hinein, und wir ziehen Sie augenblicklich zurück. Wenn alles gut geht, betreten Sie den Durchgang für eine Sekunde vollständig, und wir ziehen Sie erneut zurück. So werden wir Ihre Verweildauer schrittweise verlängern, bis wir sicher sind, dass Ihnen nichts geschieht.«

»Ja doch, Peter«, sagte Patrick. »Vielleicht möchten Sie Millimeterpapier haben?«

»Das ist eine ernste Sache! Immerhin geht es hier um ihre geistige Gesundheit, um ihr Leben.«

»Ach kommen Sie, es wird ihr schon nichts passieren.«

»Wie können Sie sich da so sicher sein? Immerhin wissen Sie selbst, wie es sich anfühlt, wenn es schief geht.«

»Sie haben ja Recht, aber ich habe einfach das sichere Gefühl, dass wir das Richtige tun. Außerdem vertraue ich ihr.«

»Seit wann haben Sie jemals irgendjemandem außer sich selbst vertraut?«

»Irgendwann muss man ja anfangen«, sagte Patrick.

»Ich hoffe, Sie nehmen das nicht so auf die leichte Schulter«, sagte Peter nun an Stefanie gewandt. »Achten Sie auf jede noch so kleine Veränderung in Ihrer Wahrnehmung oder in Ihrem Befinden.«

»Ich bin auch zuversichtlich, dass es keine Probleme geben wird«, antwortete sie. »Ich werde eine Taschenlampe und einen Notizblock mitnehmen, um Skizzen anzufertigen von dem, was ich sehe.«

»Möglicherweise ist es auch hinter dem Durchgang vollständig dunkel«, überlegte nun Patrick. »Es könnte viele Kilometer weitergehen, und vielleicht wird auf der ganzen Strecke der Lichtstrahl verschluckt, so wie am Eingang. Rechnen Sie also damit, dass Sie trotz Ihrer Taschenlampe vollkommen blind sind.«

»Ja, und vielleicht gibt es dort plötzliche Spalten und Abgründe«, fügte Peter hinzu. »Tasten Sie sich wirklich nur zentimeterweise vor!«

»Untersuchen Sie auch die Wände«, sagte Patrick. »Vielleicht finden Sie direkt hinter dem Durchgang an der Wand so etwas wie einen Schalter, einen Mechanismus, mit dem Sie den Effekt ausschalten können.«

»Wir müssen uns auch auf einen Code einigen, wie wir uns mit Hilfe des Seils verständigen können. Vielleicht dringen ja auch keine Schallwellen durch den Durchgang.«

»Gute Idee«, sagte Patrick. »Ich schlage vor, dreimaliges, kräftiges Ziehen am Seil unsererseits bedeutet: ›Sofort zurückkehren‹; und Ihrerseits heißt es: ›Ziehen Sie mich raus.‹«

»Ich halte das für nicht so gut«, wandte Peter ein, »was, wenn Stefanie etwas zustößt und sie nicht mehr in der Lage ist, dreimal kräftig zu ziehen? Oder wenn sich das Seil so verhakt, dass ihr Reißen am Seil von der Stelle aufgefangen wird, an der das Seil festhängt?«

»Sie machen sich aber ganz schön düstere Gedanken, Professor«, sagte Patrick.

»Aber er hat Recht«, sagte Stefanie, »ich könnte doch auch in regelmäßigen Abständen kurz am Seil ziehen. Sie wissen dann, dass alles in Ordnung ist. Bleibt mein Ziehen aus – aus welchen Gründen auch immer –, holen Sie mich zurück.«

»Ja, das klingt gut«, meinte Peter.

»Dann sind wir doch jetzt eigentlich bereit, oder?« Patrick stand auf.

»Also, aus meiner Sicht, ja«, antwortete Stefanie und erhob sich ebenfalls.

»Haben wir denn auch wirklich an alles gedacht?«, überlegte Peter noch.

»Ja-aa!«, antworteten Patrick und Stefanie fast zeitgleich und mussten daraufhin beide lachen.

»Also dann...« Peter sah von einem zum anderen. Etwas unschlüssig stand er nun auch auf und zog seine Jacke an. »Dann geht es jetzt wohl los... Patrick, fahren Sie?«

Es hatte sich zum Nachmittag hin stark bewölkt, die Luft war abgekühlt. Während Patrick den Landrover die Straße zum Wald hinauf steuerte, saß Peter im Fond und machte sich Gedanken. Das größte Rätsel der Höhle lag nun vor ihnen – ein Durchgang, unergründlich und so gefährlich, dass er imstande war, jeden um den Verstand zu bringen, der ihn passieren wollte. Respektvoll waren sie ihm in letzter Zeit ferngeblieben und hatten stattdessen versucht, das Mysterium der Inschriften zu lösen. Immer tiefer waren sie dabei in mystische Verstrickungen geraten, hatten von der Kabbala über Martin Luther bis hin zu den Rosenkreuzern und Templern Staub der Jahrhunderte aufgewirbelt und waren bei näherer Betrachtung der Lösung des Rätsels kaum einen Schritt näher gekommen. Und nun hatten sie sich kurzerhand dazu entschlossen, die Schwelle zu übertreten. Es war waghalsig, äußerst gefährlich, und obwohl er eigentlich höchst angespannt sein müsste, fühlte er sich seltsam distanziert. Er schien viel mehr

Beobachter als Beteiligter. Vielleicht lag es daran, dass so viele der Erkenntnisse, die sie hierher geführt hatten, ohne seine Hilfe zustande gekommen waren: der Zeitpunkt der Sonnenfinsternis, die Entschlüsselung der Inschrift im Boden, die Bedeutung des ersten Briefes – stets war Stefanie irgendwie beteiligt gewesen. Wie eine Art Katalysator hatte sie behutsam dafür gesorgt, dass die entscheidenden Hinweise entstanden und zusammengefügt wurden. Peter konnte das nicht wirklich belegen, aber da war wieder dieses merkwürdige Gefühl ihr gegenüber. Und nun war sie es auch, die den Durchgang passieren würde… War das wirklich gut so? Hatte sie die beiden Männer unbemerkt manipuliert? Patrick vertraute ihr… Weshalb war sie sich so sicher, dass sie sich nicht in Gefahr begab?

Peters Gedanken kamen zu einem abrupten Halt, als sie vor dem Gatter im Wald angekommen waren. Der Ranger, der es öffnete, trat an den Wagen heran und bedeutete Patrick, das Fenster herunterzukurbeln.

»Guten Tag, Messieurs, Madame. Der Kommandant im Lager lässt Ihnen mitteilen, dass Sie bitte bei ihm im Container C vorbeischauen mögen.«

Patrick sah seine Beifahrerin kurz an, zuckte dann mit den Schultern und fragte den Ranger: »Um was geht es denn?«

»Das weiß ich nicht, Monsieur.«

»Nun gut, danke sehr«, sagte Patrick und fuhr weiter. Kurz darauf erreichten sie das Lager. Sie parkten den Wagen und sahen sich um. Wie immer, wenn sie hier waren, wirkte es fast ausgestorben, aber aufgrund der Anzahl der Container ahnten sie, wie viele der Aufpasser sich im Wald verbargen. Sie betraten den mit einem schwarzen »C« beschrifteten Container. Peters Blick wanderte umher. An einer Wand hing eine topographische Karte der Umgebung, welche die Höhle und das umzäunte Gebiet zeigte. Außerdem waren auf der Karte weitere Merkmale mit Symbolen und Ziffern verzeichnet. Im hinteren Teil des provisorischen Büros befand sich ein kruder

Schreibtisch, auf dem offenbar an mehreren Laptops und Flachbildschirmen zugleich gearbeitet wurde.

Sie wurden von einem kräftigen Mann in grüner Uniform empfangen. »Hier ist etwas, was Sie sich ansehen sollten«, begrüßte er die Forscher.

Neugierig traten sie näher an seinen Schreibtisch heran. Er drehte einen Flachbildschirm zu ihnen herum, auf dem sie in mittelmäßiger Video-Qualität eine Gruppe von Bäumen ausmachen konnten. In der Fußzeile des Bildes war eine digitale Anzeige eingeblendet, die neben einigen unverständlichen Zahlen das heutige Datum anzeigte sowie die Uhrzeit: 16:04.

»Diese Aufnahmen«, erklärte der Ranger, »hat eine unserer Überwachungskameras vor einer halben Stunde gemacht. Sie sehen hier den Bereich der Böschung direkt außerhalb des Gatters.«

»Ich kann nichts Außergewöhnliches erkennen«, sagte Peter.

»Das ist korrekt«, sagte der Ranger. »Aber zur gleichen Zeit hat unsere Wärmebildkamera folgende Aufnahmen gemacht.« Er betätigte einige Tasten des angeschlossenen Laptops, und das Bild verwandelte sich in ein Muster aus blauen und grünen Flächen, in dem die Bäume nur noch schemenhaft erkennbar waren. Am rechten Bildschirmrand erschien mit einem Mal der grüngelb leuchtende Umriss einer menschlichen Gestalt, die sich in geduckter Haltung fortbewegte. Die Gestalt kauerte sich neben einen der Bäume, und innerhalb von Sekunden verblasste das gelbe Leuchten. Der Umriss war noch einen Augenblick grün zu erkennen, dann wurde er blau und war schließlich vollkommen mit der Umgebung verschmolzen.

»Was war denn das?«, fragte Peter.

»Die Kamera hat einen Menschen registriert«, erklärte Patrick. »Da er wärmer als die Umgebung war, erschien er in einer anderen Farbe. Und dann ist er plötzlich verschwunden.«

»Um es zu präzisieren«, ergänzte der Ranger, »er ist innerhalb von vier Sekunden um rund fünfzehn Grad auf die Temperatur der Umgebung abgekühlt.«

»Wahnsinn...«, sagte Patrick halblaut.

»Das scheint ungewöhnlich zu sein?«, fragte Peter.

»Nun wissen Sie«, meinte Patrick, »wenn da draußen jemand in einem Ganzkörper-Neopren-Anzug herumläuft, durch den er auf Knopfdruck Eiswasser fließen lassen kann, dann ist das völlig normal.«

»Aha...«, bemerkte Peter. »Und was macht dieser Mensch jetzt? Beobachtet er jetzt das Lager? Ist er überhaupt noch da?«

»Nun, unsere Wärmebildkamera hat ihn verloren, wie diese Aufnahme belegt. Und wenn Sie sich noch einmal die erste Aufnahme derselben Stelle ansehen – achten Sie bitte auf die Uhrzeit der Sequenz...« Er tippte erneut etwas ein, und das Videobild wurde wieder sichtbar. »Während der Sekunden, in der das Wärmebild aufgenommen wurde, ist im regulären Lichtspektrum überhaupt nichts zu sehen.«

Peter betrachtete ungläubig den Monitor. »Wollen Sie damit sagen...«

»...er ist unsichtbar, ja, Monsieur.«

»...falls diese Daten einwandfrei sind«, wandte Patrick ein.

»Eine technische Manipulation ist ausgeschlossen, Monsieur. Unsere Daten werden automatisch mit einem dynamischen Wasserzeichen verschlüsselt.«

»Sie erklären uns also«, sagte Stefanie, »dass Sie einen unsichtbaren Menschen entdeckt haben, der sich vor einer halben Stunde in der Nähe des Gatters versteckt hat und nun noch nicht einmal mehr für die Wärmebildkamera auffindbar ist.«

»Das ist korrekt, Madame«.

»Das klingt sehr unschön«, sagte Peter. »Was planen Sie, in dieser Angelegenheit zu unternehmen?«

»Wir untersuchen den fraglichen Bereich zurzeit in verschiedenen Frequenzbereichen, um ein anderes Bild zu bekommen. Sobald wir eine Möglichkeit haben, den Mensch im Ultraschallspektrum zu erfassen, werden wir ihm augenblicklich nachstellen und ihn ergreifen.«

»Hm.« Peter nickte. »Gut, halten Sie uns auf dem Laufenden. Wir machen uns inzwischen auf zur Höhle.«

Als sie wieder im Wagen saßen und ihren Weg zum Berg fortsetzten, sagte er: »Ich frage mich, wer uns da beobachtet. Finden Sie das nicht äußerst bedenklich?«

»Ja, unbedingt«, stimmte Stefanie zu. »Halten Sie es für möglich, dass uns Renée Colladon ausfindig gemacht hat?«

»Denkbar wäre es«, überlegte Peter. »Es könnte aber natürlich auch jener andere unbekannte ›St. G.‹ sein, der uns die merkwürdigen Faxe geschickt hat.«

»Oder der Förster«, sagte Patrick. »Wie hieß er noch, Levasseur?«

»Dem traue ich das am ehesten zu«, meinte Peter. »Fragt sich nur, wie er es schafft, sich unsichtbar zu machen. Ich verstehe ja nicht viel von Technik, aber das kommt mir doch sehr aufwendig vor. Vielleicht hat es etwas mit dem Durchgang in der Höhle zu tun?«

»Wie meinen Sie das?«

»Nun ja, der Durchgang hat doch auch so merkwürdige Eigenschaften, wie auch immer man das nennt. Vielleicht gibt es eine gewisse Technologie oder eine bestimmte Farbe oder Chemikalie, die das alles bewirkt. Mit ihr ist die Höhle angemalt, und wenn man daraus einen Stoff webt, dann macht der einen unsichtbar.«

»Also, Ihre Fantasie möchte ich haben«, sagte Patrick.

»Was weiß denn ich? Immerhin sind Sie doch auch auf der Suche nach Eldorado...«

»Fangen Sie schon wieder davon an?«

»Ich meine das ganz ernst, ohne Zynismus. Vielleicht gibt es ja eine einfache, rationale Erklärung.«

»Nun«, sagte Patrick, »dem Geheimnis der Höhle werden wir ja glücklicherweise gleich ein gutes Stück näher sein.«

Kurze Zeit später kamen sie an den Felshang, wo sie den Wagen stehen lassen mussten. Es war zwar erst kurz vor fünf am Nachmittag, aber der Himmel hatte sich inzwischen so bedeckt, dass sie ein merkwürdiges Zwielicht umgab.

»Es wird bald regnen«, sagte Peter. »Hoffentlich hält es sich in Grenzen, so dass wir nachher wieder gut zurückkommen.«

Nacheinander stiegen sie den Pfad hinauf. Oben angekommen, öffnete Peter das Stahltor, während Patrick den Generator startete und die Flutlichter einschaltete.

Einen Augenblick blieben sie noch unschlüssig vor dem Eingang stehen. Es war auf eine Weise nicht anders als die vielen Male, die sie bisher hier gewesen waren. Alles wirkte in seiner Fremdartigkeit vertraut, es war, als hätten sie sich an das Rätsel und dessen Unlösbarkeit gewöhnt. Und doch war es heute anders. Sie würden nichts weiter tun, als einen einzigen Schritt zu wagen, aber dieser Schritt war eine Revolution. Sie hatten noch keine Vorstellung davon, von welcher Tragweite diese Kleinigkeit sein würde.

Sie gingen in die Höhle hinein, vorbei an den Schriftzügen und Malereien, die sie in den letzten Tagen und Wochen so sehr beschäftigt hatten. Was sie übersetzt hatten, war nur ein Teil, vielleicht höchstens die Hälfte. Noch immer gab es unzählige Texte, die ihnen unbekannt waren, deren Schrift sie nicht einmal kannten. Peter war überzeugt, dass diese Höhle ein neuer Stein von Rosette war, eine Quelle, eine Goldgrube für jeden Sprachforscher. Zahllose Schriften der Antike waren bisher nicht entziffert worden, von einigen hatte man viel zu wenig Fundstücke, aber durch diese Höhle würde man dem Verständnis der Antike in riesigen Schritten näher kommen, sie würde ein völlig neues Licht auf so vieles werfen. Es war ein grandioser Fund, möglicherweise der bemerkenswerteste seit Carter.

Doch trotz aller Bedeutsamkeit beachteten sie die Wände nun kaum. Sie hatten eine einigermaßen brauchbare Erklärung dafür gefunden, wie diese Malereien hierher gekommen waren und welche Geschichte die Texte erzählten. Und sie wussten vor allen Dingen auch, was ihnen die Texte nicht verraten würden: das Geheimnis des Durchgangs.

Hinter der Biegung des Gangs blieben sie stehen. Ein Scheinwerfer an der Decke war auf den Durchgang gerichtet. Die vollkommene Schwärze, die sich dadurch an dieser Stelle wie eine Mauer im Tunnel aufspannte, ließ wieder ein unangenehmes Gefühl in ihnen aufkommen. Das Phänomen widersprach aufs Äußerste allen Gewohnheiten des Sehens: Die Augen konnten nichts erkennen, nichts scharf stellen. Es fühlte sich an wie ein Riss in der realen Welt, so dass in Peter eine Art von Übelkeit aufkam. Er fühlte sich haltlos, schwindelig.

»Können wir diese Lampe nicht ausmachen?«, fragte er. »Es sieht dann nicht ganz so finster aus.«

Peter fiel im selben Augenblick auf, wie paradox das klang, aber Patrick wusste, was er meinte. Er nickte und betätigte einen Schalter, woraufhin es wieder dunkler um sie wurde. Von hinter ihnen drang nun etwas Licht um die Ecke des Gangs, von dort, wo die anderen Scheinwerfer die Schriften an den Höhlenwänden beleuchteten, und direkt vor ihnen war die Schwärze jetzt verschwunden und die Luft wieder von dem unerklärlichen bläulichen Schimmern erfüllt. Nachdem sich ihre Augen daran gewöhnt hatten, war es ausreichend hell, um noch immer die eingemeißelten Symbole im Fußboden deutlich erkennen zu können. Der Gang vor ihnen war wieder als Gang sichtbar, und nur das blaue Leuchten ließ vermuten, dass sich hier etwas Außergewöhnliches verbarg.

Patrick setzte seinen Rucksack ab, öffnete ihn und reichte Stefanie einen breiten Gürtel, den sie sich umband. An einem Ring auf der Rückseite befestigte er einen Karabinerhaken und das Seil, mit dem sie die Sprachwissenschaftlerin sichern wollten. Peter reichte ihr eine Taschenlampe sowie ein Klemmbrett mit Stift.

»Nur millimeterweise vortasten«, erinnerte er sie.

»Wir werden jetzt erst mal Ihren Kopf testen«, sagte Patrick. »Stellen Sie sich direkt vor den Durchgang.« Er machte ein Zeichen mit der Hand. »Hier beginnt die Barriere. Sind Sie bereit?«

Stefanie stellte sich breitbeinig in die Mitte des Gangs, um einen sicheren Stand zu haben. Sie beugte sich leicht vor, bis ihre Nase fast Patricks Hand berührte. Peter und Patrick fassten sie von beiden Seiten an der Schulter und am Oberarm.

»In Ordnung«, sagte sie. »Ich bin so weit. Bei ›Drei‹ werde ich den Kopf nach vorne strecken. O. k.?«

»O. k.«

»Eins... zwei... drei.« Ruckartig beugte sie sich vor.

Entsetzt sah Peter, wie Stefanies Kopf verschwand. Als sei er plötzlich vom Rumpf gelöst worden, ragte nur noch ein Stück Hals zwischen ihren Schultern hervor. Doch bevor Peter den grauenvollen Anblick vollkommen aufnehmen konnte, rief Patrick »Vier!«, und sie rissen Stefanie wieder zurück. Aufgeregt sahen sie ihr ins Gesicht. »Stefanie? Alles in Ordnung bei Ihnen?«

»Sie müssen mir ja nicht gleich die Schulter auskugeln«, antwortete sie.

Patrick lachte erleichtert auf. »Was haben Sie gesehen?«

»Nichts, dafür waren Sie zu schnell. Aber ich fühle mich nicht anders als vorher. Ich bin sicher, dass es völlig unproblematisch für mich ist, den Gang zu betreten.«

»Also, zunächst gehen Sie nur einen Schritt hinein, und wir ziehen Sie am Seil zurück«, erinnerte sie Peter.

»Ja, sicher, in Ordnung.« Sie stellte sich aufrecht vor den Durchgang. »Sind Sie beide bereit?«

Patrick und Peter ergriffen das Seil.

»Ja, gehen Sie los«, sagte Patrick. »Und halten Sie die Augen offen.«

Stefanie machte einen großen Schritt vorwärts und verschwand. Wie das Seil eines Fakirs hing die Sicherungsleine waagerecht in der Luft und endete abrupt.

»An diesen Anblick werde ich mich mit Sicherheit nicht gewöhnen«, sagte Peter.

»Es ist wirklich bizarr«, stimmte Patrick zu. »Aber nun zurück mit ihr. Und los!« Sie waren darauf vorbereitet, Stefanie mit gemeinsamen Kräften zurückziehen zu müssen, aber in diesem Augenblick kam sie bereits wieder rückwärts heraus.

»Da passiert nichts«, sagte sie. »Sie können mich ruhig ganz reinlassen.«

»Was ist denn hinter dem Durchgang?«, fragte Patrick.

»Der Gang führt einige Meter weiter geradeaus und dann um eine Ecke herum. Dort scheint eine diffuse Lichtquelle zu sein. Aber mehr konnte ich noch nicht erkennen.«

»Und fühlen Sie irgendeine Veränderung an sich?«, fragte Peter.

»Nein, überhaupt nichts. Für mich ist es, als wäre da keine Schwelle oder Barriere. Ich kann einfach weitergehen.«

»Erstaunlich... Dann scheint es also zu stimmen; eine Frau kann den Durchgang betreten. Was meinen Sie, Patrick, soll sie jetzt weiter hineingehen?«

»Ja, absolut. Gehen Sie los, Stefanie.«

»Einverstanden«, sagte sie. »Also dann.« Und mit diesen Worten trat sie vor und verschwand erneut vor den Augen der anderen beiden Forscher im Gang.

10. Mai, auf der Landstraße nach Lapalme

Es war erst später Nachmittag, aber dichte Wolken verdunkelten den Himmel wie im Herbst, und der einsetzende Regen trübte zunehmend die Sicht. Didier Fauvel schaltete das Abblendlicht und die Scheibenwischer ein. Natürlich war wieder einmal kein Wasser in der Anlage, und so hinterließen die Wischblätter zunächst schmierige Streifen. Fauvel fluchte. Auf diese Fahrt war er sowieso nicht sonderlich erpicht, und nun kam auch noch eins zum anderen. Er musste sich damit abfinden, bis der Regen stark genug wurde, um die Scheiben zu säubern. Entgegenkommende Fahrzeuge erzeugten blendende Lichtbogen, in denen kleine Blättchen und Fliegenkadaver zu sehen waren – nur keine Straßenbegrenzung. Er hasste den Regen, er hasste diesen Wagen, und er hasste es, dass er jetzt hier war. Übellaunig setzte er seinen Weg fort. Es waren nur noch wenige Kilometer.

Der Regen war stärker geworden, als Fauvels alter Mercedes knirschend auf der Auffahrt einer Villa zum Stehen kam. Er hatte seinen Bruder bisher selten besucht, und wenn, dann ging es darum, dass dieser irgendwie Hilfe benötigte. Das letzte Mal hatten sie sich vor etwa einem Jahr gesehen, als Paul in Untersuchungshaft war. Es ging um Waffenschmuggel. Die Küstenwache hatte eines seiner Boote in einem ungünstigen Augenblick und mit reichlich kompromittierendem Material aufgegriffen. Didier hatte ihn mit guten Worten und noch überzeugenderen Geldsummen freigekauft, so dass es gar nicht erst zu einer gründlichen Untersuchung gekommen war. Die Akten wurden geschlossen, bevor das Deckblatt getrocknet war. Damals hatte Paul eine richtige kleine Flotte von unauffälligen Schiffen und ein gutes Dutzend »Bekannter«. Didier erhoffte sich, dass sich unter ihnen einige Leute mit ausreichend krimineller Energie befanden, um die Forscher loszuwerden – in welcher Form auch immer; um die Details sollte Paul sich kümmern.

Der Gedanke war eigentlich gut, und Paul schuldete ihm auch mehr als nur einen Gefallen. Dennoch behagte es dem Bürgermeister nicht, seinen Bruder um etwas bitten zu müssen. In seinem zehn Jahre alten Benz vor dessen feudaler Villa stehen zu müssen, widerte ihn regelrecht an. Aber es gab Gründe, die wesentlich gewichtiger waren, und in diesem Zusammenhang hatte er seinem Stolz schon seit langem abschwören müssen.

Er sah auf die Uhr. Kurz vor fünf. Er war auch noch zu früh da! Aber nun im Wagen zu warten, um sich absichtlich eine Viertelstunde zu verspäten, war mindestens genauso dämlich. Also stieg er aus, lief durch den Regen, die Stufen zur Tür hinauf und klingelte.

»Didier!«, rief sein Bruder aus, als er öffnete. »Ich hatte so früh noch gar nicht mit dir gerechnet! Komm doch rein!«

»Ich war sowieso gerade in Perpignan«, antwortete der Bürgermeister, als er eintrat. Er ließ seinen Blick einmal unauffällig durch die Eingangshalle schweifen. Wie immer war sie wie geleckt, einzelne Designermöbel und teure Bilder waren geschickt platziert; Pauls Version des Understatements, das aufdringlicher schon nicht mehr sein konnte. Eine feingliedrige, dünn bekleidete junge Frau mit überraschender Oberweite trat heran.

»Marie, Schatz, nimmst du Didier bitte seine Jacke ab? Und dann sag Anabel Bescheid, dass wir was Warmes zu knabbern wollen. Du kannst dann Video gucken oder baden oder was auch immer. Ich schau nachher noch mal rein.« Die Frau nahm die Jacke des Bürgermeisters, hängte sie auf einen Ständer neben der Tür und ging davon.

»Eine Freundin«, erklärte Paul. »Aber komm doch mit, wir setzen uns am besten ins Wohnzimmer. Ich bin gespannt, was dich herführt.«

Was Paul als Wohnzimmer bezeichnete, war ein regelrechter Saal, der neben einem gewaltigen Esstisch auch mehrere Ledergarnituren und einen Kamin enthielt. Und noch immer hätte man bequem darin tanzen können. Aus seinen vorherigen Besuchen wusste Didier, dass man durch die große Fensterfront aufs Mittelmeer blicken konnte. Doch da es draußen schon fast ganz dunkel war, sah man nun hauptsächlich die Spiegelung des Zimmers, das dadurch allerdings nur umso größer erschien.

»Möchtest du einen Schluck?«, fragte Paul. »Einen Port, oder was trinkst du immer, einen Cognac?« Paul öffnete einen Schrank und offenbarte eine umfangreiche Bar.

»Ja, einen Cognac.«

Paul füllte einen Schwenker und reichte ihn seinem Bruder. »Du hast bestimmt wenig Zeit, lass uns also zur Sache kommen, damit du schnell wieder nach Hause kannst«, sagte er, nachdem sie Platz genommen hatten. Er schlug die Beine übereinander und steckte sich eine Zigarette an. »Was kann ich für dich tun? So geheim, dass du es am Telefon nicht erzählen wolltest…«

»Ich weiß nicht, ob du überhaupt helfen kannst. Ist eine ziemlich große Sache, sehr gefährlich…«

»Ist es das?«

»…und es springt nichts für dich dabei heraus.«

»Also ein kleiner Liebesbeweis, hm?« Paul grinste schief. »Dann lass doch erst mal hören, Bruder.«

Didier nahm einen tiefen Schluck und behielt den Schwenker dann in der Hand, während er erklärte: »In St.-Pierre sind ein paar Leute, Wissenschaftler, die ein Waldstück abgesperrt haben. Angeblich eine Tollwutseuche. Ich muss sie dringend loswerden.«

»Loswerden, hm? So richtig loswerden? Ohne Spuren?«

»Nur loswerden. Wie, ist mir egal. Aber ich kann sie nicht einfach darum bitten, nach Hause zu gehen.«

»Wie viele sind es denn, und was ist das Problem?«

»Es sind drei: zwei Männer und eine Frau. Das Problem ist, dass sie im Auftrag der GNES arbeiten. Das bedeutet, dass sie eigentlich eine ganz offizielle Genehmigung haben.« Er nahm noch einen Schluck. »Ich habe trotzdem versucht, sie aus dem Hotel rauszuwerfen, das ihnen als Büro dient. Aber sie haben das Hotel einfach gekauft!«

»Sie haben ein Hotel gekauft, nur, um nicht gehen zu müssen?«

»So sieht's aus, ja.«

»Seit wann hat die GNES so viel Geld?«

»Inzwischen glaube ich, dass sie hinter etwas ganz anderem her sind. Ich habe es mir selber angesehen. Die haben im Wald ein riesiges Areal abgesperrt, angeblich für Untersuchungszwecke. Und was das Ganze noch etwas komplizierter macht: Dort arbeiten mindestens ein weiteres Dutzend Ranger. Und dann die Sache mit dem Hotel... ist doch sehr verdächtig, oder?«

»Hm... ja. Warum willst du sie denn unbedingt loswerden?«

»Das kann ich dir nicht sagen. Ist eine große Sache. Paris steckt mit drin. Sicher ist aber, dass sie noch in dieser Woche verschwunden sein müssen.«

»Moment mal, ist das hier eine politische Geschichte?«

»Dachte mir schon, dass dir das zu gefährlich ist.«

»Nun mal langsam, Didier. Ich weiß ja nicht, wer in Paris dahinter steckt, aber mit Politik will ich nichts zu tun haben.«

»Und Waffenschmuggel nach Sizilien ist ganz und gar unpolitisch?«

»Das war vor langer Zeit, Didier...«

»Und inzwischen bist du zum Heiligen geworden, oder wie muss ich mir das vorstellen?« Der Bürgermeister verdrehte die Augen. »Aber das war ja klar, dass du einen Rückzieher machst, die Mühe, hierher zu fahren, hätte ich mir eigentlich auch sparen können. Von mir lässt du dir gerne aushelfen, wenn es bei einem Milliondeal mal nicht so ganz geklappt hat. Aber dem älteren Bruder einen Gefallen tun, das ist wohl einfach zu viel für dich!«

»Mon Dieu, ich habe doch noch gar nichts gesagt! Jetzt beruhige dich erst mal wieder.« Paul stand auf, holte die Cognacflasche und schenkte seinem Bruder nach. Währenddessen betrat eine südländisch aussehende Frau das Wohnzimmer und brachte auf einem Tablett zwei Teller mit frittierten Stockfischbällchen und überbackenen Krevettenschwänzen. Paul nahm das Gespräch wieder auf, als sie den Raum verlassen hatte: »Wenn ich dich recht verstehe, geht es im Grunde darum, die drei Wissenschaftler dazu zu bewegen, ihre Sachen zu packen und abzuhauen, richtig?«

»Ja, sagte ich doch.« Didier begann sich zu bedienen und rutschte dabei auf seinem Sessel so weit nach vorne, dass sich das Sitzpolster über die Kante hinausschob und nach unten bog.

»Sollen sie nur aus dem Hotel verschwinden, oder sollen sie mitsamt ihren Rangern abziehen?«

»Die Forschungen, oder was auch immer sie da machen, sollen komplett eingestellt werden.« Er machte eine wegwerfende Handbewegung mit einem abgenagten Krevettenschwanz. »Die Absperrung im Wald muss auch wieder weg.«

Paul überlegte einen Moment. »Klingt so, als bräuchte man schon ein paar mehr überzeugende Argumente als einen blutigen Pferdeschädel im Bett. Je nachdem, wie die Ranger reagieren, müsste man schon mit einer kleinen Armee aufziehen…«

»Warum nicht«, sagte Didier und zuckte die Achseln. »Hast du eine?«

»Nun ja, es gibt da einen guten Bekannten… allerdings bräuchte der einen Pass und ein Visum…«

»Willst du also schon wieder was für dich herausschlagen?«

»Es wäre doch wirklich schade, wenn es an solchen Kleinigkeiten scheiterte, oder? Er ist Algerier, hat eine Menge Kontakte, Leute, die alles für ihn tun würden. Keine politischen Bedenken. Arbeitet heute für den und morgen für den anderen, je nachdem, wer ihm zuletzt das meiste Geld bietet.«

»Ein Söldner?«

»Ja, im weitesten Sinn.«

»Und Waffen?«

»Ich denke, ich würde noch genug Waffen für eine kleine Söldnerarmee auftreiben können. Solange es keine Panzer sein müssen!«

Der Bürgermeister hob abwehrend seine speckigen Finger. »Meine Güte, nein. Es geht hier doch nicht um einen Bürgerkrieg! Wo ist dieser Algerier denn jetzt?«

»Meines Wissens ist er noch in Marseille, was ein großer Vorteil für uns ist, da es ja wohl schnell gehen soll.«

»In Marseille? Ich dachte, er braucht erst noch einen Pass und ein Visum?«

»Für ein ruhigeres Leben, mein Lieber. Wie soll ich ihn sonst überreden, mitzumachen – wenn doch sonst nichts für ihn herausspringt?«

»Dann bezahlst du ihn eben.«

»Nein, ausgeschlossen. So läuft das nicht. Weißt du, bezahlen kann jeder. So aber wäscht eine Hand die andere. Tust du was für mich, tu ich was für dich, verstehst du? Ist eine ganz andere Sache, so zusammenzuarbeiten.«

Didier griff nach seinem Cognac und leerte ihn. »Also gut, wie du meinst. Stell mir alles zusammen, was ich für den Pass und das Visum wissen muss. Meine Faxnummer zu Hause kennst du. Wie schnell kannst du den Algerier zu fassen kriegen, und wie viele Leute kann er mobilisieren?«

»Das sollte ziemlich schnell gehen. Und über die Anzahl der Leute mach dir mal keine Sorgen. Du hast mir ja erklärt, um was es geht und wie eilig es ist. Ich melde mich morgen früh bei dir, okay?«

Didier stand auf. »Ja, das ist gut. Ich wusste, dass ich mich auf dich verlassen kann.«

»Immer geschmeidig bleiben, Didier. Wer weiß, wie die Karten das nächste Mal wieder verteilt sind.« Er stand auf und ging mit seinem Bruder zur Tür. »Vergiss deine Jacke nicht. Und fahr vorsichtig, hörst du?«

»Ich konnte schon allein auf mich aufpassen, als du noch nicht geboren warst, Paul!«

»Ist ja schon gut. Also dann!«

Didier stieg in seinen Wagen und machte sich auf die Rückfahrt. Im Grunde hatte er erreicht, was er wollte, doch aus irgendeinem Grund fühlte er sich nicht richtig zufrieden. Er kam sich immer noch wie ein Bittsteller vor, und sein Bruder hatte sich herabgelassen, ihm einen Gefallen zu erweisen! Es ärgerte ihn, dass er dieses Gefühl nicht loswurde. Er hatte zu deutlich gezeigt, dass er etwas von ihm wollte. Paul hatte bloß ein bisschen kokettiert, aber in Wirklichkeit sofort gewusst, was er tun könnte. Didier wettete, dass Paul aus dem Pass und dem Visum für den Algerier einen wesentlich größeren Vorteil zog, als er zugab. Wahrscheinlich würde der Algerier ihm dafür nicht nur die Forscher vertreiben, sondern auch noch einen oder zwei andere Gefallen schuldig sein. Paul verkaufte sich niemals zu billig. Aber egal, dachte er, sollte er doch seinen Vorteil haben. Dieses Mal standen größere Dinge auf dem Spiel, und diese verdammten Wissenschaftler wurden nun endlich zum Teufel gejagt.

Kapitel 17

10. Mai, Höhle bei St.-Pierre-Du-Bois

In regelmäßigen Abständen spürten Peter und Patrick ein kurzes Rucken an der Sicherungsleine, mit der ihre Kollegin verbunden war. Ein Zeichen, dass Stefanie noch immer keine Schwierigkeiten hatte.
Sehr langsam, aber stetig gaben sie mehr und mehr Seil. Schon fast zehn Meter waren im Durchgang verschwunden, und Stefanie arbeitete sich weiter vorwärts, ohne ein anderes Zeichen zu geben als das beständige Rucken, auf das sie sich geeinigt hatten. Keinerlei Geräusche drangen aus dem Durchgang zu den beiden Forschern durch. Mit höchster Anspannung standen sie breitbeinig auf dem in den Boden gemeißelten Zeichen, dem »Kreis von Montségur«, und hielten die Leine, die in bizarrer Weise in der Luft zu hängen schien. So absonderlich es für einen Außenstehenden aussehen mochte, hatten sie doch keinen anderen Blick als den für das bläuliche Schimmern in diesem ansonsten unscheinbaren Gang vor ihnen, und sie horchten angestrengt in die trügerische Stille vor ihnen.
Sie hatten sich dem Rhythmus des Seils angepasst. Es war zu einer Nabelschnur geworden. Wie ein lebendiges Wesen zog es sanft aber kräftig, sie spürten das Leben, mit dem sie verbunden waren. Und wie der sehr langsame Herzschlag eines großen Tieres pochte es regelmäßig.
Pochte.
Pochte.
Und alle ihre Nerven waren darauf fixiert, dass das Pochen plötzlich aussetzen würde.

»Peter!«

Er fuhr erschrocken zusammen. »Was?«

»Ich hatte gefragt, wie lange sie schon drin ist.«

»Ich... weiß es nicht«, antwortete Peter, ohne den Blick abzuwenden. »Hatten Sie nicht auf die Uhr gesehen? Es kommt mir wie eine halbe Stunde vor... Ich schätze allerdings, dass es noch nicht so lang ist...«

»Na schön, also wir sind jetzt bei neun Meter fünfzig, bei sagen wir mal einem Zentimeter pro Sekunde sind das... 950 durch 60... na ja, höchstens eine Viertelstunde, wahrscheinlich ist sie nicht länger als zehn Minuten drin... Meinen Sie, das reicht, und wir sollten sie erst mal zurückrufen?«

Peter wiegte nachdenklich den Kopf. »Ja, ich denke schon. Ich kann nicht ewig so konzentriert bleiben. Und ehrlich gesagt, brenne ich darauf zu wissen, was sie bisher entdeckt hat.«

»Also dann! Erst mal halten wir sie fest.« Sie spannten das Seil, so dass nicht weitergezogen werden konnte. Dann zog Patrick dreimal kräftig am Seil, um Stefanie das Zeichen zur Rückkehr zu geben. Einen kurzen Moment danach hing es plötzlich durch und fiel dann zu Boden.

»Haben Sie es abgerissen?«, fragte Peter.

»Wohl kaum. Ich schätze, sie kommt jetzt wieder auf uns zu.« Er holte die Sicherungsleine wieder ein, und wenige Augenblicke später trat Stefanie vor ihnen aus dem Durchgang.

»Sie werden mir nicht glauben, was ich gesehen habe«, waren ihre ersten Worte, noch bevor jemand eine Frage stellen konnte.

»Beschreiben Sie es!«, forderte Peter sie auf.

Sie klinkte das Seil aus ihrem Gürtel, während sie begann: »Hinter dem Gang liegt eine riesige Kaverne, vielleicht sechzig oder siebzig Meter im Durchmesser. Und alles leuchtet in blauen Farben. Im Zentrum der Höhle strahlt eine Art Lichtsäule steil gegen die Decke. Dort wird das Licht auf irgendeine Weise in ein Spektrum von unzähligen Blautönen gebrochen und auf den Boden reflektiert. Die ganze Höhle ist erfüllt von diesem flirrenden Licht, mal eisblau, dann wieder türkis oder violett schimmernd. An der Decke ist es fast weiß und so hell, dass die Höhe schwer auszumachen ist, vielleicht fünfzehn oder zwanzig Meter. Es ist ein atemberaubendes Schauspiel!«

»Unfassbar«, entfuhr es Peter.

»Wie weit sind Sie hineingegangen?«, fragte Patrick.

»Ich bin dem Gang um die Ecke gefolgt und hatte die Höhle gerade mal betreten. Sie haben ja gemerkt, wie langsam ich mich vorgetastet habe. Aber ehrlich gesagt denke ich nicht, dass das weiterhin nötig ist. Ich habe keine Bewusstseinsveränderung bemerkt, und durch das Licht ist auch der Weg gut sichtbar. Es besteht wirklich keine Gefahr.«

»Was ist das für eine Lichtsäule?«, fragte Patrick. »Beschreiben Sie sie noch etwas genauer.«

»Ich war nicht nah genug dran, um Details zu erkennen. Dort scheint so eine Art Sockel zu stehen, aus dem das Licht austritt.«

»Ein Scheinwerfer?«

»Ja, irgendwie schon. Und dann auch wieder nicht. Das Licht steigt deutlich sichtbar noch oben, es wirkt fast, als hätte es eine Substanz. Es ist blendend hell, und in dem Strahl sind nach oben fließende Ströme zu erkennen. Eigentlich wirkt es eher wie ein Wasserstrahl, der nach oben geschossen wird, nur viel zähflüssiger und leuchtend.«

»Vielleicht ist es ja tatsächlich kein Licht…«, meinte Peter.

»Und was konnten Sie sonst noch von der Höhle sehen?«, wollte Patrick wissen.

»Weniger, als man meinen sollte. Von der Decke fällt zwar dieses blaue Licht herab, aber es kommt in Streifen… wie soll ich das erklären… so wie Sonnenstrahlen durch den Nebel auf den Waldboden fallen. Oder wie ein Szenario unter Wasser: Das Wasser ist zwar klar, aber dunkel, so dass die Sichtweise beeinträchtigt ist. Die Strahlen fallen in schrägen, sich ständig bewegenden Streifen hinein. Es wird also niemals alles zugleich angestrahlt.«

»Klingt nach einer Discokugel an der Decke«, sagte Patrick.

»Es ist viel langsamer, sanfter. Die Lichtstrahlen schimmern und bewegen sich wie leise wehende Vorhänge aus Seide. Alles ist von diesem Licht erfüllt, aber trotzdem kann man nur etwa zehn Meter weit klar sehen. Dahinter wird es undeutlich.«

»Dann konnten Sie das gegenüberliegende Ende der Höhle also nicht sehen? Wieso schätzen Sie dann, dass sie etwa siebzig Meter tief ist?«

»Das habe ich abgeleitet. Wenn man aus dem Gang in die Höhle tritt, steht man auf einer Art Sims, etwa fünf Meter breit, der nach links und rechts führt, anscheinend aber einen Bogen, einen Teil eines großen Kreises, beschreibt. Nach einigen Schritten stößt man an den Rand des Simses. Dort befindet sich ein tiefer Graben, in dem Wasser fließt. Ich habe die Breite des Grabens auch auf etwa fünf Meter geschätzt. Vom Eingangssims führt eine Brücke über diesen Graben. So weit bin ich nicht gegangen. Aber man konnte erkennen, dass hinter der Brücke wieder fester Boden folgte. Dahinter war erneut eine dunkle Linie zu erkennen, dann wieder eine helle, dann erneut eine dunkle und schließlich die Lichtsäule. Es hatte den Anschein, als führe der Weg vom Sims über insgesamt drei Gräben bis hin zur Mitte. Und dann fiel mir das hier ein.«

Stefanie deutete auf den Fußboden.

Zu ihren Füßen lag das in den Stein gemeißelte Zeichen des »Kreises von Montségur«.

»Sehen Sie sich das genau an«, sagte Stefanie. »Dies ist der Plan der Kaverne!«

Der *Vue d'Archiviste* war regenverhangen. Es war ein feiner, gleichmäßiger Regen, wie er gerade im Frühling tagelang anhalten konnte. Die Wolken hatten den Himmel verdunkelt, weder der Sonnenuntergang noch der Mond würden zu sehen sein. Schon jetzt hatte sich eine blaugraue Decke über den Wald und die Hügel gelegt, die die Formen und Konturen im trüben Zwielicht verwischte. Das farblos gedämpfte Einerlei schien einsam und leblos. Doch aus den Schatten richtete sich ein Paar wachsamer Augen konzentriert auf die Felswand. An einer bestimmten Stelle auf halber Höhe war ein schwacher Schein sichtbar. Die Quelle des Lichts war von unten nicht auszumachen, doch etwas leuchtete dort oben. Dort oben, wohin die Forscher verschwunden waren.

Die Gestalt erhob sich und eilte auf den Geländewagen zu, der am Fuß des kleinen Berges geparkt war. Es dauerte nur einen Lidschlag, dann hatte sie den Wagen erreicht und verschmolz mit ihm. Sie bewegte sich mit größter Vorsicht und Geschmeidigkeit, obwohl sie wusste, dass man sie nicht sehen konnte, selbst wenn es taghell wäre. Dennoch würde sie sich keinen Fehler erlauben. Ihre Sinne waren geschärft, ihre Muskeln und Sehnen gespannt. Einem Raubtier gleich lauerte sie eine Zeit lang und studierte die Umgebung aus dem neuen Blickwinkel. Der direkte und einfachste Weg den Hang hinauf führte über die Sicherungsleine, die auch die Forscher verwendet hatten. Dieser Weg kam nicht in Frage. Wohl aber jene Felsvorsprünge weiter rechts. Sie lagen etwas abseits, waren unbeobachtet, ermöglichten jedoch den Blick auf die Sicherungsleine und den Sims, zu dem sie hinaufführte.

In fließenden Bewegungen glitt die Gestalt zum Hang hinüber und begann mit dem Aufstieg. Ihre Hände tasteten sich voran, suchten sich feinste Vorsprünge und krallten sich daran fest. Die Füße wanderten über den Stein und fanden eigenständig Halt. Wie ein flinkes Insekt überwand die Gestalt die große Höhe und erreichte schließlich einen Punkt direkt unterhalb der erleuchteten Felsen. Es war zu erkennen, dass es dort einen Absatz gab, zu dem auch das Seil hinaufführte. Prüfend hob die Gestalt ihren Kopf, ohne ihn über die Kante des Absatzes zu heben. Es war hier deutlich das Summen eines Geräts zu hören. Zusammen mit einem feinen Geruch nach Diesel schloss sie auf einen Stromgenerator. Stimmen oder weitere Geräusche waren nicht auszumachen. Behutsam kletterte die Gestalt höher. Der kleine Absatz verbreiterte sich zur Seite hin, wo sich das Seil befand, und wurde dort zu einer richtigen Plattform, hinter der der Fels weiter aufragte. Und direkt dort öffnete sich eine Höhle im Fels. Lichtschein fiel aus der Höhe auf ein geöffnetes Stahlschott.

Behutsam bewegte sich die unsichtbare Gestalt auf den Höhleneingang zu und schlüpfte hinein.

Stefanie fuhr mit ihrer Erklärung fort: »Ein Gang führt zum Zentrum, das von drei Gräben umgeben ist. Die Gräben sowie die Wege sind jeweils etwa fünf Meter breit. Wenn die Höhle also tatsächlich diesem Plan entspricht, dann muss sie etwa siebzig Meter im Durchmesser haben.«

Patrick starrte den »Kreis von Montségur« an. Dass er ein Lageplan sein könnte, daran hatte er bisher noch nicht gedacht. »Welchen Sinn könnte es haben, eine derartige Höhle zu bauen?«, fragte er. »Wenn es einen einfachen Weg direkt zur Mitte gibt, wozu dann diese Wassergräben drum herum?«

»Vielleicht für zeremonielle Zwecke«, überlegte Peter. »Es könnte sich um eine Art Prozessionsweg handeln. Oder aber die ganze Konstruktion ist rein symbolisch und stellt etwas dar, das uns bisher noch verschlossen ist… Ich habe dieses Zeichen bisher noch nie so betrachtet, aber in gewisser Weise besteht hier eine Ähnlichkeit zu den Linien von Nazca. Kennen Sie sie? Riesige Linienmuster, die von einem unbekannten Volk in die Wüste gemalt wurden. So groß, dass man sie nur vom Flugzeug aus erkennen kann. Der Zweck dieser Formen ist bis heute völlig unklar.«

»Es muss ja auch nicht alles einen Zweck haben«, sagte Patrick. »Es können ja auch einfach nur Ornamente sein.«

»Konnten Sie außer der Lichtsäule, den Strahlen und diesen Wegen und Gräben noch etwas erkennen?«, fragte Peter.

»Bisher nicht«, antwortete Stefanie.

»Haben Sie ganz normal atmen können, oder haben Sie etwas an der Luft bemerkt?«, fragte Peter weiter. »Einen besonderen Geruch vielleicht, hohe Feuchtigkeit, Wärme, Kälte, irgendetwas Außergewöhnliches?«

»Nein, wie kommen Sie darauf?«

»Vielleicht sollten wir trotzdem eine Luftprobe nehmen und analysieren«, schlug Peter vor. »Nur zur Sicherheit. Wir hätten schon früher darauf kommen sollen. Ich bin zwar kein Feldforscher wie Patrick, aber es ist doch ein übliches Verfahren, das auch bei der Entdeckung von Gräbern in Ägypten angewendet wird. Die Luft könnte irgendwie verseucht sein. Im Grab des Tutenchamun hatten sich hochgiftige Schimmelpilzsporen angesammelt, die es der unbedarften Carter-Expedition schwer gemacht haben... Der ›Fluch des Pharaos‹, Sie haben bestimmt davon gehört.«

»Sie meinen wirklich, die Höhle könnte vergiftet sein?«

»Wir können es ja nicht ausschließen. Ich bin auch kein Physiker, aber das Verhalten des Lichts, wie Sie es beschreiben, legt doch nahe, dass sich irgendwelche Schwebeteilchen in der Luft befinden, sonst wären die Strahlen ja gar nicht sichtbar, oder? Vielleicht ist die Luft mit einer Art Dampf gesättigt, so wie dicker Nebel. Was aber, wenn das kein Wasserdampf, sondern ein anderer, gesundheitsschädlicher Dunst ist? Ich bin dafür, dass wir eine Luftprobe nehmen und heute erst einmal eine Analyse davon machen.«

Stefanie sah Patrick an. »Was sagen Sie dazu?«

»Peter hat grundsätzlich Recht. Gräber oder andere verschlossene Hohlräume entwickeln ihr eigenes Mikroklima. Im Laufe von Jahrhunderten können sich giftige Stoffe ansammeln. Und es gibt natürlich noch andere Effekte. Wenn zum Beispiel neue Luft hinzugefügt wird, oder aber auch allein durch die Wärme und Feuchtigkeit, die ein Mensch abgibt, kann das Mikroklima gestört werden. Bisher unberührte Schriftrollen schimmeln innerhalb weniger Tage, zerfallen, Wandmalereien lösen sich auf. Hat es alles schon gegeben. Wenn man die Luft vorher analysiert, kann man das verhindern. Außerdem könnte man an der Konzentration von modernen Umweltgiften oder Schwermetallen feststellen, wann der letzte Kontakt zur Außenwelt stattgefunden hat, was auch immer ganz interessant ist. Andererseits...« Er überlegte einen Augenblick. »Andererseits handelt es sich hier im strengen Sinne bloß um ein Loch im Felsen, noch dazu mit einem Ausgang an die frische Luft, es ist also kein hermetisch versiegeltes Grab, in dem vier- oder fünftausend Jahre lang eine vertrocknete Leiche gelagert wurde.«

»Was sollten wir also Ihrer Meinung nach tun?«, fragte Stefanie.

»Also, ganz ehrlich«, antwortete der Franzose, »ich bin immer noch sicher, dass es unbedenklich ist. Ich meine, ganz offenbar gibt es hier einen Schutzmechanismus, der hervorragend funktioniert und einen heftigen Effekt auslöst. Aber wir haben die Anweisung gefunden und uns daran gehalten. Alles ergibt Sinn, ist in sich schlüssig, wir haben den Schlüssel gefunden, und das Tor ist passierbar. Ich kann mir nicht vorstellen, dass es nun noch eine versteckte Falle geben sollte.«

»Ich sehe das genauso«, sagte Stefanie. »Peter, sind Sie damit einverstanden, dass wir fortfahren?«

»Was soll ich dazu noch sagen?« Er zuckte mit den Schultern. »Offenbar sind Sie beide sich einig und haben mich überstimmt. Ich verstehe nur nicht, wie Sie sich so sicher sein können, Patrick.«

»Nennen Sie es einen Instinkt.«

»Instinkt? Damit lässt sich vielleicht ein Geschäft auf dem Bazar machen, aber ich möchte nicht Stefanies oder unser Leben auf Ihren Instinkt verwetten.«

»Hören Sie, Peter. Ich bin ja sicherlich nicht immer die Vorsicht in Person, aber auf mein Gespür für Gefahr konnte ich mich bisher absolut verlassen. Und dieses Gefühl sagt mir, dass es jetzt vollkommen sicher ist. Es ist...«. Er suchte nach Worten. »Wie eine innere Stimme. Eine Art Vertrautheit. Als hätte ich es schon immer gewusst.«

»Wie bitte?!«

»Ja, ich kann es auch nicht besser erklären. Es fühlt sich einfach *richtig* an. Es ist *selbstverständlich*.«

Peter schüttelte den Kopf. »Also, es tut mir Leid, aber ich kann Ihnen beim besten Willen nicht folgen. Sind Sie sicher, dass es Ihnen gut geht?«

Patrick sah an ihm vorbei. »Und wenn ich es mir recht überlege«, sagte er halblaut, als forsche er seinen eigenen Gedanken nach, »dann hat Stefanie das Tor geöffnet, sie war der Schlüssel, und nun könnten wir alle eintreten... natürlich! Die Archive des Wissens sind offen.« Plötzlich fixierte er Peter eindringlich. »Verstehen Sie? Die Archive des Wissens sind jetzt offen!«

Peter hob beschwichtigend die Hand. »Langsam, langsam...«

»Nein, nicht langsam, kommen Sie! Wir können jetzt auch da rein!« Er erfasste Peters Arm und zog ihn plötzlich zum Durchgang.

»Was tun Sie da?!«, rief Peter entsetzt und riss sich los.

»Kommen Sie schon«, sagte Patrick und trat selbst auf den Durchgang zu. »Es ist ganz einfach...«

Stefanie ging auf Patrick zu, um ihn zurückzuhalten. »Gehen Sie da weg, Patrick!«

Aber der Franzose tat einen Schritt vorwärts. Sein Bein verschwand bereits zur Hälfte.

»Bleiben Sie hier!«, rief Peter und wollte den Franzosen aufhalten. Doch der wirbelte plötzlich herum.

»Vertrauen Sie mir!«, rief er, ergriff abermals Peters Arm und zog ihn heran.

Peter hatte Mühe, nicht jäh nach vorne zu stolpern. Er musste sich befreien! Panisch griff er nach Patricks Fingern und versuchte, sich von ihrer Umklammerung zu lösen.

»Lassen Sie ihn los!«, rief nun Stefanie, die zwischen die beiden fuhr und sie auseinander drückte. »Und kommen Sie da weg!«

Nun packte Patrick mit der anderen Hand auch Stefanies Arm. »Na los! Machen Sie es mir nicht noch schwerer!«

»Lassen Sie ihn los!!«

»Wie Sie wollen!« Patrick lächelte sie an. »Aber dann kommen Sie wenigstens mit!« Er stieß Peter von sich und stolperte dadurch selbst rückwärts in den Durchgang.

Peter nahm nun alles wie in Zeitlupe wahr. Patricks nach hinten gelehnter Kopf verschwand als Erstes, der Rest des Körpers kippte ebenfalls nach hinten. Der Brustkorb wurde buchstäblich aufgesogen, dann der Bauch. Die Gürtelschnalle glänzte kurz auf und verschwand dann zusammen mit dem Becken. Immer weniger des Körpers war noch zu sehen. Nur noch Patricks Beine und ein Arm ragten hervor. Und dieser Arm hatte Stefanie ergriffen, riss sie so unbarmherzig mit sich, dass sie ebenfalls in den Durchgang stolperte. Peter wollte eingreifen. Aber seine Glieder schienen wie aus Blei. Noch bevor sich seine Hand auch nur einen Millimeter gerührt hatte, um die Forscherin zu berühren oder gar festhalten zu können, hatte sie sich bereits Stück für Stück aufgelöst.

Fassungslos blieb Peter zurück.

Es schien eine Ewigkeit zu dauern, bis die Erkenntnis durchsickerte, was gerade passiert war.

»Patrick?«, rief er. »Stefanie!«

Seine Worte hallten fremd und leer von den Steinen wider.

Er ahnte nicht, dass sich in diesem Augenblick eine unsichtbare, krallenbewehrte Hand nach ihm ausstreckte…

10. Mai, 18.30 Uhr, Rue des Anges, Paris

Emmanuel Michaut hatte noch auf dem Rückflug aus dem Hubschrauber die wichtigsten Eckdaten aus dem Gespräch mit dem Grafen an seinen Geheimdienst weitergegeben. In kürzester Zeit musste er alles in Erfahrung bringen über einen Orden namens Priorat von Zion und einen Monsieur Plantard, der dem Orden verbunden war. Beide schienen dem Grafen wohl bekannt und hielten offenbar den Schlüssel zum Verständnis des Merowingergeschlechts in Händen. Mehr hatte ihm der Graf darüber nicht sagen können – oder wollen. Allerdings hatte er sich noch im Beisein des Präsidenten mit dem Büro des rätselhaften Herrn in Verbindung gesetzt. Sie hatten einen Termin für denselben Abend vereinbart.

Nun saß Präsident Michaut in seinem Schreibzimmer im Amt der Rue des Anges. Gerade erst gestern hatte er hier Jean-Baptiste Laroche empfangen; es war keine dreißig Stunden her, dass er zum ersten Mal etwas über die geheime Blutlinie erfahren hatte. So viel war in dieser kurzen Zeit geschehen, ein ganzes Weltbild hatte sich geändert.

Michaut sah auf die Papiere vor sich. Bei seinem Eintreffen waren schon einige Unterlagen für ihn bereit gewesen. Das Ergebnis war jedoch ernüchternd. Der Orden war zwar namentlich bekannt und wurde sporadisch in verstreuten Quellen erwähnt – in Zeitungsausschnitten, amtlichen Dokumenten, Urkunden –, und es gab sogar ein Sachbuch dazu, aber in der Kürze der Zeit ließen sich die Informationsschnipsel nicht zusammenfügen oder bewerten. Es gab keine ausdrücklichen Belege, wo der Ursprung des Ordens lag oder welche Ziele er verfolgte. Und über einen Monsieur Plantard war überhaupt nichts Aussagekräftiges zu finden – es gab zu viele Plantards in Frankreich, und keiner schien eine Verbindung zum Orden von Zion offen zu bekunden.

Michaut vertraute dem Grafen. Das war der einzige Grund,

weswegen er sich nun mit einem ihm völlig Unbekannten traf, den er nicht einmal überprüfen konnte. Was konnte der Mann ihm erzählen? War es ein gutes Zeichen, dass über ihn nichts bekannt war? Deutete es darauf hin, dass er erfolgreich im Verborgenen agierte? Wenn das so war, war das gut oder schlecht für ihn – und für Frankreich?

Es klopfte, dann öffnete sich die Tür zu seinem Büro, und ein Sicherheitsbeamter trat ein.

»Monsieur le Président, Ihr Besuch ist da.«

»Vielen Dank, bringen Sie ihn herein und lassen Sie uns allein.«

Der Sicherheitsbeamte nickte und führte kurz darauf einen dünnen, alten Mann mit einem Kamelhaarmantel herein. Der Präsident stand auf und ging auf den Mann zu, während die Bürotür wieder geschlossen wurde.

»Ich nehme an, Sie sind Monsieur Plantard. Es freut mich, dass Sie kommen konnten.«

Der alte Mann schüttelte Michaut freundlich lächelnd die Hand. Seine Hände waren schmal und knochig, und sie wirkten viel zu groß. Unzählige Falten durchzogen die lederne Haut seines Gesichts, das trotz des hohen Alters den Ausdruck eines wachen und intelligenten Geistes trug. Ein leises Schmunzeln, funkelnde Augen und eine Nickelbrille verstärkten diesen Eindruck noch.

»Es freut mich, Ihre Bekanntschaft zu machen, Monsieur Michaut.«

Der Präsident zuckte innerlich zusammen, als er von dem Fremden so respektlos angesprochen wurde, dennoch bedeutete er dem Mann, sich in einen Sessel einer Sitzecke zu setzen, und nahm ebenfalls dort Platz. Auf dem Tischchen vor ihnen standen bereits Gläser, eine Flasche Wasser, sowie eine Schale mit Mürbegebäck.

»Es mag Ihnen unverfroren erscheinen, wenn ich Sie nicht mit Ihrer offiziellen Amtsbezeichnung anrede«, begann Plantard, während er sich setzte und den Mantel dabei um sich schlug, als sei ihm kalt, »doch ich möchte damit anzeigen, dass ich Sie als Mensch respektiere und nicht nur wegen eines Präsidententitels. *Monsieur le Président* ist der Name einer Rolle, die auch schon viele vor Ihnen verkörperten. Aber ich möchte gerne mit Ihnen als Mensch reden. Zudem haben Sie auf diese Weise die Möglichkeit, fern jeden Protokolls mit mir zu reden. Die Sorgen oder Fragen, die Sie haben, äußern Sie als Mensch – dem Präsidenten jedoch würde ich mir nicht anmaßen, meine Hilfe oder meine Informationen anzubieten.«

Michaut lehnte sich zurück und überdachte die Worte des Mannes. Mit wenigen Worten hatte Plantard die ersten Irritationen beseitigt und dabei einen vollendeten Hofknicks gemacht. Ein interessanter Mensch, gebildet und scharfsinnig. Er schätzte ihn aufgrund seines Aussehens auf mindestens siebzig Jahre – umso respektabler war seine geistige Frische.

»Ich habe nichts dagegen, Monsieur«, antwortete der Präsident. »Da ich Ihre Position oder Ihre Geschichte nicht kenne, bleibt mir ebenfalls nichts anderes übrig, als Sie mit Monsieur Plantard anzureden.«

»Viel gibt es über mich auch nicht zu wissen, wie Sie ohne Zweifel bereits herausgefunden haben.«

»Ich muss gestehen, dass meine Versuche, Näheres über Sie in Erfahrung zu bringen, in dieser kurzen Zeit vergeblich waren. Vielleicht erzählen Sie daher zunächst etwas über sich?«

»Gestatten Sie, dass ich rauche?«

»Bitte.«

Plantard zog ein silbernes Etui hervor, klappte es auf und bot Michaut davon an. Der winkte jedoch ab.

Plantard entnahm dem Etui ein dünnes Zigarillo. »Wenn Sie sich gerade Gedanken über meine Gesundheit machen, kann ich Ihnen nur beipflichten. Aber in meinem Alter kommt es nicht mehr darauf an. Die meiste Zeit und die besten Jahre sind vorbei. Das Älterwerden ist trostlos genug. Ich habe nicht vor, es mit Verzicht zu verlängern.« Er lächelte, während er das Zigarillo entzündete. Dann lehnte er sich zurück und ließ den Rauch bedächtig aus einem Mundwinkel steigen.

»Was gibt es über mich zu sagen…?«, griff er den Gedanken von zuvor auf. »Meinen Namen kennen Sie bereits. Ich bin gelernter Kaufmann, begann eine Ausbildung in einem Verlag, dann brach der Krieg aus. Ich geriet für ein Jahr in deutsche Kriegsgefangenschaft, konnte fliehen und schloss mich der Résistance an. Nach dem Krieg suchte ich Arbeit und war dann bis in die achtziger Jahre als Geschäftsmann tätig. Import, Export, Banken.«

Wenn er in den vierziger Jahren in Kriegsgefangenschaft war, überlegte Michaut, dann war er etwa achtzig. Eine Überraschung. »Was wissen Sie über das Priorat von Zion?«, fragte er ihn.

»Sie verlieren nicht viel Zeit mit Höflichkeiten, Monsieur, nicht wahr?«

»Und was können Sie mir über Jean-Baptiste Laroche sagen und seine Verbindung zu den Merowingern?«

Plantard nickte. »Sie sind noch nicht lange im Amt, Monsieur Michaut. Noch nicht so lange wie Ihr Vorgänger es war. Daher ist es wohl nicht zu erwarten, dass Sie über diese Zusammenhänge bereits gestolpert sind. Nun trifft es Sie umso unvorbereiteter. Nun, das Priorat von Zion gibt es schon *sehr* lange.« Er dehnte das »sehr« und wippte dabei leicht mit dem Kopf, wie um sich selbst zu bestätigen. »Wie Sie sicherlich wissen, ist Zion der alte Name der Festung von Jerusalem, später des Tempelbergs oder auch der ganzen Stadt. Ein Ort der Macht, der heute noch eine solche Ausstrahlung hat, dass er Juden, Christen und Muslime gleichermaßen anzieht. Welche Schlachten sind schon um ihn geschlagen worden! Zion ist das Sinnbild der universellen Herrschaft eines von Gott auserkorenen Volkes, Zion ist das Idealbild des Mittelpunkts der Erde, eines kulturellen Epizentrums. Das Priorat von Zion versteht sich als ein Orden, der sich diesem Idealbild verpflichtet fühlt.«

»Und die Merowinger?«

»Die Dynastie der Merowinger...« Plantard nahm einen langen Zug am Zigarillo und blies den Rauch wieder so langsam empor, als nutze er die Zeit zum Nachdenken. »Ja... ein ganz besonderes Kapitel in der Geschichte Frankreichs. Wir alle lernen an den Schulen, wie die Merowinger im sechsten Jahrhundert die Reiche der Salen und der Frankenstämme erstmalig einten und somit ein gemeinsames Reich, Frankreich, gründeten. Merowech als Wegbereiter, Chlothar, Dagobert und so fort. Mitte des achten Jahrhunderts endete die Herrschaft der Merowinger, nachdem Dagobert II. im Auftrag von Pippin II. ermordet wurde und der letzte amtierende merowingische König Frankreichs, Childerich, von Pippin III. mit Unterstützung des Papstes abgesetzt wurde. Und der Sohn Pippins III. war dann jener Karl, der spätere Charlemagne, Karl der Große, der die Herrschaft der Karolingerdynastie begründete.«

»Diese Geschichte ist mir durchaus bekannt, Monsieur Plantard.«

»Das glaube ich Ihnen gerne. Haben wir nicht gerade den Karolingern viel zu verdanken? Karl der Große verknüpfte wie keiner vor ihm Kirche und weltliche Regierung, vergrößerte und sicherte das Reich, setzte sich für Kunst, Kultur und Bildung ein, eine Erneuerungsbewegung, die sogar einen eigenen Namen bekam: *Renovatio*. Moderne Strukturen und Denkweisen.«

Der alte Mann betrachtete sein Zigarillo argwöhnisch, als drohe es gerade zu verlöschen. Er pustete die Spitze versuchsweise an und ließ die Glut damit aufflammen. »Doch kennen Sie die Geschichte hinter der Geschichte? Sehen Sie genau hin: Was begann gemeinhin mit dem Jahr 800, der Krönung Karls des Großen?« Nach einer kleinen Pause, in der er ganz offenbar keine Antwort erwartete, sprach er weiter: »Das Mittelalter, Monsieur Michaut. Das dunkle Zeitalter, wie man es auch nennt. Wie viel Wissen ging verloren, wie viel Unsicherheit und Aberglaube fassten Fuß? Wie viele Kriege wurden geführt und wie viel Blut vergossen? Denken Sie an die unsäglichen Kreuzzüge, den Hundertjährigen Krieg… Er dauerte bis ins fünfzehnte Jahrhundert. Dann endlich ein Licht am Ende des Tunnels: die Renaissance. Es war eine wahre Wiedergeburt, als die Menschen und Regierungen sich aus den mittelalterlichen Strukturen lösten, als kirchliche und weltliche Macht sich wieder trennten, und schließlich selbst die Kirche eine Reformation über sich ergehen lassen musste. Sie sind kein gläubiger Mensch, Monsieur Michaut, daher kann ich Ihr Augenmerk in aller Neutralität darauf richten: Es war die Kirche, die die Dynastie der Merowinger beendet wissen wollte, es war die Kirche, die den Karolingern ihre Macht bescherte, sich mit ihnen verbündete, es war die Kirche, die die Kreuzzüge antrieb, es war die Kirche, die Forschung und Wissenschaft unterdrückte und deren omnipräsente Macht endlich in der Renaissance gebrochen wurde.«

Der Präsident nickte. Er war zwar kein Gegner der Institution Kirche, aber kritisch stand er ihr allemal gegenüber. Doch wie viel wusste Plantard über seine Einstellung? Manipulierte er ihn? Es stimmte wohl, was der Alte sagte, und so gesehen mochte er durchaus Recht haben. Aber Michaut fragte sich, worauf er hinauswollte. Dass die Merowinger die besseren Herrscher gewesen wären?

Der Alte fuhr fort: »Es stellt sich die Frage, ob es Zufall war, dass die Kirche ihren Aufschwung an die Karolinger knüpfte, und warum das mit den Merowingern nicht möglich gewesen wäre. Nun, in der Tat gab es einen sehr guten Grund, weswegen die Kirche sich so entschied. Denn in den Adern von Dagobert und Childerich floss ein Blut, dessen Fortbestand die Kirche keineswegs zulassen durfte.«

»Jesus Christus«, warf der Präsident ein.

»Ja, das Blut des Erlösers. Ich sehe mit Befriedigung, dass Sie mit dieser Vorstellung bereits vertraut sind.«

»Die Theorie ist mir so neu, dass ich noch keine Gelegenheit hatte, darüber zu schlafen, aber ja, ich habe davon gehört.«

»Nun, es ist tatsächlich keine *Theorie*. Auf dem einen oder anderen Wege – sei es durch Heirat oder andere Verwandtschaft – ist das Blut unseres Herrn fortgeführt worden. Es fand in Gallien Zuflucht, wo es in den Stammbäumen von Merowech und den Franken aufging. Nun, warum sollte die Kirche ein Interesse haben, dieses einmalige, göttliche Herrscherhaus zu verdrängen? Scheinbar paradox, nicht wahr? Aber ich will es Ihnen sagen: Weil sich die Macht der Kirche nicht auf Jesus begründete, sondern auf der Erlösung durch die Wiederauferstehung und die von Petrus geschaffene *Institution Kirche*. Und warum sage ich ›unseres Herrn‹, wenn ich von Jesus rede? Weil Jesu Bedeutung nichts mit der heutigen Kirche zu tun hat – der ich ebenfalls nichts abgewinnen kann –, sondern weil Jesus der höchste Vertreter und Anführer eines auserkorenen Volkes war. Er war hoch gebildet, ein Revolutionär, ein Humanist, ein früher Gandhi, ein Siddharta, ein Martin Luther King – und vor allen Dingen war er der wahre und rechtmäßige König der Juden. Die Römer wussten das. Jesus hätte sich zum Herrscher der bekannten Welt emporgeschwungen, er hätte das Römische Reich vernichtet. Daher ließen sie ihn umbringen. Was daran göttlich war, entscheiden Sie selbst.«

Michaut sagte eine Weile nichts. Was gab es zu sagen? Eine überaus faszinierende, wenngleich durch nichts zu beweisende Interpretation. Hatte ihn sein Geheimdienst am Morgen zum ersten Mal hiermit konfrontiert, saß er nun – keine zwölf Stunden später – jemand gegenüber, der sie mit so ruhiger Überzeugung vertrat, als sei es das Selbstverständlichste der Welt.

»Was hat nun der Orden von Zion damit zu tun?«, fragte er.

»Nun, wie ich eingangs schon sagte, fühlt sich das Priorat von Zion dem Idealbild jener Zeiten verpflichtet. Somit war es die zentrale Aufgabe des Priorats, das Blut der Merowinger nicht aussterben zu lassen. In den vergangenen Jahrhunderten war das Priorat nicht immer sichtbar aktiv, weder in der Wirtschaft noch in der Politik, doch immer ist das Erbe der Merowinger fortgeführt worden. In Wahrheit waren somit stets Erben des königlichen Blutes unter uns, haben in Herrscherhäuser eingeheiratet, haben ihre Linie gesichert und zum Teil dem Priorat selbst vorgestanden.«

»Und was sind die Ziele des Priorats? Weshalb ist nicht schon längst jemand vorgetreten und hat die Herrschaft übernommen?«

Der Alte schüttelte den Kopf und drückte sein Zigarillo aus. »Die Ideale des Priorats sehen keine Weltrevolution in Form eines Putsches vor. Die Zeit ist nicht reif dafür. Damit ein zentraler Herrschaftsanspruch überhaupt wirkungsvoll sein könnte, dürften die Machtverhältnisse nicht so verzettelt sein, wie es heute der Fall ist. Länder und Regierungen müssten zunächst noch stärker zusammenwachsen, die Kirche müsste noch mehr Macht und Glaubwürdigkeit verlieren. Aber denken Sie nicht, dass das Priorat deswegen untätig war. Glauben Sie wirklich, dass nach Hunderten, Tausenden von Jahren Krieg in Europa die sich anbahnende europäische Einheit selbstverständlich ist? Ein europäischer Präsident – gestern noch undenkbar, und heute? Welches übergroße, zentrale Interesse ist hier aktiv, dass sich Engländer, Franzosen, Deutsche, Polen, Russen und Türken nicht noch heute säbelrasselnd gegenüberstehen?«

»Sie wollen mir weismachen, dass es nicht die Politiker sind, die die Geschicke in Europa lenken, sondern das Priorat?«

Plantard winkte ab. »Verstehen Sie mich nicht falsch, es

sind sehr wohl die Politiker, die die Geschicke leiten. Politiker wie Sie, Monsieur Michaut. Sie handeln nach Ihren Zielen. Doch haben Sie sich jemals gefragt, wie Sie zu Ihrer Überzeugung gekommen sind? Welche Gedanken anderer Menschen vor Ihnen haben Sie beeindruckt? Wer vor Ihnen verfolgte bereits ähnliche Ziele wie Sie? Wessen gedankliche Arbeit setzen Sie fort? Wessen Bücher lesen Sie, wessen Kommentare beeindrucken Sie, auf wessen Rat hören Sie? Wir alle, Monsieur Michaut, Sie und ich, sind nur zu einem kleinen Teil Individualisten, denn das meiste ist bereits erdacht, gesagt, geschrieben und erfunden. Unsere Ideen, Ansichten und Überzeugungen bedienen sich aus dem überquellenden Fundus der Weltgeschichte; Tausende von Jahren, Milliarden von Menschen, so schlau und in der Summe unendlich viel schlauer als wir – wirklich neue Ideen sind sehr selten. Wir unterscheiden uns nur darin, welche dieser Ideen wir aufgreifen, wessen Überzeugungen wir annehmen, welche Talente wir haben und wie wir Letztere einsetzen, um Erstere zu verfolgen.«

Michaut schwieg. Der Alte hatte einen allzu tiefen Nerv getroffen. Ziele. Erfolg. Selbstbestimmung. Neues schaffen. Zeichen setzen. Unsterblichkeit. Relevanz. Sein Kopf fühlte sich seltsam hohl an.

»Und nun fragen Sie mich, wer die Geschicke lenkt. Sie tun es, Monsieur Michaut. Und dennoch in einem höheren Sinne. Unsere Leben sind nur ein Augenzwinkern in der Menschheitsgeschichte, entsprechend klein ist der Ausschnitt, den wir sehen und den wir wirklich beeinflussen. Nur wer Hunderte oder Tausende von Jahren leben würde, der könnte ganze Strömungen auslösen und entwickeln, einzelne Geschicke lenken, Ideen säen, dafür sorgen, dass Gedankengut auf fruchtbaren Boden fällt und sich verbreitet. Daher gibt es Kräfte im Verborgenen, die nur deswegen ihre Ziele verfolgen können, weil sie über so lange Zeit hinweg existieren. Wir bemerken weder ihr Wirken, noch haben wir eine Beziehung zu ihren

Zielen. Aber das liegt einzig an unserer Perspektive. Es ist wie mit der Erde: Wir spüren nicht, dass sie sich unter uns bewegt, und doch tut sie es. Manche Dinge sind zu groß, als dass wir sie sehen könnten. Vor dem Hintergrund der Geschichte bewegen wir uns zu schnell, und einige Dinge sind zu langsam für unsere Wahrnehmung. Das Priorat von Zion ist eine solche langsame, große Kraft.«

Michaut massierte sich eine Schläfe. Vieles in ihm sträubte sich gegen die Ausführungen des Alten. Sie zeichneten ein Bild jenseits jeder sicheren, ihm bekannten Realität. Zugleich war es aufregend. Es war ein Gemälde so ungeheuren Ausmaßes, dass vor ihm jedes menschliche oder politische Bemühen nur wie ein unbedeutender Pinselstrich erschien. Und doch fügte sich alles in ein übergeordnetes, unsichtbares Konzept. Es war erhebend und deprimierend zugleich; eine Art religiöse Ergriffenheit hatte ihn erfasst. Und gerade das machte ihn umso stutziger. Konnte es sein, dass der Alte ihn derart zu beeinflussen vermochte? Wie viel von dem, was er sagte, war einfach nur blanker Irrsinn? Verschwörungsfantasien eines Greises, der sich durch sein Alter Respekt verschaffte und mit seinen Worten Ehrfurcht erschlich? Andererseits kannte der Graf ihn und hatte diese Begegnung arrangiert. *Der Graf!* Wie sehr ließ er, Michaut, sich vom Grafen manipulieren? War es vielleicht der Graf, der ein Spiel mit ihm trieb? Michaut griff nach der Flasche und schenkte sich Wasser ein.

»Sie scheinen nicht überzeugt?«, fragte der Alte. Es war eher eine Feststellung. »Nun gut, nehmen wir ein Beispiel: Ende der fünfziger Jahre war Frankreich in einer schweren Krise. Immer wieder Zeiten ohne Regierung, die Parteien verfeindet, die französischen Kolonien in Indochina blutig verloren und kurze Zeit später das Aufbegehren der algerischen Nationalisten, die die Unabhängigkeit forderten und eine eigene Regierung erzwingen wollten: der Algerienkrieg. Wie Sie wissen, bildeten sich in dieser Zeit zahlreiche Komitees für öffentliche Sicherheit, die ›*Comités de Salut Public*‹. Sie arbeiteten aus dem Untergrund, ähnlich wie in den Zeiten der Französischen Revolution. Sie wollten ein starkes, großes Frankreich, der Koloniestatus Algeriens sollte erhalten bleiben. Und sie wussten, dass nur ein Mann hierfür in Frage kam, einer, der schon einmal zuvor provisorisches Staatsoberhaupt gewesen war: Charles de Gaulle. So halfen sie ihm 1958 an die Macht. Und eine führende Rolle in diesen Komitees spielte das Priorat von Zion. Denn ein großes, kräftiges Reich war durchaus im Sinne des Priorats. De Gaulle kam an die Macht, doch entgegen der allgemeinen Erwartungen entschied er, Algerien die Unabhängigkeit zuzugestehen. Hätten sich die Komitees in Frankreich wegen dieses vermeintlichen Verrats nun zusammengeschlossen, hätten sie die Regierung ernsthaft bedrohen können. Aber de Gaulle war ein guter und weitsichtiger Politiker, der beste, den Frankreich in langer Zeit gehabt hatte. Daher entschied das Priorat, ihn trotzdem weiter zu unterstützen. Und so kam es, dass es ausgerechnet der Großmeister des Priorats von Zion war, der als Vorsitzender des Generalsekretariats der Komitees diese lenkte und sie schließlich auf Bitten de Gaulles zur gemeinschaftlichen Auflösung bewegte.«

Plantard zündete sich ein neues Zigarillo an. »Das können Sie recherchieren, Monsieur. Sie werden feststellen, dass es stimmt.«

»Ich denke...« Michaut zögerte. »Das kann ja alles sein, aber...«

»Ich muss mich bei Ihnen entschuldigen, Monsieur«, warf Plantard ein. »Sie müssen das natürlich nicht alles einfach nur glauben oder mitschreiben.« Er griff in die Innentasche seines Mantels und zog einen Umschlag hervor. »Ich habe Ihnen auch ein paar Unterlagen mitgebracht, die Sie untersuchen lassen können. Sie belegen einige der zentralen Daten, die ich Ihnen genannt habe.«

»Ich verstehe noch nicht, was Jean-Baptiste Laroche mit der

ganzen Sache zu tun hat. Ist er ein Mitglied des Priorats von Zion?«

»Ah, ja. Die eigentliche Frage, nicht wahr? Was hat Jean-Baptiste damit zu tun? Mit meinen weitschweifigen Ausführungen über die Merowinger wollte ich mich weder interessant machen noch Sie langweilen. Es stimmt, dass die Dynastie der Merowinger fortgeführt wurde, und es stimmt ebenso, dass in ihr das Blut von Jesus Christus weiterlebt. Doch hatte ich auch nicht vor, Sie zu beunruhigen. Denn der zweite Teil meiner vielen Worte sollte Sie eigentlich ermutigen. Denn das Priorat von Zion beschützt zwar das heilige Blut, aber ebenso beschützt es Frankreich, Europa und die Ideale von Zion. Und die Zeit ist noch nicht gekommen. So ist die Frage, ob Jean-Baptiste Laroche dem Hause Dagoberts entspringt, tatsächlich von wenig Relevanz. Denn ich kann Ihnen versichern, dass er nicht vom Priorat unterstützt wird. Jegliche seiner Handlungen können langfristig keinesfalls erfolgreich werden.«

»Sie werden verstehen, wenn Ihre Zuversicht allein keinen hinreichend beruhigenden Effekt auf mich hat. Auch kann ich sie umso weniger teilen, als mich seine kurzfristigen Erfolgsaussichten wesentlich deutlicher betreffen, als seine langfristigen.«

»Natürlich, Sie haben natürlich Recht. Und deswegen bin ich auch hier. Im Sinne des Weltgeschicks, im Sinne der großen Geschichte, wenn Sie so wollen, ist das Nicht-Eingreifen des Priorats vollkommen ausreichend. Doch des kurzfristigen Effekts und Ihrer persönlichen Unterstützung wegen bin ich gekommen.« Er deutete auf den Umschlag, den er auf den Tisch gelegt hatte. »Hier werden Sie mit Sicherheit das ein oder andere finden, das sich in der Angelegenheit Laroche als nützlich erweisen wird. Unser gemeinsamer Freund am Genfer See hat mir versichert, dass Sie diese Unterlagen in aller Vertraulichkeit annehmen würden und zu schätzen wüssten.

Und dass Sie unsere Unterhaltung ebenso behandeln würden. Und nun... wenn Sie mich jetzt entschuldigen würden.« Er stand behutsam auf. »Meine Nächte sind kurz, in meinem Alter schläft man nicht mehr lang in den Morgen. Da ist es umso wichtiger, dass ich zeitig zu Bett gehe.«

Michaut erhob sich und reichte Plantard die Hand. »Ich danke Ihnen, dass Sie sich die Mühe gemacht haben, so kurzfristig vorbeizukommen.« Er war sich unsicher, was er von dem Treffen halten sollte, und irgendwie war er froh, dass der merkwürdige Alte nun ging.

»Ich bitte Sie, Monsieur!«, sagte Plantard mit einem feinsinnigen Lächeln. »Immerhin sind Sie der französische Präsident. Wem, wenn nicht Ihnen, könnte ich verpflichtet sein?« Mit diesen Worten hatte er die Tür erreicht und war kurz darauf verschwunden.

Emmanuel Michaut blieb allein in seinem Büro zurück. Nur der durchdringende Geruch des Zigarillos hing noch in der Luft. Er streckte seine Hand nach dem Umschlag aus und wog ihn unschlüssig in den Händen. Dann setzte er sich an seinen Schreibtisch und öffnete den Umschlag.

10. Mai, in der Nähe von Albi

Als Peter zu sich kam, pochte sein Schädel. Er öffnete die Lider, doch es blieb vollkommen dunkel. Einzig ein scharfer Schmerz durchzuckte ihn, als er versuchte, seine Augen zu bewegen, also schloss er sie wieder und verharrte. Aber es war nicht nur Schmerz, es war auch Lärm. Um ihn herum rumpelte und polterte es, und jedes Geräusch hallte in seinem Kopf wider. Alles um ihn herum war in dröhnender Bewegung, durch den Schwindel fühlte er Wellen von Übelkeit in ihm aufkommen. Schon sammelte sich dünnflüssiger Speichel in seinem Mund, ein Kloß wanderte in seinen Hals. Er atmete tief ein. Ein seltsam süßlicher Geruch schwebte im Raum, als würde irgendetwas verbrannt werden. Die Luft schien zähflüssig, schwer und verbraucht. Doch im selben Maß, in dem es ihm langsam gelang, sich zu konzentrieren, beruhigte sich allmählich auch sein Magen.

Den Geräuschen nach zu urteilen befand er sich in einem Gefährt, wahrscheinlich einem Lastwagen. Das würde erklären, weshalb er ein Gefühl von Bewegung hatte. Und zwar entgegen der Fahrtrichtung. Immer wieder wurde er mit dem Rücken an eine Wand gedrückt, wenn der Wagen bremste. Beim Beschleunigen wurde er in die andere Richtung gezogen. Etwas hielt ihn dabei jedoch fest, eine Art Gurt, der quer über seinen Bauch gespannt war. Seine Hände waren hinter seinem Rücken fest verschnürt. Er war so gut wie bewegungsunfähig. Sein Zustand und die Dunkelheit sprachen aber ohnehin gegen irgendwelche Experimente. Die Geräusche dröhnten in seinem dumpf pulsierenden Kopf. Er hatte Schwierigkeiten, Einzelheiten herauszuhören. Da war etwas, das wie das Rauschen von Reifen auf einer Straße klang, dann Schotter oder kleine Gegenstände, die gegen das Metall schlugen, das Ächzen und Knirschen von Federn.

Ein heißer Schauer durchfuhr Peter, als er sich bewusst machte, dass man ihn *entführte*. Schweiß trat ihm auf die Stirn, seine Kopfhaut begann zu jucken. Wo war er hier hineingeraten? Er versuchte sich zu erinnern, was geschehen war. Etwas hatte ihn in der Höhle überwältigt, er hatte gespürt, wie man ihn gepackt und nach hinten gerissen hatte. Dann war ihm etwas Feuchtes aufs Gesicht gepresst worden. Beim Gedanken daran stieg ihm ein stechender Nachgeschmack in den Rachen, eine Art Betäubungsmittel, vielleicht Äther. Das war alles, was er rekonstruieren konnte. Was hatte man mit ihm vor?

Der Wagen beschleunigte nun stärker. Vielleicht befand er sich jetzt auf einer Schnellstraße. Die Reifen rauschten laut, daher vermutete Peter, dass die Straße unter ihm nass war. Gleichzeitig hörte er ein unregelmäßiges Zischen, das stets von rechts hinten aufklang, schnell lauter wurde, vorbeizog und sich leiser werdend entfernte. Höchstwahrscheinlich waren es Wagen auf der Gegenfahrbahn. Peter vermutete, dass sie sich nicht auf einer Autobahn befanden, denn dort wären mehr Autos unterwegs. Das war vielleicht ein Zeichen dafür, dass seine Entführer nicht beabsichtigten, ihn sonderlich weit zu transportieren. Andererseits, überlegte er, wusste er nicht, wie lange er bewusstlos gewesen war und welche Strecke er bereits zurückgelegt hatte.

Wer mochten seine Entführer sein und was ihre Motive? Da er offenbar unverletzt war, mochten sie nicht allzu gewalttätig sein. Dennoch verfügten sie über ein gefährliches kriminelles Potenzial. Und außergewöhnliche Kräfte oder Geschick – denn er konnte sich beim besten Willen nicht vorstellen, wie sie an den Rangern im Wald unbemerkt vorbeigekommen waren. Noch dazu hatten sie ihn auf dem Rückweg von der Höhle den Abhang hinunter und zum Ausgang des abgesperrten Areals transportieren müssen... Aber wer sagte ihm, dass sie tatsächlich unbemerkt geblieben waren? Vielleicht hatte es einen Kampf gegeben?

Der Wagen bremste und bog ab. Er behielt seine verringerte Geschwindigkeit bei. Kurze Zeit später stoppte er, blieb eine Weile stehen und fuhr dann wieder an. *Eine Ampel*, überlegte Peter. Es gab ihm ein vertrautes Gefühl, zu wissen, dass sich dort draußen etwas so Alltägliches wie eine Ampel befand. Ein Stück Zivilisation. Vielleicht waren sie in einer Stadt? Aber es waren keine entgegenkommenden Autos mehr zu hören. Entweder befanden sie sich in einer relativ unbelebten Gegend, oder es war schon so spät in der Nacht, dass nur noch wenige unterwegs waren. In jedem Fall würde das aber bedeuten, dass kaum jemand den Wagen beachtete und die Polizei Schwierigkeiten haben würde, Zeugen zu finden und die Strecke nachzuvollziehen. Alles vorausgesetzt, man wäre überhaupt schon auf der Suche nach ihm und wüsste, dass man diesem Wagen folgen musste. Erste Anlaufstelle wären die Ranger, aber möglicherweise konnten die bei den Ermittlungen nicht helfen – wenn sie entweder tot waren oder aber die Eindringlinge nicht gesehen hatten... nicht gesehen... *der Unsichtbare auf dem Monitor!* Konnte das wirklich sein? Gab es eine Technologie, die unsichtbar machte? Stealth-Technologie, wie Patrick sie genannt hatte. Radarstrahlen schlucken oder streuen, ja. Aber einen Menschen unsichtbar machen für das bloße Auge? Höchst unwahrscheinlich, aber ein Gedanke, der berücksichtigt werden musste. So wäre das Eindringen natürlich zu erklären. Aber vielleicht verfügten diese Leute dann auch über Möglichkeiten, ihn oder gar den ganzen Wagen verschwinden zu lassen? In diesem Fall würde sich seine Lokalisierung natürlich äußerst schwierig gestalten. Patrick hätte jetzt vermutlich eine technische Erklärung parat.

Patrick!

Er war in den Durchgang gestürzt! Ganz plötzlich war er so sicher gewesen, dass es ungefährlich sei, ja er war fast besessen davon. Was war nur in ihn gefahren? Und was war nun aus ihm geworden? Hatte er inzwischen ebenfalls den Verstand verloren wie jener unglückliche Schäfer? Vielleicht bemühte sich Stefanie bereits, den um sich schlagenden, irrsinnigen Mann zu bändigen, ihn aus der Höhle zu zerren. Vielleicht hatte sie nach Peter um Hilfe gerufen, um dann festzustellen, dass er verschwunden war. Patrick mochte sich in der Zwischenzeit auch verletzt haben oder in ein Koma gefallen sein, und Stefanie versuchte verzweifelt, ihn im Dunkeln und womöglich bei Regen den Steilhang hinunterzuschleppen.

Peter schrak zusammen, als eine Tür zugeschlagen wurde und der Lärm seinen Schädel erschütterte. An die eintönigen Fahrgeräusche hatte er sich gewöhnt, doch mit einem Mal waren seine Kopfschmerzen wieder da. Der Wagen hatte angehalten. Mit einem Ruck wurde vor ihm ein Paar Türen geöffnet. Es waren Hecktüren, und er selbst saß auf dem Boden im Laderaum eines Kleinlasters, wie er bereits vermutet hatte. Schwaches Licht schien von draußen herein, gerade so viel, dass er glänzende Konturen und Schatten erkennen konnte, doch zu wenig, um Farben oder Details auszumachen. Das Innere des Lasters war keineswegs für bloße Transportzwecke gedacht, so viel wurde deutlich, denn es befanden sich schmale Schränke, Kisten, Wandbehänge und zwei Sitzbänke darin.

»Sind Sie wach, Monsieur Lavell?«

Die Stimme klang streng.

»Ja, ich bin wach...«

»Dann steigen Sie aus! Wir sind da.«

Peter wollte gerade erwidern, dass er festgeschnallt sei, als er spürte, wie der Gurt um seinen Bauch nachgab. Er bewegte sich versuchsweise. Mit den gefesselten Händen war es nicht leicht, sich aufzurichten. Sein Kopf war schwer und schien mit heißem Blei gefüllt zu sein, das jeder seiner Bewegungen folgte. Behutsam suchte sich Peter einen Weg nach vorn und trat schließlich aus dem Wagen.

Kühle, feuchte Luft schlug ihm entgegen. Er nahm einen tiefen Atemzug und spürte förmlich, wie sich sein Gehirn zusammenzog. Es roch nach Regen, nach nassem Boden. Allerdings nicht nach Erde, sondern nach nassem Staub. Und da war noch etwas, ein schwer auszumachender Geruch, süßsauer, ein wenig nach Früchten, vielleicht Äpfeln, aber gleichzeitig unangenehm aufdringlich, warm, nach Urin. In jedem Fall eine industrielle Ausdünstung. Peter tippte auf eine Brauerei und sah sich um. Sie befanden sich auf dem leeren Gelände einer Fabrik. In der Nähe stand eine einzelne Straßenlampe. Peter konnte einen Stacheldrahtzaun erkennen, ein paar schäbige Häuschen, eine Straße, Gestrüpp, einige Flachdachgebäude und Schornsteine. Sie befanden sich inmitten eines düsteren, maroden Industriegebiets. Dem Anschein nach war es nicht nur abgelegen, sondern auch größtenteils verlassen.

Jetzt trat ein zweiter Mann herbei. »Gehen Sie!«, wies er Peter an und deutete in Richtung des alten Hauptgebäudes. Peter rechnete sich gegen seine zwei Entführer keine Chancen zu einer Flucht aus. Selbst wenn es nicht dunkel und das Gelände nicht umzäunt gewesen wäre, hätte er in seiner körperlichen Verfassung keine zwanzig Meter sprinten können, ohne vor Anstrengung und Übelkeit zusammenzubrechen. Also setzte er sich in Bewegung und folgte dem ersten Mann, der schon einige Schritte vorausgegangen war.

Bald erhob sich vor ihnen die nackte Betonwand der Fabrik. Bis in den vierten Stock waren Fenster zu sehen, die Scheiben waren verschmiert oder zerschlagen, von den Sprossen liefen rostbraune Schlieren herab. Sie erreichten eine Stahltür, über der eine kleine Glühbirne brannte. Es gab kein Türschild, keine Hausnummer, keine Beschriftung, keine Farben. Nur nackter Beton mit einer schwarz gefleckten Patina von vielen Jahrzehnten und eine mit Nieten beschlagene Tür, deren einst graue Lackierung durch blutige Rostgeschwüre zerfressen war. Dies ist kein Ort, an dem man eine im freundlichen Ton gehaltene Verhandlung führte, dachte Peter. Dies ist mit Sicherheit auch kein Ort, an dem man bewirtet und alte Bekannte treffen würde. Dies ist ein Ort, an dem einen niemand sieht, niemand hört, und an dem einen niemand jemals wiederfindet.

Als sich die Tür öffnete, zuckte Peter unwillkürlich zusammen. Noch stand er hier draußen, fast frei, roch den Regen, spürte die Kühle auf seinem Gesicht. Aber gleich würden sie eintreten. Der Gefangene sah das letzte Mal den verhangenen Himmel, und nun erwartete ihn die Bastille. Er hatte nur schemenhafte Vorstellungen davon, welches finstere Schicksal ihn erwarten könnte.

Das Innere war erleuchtet. Der erste Mann trat ein, der

zweite stieß Peter vorwärts. Hinter ihm fiel die Tür mit einem schweren, metallenen Klacken ins Schloss.

Der Gang war kahl und eng. An der Decke hingen unruhig flackernde Neonröhren, zwischen denen sich Rohre und Kabel entlangschlängelten. Die Männer trieben Peter voran. Er stellte fest, dass einzig dieser Gang erhellt war. Alle Räume und Abzweigungen, die sie passierten, lauerten in völliger Dunkelheit. Auf eine unangenehme Weise starrten ihn die Löcher an wie der Durchgang in der Höhle. Abgründe, die lebendig würden, wenn man nur lange genug in sie hineinsah... ein Bild, das ihm in letzter Zeit entschieden zu häufig über den Weg lief. Und nun war er mittendrin.

Sie erreichten einen offenen, allein durch Gitter umgebenen Schacht und betraten einen Lastenaufzug, der aus nicht mehr als einem Stahlkäfig mit Fußboden bestand. Einer der Männer schob die Tür hinter ihnen zu, steckte einen Schlüssel in eine kleine Kontrolleinheit und betätigte einen Hebel.

Mit einem Ruck setzte sich der Fahrstuhl in Bewegung und senkte sich. Von weit über ihnen konnte Peter das Summen eines Motors hören. Metall klapperte und hallte durch den Schacht. Das Licht über ihnen entfernte sich, der Fahrstuhl sank in die Tiefe.

Peter wunderte sich, wie es sein konnte, dass ein so altes Gebäude über unterirdische Stockwerke oder eine Tiefgarage verfügte. Da es um sie herum rasch dunkler wurde, ließen sich an den Wänden immer weniger Details erkennen, aber anscheinend gab es keine weiteren Gänge oder Türen. Die Luft wurde kälter, der Geruch nach Beton und Staub wich einem feuchtmodrigen Aroma nach Erde und alten Backsteinen. Unvermittelt kamen sie zum Stehen. Das Gitter des Fahrstuhls wurde aufgeschoben, und dann öffnete sich eine hölzerne Tür in der Wand vor ihnen. Ein rotgelber Schein schlug ihnen entgegen.

Wortlos wurde Peter angetrieben. Sie gingen durch einen Gang, der aus großen Blöcken gemauert war, fast wie durch eine Krypta. Den Boden bedeckte ein dunkelroter Läufer, an den Wänden waren in regelmäßigen Abständen Öllampen befestigt. Der Gang endete an einer weiteren Holztür, diesmal waren altes Schnitzwerk und glänzende Messingbeschläge darauf zu erkennen. Der Mann, der den kleinen Trupp anführte, öffnete sie. Anschließend traten sie in eine geräumige Halle, acht oder zehn Meter hoch, die in das bedrohlich zuckende Lichtspiel von Flammen getaucht war. Sie entsprangen übergroßen Feuerschalen in den Klauen zweier mannshoher Skulpturen aus Schmiedeeisen. Es waren verschlungene Gebilde aus unförmigen Gliedmaßen, raubtierhaft, haarig, sehnig, verwoben mit übergroßen menschlichen und nichtmenschlichen Geschlechtsorganen, Mäulern und Krallen. Die monströsen Wucherungen standen links und rechts einer breiten, steinernen, mit einem Teppich belegten Treppe. Sie führte zu einer Galerie, die in der Höhe rund um die Halle herumführte, wo weitere Gänge und Türen sichtbar waren.

Der bedrohliche Eindruck wurde noch verstärkt, als Peters Blick auf den Fußboden vor ihnen fiel. Dort war ein glänzendes Mosaik aus schwarzem Glas oder Obsidian eingelassen.

Peter erkannte es sofort. Es war eine Abwandlung das Siegels von Belial, dem achtundsechzigsten Dämon in der *Goetia*. Er hatte den »kleineren Schlüssel Salomons«, wie das Werk ebenfalls genannt wurde, vor einigen Jahren ausgiebig studiert. In der Mythologie war Belial ein großer König der Dämonen, geschaffen direkt nach Satan und einer der vier Kronprinzen der Hölle. Er galt als unabhängig, niederträchtig, ewig verlogen und wurde mit dem Element Erde sowie den nördlichen Himmelsrichtungen verbunden. Eine Art Schattenseite von Luzifer, Morgenstern, dem Lichtbringer – wenn Dämonen überhaupt noch Schattenseiten haben konnten. Peter staunte über sich selbst. Mit plötzlicher Intensität war alles wieder da. Alles, was er über die Abgründe erfahren, gelesen und gehört hatte. Er hatte mehr okkulte Werke ergründet als manch katholischer Exorzist, hatte geheime Wege beschreiten dürfen und sich mit Leuten unterhalten, denen in dieser ganzen Thematik niemand das Wasser reichte. Doch immer war es – und das wurde ihm in diesem Augenblick schaudernd bewusst – akademisch gewesen. Nie hatte er zu träumen gewagt, einmal in die Gewalt von Fanatikern zu kommen, die diese pseudoreligiösen Hirngespinste lebten und ernst nahmen – und zwar ernster, als es jedem lieb sein konnte, der um sein Leben und seine geistige Gesundheit fürchtete.

In diesem Augenblick trat eine Gestalt an das obere Ende der Treppe. Es war ein schlanker junger Mann in einem dunklen Anzug, der nun herunterkam. Als er in den direkten Schein der Feuerschalen trat, erkannte Peter ihn.

»Ash Modai«, sagte er.

»Willkommen, Herr Professor Lavell. Wie ich sehe, sind Sie unversehrt, wunderbar.«

»Ich kann nur hoffen, dass das auch so bleibt.«

»Entschuldigen Sie meine forsche Einladung. Sie verstehen sicherlich, dass ich Sie unbedingt wiedersehen musste.«

»Was wollen Sie von mir?«

Ash Modai war an Peter herangetreten und funkelte ihn eindringlich an. »Aber das wissen Sie doch.«

»Grämen Sie sich noch immer wegen meiner Publikationen?«

»Ihre Publikationen? Die sind überhaupt nicht von Relevanz. Sie haben keinerlei Auswirkung auf die Wahrheit, auf unseren Orden oder die Ebenen zwischen den Welten. Und daher sind sie auch nicht von Bedeutung. Nur kleine Geister mögen sich grämen, sich verunglimpft fühlen. Aber was kümmert es das Meer, ob es regnet?« Der junge Mann führte sein Gesicht ganz nah an Peter heran. Peter bemerkte mit Schaudern, dass dessen Pupillen nicht rund geformt waren, sondern senkrecht spitz zuliefen, was ihnen ein fremdartiges, animalisches Aussehen verlieh. Ash Modai schien an ihm zu riechen. Dann sagte er mit drohend gedämpfter Stimme: »Nein, Herr Professor. Sie sind einzig und allein wegen des Kreises hier. Des ›Kreises von Montségur‹.«

»Was wissen Sie über den ›Kreis‹?«, fragte Peter.

Der Mann riss die Augen auf und stieß Peter mit so plötzlicher Wucht vor die Brust, dass ihm aller Atem aus den Lungen wich und er rückwärts zu Boden ging.

»ICH stelle hier die Fragen!«, herrschte Ash Modai ihn an.

Peter wurde es für einen Lidschlag schwarz vor Augen. Er stützte sich mit einem Arm auf und bemühte sich, Luft zu holen.

»Ich habe Sie nicht herbringen lassen, um mit Ihnen zu plaudern«, fuhr der Mann in ruhigerem Ton fort. »Ich habe Sie einmal gebeten, mir Ihre Informationen zu geben. Aber Sie stellten sich mir in den Weg. Nun bitte ich Sie nicht mehr. Ich werde mir die Informationen holen, und danach sind Sie überflüssig.«

»Die Höhle…«, brachte Peter kurzatmig hervor, »Sie wissen doch jetzt, wo sie ist.«

»Das stimmt. Und das ist nicht Ihr Verdienst, also sollten Sie nicht allzu stolz darauf sein. Aber jetzt will ich etwas anderes wissen. Nämlich wie man hineinkommt.«

Peter richtete sich langsam und wankend auf. Ein stechender Schmerz in der Brust hinderte ihn, tief Luft zu holen. Er mochte nicht darüber nachdenken, ob das von einer gebrochenen Rippe herrührte. Sein Kopf schien zu glühen. »Sie können die Höhle nicht betreten. Sie werden es niemals können.«

Ash Modai machte einen Schritt nach vorn und stieß dem noch gekrümmt dastehenden Peter eine Faust in den Magen. Stöhnend sank Peter auf die Knie. Ein dumpfer Schmerz breitete sich in seinen Eingeweiden aus. Er verkrampfte sich, wollte Luft holen, würgte und erbrach sich mit brennender Heftigkeit auf das Mosaik.

»Sie werden mir keinen Mist mehr erzählen, Herr Professor! Ich werde herausfinden, was ich wissen will. Schafft ihn weg!«

Peter nahm verschwommen wahr, wie ihn die beiden Männer, die ihn hereingeführt hatten, an den Oberarmen griffen und emporrissen. Sie zerrten ihn durch die Halle, und er bemühte sich, seine Füße dabei voreinander zu setzen.

Wie aus der Ferne hörte er die Stimme von Ash Modai: »Bringt ihn zur Empore im Saal und macht ihn dort fest!« Dann hatten sie den Feuerschein der Halle verlassen und tauchten in einen dunklen Gang ein.

Kapitel 18

10. Mai, Höhle bei St.-Pierre-Du-Bois

Stefanie fing ihren Sturz so geschickt es ging auf, konnte jedoch nicht verhindern, dass sie dabei auf Patrick landete, der rückwärts in den Durchgang gestürzt war und nun auf dem Boden lag.

Er lachte. »Gleich so stürmisch?«

Sie sagte nichts, stand auf und klopfte sich den Dreck von der Hose.

Patrick erhob sich ebenfalls. »Sehen Sie? Es ist nichts passiert! Ich wusste es! Der Durchgang ist offen.« Er blickte den Gang entlang und entdeckte das diffuse Leuchten hinter der nächsten Biegung. »Da ist es also... Kommen Sie, das muss ich mir ansehen!«

Langsam ging er auf die Lichtquelle zu, und sie folgte ihm dichtauf. Als er den Eingang der Kaverne erreichte, blieb er stehen. Blaues Licht, das von unten nach oben heller wurde, erfüllte die steinerne Grotte. Es bewegte sich in sanften Schleiern, wogte dahin, als sei es lebendig. Es hatte wahrhaftig eine Dichte, eine *Substanz*, wie Stefanie zu Recht beschrieben hatte, so als könne man es anfassen. Wenn einzelne Strahlen durch die Höhle wanderten, wirkte es glänzend und durchsichtig, an anderen Stellen war es fast trüb, so dass sich die gegenüberliegende Wand nicht erkennen ließ. Es hatte den Anschein, als stünde die Halle unter Wasser, und das Licht des Mondes schiene durch die Wellen hinab auf den Meeresboden.

»Es ist... wunderschön!«, hörte Patrick sich sagen.

Jetzt sah er auch die Lichtsäule, von der Stefanie erzählt hatte. Es war ein gerader Strahl, der von der Mitte der Höhle aus förmlich an die Decke emporloderte. Er war sehr hell, von fast reinem Weiß, und auch er hatte diese *lebendige* Qualität, waberte leicht, drehte sich. Einzelne Ströme waren darin zu erkennen, die sich geradezu bedächtig nach oben bewegten.

Ein Weg führte zu ihm hin. Mit dem Plan der Höhle vor Augen wusste Patrick, dass es der einzige Weg war, auf dem man in das Zentrum der konzentrisch angelegten Ringe gelangen konnte. Vorsichtig trat er einige Schritte vor und stand am ersten der drei Gräben. Im wechselnden blauen Lichtspiel war es nur undeutlich auszumachen, aber in etwa zwei Metern Tiefe war der Graben mit Wasser gefüllt. Ein Fest für jeden Höhlentaucher, zu erkunden, wie tief diese Gräben waren, was sich auf ihrem Boden verbarg, wie sie angelegt waren, wo sie hinführten und wo das Wasser herkam.

Patrick zögerte, vom äußeren Rand der Höhle aus nun den Weg zu beschreiten, der zur Mitte führte. Etwas mahnte ihn zur Vorsicht. Er ließ seinen Blick schweifen und suchte den Boden nach verräterischen Unregelmäßigkeiten ab, eingelassenen Klingen, die emporschnellen konnten, oder Mechanismen, die durch sein Gewicht ausgelöst würden. Er glaubte nicht an komplizierte Fallen, und dennoch fuhr etwas wie mit dürren Krallen durch seine Nackenhaare. Und dann sah er es: Das Licht bildete eine Grenze direkt an der Kante des ersten Grabens.

Das friedvoll wehende Lichtphänomen durchdrang mitnichten die gesamte Halle, sondern bildete gleichsam eine Kuppel, deren äußeren Rand sie noch nicht überschritten hatten. Sie standen weiterhin außerhalb des Lichtes, auch wenn der Schein überall zu sein schien. Doch es gab eine fast unmerkliche Grenze. Bei genauer Betrachtung war zu erkennen, dass der Stein hinter der Grenze ein klein wenig anders aussah. Und das war es, was Patrick Sorgen bereitete. Denn dort war der Boden nicht einfach heller oder dunkler, sondern wirkte je nach Lichteinfall merkwürdig unwirklich. Er bekam zeitweise eine leicht flirrende Oberfläche, wie bei einer Luftspiegelung, dann wieder wirkte er fast durchscheinend.

Patrick beschlich das ungute Gefühl, dass die Stille und Sanftmütigkeit dieser Höhle trog. Hier verbarg sich etwas, das weitaus größer war als jener erste Schritt, der ihn auf den Mittelgang führen würde. Hinter der Einladung, vorzutreten, lauerte etwas. Und Patrick hatte keine Vorstellung davon, was es sein könnte.

Dies ist die Gefahr, durch die Welten vernichtet wurden.

Welcher Natur war die Strahlung, die hier zu sehen war? War dies vielleicht eine Waffe? Eine Art Reaktor? Waren Menschen überhaupt dazu bestimmt, diese Grenze zu überschreiten? Vielleicht durfte dieses Licht nicht berührt werden, vielleicht schützte es das Innere der Kreise, vielleicht musste man es zunächst irgendwie *ausschalten*?

Je mehr Patrick darüber nachdachte, desto weniger feindselig kam ihm die Erscheinung vor. Denn gleichzeitig wirkte sie beruhigend und verheißungsvoll. Möglicherweise war es einfach nur die Fremdartigkeit des Phänomens, die so bedrohlich wirkte und derart zwiespältige Gefühle hervorrief.

Vorsichtig streckte Patrick eine Hand aus und berührte die Grenze des Lichts.

Nichts ließ sich mit den Händen greifen, auch die Temperatur veränderte sich nicht. Es schien nicht mehr als Licht und Luft zu sein. Und doch ließ sich nun auf seinen Fingern derselbe Fata-Morgana-Effekt beobachten wie auf den Steinen.

Stefanie war dicht herangetreten und verfolgte das Geschehen. Patrick sah sie an.

»Hier ist wieder so ein Übergang«, sagte er.

»Ja, sieht so aus...«

»Wie beim Durchgang, nur anders. Eine Grenze in der Luft.«

»Und jetzt? Sie wollen doch wohl nicht etwa da rein?«

»Ich bin mir nicht sicher... man kann es berühren...«

»Das kann man die Schwärze im Durchgang auch. Und was passieren kann, haben Sie ja am eigenen Leib kennen gelernt.«

»Ja, aber nun scheint es ja offen zu sein. Vielleicht kann man hier jetzt auch einfach durch.«

»*Vielleicht?* Wollen Sie das riskieren?«

»Jetzt sind wir so weit gekommen.«

»Ich kann nur hoffen, dass Sie das nicht ernst meinen! Auch wenn ich Ihre Neugier nachvollziehen kann, ist das doch wohl kaum... PATRICK!«

Es traf ihn mit der Gewalt eines Orkans.

Mit einem kleinen Schritt hatte er die Grenze überquert und stand nun unvermittelt in einem gleißenden Sturm aus Bildern, getrieben von einer kreischend lauten Kakophonie aus Klängen, Geräuschen und Stimmen. Ohnmächtig durchspülten ihn unermessliche Eindrücke – aus zahllosen fremden Ländern und fernen Zeiten zugleich, Menschen, Tiere, Bauwerke, Sprachen und Gesänge, alles wirbelte in einem infernalischen Orchester durcheinander, drang durch jedes Tor und jede noch so kleine Fuge seiner Wahrnehmungsfähigkeit in sein Mark. Es vergewaltigte seine Sinne, nahm ihnen Unschuld, Willen und Widerstand, brandete in einer dröhnenden Flutwelle an seinen Verstand, zerschlug donnernd den letzten Wall und verschlang alles in einer Sintflut der Sinne und des Geistes.

Kraftlos sank Patrick auf die Knie. Alles verschwamm in Dunkelheit.

Finsternis. Stille.

Unfähig, sich zu bewegen, gefangen auf dem Boden der Tiefsee, in einem mentalen Unterseeboot, dessen Schotten geflutet waren, schien selbst die Zeit ihren Atem anzuhalten.

Und dann blieb sie stehen.

Keine Zeit, kein Licht, kein Ton.

So trieb er durch das Nichts, als er in der Ferne ein feines blaues Funkeln ausmachte. Es verschwand, wenn er es ignorierte. Dann kehrte wieder Ruhe ein. Doch es glimmte stets erneut auf. Wenn er seine Aufmerksamkeit darauf richtete, wuchs es an. Er missachtete es, und es schrumpfte wieder. Eine Weile vergnügte er sich daran, das Licht wachsen und verschwinden zu lassen. Er wollte sich gerade davon abwenden, als sich dem kleinen Licht eine leise Stimme hinzugesellte. Je mehr er sich anstrengte, zu hören, was sie sagte, desto lauter wurde sie. Und mit ihr schwoll das Licht an, und schon bald gab es kein Zurück mehr. Er raste mit zunehmender Geschwindigkeit nach oben.

Mit brennenden Lungen und letzter Kraft brach er durch die Oberfläche. Stöhnend atmete er aus und sog sich die Lungen voll mit frischer Luft. Leben spülte durch seine Adern, durch seine Nerven. Er schlug die Augen auf. Sanftes blaues Leuchten umfing ihn.

»Patrick! Da sind Sie ja!«

Er sah in Stefanies Gesicht. Nie war sie ihm schöner vorgekommen. Und gleichzeitig wirkte sie plötzlich entrückt, erhaben. Mit einem Mal spürte er ihre Andersartigkeit so intensiv, dass es ihn sexuell erregte. Die Erektion war jedoch schmerzhaft, und sie war nicht mit Lüsternheit und Begierde verbunden, sondern im Gegenteil mit Ehrfurcht – wie vor einem höheren, heiligen Wesen.

»Geht es Ihnen gut? Alles wieder in Ordnung?«

Patrick erinnerte sich, wo er sich befand und was geschehen war. Er saß auf dem Boden der Höhle, das Licht umspielte ihn von allen Seiten, ihm schien nichts zu fehlen. Anders als beim ersten Mal, als er den Kopf durch den Durchgang gesteckt hatte, spürte er keine Nachwirkungen. Neben ihm kniete Stefanie, ihre Hand lag auf seiner Schulter. Und etwas hatte seine Wahrnehmung von ihr entscheidend verändert. Die Tatsache, dass sie ihn anfasste, allein der bloße Gedanke an ihre Berührung löste ein drängendes Pochen in seinen Lenden aus, und zugleich erkannte er, dass er es niemals wagen würde, sie zu berühren. Dass überhaupt kein Mann in der Lage wäre, sie jemals zu berühren.

Unbeholfen stand er auf und bemühte sich, mit der linken Hand unauffällig seinen Schoß zu bedecken. Stefanie tat so, als bemerkte sie es nicht, doch sie ließ seine Schulter dabei nicht los. Und Patrick spürte unwillkürlich, dass das so sein musste.

Denen zugänglich, die Bewahrer der Mysterien sind.

Sie war eine Hüterin der Geheimnisse, daher hatte sie den Durchgang passieren können. Und bei Patricks Sturz hatte sie ihn ebenfalls berührt, als sie versucht hatte, ihn zurückzuhalten. Dadurch war er nicht zu Schaden gekommen. Und nun, in dieser blauen Kuppel, musste er sich von ihr berühren lassen, wenn er nicht auf der Stelle den Verstand verlieren wollte.

Er sah sich um. Und sein Atem stockte.

Die Luft um ihn herum war erfüllt von Bildern. Wohin er auch blickte, sah er Tiere, Menschen, Gegenstände, Bauwerke, ja ganze Städte und Landschaften. Die Bilder bewegten sich, flossen ineinander, schienen bald durchsichtig und schemenhaft, bald unerträglich real und greifbar. Es waren keine toten Abbildungen, sondern animierte Szenen, die einander in einem beständigen Strom durchdrangen. Und wie die merkwürdigen visuellen Artefakte, die sich beim Reiben auf dem Augapfel einbrannten, so waren sie nur aus dem Augenwinkel zu beobachten. Sobald Patrick versuchte, sie direkt anzusehen, verschwammen und zerflossen sie. Als wäre diese Reizüberflutung nicht genug, wurden alle Objekte und Schauplätze von offenbar dazugehörigen Klängen begleitet. Von allen Seiten drangen unirdisch anmutende Musikfetzen, unverständliche Bruchstücke fremdsprachiger Gespräche und Geräusche jeder Art und Lautstärke auf ihn ein. Patrick stand inmitten eines albtraumhaften, multimedialen Basars. Hektischer, bunter, lauter und eindringlicher als alles, was er je zuvor erlebt hatte.

»*Mon Dieu*... Was ist das?!« Seine Stimme kam ihm verhalten und fremd vor.

»Ich sehe es auch«, sagte Stefanie. »Es ist atemberaubend!«

»Einiges kann man fast berühren! Und es ist so schnell! Man kann kaum erfassen, um was es sich handelt...«

»Erkennen Sie irgendeine Struktur? Eine Logik?«

Patrick streckte eine Hand aus, doch sie fuhr durch das stürmende Panoptikum der Bilder hindurch wie durch Luft. »Ich wäre froh, wenn ich überhaupt irgendetwas mal in Ruhe ansehen könnte!«

»Aber irgendeinen Sinn muss es doch haben... vielleicht wiederkehrende Motive?«

»Stefanie, wenn ich irgendwelche Motive erkennen könnte... warten Sie mal. Doch. Da ist etwas, dort drüben, sehen Sie?«

»Was meinen Sie?«

»Jetzt ist es schon wieder weg.« Er sah sich um. »Aber dort wieder... Sind das nicht Pyramiden?«

Stefanie sah in die Richtung, in die Patrick deutete. »Ich kann nichts erkennen...«

»Doch, ganz bestimmt.« Das Bild war plötzlich aufgetaucht und in einem Lidschlag wieder entschwunden, aber es hatte einen bleibenden Eindruck vor seinem inneren Auge hinterlassen. Er kannte dieses Motiv nur zu gut. Zwei große und eine kleinere Pyramide: Es war der berühmte Postkartenblick auf das Plateau von Gizeh. Und als er sich dieses Bild vergegenwärtigte, tauchte es erneut auf, diesmal näher und weniger schemenhaft.

»Da ist es wieder!«

»Was meinen Sie?«

»Na sehen Sie doch, direkt hier vorne, es ist...« Er hielt inne. Im Raum vor ihm wirkte die Sicht auf die Pyramiden jetzt fast greifbar, als würde er direkt vor ihnen in der Luft schweben. Das Bild wurde immer klarer, die Farben voll und lebendig, das Szenario saugte ihn regelrecht auf, und die umgebenden Bilder und nebelhaften Höhlenwände entschwanden. »Sind Sie noch da?«, fragte er, mehr zu sich selbst, denn er wagte nicht, den Blick zu lösen und sich nach Stefanie umzusehen.

»Ja«, hörte er sie.

»Das ist doch unglaublich, oder? Was passiert jetzt?«

»Was meinen Sie?«

»Sehen Sie es denn nicht?«

»Ja, Bilder, überall um uns herum.«

»Nein, die Pyramiden! Direkt vor mir, und ich...« Wieder stockte er. Das Bild entsprach zwar im Prinzip dem Anblick von Gizeh, allerdings mit einem entscheidenden Unterschied: Die mittlere der Pyramiden, die Chephren-Pyramide, war vollkommen intakt, das typische Band der abgelösten Verkleidungsblöcke war nicht zu sehen, und auch die Cheops-Pyramide zeigte sich mit ihrer ursprünglichen Verkleidung aus weißem Kalkstein, inklusive des schon lange fehlenden glänzenden Abschlusssteins auf der Spitze. Dies war nicht das Plateau von Gizeh, wie es heute aussah. Dies war ein Blick in die Vergangenheit!

»Welche Pyramiden?«, hörte er Stefanie fragen. »Offenbar sehen Sie etwas anderes als ich. Beschreiben Sie es!«

»Direkt vor mir ist die Cheops-Pyramide. Und sie sieht aus, als wäre sie gerade erst erbaut worden.«

»Ja... jetzt ist sie auch vor mir erschienen. Aber nur schemenhaft. Beschreiben Sie weiter!«

»Sie ist wunderbar glatt und weiß... und weiter unten sieht man Menschen... da sind Gebäude! Eine ganze Stadt, Hütten aus Lehm und Palmwedeln...«

»Je mehr Sie erzählen, desto mehr Details kann ich auch erkennen. Als ob Sie es erscheinen lassen... Sehen Sie noch mehr? Was tun die Menschen?«

Patrick konzentrierte sich auf das Treiben zu Füßen der Großen Pyramide, und schon rauschte das Bild auf ihn zu. Plötzlich befand er sich auf Bodenhöhe, inmitten der Menschen, die ihren Geschäften nachgingen. Unverständliche Gespräche umgaben ihn, irgendwo rief jemand etwas, aus einer anderen Richtung klang ein Hämmern herüber.

»Ich bin jetzt mittendrin. Ich kann den Menschen ins Gesicht sehen. Sie sind überall um mich herum. Verschwitzt, staubig, sie unterhalten sich, dort drüben ist eine Hütte. Und an der Wand steht ein Wagen!«

»Ich sehe es auch«, ertönte Stefanies Stimme aus dem Nichts und doch aus unmittelbarer Nähe, »aber immer erst, nachdem Sie es erwähnt haben... Vielleicht gibt es eine Verbindung? Vielleicht steuern Sie unbewusst diese Bilder?«

»Ich weiß nicht...«

»Versuchen Sie, sich auf den Wagen zu konzentrieren. Zeigen Sie ihn mir.«

»Also gut, der Wagen. Er ist...« Noch während Patrick redete, schien der Wagen hautnah auf ihn zuzukommen. Die Umgebung verblasste, der ganze Blick war nur noch auf das Gefährt gerichtet. »Es ist eine Art zweirädriger Karren, wie man ihn hinter ein einzelnes Pferd spannen würde...«

»Ich sehe ihn! Patrick, Sie lenken die Bilder!«

»Ja, irgendwie... wenn ich mich auf etwas konzentriere... wie dieser Wagen... Sehen Sie sich die einfache Konstruktion an. Hohe Effektivität mit minimalem Aufwand. Das Prinzip hat sich fast viertausend Jahre lang nicht geändert, bis zur industriellen Revolution...« Das hölzerne Gefährt wandelte sich bei diesen Gedanken in ein unbeholfenes Vehikel mit großen Stahlrädern und einem Schornstein. Es war eine Dampfmaschine geworden. Patrick beobachtete die Veränderung mit Staunen. Hatte er gerade einen Zeitsprung gemacht? Oder sah er nur Bilder, die sein eigenes Gedächtnis produzierte? Eine solche Dampfmaschine hatte er natürlich schon einmal gesehen, aber da war diese Detailfülle! Er konnte sogar Risse im schwarzen Lack erkennen. Es war wie ein hyperrealistischer Traum.

»Der Wagen ist verschwunden«, sagte Stefanie. »Was tun Sie?«

»Ich habe an etwas anderes gedacht und nun...« Er versuchte sich zu beruhigen. Wenn er die Bilder allein durch seinen Willen erscheinen lassen konnte, war es ihm vielleicht auch möglich, Stefanie daran teilhaben zu lassen, ohne es ihr zu beschreiben. Er vergegenwärtigte sich ihre Berührung, ihr engelgleiches Wesen, stellte sich ihr Gesicht, ihren Körper neben sich vor. Und dann stand sie unvermittelt neben ihm, war Teil des Ganzen geworden. Zu zweit schienen sie nun in einem undefinierten Raum zu schweben, der auf jeden konkreten Gedanken reagierte, und vor ihnen, einer holographischen Projektion gleich, befand sich die Dampfmaschine.

»Patrick! Sie beherrschen die Höhle!«

»Ich glaube nicht, dass ich hier wirklich etwas beherrsche... Die Höhle und das Licht, es scheint irgendwie zu leben, steht mit meinen Gedanken im Kontakt. Ich kann es ein wenig lenken, aber ich weiß nicht, um was es hier geht. Was ist der Sinn, der Zweck? Wo kommt das alles her? Und ich bin sicher, dass ich die Kontrolle vollständig verlieren würde, wenn Sie jetzt meine Schulter losließen.«

»Mag sein. Vielleicht diene ich als eine Art Katalysator...«

»Ja, das wäre eine Erklärung... Obwohl das natürlich eine ziemlich miserable Erklärung dafür ist, was hier tatsächlich passiert!«

Stefanie musste lachen.

»Was zeigt einem die Höhle wirklich?«, fragte Patrick. »Wie weit kann man das Spiel treiben? Mal überlegen, wie haben sich die Autos denn weiter entwickelt...« Die Dampfmaschine vor ihren Augen erfuhr eine plötzliche Wandlung, die Umrisse verschwammen, ein dahineilendes Wirrwarr aus

Rädern, Streben und anderen mechanischen Bauteilen trat an die Stelle der Dampfmaschine, und dann kristallisierte sich eine neue Form heraus. Sie wurde allmählich deutlicher, und bald war ein anderes Gefährt zu sehen, das im Wesentlichen aus großen Stahlreifen, einem Gestänge mit hölzerner Sitzbank und einem klobigen, großen Motor bestand.

»Ja, es klappt!«, rief Patrick. »Ich habe nicht ausdrücklich an diesen Wagen gedacht, er hat sich von allein gebildet. Die Höhle kennt den alten Benz!«

»Was meinen Sie damit?«

»Ich versuche herauszufinden, ob die Höhle nur das abbildet, an das ich gerade denke, ob sich also lediglich meine eigenen Gedanken manifestieren. Aber es scheint so, als ob ich nur die Richtung lenke und die Bilder woanders herkommen.«

»Wo sollen sie denn herkommen?«

»Na, was weiß denn ich? Aber könnte das hier nicht so etwas wie eine Art Bilder- oder Filmarchiv sein? Oder eine Art Lexikon? Ich meine, immerhin haben wir die Höhle doch als ›Höhle des Wissens‹ betrachtet.«

»Aber vielleicht haben Sie unterbewusst an diesen Wagen gedacht? Offenbar kennen Sie ihn ja wohl.«

»Sie haben Recht… aber wie sollte man auch an etwas denken, das man nicht kennt?«

»Eigentlich tut man das doch immer, wenn man eine Antwort sucht.«

»Sie meinen…«

»Ja, wenn Sie sich nicht treiben lassen oder in Ihren eigenen Gedanken herumstöbern, sondern eine Frage haben und etwas erfahren wollen.«

»Gute Idee… etwas Einfaches, Ungeklärtes… die merkwürdigen Faxe vielleicht? Wo kommen sie her? Wer ist ›St. G.‹?« Während er sprach, wurden die beiden Papiere sichtbar. Im Raum vor sich erkannte er die einzelnen Buchstaben, sah die Maschine, aus der sie gekommen waren, hörte seine eigene

Stimme: ›*Sie wurden in einem Postamt in Morges in der Schweiz aufgegeben.*‹ Dann wurde ein Geschäftsraum sichtbar, polierter Steinfußboden, einzelne Schalter, wartende Menschen mit Briefen und Päckchen. Anschließend zog sich der Blick aus dem Inneren des Gebäudes nach außen zurück, wie eine rückwärts führende Kamerafahrt. Eine Stadt wurde sichtbar, modern, aber hier und dort von schmalen und verwinkelten Gassen durchzogen, die noch immer ihrem ursprünglichen, mittelalterlichen Verlauf folgten. Bald kam eine kleine Burg ins Bild, die fast künstlich aussah und völlig quadratisch, mit vier Türmen an den Ecken. Sie stand direkt an einem Yachthafen. Segelboote und Schwäne waren auszumachen. Es sah eher nach einem See als nach dem Meer aus. Wenn dies Morges war, so überlegte Patrick, musste es der Genfer See sein. Die Perspektive entfernte sich nach oben, und plötzlich verschwamm die Landschaft, als werde sie seitlich weggezogen. Als sich das Bild wieder schärfte, war ein herrschaftliches Anwesen zu erkennen. Das Grundstück reichte direkt an das Ufer des Sees. Große gepflegte Rasenflächen und ein Park mit einigen wenigen hohen Bäumen waren zu erkennen. Und inmitten des Parks stand eine zweistöckige Villa, auf die der Blickwinkel sich nun verjüngte. Der Bildausschnitt führte in einer rasanten Schleife um das Herrenhaus herum, die Einfahrt hinauf und zum Tor. Dort heftete er sich schließlich an ein Schild aus Messing, das in einen Pfeiler gleich oberhalb eines Klingelknopfes eingelassen war. Gravierte Buchstaben schälten sich aus der Oberfläche:

Steffen van Germain

»Das gibt's doch nicht«, entfuhr es Patrick.

»Das hat die Höhle also nicht aus Ihrem Gedächtnis geholt?«

»Nein, meine Güte, wie auch? Ich habe diesen Namen noch nie gehört. Aber es scheint unser ›St. G.‹ zu sein. Und die Stadt habe ich auch noch nie gesehen. Das muss Morges gewesen sein! Ist das nicht unglaublich? Ob die Höhle einem alle Fragen auf diese Weise beantworten kann? Stellen Sie sich das mal vor!«

»Ich bin gespannt, was Peter dazu sagen wird.«

»Peter, natürlich! Den hatte ich ganz vergessen. Wir müssen ihn unbedingt holen.« Bei diesen Gedanken lösten sich die Bilder augenblicklich auf, und das sanft wabernde blaue Licht trat an ihren Platz. Es war, als würden sie aufwachen. Für einen Moment fühlte sich Patrick orientierungslos. Das Licht um ihn herum war viel heller, als er es in Erinnerung hatte. Und plötzlich sah er, dass er direkt vor der Lichtsäule stand, die im Zentrum der Höhle in die Höhe strahlte. Anscheinend war er unbemerkt weitergelaufen – glücklicherweise, ohne dabei in einen der Gräben zu stürzen. Neben ihm stand Stefanie, noch immer mit der Hand auf seiner Schulter. Auch sie hatte sich also bewegt. Sie befanden sich beide im inneren Kreis der Höhle. Es war eine Plattform von etwa zehn Metern Durchmesser. In der Mitte befand sich ein steinernes Podest, etwa hüfthoch, von dem die Lichtsäule ausging.

Das Licht stieg bedächtig und sanft nach oben. Hellere und dunklere Strömungen waren darin zu erkennen. Die Tatsache, dass es dabei keinerlei Geräusch von sich gab, verlieh dem Phänomen eine seltsame Wärme und Weichheit. Das Absonderlichste aber war die eigentliche Quelle des Lichts. Denn es war nicht das Podest selbst, das diese Strahlung aussandte, sondern das, was auf dem Podest stand.

Es war ein Kopf. Doppelt so groß wie ein natürlicher Schädel, glänzend, leicht spiegelnd und offenbar aus einer Art rotgoldenem Metall gefertigt. Die Gesichtszüge waren nur angedeutet, doch es mochte der stilisierte Kopf eines Mannes sein, zumindest falls der längliche Fortsatz am Kinn einen Bart darstellte. Er trug eine eigentümliche Frisur. Vielleicht war es auch eine Mütze oder etwas anderes, aber es war geformt wie ein Paar Stierhörner.

»Was zum Teufel...«, brachte Patrick hervor.

»Ich denke nicht, dass man das anfassen sollte«, sagte Stefanie.

»Keine Sorge, das hatte ich auch nicht vor... Aber sehen Sie mal...« Er beugte sich näher heran. »Was ist das nur? Kupfer ist es nicht... irgendeine Legierung. Könnte goldhaltig sein. Und diese Kopfform... Ich habe so etwas noch nie gesehen. Es sieht keiner westlichen Kultur ähnlich. Wirkt eher orientalisch...«

»Patrick... ich denke wirklich, wir sollten zu Peter zurück. Ich habe ein ungutes Gefühl.«

Patrick sah auf und verharrte einen Augenblick. »Sie haben Recht... Mir geht es plötzlich auch so! Los!«

Mit eiligen Schritten machten sie kehrt und gingen den Weg zurück, bis sie die Öffnung in der Felswand erreichten, die sie aus der Kaverne und zurück zum Durchgang führte, wo sie Peter zurückgelassen hatten.

Patrick konnte nicht sagen, was diesen Instinkt plötzlich ausgelöst hatte, doch er war sich sicher, dass etwas passiert war. Hinter der Biegung des Gangs sah er sofort, dass der Engländer nicht da war. Stefanies Hand fiel von seiner Schulter ab, als er vor ihr in den Höhlenraum mit den Inschriften rannte. Auch hier war keine Spur vom Professor zu sehen.

»Peter! Wo sind Sie?!«

Stefanie trat neben ihn. »Er ist nicht freiwillig gegangen«, stellte sie fest.

»*Merde!*«

»Monsieur? Madame?« Sie fuhren herum, als ein vom Regen durchnässter Mann durch den Eingang und in das Licht der Scheinwerfer in der Höhle trat. Es war einer der Ranger. »Es gibt da ein Problem.«

Die Bilder auf dem Überwachungsmonitor warfen einen unwirklichen Schein auf die Gesichter von Stefanie und Patrick.

Zum zweiten Mal sahen sie sich die Szene an. Das Farbspektrum der Wärmebildkamera verfremdete den Wald in eine schwarzblaue, leblose Landschaft. Dann tauchte plötzlich zwischen den Bäumen ein gelblicher Fleck auf. Nicht sehr groß, aber deutlich. Wie ein Geist schwebte er in der Mitte des Bildes durch die Luft. Er verschwand am Bildrand, dann übernahm eine andere Kamera das Objekt und zeigte es aus einem anderen Blickwinkel. Der Fleck wanderte noch ein Stück und blieb dann scheinbar in der Luft hängen. Und nun verformte er sich, dehnte sich aus, wurde größer, mit zwei Enden, die nach unten hingen. Das gebogene Objekt nahm weiter Konturen an, wurde zur Mitte hin orangefarben, und dann war zu erkennen, dass es sich um den Körper eines Menschen handelte, nach vorn gebeugt, als wolle er mit den Fingern seine Fußspitzen berühren. Ein zweiter Monitor zeigte dieselbe Einstellung und laut der eingeblendeten Daten in der Fußzeile auch denselben Augenblick. Es waren die Bilder einer regulären Kamera. Da es inzwischen dunkel geworden war, war hier währenddessen nur das undifferenzierte Schwarz des Waldes zu sehen. Doch als auf dem Wärmebild-Monitor ein neuer, schnell größer werdender roter Fleck erschien, tat sich jetzt auch hier etwas: Ein gelbes Paar Lichter schien zwischen den Baumstämmen hervor. Ein Auto näherte sich. Da es auf die Position der Kamera zufuhr, blieb das, was die Scheinwerfer anstrahlten, nur als Schatten vor dem Licht auszumachen. Dennoch wurde nun deutlich, dass im Vordergrund ein Mann stand. Er trug offenbar einen Mantel mit Kapuze, denn er bildete nur einen gleichförmigen Umriss, ohne Details erkennen zu lassen. Dieser Mann war auf dem thermographischen Bild überhaupt nicht sichtbar, wohl aber das Bündel, das er über der Schulter trug: einen regungslosen Körper.

Peter!

Der Wagen stoppte. Es war ein kleiner Lieferwagen. Das Licht wurde ausgeschaltet. Nur einer der Bildschirme zeigte noch, was vor sich ging: Der Körper wurde zur Ladefläche getragen und eingeladen. Dann gingen die Lichter wieder an, der Wagen wendete und fuhr den gleichen Weg zurück, den er gekommen war. Zurück blieb der Wald, bewegungslos und dunkel.

»Wir haben bereits ein Spurensicherungsteam da draußen«, sagte der Ranger, »anhand der Wärmesignatur und den Lichtern identifizieren wir gerade den Wagen.«

»Wie konnten Sie ihn nur entwischen lassen?!«, fragte Patrick.

»Er war *unsichtbar*, Monsieur...«

»Ach, erzählen Sie doch keinen Quatsch! Irgendein Herkules steigt den Berg hinauf, wirft sich den Professor über die Schulter, klettert wie eine Gämse wieder herunter und verschwindet dann wie der Weihnachtsmann? Genauso gut hätten Sie auch eine ganze Marschkapelle vorbeiziehen lassen können!«

»Sie haben doch selbst gesehen...«

»Alles, was ich gesehen habe«, unterbrach ihn Patrick barsch, »ist, dass Ihre Überwachungseinrichtungen ungenügend sind! Und wie lange benötigen Sie, um zu identifizieren, dass das ein VW-Bus gewesen ist? Der ist doch inzwischen bestimmt schon hundert Kilometer weit weg.«

»Monsieur, bei allem Respekt, wir tun unser Bestes.«

»Mir ist Ihr Bestes aber nicht gut genug! Kommen Sie, Stefanie, wir fahren ins Hotel!«

Sie verließen den Container, liefen durch den Regen zum Wagen und waren kurz darauf auf dem Weg.

»Was haben Sie jetzt vor?«, fragte Stefanie.

»Wir rufen Elaine an. Die Kameraden da im Wald scheinen ja ganz groß in der Observation der landschaftlichen Idylle zu sein, aber das Lernvideo ›Wie sichere ich ein Gelände – Teil eins‹ haben sie wahrscheinlich mit einem Porno überspielt.«

Grimmig sah er auf die Straße. Er merkte, dass sie ihn ansah.

Flüchtig blickte er zu ihr hinüber. Ihre Augen wirkten traurig, betrachteten ihn jedoch sanft, verständnisvoll, und noch immer kam ihm ihre Erscheinung überirdisch vor, strahlend und voll warmen Mitgefühls. »'tschuldigung«, murmelte er und versuchte, sich wieder auf die nasse Fahrbahn zu konzentrieren und darauf, was er Elaine sagen würde.

Der Förster von St.-Pierre-Du-Bois stand im Foyer des Hôtel de la Grange und unterhielt sich mit der Dame an der Rezeption.

»Nein, es ist doch noch Schonzeit, Nadine. Höchstens Kaninchen. Ich versuche, diese Woche ein paar vorbeizubringen, ja?«

»Das wäre schön, Fernand! Du weißt doch, dass wir uns immer darüber freuen.«

»Sicher... ich werde sehen, was ich tun kann. Aber weshalb ich hier bin: Kannst du mir sagen, wo die Forscher sind?«

»Du meinst den Engländer, die Frau und Monsieur Nevreux, aus der Suite? Die sind heute Nachmittag losgefahren.«

Levasseur blickte auf die Uhr. Es war spät. Draußen war es bereits dunkel geworden.

»Weißt du, wohin? Oder wann sie zurückkommen?«

»Nein, tut mir Leid. Willst du ihnen eine Nachricht hier lassen?«

»Hm... ja, warum nicht.«

Die Rezeptionistin reichte ihm einen Block und einen Bleistift. Der Förster wollte gerade ansetzen, als er die Eingangstür hörte und Patrick und Stefanie eintreten sah. Sogleich wandte er sich ihnen zu.

»Madame, Monsieur! Kann ich Sie kurz sprechen?«

»Monsieur Levasseur, das ist gerade ein äußerst schlechter Augenblick!« Patrick wollte an ihm vorbeistürmen, als ihm etwas einfiel. Er blieb stehen. »Moment mal... eine Frage: Sie haben nicht zufällig vor etwa zwanzig Minuten oder einer halben Stunde einen VW-Bus gesehen? Der aus dem Wald kam, die Straße zur Absperrung herunter?«

»Nein, tut mir Leid...«

»Na gut. Danke. Kommen Sie, Stefanie.« Er wandte sich ab und ging zum Treppenaufgang.

»Aber Monsieur, ich muss mit Ihnen reden!«

»Wir haben jetzt wirklich keine Zeit«, erklärte Stefanie. »Wir müssen ein paar dringende Anrufe erledigen. Könnten Sie vielleicht morgen früh wiederkommen?« Etwas im Blick des Försters ließ sie erkennen, dass er nur ungern länger warten wollte. »Oder wissen Sie was: Geben Sie mir doch Ihre Nummer. Wenn wir es schaffen, melden wir uns heute noch. Andernfalls kommen Sie doch gleich morgen um acht zum Frühstück.«

»Gut...« Er holte eine Visitenkarte aus seiner Brieftasche. »Es wäre aber schön, wenn es heute noch ginge. Es geht um Ihre Forschungen...«

Sie nahm die Karte entgegen. »Danke. Wir bemühen uns. Auf Wiedersehen, Monsieur.« Dann folgte sie Patrick.

Der Förster stand einen Augenblick unentschlossen da. Dass sie nicht begeistert waren, ihn zu sehen, hatte er nicht anders erwartet. Aber eigentlich hatte er sich nicht derart abwimmeln lassen wollen. Ob tatsächlich etwas vorgefallen war? Aber wen konnten sie schon um diese Uhrzeit noch anrufen? Ihm kam eine Idee.

»Nadine, ihr habt doch sicherlich eine zentrale Telefonanlage, oder?«

»Ja, haben wir.«

»Hör zu: Es ist ganz wichtig, dass ich herausfinde, wen sie anrufen. Ist das möglich? Oder noch besser, kann man in die Gespräche reinhören?«

»Fernand! Das geht doch nicht!«

»Nun komm schon. Es ist wichtig. Du weißt, dass mich Fauvel ausdrücklich dazu beauftragt hat. Das weißt du doch, oder?« Er sah ihre ungläubigen Augen. »Na, dann weißt du es jetzt. Es geht um eine ganz große Sache. Das sind Fremde, und sie betreiben merkwürdige Untersuchungen im Wald. Wenn wir da nicht aufpassen, nehmen die uns hier alles weg. Das Hotel hier haben sie bereits gekauft! Oder wusstest du das auch nicht?«

»Schon...«

»Na siehst du! Du musst mir helfen! Wir müssen herausfinden, was die machen, wen sie anrufen! Also geht das mit der Telefonanlage?«

»Ich weiß nicht... vielleicht.«

»Lass es uns versuchen.«

»Gut... komm her.«

Er ging um den Tresen der Rezeption herum und steuerte das dahinter liegende Büro an.

»Fernand!«

Der Förster zuckte zusammen und fuhr herum. Es war René, der Koch des Hotels, der gerade durch das Foyer ging und sie entdeckt hatte.

»Na, ihr beiden Hübschen? Wo wollt ihr denn hin?« Er lachte und trat näher. »Lange nicht gesehen! Wann bringst du mal wieder was mit?«

Fernand schüttelte ihm die Hand. »Hallo, René! Diese Woche noch, einverstanden? Das musste ich Nadine auch schon versprechen. Aber nur, wenn es wieder Rotweinsauce gibt. Deine letzten Kaninchen in Rosmarinkruste, oder was es war, haben mir überhaupt nicht geschmeckt!«

»Ja, ja, was der Bauer nicht kennt...« Der Koch lachte erneut. »Ich zähl auf dich!« Dann ging er weiter. Der Förster nutzte die Gelegenheit, ins Büro zu schlüpfen. Nadine folgte ihm und schloss die Tür hinter ihnen. Sie setzte sich an einen Computer, nahm ein paar Einstellungen vor und zeigte dann auf einige Symbole auf dem Bildschirm.

»Das sind ihre Anschlüsse. Wenn sie aktiv werden, beginnen sie zu blinken. Dann kannst du sie anklicken und das Gespräch über diese Lautsprecher hier mithören. Die Nummer wird dort angezeigt. Alles klar? Aber nur einmal anklicken, nicht mehrfach, das hört man in der Leitung.«

»Gut, verstanden.«

»O. k., setz dich. Marlène kommt etwa in einer halben Stunde, dann musst du gehen. Ich sag dir Bescheid.«

»Danke, Nadine! Ich schulde dir was!«

»Ich werde dich daran erinnern«, sagte sie und zwinkerte ihm zu. Dann verließ sie das Büro und ließ ihn allein vor dem Rechner sitzen.

Stefanie brachte eines der Fenster in Kippstellung. Zwar regnete es draußen, aber Patrick hatte sich wieder mal eine Zigarette angesteckt. Er saß bereits an ihrem Konferenztisch und nahm den Hörer in die Hand. Dann zögerte er.

»Was ist?«, fragte Stefanie.

»Wir sind von Anfang an beobachtet worden, und jetzt die Sache mit Peter. Wahrscheinlich ist es keine gute Idee, jetzt in Genf anzurufen. Ich bin mir ziemlich sicher, dass diese Leitungen hier angezapft sind.«

»Aber wer würde so etwas tun?«

»Ich weiß es nicht.«

»Außerdem sind auch Informationen nach außen gedrungen, ohne dass wir telefoniert haben.«

»Ja, das stimmt...« Unschlüssig hielt er den Hörer in der Hand. »Ach, was soll's. Jetzt ist es sowieso zu spät, und wir haben keine Zeit zu verlieren!« Er wählte die Nummer ihrer Auftraggeberin in Genf. Er hatte den Lautsprecher eingeschaltet, so dass das Klingeln am anderen Ende der Leitung zu hören war. Dann nahm jemand ab.

»Monsieur Nevreux, nehme ich an?« Es war Elaine de Rosney.

»Ja, guten Abend. Woher wussten Sie...?«

»Ich kann Ihre Nummer auf dem Display sehen.«

»Aber es hätte auch Peter sein können.«

»Er würde um diese Uhrzeit nicht mehr anrufen. Sie haben Glück, dass Sie mich noch erreichen. Wie läuft das Projekt? Bereitet Ihnen der Bürgermeister noch Probleme?«

»Nein, wir haben nichts mehr von ihm gehört. Allerdings haben wir ein anderes Problem. Peter ist verschwunden, und wir vermuten, dass er entführt wurde.«

»Was ist passiert?«

Patrick nahm einen tiefen Zug von seiner Zigarette. »Peter, Stefanie und ich waren oben und haben die Höhle untersucht ...«

»Stefanie? Wer ist Stefanie?«

»Stefanie Krüger, die Sprachwissenschaftlerin.«

»Ich hatte Ihnen Eric Maarsen zugeteilt! Wo ist er? Und wer ist diese Frau Krüger?«

Stefanie nahm den Hörer in die Hand, obwohl man sie durch das Mikrofon des Gerätes auch so verstanden hätte. »Hier spricht Stefanie Krüger, Madame. Herrn Maarsen sind persönliche Gründe dazwischengekommen. Daher hat er den Auftrag an mich weitergegeben.«

Patrick sah sie skeptisch an.

»Das ist unerhört!«, klang es aus dem Lautsprecher. »Diese Daten waren ohne meine Zustimmung nicht weiterzugeben!«

»Ich versichere Ihnen, dass das Projekt bei mir in den besten Händen ist.«

»Ich weiß nicht, wer Sie sind, Frau Krüger, aber beten Sie, dass Sie Recht behalten! Wir sehen uns, da können Sie ganz sicher sein! Und wenn Sie dem Projekt oder mir in die Quere kommen, kostet Sie das Ihren Kopf, ich hoffe, das ist Ihnen klar!«

»Nun mal langsam, Madame«, mischte sich nun Patrick ein. »Schließlich haben wir gute Fortschritte gemacht. Und im Augenblick haben wir ganz andere Sorgen.«

»Ich werde Sie überprüfen lassen, Frau Krüger, machen Sie sich darauf gefasst! Und Sie, Monsieur Nevreux, bevor Sie mir mit Ihren Problemen kommen, möchte ich ein paar Ergebnisse sehen!«

»Wir haben die Höhle betreten.«

»Sie haben *was*?! Tatsächlich? Und was ist hinter dem Durchgang?«

»Noch eine Höhle.«

»Was soll das heißen, ›noch eine Höhle‹? Lassen Sie sich nicht die Würmer aus der Nase ziehen, Monsieur Nevreux. Ich dachte, Sie brauchen meine Hilfe. Also erklären Sie mir, was sich hinter dem Durchgang befindet. Und überhaupt: Wie sind Sie hineingekommen?«

»Also gut. Bei der Höhle handelt sich um eine Art Wissensarchiv. Wie es funktioniert, wissen wir noch nicht. Aber die Texte weisen auch darauf hin: ›*Dies sind die Archive des Wissens, denen zugänglich, die Hüter der Weisheit sind.*‹ Und aus kulturhistorischer Sicht sind Frauen Hüter der Weisheit. Tatsächlich kann man als Frau die Höhle betreten, oder wenn man als Mann von einer Frau berührt wird.«

»Ersparen Sie mir solche esoterischen Spinnereien, das passt nicht zu Ihnen, Sie sind Ingenieur. Entweder Sie erzählen mir jetzt die Wahrheit, oder Sie probieren es morgen noch mal. Ich habe jedenfalls keine Zeit für diesen Firlefanz.«

»Gut, dann glauben Sie es eben nicht. Jedenfalls befindet sich hinter dem Durchgang eine große Kaverne, die in der Lage ist, Wissen per Gedankenkontrolle zu vermitteln. Wahrscheinlich klingt Ihnen das jetzt auch schon wieder zu mystisch, es ist aber so. Man geht hinein, und alles, an was man denkt, erscheint als Bild in der Luft vor einem. Und wenn man eine Lösung sucht, dann ist die Höhle auch in der Lage, die Antwort zu visualisieren. Es wird also nicht nur das gespiegelt, was man bereits im Kopf hat.«

»Sind Sie sicher? Eine Beeinflussung durch bewusstseinsverändernde Stoffe ist ausgeschlossen? Pilzsporen oder Gase in der Luft?«

Patrick beobachtete, wie Stefanie ungeduldige Handbewegungen machte. Für den Fall, dass sie tatsächlich abgehört wurden, erzählte er viel zu viel. Außerdem musste er zum Punkt kommen: Peters Entführung. »Wie müssen die Ergebnisse noch verifizieren, und wir haben auch noch keine Ahnung, wer das gebaut hat und wie es funktioniert«, sagte er. Dabei dachte er an die Lichtsäule und den Kopf. »Möglicherweise eine uralte, unbekannte Kultur. Jedenfalls ist es nicht mittelalterlich, so viel steht fest. Aber als Stefanie und ich aus der Höhle herauskamen, war Peter verschwunden!«

»Was meinen Sie mit verschwunden? Kann er nicht einfach gegangen sein?«

»Nein, auf keinen Fall. Außerdem haben die Ranger ein paar merkwürdige Beobachtungen gemacht. Wir vermuten, dass er entführt und in einem VW-Bus verschleppt wurde.«

»Wann soll das gewesen sein?«

»Vor etwa einer halben Stunde.«

»Und gibt es Spuren von Gewalt?«

»Nein, aber eine Video-Aufnahme, die den VW-Bus zeigt.«

»Und man sieht deutlich, wie er darin entführt wird?«

»Nun…« Patrick dachte an die Wärmelichtaufnahmen. Er ahnte, dass es schwer werden würde, das Phänomen des Unsichtbaren nun mit Elaine zu besprechen, und dass dies wahrscheinlich in kurzer Zeit nirgendwohin führen würde. »Nein, eigentlich nicht.«

»Und ich vermute, ein Nummernschild des Busses haben Sie auch nicht?«

»Nein…«

»Also Ihre Fakten sind reichlich dünn. Ich schlage vor, Sie warten erst einmal, ob er heute im Laufe der Nacht noch auftaucht. Und sollte er am Morgen noch nicht da sein, melden Sie sich.«

»Na gut…« Patrick wurde klar, dass er bei Elaine im Augenblick nichts erreichen würde.

»Bis dahin können Sie sich Zeit nehmen, um einen ausführlichen Bericht für mich zu verfassen. Ich habe morgen einen Termin um neun und würde mir gerne vorher noch eine Stunde Zeit nehmen, ihn zu lesen. Und lassen Sie sich von dieser fragwürdigen Frau Krüger helfen.«

»Ja, verstanden.«

»Sehr schön. Also dann, einen schönen Abend noch.« Sie legte auf.

»Zuvorkommend, wie immer…«, sagte Patrick und legte den Hörer beiseite. Dann sah er Stefanie eine Weile an. »Wer sind Sie wirklich?«

»Sie können mir vertrauen, Patrick.«

»Elaine kennt Sie nicht.«

»Das stimmt. Wir haben uns auch nicht persönlich getroffen. Aber dennoch habe ich die Projektunterlagen erhalten, und ich helfe Ihnen!«

Patrick nickte stumm. Es war nicht vollkommen logisch, aber auf eine besondere Art *wusste* er es. Vielleicht log sie, was Elaine anging. Vielleicht gehörte sie tatsächlich nicht hierher, nicht in dieses Projekt, aber auf jeden Fall war sie auf der Seite der Guten – was auch immer das bedeuten mochte.

»Was machen wir jetzt mit Peter?«, fragte Stefanie.

»Wir haben nicht viele Anhaltspunkte. Aber ich möchte mich ungern auf die Ranger oder Elaine verlassen…«

»Haben Sie eine Vorstellung, wer ein Motiv haben könnte?«

»Inzwischen gibt es beunruhigend viele Leute, die von unserer Arbeit hier gehört haben. Und es waren auch einige unangenehme Gesellen dabei. Der Bürgermeister, der Förster… Aber beiden traue ich das nicht zu. Beängstigend fand ich diesen Spinner auf dem Symposium, von dieser Sekte, wie hieß sie noch?«

»›Hand von Belial‹?«

»Genau. Der schien mir ausreichend manisch veranlagt zu sein. Andererseits wissen wir nichts weiter über ihn.«

»Nun, das ließe sich ja herausfinden.«

»Wollen Sie wieder im Netz suchen?«

»Nein, aber Ihre Bekannte Renée, die von den Freimaurern. Sie war doch auch in Cannes. Wir könnten sie anrufen und fragen, was sie über die Sekte weiß.«

»Ja, gute Idee, warum nicht. Geben Sie mir die Nummer.«

Keine Viertelstunde später waren Patrick und Stefanie auf dem Weg nach Carcassonne. Renée Colladon hatte sich außerordentlich gesprächig gezeigt, nachdem sie ihr erzählt hatten, dass sie die Sekte von Ash Modai verdächtigten, für Peters Entführung verantwortlich zu sein. »Wenn Sie denen vom Fund Ihrer Höhle erzählt haben, wundert mich das nicht«, hatte sie gesagt. Sie schien die Satanisten und ihre Interessen und Gepflogenheiten mehr als nur oberflächlich zu kennen. Nicht nur die Drohungen waren ihr bekannt vorgekommen. Auch die Tatsache, dass diese Leute offenbar über Möglichkeiten verfügten, sich fast ungesehen fortzubewegen, war ihr bekannt. »Es gibt vieles, *Monsieur Ingénieur*, was Sie mit Ihrer Kenntnis von Mathematik und Technologie niemals erklären können.« Patrick war darauf nicht weiter eingegangen und hatte auch nicht mehr von ihrem Fund berichtet, dennoch war Renée bereit gewesen, ihnen ausführlich zu erläutern, dass sich die Sekte der »Hand von Belial« in verschiedene Verwaltungsbezirke aufteilte, die sie Fürstentümer nannte. Das Zentrum der westlichen Fürstentümer lag in Albi. In den weit verzweigten Katakomben unter der mittelalterlichen Stadt befand sich eine Anlage unbekannten Ausmaßes. Und Renée hatte ihnen einige der versteckten Eingänge genannt. »Ich rate Ihnen aber dringend ab, sich dort auf eigene Faust herumzutreiben«, hatte sie gesagt. »Die Satanisten schätzen es nicht, wenn man sie ungebeten besucht oder sie gar aus ihren Löchern treibt«, hatte sie erklärt. Sie seien zu allem fähig, wären kriminell und niederträchtig. »Ich bin sicher, dass wir uns einigen werden«, hatte Patrick erwidert. Und das Geheimnis der Höhle würde selbstverständlich gewahrt bleiben. Renée hatte das Gespräch nur widerwillig beendet und nicht, ohne sich versichern zu lassen, dass man auf sie zurückkommen würde, falls Hilfe nötig sei, und spätestens, sobald Peter wieder da sei.

»Sie haben mir noch nicht erklärt, was genau Sie nun vorhaben«, sagte Stefanie. »Ich hoffe, Ihnen ist klar, dass wir keinesfalls allein dort hineingehen.«

»Nein, natürlich nicht. Aber wie ich schon am Telefon sagte, finden wir sicherlich ein paar überzeugende Argumente.«

»Und was meinen Sie damit? Glauben Sie, den Satanisten könnte man drohen? Oder wollen Sie einen Handel betreiben? Sagen Sie es mir.«

»Einen Handel? Nein, nicht direkt. Ob Sie es glauben oder nicht, aber ich wollte mich an ganz offizielle Stellen wenden: die Polizei. Was meinen Sie, wie schnell die auf den Füßen sind, wenn wir ihnen erzählen, dass unsere kleine Tochter von einem Paar grobschlächtiger Männer vom Fahrrad gerissen und in den Untergrund gezerrt worden ist…«

»Unsere Tochter? Also, jetzt gehen Sie aber zu weit mit Ihrer Fantasie.«

»Wenn Sie eine bessere Idee haben, lassen Sie es mich wissen.«

Eine Weile erwiderte sie nichts, so dass Patrick schon dachte, sie würde sich tatsächlich einen anderen Plan ausdenken. »Madelaine«, sagte sie dann.

»Hm?«

»Sie muss doch einen Namen haben. Sie heißt Madelaine. Und sie ist *Ihre* Tochter. Aus erster Ehe.«

Patrick lächelte. »Meinetwegen.«

Bald hatten sie Carcassonne erreicht und suchten die Straße über Mazamet nach Castres. Von dort würden es noch etwa vierzig Kilometer nach Albi sein. Patrick hatte sich für die Landstraße entschieden, weil er der Meinung war, dass er die gesamten hundert Kilometer auf ihr schneller zurücklegen konnte als die doppelte Strecke auf der Autobahn über Toulouse. Stefanie hatte dies zwar zunächst bezweifelt, aber als sie nun Zeuge wurde, wie Patrick den Landrover über die bei Tage wohl durchaus malerische Strecke jagte, wurde ihr klar, dass es ihm hauptsächlich darum ging, auf den weniger befahrenen Strecken den wachsamen Augen der Verkehrspolizei zu entgehen.

»Eines noch, Patrick …«

»Ja?«

»Es ist mir wichtig, dass wir vorher darüber reden und Sie mir etwas versprechen.«

Patrick wusste nicht recht, wie ihm geschah. Plötzlich umgab eine intensive Aura seine Beifahrerin. Er sah Stefanie von der Seite an. Ihr Gesicht lag im Dunkeln, dennoch waren ihre Haare von einem unwirklichen Glanz umgeben. Sein Herz schien für einen Moment auszusetzen. Ein Gefühl, das er seit seiner Jugend nicht mehr gekannt hatte. Wie schon in der Höhle strömte das Blut warm in seinen Unterleib, aber es überlief ihn gleichzeitig auch ein Schauer, den er voller Verwirrung nicht als Erregung, sondern als *Angst* erkannte. Angst davor, dass er sie berühren wollte, Angst, dass sie sich von ihm abwenden würde, Angst, dass sie wie ein Traumbild verschwände.

»Hören Sie mir überhaupt zu?«

»Wie? Oh, ja. Ich war gerade in Gedanken. Was sagten Sie?«

»Sie müssen mir etwas versprechen, Patrick.«

»Aber ja, sicher doch. Um was geht es?«

»Die Höhle. Sie ist unantastbar. Sie ist zu mächtig. Sie ist nicht für jeden Menschen bestimmt. Sie dürfen nichts davon erzählen. Und ganz besonders nicht diesen Sektenmitgliedern. Sie dürfen niemals das Geheimnis der Höhle erfahren!«

»Na ja, wo sie ist, wissen die ja schon. Aber ich hatte nicht vor, ihnen auf die Nase zu binden, wie man hineinkommt.«

»Schwören Sie es.«

»Wie bitte?«

»Sie sollen es schwören. Dass Sie das Geheimnis der Höhle niemandem verraten werden. Schlimm genug, dass Elaine es weiß.«

»Ich bitte Sie, sie ist schließlich unsere Auftraggeberin. Und außerdem haben wir ihr den Bericht ja noch gar nicht geschickt, den sie haben wollte.«

»Schwören Sie es!«

»Meine Güte, ja doch. Ich versprech's Ihnen.«

»Schwören Sie auf das Leben von Madelaine.«

»Auf meine virtuelle Tochter?«

»Nein, auf Madelaine, Ihre jüngere Schwester.«

Patrick verriss das Steuer, hatte den Wagen aber gleich darauf wieder unter Kontrolle. Anschließend ging er vom Gas und rang nach Luft. »Wie können Sie das wissen?!«, brachte er halblaut hervor.

»Sie haben sie geliebt und wie eine Prinzessin behandelt. Und sie hat Sie immer ihren goldenen Prinz genannt. Sie starb vor zwanzig Jahren, nicht einmal erwachsen geworden, an Krebs. Und Sie wünschten, Sie hätten genug Geld für eine weitere Behandlung und eine Privatklinik gehabt, denken, Sie hätten irgendetwas ändern, aufhalten können.«

Patrick starrte auf die Straße. Ein schmerzhafter Kloß bildete sich in seinem Hals.

»Und seitdem«, fuhr Stefanie fort, »sind Sie auf der Suche nach dem wahren goldenen Prinz, nach El Dorado…. Ist es nicht so?«

Patrick schwieg.

»Aber Sie wissen so gut wie ich, dass Sie die Vergangenheit nicht rückgängig machen können. Sie können erfolgreich werden, aber mit allem Geld der Welt holen Sie sie nicht zurück. Was Sie ändern können, ist die Zukunft. Und jetzt haben Sie die Möglichkeit, etwas Gutes zu tun und dafür zu sorgen, dass diese Mächte nicht in den Besitz der Höhle und ihres Geheimnisses kommen. Bitte, Patrick!«

Ein tiefes Einatmen war die Antwort. Er schwieg einige weitere Augenblicke, bevor er wieder Gas gab. Langsam, dann bestimmter. »Ich schwöre es«, sagte er schließlich.

Als Peter zu sich kam, kniete er. Sein Kopf war auf die Brust gesunken. Als er ihn hob, überkam ihn eine Welle trägen Schwindelgefühls. Er öffnete die Augen einen Spalt und erkannte ein steinernes Gewölbe. Also war er noch immer hier unten. Er war noch immer… *gefangen*!

Seine Arme waren seitlich ausgestreckt, und seine schmerzenden Handgelenke wurden von metallenen Manschetten gehalten, die mit kurzen Ketten an der Wand befestigt waren. Das war der Grund, weswegen er kniete und nicht auf den Boden gefallen war: Sein Gewicht hing an seinen festgeketteten Armen.

Er wollte aufstehen. Aber es ging nur langsam und mühselig. Seine körperliche Verfassung erlaubte keine hastigen Bewegungen. Außerdem musste er feststellen, dass seine Fußgelenke ebenfalls durch Eisenmanschetten und Ketten an der Wand befestigt waren. Das ganze Arrangement bot gerade mal so viel Spielraum, dass es ihm möglich war, aufzustehen – mehr nicht.

Seine Beine kribbelten und kitzelten, als sie wieder durchblutet wurden. Er musste eine ganze Weile bewusstlos gewesen sein. Nun sah er sich um.

Er stand an der Wand auf einem Absatz in etwa drei oder vier Metern Höhe über dem Boden eines gewaltigen Saals.

Ähnlich dem Mittelschiff einer Kirche wurde die Decke in etwa zehn Metern Höhe von einem Kreuzgewölbe und einer langen Reihe steinerner Säulen getragen.

Als Beleuchtung dienten unzählige Kerzen, deren flackerndes Licht überall Schatten tanzen ließ. Auf den zweiten Blick bemerkte Peter, dass es ausnahmslos schwarze Kerzen waren, die hier verwendet wurden. Schlagartig erinnerte er sich daran, dass er sich in der Gewalt von Menschen befand, die sich zu einer satanischen Sekte zusammengeschlossen hatten. Das Leben machte in der Tat nicht Halt vor Klischees, wie auch schon der Franzose bemerkt hatte. Als ob die Farbe von Kerzen irgendetwas bewirken würde. Aber dann wiederum, dachte er, machten es andere Religionen ja nicht anders. Belanglose Gegenstände, scheinbar sinnlose Gesten oder Worte entwickelten ihre Wirkung gerade durch die Bedeutung, die ihnen beigemessen wurde.

Zwischen den Säulen stand eine Gruppe von Sektenmitgliedern, in schwarze Kutten gehüllt und barfuß. Es waren Männer und Frauen darunter, was Peter an den Körperformen und vor allen Dingen an den Haaren ablesen konnte, die offen getragen wurden und über die Schultern fielen. Die Gruppe trug einen monotonen Singsang vor, nicht unähnlich einem gregorianischen Choral, jedoch eindeutig nicht in einer ihm bekannten Kirchentonart, sondern unangenehm dissonant. Das Irritierende war, dass es nicht wirkte, als sängen sie falsch. Im Gegenteil: Die Klänge passten auf eine merkwürdige Art zueinander, doch sie woben einen unwirklichen und zutiefst verstörenden Teppich, der bösartig und aggressiv klang. Sie waren alle nach links gewandt, beobachteten oder untermalten mit ihrem Gesang offenbar irgendetwas. Als Peter in dieselbe Richtung blickte, entdeckte er an der Stirnseite des Saals eine Erhöhung. Und wie in einer Kirche stand dort ein Altar. Es war ein großer Block, hüfthoch, fast zwei Meter breit, aus weißem, poliertem Stein, möglicherweise

Marmor. Inmitten der dunklen Umgebung leuchtete er förmlich.

Zunächst schien er überhaupt nicht in das düstere Bild zu passen, doch kurz darauf sollte sich der Sinn dieser Farbwahl auf eine perverse Weise offenbaren.

Hinter dem Altar stand eine Gestalt in schwarzer Kutte. Der Mann hielt mit der linken Hand die zusammengebundenen Beine eines schwarzen Hahnes. Die Flügel waren offenbar ebenfalls fixiert, dennoch zappelte das Tier nach bestem Vermögen.

Als der Gesang in einem plötzlichen Aufschrei seinen Höhepunkt erreichte, vollführte der Mann mit der rechten Hand eine blitzschnelle Bewegung. Etwas Schwarzes wurde zur Seite geschleudert. Peter erschrak. Es war der Kopf des Hahns. Er hatte dem Tier den Kopf abgeschlagen! Der Vogel zuckte nun spastisch, Blut spritzte aus seinem Hals, ergoss sich über den Altar. Dann umfasste der Mann den Körper des Hahns mit der anderen Hand, hielt ihn fest und vollführte kreisende Bewegungen. Dabei hinterließ er überall auf dem makellosen Weiß des Steins eine leuchtend rote Spur, bis der Hals des Tiers nach einer Weile aufhörte zu pulsieren und zu sprudeln und der ehemals reine Altar über und über mit glänzendem Blut besudelt war.

Übelkeit stieg in Peter auf, er musste die Augen schließen und durchatmen. Mochte er über die Satanisten auch gelächelt haben – diesen Leuten war es ganz offenbar sehr ernst!

»Wunderbar, nicht wahr?«

Peter fuhr zusammen und sah auf. Ash Modai stand neben ihm auf dem Absatz.

»Ist es nicht eine wunderbare Halle, Peter? Ich darf Sie doch Peter nennen?«

»Was sind das hier für kranke Menschen?«

»Das Kreuzgewölbe ist aus dem zwölften Jahrhundert, hätten Sie das gedacht? Und noch immer stark und unerschütterlich. Die ersten Katakomben haben wir in den sechziger Jahren gekauft. Wir haben sie ausgebaut, verschüttete Gänge wieder passierbar gemacht und sie im Laufe der Zeit mit allen anderen Kellern und Katakomben verbunden, die wir über Mittelsmänner ebenfalls erworben haben. Mittlerweile kann die Stadtverwaltung von Albi keinen Spatenstich mehr tun, geschweige denn Kabel verlegen oder Sielarbeiten vornehmen, ohne uns um Genehmigung zu bitten. Selbstverständlich weiß niemand, dass all dies in einer einzigen Hand ist.«

»Albi! Wir sind in Albi... ausgerechnet hier.« Peter dachte an Albi als Hochburg der Ketzer und an die Albigenserkreuzzüge.

»Ja, ist das nicht komisch?«, sagte Ash Modai. »Eine köstliche Ironie. Aber ich neige nicht zu so viel Selbstgefälligkeit, zu behaupten, es sei Absicht gewesen. Es bot sich einfach an.« Er beugte sich ein wenig zu Peter herüber, jedoch so, dass Peter ihn mit seinen angeketteten Gliedmaßen nicht erreichen konnte. »Ehrlich gesagt«, raunte er ihm zu, »glaube ich nicht, dass das damals überhaupt jemand aufgefallen ist.«

»Was soll das Theater, was wollen Sie von mir?«

»Aber Peter, wie oft soll ich es Ihnen noch sagen? Es geht um die Höhle.«

»Aber ich habe Ihnen doch schon gesagt...«

»Schschsch...! Ganz ruhig, Peter. Ich weiß, was Sie durchmachen. Bemühen Sie sich nicht. Ich glaube Ihnen sowieso nicht. Daher habe ich mir etwas anderes ausgedacht.«

Peter antwortete nicht. Er überlegte fieberhaft, wie er in diese Situation gekommen war und wie er wieder herauskommen sollte. Was hatte Ash Modai vor? Was war das überhaupt für ein Spinner? Bestimmt war sein wirklicher Name ganz banal, und tagsüber arbeitete er als Kassierer im Supermarkt. Wie um alles in der Welt war es möglich, dass dieser Mann Macht über ihn haben konnte? Es war einfach absurd.

»Übrigens finde ich Ihre Bücher hochinteressant«, fuhr

Ash Modai fort, »ich glaube, das hatte ich Ihnen noch gar nicht gesagt. Sie sind fundiert, greifen so viel weiter als vergleichbare Untersuchungen. Und auch Ihre Schlüsse und die Verbindungen, die Sie ziehen, sind bisweilen... gewagt. Mutig, aber genial. Nur leider... leider haben Sie dennoch in einigen Dingen Unrecht. Es ist wirklich schade, denn zum Teil sind es grundlegende Inhalte. Dadurch bleiben Ihnen ganze Bereiche verschlossen, oder Sie kommen zu gegenteiligen Ergebnissen...«

»Worauf wollen Sie hinaus?«

»Sie verleugnen das Metaphysische. Oder nennen Sie es das Übernatürliche, also das, was nicht in die natürliche, realwissenschaftliche Welt passt. Doch wie viele Ihrer Untersuchungen kämen zu einem anderen Ergebnis, wenn Sie als Faktor das Vorhandensein des Übernatürlichen einbezögen?«

»Ich bitte Sie! Ist das die Folter, die Sie mir jetzt angedeihen lassen wollen? Mich mit Ihren spirituellen Ansichten zu Tode zu langweilen?«

»Ich weiß, Sie können es nicht verstehen. Aber dafür habe ich Sie ja auch hergebracht. Ihre Beleidigungen prallen an mir ab, Peter. Sie sind gar nicht in der Position, mich zu beleidigen. Sie sind so weit davon entfernt, dass Sie das noch nicht einmal wissen. Ich habe auch nicht vor, Sie zu foltern. Natürlich interessiert mich die Höhle, aber Ihnen deswegen Gewalt anzutun? Warum? Ich halte Sie für verblendet, aber ich kann Sie nicht als wahrhaften Gegner ernst nehmen oder mich angegriffen fühlen. Wir leben in einer anderen Welt, Sie und ich, wir haben keinen gemeinsamen Nenner, auf dessen Basis wir in Wettstreit treten könnten. Sie widersprechen und kämpfen nicht gegen jene Dinge, die ich vertrete, Sie glauben sie ja noch nicht einmal. Was werde ich also tun? Ich werde einen gemeinsamen Grund schaffen, eine spirituelle und – wie haben Sie es in irgendeinem Buch genannt – *perzeptorische Integrität*.« Er lächelte.

Peter antwortete nicht, schüttelte nur verständnislos den Kopf.

»Mars und Venus stehen heute in Konjunktion! Wussten Sie das? Wissen Sie, was das bedeutet? Natürlich wissen Sie es.«

»Sie stehen im gleichen Breitengrad.«

»Längengrad, Peter, Längengrad. Aber es geht nicht darum, was es *ist*, sondern, was es *bedeutet*. Besondere Energien können heute genutzt werden! Sehen Sie diesen Altar dort? Wir haben ihn gerade geweiht. Den ganzen Tag schon wird das Ritual vorbereitet. Und nun dauert es nicht mehr lang… Es ist immer wieder erregend, eine solche Macht, eine solche Präsenz! Wenn Sie es erleben, wenn Sie zum ersten Mal spüren, was Sie derart real, so alles durchdringend in keiner Kirche jemals spüren werden… wenn Sie mit einem Schlag die Welt wirklich verstehen, sich Tore öffnen und sich ein Universum auftut, größer und gewaltiger, als Sie es sich jetzt vorstellen können… Sie können stolz sein, dabei sein zu dürfen! Denn der Anrufung beizuwohnen, ist nur den oberen Rängen in unseren Reihen gestattet.«

»Was für eine Anrufung?«

»Belial. Wir beschwören Belial, rufen ihn zu uns. Wir rufen ihn herbei, wir bereiten ihm ein Geschenk, danken ihm für seine Stärke, seine Unterstützung und seine Gnade. Dann erbitten wir erneute Gunst, erhalten Gaben und Antworten, ehren seinen Namen und tragen ihn weiter.«

»Belial beschwören?!«

»Ja, er ist unser Herr, warum sollten wir ihn nicht anrufen und zu uns bitten? Im Gegensatz zu anderen Religionen können wir unseren Herrn herbeirufen, sehen, anfassen – und er uns. Sie wissen doch wohl, wer Belial ist? Oder vielleicht sollte ich sagen: Sie haben doch wohl einiges über Belial gelesen, richtig?«

»Sie sind geisteskrank.«

»Natürlich, so muss es Ihnen scheinen. Und darum sind Sie

hier. Um es mitzuerleben. Und außerdem wird der Herr uns dann jene Antworten von Ihnen holen können, die Sie uns freiwillig niemals geben würden.«

»Hören Sie, ich sagte doch schon...«, begann Peter, aber Ash Modai ignorierte ihn.

»Von hier aus können Sie das Anrufungsritual vollständig sehen.« Ash Modai trat an den Rand des Absatzes und begutachtete die Aussicht. »Auf den Altar kommt natürlich die Gabe für Belial. Zunächst wird der Hohepriester die Energien von Mars und Venus nutzen, sie kanalisieren. Dann bündelt er sie und ruft beim Höhepunkt Belial herbei, der in diesem Augenblick seine Manifestation erfährt. Er tritt unter uns, er wird das Geschenk annehmen, begierig und dankbar. Sodann werden wir im Gegenzug seine Hilfe erbitten, und wir haben bislang noch das meiste auch immer erhalten.«

»Sie haben das schon einmal gemacht?!«

»Aber natürlich«, Ash Modai lachte auf, »wer seinen Herrn liebt, der möchte ihn doch sooft wie möglich sehen. Es ist...« Er stockte kurz, als ein Kuttenträger am Rand des Absatzes erschien. Offenbar führte eine Art Treppe vom Saal herauf. Der Mann blieb mit geneigtem Kopf stehen und sagte nichts. Ash Modai trat einen Schritt an ihn heran, hielt sein Ohr nah an ihn und sagte: »Sprich.« Der Vermummte murmelte daraufhin leise etwas vor sich hin. Anschließend machte Ash Modai eine Handbewegung, und der Mann verschwand.

»Es gibt eine leichte Planänderung, Peter. Aber keine Sorge, dies ist außerordentlich erfreulich, und Sie werden die versprochene Vorstellung erhalten. Sehen Sie nachher gut hin, damit Sie nichts verpassen! Gerade auf Ihre alten Tage bekommt man so etwas sicherlich nicht mehr häufig geboten.« Er verpasste Peter einen Hieb in die Rippen. Es sollte kameradschaftlich aussehen, war aber viel zu stark. Peter rang mit schmerzverzerrter Miene nach Luft und sank auf die Knie.

»Sie müssen mich jetzt entschuldigen«, sagte Ash Modai

und wandte sich zum Gehen. »Jetzt gibt es noch einiges vorzubereiten. Wir sehen uns später wieder. Sie werden ein veränderter Mensch sein, glauben Sie mir.«

Patrick parkte den Wagen gegenüber einer Polizeiwache. Sie war nur einige Straßenecken von einem Fabrikgelände entfernt, wo sich nach Renées Informationen ein Zugang zu den unterirdischen Anlagen der Sekte befand.

»Woher wussten Sie von meiner Schwester?«, fragte er Stefanie.

»Ich habe ein wenig recherchiert, bevor ich den Job angenommen habe. Über Sie und Peter. Schließlich muss man wissen, mit wem man zusammenarbeitet. Und Ihre Vergangenheit ist kein Staatsgeheimnis.«

Patrick sah sie einen Augenblick an. Dann nickte er. Sie sagte nicht die Wahrheit, das spürte er. Über seine Schwester war öffentlich nichts bekannt. Wenn sie das in Erfahrung gebracht hatte, wusste sie möglicherweise auch noch ganz andere Dinge. Aber dann würde sie ihm erst recht nicht sagen, woher. Und auf eine seltsame Art passte es zu dem neuen Bild, das er von ihr hatte. Seit dem Besuch in der Höhle war sie mehr als die Sprachwissenschaftlerin, die sie vorgab zu sein. Es war, als sei ihre Fassade plötzlich durchsichtig geworden, etwas funkelte und blitzte aus den Fugen hervor, als sei da etwas viel Größeres, Mächtigeres, nur unzureichend getarnt. Vielleicht war es auch einfach nur ein Anflug von Verliebtheit, der sie in seinen Augen so überragend und unantastbar erscheinen ließ. Dergleichen hatte er zuletzt als vernarrter Jugendlicher gespürt. Aber jetzt war es noch anders. Er fühlte sich ihr unterlegen, und zugleich fürchtete er, dass sich seine Ehrfurcht vor ihr wie ein Trugbild auflösen würde, sollte er sie berühren oder zur Rede stellen.

Schließlich gab er sich einen Ruck, um seine Gedanken abzuschütteln. »Gehen wir rein«, sagte er. »Hektisch, aufgelöst«, erinnerte er Stefanie und stieg aus. Dann hastete er auch schon über die Straße.

Die Polizeiwache war nicht groß. Sie lag im Erdgeschoss eines Bürogebäudes. Hinter der gläsernen Eingangstür befand sich ein Empfangstresen, der an ein Krankenhaus erinnerte. Als Stefanie hinzukam, sah sie Patrick wild gestikulierend mit einem Beamten sprechen, der kurz darauf bereits zum Hörer griff.

»Er ist in einer Minute da, Monsieur«, sagte der Polizist, nachdem er aufgelegt hatte. »Einen Augenblick, bitte.«

»Können sie uns helfen, Schatz?«, fragte Stefanie, als sie hinzukam.

»Ich hoffe es«, erwiderte Patrick. »Ich hoffe es…« Damit wandte er sich ab und begann, unruhig hin und her zu laufen, wobei er erregt vor sich hin murmelte. Wenige Augenblicke später kam ein Polizeibeamter durch einen Seitengang auf sie zu. »Madame, Monsieur. Ich bin Commissaire Thénardier. Was kann ich für Sie tun?«

»Madelaine, meine Tochter, sie ist vom Fahrrad gerissen worden!«, erklärte Patrick. »Zwei Männer haben sie geschnappt. Sie haben sie fortgezerrt! Nicht weit von hier. Wir müssen da hin!«

»Wann ist das gewesen?«

»Vor ein paar Minuten. Fünf oder zehn.«

»Und wo war das?«

Patrick deutete nach draußen. »Die Straße hinauf und dann rechts. Und dann noch ein Stück. Da steht eine verlassene Fabrik.«

Der Kommissar wechselte einen Blick mit dem Beamten am Empfangsschalter und nickte ihm zu. »Die alte Druckerei. Rufen Sie Eduard zum Einsatz.« Daraufhin wandte er sich wieder Patrick und Stefanie zu. »Wir sehen uns das sofort an. Ist das Ihr Wagen da draußen, Monsieur…?«

»Dupont. Ja, das ist meiner.«

»Dann steigen Sie schon mal ein, Monsieur Dupont. Und wenn ich mit meinem Kollegen im Wagen komme, fahren Sie voraus.«

»Einverstanden! Danke, Monsieur le Commissaire!«

Sie gingen mit eiligen Schritten zum Wagen und setzten sich hinein. »Das ging ja leicht«, sagte Patrick.

»Etwas *zu* leicht, finden Sie nicht?«

»Wie meinen Sie das?«

»Ich habe ein ungutes Gefühl...«

»Meinen Sie?«

»Wo ich herkomme, kenne ich solch unkritische Bereitschaft zumindest nicht. Er hat keine Personalien aufgenommen, Ihre Geschichte nicht einmal hinterfragt.«

»Vielleicht haben Sie Recht... Es kann sicher nicht schaden, wenn wir auf der Hut bleiben... Da sind sie.« Er fuhr los. Der Polizeiwagen folgte ihnen, bis sie kurze Zeit später vor dem Fabrikgelände angekommen waren. Renée hatte ihnen die Adresse gegeben und erklärt, dass der Zugang über den Keller des Nebengebäudes erfolgte. Sie stiegen aus und warteten, bis die Polizisten zu ihnen stießen.

»Sie haben sie über diesen Weg geschleppt und zu dem Gebäude dort drüben«, erklärte Patrick.

»Und das Fahrrad?«, fragte der Kommissar.

»Das weiß ich doch nicht«, erwiderte Patrick, »meinen Sie, ich mache mir jetzt Gedanken um das verdammte Fahrrad?«

»Ist ja schon gut, Monsieur. Gehen wir also.«

Gemeinsam gingen sie über eine asphaltierte Auffahrt. Der Kommissar schritt voran und beleuchtete ihren Weg mit einer klobigen Taschenlampe. Ihm folgten Patrick und Stefanie, während der andere Polizist, bei dem es sich offenbar um Eduard handelte, den Abschluss bildete.

Das Gebäude lag vollständig im Dunklen und machte einen wenig Vertrauen erweckenden Eindruck. Das Licht der Taschenlampe wanderte über die Wand, die Tür, ein verschmutztes Fenster. Nichts deutete darauf hin, dass in der letzten Zeit jemand hier gewesen war. Vielleicht ist dieser Zugang gar nicht mehr in Betrieb, dachte Patrick. Das würde ihre Chancen, eine Weile unentdeckt zu bleiben, deutlich vergrößern.

Der Kommissar blieb vor der Tür stehen. »Sind Sie sicher, dass die Männer hier hineingegangen sind?«

»Absolut«, versicherte Patrick. »Ich war ja kurz davor, selbst hinterherzurennen. Aber dann wollte ich es nicht ohne Polizei wagen.«

»Also gut«, sagte der Mann. Er streckte die Hand aus und betätigte den Türgriff. Zu Patricks Erstaunen sprang die Tür leichtgängig auf. Der Kommissar leuchtete in den dahinter liegenden Raum. Abgestandene Luft schlug ihnen entgegen. Dann ging er hinein, und Patrick und Stefanie folgten ihm. Sie standen in einem geräumigen Flur, von dem aus in alle Richtungen Türen und Gänge abzweigten. Hinter ihnen trat Eduard hinein und schloss die Tür. Dann hörten sie, wie er sie abschloss.

Erschrocken fuhren sie herum.

»Bitte!«, sagte nun der Kommissar. Als sie sich zu ihm umdrehten, sahen sie, dass er seine Waffe auf sie gerichtet hatte. »Bitte. Bewahren Sie die Ruhe. Eduard, rufst du kurz an und sagst Bescheid?«

»Was wollen Sie?«, fragte Patrick. »Was haben Sie vor?«

»Dasselbe könnte ich Sie fragen, Monsieur Nevreux.«

»Sagen Sie nicht, dass Sie mit denen unter einer Decke stecken!«

»Sie haben doch gar keine Ahnung.«

»Erzählen Sie es mir!«

»Halten Sie den Mund!«

Wenige Augenblicke später kam Eduard aus einem benachbarten Raum. »Wir sollen sie nach unten bringen«, sagte er.

»Los geht's«, wies der Kommissar sie an. »Sie gehen vor, ich leuchte Ihnen von hinten den Weg. Da entlang!«

Er dirigierte sie zu einem fensterlosen Treppenhaus. Dort gingen sie nach unten und kamen an eine kleine Stahltür, wie sie in einen Heizungskeller führen würde. Als sie diese öffneten, stießen sie jedoch auf eine steinerne Wendeltreppe, die nach unten verlief. Dort angekommen, erwartete sie erneut eine Tür. Was dahinter lag, kam jedoch völlig unerwartet.

Sie betraten ein geräumiges Kellergewölbe, das dem Weinkeller eines Schlosses alle Ehre gemacht hätte. Die Decke war etwa vier Meter hoch und gewölbt, alles war aus mächtigen Granitblöcken zusammengefügt. Auf dem polierten Steinboden lag ein dunkelroter Läufer, Feuerschalen auf schmiedeeisernen Ständern erhellten die mittelalterliche Szenerie. Und vor ihnen stand Ash Modai.

»Was für ein Festtag!«, rief er aus. »Jetzt sind die Heiligen Drei Könige vom Berg der Weisen komplett.«

»Ash, ich wusste es!«, rief Patrick. »Wo ist Peter? Was haben Sie mit ihm gemacht?«

»Sie dürfen ihm gleich Gesellschaft leisten. Sie kommen gerade recht für ein außergewöhnliches Schauspiel... Und was haben wir da?« Er trat an Stefanie heran und musterte sie eindringlich von oben bis unten. »Etwas sagt mir, dass Sie mehr sind als eine bloße Forscherin... das ist erstaunlich...« Er trat noch näher an sie heran, schien fast an ihr zu riechen. »Ja...« Er streckte seine flache Hand aus und hielt sie vor ihre Brust, als wolle er ihren Herzschlag spüren.

»Fassen Sie sie nicht an!«, rief Patrick.

»Nein?« Ash Modai legte seine Hand auf Stefanies Busen und drückte eine ihrer Brüste ein wenig zusammen. Stefanie sah ihn dabei mit steinerner Miene an. »Und warum sollte ich das nicht machen, Patrick?«, fragte er. »Neidisch?«

»Weil es Ihrem Leben abträglich ist«, sagte Stefanie mit einer Stimme, die ebenso ruhig wie kalt war. »Deswegen.«

»Was sagen Sie da? Wie wollen Sie mir denn drohen?« Ash Modai lachte auf.

»Es ist keine Drohung«, sagte Stefanie. »Es ist eine Prophezeiung.«

Ash holte blitzschnell aus und verpasste ihr eine klatschende Ohrfeige. Ihr Kopf wurde kurz zur Seite geschleudert, doch als sie ihn wieder ansah und sich ihre Wange rot verfärbte, zeigte ihr Gesicht noch immer keine Regung.

Ash Modai grinste sie nur an. »Ach, was für ein Fest!« Dann wandte er sich an die Polizisten: »Bringt die beiden weg. Den hier zu dem Alten auf die Empore. Und den kleinen Racheengel zu Alain. Er weiß, was er zu tun hat.«

Peter sah erstaunt auf. »Patrick! Was tun Sie denn hier?«

»Hallo, alter Knabe«, antwortete Patrick. Ein überaus kräftig gebauter Mann in schwarzer Kutte stieß ihn an die Wand, während ihn vom Rand des Absatzes ein Polizist mit seiner Waffe in Schach hielt. »Ich bin gekommen, um Sie zu retten. Das sieht man doch.« Der Mann drückte Patricks Arme an die Wand und umschloss die Handgelenke mit eisernen Manschetten. Dann machte er sich an Patricks Fußgelenken zu schaffen, und kurz darauf war der Franzose ebenso an die Wand gekettet wie sein Kollege, und sie wurden allein gelassen.

»Schöne Scheiße«, konstatierte Patrick.

»Wie sind Sie hergekommen?«, fragte Peter. »Hat man Sie auch entführt?«

»Als Sie verschwunden waren, hatten wir die Brüder hier im Verdacht. Wir haben dann mit Renée telefoniert, die uns den Tipp mit diesen geheimen Kellern unter Albi gegeben hat.«

»Was für Geheimnisse, die jeder kennt! In der Szene weiß man wohl mehr übereinander, als jeder zunächst zugeben würde... Aber wollten Sie denn alleine hier reinstürmen? Und wo ist Stefanie?«

»Natürlich nicht. Wir sind zur Polizei gegangen und haben denen eine Geschichte aufgetischt. Hat auch grundsätzlich geklappt. Es stellte sich nur leider heraus, dass unsere beiden Polizisten ebenfalls diesem Verein hier angehören. Den Rest haben Sie ja mitbekommen. Stefanie haben sie irgendwo anders hingebracht. Ich hoffe, ihr passiert nichts.«

»Das können wir auch nur hoffen! Die bereiten hier nämlich eine schwarze Messe vor.«

»Wie bitte? Dann war es das, was Ash eben meinte mit außergewöhnlichem Schauspiel... Was wissen Sie darüber, Peter, was ist hier los?«

»Sehen Sie den Altar dort drüben? Was da leuchtet, ist frisches Blut. Ich hatte vorhin das zweifelhafte Vergnügen, mit anzusehen, wie sie einen Hahn geschlachtet und den Altar mit seinem Blut *geweiht* haben, wie sie es nennen. Danach kam unser smarter Dressman, Ash, und hat ein bisschen geplaudert. Sie wollen Belial anrufen und werden zu diesem Zweck nachher eine schwarze Messe abhalten.«

»Belial? War das nicht...«

»Ein Dämon, ja. Der Tradition nach ist er einer der Kronprinzen der Hölle, kommt direkt nach Satan selbst. Er erfüllt Wünsche, verleiht Titel und gibt Antworten. Aber er gehorcht nur kurze Zeit und ist außerordentlich verschlagen und verlogen. Erinnern Sie sich, wie ich Ihnen erzählte, in der esoterischen Tradition würde Satan stets die Wahrheit sagen, ehrlich und ungeschminkt? ›Der Herr der Lügen‹ ist nämlich tatsächlich nicht Satan, sondern Belial.«

»Woher wissen Sie das alles? Ach ja, Ihre Bücher...«

»Um ehrlich zu sein nur zum Teil...« Peter zögerte.

»Was meinen Sie? Worum geht es? Hat es damit zu tun, weswegen Sie in der ›Szene‹ so unbeliebt sind?«

»Ja, ich habe... ach, es ist schon so lange her... aber ja, ich habe mich mit Esoterik und Okkultismus befasst... sehr sogar. Damals war ich keine dreißig. Mein Geschichtsstudium hatte mich mit hochinteressanten Menschen in Verbindung gebracht. Gebildete Menschen, Intellektuelle, ich geriet in ihre

Kreise, lernte Exzentriker und Künstler kennen. Ich nahm alles in mir auf, las alles, was mir in die Finger geriet, über Nahtoderfahrungen, Tischrücken, transzendentale Meditation, Akupunktur, Rudolf Steiner und Madame Blavatsky. Einmal auf diesem Kurs, war es nur ein kleiner Sprung in die okkulten Gewässer. Sehen Sie, die Grenzen sind fließend. Ich schloss mich zunächst einer theosophischen Loge an und rutschte von dort in eine Sekte, die mit den Lehren des Aleister Crowley sympathisierte...«

»Ich habe keine Ahnung, wovon Sie reden, Peter.«

»Nun, ist auch nicht so wichtig. Jedenfalls kam ich in die inneren Bereiche der Sekte, lernte ihre Lehren, ihre Geheimnisse – und was viel wichtiger war –, ihre Geschichte und ihre Mitglieder kennen. Durch meine Auffassungsgabe und mein gutes Gedächtnis erweckte ich den Anschein eines besonders strebsamen und hingebungsvollen Schülers. In Wahrheit betrachtete ich alles immer mit einem gewissen Abstand. Und irgendwann kam der Zeitpunkt, als ich ausstieg und die Lehren und Geheimnisse der Lächerlichkeit preisgab. Natürlich erwarb ich mir damit keine Freunde, aber durch mein Insider-Wissen blieb ich unantastbar.«

»Daher kommt es also, dass jedermann Sie kennt! Es hat weniger mit Ihren aktuellen Büchern zu tun als mit Ihrer Vorgeschichte. Und weshalb sind Sie unantastbar?«

»Das hat wohl damit zu tun, dass ich einige einflussreiche Leute überzeugen konnte, dass im Fall meines Ablebens gewisse Dokumente veröffentlicht werden, die bei einigen Banken deponiert sind. Seither hat man mich kaum mehr behelligt.«

»Sie erstaunen mich immer wieder, Peter.«

»Nur leider hilft uns das im Augenblick nicht weiter...«

»Der Zeitpunkt kommt ja vielleicht noch. Was wissen Sie über die schwarze Messe?«

»Es gibt da keine einheitliche Vorgehensweise. Nach dem,

was Ash erzählte, vermute ich, dass es sich um Rituale aus der Sexualmagie handelt. Er hat die Konjunktion von Mars und Venus erwähnt, deren Energie üblicherweise für derlei Zwecke herhalten soll.«

»Und wie läuft so was ab?«

»Das kann ganz unterschiedlich sein. Es geht im Prinzip darum, die sexuelle Energie zu nutzen, um einen höheren Zustand zu erreichen. Meistens benötigt man dazu also zwei Menschen. Außerdem Musik, Tanz oder andere Hilfsmittel, um in Trance zu verfallen. Beim Höhepunkt soll die Energie des Orgasmus umgelenkt werden. Außerdem hat Ash von einem Geschenk gesprochen, das Belial auf dem Altar gegeben werden soll, eine Art Opfer, vermute ich.«

»Und mit diesem Gehirnfick wollen sie einen Dämon beschwören?!«

»So lächerlich man es auch finden mag, hier nimmt man das sehr ernst. Mit allen Konsequenzen...«

»Ja, da haben Sie wohl Recht... Sehen Sie, dort!« Patrick wies mit dem Kopf in Richtung Ende des Saals, das rechts von ihnen lag. Dort hatte sich eine Pforte mit zwei Flügeln geöffnet, und nun schritt eine Prozession herein. Sie wurde angeführt von etwa einem Dutzend weiblicher Sektenmitglieder, deren schwarze Gewänder aus mehreren Lagen sehr dünnen, fließenden Stoffes bestanden. Es wirkte wie eine finstere Perversion feinster Brautkleider. Den Frauen folgte eine ebenso große Gruppe schwarz gekleideter Männer; sie trugen jeweils eine glänzende schwarze Schärpe, und ihre Häupter waren mit Kapuzen bedeckt. Als Nächstes trat der Rest der satanischen Gemeinde in den Saal, ebenfalls in Schwarz, allerdings ohne Kapuzen und in schlichte, mönchsartige Kutten gehüllt.

Die Menschen gingen den Mittelgang der Halle entlang und verteilten sich dann gleichmäßig. Dabei bildeten die Mitglieder der vordersten beiden Gruppen in der ersten Reihe einen

Halbkreis, der zum Altar hin geöffnet war. Nach einer kurzen Weile hatten alle einen Stehplatz eingenommen und verharrten mit gesenkten Köpfen. Dann begannen dumpfe, regelmäßige Trommelschläge, ohne dass ersichtlich war, woher sie kamen. Der Takt war langsam. Daraufhin gesellte sich ein einzelner Ton hinzu. Er war erst kaum wahrzunehmen, wurde jedoch nach und nach deutlicher. Es klang, als würde ein unsichtbares, überdimensionales Horn einen sehr tiefen, endlosen Ton erzeugen. Es war eine merkwürdige Frequenz, sie baute sich immer mehr auf, als ob sie sich ständig selbst überlagerte und verstärkte. Die Luft schien zu vibrieren, als ob der Klang den Stein der Halle selbst zum Schwingen brachte. Plötzlich brachen alle Geräusche abrupt wieder ab. Die Menge hob den Kopf und sah zum Altar. Ein Mann trat von hinten an den weißen Steinblock heran. Auch er war schwarz gekleidet, aber er trug einen weiten, wallenden Mantel, der mit einem breiten Gürtel um den Bauch zusammengehalten wurde. Seine Robe war mit aufwendigen, schimmernden Stickereien versehen. Unter dem Arm trug er ein schweres Buch. Neben dem Mann erschienen zwei weitere Leute, einfacher gekleidet. Einer der beiden stellte eine eiserne Buchstütze auf den feucht glänzenden Altar, der andere setzte eine große Stumpenkerze daneben. Sie wichen wieder zurück, und der Mann im Mantel legte das Buch aufgeschlagen auf die Stütze. Dabei trat er in den Lichtschein der Kerze, und sein Gesicht wurde erhellt.

»Ich hab's geahnt!«, entfuhr es Patrick.

Der Priester, der die Zeremonie leiten würde, war niemand anders als Ash Modai selbst.

Der hob nun die Arme. »Dies ist die Hand von Belial!«, rief er mit kraftvoller Stimme, die von der Akustik des Gewölbes verstärkt und durch die ganze Halle getragen wurde. »Sie dient ihm heute wie zu allen Zeiten. Heute rufen wir den Herrn an, wie er es uns gelehrt hat.«

Mit diesem Satz ertönten die Trommeln erneut, jedoch in einem schnelleren, treibenden Rhythmus. Dazu intonierte die Menge eine monotone Klangfolge.

Nach einer Weile hob der Priester abermals seine Arme. Alles verstummte. Er verlas nun mehrere lange Passagen aus seinem Buch in Latein. An bestimmten Stellen stimmte jeweils die satanische Gemeinde mit ein und sprach mit oder antwortete mit anderen Phrasen. Dieses Wechselspiel wurde eine ermüdende Zeit lang fortgeführt, bis Patrick sich schon fragte, ob das nun alles sei, was eine schwarze Messe ausmachte. Doch dann war offenbar ein neuer Abschnitt der Zeremonie erreicht. Die beiden Helfer des Priesters erschienen. Sie trugen gemeinsam eine Feuerschale mit drei niedrigen Füßen und etwa einem Meter Durchmesser. Sie stellten sie auf den Boden des Saals, während die vordere Reihe der Sektenmitglieder einen abwechselnd aus Männern und Frauen bestehenden Kreis um die Schale bildete. Einer der Gehilfen trat heran und entzündete das undefinierbare Material in der Schale. Schnell züngelten leuchtende Flammen in die Höhe. Peter beobachtete, dass sich dabei ein dünner, leicht gelblicher Rauch entwickelte, der über den Rand der Schale waberte. Als sich die Gehilfen zurückgezogen hatten, setzten die Trommeln wieder ein. Es war erneut ein treibender Rhythmus, den die Gemeinde abermals mit Gesang unterlegte. Der Kreis der Vermummten um die Feuerschale begann, entgegen dem Uhrzeigersinn zu tanzen. Die Bewegungen wirkten seltsam ungelenk und unnatürlich, doch sie alle bewegten sich identisch, folgten einem komplizierten, archaischen Muster. Auch der Gesang schwoll an und nahm ab nach einem unbekannten Prinzip. Die Gewänder der Frauen flossen wie dunkle Nebelschwaden um sie herum und verbanden alles zu einem zuckenden schwarzen Ring. Ash Modai las während des Tanzes halblaut Sätze aus dem Buch, die offenbar dem Gesang der Gemeinde entsprachen.

Plötzlich hielten die Tänzer inne. Die Frauen lösten mit einer einfachen Bewegung die Verschlüsse ihrer Kleidung, die Gewänder fielen von ihnen ab, und ihre nackten Körper wurden enthüllt. Sie waren allesamt makellos und schlank, alle in etwa gleich gebaut, als seien sie bewusst nach denselben Kriterien für diese Aufgaben ausgewählt. Sie traten einen Schritt an die Feuerschale heran und hoben die Arme in die Höhe. Die Gemeinde sang nun einen neuen Choral, aufreibend, antreibend.

In diesem Augenblick erschienen wieder die Gehilfen des Priesters. Sie führten eine weitere Vermummte herein. Ihr blondes Haar fiel offen auf ihre Schultern. Sie war in einen taillierten, bestickten Mantel gehüllt, der ganz offenbar das Gegenstück zu dem darstellte, den Ash Modai trug. Sie ließ sich von den Gehilfen zum Altar begleiten, wo sie im Schein der Altarkerze stehen blieb.

»Stefanie!«, rief Patrick entsetzt.

»Hören Sie auf«, zischte Peter, »Sie können nichts ausrichten. Und sie kann Sie nicht hören. Sehen Sie doch: Sie steht offenbar unter Drogeneinfluss!«

Tatsächlich war Stefanies Gesichtsausdruck vollkommen leer und unbeteiligt. Ohne jegliche Regung ließ sie es geschehen, als einer der Gehilfen an ihrem Mantel nestelte und ihn ihr schließlich auszog. Plötzlich stand sie vollständig nackt vor der satanischen Gemeinschaft. Willenlos ließ sie es geschehen, als einer der Gehilfen sie noch näher an den Altar lotste und ihr half, sich auf den blutigen Stein zu setzen. Währenddessen entfernte der andere den Buchständer und schob die Kerze an das Kopfende. Dann drückten sie sie nach hinten, legten sie auf den Rücken, drehten sie, hoben ihre Beine an und hatten sie schließlich vollständig auf den Altar gelegt.

»Himmel, was machen die da?! Peter!«

»Ich fürchte das Schlimmste, mein Freund. Aber uns sind die Hände gebunden!« Er deutete mit dem Kopf auf ihre Handschellen.

Nun begannen die Tänzer im Rhythmus der Trommeln wieder mit ihren ekstatischen Bewegungen. Die Frauen, näher an den Flammen, begannen schnell zu schwitzen. Auch aus der Entfernung der Empore konnte Peter deutlich sehen, wie sich ihre Gesichter röteten, ihre Haut zu glänzen begann, feuchte Tropfen zwischen ihren Brüsten und an ihren Hüften herabrannen. Peter erschien es, als sei es deutlich wärmer im Saal geworden, wärmer, als jene Feuerschale die Halle zu erhitzen vermochte. Die Trommeln, der Gesang und die Bewegungen rund um die Flammen drangen auf seltsame Weise auf ihn ein, und er fühlte sich fahrig, fast ein wenig fiebrig.

Wieder verharrten die Tänzer einen Augenblick. Nun öffneten die Männer ihre Gewänder. Sie warfen die Kapuzen zurück und ließen ihre Kutten zu Boden sinken. Bald wurde offenbar, dass auch die Männer bereits stark erhitzt waren. Und nicht nur das: Sie waren deutlich erregt. Auch die Männer glichen sich in mancherlei Hinsicht; allesamt waren sie muskulös, kurzhaarig, unbehaart, und sie verfügten in diesem Augenblick jeder über eine Erektion von beeindruckender Größe. Jeder von ihnen umfasste eine der Frauen von hinten, und anschließend bewegten sie sich gemeinsam weiter im Kreis um die Feuerschale herum, wobei sie ihre verschwitzten Körper alle in gleicher Weise aneinander rieben, sich massierten, sich ableckten und bissen.

Die Gemeinde intonierte einen immer lauteren und zunehmend stärker antreibenden Gesang, der nun an eine Art Sprechchor erinnerte und sich ständig wiederholte.

Währenddessen trat Ash Modai an den Altar. Er ergriff die Fußgelenke von Stefanie und zog sie über den verschmierten Marmor zu sich heran. Dabei spreizte er ihre Oberschenkel und ließ ihre Unterschenkel links und rechts vom Altar herunterbaumeln. Entsetzt beobachtete Patrick, wie Ash Modai nun seine eigene Kutte zu öffnen begann, während ihm Stefanies gespreizte Beine zugewandt waren, ihr heiligster Schrein sich ihm wehrlos darbot.

Heißer Zorn loderte in Patrick auf.

Als Ash Modais Kutte fiel, wurde auch sein erigierter Penis sichtbar. Er ergriff ihn und begann, ihn mit gleichmäßigen Bewegungen zu massieren.

Unterdessen hatte der Gesang der Gemeinde einen Höhepunkt erreicht. Ein Aufheulen wurde laut, als die Tänzer plötzlich stehen geblieben waren. Nun wandten sich die Frauen dem Feuer zu, stellten sich breitbeinig hin, reichten sich die Hände, streckten die Arme nach oben, stützten sich gegenseitig und beugten sich dann gemeinsam so weit nach vorn, dass sie den Männern, die hinter ihnen standen, ihre blanken Hinterteile und den Ansatz ihrer Schamlippen präsentierten. Die Männer ergriffen jeweils die Hüften der Frau, die vor ihnen stand, und drangen ruckartig in sie ein. Die Trommeln untermalten diesen ersten Stoß und fanden zu einem neuen, zunächst langsamen Rhythmus, den die Gemeinde erneut mit Gesang begleitete. Die Männer bewegten sich dabei im Takt der Trommeln.

Peter schwitzte nun ganz deutlich. Er merkte, wie ihm ein Rinnsal an den Schläfen herabrann. Und sosehr ihn das verstörte, was er sah, bemerkte er auch, dass er von der Vorstellung im Saal aufs Äußerste erregt wurde. Er hatte nur noch Augen für das orgiastische Treiben der Tänzer, es schien, als könne er das Geschehen heranzoomen, er war ganz darin versunken. Er spürte sein eigenes, pochendes Geschlecht, spürte, wie er selbst immer wieder in die Frauen eindrang, wie er nah daran war, zu kommen, und wie der Gesang und die Trommeln ihn immer weitertrieben.

Patrick hingegen hatte nur Augen für das Geschehen am Altar. Ash Modai masturbierte noch immer. Ab und zu ergriff er Stefanies Kniekehlen, hob ihr Becken an und rieb sein Glied zwischen ihren Beinen, doch er drang nicht in sie ein. Dabei warf er den Kopf in den Nacken, schloss die Augen und rief fremdsprachige Worte, die seine Gemeinde wiederholte.

»Peter, wir müssen etwas tun! Peter, hören Sie?«

Doch Peter war wie taub. Seine Augen waren gebannt auf die nackten Menschen gerichtet, deren Leiber sich um die Feuerschale herum auf dem Boden wälzten. Einige Frauen lagen auf dem Rücken, andere auf dem Bauch oder krochen auf allen vieren herum, während die Männer wie Tiere über sie herfielen, wahllos mal die eine, mal eine andere Frau bestiegen. Sie drangen dabei in jede Öffnung ein, die ihnen gierig entgegengestreckt wurde. Peter nahm ihre Ausdünstungen wahr, roch ihren Schweiß. Ihr animalisches Treiben, das brutale Stoßen und das inbrünstige Stöhnen strömten wie heißer Teer durch seine Adern. Er atmete tief und schwer ein, zitterte, bebte. Er war am Rand eines Höhepunktes und zugleich körperlich am Ende seiner Kräfte, war so weit von seinem Selbst entfernt, dass er Patricks Stimme kaum zur Kenntnis nahm.

»Peter, was ist mit Ihnen?! *Merde!*«

Die Trommeln waren nun so schnell geworden, dass es wie ein einziger beständiger Ton klang. Ash Modai vibrierte am ganzen Körper, seine Muskeln waren angespannt, er war kurz vor einem Orgasmus. Er hielt noch immer seinen Penis umfasst, und plötzlich durchfuhr ihn der Höhepunkt. Er wandte sich von Stefanie ab und präsentierte sich der Gemeinde.

»BELIAL, WIR RUFEN DICH!«, schrie er unter Zuckungen in die Halle. Patrick beobachtete, dass Ash dabei keinerlei Flüssigkeit verlor. Entweder es handelte sich um eine körperliche Fehlfunktion, oder er hatte sich auf eine besondere Art unter Kontrolle.

Rund um die Feuerschale erreichten die Sektenmitglieder nun ebenfalls den Höhepunkt, der von einem kollektiven, orgiastischen Schreien und Stöhnen begleitet wurde. Die Männer ergossen sich dabei zuckend in jener Körperöffnung, die ihren Penis gerade aufgenommen hatte.

Peter erschauderte, als er sah, was geschah: Die Leiber begannen zu *leuchten*. Wabernde Lichtschleier entstanden zwischen den Nackten. Das Licht floss wie leuchtender Nebel zur Feuerschale hin und begann, sich um die Flammen zu wickeln, dehnte sich aus, wurde zu einer vier Meter hohen Säule. Dann bog sie sich leicht und entwickelte eine immer länger und dünner werdende Spitze, die sich dem Priester zuneigte. Ash Modai stand breitbeinig und mit ausgebreiteten Armen neben dem Altar. Er zog das Licht an. Es neigte sich stärker in seine Richtung, formte sich weiter und begann langsam, in einem Bogen von der Feuerschale zu ihm herüberzufließen. Die Spitze berührte sein Gesicht, er öffnete den Mund, und das Licht kroch in seine Kehle. Schneller und schneller strömte nun der glühende Nebel zu ihm, umhüllte den Priester bald vollkommen und drang in ihn ein. Voller Grauen wurde Peter Zeuge einer unnatürlichen Metamorphose. Durch das Leuchten, das Ash Modai umgab, waren spastische Zuckungen zu sehen, Gliedmaßen, die sich krümmten und verformten. *Belial erscheint tatsächlich!*, durchfuhr es Peter. Und wie in der Goetia beschrieben, formten sich nun aus dem Licht ein zweites Paar Arme und Beine, ein zusätzlicher Körper, ein weiterer Kopf, bis zwei getrennte, strahlend helle Wesen zu erkennen waren. Sie wirkten geschlechtslos und waren von überirdischer, fast schmerzhafter Schönheit. Nur schemenhaft war zu erkennen, dass sie in einer Art Streitwagen standen.

»Belial! Belial!«, rief die Gemeinde.

Wie vom Donner gerührt, starrte Peter zum Altar. Was sich dort, wenige Meter von ihm entfernt, manifestiert hatte, diese engelsgleiche, unwirkliche Erscheinung, war atemberaubend und entsetzlich zugleich. Ein Wirklichkeit gewordener Albtraum, der wahrhaftige Dämon Belial, seit Jahrtausenden gefürchtet, ein Beweis für die Hölle, den Abgrund, Hades, die Totenwelt, das Jenseits und alle jene Dimensionen, die zwischen dem Jetzt und der Ewigkeit lagen. Der Boden der Realität war aufgerissen, gab den Blick frei auf die Schrecken sämtlicher Epochen, die Legion der chtonischen Monster, die etruskischen Dämonen, die babylonischen Götter, die ägyptischen Herrscher der Unterwelt, Totenwächter, Widersacher, Zerstörer, Weltenverschlinger: Tiamat, Pazuzu, Lamaschtu, Charon, Kali, Anubis, Apophis, Leviathan, Behemot, Luzifer, Diabolos, Shaitan.

Die beiden erhabenen Gesichter Belials sahen durch die Halle, zerschnitten die Luft mit ihren alles ergründenden, tödlich klaren Blicken. Dann sahen sie den Altar und den darauf liegenden nackten Körper von Stefanie.

»Belial! Belial!«, klang es einstimmig im Saal.

Der Dämon wandte sich dem Opfer auf dem Altar zu. Und erneut begann eine Verwandlung. Die Erscheinung Belials, die beiden Körper und der Wagen verschmolzen ineinander, verformten sich. Gleißendes Licht stieg auf, und es bildete sich etwas Neues, dunkler, haariger. Klauen wurden sichtbar, muskulöse Arme, Fell, ein gehörnter Schädel mit der Schnauze eines übergroßen Raubtiers. Belial zeigte sich in seiner wahren Gestalt. Peters Nackenhaare stellten sich auf, er zitterte am ganzen Körper, Todesangst überkam ihn, und er wollte nur noch fliehen. Aber er konnte sich nicht rühren, musste mit ansehen, wie eine fast drei Meter hoch aufragende Ausgeburt der Hölle brüllend neben dem Altar stand. Geifer troff aus ihren Fängen. Die Kreatur legte ihre Vorderklauen rechts und links neben Stefanie auf den Altar, beugte sich über sie. Aus einer Felltasche zwischen den Hinterbeinen des Monstrums schob sich ein riesenhafter, unmenschlicher, erigierter Penis hervor. Das satanische Biest warf den Kopf in den Nacken, und sein durchdringendes, triumphierendes Aufheulen erfüllte den Saal. Stefanie wirkte winzig und zerbrechlich unter dem dämonischen Geschöpf. Es würde sie zu Tode pfählen und dabei ihre Eingeweide aus dem Brustkorb reißen...

11. Mai, 2.15 Uhr, Rue Georges Simenon, Paris

Jean-Baptiste Laroche wurde aus dem Schlaf gerissen, als seine Haustür im Erdgeschoss aufgebrochen wurde. Er hörte Männer aufgeregt rufen und bald darauf das Getrampel schwerer Stiefel auf seiner Treppe. Hektisch fuhr er über seinen Nachttisch, um seine Brille zu suchen. Er erwischte sie an einem Bügel, doch sie fiel ihm aus der Hand und landete auf dem Boden. Er strampelte sich frei und warf sich über die Bettkante, um mit ausgestreckten Armen nach seiner Brille zu angeln. Gerade, als er sich nackt aus dem Bett beugte, wurde die Tür zu seinem Schlafzimmer aufgetreten, und gleißende Mag-Lite-Strahlen schlugen ihm ins Gesicht. Dann wurde die Deckenbeleuchtung eingeschaltet.

»Keine Bewegung!«

Militärpolizisten strömten in sein Zimmer, umstellten sein Bett und hielten ihre Maschinenpistolen auf ihn gerichtet.

Jean-Baptiste wagte nicht, sich zu rühren, obwohl er sich der Peinlichkeit seines Anblicks durchaus bewusst war.

Ein Polizeibeamter in einem dunkelblauen Parka und ohne Waffe in der Hand betrat nun den Raum. »Monsieur Laroche, Sie sind verhaftet«, sagte er. »Die Anklage lautet auf Landesverrat. Leisten Sie keinen Widerstand. Sie haben das Recht, zu schweigen und Ihren Anwalt zu informieren. Ich muss Sie bitten, uns zu folgen.«

»Wie bitte?! Landesverrat? Was geht hier vor sich?«

»Bitte ziehen Sie sich an.«

»Wollen Sie mir bitte erklären, was los ist? Ich bin Parteivorsitzender!«

»Ihre Immunität ist um Mitternacht vom Präsidenten aufgehoben worden. Ich kann Ihnen keine weiteren Fragen beantworten. Bitte beeilen Sie sich jetzt.«

Widerwillig stieg Laroche aus dem Bett. Bei seinem Versuch, das Bettlaken um sich zu wickeln, riss er die schwere

Überdecke herunter und verwickelte sich fluchend in ein Wirrwarr von Stoffbahnen. Schließlich wurde es ihm zu bunt, er warf die Decken auf den Boden, stampfte nackt zwischen den Polizisten hindurch, riss seine Kleidung vom Stuhl und verschwand mit knallender Tür im Badezimmer.

Kapitel 19

11. Mai, Gewölbe in Albi

»Aufhören!!«, brüllte Patrick in den Saal. Irritierte Gesichter wandten sich ihm zu. »Rührt sie nicht an, ihr perversen Schweine. Ash, du missratener Sohn eines Hurenbocks, komm her, damit ich dir deine verdammte Visage einschlagen kann!« Die gesamte satanische Gemeinde blickte nun hinauf zur Empore. »Und wenn du dir von deinen gehirnamputierten Pennern helfen lässt, bist du nicht mehr wert als die Hundescheiße unter ihren Latschen!«

Peter zuckte zusammen. Irgendetwas hatte sich verändert. Ein Riss verlief durch sein Sichtfeld, und es wurde heller. Etwas Schweres fiel von ihm ab, und wo er eben noch das dämonische Untier gesehen hatte, stand nun wieder Ash Modai. Entblößt, aber nicht mehr erhaben, sondern wutentbrannt. Mit funkelnden Augen starrte er zu ihnen hinauf. Was hatte Patrick ihm gerade zugeschrien? Peter hatte es wie aus weiter Entfernung gehört, kaum wahrgenommen, aber nun erinnerte er sich und musste unwillkürlich schmunzeln. In Fällen wie diesen beneidete er die Franzosen um ihre deutliche Ausdrucksweise.

Ash Modai jedoch war gar nicht zum Schmunzeln zumute. Mit zornesrotem Kopf wies er auf die Empore. »Holt sie herunter und bringt sie her! Belial will Blut sehen!«

Ein Aufschrei ging durch die Menge, und sie setzte sich stürmisch in Bewegung.

In diesem Moment erschütterte eine ohrenbetäubende Explosion die Halle. Ein Feuerball zerriss die Flügeltür am Eingang des Saals, Holz und Leiber wurden in der Druckwelle durch die Luft geschleudert. Augenblicklich brachen Scheinwerfer durch den Rauch und tauchten die Halle bald darauf in blendendes Licht. Durch das Chaos der Verwüstung, zwischen den verwundeten, schreienden und kopflos umherirrenden Sektenanhängern am Boden, liefen uniformierte Menschen mit Gasmasken und Waffen im Anschlag. Sie rannten durch den Saal und zum Altar. Sekunden später tauchten zwei der Soldaten auf der Empore auf. Sie hielten durchsichtige Atemmasken mit Schläuchen in den Händen und drückten sie den beiden Angeketteten vor die Gesichter.

»Atmen Sie tief ein, das ist Sauerstoff! Wir holen Sie raus.«

»Schnappt das Schwein!«, sagte Patrick noch, bevor ihm die Maske ans Gesicht gepresst wurde. Auch Peter erhielt eine Maske, und kurze Zeit später merkte er, wie sein Kopf klarer wurde. Währenddessen öffnete einer der Männer die Schlösser der Fesseln. Es tat gut, die Arme sinken zu lassen. Peter sank erschöpft auf den Boden, setzte sich. Patrick stürmte vor, schlug die helfenden Arme der Soldaten beiseite und rannte die Treppe in den Saal hinunter. Unten sah er, dass die Sektenmitglieder zusammengetrieben und mit den Waffen in Schach gehalten wurden. Einem der Kuttenträger, der ihm verwirrt in den Weg stolperte, verpasste er einen massiven Fausthieb, dass der Mann stöhnend zu Boden ging. Patrick rannte zum Altar, suchte Stefanie. Doch als er den Stein wieder im Blick hatte, war sie verschwunden. Er hastete an der Feuerschale vorbei, hinauf zum Altar, und da sah er sie. Zwei der Soldaten hatten sie heruntergehoben und in den abscheulichen Mantel gehüllt, mit dem sie hereingebracht worden war. Patrick kam kurz vor ihr zum Stehen. Sie lächelte ihn an.

»Hallo, mein Retter«, sagte sie. Ihre Augen und ihre Miene zeigten keinerlei Anzeichen, dass sie irgendwelche Drogen genommen hätte. Auch wurde sie nicht gestützt, sondern stand einfach nur da, als sei nichts vorgefallen.

»Stefanie! Sind Sie verletzt? Geht es Ihnen gut? Was hat man mit Ihnen angestellt?«

»Es ist alles gut, Patrick.« Sie lächelte noch immer. Jetzt sah sie wieder aus wie eine Göttin. »Mir ist nichts passiert. Unsere Rettung kam gerade zur rechten Zeit, würde ich sagen. Vielen Dank für Ihr Eingreifen. Es ehrt mich, wie viel Ihnen an mir liegt.«

»Mein Eingreifen? Ich wünschte, ich hätte etwas tun können!«

»Sie waren beherzt und sehr mutig! Mehr konnten Sie nicht tun.«

»Was ist passiert? Hatte man Ihnen Drogen gegeben? Sie hypnotisiert? Und wer sind diese Leute? Wo kommen sie her?«

»So viele Fragen. Es wird sich alles klären, da bin ich sicher. Da, sehen Sie, es kommt schon jemand, der mit uns sprechen will.«

Tatsächlich kam ein Soldat geradewegs auf sie zu und entfernte im Gehen seine Gasmaske. Als er herangetreten war, streckte er ihnen seine Hand entgegen.

»Sie müssen Stefanie Krüger und Patrick Nevreux sein. Es freut mich, dass Ihnen nichts geschehen ist. Leider waren wir nicht noch schneller, aber es hat ja gerade noch geklappt.«

»Wer sind Sie?«, fragte Patrick.

»Entschuldigen Sie, wie unhöflich. Mein Name ist Bruder Nathaniel, Ritter vom Tempel Salomons.«

Patrick stöhnte auf. »Ach, du Scheiße…«

Keine halbe Stunde später standen sie im Foyer des Hôtel des Cathares. Man hatte sie dort einquartiert und ihnen den Landrover vor die Tür gestellt. Am Morgen wollte man sich mit ihnen treffen, um mit ihnen ausführlich zu reden. Alle drei waren zu müde, um zu widersprechen. Außerdem brannten sie auf die versprochenen Antworten.

»Was für ein Tag!«, sagte Patrick. »Stefanie, fühlen Sie sich wohl? Werden Sie schlafen können?«

»Aber ja.«

»Ich meine, immerhin sind Sie vorhin beinahe... Na ja, zumindest sah es so aus... nicht, dass ich irgendwelche Details gesehen hätte...«

»So schüchtern kenne ich Sie gar nicht, Patrick. Vergewaltigt, meinen Sie? Ich wäre fast vergewaltigt worden? Machen Sie sich keine Gedanken. Es bestand zu keinem Zeitpunkt wirkliche Gefahr für mich.«

»Wie bitte?! Aber Sie waren doch völlig willenlos. Es hätte nicht viel gefehlt...«

»Ich weiß genau, wie viel gefehlt hat, Patrick. Und glauben Sie mir: Ich hätte mich im entscheidenden Augenblick unangenehm zur Wehr gesetzt.«

Patrick sah sie zweifelnd an. Die Lage hatte sicherlich anders ausgesehen, aber als sie die Worte nun sagte, wirkte sie überzeugend. Offenbar hatte sie das Spiel so lange mitgespielt, um nicht frühzeitig ihre Wehrhaftigkeit preiszugeben. Beim Gedanken daran, was Stefanie im rechten Moment mit Ashs Familienjuwelen angestellt hätte, überkam ihn ein Schauer. Er wechselte das Thema.

»Peter, was ist mit Ihnen? Wieder fit für eine wohlverdiente Mütze Schlaf? Sie sind so schweigsam, seit wir wieder draußen sind.«

»Ich verstehe nicht, wie Sie beide dieses Erlebnis so leicht wegstecken können. Wir sind Zeuge einer satanischen Anrufung geworden, ein blutiger Altar, eine gottlose Orgie und zu guter Letzt eine Manifestation, ein wahrhaftiger Dämon! Wissen Sie nicht, was das bedeutet?!«

»Was für eine Manifestation? Wovon reden Sie?«

»Die leuchtenden Gestalten, Belial in seiner Form zweier Engel auf dem Streitwagen, und dann diese höllische Bestie!«

Patrick sah dem Engländer in die Augen, um darin eine Veränderung zu sehen. »Sind Sie sicher, dass es Ihnen gut geht?« Peters Pupillen waren leicht geweitet, sein Blick ins Unbestimmte gerichtet. »Sie haben leuchtende Gestalten gesehen? Und eine Bestie?«

»Sie waren so vollkommen, so real, ihre Blicke drangen bis ins Mark. Genauso, wie es beschrieben wird. Es stimmte alles.«

»Peter, da war nichts. Peter!« Patrick fasste ihn an den Schultern und brachte sein Gesicht ganz nahe an das des Professors heran. »Sehen Sie mich an, Peter. Da war nichts. Hören Sie!«

Peter blickte auf. »Was soll das heißen, da war nichts? Verschließen Sie noch immer die Augen vor der Wahrheit, wie ich es mein Leben lang tat? Fragen Sie Stefanie, ob da etwas war!«

»Peter«, sagte Stefanie, »da war tatsächlich nichts. Glauben Sie uns. Die Zeremonie hat Sie gefangen genommen. Sie sind beeinflusst worden!«

»Beeinflusst? Wer sagt Ihnen, dass Sie es nicht sind, die beeinflusst wurden?«

»Wenn dort irgendwelche Gestalten oder Bestien gewesen wären«, versuchte es nun wieder Patrick, »wohin sind sie dann so plötzlich verschwunden, als wir befreit wurden?«

»Ich weiß es nicht...« Er senkte den Blick. »Vielleicht haben Sie ja auch Recht...« Er wirkte nicht überzeugt.

»Wir sollten jetzt alle schlafen gehen«, sagte Patrick. »Morgen früh sieht alles anders aus. Und dann bekommen wir hoffentlich auch ein paar Antworten.«

11. Mai, Hôtel des Cathares, Albi

Es war eine kurze und unruhige Nacht für alle drei. Doch als sie sich gegen neun Uhr zum Frühstück trafen, waren Stefanies Haare frisch gewaschen, Patrick machte einen einigermaßen erholten Eindruck, und auch Peter schien seine Fassung wiedererlangt zu haben. Dennoch wirkte er nachdenklich, als er seinen Tee trank.

»Es tut mir Leid, wenn ich Sie beide gestern mit meinem verworrenen Zustand belastet habe«, sagte er nur zur Erklärung. »Ganz offenbar haben wir unterschiedliche Erinnerungen an das Geschehen. Lassen wir es zunächst dabei bewenden.« So erzählte Patrick von ihren Erlebnissen in der Höhle, wobei Peter interessiert zuhörte. Er formulierte dabei dieselben Fragen, die sich Patrick ebenfalls gestellt hatte: in welcher Weise Patrick in der Lage gewesen sei, die Bilder zu lenken, und ob es sich nicht vielleicht um projizierte Erinnerungen handelte. Doch dann schilderte Patrick, wie er der Herkunft der beiden Faxe auf die Spur gekommen war, die traumartige Reise nach Morges, das Herrenhaus am Genfer See und das Türschild mit der Inschrift »Steffen van Germain«.

»Höchst erstaunlich!«, sagte Peter. »Dann handelt es sich in der Tat um eine Höhle des Wissens! Uns ist weder bekannt, wer sie erbaut hat, noch, wie sie funktioniert. Doch scheint sie in der Lage zu sein, Wissen zu vermitteln, und zwar auf eine umfassendere und direktere Art, als wir es bisher kennen. Stellen Sie sich vor, über welche Macht derjenige verfügt, der diese Höhle beherrscht. Kein Geheimnis der Welt wäre mehr sicher, alles Wissen der Vergangenheit, der Gegenwart, möglicherweise auch der Zukunft wäre jederzeit verfügbar! Das ist unglaublich!«

»Ja.« Patrick nickte. »Und eine ganze Menge Leute trachtet bereits nach dieser Höhle. Nicht nur die Satanisten. Erinnern Sie sich an den Typ von Helix Industries, der uns von den Archiven Luthers erzählte? Meinen Sie nicht, der ahnte etwas? Und Renée! Wie begierig sie wurde, uns zu helfen und mehr über den ›Kreis von Montségur‹ zu erfahren. Als hätte sie schon davon gehört.«

»Und dann gibt es diesen Steffen van Germain«, sagte Peter, »der scheinbar von Anfang an wusste, um was es geht, und uns beobachtete...«

»Ich möchte mich ja ungern in die Hände einer neuen Geheimorganisation von Spinnern begeben«, sagte Patrick, »aber so wie es aussieht, ist der mysteriöse Mann aus Morges unsere letzte heiße Spur. Wir sollten ihm dringend einen Besuch abstatten.«

»Apropos Geheimorganisation«, sagte Stefanie, »da kommt unser Retter von gestern Abend.«

Nathaniel, diesmal nicht in Uniform, sondern in normaler Straßenkleidung, trat an den Tisch.

»Guten Morgen, Madame, Messieurs. Ich hoffe, Sie konnten den kurzen Rest der Nacht noch genießen. Sie sind bereits fertig mit dem Frühstück? Dann würde ich mich gerne mit Ihnen unterhalten. Sind Sie einverstanden, dass wir uns dazu eine ruhigere Ecke suchen?«

Sie standen auf und folgten dem Mann, der sie in einen Seitentrakt des Hotels führte, wo sich eine Sitzgruppe und ein Kamin befanden. Am frühen Morgen war kein Feuer entzündet, doch es war allemal gemütlich und so abgeschieden, dass eine vertrauliche Unterredung möglich war, ohne von anderen Gästen überrascht zu werden.

»Zunächst einmal«, begann Nathaniel, »möchte ich mich bei Ihnen noch mal für unser verspätetes und martialisches Eingreifen gestern Nacht entschuldigen. Wir hatten gehofft, dass es niemals so weit kommen würde. Wir haben die Situation und ehrlich gesagt auch Ihre Hartnäckigkeit unterschätzt. Nun ist allerlei Unheil angerichtet worden, und wir müssen retten, was zu retten ist …« Er registrierte die irritierten Blicke seiner Gesprächspartner. »Wie Sie sich denken können, geht es um die Höhle, die Sie entdeckt haben. Sie haben sie zu Recht als ein ›Archiv des Wissens‹ identifiziert, und Sie haben bereits mehr herausgefunden, als wir zulassen wollten.«

»Wer sind Sie?«, fragte Patrick.

»Mein Orden, der ›Tempel Salomons‹, bewacht die Höhle seit rund eintausend Jahren. Es ist ja kein Zufall, dass sie hier, mitten im modernen Frankreich, scheinbar noch nicht entdeckt wurde. Unsere Arbeit und ihre eigene Macht trugen wesentlich dazu bei. Bis Sie kamen.«

»Die Malereien sind aus dem Mittelalter«, sagte Peter. »Wurde die Höhle damals gebaut? Und wenn ja, von wem?«

»Sie wissen bereits mehr, als irgendeinem Fremden bekannt sein dürfte. Meine Aufgabe ist es, Sie von der weiteren Erforschung der Höhle abzuhalten. Was Sie gestern erlebt haben, ist nur der Beginn einer Lawine, die Sie losgetreten haben.«

»Wollen Sie uns drohen?«

»Keineswegs. Von uns besteht keine Gefahr. Aber es stehen bereits neue Interessenten bereit, die mit Ihnen um die Höhle wettstreiten werden. Es wird zu keinem guten Ende kommen, und dabei werden Sie und alle anderen die Verlierer sein. Denn die Höhle selbst wird niemand erringen. Sie birgt eine viel zu große Gefahr, als dass wir das zulassen könnten.«

»Welche Interessenten meinen Sie?«

»Den Bürgermeister von St.-Pierre-Du-Bois, Fauvel. Was meinen Sie, weshalb er Sie so plötzlich und dringend loswerden wollte?«

»Sie haben das veranlasst?«

»Sagen wir, er hat einen unangenehmen Besuch bekommen, der ihn dazu anregte, Sie fortzujagen. Hätte alles geklappt, hätten Sie niemals von uns erfahren. Da Sie dennoch nicht gegangen sind, hat er jetzt eine Truppe Söldner angeheuert, die Sie mit Waffengewalt vertreiben soll.«

»Das ist doch absurd!«

»Ja, natürlich ist es das.« Nathaniel beugte sich vor. »Aus diesem Grund konnten wir es auch nicht vorhersehen. Dennoch ist es so, und wir müssen und können Sie nur warnen. Die Dinge geraten außer Kontrolle, wie Sie zweifellos gemerkt haben.«

»Mit unserer Rückendeckung aus Genf und unseren Rangern im Wald sollte das kein echtes Problem darstellen«, sagte Patrick.

»Und hat Ihnen das gegen die Sekte von Belial geholfen? Unterschätzen Sie nicht, welche Kräfte Sie befreit haben, Messieurs. Weltliche, aber auch religiöse, esoterische, okkulte. Sie müssen die Untersuchungen an der Höhle unverzüglich beenden! Der Tempel Salomons möchte kein Leid verursachen, doch wir können Sie auch nicht weiter beschützen.«

»Wer sind Sie überhaupt?«, wollte Patrick wissen. »Erzählen Sie uns lieber, welche Rolle Sie dabei spielen!«

Nathaniel lehnte sich zurück. »Ich weiß, dass Sie das interessieren muss, aber ich darf Ihnen keine Einzelheiten offenbaren. Und schlussendlich ist es auch nicht wichtig. Für Sie genügt es zu wissen, dass wir die Höhle schützen und verhindern müssen, dass sie entdeckt wird.«

»Aber warum wollen Sie das?«, fragte Peter.

»Und wer gibt Ihnen die Befugnis, darüber zu entscheiden?«, warf Patrick ein. »Oder gehört Ihnen die Höhle etwa?!«

»Nein, uns gehört sie nicht. Sie gehört niemandem. Nicht, solange die Menschheit nicht reif genug für eine solche Macht ist. Bis dahin bewachen wir sie. Und wir handeln im Sinne und mit dem Segen der Gründer der Archive.«

»Welche Gründer?«

»Dem ›Kreis von Montségur‹«, antwortete Nathaniel.

»Sie meinen das Symbol auf dem Boden der Höhle? Was hat es damit auf sich?«

»Ich meine nicht das Symbol. Der ›Kreis von Montségur‹ ist ein arkaner Bund, älter als wir alle zusammen, älter als Jerusalem, älter als Ägypten und Babylon.«

»Der ›Kreis von Montségur‹ ist gar nicht der Name für das Symbol, sondern für einen mystischen Orden!« Peter schüttelte den Kopf. »In dieser Richtung haben wir nicht nach Antworten gesucht.«

»Natürlich nicht«, sagte Nathaniel. »Und dort gibt es auch nichts für Sie zu finden. Nur wenige hörten jemals diesen Namen, und keiner davon hat jemals irgendetwas erfahren, wenn der Kreis selbst es nicht gewollt hat. Geben Sie es also auf, Ihre Suche ist an ihrem Ende angekommen. Stellen Sie die Untersuchungen ein.«

»Warum sollten wir das tun?«, fragte Patrick.

»Verstehen Sie doch! Sie mögen gute Absichten haben, und es ehrt Sie, wie weit Sie bereits gekommen sind. Mit klarem Verstand und lauteren Mitteln. Doch bedenken Sie, was gestern beinahe geschehen wäre. Und was jederzeit wieder passieren kann und wird. Wem außer Ihnen kann und wird die Höhle in die Hände fallen? Die Menschheit ist nicht reif für die darin verborgene Macht. Sie müssen jetzt aufgeben und helfen, sie zu schützen!«

»Sie halten ein durchaus ehrenvolles Plädoyer«, sagte Peter, »aber ist es dafür nicht zu spät? Was soll mit denen geschehen, die bereits davon wissen?«

»Machen Sie sich um Ash Modai und seine Sekte keine Sorgen«, erklärte Nathaniel. »Die Mittel der Suggestion und die berauschenden Drogen, die bei ihnen verwendet werden, leisten auch uns gute Dienste, wenn es darum geht, Geschehenes vergessen zu lassen.«

»Wie kommt es, dass Ash Modai den ›Kreis von Montségur‹ überhaupt kannte?«, fragte Patrick. »Von ihm haben wir zum ersten Mal davon gehört.«

»Ich bezweifle, dass er die geringste Vorstellung von den wahren Zusammenhängen hat«, sagte Nathaniel. »Aber das ist symptomatisch für die ganze Masse der halb gebildeten Mystiker. Die tatsächlichen Verhältnisse und Verbindungen sind nach Hunderten und Tausenden von Jahren kaum noch zu durchschauen. Solche wie ihn und die ›Hand von Belial‹ hat es immer gegeben, aber sie berühren uns nicht. Das Einzige was zählt, ist die Höhle. Und ich muss Sie erneut eindringlich und letztmalig bitten, Ihre Arbeit einzustellen. Die Lage spitzt sich dramatisch zu, und Sie werden im Zentrum des Konflikts stehen, wenn Sie nicht rechtzeitig das Feld räumen. Ich kann nur hoffen, dass Sie nicht noch mit weiteren möglichen Interessenten im Kontakt stehen, die nun um die Höhle wissen, und die ihrerseits wollen, dass die Untersuchungen fortgeführt werden. Dann ließe sich das verstreute Wissen um dieses Geheimnis möglicherweise niemals wieder einfangen und bändigen!«

»Sie kennen unsere Kontakte bereits«, sagte Peter, entschlossen, dem Mann nichts von ihrer Auftraggeberin in Genf und von dem unbekannten Steffen van Germain zu verraten.

»Ich kann nicht mehr, als Sie warnen und Sie bitten«, wiederholte Nathaniel und stand auf.

»Wir haben verstanden«, sagte Peter, erhob sich ebenfalls und reichte dem Mann die Hand. »Und ich verspreche Ihnen, dass wir uns alles Weitere sehr gut durch den Kopf gehen lassen. Vielen Dank für Ihre Warnung und Ihre offenen Worte.«

»Ich danke Ihnen für Ihre Geduld! Gott helfe Ihnen, die richtige Entscheidung zu treffen und den rechten Weg zu gehen. Leben Sie wohl! Madame, Messieurs.«

Sie sahen ihm hinterher, als er die Kaminlounge verließ.

»Der hatte es aber plötzlich eilig«, sagte Patrick.

»Es gab wohl nichts mehr, was er uns noch sagen konnte«, meinte Stefanie.

»Oft genug wiederholt hat er sich ja. Schräger Vogel... Was halten Sie davon, Peter?«

»Also, mir sind es inzwischen eindeutig genug Geheimbünde«, antwortete der Professor. »Jetzt haben wir nicht nur den ›Tempel Salomons‹, der die Höhle schützt und angeblich sogar den Bürgermeister unter Druck setzen kann, sondern darüber hinaus hören wir nun auch von einem weiteren, dahinter liegenden Orden, dem ›Kreis von Montségur‹, die angeblichen Gründer, älter als Ägypten und Babylon. Ich bin sicherlich nicht der Einzige, der das für mindestens unwahrscheinlich halten muss. Und ist es ein Wunder, dass die Geschichte sie auch nicht kennt, dass wir noch nie davon gehört haben?« Er schüttelte den Kopf. »Ich bin gewiss der Letzte, der davor zurückscheut, unkonventionelle Zusammenhänge herzustellen. Aber meine Erfahrung hat mich gelehrt, dass die Abwesenheit jeglicher, absolut jeglicher Spuren ein gutes Indiz für eine falsche Fährte ist.«

»Aber da ist die Höhle«, sagte Patrick. »Die können wir nicht wegdiskutieren. Sie existiert mindestens seit dem Mittelalter, und mit keiner heute bekannten Technologie könnten wir ihre Funktionsweise erklären. Und völlig unbekannt scheint sie nicht zu sein, sondern lediglich gut behütet. Etwas ist da draußen, Peter, da können wir sicher sein. Wir haben bloß keinen Schimmer, was es ist. Nathaniels Story warf doch zum ersten Mal ein Licht darauf.«

»Zum ersten Mal sicher nicht«, widersprach Peter. »Wenn ich mich recht erinnere, ist die Höhle auch schon als das Archiv Luthers und das Grab des Christian Rosenkreuz identifiziert worden. Und wo hat es uns hingeführt?«

»Was sind Sie plötzlich so streng?«, fragte Patrick. »Beide Versionen haben wir verworfen. Dies ist jetzt eine neue Spur.«

Peter schwieg einige Augenblicke. Dann nickte er fast unmerklich, hob eine Augenbraue und wiegte den Kopf. Es war wirklich nicht seine Art, plötzlich abzuwinken und aufzugeben. In Wahrheit fürchtete er seine Erinnerungen an den letzten Abend. Er hatte kaum geschlafen und sich geschworen, seinen Anker auf dem Boden der Realität auszuwerfen, alles andere zu verneinen, zu vergessen. Aber die Höhle war unzweifelhaft da. Und da draußen war noch mehr. Viel mehr. Alle seine Instinkte waren davon entflammt. Es war ein Rätsel, das es zu lösen galt. Vielleicht musste er dieses Mal über seine Grenzen hinausgehen, die Grundlagen seiner bisherigen Weltsicht verlassen, aber davor durfte er nicht zurückschrecken.

»Sie haben Recht«, sagte er schließlich. »Warum nicht? Gehen wir also für eine Weile davon aus, dass in Nathaniels Geschichte ein wahrer Kern steckt. Dann stellt sich für uns als

Erstes die Frage, ob wir seiner Warnung Gehör schenken und die Untersuchungen abbrechen sollten. Wenn es stimmt, was er sagt, könnten wir vor Ort durch den Bürgermeister in erhebliche Schwierigkeiten geraten.«

»Im Augenblick brauchen wir nicht vor Ort zu sein«, sagte Patrick. »Denn zunächst sollten wir unserer heißesten Spur folgen. Schließlich wissen wir jetzt, wo wir Steffen van Germain finden.«

»Einverstanden.« Peter sah auf die Uhr. »Halb elf. Lassen Sie uns an der Rezeption herausfinden, wie wir von hier aus auf dem schnellsten Weg in die Schweiz, nach Morges und zu diesem Herrenhaus kommen.« Damit stand er auf, und die anderen folgten ihm.

11. Mai, 16.30 Uhr, Morges, Schweiz

Es stellte sich heraus, dass die knapp 600 Kilometer Luftlinie weitaus umständlicher zurückzulegen waren, als sie angenommen hatten. Zunächst fuhren sie auf der RN 88 nach Toulouse, von dort ging es mit dem Flugzeug über Paris nach Genf und schließlich das letzte Stück der Strecke mit einem Mietwagen auf der A1 nach Norden Richtung Lausanne.

In Morges angekommen, hielten sie an der erstbesten Telefonzelle, suchten im elektronischen Telefonverzeichnis und fanden tatsächlich einen Eintrag unter dem Namen »van Germain«.

Peter rief an, nannte seinen Namen und fragte, ob dort ein »Steffen van Germain« zu sprechen sei. Die Antwort überraschte keinen der drei sonderlich: Sie wurden bereits erwartet. Eine Wegbeschreibung folgte.

Die Sonne stand schon tief, als sie das Anwesen gefunden hatten.

»Das ist es«, sagte Patrick. »Das ist das Tor, das ich in der Höhle gesehen habe!« Er deutete nach draußen. »Und dort ist die Klingel.« Doch noch bevor sie ausgestiegen waren, schwangen die Flügel des Tores bereits nach innen. Sie fuhren die Auffahrt entlang. Kies knirschte unter den Reifen. Nach einem weiten Bogen durch den beispiellos gepflegten Park, vorbei an Blumenbeeten mit darin eingelassenen Sonnenuhren, in Form geschnittenen Büschen, vereinzelten Sitzbänken und von Rosen berankten Pavillons, kamen sie zur Front des eindrucksvollen Gebäudes. Es mochte aus dem Anfang des vergangenen Jahrhunderts sein, zweistöckig, weiß gestrichen, in tadellosem Zustand. Sie parkten den Wagen und wurden sogleich von einem jungen Mann in eleganter Kleidung begrüßt, der die Stufen des Eingangs herabkam.

»Willkommen, Madame, Messieurs. Mein Name ist Joseph. Bitte folgen Sie mir.«

»Ich frage mich«, flüsterte Patrick den anderen beiden zu, »wo wir jetzt schon wieder hineingeraten sind!«

Sie betraten eine luftige Eingangshalle. Das Innere des Gebäudes entsprach dem altertümlichen Stil der Außenfassade. Dabei wirkte jedoch nichts wirklich veraltet, sondern auf eine noble Art erhalten, gepflegt und noch immer genutzt. Der Mann geleitete sie durch die Eingangshalle in den hinteren Teil des Gebäudes. Die Räume wirkten allesamt hell, waren mit nur wenigen, aber erlesenen Antiquitäten bestückt. Ein Flur und einige kleine Stufen führten sie schließlich in ein überdimensionales Wohnzimmer. Der Raum nahm offenbar die gesamte rückwärtige Breite des Hauses ein. Große Fenster, die bis zum Boden reichten, gaben den Blick über das leicht abfallende Grundstück auf den dahinter liegenden Genfer See frei. In der Ferne verschwamm der See mit dem Horizont, und darüber ließ sich ein Gebirgsmassiv ausmachen, dessen schneebedeckte Spitzen im Licht der Sonne rotgolden leuchteten. Es war ein grandioser Ausblick.

»Herzlich willkommen«, hörten sie eine sonore Stimme. Zu ihrer Rechten, neben einem wuchtigen, ausladenden Esstisch, stand ein älterer Herr von beeindruckender Gestalt. Er war groß, kräftig gebaut und in einen edlen, anthrazitfarbenen Anzug mit Weste gekleidet. Statt einer Krawatte schmückte seinen Hals ein Seidentuch, das mit der Farbe seines Hemdes aufs Beste harmonierte. Sein Gesicht war von einem weißen, gepflegten Bart umrahmt, sein Haar mit weißen Strähnen durchsetzt. Peter bemerkte einen großen, rotgoldenen Siegelring an einem der Finger. Wie auch das Haus wirkte der Mann auf eine seltsame Art altertümlich, aber dennoch nicht antiquiert oder rückständig. Im Gegenteil. Allein sein Aussehen und das wache Blitzen seiner Augen schienen bereits einen wortlosen Kommentar über die Jugend und die Kurzlebigkeit der Zeit zu formulieren.

»Mein Name ist Steffen van Germain«, stellte er sich vor. »Es freut mich, dass Sie den Weg zu mir gefunden haben.« Er reichte allen dreien die Hand. »Madame Krüger, Professor Lavell, Monsieur Nevreux. Bitte nehmen Sie Platz. Ich habe mir die Freiheit genommen, ein frühes Abendessen zu arrangieren. Ich hoffte, dass Sie genügend Zeit haben würden, mit mir zu speisen.« Er zog einen der Stühle um die mittelalterliche Tafel ein wenig hervor und bot Stefanie an, sich zu setzen. »Zweifellos haben Sie viele Fragen, und ich werde mich bemühen, Ihnen nach meinem besten Vermögen Auskunft zu geben.«

»Haben Sie uns jene beiden Faxe geschickt, die mit ›St. G.‹ unterzeichnet waren?«, fragte Peter, noch während sie sich setzten.

»Professor Lavell«, sagte van Germain, »zielstrebig, wie er bekannt ist. Ich verstehe vollkommen, dass Ihnen nicht der Sinn nach höflicher Plauderei steht. Wie könnte er auch, nach allem, was bereits geschah. Also: Ja, die Telefaxe sind von mir. Joseph versandte sie in meinem Auftrag aus dem Postamt in Morges.«

»Was wollten Sie damit bezwecken?«

»Ich beobachtete den Fortschritt Ihrer Untersuchungen und gab Ihnen Hinweise, ohne mich aufzudrängen.«

»Dann ist Ihnen die Höhle also bestens bekannt?«

»Das Archiv des Wissens im *Vue d'Archiviste*, selbstverständlich. Wie sonst sollte ich die Malereien kennen und die Rose, mit der Sie Ihre Nachforschungen begannen. Und das Zeichen von Montségur. Wie Sie inzwischen wissen, hat es ja überhaupt nichts mit der legendären Burg zu tun. Aber der Name ist durchaus gefällig... Oh, da kommt Joseph. Ich habe ihn gebeten, uns einen Wein zu bringen, bevor das Essen fertig ist. Sie bleiben doch zum Diner?«

»Ich bin sicher, dass es Ihren Gefallen finden wird«, erklärte nun Joseph, der ihnen Gläser hinstellte und dann einen jungen Weißwein ausschenkte. »Ich hatte eine leichte Bouillabaisse vorgesehen, gefolgt von einem Salade Niçoise, danach Lachsfilets in einer Mangosauce, ein Filetsteak vom argentinischen Rind und schließlich zum Kaffee eine Crème Brûlée sowie eine Platte mit ausgewählten Käsen und Früchten.«

»Von mir aus bleiben wir«, sagte Patrick.

»Gut«, stimmte Peter zu, als Joseph wieder gegangen war. »Nehmen wir Ihre Einladung also an. Dann verraten Sie uns, wie Sie jederzeit wissen konnten, wie es um unsere Arbeit bestellt war. Wie haben Sie uns überwacht?«

»Die Höhle ist mir seit langer Zeit bekannt. Vielleicht genügt es zu sagen, dass sie mir am Herzen liegt. Als viel beschäftigter Mann kann ich mich ihr leider nicht persönlich widmen. Wie jeder Geschäftsmann verfüge ich daher über einige sehr gute Kontakte, die mich mit notwendigen Informationen beliefern. Sie werden verstehen, dass ich Ihnen keine weiteren Details geben kann. Auch andere einflussreiche Menschen vertrauen auf meine Diskretion. Gerade erst gestern hat eine solche Person auf ebendiesem Stuhl gesessen.«

»Sie erwähnten in Ihrem fragwürdig formulierten Schreiben, dass wir auf einen Kreis gestoßen seien und dass ein Kreis auf uns stoßen würde. Was hatte es damit auf sich?«

»Das Rätsel…« Van Germain nahm einen Schluck vom Wein und schmunzelte leicht. »In dieser spannenden Untersuchung voller Geheimnisse schien es mir passend, meinerseits ebenfalls ein kleines Rätsel beizusteuern. Eine Eitelkeit, gewiss, die Sie mir höflichst verzeihen mögen. Andererseits stellte es sicher, dass Sie mit gebührender Sorgfalt und Liebe zum Detail vorgehen würden.«

»Ich meinte vielmehr die Tatsache, dass Sie wiederholt einen Kreis erwähnten. Und tatsächlich gibt es diese Gerüchte um einen ›Kreis von Montségur‹. Was können Sie uns darüber erzählen?«

»Die Geschichte um den ›Kreis von Montségur‹ ist schon alt, aber wenig verbreitet. Einer der undurchsichtigeren esoterischen Mythen. Ohne Zweifel sind Sie deswegen noch nicht früher darauf gestoßen. Am Leben erhalten wird diese Geschichte seit ihrer Entstehung durch einen kleinen Orden, der sich ›Tempel Salomons‹ nennt.«

»Wir haben ihn heute Morgen kennen gelernt.«

»Es war nur eine Frage der Zeit, bis das passieren würde.«

»Was wissen Sie über den Orden?«

»Es gibt nur wenige Informationen. Das meiste, was bekannt ist, wurde auf die eine oder andere Art von den Mitgliedern selbst in Umlauf gebracht. Der Legende nach bildete sich der Orden als eine Splittergruppe der Tempelritter.«

»Sie meinen *die* Templer?«, fragte Patrick. Er erinnerte sich an die Ausführungen von Peter und an den verlorenen Schatz jenes Ordens.

»Ja. Sie wissen sicherlich um ihre Taten und ihren sagenhaften Reichtum. Der Überlieferung nach beruhte der so plötzlich steigende Einfluss der Templer auf einer einzigen Ursache: Unter den Ruinen des Tempels von Salomon, wo sich ihr erstes Quartier befand, stießen sie auf ein Archiv des Wissens.«

»Eine Höhle, so wie hier?«, fragte Patrick.

»Es ist wohl nicht bekannt, ob es notwendigerweise eine Höhle war. Jedenfalls soll es ebenjene Quelle gewesen sein, aus der auch König Salomon sein Wissen und seine legendäre Weisheit bezogen hatte. Die Templer jedoch veränderten sich, wurden von der Macht verführt, häuften Reichtümer an und verfehlten das eigentliche Ziel: die Macht zum Wohl der Menschen einzusetzen – oder sie wieder zu versiegeln, falls die Menschen nicht reif dafür wären. Da spaltete sich eine kleine Gruppe von den anderen ab und nannte sich schlicht ›Tempel Salomons‹.«

»Nicht zu verwechseln mit der ›Armen Ritterschaft Christi vom Salomonischen Tempel‹«, warf Peter ein, »dem offiziellen Namen der eigentlichen Templer.«

»Das ist völlig richtig«, sagte van Germain. »Die Mitglieder des ›Tempel Salomons‹ jedenfalls wollten das Archiv schützen. Doch es gelang ihnen nicht, die Templer aufzuhalten. Das Archiv Salomons ging in den Wirren der Kriege verloren, und was nicht völlig zerstört wurde, wäre wohl heute im dreigeteilten Jerusalem unzugänglicher als jemals zuvor. Die Templer hingegen bauten ihr Reich in alle Richtungen aus. Man sagt, sie seien auf Informationen über die Gründer der Archive gestoßen und hätten in Erfahrung gebracht, dass es weitere solcher Orte gäbe, die sie nun suchten.«

»Und diese Gründer sind der ›Kreis von Montségur‹«, vollendete Peter die Ausführungen.

»In der Tat«, sagte van Germain. »So viel haben Sie also bereits erfahren.«

»Nathaniel ließ es leider dabei bewenden«, sagte Peter. »Er war nicht bereit, uns mehr über den ›Kreis von Montségur‹ zu erzählen.«

»Sie dürfen es ihm nicht verdenken, Herr Professor. Nach allem, was ich gehört habe, verliert sich die Spur an dieser Stelle in allerlei Mythologie. Oh, das Essen.«

Joseph hatte den Salon mit einem Servierwagen betreten. Darauf befand sich ein Rechaud mit der angekündigten Bouillabaisse. Er verteilte Besteck und Geschirr und stellte Brot und Perrier auf den Tisch, bevor er servierte. Dann verließ er sie wieder.

Sie aßen eine Weile schweigend. Peter hielt es nicht für angebracht, das Essen gleich zu Beginn mit Fragen und Gesprächen zu belasten. Lediglich einige Höflichkeiten über die Einladung und Komplimente über die Qualität des Essens wurden ausgetauscht. Patrick ließ es sich nicht nehmen, den Teller mit Brot auszuwischen, während Peter den Faden der Unterhaltung wieder aufnahm.

»Nachdem die Templer also ein weiteres Archiv des Wissens hier in Frankreich entdeckt hatten«, mutmaßte er, »schwor sich der ›Tempel Salomons‹, dass sie zumindest dieses Archiv schützen würden?«

»Richtig«, sagte van Germain. »So leiten sie jedenfalls ihre Geschichte und Berechtigung her.«

»Und was hat es mit den legendären Gründern auf sich, dem ›Kreis von Montségur‹? Was sollen das für Leute sein? Sind sie es, die die Archive gebaut haben?«

»Nach der Ansicht des ›Tempel Salomons‹ handelt es sich um eine Gruppe Unsterblicher, die vor Urzeiten die Archive des Wissens gebaut haben. Der tatsächliche Ursprung liegt im Dunkeln, soll sich aber weit vor den Ägyptern und den ersten Hochkulturen befinden, vor Ur, Mohenjo-Daro und Çatal Hüyük. Ihrer Ansicht nach gab es unzählige solcher Archive – auf der ganzen Welt verstreut. Der ›Kreis von Montségur‹ baute sie und überwacht sie zum Teil noch heute, um sie der Menschheit erst zu offenbaren, wenn diese reif genug dafür ist.«

Peter hob eine Augenbraue und nahm einen Schluck Wein, bevor er weitersprach.

»Woher dann der Name ›Kreis von Montségur‹?«, fragte er schließlich. »Wo ist da der Zusammenhang?«

»Vermutlich hat sich dieser Name erst spät in der esoterischen Tradition gefestigt. Ohne Zweifel haben Sie die Geschichte um die Burg Montségur studiert. Der ›Tempel Salomons‹ glaubt, dass die Katharer das Geheimnis der Höhle kannten. Damit es nicht in die Hände der Inquisition fallen würde, soll der geheime Orden der Gründer höchstpersönlich eingegriffen haben, um das Geheimnis noch während der Belagerung aus der Burg zu schaffen.«

»Die drei Parfaits, die mit dem Schatz der Katharer kurz vor der Kapitulation der Festung 1244 fliehen konnten«, sagte Peter.

»Ja, ebenjene sollen das Geheimnis der Archive in Sicherheit gebracht haben. Dieses Ereignis hat wohl den Namen geprägt.«

»Aber weshalb sieht es der ›Tempel Salomons‹ als seine Aufgabe, die Höhle zu schützen, wenn der ›Kreis von Montségur‹ laut eigener Überlieferung ganz offensichtlich selbst dazu in der Lage zu sein scheint? Das ergibt doch nicht viel Sinn, oder?«

»Sie haben vollkommen Recht, Herr Professor Lavell. Es sei denn, man wäre der Überzeugung, dass sich der ›Kreis‹ nicht grundsätzlich einmischen würde, und dass es sich bei dem Vorfall auf Montségur um eine ganz besondere Ausnahme, ein quasi göttliches Eingreifen, gehandelt habe.«

In diesem Moment kam Joseph erneut, entfernte die Teller und servierte den Salat. Diesmal wartete Peter lediglich, bis alle ihre Teller vor sich stehen hatten und van Germain zur Gabel griff, um den Gang zu eröffnen, bevor er das Gespräch fortsetzte.

»Einverstanden. Nehmen wir an, es wäre so. Aber wenn bereits die Katharer die Höhle kannten, wie konnte das Geheimnis dann noch vor den Templern geschützt werden, die, wie wir wissen, viele flüchtige Katharer in ihren Reihen aufnahmen und mit Sicherheit davon erfahren hätten?«

»Ich würde mir nicht anmaßen, meine bescheidenen Kenntnisse über den Templerorden den Ihren gegenüberzustellen. Man könnte jedoch spekulieren, ob nicht die Templer tatsächlich davon erfuhren. Immerhin sagte man ihnen in den Inquisitionstribunalen meiner Erinnerung nach ketzerische Praktiken nach. Vielleicht begründeten sich diese Vorwürfe darauf, dass die Templer statt dem christlichen Glauben nun tatsächlich einer anderen Quelle der Weisheit nacheiferten?«

»Quelle der Weisheit... warten Sie... Patrick! Können Sie noch einmal beschreiben, was Sie in der Höhle auf der Säule gesehen hatten? Den Kopf, meine ich.«

Patrick sah ihn erstaunt an. Er hatte nicht damit gerechnet, zur Unterhaltung beitragen zu müssen, und genoss stattdessen den Ausblick, Stefanies Anwesenheit und das Essen. Nun kaute er hastig zu Ende.

»Nun ja, der war etwa so groß«, deutete er an, »aus einem rotgoldenen Metall. Vielleicht eine Legierung mit Kupfer, eine Art Rotgold möglicherweise. Er hatte kein Gesicht, oder jedenfalls nur grob angedeutet. Was zu erkennen war, wirkte ein bisschen wie die Gesichter der Statuen auf den Osterinseln, wenn Sie sie sich vorstellen können. Irgendwie nicht europäisch, eher asiatisch oder pazifisch oder so. Ich meinte noch zu Stefanie, dass es zu keiner westlichen Kultur zu passen schien.«

»Und Sie hatten noch mehr erwähnt. Einen Bart und Hörner, richtig?«

»Der Kopf hatte eine Art Fortsatz am Kinn, vielleicht einen Bart. Und oben so was wie Hörner. Wobei es nicht klar war, ob das eine besondere Frisur oder einen speziellen Helm oder Kopfschmuck darstellen sollte.«

»Das ist es!«, sagte Peter. »Erinnern Sie sich, dass ich erzählte, man habe den Templern die Anbetung von Baphomet vorgeworfen? Dabei soll es sich um ein Idol gehandelt haben in Form des abgetrennten Kopfes eines Bärtigen. In der mystischen Tradition wird dieser Baphomet stets mit Hörnern und Ziegenbart dargestellt. Später ist daraus der Teufel in Form eines Ziegenbocks geworden. – Merkwürdig, wie sich die Dinge entwickeln, nicht wahr? – Und erinnern Sie sich noch, wie ich Ihnen sagte, dass es Vermutungen gäbe, dass der Name Baphomet nichts anderes sei als eine Verballhornung aus dem arabischen ›abufihamet‹, was ›Vater der Weisheit‹ bedeutet? Was für eine Offenbarung: Die Templer kannten die Höhle. Und sie verehrten den darin befindlichen Kopf!«

»Eine mutige These, Herr Professor Lavell«, sagte van Germain. »Und durchaus schlüssig. Das könnte vielleicht auch den Schatz der Templer erklären...«

»...und das Rätsel auflösen, welches Wissen Jacques de Molay verbarg und mit ins Grab nahm: Er wollte nicht, dass diese Höhle irgendjemand anderem in die Hände geriet.«

»Das könnte so gewesen sein.«

»Na schön«, sagte Patrick. »Jetzt kennen wir vielleicht die jüngste Geschichte der Höhle, aber wir wissen immer noch nicht, wer das verdammte Ding gebaut hat, oder wie es funktioniert!«

»Wohl wahr«, stimmte Peter ihm zu. »Monsieur van Germain, was wissen Sie über die Höhle? Und wie ist Ihre Meinung?«

»Wie ich schon sagte, interessiere ich mich für sie. Aber ich verfüge sicherlich nicht über ein vergleichbares Geschichtswissen wie Sie beide. In dieser Hinsicht kann ich Ihnen nicht mehr sagen, als Sie ohnehin bereits herausgefunden haben. Was meine Meinung angeht...« Er nahm einen Schluck Wein. »Es ist dort zweifellos eine gewisse Kraft am Werk. Mit Ihrem Einverständnis möchte ich versuchen, mich dem auf die Ihnen eigene, analytische Weise zu nähern. Zunächst einmal könnte die Höhle natürlichen Ursprungs sein, also auf einem bisher unbekannten, physikalisch erklärbaren Naturphänomen beruhen. Alternativ, wenn sie nicht natürlich ist, muss sie demnach konstruiert worden sein. Da unseres Wissens keine der Wissenschaft bekannte Kultur in der Lage gewesen wäre, etwas Derartiges zu konstruieren, ließe das folgende Schlüsse zu: Unsere Informationen über diese Kulturen sind unvollständig, und eine dieser Kulturen wäre sehr wohl fähig dazu gewesen. Oder aber es gibt weitere Kulturen, die wir noch gar nicht kennen. Drei meiner Meinung nach in Frage kommende Erklärungen.«

»Sehr gut abgeleitet, Monsieur«, sagte Peter schmunzelnd.

»Natürlich könnte die Höhle auch von der CIA gebaut worden sein«, warf Patrick ein, »so wie die Geheimlabors in Area einundfünfzig. Und bei der Gelegenheit: Es könnten ja auch Außerirdische die Höhle gebaut haben... Nun? Was gucken Sie mich so an?«

Peter musste lachen, und auch van Germain fiel mit in das Lachen ein.

»Ist ja schon gut«, sagte Patrick schließlich grinsend. »Ich halte die Klappe.«

Der Rest des Abendessens verlief in entspannter Atmosphäre. Die meiste Zeit unterhielten sich Peter und van Germain. Es stellte sich heraus, dass dieser weitaus besser in der Kulturgeschichte bewandert war, als er in falscher Bescheidenheit zugegeben hatte. Er kannte den aktuellen Stand der wissenschaftlichen Erkenntnis auf den Gebieten, die auch Peter beobachtete. Dabei zeigte er sich besonders interessiert an dessen Arbeit für das Museum und die Ausstellung zum Thema »5000 Jahre Schrift«. Dann und wann beteiligten sich auch Stefanie und Patrick an der Unterhaltung, doch sobald die Plaudereien ins Fachsimpeln abglitten, verflüchtigte sich insbesondere Patricks Interesse schnell. Dafür fühlte er sich außergewöhnlich gut verpflegt und nahm mit Freude zur Kenntnis, dass Joseph zum Filetsteak einen Château Haut-Gléon reichte, einen Wein aus den Corbières, über den er in seinem Führer schon gelesen hatte.

Schließlich waren sie beim Nachtisch angelangt, und das Gespräch fand wieder zur Höhle, dem »Tempel Salomons« und dem »Kreis von Montségur« zurück.

»Nachdem wir den ganzen Abend so schweren Stoff gewälzt haben«, meinte Patrick und wandte sich an van Germain, »würde mich etwas ganz Einfaches interessieren: Was halten Sie eigentlich persönlich von der Geschichte über den ›Kreis von Montségur‹?«

»Ihr Interesse an meiner Meinung ehrt mich, Monsieur«, sagte van Germain. »Nun, was soll man schon von einer Gruppe Unsterblicher halten, die angeblich seit Menschengedenken überall auf der Welt Archive des Wissens hüten?« Er führte sein Glas an die Lippen, nahm einen Schluck und ließ den Gedanken eine Weile im Raum stehen. »Andererseits...«, fuhr er dann fort, »es ist ein interessanter Gedanke, nicht wahr? Von der Höhle geht offenbar gewaltige Macht aus. Wer auch immer das Geheimnis in seiner Hand hält, könnte die Geschicke der Welt lenken. Und Unheil ist der Schatten der Macht. Sollte man da nicht wünschen, dass es tatsächlich jemand gäbe, der diese Macht bewahrt und schützt?«

»Dann glauben Sie, dass es so ist?«

»Ich hoffe es, Monsieur. Sie nicht?«

Patrick zuckte mit den Schultern, doch Peter sah nachdenklich hinaus in den mittlerweile erleuchteten Garten und auf den in der Dunkelheit liegenden See. Der Mann hatte zweifellos Recht. Es war tatsächlich sehr zu hoffen, dass jemand das Geheimnis der Höhle hütete. Wer konnte schon vorhersagen, in welche Hände es geraten würde, was die jeweiligen Machthaber damit anstellen würden, welche Revolutionen, Krisen oder Kriege entstehen könnten. Könnte ein einzelner Mensch, eine Partei, eine Firma oder ein Staat, ohne jegliche Korruption und aus reiner Güte die Macht des Wissens für das Wohl der Menschheit einsetzen? Wie lange würde es dauern, bis Missgunst und Machtgier entstehen würden? Vor diesem Hintergrund verblasste die Frage nach der zugrunde liegenden, unbekannten Technologie. So interessant es auch war, zu verstehen, wer die Höhle erbaut hatte, auf welche Weise und zu welchem Zweck; wie viel wichtiger war es, sicherzugehen, dass sie nicht in die falschen Hände geriet. Und wer könnte das jemals entscheiden oder bestimmen?

»Die Höhle muss wieder verborgen werden«, sagte Peter.

»Wie kommen Sie denn plötzlich darauf?«, fragte Patrick.

»Überlegen Sie, welch unvorstellbare Macht jemand besäße, der mit Hilfe der Höhle alles in Erfahrung bringen könnte, was es jemals zu wissen gab und gibt. Für dieses Individuum gäbe es keine Geheimnisse mehr, keinen Wettbewerb, keine Grenzen, kein Hindernis, keine Gesetze... ein allwissendes, übermächtiges... *gottgleiches* Wesen würde entstehen!«

»Klingt doch nicht so schlecht...«

»Patrick, ich bitte Sie! Wer sollte das Ihrer Meinung nach sein? Sie? Ich? Diese Macht ist nicht nur viel zu groß für einen Einzelnen – darüber hinaus gibt es keine Garantie, dass es jemand mit Verantwortungsgefühl ist, der sie einmal an sich reißt! Der Bürgermeister vielleicht? Oder Ash Modai? Oder der nächste Adolf Hitler? Die Höhle muss wieder verschwinden, wenn wir sie nicht für uns behalten können! Und Sie wissen, dass das nicht geht.«

»Sie denken an Ihren Auftraggeber?«, fragte van Germain.

»Es ist eine Frau«, erklärte Peter. »Sie arbeitet für die Vereinten Nationen. Die Untersuchung ist ein Sonderprojekt des Bereichs für Altertumsforschung und europäische Kulturgeschichte.«

Zum ersten Mal gab sich van Germain überrascht. »Das ist interessant«, sagte er. »Ich hatte einen sehr diskreten privaten Investor vermutet. Und eine derartige Abteilung ist mir bei den UN gar nicht bekannt... Nun, möglicherweise ist es ein neu geschaffenes Ressort?«

»Elaine weiß alles über die Höhle...«, überlegte Patrick.

»Bevor wir uns gestern Abend auf den Weg nach Albi gemacht haben, haben wir mit ihr telefoniert und es ihr erzählt. Was die Höhle kann, und wie man hineinkommt.«

»Ich zweifle gerade, ob das so vorteilhaft war...«, sagte Peter.

Schweigen trat ein. Blicke wanderten von einem zum anderen. Patrick. Peter. Stefanie. Van Germain. Ihre Gedanken überschlugen sich beinahe. Zuckten wie unsichtbare Blitze über den Tisch, von einem zum anderen. Eine unheilschwangere Ahnung nahm allmählich Gestalt an und wuchs sich bedrohlich aus.

»*Merde!*«, fluchte Patrick. »Wir müssen sofort zurück!«

»In der Tat, das denke ich auch«, sagte Peter.

»Sie möchten nach dem Rechten sehen?«, fragte van Germain.

»Allerdings!«, sagte Patrick. »Wer weiß, welche Typen jetzt schon da herumlungern!«

»Ich verstehe«, sagte van Germain. »Und ich begrüße Ihre Entscheidung. Falls es nicht allzu vermessen erscheint, möchte ich Ihnen gerne anbieten, Sie nach Genf fliegen zu lassen. Auf diese Weise könnten Sie erheblich Zeit sparen. Für Ihren Mietwagen würde selbstverständlich gesorgt werden.«

»Uns fliegen lassen?«

»Mit meinem Hubschrauber. Joseph wird veranlassen, dass er in zehn Minuten startbereit ist.«

KAPITEL 20

12. Mai, Landstraße, Nähe St.-Pierre-Du-Bois

Obwohl es bereits spät gewesen war, als sie endlich in ihrem Hotel ankamen, und die Nachtruhe deshalb sehr kurz, hatten sie sich schon im Morgengrauen in den Landrover gesetzt und fuhren nun mit einhundert Stundenkilometern durch den Wald zur Absperrung um den *Vue d'Archiviste*.

»Ich hoffe, es ist noch nicht zu spät«, sagte Patrick. »Ich habe ein verdammt schlechtes Gefühl!«

»Ich bin ganz Ihrer Meinung«, sagte Peter.

Das Gatter kam in Sicht. Es war geschlossen und sah aus wie sonst auch. Als Patrick den Wagen kurz davor zum Stehen brachte, trat ein Ranger mit steifen Schritten auf sie zu und bedeutete ihnen, die Fensterscheibe herunterzulassen.

»Der Zutritt zum Gelände ist verboten. Bitte kehren Sie um.«

»Was soll das denn heißen?«, entrüstete sich Patrick. »Wir arbeiten hier!«

»Ich kann Sie nicht einlassen, Monsieur«, erwiderte der Bewaffnete. »Die Sperrung gilt auch für Sie.«

»Ich hatte es befürchtet«, sagte Peter halblaut.

»Das darf doch wohl nicht wahr sein!« Patrick stieg aus. »Ich möchte mit Ihrem Vorgesetzten sprechen!«

»Er ist nicht verfügbar. Bitte steigen Sie wieder ein und entfernen Sie Ihr Fahrzeug. Halten Sie unsere Einfahrt frei.«

»Ich lasse den Wagen hier stehen, solange es mir passt!«, sagte Patrick. »Sie können ihn ja selbst wegfahren.«

»Ich werde ihn abschleppen lassen, Monsieur.«

»Das werden Sie schön bleiben lassen, wenn Sie Ihren Job

behalten wollen. Oder soll ich Sie Madame de Rosney einmal persönlich vorstellen?«

»Nicht nötig, Monsieur. Die Order ist direkt von ihr.«

»Wie bitte?!«

»Verlassen Sie jetzt auf der Stelle den Bereich der Absperrung, sonst muss ich Sie durch weitere Sicherheitskräfte entfernen lassen!«

»Wir sehen uns noch, Sie Vollidiot!« Patrick stieg ein und schlug wütend die Tür zu. »Sie hat uns ausgesperrt!« Er setzte schräg zurück, wendete und fuhr wieder los.

»Und was haben Sie jetzt vor?«, fragte Stefanie.

»Zurück zum Hotel«, antwortete er. »Sehen, ob unsere Unterlagen noch da sind, oder ob unsere Koffer schon auf der Straße stehen. Diese verdammte Kuh!« Er schlug auf das Lenkrad. »Mist!«

»Vielleicht hätten wir ihr noch zuvorkommen können, wenn wir gleich in der Nacht...«, sagte Peter.

»Ja, vielleicht. Andererseits hätten wir dann... Festhalten!« Patrick trat plötzlich auf die Bremse. Ein Mann mit einem Gewehr war auf die Straße getreten. Der Landrover kam kurz vor ihm mit stotternden Bremsen zum Stillstand. Es war der Förster, Fernand Levasseur.

»Ach, du Schande«, entfuhr es Patrick. »Der hat uns gerade noch gefehlt!« Entnervt ließ er das Fenster runter. »Was ist los?«

»Messieurs, ich muss dringend mit Ihnen sprechen! Es geht um Ihr Projekt!«

»Dafür haben wir keine Zeit. Entschuldigen Sie uns.« Patrick trat aufs Gas.

»Warten Sie! Hören Sie!« Levasseur hielt sich noch am Fenster fest. »Ich weiß von der Höhle! Und dass man Sie von ihr fern halten will!«

Patrick bremste wieder. »Was sagen Sie da?«

»Ich weiß, dass es nicht um Tollwut geht. Ich habe Ihre Höhle besucht, und ich weiß, weshalb Elaine de Rosney Sie hier fern halten will. Ich will Ihnen etwas zeigen!«

»Los, steigen Sie ein.«

»Fahren Sie den übernächsten Waldweg rechts rein«, sagte Levasseur, als er im Wagen saß.

»Was wissen Sie von der Höhle und von Elaine?«, fragte Peter.

»Ihre Rolle als Seuchenexperten haben Sie ziemlich miserabel gespielt. Es war also klar, dass ich mir ansehen musste, was am Berg wirklich vor sich geht. Ich bin oben gewesen und habe das Stahlschott gesehen, mit dem Sie die Höhle abgesperrt haben. Ich weiß, dass es um einen archäologischen Fund geht, der geheim gehalten und geschützt werden soll. Als wir uns das letzte Mal trafen, wollte ich Ihnen schon erklären, dass ich Sie unterstützen würde, aber Sie haben mich nicht ausreden lassen.«

»Wieso wollen Sie uns unterstützen?«

»Weil Bürgermeister Fauvel das Gebiet für die Erschließung freigeben will. Er will Straßen und Hotels bauen. Mir ist aber daran gelegen, dass es ein landschaftliches Schutzgebiet bleibt, und eine gesperrte wissenschaftliche Fundstätte passt dabei ganz in meine Pläne.«

»Also haben Sie uns nachspioniert?!«, fragte Patrick.

»Ganz richtig«, sagte der Förster, unbeeindruckt von Patricks verärgertem Tonfall. »Und mit Erfolg, Monsieur. Ich habe auf diese Weise herausgefunden, wer Ihre Auftraggeberin in Genf ist, und worum es in Ihrem Projekt geht. Und sogar noch mehr. Denn was Sie nicht wissen, ist, dass Madame de Rosney mitnichten für die Vereinten Nationen arbeitet. Sie ist dort weder bekannt, noch gehört die Telefonleitung, die Sie verwendet haben, der UN!«

»Wie bitte?!« Patrick drehte sich halb nach hinten um. »Wie war das?!«

»Was haben Sie herausgefunden?«, fragte Peter.

»Elaine de Rosney arbeitet für die Nuvotec Research and Development Corporation. Eine in der Schweiz ansässige Firma mit zahlreichen internationalen Töchtern. Sie verfügen über enge Kontakte zu CERN, und über Umwege zu diversen High-Tech-Unternehmen in Indien und Japan. Sie ist spezialisiert auf Forschung und Entwicklung im Bereich der Waffentechnologie und unterstützt alles, was sich hierfür einsetzen lässt, Robotronik, Atom- und Quantenphysik, Nanotechnologie, was Sie wollen.«

»Mir wird einiges klar...«, sagte Peter kopfschüttelnd.

»Verdammte Scheiße«, fluchte Patrick. »Jetzt haben wir richtig Ärger! Wer sind diese Nuvotec-Leute? Ich habe noch nie von diesem Unternehmen gehört.«

»Das ist nicht verwunderlich«, erklärte Levasseur. »Es ist eine amerikanische Firma, die sich bemüht, unauffällig zu bleiben. Haben Sie jemals vom Philadelphia-Experiment gehört?«

»Selbstverständlich. Wundert mich, dass Sie es kennen!«

»Ich habe erst gestern davon erfahren. Und dass damals schon Nuvotec beteiligt war. Die Firma ist genau genommen nichts anderes als eine ausgegliederte Abteilung der US Navy.«

»Also doch ein militärisches Geheimprojekt«, sagte Peter. »Himmel, wie blind waren wir?!«

»Fernand, wir müssen diese Höhle schützen!«

»Das ist mir vollkommen klar, deswegen will ich Ihnen doch auch helfen. Ein militärisches Sperrgebiet ist das Letzte, was ich hier haben möchte. Da vorne links und am Ende des Weges anhalten.«

»Es geht darüber hinaus, Fernand«, erklärte Peter. »Es geht um das, was sich in der Höhle befindet. Es darf auf keinen Fall in die falschen Hände geraten... Mehr kann ich Ihnen nicht sagen. Es ist quasi eine Waffe. Wer auch immer sie besitzt, könnte allmächtig werden!«

Der Förster sah ihn einen Augenblick an. Als er Peters ernstes Kopfschütteln sah, zuckte er schließlich mit den Schultern. »Wenn Sie es sagen. Mir geht es nur darum, das Gebiet zu schützen und die Menschen fern zu halten. Und ganz besonders das Militär. Ich zeige Ihnen einen versteckten Aufstieg zur Höhle.«

»Sehr gut!«, sagte Patrick.

»Aber was können wir da oben schon ausrichten?«, fragte Peter.

»Also ich weiß genau, was ich da ausrichte! Ich schnappe mir unsere erlauchte Madame Kosten-spielen-keine-Rolle, und dann werde ich ihr gehörig in den Hintern treten!«

»Patrick!«, sagte Peter. »Was soll denn das? Sie wissen ganz genau, dass das Unsinn ist!«

»Ja, ja, aber vielleicht haben wir ja eine Chance, zu sehen, was da gerade abläuft, irgendetwas, was uns weiterhilft…«

»Ich halte das auch für eine gute Idee«, sagte Stefanie, »es ist mit Sicherheit besser, als untätig zu bleiben und klein beizugeben.«

»Vielleicht haben wir ja eine Möglichkeit, die Höhle noch einmal zu betreten«, überlegte nun Peter. »Wenn sie so mächtig ist, wie wir glauben, dann eröffnet sie uns vielleicht auch eine Lösung, vermittelt uns einen Wissensvorteil?«

»Genial, Peter!«, rief Patrick aus. »Das ist sogar noch besser! Also los, aussteigen! Fernand, wo geht es entlang?«

»Wo sind wir hier eigentlich?«, fragte Peter, nachdem sie sich eine Weile durch das dichter werdende Unterholz gearbeitet hatten. »Wie kommen wir an der Absperrung vorbei? Das ganze Gelände ist doch umzäunt.«

»Nicht ganz«, erklärte der Förster, der sein Gewehr inzwischen an einem Riemen über der Schulter trug. »Wir nähern uns dem Berg von der Rückseite. Dort gibt es eine ungeschützte Steilwand.«

»Eine Steilwand? Und wie sollen wir da hochkommen?«
»Keine Sorge, Herr Professor. Es gibt dort einen versteckten Aufstieg. Und Sie haben alle festes Schuhwerk, das sollte genügen.«

Das Gelände wurde immer unwegsamer. Große Felsen und Reste umgestürzter Bäume behinderten zunehmend das Vorankommen. Mehr als einmal mussten sie einander helfen. Peter war als Erster außer Puste. Er beugte sich vornüber und stützte sich auf seine Oberschenkel, während die anderen warteten.

»Ist das da hinten die Steilwand?«, fragte er schließlich und deutete auf eine graue Gesteinsformation, die zwischen den Bäumen zu erkennen war.

»Ja, wir haben sie gleich erreicht. Kommen Sie zurecht, oder sollen wir noch einen Augenblick warten?«

»Ich möchte lieber so schnell es geht in den Schutz der Bergwand«, warf Patrick ein. »Hier kann man uns leicht sehen.«

Peter nickte zustimmend, und sie brachen wieder auf. Als sie in den Schatten der Felswand traten, wurde es unversehens kühl. Die Nacht schien hier noch nicht richtig gewichen zu sein, und hinzu kam die Feuchtigkeit des Waldes, der noch von den Regenfällen der letzten Nacht getränkt war.

»Halt! Wer ist da?«, hallte plötzlich eine Stimme durch den Wald.

Augenblicklich duckten sich die Forscher hinter einen Felsen.

»Verdammt, einer der Ranger!«, zischte Patrick.

»Er kann uns nicht gesehen haben«, flüsterte der Förster.

»Kommen Sie heraus!«, rief der Ranger. »Dies ist Sperrgelände!«

»Unten bleiben...«, raunte der Förster.

»Ich habe Sie gesehen! Ich werde einen Warnschuss abgeben, wenn Sie nicht hervortreten!«

»Unten bleiben... er kann uns unmöglich sehen...«

»Ich zähle bis drei! Eins!«
»Vielleicht sieht er uns ja doch?«, fragte Peter gepresst.
»Zwei!«
»Ruhig bleiben...«
»Drei!« Ein Schuss hallte durch den Wald. Ein gutes Stück von ihnen entfernt hörten sie das Geschoss an einem Stein abprallen und zur Seite pfeifen. Im gleichen Augenblick brach etwas aus dem Gehölz und sprang mit lautem Geraschel davon.

»Ein Reh«, flüsterte der Förster und deutete zur Seite, wo man nur noch einen braunen Schatten zwischen den Bäumen verschwinden sah. »Sehen Sie? Er hat bloß ein Reh gesehen!«

»Kommen Sie jetzt sofort heraus!«, hörten sie erneut die Stimme des Rangers.

Peter änderte seine Position, um durch eine Lücke zwischen den Felsen zu sehen. »Der meint wirklich uns! Ich kann ihn nur nicht sehen!«

»Peter!«, zischte Patrick. »Ducken Sie sich wieder!«

»Ich kann Sie sehen! Das ist die letzte Warnung!«

»Verdammt«, meinte Patrick. »Was machen wir denn jetzt? Der wird doch nicht...«

In diesem Augenblick explodierte wieder ein Schuss, und Peter wurde zur Seite gerissen. »*God!*«, rief er aus und krümmte sich vor Schmerzen am Boden. Die Kugel hatte ihn in die Schulter getroffen. Er presste eine Hand auf die Wunde, und zwischen seinen Fingern trat bereits Blut hervor.

Stefanie beugte sich über ihn und versuchte, ihn zu beruhigen. Währenddessen schob der Förster sein Gewehr durch den Felsschlitz.

»Fernand!«, rief Patrick. »Was machen Sie da, zum Teufel?«

»Wollen Sie, dass er noch mal schießt oder Verstärkung holt?« Nur einen Wimpernschlag später drückte er ab. »Treffer.«

»Was, Treffer? Haben Sie den Mann erschossen?!?« Patrick

packte den Förster am Arm. »Sind Sie nicht ganz bei Trost? Wir sind doch hier nicht im Krieg!«

»Ach nein?« Levasseur riss sich los und starrte Patrick an. »Und was, glauben Sie, sollte das da werden?« Er deutete auf den blutenden Peter. Stefanie bemühte sich, mit ihrem Gürtel und ihrem Pullover einen Druckverband an Peters Schulter zu befestigen. »Meinen Sie, der hat absichtlich danebengeschossen? Und was glauben Sie, hätte er als Nächstes mit uns gemacht? Diese Leute sind vom Militär, vergessen Sie das nicht!«

Patrick schwieg.

»Außerdem bin ich von Rechts wegen für dieses Gebiet zuständig. Was Nuvotec hier veranstaltet, ist keine offizielle oder genehmigte UN-Absperrung. Dabei handelt es sich um unerlaubtes Eindringen und den illegalen Einsatz von Schusswaffen. Dagegen ist das, was gerade passiert ist, ein Jagdunfall. Ist das klar?«

»Ja«, sagte Patrick. »Sie haben wohl Recht.«

»Wie geht es ihm?«, fragte der Förster und wandte sich an Stefanie. »Lassen Sie mich seine Verletzung sehen.«

»Es geht«, brachte Peter hervor. »Es brennt nur wie verrückt.«

»Es ist ein Streifschuss«, erklärte Stefanie. »Am Muskel, es blutet ziemlich stark. Der Druckverband reicht erst einmal, aber Sie dürfen Ihren Arm nicht bewegen.«

»Sollen wir Sie zu einem Arzt fahren?«, fragte der Förster.

»Nein!«, sagte Peter. »Dafür haben wir keine Zeit. Wir müssen zur Höhle. Es geht schon.«

»Er hat Recht«, sagte Patrick. »Wir müssen uns beeilen. Oder benötigt er zum Aufstieg beide Arme?«

»Nicht zum Klettern«, erklärte Levasseur. »Aber wir werden ihn ordentlich stützen müssen.«

»Also gut«, sagte Peter und stand mit wackeligen Beinen auf. »Weiter geht's!«

Der Förster führte sie an der Steilwand entlang und zu jenem unscheinbaren Spalt, durch den er selbst erst vor wenigen Tagen gestiegen war. Ständig sahen sie sich dabei um, immer auf der Hut, nicht noch einmal entdeckt zu werden. Doch der Wald blieb ruhig, und als sie sich durch den Spalt gezwängt und den dahinter verborgen liegenden, breiteren Teil der Kluft erreicht hatten, fühlten sie sich wieder etwas sicherer.

Peter spürte, wie sich etwas in ihm ausbreitete, ohne dass er dagegen ankämpfen konnte. Er lehnte sich einen Augenblick an die Felswand und atmete tief durch. Kalter Schweiß brach aus ihm heraus, er zitterte.

»Peter«, sagte Stefanie. »Sie sehen aus wie eine Leiche! Setzen Sie sich einen Augenblick hin!«

»Hat er zu viel Blut verloren?«, fragte Patrick.

»Nein«, sagte Stefanie. »Das kann nicht sein. Wahrscheinlich der Schock.«

In diesem Augenblick beugte sich Peter abrupt nach vorn und erbrach sich unter Krämpfen. Als er wieder aufsah, reichte ihm Stefanie ein Taschentuch. Er wischte sich den Mund ab und atmete einige Male tief durch. »Es geht gleich wieder«, sagte er halblaut.

Es dauerte mehrere Minuten, bis seine Übelkeit verging. Er fragte sich, ob Patrick ihn wohl jetzt für einen ausgesprochenen Schlappschwanz hielt, und ob es normal war, dass man nach einem Streifschuss gleich einen Kreislaufzusammenbruch bekam und sich übergeben musste.

»Wir können weiter«, sagte schließlich.

»Sind Sie sicher?«

»Ja, bestimmt. Es wird schon gehen.«

So setzten sie ihren Weg fort. Wie der Förster versprochen hatte, war es nicht nötig, zu klettern, dennoch war der mit Geröll übersäte, stetig ansteigende Untergrund so unwegsam, dass sie Peter stützen mussten und nur sehr langsam vorankamen. Eine gute Stunde und mehrere Verschnaufpausen später, erreichten sie einen steinernen Vorsprung, der wie ein schmaler Sims an der Felswand entlangführte.

»Dieser Weg führt zur Vorderseite des Berges und kommt oberhalb des Höhleneingangs heraus«, erklärte der Förster. »An einigen Stellen wird er sehr schmal, also immer dicht an der Wand halten!«

»Man wird uns von unten sehen können«, sagte Patrick.

»Richtig. Deswegen ab jetzt leise und ganz langsam! Und immer den Wald unter uns absuchen.«

Angeführt vom Förster, beschritten sie den Pfad. Als Zweiter folgte Patrick, dann Peter und schließlich Stefanie. Ihre Aufmerksamkeit war besonders darauf gerichtet, dass der Engländer vor ihr nicht das Gleichgewicht verlor. Mehrfach blieben sie auf sein Zeichen hin stehen und pressten sich so gut es ging an den Felshang, während Levasseur um eine Ecke herum oder in die Tiefe spähte. Aber es war niemand zu sehen, keine Spur irgendeiner Aktivität auszumachen.

»Anscheinend sind sie noch alle im Lager«, sagte Patrick. »Wir haben eine gute Chance, unbemerkt in die Höhle zu kommen!«

»Sie ist jetzt direkt unter uns«, erklärte Levasseur. »Sehen Sie: Dort ist das Seil für den Aufstieg. Da vorne können wir runter.«

Unter den Anweisungen des Försters kletterten sie auf den Absatz, der sich nur wenige Meter unter ihnen befand. Für Peter, der sich nur mit einer Hand abstützen und festhalten konnte, war es eine schweißtreibende Angelegenheit, die seine volle Konzentration erforderte. Er fühlte sich wie eine Fliege im Spinnennetz, nahezu hilflos und offensichtlich schutzlos allen Blicken ausgeliefert. Unter ihm gab ihm Patrick Hilfestellung, während Stefanie über ihm darauf bedacht war, ihn zur Not festhalten zu können. Als er schließlich mit beiden Beinen auf dem Absatz vor dem Höhleneingang stand, war ihm klar, dass er diesen Weg niemals zurückgehen könnte.

»Das Stahltor ist verriegelt«, erklärte Levasseur, der in der Zwischenzeit den Eingang untersucht hatte.
»Das macht nichts, wir haben einen Schlüssel dafür«, sagte Patrick. Er ging zum Schott, fummelte herum, nur, um einige Augenblicke später seinen Sicherheitsschlüssel wütend auf den Boden zu werfen. »So ein Dreck!«, fluchte er.
»Man kann doch nicht innerhalb von einer Nacht mal eben dieses Schloss austauschen«, meinte Peter mit Blick auf die massive Konstruktion.
»Nein, aber den verdammten Code, der im Schloss gespeichert ist«, sagte Patrick. »Wir leben leider im einundzwanzigsten Jahrhundert.«
»Keine Bewegung!«, ertönte plötzlich eine Stimme von unten. Sie sahen auf die Lichtung am Fuß des Hanges unter ihnen. Dort standen zwei Ranger, die ihre Waffen auf sie richteten. »Kommen Sie sofort herunter! Und Sie, legen Sie Ihr Gewehr dort auf den Boden!«
Die Forscher sahen sich an. »Sieht schlecht aus«, meinte Patrick. »Wir könnten uns vielleicht hier verschanzen…«
»Ich für meinen Teil habe genug«, widersprach Peter. »Wenn Sie die Belagerung und das Gemetzel von Montségur nachspielen möchten, dann ohne mich.«
»Er hat Recht«, sagte der Förster. »Ich schätze, das war's.«
»Das fürchte ich auch«, sagte Stefanie. »Gehen wir runter.«
Der Förster legte sein Gewehr mit langsamen, deutlich sichtbaren Bewegungen auf den Boden und begann, am Seil den Hang hinunterzusteigen. Die anderen folgten ihm, wobei Stefanie wieder den Abschluss bildete und auf den verletzten Peter achtete, der sich nur mit einer Hand am Seil festhalten konnte und entsprechend langsam war. Immer wieder musste er kurz verweilen. Seine Hand und die Muskeln seines gesunden Arms brannten vor Anstrengung, aber es gab keine andere Möglichkeit. Es kam ihm wie eine Ewigkeit vor, bis er endlich wieder ebenen Boden unter den Füßen hatte.

Die beiden Ranger waren in der Zwischenzeit einige Schritte näher gekommen, die Waffen noch immer auf sie gerichtet.

»Legen Sie die Hände auf den Kopf!«, befahl einer von ihnen.

»Ich kann einen Arm nicht heben!«, rief Peter und wandte ihnen die Seite mit seinem Verband zu.

»Dann heben Sie nur den anderen. Aber keine merkwürdigen Bewegungen!«

Sie taten, was man von ihnen verlangte, und die Ranger traten an sie heran. Peter fiel auf, dass sich die Männer von den Rangern aus dem Lager deutlich unterschieden. Während Letztere irgendwie immer wie aus einem Guss gewirkt hatten – *natürlich! Militär!* –, sahen diese beiden ganz anders aus. Unrasiert, lange Haare, ... und sie trugen auch nicht dieselben Gewehre... *Das waren keine Ranger!*

In diesem Augenblick preschte ein weißer Landrover aus dem Wald und auf die Lichtung. Er schien aus dem Lager zu kommen. Als er bremste, öffneten sich die Türen auf der ihnen abgewandten Seite. »Waffen fallen lassen!«, war eine laute Stimme zu vernehmen.

Die Männer, die die Forscher in Schach hielten, sahen sich einen Augenblick lang irritiert an. Dann liefen sie zur Seite fort und eröffneten dabei das Feuer auf den Wagen. Neben dem täuschend harmlos klingenden Tackern ihrer halbautomatischen Waffen hörte man das metallische Klatschen, mit dem die Geschosse Löcher in das Autoblech schlugen.

»Runter!«, rief Levasseur und warf sich auf den Boden. Die anderen folgten seinem Beispiel.

Einer der beiden Männer erreichte gerade eine Gruppe Bäume, um dahinter Deckung zu suchen, als er plötzlich einen halben Meter zur Seite geschleudert wurde. Das Geschehen lief vor Peters Augen wie in Zeitlupe ab: Er sah, wie der Mann von einer unsichtbaren Wucht getroffen den Boden für einen Augenblick unter den Füßen verlor, wie sich der

Kopf zur Seite neigte und ein dunkelroter Sprühregen auf der anderen Seite des Schädels herausschoss. Wie in einer grausamen Inszenierung von Schrödingers Katzenexperiment, nahm Peter jenen undefinierbaren, endlosen Zeitpunkt wahr, in dem der Mann auf der Schwelle zwischen Leben und Tod zu verharren schien, wie sein Herz noch pumpte, seine Nerven und Muskeln noch arbeiteten; er hing wie eingefroren in der Luft, umklammerte dabei seine Waffe. Und dann schlug der Körper wie ein Klumpen Schlachtfleisch zu Boden. Peter wandte den Blick ab.

»Bleiben Sie bloß alle liegen«, raunte der Förster.

Der andere Mann schien die rettenden Bäume erreicht zu haben, denn von ihm war keine Spur zu sehen.

Einen Augenblick lang blieb es ruhig.

»Was waren das für Leute?«, fragte Peter.

»Ich schätze, das waren die angekündigten Söldner von Fauvel«, meinte Patrick.

»Wie sind die durch die Absperrung gekommen?«, fragte Peter.

In diesem Moment wurde der Wagen erneut unter Beschuss genommen. Diesmal war das Feuer aus mehreren Richtungen des umliegenden Waldes zu hören. Ganz offensichtlich hatte der Bürgermeister mehr als nur zwei Söldner angeheuert.

Zwei weitere Geländewagen kamen nun aus dem Wald und bildeten mit dem ersten einen Wall. Wieder öffneten sich Türen, und diesmal strömten jeweils sechs Männer heraus und verteilten sich.

»Stellen Sie das Feuer ein!«, war kurz darauf eine Stimme über Megafon aus Richtung der Autos zu hören. »Wir gewähren Ihnen freien Abzug, wenn Sie das Feuer einstellen und hervortreten!«

Als Antwort wurden nun auch die neu angekommenen Wagen mit Salven bedeckt. Glassplitter prasselten auf den Boden, Reifen wurden zerfetzt.

Plötzlich ertönte ein Fauchen, und über die Lichtung flog ein kolossales Geschoss. Unverhältnismäßig langsam für seine Größe, zog es von den Wagen kommend eine Spur aus Rauch hinter sich her und verschwand zwischen den gegenüberliegenden Bäumen. Kurz darauf folgten ein Blitz und eine ohrenbetäubende Detonation. Ein Hagel aus Erdreich und Holzsplittern prasselte nieder.

Dann war es plötzlich ruhig. Niemand schoss mehr.

»Kommen Sie jetzt heraus! Mit erhobenen Händen!«, ertönte wieder die Stimme aus dem Megafon.

Zwischen den Bäumen erschienen nach und nach etwa zehn Männer und traten auf die Lichtung. Sie waren jetzt unbewaffnet und ergaben sich.

Gleichzeitig kamen nun auch die Ranger hinter den demolierten Wagen hervor, ihre Waffen im Anschlag. Es waren nicht wesentlich mehr Mann, aber ganz offenbar deutlich besser ausgerüstet.

»Ich denke, wir können jetzt aufstehen«, sagte Patrick. Sie erhoben sich. Stefanie kam dabei Peter zu Hilfe, der große Mühe hatte. Sie sah, dass an einigen Stellen Blut durch seinen Verband gedrungen war. Er hatte sich einfach zu viel bewegt.

Noch während sich die Parteien auf der Lichtung gegenüberstanden, kam ein weiterer Wagen angefahren. Es war ein neuer, dunkelblauer Grand Cherokee, und er trug auch nicht die gefälschte Aufschrift der Gesundheitsbehörde. Er fuhr an den durchlöcherten Wracks vorbei und hielt nur wenige Meter von den Forschern entfernt.

Ihm entstieg Elaine de Rosney.

Sie sah verändert aus. Anders als in Genf, trug sie nun robuste Stiefel, Jeans und eine schwarze Windjacke. Ihr strenger Blick überflog die Gesichter der Anwesenden, bevor sie sich an einen der Ranger wandte.

»Was ist hier los?«

»Während wir diese vier Personen aufhalten wollten, sind wir von diesen Männern angegriffen worden, Madame.«
»Wer ist das? Wo kommen sie her, und was wollen sie?«
»Das wissen wir noch nicht, Madame. Wir wollen sie im Lager befragen.«
»Einverstanden. Machen Sie sich mit Ihren Männern und diesem Gesindel auf den Rückweg. Die vier Forscher bleiben hier.«
»Möchten Sie jemand als Unterstützung hier behalten?«
»Das ist nicht nötig. Gehen Sie.«
»Auf geht's!«, rief der Ranger zu den anderen. »Ihr habt es gehört! Marsch, marsch!«

Sie setzten sich in Bewegung, und nach wenigen Momenten standen die Forscher mit Elaine allein auf der Lichtung. Sie zog eine Pistole aus der Tasche.

»Warum haben Sie sich nicht fern gehalten?«, fragte sie.

»War es nicht deutlich genug? Ich hoffe, ich habe keinen Ärger von Ihnen zu erwarten!«

»Ärger?!«, entfuhr es Patrick. »Sie haben noch etwas ganz anderes von uns zu erwarten! Was spielen Sie hier eigentlich?«

»Monsieur Nevreux, wie ungestüm. Ich habe Ihnen das Projekt gegeben, und jetzt nehme ich es Ihnen wieder. Gerade für Sie sollte das doch keine neue Erfahrung sein.«

»Wissen Sie überhaupt, um was es hier geht?!«, fragte nun Peter. »Das hier ist der größte Fund der Menschheit!«

»Aber ja doch, das ist offensichtlich. Und ich danke Ihnen für Ihre Arbeit. Allen beiden. Sie werden Ihr vereinbartes Honorar bereits überwiesen auf Ihren Konten finden. Aber was Sie angeht, *Frau Krüger*, jetzt stehen wir uns also gegenüber. Können Sie mir bitte erklären, wer Sie sind? Ich habe Sie nicht engagiert! Und in meiner Firma kennt Sie auch niemand.«

»Ich habe mich selbst engagiert, Madame«, antwortete Stefanie. »Und bisher hat es dem Projekt nicht geschadet.«

Elaine sah sie einen Moment lang an, wollte etwas sagen, überlegte es sich dann aber anders und wandte sich an den Förster. »Und wer sind Sie?«

»Das ist D'Artagnan, unser vierter Musketier«, sagte Patrick.

»Sie halten sich wohl für witzig«, entgegnete Elaine.

»Ich bin der Förster des Bezirks«, antwortete Levasseur.

»Nun denn«, sagte Elaine, »somit stehen hier also alle Menschen, die das wahre Geheimnis der Höhle kennen... was für ein seltener Kreis. Und so wird er nie wieder zusammentreffen. Denn wie Sie sich schon gedacht haben, werde ich die Höhle in meine Verantwortung nehmen. Und wie sagt man: Verantwortung ist unteilbar. Sie vier werden also weder mit der Höhle noch mit mir je wieder etwas zu tun haben.« Sie lächelte die anderen an. »Jetzt, wo es so weit ist, kann ich es Ihnen ja auch sagen, damit Sie nicht mit ungelösten Rätseln nach Hause gehen müssen: Ich wusste natürlich von Anfang an, dass wir hier auf das Archiv des Wissens der Templer gestoßen waren. Ich habe die Legenden und Geschichten darum schon lange recherchiert. Ich weiß, welche göttliche Macht es verleihen kann! Ich wollte bloß wissen, wie man hineinkommt. Dank Ihrer Spürnasen haben Sie diese Nuss in Rekordzeit geknackt.«

»Dann kennen Sie auch den ›Kreis von Montségur‹?«, fragte Peter.

»Das Symbol auf dem Boden?«, antwortete Elaine. »Natürlich. Es ist ja nichts anderes als der symbolische Plan der Kaverne. Und um das zu wissen, muss ich noch nicht einmal dringewesen sein.«

Peter sah zu Patrick hinüber, der nicht mit der Wimper zuckte, dem aber sicher ebenfalls nicht entgangen war, dass Elaine damit offenbar nur die halbe Wahrheit kannte.

»Nun, genug geplaudert. Ich werde jetzt in die Höhle gehen, und ich muss natürlich dafür sorgen, dass Sie keine Dumm-

heiten anstellen werden. Deswegen werde ich Sie mit in den Durchgang nehmen. Das Sanatorium Henry Taloir ist bereits auf neue Gäste vorbereitet. Für irgendetwas muss Ihr Honorar ja auch verwendet werden. Und was Sie angeht, Frau Krüger, von Ihnen muss ich mich jetzt schon verabschieden.«
Sie drückte ab. Stefanie wurde nach hinten geschleudert, fiel zu Boden und blieb regungslos liegen.
»NEIN!«, schrie Patrick und wollte losspringen, doch Elaine presste ihm die Pistole gegen den Bauch. »Lassen Sie das«, sagte sie.
Blitzschnell drehte er sich zur Seite und schlug dabei Elaines Hand nach oben. Ein Schuss löste sich und pfiff an seinem Ohr vorbei. Noch einmal schlug er nach ihrem Handgelenk, und dieses Mal schmetterte er die Pistole aus ihrer Hand. Ohne sich weiter um die Frau zu kümmern, stürzte er auf Stefanie zu und kniete sich neben sie. »*Mon dieu!*«, brachte er hervor und streichelte ihr Gesicht. Unter ihr bildete sich bereits eine Blutlache.
Peter stand noch immer fassungslos da, während Levasseur Elaines Pistole aus einer Pfütze fischte, sie begutachtete und hektisch versuchte, den Schlamm aus der Mündung zu schütteln. Schließlich warf er sie jedoch frustriert weg.
Patrick sah zu ihm herüber. Er hatte Tränen in den Augen. »Suchen Sie eine der Waffen, die die Söldner im Wald gelassen haben! Und schießen Sie diese verdammte Hure über den Haufen!«
Levasseur rannte zum Waldrand.
Peter sah sich um.
Elaine de Rosney war in Richtung des Berghangs weggerannt und befand sich bereits auf halber Höhe des Aufstiegs. »*Shit!*«, rief er. »Patrick! Wir kriegen sie nicht rechtzeitig! Laufen Sie ihr hinterher! Ich kann es nicht!«
Patrick wollte gerade etwas erwidern, als Stefanie ihre Augen aufschlug. Patrick schrak zurück.

»Ich kümmere mich darum«, sagte sie mit ruhiger Stimme und erhob sich.

Fassungslos und unfähig, sich zu rühren, starrte Patrick Stefanie nach. Sie war aufgestanden und lief mit großen Schritten zum Hang.

»Aber sie ist tot!«, brachte Patrick schließlich atemlos hervor.

»Das kann einfach nicht sein…«, sagte Peter und sah Stefanie entgeistert zu, wie sie am Seil hinaufkletterte, als sei nichts geschehen. In der Zwischenzeit hatte Elaine das Gewehr des Försters aufgehoben und machte sich gerade an der Stahltür zu schaffen.

»Ich hab eine!«, hörten sie Levasseur aus dem Wald rufen, und kurz darauf kam er mit einer der Waffen auf die Lichtung gerannt. Doch in diesem Augenblick verschwand Elaine bereits aus dem Sichtfeld.

»Was ist denn das?!«, fragte der Förster ungläubig, als er Stefanie entdeckte.

»Ich habe keine Ahnung…«, sagte Patrick. Dann verschwand sie ebenfalls in der Höhle.

Die drei Männer blieben allein auf der Lichtung zurück, starrten nach oben und ahnten nicht, was passieren würde.

Sie erwarteten, Rufe zu hören, Schüsse oder Geschrei, aber es blieb ruhig. Eine unheimliche Stille umfing sie.

Weder Wald noch Wind machten irgendein Geräusch.

Sie hörten sich atmen, hörten das Blut in ihren Ohren pulsieren.

Und plötzlich geschah es.

Flirrende, ringförmige Wellen bildeten sich in der Luft vor dem Berghang, und plötzlich schoss gleißendes blaues Licht aus dem Fels. Eine unsagbare Kraft hatte sich ihren Weg ins Freie gebrochen. Nur einen Lidschlag später erreichte die Männer das Toben einer gewaltigen Explosion, die Druckwelle schlug ihnen mit voller Wucht entgegen und schleuderte sie rückwärts zu Boden. Hoch über ihnen sahen sie das aus der Verankerung gerissene Stahlschott wie eine Spielkarte durch die Luft wirbeln.

Der Boden unter ihnen vibrierte, der ganze Berg vor ihnen zitterte und grollte. Dann bewegte er sich, schien sich in der Mitte ein Stück nach vorne zu beugen. Geröll löste sich.

»Los, weg hier!«, rief Patrick. Er sprang auf, riss Peter am gesunden Arm hoch, und sie stürmten über die Lichtung in Richtung der Wagen und der Bäume.

Das Rumoren im Berg hinter ihnen wurde lauter, und mit einem Ruck sackte der gesamte Hang in sich zusammen. Durch das plötzliche Gewicht und den Aufschlag wurden Gesteinstrümmer nach allen Seiten weggesprengt, schossen wie Kanonenkugeln durch den Wald und mähten die Bäume in ihrer Flugbahn nieder.

Während hinter ihnen der *Vue d'Archiviste* in sich zusammenstürzte und die Lichtung mit einer meterhohen Geröllawine überflutet wurde, flohen die drei Männer durch den Wald, einzig, um ihr Leben zu retten und sich in Sicherheit zu bringen. Erst allmählich kam ihnen zu Bewusstsein, dass dort hinter ihnen nun jedes Schriftzeichen, jedes Rätsel und auch jedes Leben unter Millionen Tonnen Gestein zu Staub zermahlen worden war.

Epilog

18. Mai, Museum für Völkerkunde, Hamburg

»Paris: Der Vorsitzende der französischen Partei PNF, Jean-Baptiste Laroche, ist heute Morgen erschossen in seinem Haus am Pariser Stadtrand aufgefunden worden. Ein Sprecher der Polizei wollte keine Angaben zu den näheren Umständen machen, erklärte aber, dass die ersten Indizien für einen Selbstmord sprächen. Der erfolgreiche Geschäftsmann und Gründer der Rechtsnationalistischen Partei, Laroche, hatte als aussichtsreicher Präsidentschaftskandidat gegolten, bis er vor knapp einer Woche durch eine Anklage wegen Landesverrats in die Schlagzeilen geraten war. Zur gleichen Zeit hatte die britische Tageszeitung *Sun* berichtet, dass sich Laroche für einen Verwandten von Jesus Christus halte, und ihn in der Folge zum Gespött der Medien in beiden Ländern gemacht. Wie ein Sprecher der PNF in einer Pressekonferenz mitteilte…«

Peter schaltete das Radio aus, als es an der Tür seines Büros klopfte. »Ja, bitte.«

Patrick Nevreux trat ein. Leger gekleidet, aber frisch rasiert, lachte er ihn an. »Hallo, Sportsfreund! Schön, Sie zu sehen!«

»Patrick, die Freude ist ganz meinerseits!« Er wies auf den alten Stuhl vor seinem Schreibtisch. »Setzen Sie sich! Was führt Sie her? Sie haben mich doch nicht etwa vermisst?«

»Aber nein, wo denken Sie hin! Ich war gerade zufällig in der Gegend und dachte, ich schau mal beim alten Professor vorbei.«

»Wie aufmerksam!« Peter beobachtete amüsiert Patricks

zweifelnden Blick auf den Stuhl und erwartete eigentlich, dass der Franzose, nachdem er sich zögernd niedergelassen hatte, seine Füße auf den Tisch legen würde. Aber Patrick blieb gesittet und sah sich im Raum um. »Nettes Büro«, sagte er dann.
»Aber etwas langweilig, oder?«
»Ich kann nicht klagen. Zumindest ist es ungefährlich.«
»Da haben Sie wohl Recht.«
»Und wie geht es Ihnen?«, fragte Peter. »Denken Sie noch oft an sie?«
»An Stefanie? Ja. Ich vermisse sie... Sie hatte es nicht verdient. Ich frage mich immer wieder, was wir ohne sie erreicht hätten. Ich habe versucht, herauszufinden, wo sie herkam, ob sie eine Familie oder Verwandte hinterließ. Aber es war nichts zu finden. Sie war auf eine merkwürdige Art anders, fanden Sie nicht auch?«

»Ich hatte manchmal das Gefühl, dass sie etwas vor uns verbarg«, stimmte Peter zu. »Die Art, wie sie sich immer im Hintergrund hielt und doch stets diejenige war, die uns weitergebracht hat. Sie schien irgendwie *selbstlos*. Wie sie selbst trotz ihrer schweren Verletzung Elaine noch verfolgte... meinen Sie, sie hat sich bewusst für die Höhle geopfert?«

»Wer weiß... Ich habe auch über die Höhle nachgedacht. Vielleicht hätte sie gar nicht *jede* Frau betreten können. Immerhin wäre das ja kein besonders guter Schutz, wenn ein paar Milliarden Menschen einfach hineinspazieren könnten, oder? Aber vielleicht war Stefanie wirklich anders. Vielleicht war sie tatsächlich eine Bewahrerin der Mysterien... auf eine ganz andere Art, die wir nie erahnt haben.« Patrick atmete tief ein. »Aber nun gut, wir werden es niemals erfahren...«

»Nein, in der Tat.« Peter schwieg einen Augenblick. »Aber sagen Sie«, setzte er dann neu an, »wie ist es Ihnen in den letzten Tagen ergangen? Haben Sie sich noch mit Levasseur auseinander gesetzt?«

»Nur wenig«, sagte Patrick. »Die Leute von Nuvotec sind

ziemlich schnell – und natürlich unverrichteter Dinge – abgezogen, und der fette Fauvel hat seine Schergen ebenfalls zurückgepfiffen. Levasseur konnte ihn anscheinend überzeugen, dass es am *Vue d'Archiviste* irgendeine Art seismischer Aktivität gäbe, so stark, dass ganze Berge einstürzen können und man das Gebiet folglich keinesfalls bebauen sollte. Fauvel hat das wohl geschluckt.«

»Also ist dort alles wieder beim Alten. Als sei nie etwas geschehen, wird die Höhle im Vergessen versinken. Sie ist unwiederbringbar verloren. Und wir beide sind genauso schlau, wie wir es vor ein paar Wochen waren.«

»Aber um viele zehntausend Euro reicher.«

»Das stimmt allerdings.«

»Und wie es der Zufall so wollte, musste ich deswegen an Sie denken«, sagte Patrick und holte eine Zigarettenschachtel hervor. »Ich darf doch?«

»Sie machen mich neugierig. Und was das Rauchen angeht: natürlich nicht.« Mit diesen Worten und einem verschmitzten Funkeln in den Augen griff Peter nach einer Dose Tabak und einer Pfeife aus seinem Pfeifenständer und begann damit, sie sorgfältig zu stopfen.

Patrick grinste den Engländer an, entzündete seine Zigarette und nahm einen tiefen Zug. Dann blies er den Rauch in die Höhe.

»Wissen Sie«, sagte er, »ich habe nachgedacht.«

»Nein.«

»Über unsere Recherchen, die verrückten Leute, die wir getroffen haben, das wirre Zeug, das man uns erzählt hat, und diese Menge an Sachen, die Sie ganz offensichtlich wissen...«

»Aha...«

»Und ich dachte mir, Patrick, alter Junge, von dem kannst du noch was lernen.«

»Ist das so?« Peter entzündete ein Streichholz, wartete einen Augenblick und entfachte dann damit seine Pfeife.

»Ich weiß, dass Sie hier im Museum jobben«, erklärte Patrick. »Ist bestimmt mächtig spannend. Aber jetzt, wo wir beide ein bisschen Spielgeld haben, interessiert Sie vielleicht eine kleine Abwechslung?«

»Wollen Sie mich zum Essen einladen?«

»Nicht direkt... na ja, vielleicht springt ein Essen dabei heraus... Gut, einverstanden, ein Abendessen ist drin. Und dann erzähle ich Ihnen von meiner Idee. Es hat mit alten Kulturen zu tun. Und der Suche nach weiteren Archiven des Wissens.«

Peter hob eine Augenbraue und sah den Franzosen eine Weile schweigend an. Dann griff er nach einem Zettel und reichte ihn über den Tisch.

Patrick nahm ihn entgegen, las ihn und stutzte.

»Meine Adresse in Lissabon?«

»Ich wollte morgen einen Flug buchen und Ihnen in einer portugiesischen Fischkneipe von derselben Idee erzählen.«

Patrick sah ihn erstaunt an. »Zwei Dumme, ein Gedanke, was? Und was war Ihr Ziel? Ich hatte da recht vage an Pyramiden gedacht...«

Peter schob eine Ausstellungsbroschüre des Museums über den Tisch. Abgebildet war der Stein von Rosette und darüber prangte die Aufschrift: »5000 Jahre Schrift. Mit einer Sonderausstellung von Professor Peter Lavell: Ägypten – Wiege der Kultur?«

18. Mai, Herrenhaus bei Morges, Schweiz

Auf der Rasenfläche vor der herrschaftlichen Villa stand ein Hubschrauber, dessen Rotorblätter sich langsam drehten. Steffen van Germain warf einen letzten Blick auf das Anwesen. Ein wunderbarer Ort, der ihm lange zu Diensten gewesen war. Aber wie immer, ging jede Zeit einmal zu Ende. Wenn Neues beginnt, muss das Alte weichen. Ebenso wie die Ereignisse im Languedoc ein Ende in der entsetzlichen Zerstörung der Archive gefunden und das Augenmerk zugleich auf einen neuen Anfang gelenkt hatten.

Eine Weile hatte er gezweifelt, ob sie alles richtig gemacht hatten. Wie immer schalt er sich einen Narren, bei vielem, was sie übersehen hatten und was zu den furchtbaren Ereignissen geführt hatte. So viel vergossenes Blut, so viel fehlgeleiteter Eifer, so viel verlorenes Wissen. Es war immer dasselbe, seit Menschengedenken. Aber er wusste auch, dass er nichts hätte anders entscheiden wollen. Sie mussten es immer wieder darauf ankommen lassen. Mussten beobachten, mussten lenken, wenn es angebracht war, und immer wieder prüfen, ob die Zeit gekommen war. Und eines Tages würde es so weit sein. Dann würde eines der Archive seine Bestimmung erfüllen.

Er wandte sich ab, bestieg den Hubschrauber und setzte sich neben Joseph, der die Tür schloss.

»Seid Ihr bereit, Steffen?«, fragte der junge Mann.

»Ja. Es kann losgehen.«

Dann wandte sich van Germain an die Frau, die ihnen gegenübersaß. Ihre blonden Haare fielen ihr über eine Schulter, auf der anderen Seite hatte sie sie hinters Ohr geklemmt. Sie wirkte ebenfalls nachdenklich, wenn auch aus anderen Gründen als er selbst.

»Du musstest es zerstören«, sagte er. »Es war das einzig Richtige, Johanna.«

»Ich weiß… aber das beschäftigt mich auch weniger.«

»Dann denkst du noch an ihn?«, fragte er.

»Ja. Er war auf eine unverschämte Art liebenswürdig. Und er hatte ein gutes Herz. Es ist lange her, dass jemand Tränen für mich vergossen hat.«

»Es tut mir Leid«, sagte van Germain. »Wirklich. Aber es war deine Entscheidung.«

»Ja«, sagte sie. Und mit einem entschlossenen Nicken fügte sie hinzu: »Und es war auch gut so.«

Der Hubschrauber hob langsam vom Boden ab, stieg in die

Höhe und flog in einer Schleife über das Grundstück. Er folgte der Auffahrt, flog über das Tor, gewann dort schnell an Höhe und verschwand in der Ferne.

Vor der Toreinfahrt war ein hohes Gestell aufgebaut, auf dem die Villa abgebildet war. Darüber stand in großen Buchstaben: À vendre – Zu verkaufen.

Nachwort des Autors

Wer der Magie der Fiktion nicht entfliehen möchte, der mag diese Absätze auslassen. Nicht jeder will alle Fragen beantwortet haben, nicht alles muss erklärt werden, und das zauberhafteste Geheimnis bleibt ebendies: ein Geheimnis. Aber es gibt auch jene, die das Verstehen dem Erleben vorziehen.

In diesem Buch habe ich historische Fakten mit traditionellen und modernen Mythen und Legenden vermischt und versucht, die Fugen mit frech zusammengelogener Fiktion zu kitten. Es wäre nur schwer möglich, hier alles auszubreiten, ohne mich in ähnlich langatmigen Ausführungen zu ergehen wie Professor Lavell. Aber einige Stichworte seien an dieser Stelle erläutert.

Die Festung von Montségur gibt es tatsächlich. Hoch oben, scheinbar völlig unzugänglich, auf einem Berg im Languedoc, steht heute nur noch ein kläglicher Ring der äußeren Mauer. Nur eine kleine Gedenktafel weist heute darauf hin, dass diese Festung einmal eine so tragische Rolle gespielt hat. Was Peter über die Geschichte des Languedoc erzählt, über die Katharer, die Albigenserkreuzzüge und die Belagerung von Montségur, entspricht im Wesentlichen tatsächlich dem heutigen Wissensstand. Ebenso verhält es sich mit den Informationen über die Templer, die Merowinger sowie den Legenden über die Rosenkreuzer. Auch Martin Luther hat es natürlich gegeben, dessen Übersetzung der Bibel verbürgt ist, wenngleich ich mir die Freiheit genommen habe, ihn mit den Rosenkreuzern in Verbindung zu bringen und ihm eine intensive Beschäftigung mit der Kabbala anzudichten. Eine »Bruderschaft der Wahren Erben von Kreuz und Rose« gibt es allerdings ebenso wenig (oder zumindest ist mir keine bekannt) wie eine »Mission des Lichts«, eine »Hand von Belial« oder einen »Tempel Salomon«. Eine Ähnlichkeit mit tatsächlich existierenden Organisationen, Gruppierungen, Firmen oder Personen ist unbeabsichtigt und wäre rein zufällig.

Wer auf den Gebieten, die dieses Buch behandelt, bewandert ist, mag viele eingestreute Details wie alte Bekannte wiedererkennen, die von meiner Begeisterung zeugen sollen, und wenn nicht das, dann zumindest von den Schlachtfeldern meiner Recherchen. Falls sie dem unbefangenen Leser bisweilen als verworrene Fantasterei erscheinen, tut mir dies aufrichtig Leid.

Bei den zum Teil individuellen Übersetzungen des Hebräischen, Lateinischen und Altgriechischen gilt mein Dank Ioannis Chatziandreou, Hans Eideneier, Klaus Pradel, Lauri Lehrmann, Martin Conitzer, Georg W., Christian P. Görlitz, Eva Feldheim, Leonard S. Berkowitz, Hans Zimmermann sowie den Mitarbeitern des Instituts für Altes Testament (I.A.T.) der Universität Hamburg, für ihre Zeit und Mühe, mit denen sie sich meinen ungewöhnlichen Anfragen gewidmet haben.

Besonders gefreut habe ich mich über die Unterstützung von Patrick Rocher vom Institut de mécanique céleste et de calcul des éphémérides (IMCCE) in Paris, der mir die exakten Daten einer im Languedoc sichtbaren Sonnenfinsternis im 13. Jahrhundert berechnet und samt Karte geschickt hat.

Eine wunderbare Inspiration waren die Theorien von Henry Lincoln, Michael Baigent und Richard Leigh, deren Sachbücher über einen möglichen Fortbestand der Blutlinie Jesu und dem geheimnisvollen Orden »Prieuré de Sion« ihre Spuren in diesem Roman hinterlassen haben.

Nicht zu vergessen sind all jene, denen ich meinen Text in den unterschiedlichen Entstehungsphasen zum Lesen geben durfte. Herausragend dabei mein Schriftstellerkollege René Rose, der von der sachlichen Ebene bis in philosophische Sphären alle Aspekte des Lebens, des Schreibens und des Wesens der Dinge im Allgemeinen abdeckte: Mast- und Schotbruch nach Berlin!

Meinem Agenten, Joachim Jessen, herzlichen Dank für den bisherigen Weg, meiner Lektorin, Linda Walz, und meinem Redakteur, Gerhard Seidl, danke für die wertvolle Hilfe beim Zurechtfeilen. Und zu guter Letzt mein größter Dank an meine Kinder für ihre Rücksicht (»Lasst Papa mal in Ruhe schreiben«) und an meine Frau Martina, die mich so sehr unterstützt und selbst dann an mich geglaubt hat, als ich drauf und dran war, alles in die Ecke zu werfen. Nur deiner Kraft und Beständigkeit ist es zu verdanken, dass die spannende Reise jetzt weitergehen kann.

ι οὕτω σοφόν ὥστε ἀποκρύπτειν

uo aliquit fit in illud iter

    Εἰ ἰσότης ἐστί δικαιοσύνη
    ἀγαθή ἐν ἧ ἅπασα ἡ γνῶσις
    Ταύτῃ ἕκαστος ἰσχυρός και
    Ἰσχυρότερος μέντοι ὁ εὑρώ
    Τοῦτον δέ οὕτω σοφόν εἶνα

cana publicata vilescunt;
atiam prophanata amittunt
ne Margaritas obiice porcis
u Asino substerne rosas.

haec sunt scien
quae patent il
hic est regius
quem intellegi
haec est vis qu
hoc est pericu